의천도룡기

5

## 의천도룡기 5 – 광명정 전투

1판 1쇄 발행 2007. 10. 8.
1판 18쇄 발행 2022. 5. 10.
2판 1쇄 인쇄 2023. 10. 16.
2판 1쇄 발행 2023. 10. 30.

지은이 김용
옮긴이 임홍빈
발행인 고세규
편집 임지숙 디자인 정윤수 마케팅 박인지 홍보 반재서
발행처 김영사
등록 1979년 5월 17일 (제406-2003-036호)
주소 경기도 파주시 문발로 197(문발동) 우편번호 10881
전화 마케팅부 031)955-3100, 편집부 031)955-3200 | 팩스 031)955-3111

값은 뒤표지에 있습니다.
ISBN 978-89-349-2075-5 04820
     978-89-349-2079-3 (세트)

홈페이지 www.gimmyoung.com          블로그 blog.naver.com/gybook
인스타그램 instagram.com/gimmyoung     이메일 bestbook@gimmyoung.com

좋은 독자가 좋은 책을 만듭니다.
김영사는 독자 여러분의 의견에 항상 귀 기울이고 있습니다.

倚天屠龍記

의천도룡기

김용 대하역사무협  임홍빈 옮김

광명정 전투

5

중국 문학의 원류 〈사조삼부곡〉의 완결판

오천 년 동양의 지혜와 문화를 꿰뚫는 역작

김영사

보잘것없는 이 몸 사르소서, 활활 타오르는 성화여

살아서 어찌 기쁠 것이며, 죽는다 한들 어찌 괴로우랴

선을 위하여 악을 제거하니, 오로지 광명 있을 뿐이라

기쁨, 즐거움, 슬픔, 걱정 근심 모두 한 줌 흙으로 돌아가네

모든 일을 백성 위해 바치고 내 사사로움 돌보지 않으리라

우리 세상 사람 불쌍히 여기려니, 걱정 근심이 실로 많구나

우리 세상 사람 불쌍히 여기려니, 걱정 근심이 실로 많구나

5권

광명정 전투

倚天屠龍記

**| 각권 차례 |**

▲ 원나라 때의 석조 나한羅漢

현재 독일 퀼른 동아시아 예술관에 소장되어 있다.

◀ 예찬 〈우후공림도雨後空林圖〉

예찬倪瓚(1301~1374)은 호가 운림雲林, 강소성 무석현 출신이다. '비 온 뒤의 텅 빈 숲'이란 이 그림에서 보듯이, 화법이 예스럽고 우아하며 소박하면서도 기품과 운치가 높아, 세칭 일품으로 손꼽는다. 명나라 초기 강남에서는 저택에 예찬의 그림이 한 폭이라도 있는지 없는지를 보아서 그 주인이 고상한 사람인지 속된 사람인지 구별했다고 한다. 이 그림 위쪽 귀퉁이에, "예찬이 평생을 두고 그린 채색 산수화가 오로지 두 폭뿐인데, 이것이 그중 한 폭이다"라고 동기창董其昌이 찬탄한 화제畵題가 적혔다. 원화는 타이베이 고궁박물원에 소장되었다.

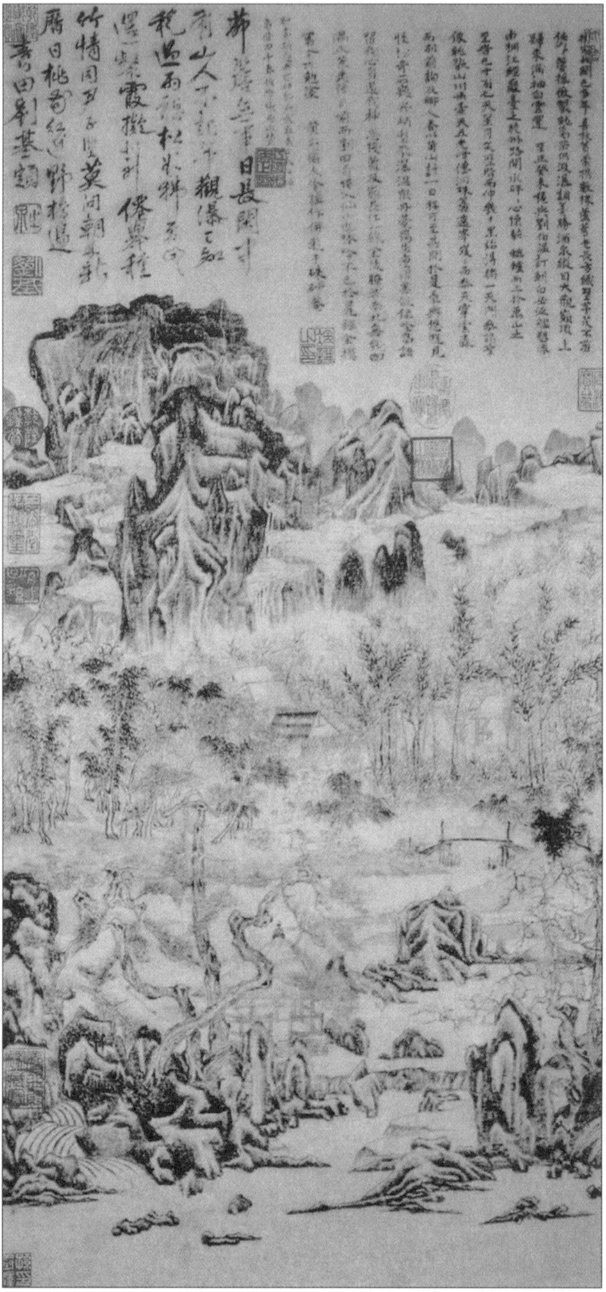

◀ 냉겸 〈백악도白岳圖〉

냉겸은 항주 출신으로, 음악에 정통할 뿐 아니라 서화에도 능했다. 이 그림에 덧붙인 제자字題字
가운데 지정至正 계미년癸未年, 곧 원나라 순제順帝 지정 3년(1343)은 장무기가 태어난 지 2, 3세
쯤 되었을 무렵으로 아직 빙화도에서 살았을 때일 것이다. 그해에 냉겸은 유기劉基와 함께 절
강 지방에서 신안강新安江을 거슬러 올라가 안휘성 휴녕현의 절경 백악白嶽을 유람하며 이 그림
을 그렸기 때문에, 화폭 상단에 유기가 덧쓴 제자가 있다. 그 후에도 장거정張居正을 비롯한 여
러 명사들이 그림을 감상하고 제자를 남겼는데, 청나라 때 선통황제宣統皇帝의 도장이 산머리를
덮어 찍었다. 이런 짓이야말로 몰상식한 행위였다. 냉겸의 저서로는 《수령지요修齡指要》한 권이
전해오는데 장생연기술長生鍊氣術의 수련법을 강해講解한 것으로, 전설에 따르면 냉겸은 명나라
제3대 성조成祖 영락永樂 연간(1402~1423)에 신선이 되었다고 한다.

▲ 장굉 〈포대화상〉

장굉張宏은 명나라 때 화가.

▲ 양해 〈포대화상〉

양해梁楷는 송나라 때 화가.
호는 양풍자梁風子. 산수, 인
물화에 능통하고 특히 불가
佛家의 신령과 귀신을 잘 그
렸다. 이 그림에서 인물의 표
정에 생동감이 넘치는데, 화
필을 과감하게 생략한 감필
減筆의 명작으로 손꼽힌다.

▲ 이용면 〈포대화상〉

북송 때 대화가 이용면李龍眠
의 화필 솜씨로 전해온다.
포대화상은 본래 양나라 때
신승으로 그에 관한 전설이
숱하게 많다. 원나라 말엽
군웅들이 중원 천하에서 의
병을 일으켰을 때 미륵불의
가호를 내세우거나 미륵의
화신이란 명분으로 백성에
게 지지를 호소했는데, 그중
어떤 이는 포대화상을 자칭
하기도 했다.

**▲ 냉겸의 화상**

　본문에 '냉면선생冷面先生'이란 별명으로 등장하는 냉겸冷謙은 명나라 건국 초기 협률랑協律郎의
벼슬을 받았다. 《만소당화전》에 수록된 그림이다.

**▲ 고대 페르시아 이야기책에 그려진 삽화**

페르시아 명교의 주된 교리는 선신善神과 악신惡神의 끊임없는 투쟁을 종지宗旨로 삼고 있다. 불은 광명의 빛과 어짊, 선善을 대표하는 상징물이다. 그림 속에 악신의 부하들로 여러 종류의 악마들이 그려졌는데, 나뭇가지에 인간의 머리가 돋아나고 사람이 탄 말 한 마리에 머리가 일곱 달린 것 등등, 기상천외하기 이를 데 없는 묘사들이다.

▲ 페르시아 왕의 등극도登極圖

이 페르시아 임금은 장무기 시대보다 100여 년 뒤늦다. 이 그림으로 당시 페르시아 귀족들의 옷차림새와 장식을 미루어볼 수 있다.

▲ 페르시아군과 몽골군 전투도

페르시아 이야기책에 그려진 삽화. 흰 투구에 깃 장식을 꽂은 이들이 페르시아 기병들이다. 필을 과감하게 생략한 감필의 명작으로 손꼽힌다.

광장 사면에서 폭소가 터져 나왔다. 나무토막으로 깎아놓은 장승처럼 서화자는 양팔을 쩍 벌린 채 그 자리에 엉거주춤 서 있고 젊은 청년은 그 '장승'의 양 겨드랑이 밑으로, 등 뒤로, 앞가슴으로 쉴 새 없이 뺑글뺑글 돌아가며 네 자루 도검을 아슬아슬하게 피해내고 있는 것이다. 하태충을 비롯한 네 공격자의 칼날이 겨우 한 치밖에 안 되는 거리를 둔 채 바람을 가르면서 훑고 스쳐갈 때마다 서화자의 입에선 영락없이 비명이 터져 나왔다.

"이크! 어엇……!"

"아이고, 아얏……!"

분규를 해결하려 육대 문파 강적들과 맞서 싸우니

장무기가 어렵게 잡았던 원음대사를 선선히 놓아주는 것을 보자,
종유협은 놀랍고 의아스러웠다. 그러나 자신은 이미 대결장에 나선 몸
이니 쉽사리 약한 꼴을 보이고 물러날 수는 없었다.

　"증가 놈아! 네놈이 도대체 누구의 사주를 받고 나서서 이렇듯 억지
떼를 쓰는 거냐?"

　자꾸만 위축되는 마음을 북돋우느라 일부러 큰 소리로 고함쳤으나,
장무기의 대꾸는 차분하기만 했다.

　"저는 다만 육대 문파가 명교 측과 싸움을 그치고 화해하기만 바랄
뿐, 결코 누가 시켜서 하는 일이 아닙니다."

　"흥, 우리더러 마교 놈들과 싸우지 말고 화해하라고? 그야 물론 방
법이 없는 것도 아니지. 저 은가 늙은이는 내게 칠상권 석 대를 빚졌으
니 우선 그것부터 해결하고 나서 다시 얘기해보기로 하지!"

　종유협이 비아냥거리면서 옷소매를 척척 걷어붙이기 시작했다.

　"종 선배님은 입만 벙끗하면 칠상권을 들먹이시는데, 이 후배가 보
건대 종 선배님의 칠상권은 아직 원숙한 경지에 도달하지 못한 듯싶
습니다. 제 말씀을 좀 들어보시겠습니까? 인체에는 오행이 있습니다.
심장은 오행 가운데 화火에 속하고 허파는 금金에 속하며, 콩팥은 수水
에, 비장脾臟은 토土에, 간장肝臟은 목木에 속하지요. 여기에 다시 음陰과

양陽 이기二氣가 보태지는데, 칠상권을 수련하려면 이 일곱 부위에 모두 손상을 입지 않으면 안 됩니다. 따라서 칠상권의 공력이 한층 심화되려면 그만큼 자신의 내장 역시 더 깊은 손상을 입어야 하니, 실제로 자신의 내장부터 다치고 나서 적에게 상처를 입히는 결과가 되는 셈입니다. 다행스럽게도 종 선배님께선 이 권법을 수련하신 기간이 그리 오래되지 않았기 때문에 아직은 목숨을 구하실 방도가 있을 듯싶습니다만……"

장무기가 말끝을 흐렸으나, 그 몇 마디 말을 듣는 동안 종유협의 기색은 차츰 심각해졌다. 그것이 바로 칠상권의 권보拳譜 첫머리에 나오는 총강總綱이었기 때문이다. 〈칠상권보〉에서는 그 점을 누누이 경계하고 있었다. 내공을 운용하되 진기를 체내의 혈도 구석구석에까지 집중할 수 있고, 공력을 자유자재로 쏟아내거나 거두어들일 수 있는 사람만이 칠상권을 수련할 수 있다고 했다.

그러나 칠상권으로 말하자면 공동파를 대표하는 진산절기鎭山絶技요, 종유협은 공동파의 촉망받는 인물로서 내공에 어느 정도 성취를 보게 되자 그 즉시 칠상권 수련에 몰두했다. 그리고 이 권법을 익혀 시험해보았더니 위력이 무궁무진한 터라 자기도 모르는 사이 깊이 빠져들어 〈칠상권보〉 총강의 경고 따위는 잊어버리고 말았던 것이다. 하물며 공동파 고수들이라면 너 나 할 것 없이 칠상권을 수련하는데, 다섯 원로 중 첫째에 버금가는 사람이 남들보다 뒤진대서야 될 법이나 한 노릇인가? 이래서 문제의 권법에 무아지경으로 몰입한 끝에 오늘날까지 자신을 보호하는 일마저 잊었던 것이다. 그런데 오늘 이 자리에서 증가라는 젊은이의 입을 통해 까마득히 잊고 있었던 총강의 경고 말을 들었으니 그야말로 마른하늘에 날벼락을 맞은 셈이었다.

"네놈이 그걸 어떻게 아느냐?"

흠칫 놀라 묻는 말에 장무기는 대꾸하지 않고 자기 할 말을 이었다.

"종 선배님, 시험 삼아 어깨머리 운문혈雲門穴을 한번 문질러보시지요. 어렴풋이나마 통증이 느껴지지 않습니까? 운문혈은 허파에 속하니까, 그 아픔은 폐맥肺脈을 다쳤다는 증거입니다. 위 팔뚝 안쪽 청령혈淸靈穴이 가끔 견디지 못할 정도로 가렵지는 않습니까? 청령혈은 심장부에 속하니까, 그 가려움증은 심맥心脈에 손상을 입었다는 증거입니다. 넓적다리 안쪽 오리혈五里穴이 장마철만 되면 쑤시거나 저리지 않습니까? 오리혈은 간장에 속하니까, 그것은 간맥肝脈에 손상을 입었다는 증거입니다. 앞으로 칠상권을 계속 단련하시면 할수록 그 미세한 증상은 더욱 두드러지게 악화할 것이고, 다시 7~8년이 더 지나면 전신마비를 일으켜 불구자가 될 것입니다."

넋 빠진 사람처럼 온 정신을 집중시켜 듣는 동안 어느덧 종유협의 이마에 땀방울이 송알송알 배어나오기 시작했다. 그는 장무기가 사손에게 칠상권의 구결을 전수받아 그 권법에 정통한 데다 의술을 깊이 연구해 경맥에 손상을 입은 후의 증상을 훤히 꿰뚫고 있다는 사실을 알지 못했다. 하지만 그가 말한 바가 구구절절이 옳다는 사실만큼은 인정하지 않을 수 없었다. 종유협은 지난 몇 년 동안 신체에 확실히 그런 고질병을 지니고 있었다. 그러나 병세가 중한 것이 아니었기 때문에 속으로만 은근히 겁을 집어먹었을 뿐, 자신의 결함을 덮어 감추고 남의 충고를 받아들이는 성격이 아닌 터라 그저 무시해버리고 있었다. 그런데 이제 와서 느닷없이 정체불명의 젊은이에게 낱낱이 지적을 당하자 저도 모르게 얼굴빛이 바뀌었다. 그는 창백하게 질린 낯빛으로 한참 동안이나 묵묵히 장무기를 보던 끝에 떨리는 목소리로 다시 한 번 되물었다.

"네가…… 네가 그런 것을 어찌 아느냐?"

그러자 장무기는 덤덤히 웃으면서 부드러운 말씨로 권유했다.

"후배가 의술을 조금 익혔지요. 선배님께서 만약 제 말을 믿어주신다면 여기 일이 정리되고 나서 고질병을 고쳐드리겠습니다. 하지만 칠상권은 해롭기만 할 뿐 이로울 게 없으니 앞으로 더는 수련하지 마십시오."

"칠상권은 우리 공동파의 진산절기인데, 어째서 유해무익하다는 거냐? 우리 장문 사조이신 목령자木靈子 어른께서도 왕년에 칠상권으로 사해 천하에 위엄과 명성을 떨치시고 91세까지 장수를 누리셨는데, 그런 분이 어떻게 자신에게 손상을 입혔다고 할 수 있단 말이냐? 그 사실만 보더라도 네놈이 터무니없는 소리를 지껄이는 게 아니고 무엇이냐?"

종유협은 이 젊은이의 말이 제발 틀리기를 바라는 마음에 억지떼를 써서 호통을 쳐보았다. 하지만 장무기는 한마디로 그 기대를 깨뜨렸다.

"목령자 선배님께선 필시 내공이 깊고 두터우셨을 겁니다. 그러니까 신체에 손상을 입지 않고도 칠상권을 무난히 수련하실 수 있었지요. 아니, 도리어 칠상권을 단련하심으로써 오장육부의 기력을 더 튼튼히 북돋우시는 데 크게 도움을 받으셨을 겁니다. 후배의 견해로 종 선배님은 내공 수준이 아직 목 선배님의 경지에까지 이르지 못하셨으므로 만약 억지로 수련하셨다가는 전신을 못 쓰게 될 것이니, 아무 쓸

21. 분규를 해결하려 육대 문파 강적들과 맞서 싸우니

모가 없다는 말씀입니다."

종유협으로 말하자면 공동파의 원로 명숙名宿이다. 비록 이 청년의 지적이 구구절절 옳다는 것을 모르는 바 아니지만, 각대 문파 고수들의 면전에서 공개적으로 공동파의 진산절기가 무용지물이라는 지적을 당하고 보니, 자신의 능력 부족이 남부끄럽기도 하려니와 도무지 화가 치밀어 견딜 수가 없었다. 그는 장무기에게 삿대질까지 해가며 버럭 호통쳐 꾸짖었다.

"우리 공동파의 진산절기가 무용지물이라고 했으렷다? 네놈이 그런 말을 할 자격이라도 있단 말이냐? 좋다, 그럼 어디 네 말대로 무용지물인지 아닌지 시험해보자꾸나!"

장무기가 또다시 덤덤히 웃었다.

"하하, 칠상권이야 틀림없는 신기오묘한 절기이지요. 주먹 힘은 굳셈 가운데 부드러움을 감추고 부드러움 속에 굳셈이 있으며, 일곱 가지 주먹 힘이 저마다 다른 특색을 지녀 힘줄기를 토해내고 거두어들임에 변화가 무쌍하니 그 앞에 어느 적수가 감히 막아낼 수 있겠습니까?"

상대방이 오묘하기 짝이 없는 공동파의 절기를 예찬하자, 종유협은 저도 모르게 입가에 미소가 피어올랐다. 그는 쉴 새 없이 고개를 주억거리면서 상대방의 계속되는 말을 귀담아들었다.

"이 후배는 다만 내공이 칠상권을 단련할 만한 수준에 이르지 못했다면 그것을 수련해보았자 이로울 것이 없다고 말씀드렸을 뿐입니다."

아미파 진영에서는 주지약이 언니들 뒤에 몸을 숨긴 채 슬그머니 고개를 기울여 장무기를 바라보고 있었다. 얼굴에는 아직도 어린 시절의 치기를 벗겨내지 못하고 있으면서도 식견이 넓고 큰 어른인 척 공동파의 다섯 원로 가운데 둘째 어른인 종유협을 상대로 차분하고도 당당하게 일장 연설을 하는 것을 보니 어딘지 모르게 우스꽝스러운 생각이 들었다. 하지만 나중에 가서는 어차피 종유협과 대결을 면치 못하리라는 것을 생각하니 저도 모르게 걱정스러워졌다.

아니나 다를까, 공동파 진영에서 심상치 않게 술렁대는 기미가 보이기 시작했다. 장무기의 말투가 갈수록 무례해지는 것을 보자, 나이 젊고 혈기 찬 제자들이 듣다 못해 저마다 입을 열어 한마디씩 꾸짖으려 했다. 그러나 원로인 종유협이 엄숙한 기색으로 이 풋내기 젊은 녀석의 말을 경청하고 있으니 목구멍까지 치밀어 오른 욕설을 입 밖에 쏟아내지 못하고 도로 꿀꺽 삼킬 수밖에 없었다.

종유협이 다시 차분한 말씨로 물었다.

"그렇다면 네가 본 바로는 나의 내공이 아직 칠상권을 연마할 수준에까지 이르지 못했다, 그 말이냐?"

"선배님께서 그 수준에 이르지 못했다고 이 후배가 감히 말씀드릴 수야 없지요. 단지 선배님께서 처음 칠상권을 익힐 당시 이미 체내에 손상을 입으셨으니까 그것을 치료하거나 더 이상 악화되지 않게 하기 위해서는 잠정적으로 수련을 중단하시라는 말씀입니다."

여기까지 말했을 때, 갑자기 등 뒤에서 누군가가 사납게 소리치면서 뛰어나왔다.

"아니, 둘째 형님! 도대체 그놈의 자식과 쓸데없이 무슨 말을 주절대고 있는 거요? 그놈이 우리 칠상권을 제멋대로 얕잡아보게 내버려

둘 작정이오? 야, 요놈의 자식아! 어디 내 칠상권 주먹 맛이나 한번 보고 지껄여라!"

욕설이 뚝 그쳤는가 싶었을 때 벌써 주먹이 "씽!" 하고 들이닥쳤다. 바람을 가르고 날아드는 주먹질 솜씨도 어지간히 빠르고 사나운 데다 겨냥 또한 정확해서 번뜩하는 순간 장무기의 등줄기 영태혈靈台穴을 곧바로 후려쳐왔다. 장무기는 배후에서 누군가 습격한 것을 뻔히 알아차렸으나, 거들떠보지도 않은 채 여전히 종유협을 향해 자기 할 말을 계속했다.

"종 선배님께선……."

그때 "잘그랑잘그랑" 쇠사슬 끌리는 소리가 들리더니 누군가 황급히 달려 나와 그 앞을 가로막았다. 바로 아소였다.

"비겁하게 암습을 가하다니!"

야무지게 호통쳐 꾸짖으며 쇠사슬로 머리통을 후려쳤으나, 그자는 귀찮다는 듯이 왼손을 번쩍 뒤집어 쇠사슬을 선뜩 뿌리쳤다. 그사이에도 벼락같이 내지른 오른손 주먹질은 여전히 장무기의 등줄기로 날아들었다. 뒤미처 "픽!" 하는 소리가 들렸다. 기습적인 일격이 마침내 장무기의 등 복판에 정통으로 들어맞았다. 무시무시한 칠상권이 등줄기 한복판 영태혈에 고스란히 명중한 것이다. 그러나 이 어찌 된 노릇인가? 장무기는 타격이라곤 받아보지 않았다는 듯이 천연덕스레 아소를 향해 빙긋 웃어 보였다.

"아소, 걱정하지 마. 제아무리 대단한 칠상권이라 해도 이따위 내공에 얹힌 것은 아무짝에도 쓸모가 없거든."

"아, 참! 제가 깜빡 잊었군요. 당신이 그걸 수련하셨는데……."

아소가 "휴우!" 하고 안도의 한숨을 내리쉬었다. 이윽고 백설같이 하얀 얼굴에 발그레하니 홍조가 감돌았다. 그러고는 퍼뜩 무슨 생각이 났는지 얼른 입을 다물고 "잘그랑잘그랑" 쇠사슬을 끌면서 제자리로 물러났다.

그제야 장무기도 배후에서 비열하게 암습을 가한 자가 누군지 뒤돌아보았다. 머리통이 커다랗고 비쩍 마른 늙은이가 어이없다는 표정으로 그 자리에 멍하니 서 있었다. 그자는 바로 공동파 다섯 원로 가운데 넷째 상경지常敬之였다. 상대방이 치명 요혈을 정통으로 얻어맞고도 타격을 받았다는 낌새를 보이지 않자, 그는 놀랍고 의아스러워 저도 모르게 엉뚱한 소리가 터져 나왔다.

"네놈이…… 네놈이 금강불괴金剛不壞 신공을 수련했구나! 그렇다면 소림파 문하 제자란 말인가?"

"소생은 소림파 제자가 아니올시다."

상경지는 장무기가 입을 열어 대꾸하는 순간, 재차 일권을 날려 상대방의 앞가슴을 호되게 후려쳤다. 금강불괴가 아니라 그 어떤 호체 신공이라도 입을 여는 찰나에는 진기가 흩어진다는 사실을 뻔히 알기 때문에 기습적으로 공격을 가한 것이다.

"픽!"

또 한 차례 둔탁한 충격음이 울렸다. 그러나 장무기의 입가에는 여전히 빙글빙글 웃음기가 지워지지 않았다.

"방금 내가 뭐라고 했습니까? 내공에 기초가 없는 칠상권 따위는 쓸모없다고 하지 않았습니까? 정 미덥지 않거든 다시 한번 힘껏 쳐보십시오."

약이 오른 상경지가 어릴 적 젖 빨던 힘까지 다 끌어올려 질풍같이 두 주먹을 연거푸 후려쳤다.

"픽, 픽……! 픽, 픽……!"

네 주먹질이 고스란히 상대방의 몸뚱이에 명중되었다. 그러나 비석을 쪼개고 바윗돌을 으스러뜨릴 만큼 무서운 주먹질에 맞았으면서도 장무기는 그저 시원한 산들바람이 부드럽게 스치고 지나가는 것을 즐기기라도 하는 듯 두 눈을 가늘게 뜬 채 미소를 잃지 않았다.

공동파 원로 가운데 넷째 상경지는 강호 무림계에서 별호가 일권단악一拳斷岳, 글자 그대로 주먹질 한 번에 산악을 쪼갠다는 권법의 대가였다. 비록 과장된 표현이기는 하지만 그 주먹 힘의 강력함은 무림계 원로급 인물들에게 절대적 평가를 받아왔다. 관중들은 상경지의 칠상권이 연달아 네 차례나 터졌는데도 공연히 헛수고만 했을 뿐 남루한 옷차림의 상거지 청년에겐 아무런 효과를 보이지 않자 저마다 경악을 금치 못하고 술렁대기 시작했다. 아니, 주먹질 한 번에 산악을 쪼개낸다던 일권단악의 공력이 겨우 저 정도밖에 되지 않다니! 그렇다면 이날 이때껏 들어온 공동오로의 명성은 모두가 허풍이었단 말인가?

뭇사람들의 눈길이 온통 상경지에게 쏠렸다. 그중에서도 공동파와 전통적으로 앙숙으로 지내온 곤륜파 진영의 눈초리는 차갑기 짝이 없었다. 이번에 '마교 섬멸'이란 대의명분 아래 손을 맞잡고 함께 나서기는 했지만 피차간의 앙금은 녹지 않은 채 그대로 남아 있던 터라, 상경지가 낭패를 당하자 대뜸 곤륜파 진영에서 야유가 터져 나왔다.

"그것참 대단한 일권단악이로군!"

"아니, 일권이 아니라 네 주먹을 쳤으니 뭔가 네 조각이 나야 할 게 아니겠어?"

"네 주먹이면 산악이 콩가루가 되었겠네."

다행스럽게도 상경지는 얼굴 본바탕이 가마솥 밑바닥처럼 시꺼먼 터라 아무리 안색이 붉어져도 눈에 거슬릴 만큼 표시가 나지 않았다. 이윽고 종유협이 두 손을 공손히 모으더니 장무기에게 정식으로 도전했다.

"증 소협의 신공에 정말 감복했소이다! 그럼 이번에는 이 늙은이가 3초만 가르침을 받아볼까 하는데 어떻겠소?"

그는 자신의 칠상권 공력이 상경지보다 훨씬 깊다는 사실을 알고 있었다. 넷째가 실패했다고 해서 자기마저 상대방에게 손상을 입히지 못할 까닭은 없다고 자신했던 것이다.

장무기가 신중한 기색으로 겸사의 말을 섞어 그 도전을 받아들였다.

"공동파의 비전절기 칠상권을 완전히 수련하고 나면 그 주먹 앞에 견딜 수 있는 것, 파괴되지 않는 것은 진실로 하나도 없다고 봐야 합니다. 오죽하면 소림파 신승 공견대사님의 금강불괴 신공마저 칠상권 아래 격파되어 목숨까지 잃으셨는데, 하물며 공견신승께서 지니셨던 내공의 1,000만 분의 1에도 미치지 못하는 제가 어찌 그 신권을 당해낼 수 있겠습니까? 하지만 정 원하신다면 종 선배님의 세 주먹을 억지로나마 한번 받아보겠습니다."

말뜻은 칠상권이야말로 대단한 무공이기는 하지만 당신 주먹쯤이야 아직 멀었다는 의미였다. 그러나 종유협에게는 그걸 깊이 새겨들을 만한 마음의 여유가 없었다. 그는 남몰래 몇 모금 진기를 끌어올린 다음 장무기 앞으로 성큼 한 발짝 내디뎠다. 뒤미처 팔뚝과 어깨의 뼈마디에서 우두둑 소리가 나더니 장무기의 앞가슴을 노리고 일격이 힘차게 날아들었다. 그런데 이건 또 어찌 된 노릇인가? 주먹 끝이 상대방의 앞가슴에 닿는 찰나, 갑자기 상대방의 몸에서 강력한 흡인력 같은 힘줄기가 뻗어나오더니 오히려 그 주먹을 잡아 끌어당기는 것이 아닌가! 거대한 문어의 흡반처럼 강맹하기 짝이 없는 힘줄기에 깜짝 놀란 종유협은 일단 공세를 거두고 주먹질을 거두어들이려 했으나, 도무지 움츠려들지 않았다. 어디 그뿐이랴, 자신의 주먹을 통해서 부드럽고도 따사로운 기운이 한 가닥 전해오더니 단전으로 곧장 흘러 들어왔다. 그 순간, 종유협은 가슴에서부터 아랫배에 이르기까지 뭐라 말로 표현할 수 없을 만큼 시원하고 편안해지는 느낌을 받았다. 한순간 영문을 모른 채 어리둥절하던 그는 팔뚝을 움츠려들기가 무섭게 다시 한 차례 상대방의 아랫배를 내질렀다. 타격을 받은 장무기의 아랫배에서 반탄력이 쏟아져 나오면서 종유협은 그 충격에 떠밀려 한 걸음 물러서서야 중심을 잡고 바로 설 수 있었다. 그는 이판사판 다시 한번 주먹을 고쳐 잡고 한 걸음 다가서자마자 마지막 일권을 사납게 후려쳤다.

상경지는 바로 장무기 곁에 서 있었다. 둘째 사형의 얼굴빛이 붉으락푸르락해지는 것을 보자, 상경지는 그가 내상을 입었다고 판단했다. 그래서 더 생각해볼 여지도 없이 중유협의 세 번째 주먹이 내지르는 것과 때를 같이해서 자신도 덩달아 일권을 후려쳐 보냈다. 종유협은 앞가슴을, 상경지는 등줄기를 동시에 가격한 것이다. 두 원로 고수의 쌍권이 앞뒤로 협공을 가했으니 그 기세야말로 실로 엄청났다. 그러나 결과는 뜻밖이었다. 두 사람의 주먹이 앞가슴과 등줄기에 닿는 순간, 그 엄청난 주먹 힘은 마치 허공을 때린 듯 삽시간에 자취도 없이 스러지고 말았다.

상경지는 갑자기 무엇을 잃어버린 사람처럼 어리둥절한 기색으로 그 자리에 멍청하니 서 있었다. 그는 자기 신분과 명망으로 보아 첫 번째 암습이 크게 잘못이었다는 사실을 분명히 알고 있었다. 그리고 상대방이 공동파의 진산절기에 모욕을 가했다는 데 분노를 억제할 길이 없어 두 번째 암습을 가했는데, 이 역시 하류 잡배들이나 취할 만한 행위가 분명했다. 그의 당초 생각은 간단했다. 둘째 사형과 칠상권의 위력을 합치기만 한다면 건방진 젊은 녀석을 일거에 때려죽일 수 있을 것 같았다. 요 당돌한 놈만 때려죽인다면 비록 남들이 뒤에서 비난한다 하더라도 자기네 두 형제는 결국 육대 문파의 막중한 거사에 거추장스러운 장애물을 제거해버렸으니 그 나름대로 공로를 세운 셈이 되는 것이다. 그런데 주먹 끝이 상대방의 몸뚱이에 닿기가 무섭게 흔적도 없이 사라져버렸으니 그야말로 도깨비한테 홀린 격이라 갈피를 잡지 못한 채 그저 뒤통수만 긁적거릴 수밖에 없었다.

"선배님, 기분이 어떠신지요? 몸속의 느낌이 달라지지 않으셨습니까?"

장무기가 종유협을 향해 빙그레 웃으며 물었다. 비열하게 두 번씩이나 암습을 가했다가 그마저도 실패한 상경지가 야릇한 기색으로 쳐다보고 있었으나, 그쪽에는 눈길 한 번 돌리지 않고 종유협에게만 관심을 보인 것이다.

종유협이 머릿속으로 잠시 체내의 상태를 점검해보더니 깜짝 놀라면서 자기도 모르게 두 손을 모으고 허리 굽혀 공손히 사례했다.

"고맙소이다, 증 소협. 내공으로 나의 고질병을 치료해주시다니 참으로 감사하오. 증 소협의 경천동지할 신공은 군이 말할 것도 없거니와 도전해온 적에게 이렇듯 원수를 은덕으로 갚는 그 어진 마음씨와 의협심에, 더욱 감격했소."

종유협의 이 말은 관중들을 한꺼번에 경악의 도가니로 몰아넣었다. 놀라움만큼 의아심도 컸다. 물론 주변 사람들이야 장무기가 종유협에게 세 차례 공격을 받는 순간마다 구양진기를 일으켜 종유협의 몸속에 주입시킨 사실을 알 턱이 없었다. 그 순간순간은 찰나적으로 지나갔으나 웅후하기 짝이 없는 구양진기의 강력한 힘줄기는 종유협의 고질적인 내상을 치료하는 원동력이 된 것이다. 그는 또 만약 상경지가 상대방의 배후에서 암습을 가하지 않았다면 세 번째 공격에서 더 많은 힘을 받았으리라는 사실도 알고 있었다. 그러나 안타깝게도 넷째 사제가 천둥벌거숭이로 끼어들어 효력이 적지 않게 줄어들고 말았다.

"종 선배님, 천만의 말씀을 다 하십니다. 불초 후배더러 어질고 의협심이 많다니요. 방금 선배님께선 기경팔맥에 모두 극심한 충격을 받으셨습니다. 곧바로 운기 조식을 하시는 것이 좋겠습니다. 이제 그 힘으로 칠상권을 수련하실 때 쌓였던 해독을 2~3년 안에 단계적으로 풀어서 없애실 수 있을 겁니다. 그리고 또 불초 후배가 힘쓸 일이 생기면 언제든지 불러만 주십시오. 당연히 분부를 받들겠습니다."

"고맙소, 정말 고마운 말씀이오!"

종유협은 자신의 고질병을 뻔히 아는 터라 진실로 고마워했다. 그는 곧바로 한 곁에 물러나 가부좌를 틀고 앉더니 즉석에서 운기 조식을 하기 시작했다. 일문의 원로 선배로서 그런 행동이 썩 점잖지 못한 것이긴 했으나 생사 안위가 달린 일이라 체면이나 위신 따위를 돌볼 겨를이 없었다.

장무기는 이어서 당문량의 부러진 사지 팔다리뼈를 맞춰주기 시작했다. 손을 부지런히 놀리면서 그는 상경지에게 말을 건넸다.

"지니고 계신 회양오룡고回陽五龍膏를 좀 내놓으시죠."

명령하듯 던지는 말투에 상경지는 마치 귀신에게 홀린 듯 저절로 품속에 손을 넣어 고약을 꺼냈다. 그것을 건네주자 또 지시가 떨어졌다.

"무당파에 가서서 삼황보랍환三黃寶臘丸을 한 알, 화산파에서 옥진산玉眞散을 한 봉지 얻어오십시오."

상경지는 그 말대로 두 진영에 가서 약을 얻어다 넘겨주었다. 그제야 장무기는 고개 숙여 사례하고 이렇게 설명을 덧붙였다.

"수고하셨습니다. 귀파의 회양오룡고에 배합된 초오草烏*는 아주 뛰어난 약효를 지닌 것이지요. 그리고 무당파의 삼황보랍환에 쓴 마황麻黃, 웅황雄黃, 등황藤黃 세 가지도 매우 쓸 만한 데다 옥진산을 더 보태 사용하면 당 선배님의 사지 팔다리 골절상은 두 달간 요양으로 처음과 같이 완쾌될 수 있을 것입니다."

그는 익숙한 솜씨로 뼈를 맞춘 다음 고약을 붙이고 내복약을 먹인 뒤 붕대로 감아 잠깐 사이에 치료를 끝마쳤다.

호청우가 쓴 의서에는 무림 각 문파의 비전 특효약이 그 성분까지 낱낱이 기록되어 있었다. 그 의서를 모조리 암기한 장무기로선 육대 문파가 명교 섬멸이라는 중차대한 작전을 수행하는 마당에 저마다 비전의 영약을 지니고 왔으리라는 사실을 잘 알고 지시한 일이었으나,

---

* 우리말로는 바곳. 한방에서 뿌리와 껍질을 말려 오두烏頭 또는 부자附子 등 약재로 만들어 쓴다.

관중들로서는 신기할 따름이었다. 여러 문파가 저마다 휴대한 영약은 이제껏 한 번도 남에게 공개한 적이 없는데, 누가 어떤 약물을 휴대하고 왔는지조차 속속들이 꿰뚫어 알고 족집게처럼 낱낱이 집어냈으니 그야말로 기가 막히다 못해 도깨비한테 홀린 기분이 든 것이다.

치료가 끝나자, 상경지는 환자를 안아 들고서 사뭇 얄궂은 기색으로 물러났다. 동료의 품에 안겨 돌아가던 당문량이 별안간 장무기를 향해 큰 소리로 외쳤다.

"증가 놈아! 네가 내 부러진 뼈를 고쳐준 점은 나 당문량도 고맙게 여긴다. 이 은혜는 훗날 무슨 방법을 써서든지 반드시 갚아주마. 그러나 우리 공동파와 마교 간의 원한은 바다보다 깊다. 네가 보잘것없는 은혜를 베풀었다고 해서 어찌 이 정도에서 그만둘 수 있단 말이냐? 네가 아무리 화해를 붙인다고 해도 우리는 듣지 않을 것이다. 내가 의리 없이 배은망덕한 늙은이라고 생각되거든, 좋다! 내 팔다리를 다시 꺾어서 부러뜨려놓아라!"

뭇사람들은 당문량이 호통치는 소리를 듣고 저마다 고개를 끄덕였다. 똑같은 공동파 원로 기숙이면서도 비열한 상경지보다는 훨씬 강직하고 기개 있다는 생각이 든 것이다.

장무기가 서글픈 표정으로 당문량에게 물었다.

"당 선배님의 말씀이 그러시다면, 제가 어떻게 해야 이 싸움을 말릴 수 있겠습니까?"

"네 무공 실력으로 증명해 보여라! 만약 우리 공동파가 너만 못하다면 더 이상 마교와 싸우겠단 말은 하지 않겠다."

"공동파의 신공은 전승된 지 오래되어 고수가 구름처럼 많은데, 불초 후배가 어찌 당해낼 수 있겠습니까? 하지만 꼭 그렇게 해야 납득이 가시겠다면 주제넘고 능력은 없으나마 목숨 걸고 한번 시도해보겠습니다."

장무기는 이렇게 대답하고 나서 사방을 한 바퀴 둘러보았다. 너른 광장 동편 머리에 높이가 30여 척에 달하는 거대한 소나무 한 그루가 마치 일산처럼 가지를 사방으로 내뻗은 채 우뚝 서 있는 것이 눈에 뜨였다. 그는 소나무 앞으로 걸어가면서 목청을 드높여 낭랑하게 외쳤다.

"후배가 귀파의 칠상권 몇 초식을 배웠으나 제대로 익히지 못했으니 아무쪼록 공동파 여러 선배님께서 보시고 잘 지도해주시기 바랍니다."

여러 문파 사람들은 하나같이 의아스러움을 금치 못했다. 젊은 녀석이 공동파의 칠상권까지 쓸 줄 알다니, 도대체 어디서 배워온 것일까? 설마 이 도깨비 같은 놈이 육대 문파의 무공까지 모두 꿰뚫어 아는 것은 아닐까?

장무기의 맑은 목소리가 광장에 쩌렁쩌렁 울렸다.

오행의 기운이 음양을 조화시키니,　　　　五行之氣調陰陽
　심장과 폐부에 손상 입히고 간장을 파괴하도다!

　　　　　　　　　　　　　　　　損心傷肺摧肝腸
정을 감추고 실의에 빠지니 그 황홀함이여,　藏離精失意恍惚
삼초를 거스름이여, 혼백이 날아가네!　　　三焦逆兮魂魄飛揚

다른 사람들이야 들어도 알지 못하는 구결이었으나, 공동파 다섯 원로는 이 네 구절의 권법 구결을 듣는 순간 하나같이 가슴이 써늘해 졌다. 그도 그럴 것이 장무기가 읊은 구결은 칠상권의 요체를 하나로 아우르는 비결 중의 비결이었기 때문이다. 공동파 문하 제자가 아니고서는 절대로 외부인에게 누설되지 않는 극비의 권법 요결이 어떻게 이 젊은 녀석에게까지 알려졌단 말인가? 그들은 사손이 강탈해간 〈칠상권보〉가 장무기에게 전해졌다는 사실을 까마득히 모르고 있었다.

드높은 목청으로 칠상권의 구결을 읊조린 후 장무기는 소나무 앞으로 걸어가 대뜸 일권을 내질렀다.

"꽈당!"

주먹질이 소나무 줄기를 강타하자마자, 우람한 고목의 푸른 가지가 휘청거리더니 상단부 절반이 중턱부터 뭉텅 꺾여 20척 바깥으로 날아가 땅바닥에 나뒹굴었다. 지면에 뿌리박힌 하단부 줄기가 넉 자 남짓 남았으나, 꺾여나간 자리는 마치 칼로 베어낸 것처럼 매끄러웠다.

"저건…… 저건 칠상권이 아닌데……."

상경지가 혼잣말로 중얼거리면서 부러진 소나무 앞으로 다가갔다. 칠상권의 요체는 한마디로 '강중유유剛中有柔 유중유강柔中有剛'이 특징이었다. 그런데 녀석이 내지른 주먹질은 위력이 놀랍기는 하지만 순전히 굳센 힘줄기 일변도가 아닌가? 이런 권법이 칠상권에 있다는 소리를 이제껏 들어본 적이 없었다. 그러나 상경지는 꺾여나간 소나무 중턱을 굽어보고서 그만 입을 다물지 못했다. 끊겨나간 줄기의 나이테와 수맥樹脈이 모조리 충격에 으스러져 엉망진창으로 뒤얽혀 있었던 것이다. 그것은 칠상권을 가장 깊은 수준으로 단련한 자만이 쓸 수 있는 공력이었다.

"이건…… 이건 진짜 칠상권이야!"

상경지의 입에서 저도 모르게 탄성이 배어나왔다.

원래 칠상권을 제대로 구사해 수맥을 진탕시킬 경우, 보통 열흘 내지 보름이 지나서 나무가 시들고 말라죽어야만 그 효과가 드러나는 법이다. 그러나 장무기는 관중들이 보는 앞에서 공동파를 제압해야 했기 때문에 칠상권으로 일단 수맥에 충격을 가해 으스러뜨려놓는 것과 동시에 양강陽剛의 힘줄기로 소나무를 베어냄으로써 당장 손상된 부위까지 드러내 보일 수밖에 없었다. 다시 말해 10여 년 전 빙화도에서 양부 사손이 수맥을 진탕시켜 파괴한 다음 도룡도로 나무 중턱을 베어 장취산 부부에게 보인 수법을 그대로 재현한 것이다. 박수갈채와 경악에 찬 함성이 여러 문파 진영 곳곳에서 물결쳐 한동안 그칠 줄을 몰랐다.

"와아, 무섭다! 이것은 과연 칠상권 최고 경지에 오른 수법이야! 증소협, 나 상경지는 정말 충심으로 탄복했소. 그런데 한 가지만 묻겠소이다. 이 권법을 도대체 어디서 배우셨소?"

상경지는 두 눈을 휘둥그레 뜨고서 물었다. 그러나 장무기는 미소만 지을 뿐 대답하지 않았다.

그때 당문량이 매서운 질문을 던져왔다.

"금모사왕 사손은 지금 어디 있소? 증 소협이 아는 모양인데 말씀해주시오!"

상경지보다 눈치 빠른 당문량은 아무리 생각해도 지금 눈앞에 서 있는 젊은이가 사손과 무슨 관계가 있을 것이라고 어렴풋이나마 짐작한 것이다. 느닷없이 날카로운 질문에 부닥친 장무기는 가슴이 뜨끔해졌다. '아이고, 맙소사! 칠상권의 공력을 과시하는 데만 급급한 나머지 양부까지 끌어들이고 말았구나. 만약 이 자리에서 양부와의 관계를 털어놓았다간 그 즉시 나는 육대 문파에게 공동의 적으로 몰릴 테고, 그랬다가는 화해를 붙이든 싸움을 말리든 모두가 수포로 돌아가고 말 것이다. 안 되겠다, 화제를 딴 데로 돌려야겠다.'

"당 선배님, 당신은 공동파에서 칠상권의 권보를 잃어버리고, 그것을 훔쳐간 범인이 금모사왕이라고 지목하시는 겁니까? 틀렸습니다! 그날 밤 공동산 청양관에서 권보를 빼앗길 때 정체불명의 괴한과 격투를 벌이셨지요? 당시 귀파의 문하 제자들 가운데 몇몇 분이 다쳐 온몸뚱이에 울긋불긋한 반점이 돋아나고 출혈이 생겼습니다. 여러분도 짐작하셨겠지만 그 상처는 바로 혼원공에 당한 것이었습니다. 다시 말씀드리면 진짜 하수인은 다름 아닌 혼원벽력수 성곤, 바로 그자가 범인이었단 말입니다!"

사손이 그해 공동산에 침입해서 〈칠상권보〉를 빼앗은 괴한임은 틀림없었다. 그러나 장무기는 이 점에 대해선 얼버무리고 화살을 엉뚱한 데로 돌려놓았다. 성곤이 명교 측에 많은 적수를 만들기 위해 은밀히 사손을 도와 혼원공으로 공동파 다섯 원로 가운데 당문량과 상경지에게 미리 상처를 입혀놓음으로써 사손이 권보를 빼앗는 데 성공하도록 안배했다는 사실은 당사자인 사손도 몰랐으나, 후에 가서 소림파 신승 공견대사에게서 듣고 겨우 깨달았다. 그러나 장무기는 이 사실을 성곤의 입을 통해 직접 들어 알고 있었다. 따라서 평생토록 간사한 계교를 써서 남에게 화를 전가시킨 소행을 뻔히 아는 바에야, 성곤의 간계를 역이용해 권보를 훔치게 만든 장본인을 주범으로 몰아 당문량과 상경지에게 일러주었다고 해서 꼭 나쁜 짓은 아니라고 생각했다. 이거야말로 상대방의 계략으로 상대방에게 해를 끼친다는 '이피지도以彼之道 환기피신還其彼身'을 역이용한 것이었고, 또 새빨간 거짓말도 아니었으니 양심에 거리낄 바도 없었다.

당문량과 상경지가 서로 눈길을 마주쳤다. 지난 20여 년 동안 풀리지 않았던 뼈아픈 수수께끼가 장무기의 한마디로 석연히 풀렸음을 깨달은 것이다. 두 사람은 한참 동안 할 말을 잊었다.

얼마나 지났을까, 상경지가 비로소 입을 열어 물었다.

"그렇다면 증 소협에게 묻겠는데, 그 성곤이란 자는 지금 어디 있소?"

"혼원벽력수 성곤은 일심전력을 다해 육대 문파를 책동해서 명교와의 불화를 조장해놓고 소림파 문하로 투신했습니다. 법명을 원진이라 붙였지요. 어젯밤 그자는 명교 내당 의사청에 침입해 자기 입으로 명교 수뇌 인물들 앞에서 이 사실을 자랑스럽게 떠벌렸습니다. 광명좌사자 양소 선생, 청익복왕, 오산인 등 모든 분이 두 귀로 똑똑히 들었습니다. 이것은 아주 확실한 사실입니다. 만약 거짓말이라면 저는 개돼지만도 못하고, 무림계 모든 인사가 침을 뱉고 돌아보지 않을 비천한 자가 될 것입니다. 양소 선생을 비롯한 여러분은 절대로 망령된 소리를 하실 분들이 아니니 증인을 서실 수 있으리라 봅니다."

광장 안을 쩌렁쩌렁 울리는 몇 마디 말에 육대 문파 진영이 온통 술렁거렸다. 그중에서도 소림파 승려들은 일제히 아우성치면서 소란을 부리기 시작했다.

"나무아미타불!"

염불을 높이 외면서 잿빛 승복을 걸친 승려 한 사람이 광장 한복판으로 천천히 걸어 나왔다. 위엄이 가득 서린 얼굴에 왼손으로는 굵다란 염주를 한 꾸러미 잡고서 장무기 앞에 다가와 우뚝 섰다. 바로 소림파 삼대 신승 가운데 한 사람인 공성대사였다.

"중 시주, 그대는 어찌하여 터무니없는 소리를 거듭해서 우리 소림 문하 제자를 중상모략하는 거요? 천하 영웅들의 면전에서 그렇듯 입에서 나오는 대로 막된 소리를 지껄여 우리 소림파의 깨끗한 명예를 더럽혀야 되겠소?"

공성대사의 엄한 추궁을 받은 장무기가 허리 굽혀 응답했다.

"대사님 노여워하지 마시고 고정하십시오. 원진이란 승려를 이 자리에 나오게 하셔서 후배와 대질시키면 사태의 진상을 곧 아실 수 있을 것입니다."

이 말에 공성대사의 얼굴빛이 더욱 굳어졌다.

"중 시주는 말끝마다 우리 사질 원진의 이름자를 들먹이는데, 한참 어린 나이에 어찌하여 심보가 그토록 험악하신가?"

"불초 후배가 원진 화상을 나오게 해달라고 요청드리는 것은 여기 천하 영웅들 앞에서 시비 흑백을 가리기 위해서인데, 대사님께선 어찌하여 이 후배더러 심보가 험악하다 꾸짖으십니까?"

"원진 사질은 우리 공견 사형의 입실 제자로서 부처님의 가르침에 대한 수련이 아주 깊은 사람이오. 이번 명교 원정에 다른 사람들을 따라 참가하기 전까지는 여러 해 동안 단 한 발짝도 절간 밖으로 내디뎌본 적이 없는데, 어떻게 해서 그 사람이 혼원벽력수 성곤이란 말씀인가? 더구나 원진 사질은 우리 육대 문파를 위해서 요사스러운 무리들과 악전고투 끝에 힘이 다하여 원적했는데, 그가 죽은 지금에 와서도 죽은 사람의 맑은 명예를 어찌 이렇듯 더럽힐 수가 있는가!"

원진이 원적했다는 말을 듣는 순간, 장무기는 머릿속이 "윙!" 하고 울릴 만큼 커다란 충격을 받았다. 성곤이란 악적이 명교 사람들과 싸우다 힘이 다하여 전사했다니! 그럴 리가 없었다. 그자의 무공 실력과 악랄한 수단으로 본다면 여기 살아 있는 영웅호걸보다 먼저 죽을 리가 없었다. 장무기는 안색이 하얗게 질린 채 중얼거렸다.

"그자가…… 그자가 정말 죽었단 말인가? 아니다, 아니야! 절대로…… 절대로 그럴 수가 없습니다."

"정 못 믿겠거든 직접 가서 두 눈으로 똑똑히 보시오!"

공성대사가 광장 서쪽 한 귀퉁이에 쌓인 승려들의 시체 무더기를 손가락질하면서 다시 호통을 쳤다.

장무기는 시체 무더기가 쌓여 있는 곳으로 걸어갔다. 그러고는 시체들 가운데서 양 볼이 움푹 꺼지고 두 눈을 허옇게 까뒤집은 시체 한 구를 쉽사리 찾아냈다. 그것은 과연 소림파에 투신한 이후 원진이라고 이름을 고친 혼원벽력수 성곤이 틀림없었다. 몸을 굽혀 손가락으로 코끝을 더듬어보니 숨결이 끊긴 지 이미 오래였고, 손끝에 와닿는 것은 얼음같이 차디찬 감촉뿐이었다.

장무기의 심정은 착잡하기 이를 데 없었다. 기뻐해야 할지 서글퍼해야 할지, 종잡기 어려운 감정의 소용돌이에 휘말린 채로 그는 맥없이 성곤의 주검을 등지고 돌아섰다. 양부 사손의 한평생을 망쳐놓은 불구대천지 원수가 끝내 악업이 하늘에 사무쳐 이렇듯 허망하게 죽어버리다니! 갑작스레 가슴에 뜨거운 피가 용솟음치면서 하늘을 우러러

앙천대소를 터뜨렸다.

"하하하하! 간악한 도적놈, 흉악하기 짝이 없는 놈! 평생토록 온갖 몹쓸 짓을 다 저지르더니 네놈에게도 마침내 오늘 같은 날이 있었구나! 하하, 하하하!"

앙천대소 큰 웃음소리가 산골짜기를 쩌렁쩌렁 울리고 메아리가 되어 멀리멀리 거침없이 퍼져나갔다. 원한에 가득 찬 고함 소리, 허탈한 웃음소리는 광장 안 사람들의 심금을 여지없이 뒤흔들어 조마조마하게 만들어놓았다.

이윽고 장무기가 공성대사 쪽으로 고개를 돌리고 물었다.

"저 원진이란 자가 누구 손에 죽었습니까?"

그러나 공성대사는 대답 대신에 곁눈질로 사납게 흘겨볼 따름이었다. 어느덧 얼굴에는 서릿발이 허옇게 덮였다.

한 곁에 물러나 있던 백미응왕 은천정이 그제야 입을 열더니 공성대사를 대신해서 일러주었다.

"그자는 내 아들 야왕과 장력을 겨룬 끝에 하나는 죽고 하나는 다쳤다네."

"아, 그렇습니까!"

장무기는 공손히 은천정에게 허리를 굽혔다. 인사를 하면서도 생각은 치달렸다. '그랬구나. 원진이란 놈은 어젯밤 청익복왕 위일소에게 한빙면장을 얻어맞고 중상을 입었지. 게다가 외숙부님의 장력은 보통이 아니니 이 자리에서 그놈을 때려죽일 수 있었을 것이다. 외숙부님이 내 양아버지를 위해 복수해주셨다니, 정말 이보다 더 잘된 일은 없을 것이다.'

그는 은야왕이 누워 있는 곁으로 다가가 맥박을 짚어보았다. 생명에는 지장이 없는 것을 보자 마음이 놓였다.

"고맙습니다, 선배님!"

한 곁에서 눈을 흘기고 있던 공성대사는 그 꼴을 보자 더욱 분노가 치밀어 도무지 견딜 수 없었다.

"요 녀석, 이리 와서 목숨을 바쳐라!"

목청을 한껏 놓아 호통치는 소리가 뇌성벽력처럼 뭇사람들의 귀청을 때렸다. 장무기는 뜨악한 기색으로 뒤돌아보고 물었다.

"뭐라고요?"

"진작부터 우리 원진 사질이 죽은 것을 뻔히 알고서 모든 죄를 뒤집어씌우다니! 그토록 악독한 네놈을 내 어찌 용서할 수 있겠느냐? 오늘 이 늙은 화상이 살계를 열어야겠다! 자아, 어쩔 테냐? 네놈 스스로 목숨을 끊을 테냐, 아니면 이 늙은이가 정 손을 써야 되겠느냐?"

서릿발 같은 공성대사의 호통에 장무기는 얼른 대꾸하지 못하고 망설였다. 원진은 이미 죽음을 받았으니 죗값을 치른 셈이다. 그것이야말로 더할 나위 없는 경사이긴 하지만 이제 그동안 일어난 모든 사실을 해명하는 데 필요한 증인이 사라지고 말았다. 대질할 당사자가 없어졌으니 도리어 진상을 밝혀내기가 더 어려워졌다. 어쩌면 공성대사가 진노하는 것은 당연한 일인지도 모른다. 일체의 진상을 모르는 상태에서 소림파의 명예가 실추되었다는 사실만 표면에 들추어진 셈이니 화도 날 만하지 않겠는가?

장무기가 주저하는 사이에 공성대사는 성큼성큼 다가오더니 선뜻 오른손을 들어 장무기의 정수리를 움켜잡듯 내리찍었다. 팔뚝부터 다

섯 손가락에 이르기까지 붓끝으로 내리찍듯 수직으로 곧추세워 떨어
뜨리는 수법으로 매섭기 짝이 없는 힘줄기가 담긴 것이었다.

"앗, 용조수龍爪手다! 방심하지 말게!"

그 수법을 알아본 은천정이 큰 소리로 경고했다.

장무기는 재빨리 옆으로 몸을 빼어 날렵하게 피해냈다. 첫 공격이
실패하자 공성대사의 왼손이 잇따라 들이닥쳤다. 이 일초는 기세가 첫
번째보다 더욱 재빠르고 세찼다. 장무기도 다시 한번 몸을 비스듬히
꺾어 왼쪽으로 선뜻 피했다. 그러나 공성대사는 좌우 양손으로 번갈아
가며 3초, 4초, 5초 공격을 퍼부어왔다. "휙, 휙, 휙!" 다섯 손가락을 곧
추세운 내리찍기 동작이 바람을 가르면서 연거푸 떨어졌다. 단 한순간
도 숨 돌릴 겨를마저 주지 않고 계속해서 장무기의 회피 동작을 따라
가며 내리찍은 것이다.

순식간에 회색 승포 자락은 한 마리의 잿빛 용으로 바뀌어 잿빛 그
림자가 허공을 뒤덮었다. 용의 그림자는 널따란 광장을 가득 메우고
용의 발톱 같은 다섯 손가락이 무섭게 춤을 추면서 장무기를 피할 곳
없이 찍어 누르려고 여기저기서 번뜩거렸다.

"찌익!"

별안간 옷자락이 찢겨나가는 소리와 함께 장무기는 황급히 몸을 가
로누여 수평으로 날아갔다. 그러나 이미 소맷자락은 공성대사의 손에
한 움큼 찢긴 채 쥐어 있었다. 옷자락이 떨어져 나간 채 벌겋게 드러
난 팔뚝 맨살에는 다섯 줄기의 기다란 핏자국과 함께 선지피가 줄줄
이 흘러내리고 있었다. 당장 소림파 진영에서 우레 같은 박수갈채가
터졌다. 그 환호성 가운데 앳된 소녀의 놀란 외침이 함께 섞여 나왔다.

경악성이 터져 나온 곳을 바라보니, 아소가 놀라움과 걱정스러움에 못 이겨 두 눈망울을 토끼처럼 동그랗게 뜨고서 핏기라곤 한 점도 비치지 않는 얼굴로 외쳐대고 있었다.

"도련님, 조심하세요!"

파르르 떨려 나오는 외침을 들으면서 장무기는 가슴이 철렁했다. '혹시 저 어린 아가씨가 나한테 마음을 두고 있는 것은 아닐까?'

일초에 성공을 거둔 공성대사가 몸뚱이를 허공으로 솟구쳐 올리더니 또다시 곤두박질치면서 열 손가락을 곧게 뻗은 자세로 덮쳐 내렸다. 위압적인 기세가 실로 무시무시했다.

위력적인 용조수는 공격이 계속될수록 빨라지고 잔혹해졌다. 20 평생을 두고 처음 겪어보는 무서운 공세 앞에서 장무기는 어떻게 대응해야 좋을지 그 방도가 전혀 떠오르지 않았다. 그저 뒷걸음질로 껑충껑충 뛰어 공성대사의 일초 일초를 피하는 수밖에 없었다. 그러나 공성대사의 용조수 공격은 샘솟듯 끊임없이 펼쳐졌다. 장무기는 또다시 몸을 솟구쳐 뒤로 물러났다. 피아 쌍방 두 사람이 얼굴을 마주 대한 채 하나는 덮쳐들고 다른 하나는 뒷걸음질 도약으로 물러서고 있었다.

공성대사는 아홉 차례의 연속 공격을 모두 허탕쳤다. 피아간에 간격은 불과 두 자 남짓, 공성대사는 숨 쉴 틈도 없이 일방적으로 연속 공격을 퍼붓는데, 장무기는 아직도 반격 한 번 못 하고 계속 회피 동작만 취했다. 그러나 두 사람의 경공신법은 이미 현격한 수준 차이를 드러내고 있었다. 공성대사가 날랜 걸음걸이로 덮쳐들 때마다 장무기는 연거푸 뒷걸음질 도약으로 피해내면서도 두 사람의 간격을 자로 잰 듯 정확하게 떼어놓았다. 공성대사는 처음부터 끝까지 그를 따라잡지

21. 분규를 해결하려 육대 문파 강적들과 맞서 싸우니

못했다. 경공신법만큼은 벌써부터 장무기에게 한 수 접히고 들어간 셈이다. 장무기는 그저 몸을 번뜩 돌이켜 숨소리가 느껴질 만큼 다가들 때마다 공성대사를 멀찌감치 떼어놓았다.

사실 장무기는 도망칠 필요가 없었다. 그저 뒷걸음질 도약만으로도 상대방의 공세를 충분히 떨쳐버릴 수 있었다. 그럼에도 공성대사와 시종 2~3척 간격을 유지하면서 상대방의 공격을 맞받아치지 않고 줄곧 피하기만 한 이유는 바로 용조수의 비밀을 캐내기 위해서였다. 상대방의 제37초 공세가 펼쳐지는 순간, 그는 공성대사의 오른손이 질풍같이 덮쳐들면서 또다시 공격 초반에 썼던 제8초 나운식擎雲式으로 바뀌는 것을 간파했다. 그리고 제38초에 접어들자 좌우 양손이 위에서 아래로 한꺼번에 훑어 내렸을 때 방위는 비록 바뀌었어도 자세가 제12초 창주식搶珠式과 똑같다는 사실을 꿰뚫어보았다. 용이 구름을 움켜잡든 여의주를 빼앗든 장무기로서는 초식 명칭을 알 도리가 없었지만, 상대방이 공격하는 자세와 수법만큼은 모조리 눈여겨보고 낱낱이 기억에 담아둔 것이다.

소림파의 비전절기 용조수는 원래 36초가 전부였다. 초식 하나하나가 모두 매섭고 사납기 이를 데 없는 살초였기 때문에 굳이 번잡한 변화를 추구할 필요가 없었다. 공성대사가 이 무공을 익힌 이래 중년의 나이에 들기까지 몇 차례 강적을 만났으나 그럴 때마다 용조수를 구사해 우세를 차지했고, 12초 이내에 적을 제압하지 못한 적이 단 한 번도 없었다. 그가 제13초 이상을 쓴 것은 평소 혼자 연습할 때뿐이었다. 그러나 오늘만큼은 상황이 달랐다. 제13초뿐만 아니라 제36초까지 모조리 썼으면서도 적을 굴복시키지 못한 경우는 처음이었다. 그러니 제37초를 전개해야 할 때에 이르자 이미 한 번 써먹은 초식을 변화시켜서라도 다시 한번 거듭할 수밖에 없었다. 하지만 마음속으로는 별로 당황하지 않고 여유 만만했다. 이 젊은 녀석은 그저 경공신법이 뛰어나고 동작이 재빠를 뿐, 실제로 자기 자신과 정면으로 맞선다면 예전의 경우처럼 용조수 제12초까지 가지 않더라도 너끈히 제압할 수 있다고 판단했기 때문이다.

이 무렵 장무기는 용조수 36초의 움켜잡기 요체를 완벽하게 간파해냈다. 자신의 본래 무공 실력만으로는 이 무시무시한 용조수를 파괴할 묘수가 없었지만, 건곤대나이 심법을 쓰면 상대방이 어떤 초식의 움켜잡기 수법을 구사하더라도 충분히 그 권법 속에 허점을 조성할 수 있다는 자신감이 생겼다. 그러나 막상 건곤대나이 심법을 쓰기로 작정하자, 마음속에 걸리는 바가 있어 실천에 옮기지 못하고 망설였다.

'내가 지금 상대방의 목숨을 빼앗기로 마음먹는다면 그리 어려운 일은 아니다. 그러나 소림파는 강호 무림계에서 혁혁한 위엄과 명망을 떨치는 명문 정파요, 공성대사는 소림사의 삼대 원로 기숙 중 한 분이신데, 만약 내가 천하 영웅들이 보는 앞에서 이분을 이긴다면 무림의 태산북두 소림파의 체통은 곧바로 땅에 떨어지고 말 것이 아닌가? 이분에게 아무 내색도 하지 않고 승산이 없음을 일깨워서 스스로 물러나게 할 수 있다면 오죽 좋으련만, 이 고집불통 스님의 무공은 공동파의 다섯 원로보다 훨씬 고명하니 쉽사리 스스로 물러나게 할 방도가 없다. 정말 난감하구나!'

"요놈의 자식! 계속 도망만 칠 테냐? 그건 비겁한 짓이다!"

21. 분규를 해결하려 육대 문파 강적들과 맞서 싸우니

한참 이러지도 저러지도 못하고 망설이는 판국에 별안간 공성대사의 호통 소리가 들렸다.

"떳떳이 대결하자고 하시면……."

장무기가 입을 열어 대꾸하는 순간, 공성대사는 상대방의 진기가 순수하지 못하고 흐려지는 것을 발견했다. 그 틈을 잡아 재빨리 2초의 연속 공격을 퍼부었다. 그러나 장무기도 호락호락 얻어맞고 있을 사람이 아니었다. 바람을 끊고 날아드는 양손 열 손가락이 몸에 닿기 직전, 훌쩍 몸뚱이를 솟구쳐 피하면서도 입으로는 여전히 할 말을 이어갔다.

"……그것도 좋겠지요. 만약 제가 요행으로 대사님을 이기면 어찌하시렵니까?"

장무기는 회피 동작을 취하면서도 말이 중도에 끊기지 않았다. 눈을 감고 들었다면 마치 무릎을 맞대고 앉아 편안한 마음으로 대화를 나누는 것처럼 들렸을 것이다. 그 두세 마디 말을 건네는 동안에도 공성대사의 쾌속한 공격을 연거푸 피해냈다.

"흠! 네놈의 경공신법 하나만큼은 확실히 훌륭하다만, 주먹질이나 발길질로 날 이길 생각일랑 꿈도 꾸지 말아라!"

"무공 실력으로 대결하는 마당에 어느 누가 승부를 미리 짐작할 수 있겠습니까? 이 후배가 대사님보다 훨씬 젊고 무예 또한 비록 보잘것없지만, 기력 하나만큼은 훨씬 우세한 줄 아십시오!"

"이 늙은이가 주먹질 발길질로 네놈한테 진다면 날 죽이든 살리든, 구워먹든 삶아먹든 네 마음대로 해라!"

"대사님을 죽이다니요? 천만의 말씀을 다 하십니다! 만약 후배가 지면 두말 않고 대사님의 처분에 몸을 맡기겠지만, 제가 요행으로 대사님께 일초 반식이라도 이기게 되거든 부디 소림파를 이 광명정에서 물러나 하산하도록 해주십시오."

"흥! 그렇게는 안 된다. 소림파의 일은 우리 사형께서 결정하실 것이고 나는 내게 주어진 일만 할 따름이다. 내 용조수 실력으로 너 따위 어린 녀석을 붙잡지 못하다니 그걸 내가 믿을 성싶으냐?"

공성대사도 지지 않고 매섭게 호통쳐 대꾸했다. 그러나 이때 장무기의 마음속에는 순간적으로 짚이는 게 있었다.

"하하, 소림파 용조수 36초는 과연 반 푼어치도 빈틈이 없군요! 천하의 금나수 가운데 으뜸가는 무상절기無上絶技임에는 틀림없습니다만, 아무래도 내사님께서 조금 잘못 배우신 모양입니다. 대사님의 솜씨 중에 결함이 약간 보이거든요."

"오냐, 좋다! 네놈이 내 용조수를 깨뜨릴 수만 있다면, 내 이 길로 소림사에 돌아가서 죽을 때까지 절간 문밖으로 한 걸음도 내딛지 않으마!"

"아이고, 감당도 못 할 말씀을…… 그러실 것까지는 없습니다!"

이렇듯 두 사람이 주거니 받거니 입씨름을 하는 사이에 사방을 에워싸고 있던 관전자들은 우레와 같이 박수갈채를 터뜨렸다. 박수갈채는 잠시 울렸다가 그치는 게 아니라 점점 더 크게 울려 퍼졌다. 그도 그럴 것이 장무기와 공성대사 두 사람은 입으로 옥신각신 대화를 주고받으면서도 손발만큼은 단 한순간도 멈추지 않고 갈수록 더 격렬하고 빠르게 싸우고 있었던 것이다. 쌍방 간의 말씨 또한 여느 때와 다를 바 없이 조금도 막히거나 끊기는 법이 없으니 기가 막힐 노릇이 아닌가!

공성대사가 "네놈의 경공신법 하나만큼은 확실히 훌륭하다만"이라고 외쳤을 때 그 주먹은 연속해서 2초를 내지르고 있었는가 하면 "주먹질이나 발길질로 날 이길 생각……" 하고 뒷마디를 잇는 순간에도 왼손 다섯 손가락이 상대방의 정수리를 찍어 내리더니, 마지막으로 "……꿈도 꾸지 말아라!" 하고 말끝을 맺는 찰나에는 사납고 위엄에 찬 목소리와 더불어 양손이 부르르 떨리면서 돌개바람에 벼락 때리듯 금나수 3초로 장무기의 머리통을 움켜잡아가고 있었다. 두 사람이 싸우면서 주고받는 대화는 관전자들의 열광적인 박수갈채 속에 파묻히지도 않고 광명정을 사면으로 에워싼 골짜기에 마주쳐 쩌렁쩌렁 울려 퍼졌다.

장무기가 마지막으로 대꾸한 "……그러실 것까지는 없습니다!"라는 소리가 터져 나왔을 때였다. 여태껏 뒷걸음질 도약으로만 일관하던 그의 회피 동작이 급작스레 바뀌더니 돌연 몸뚱이 전체가 팽이처럼 핑그르르 돌아가면서 하늘 높이 솟구쳐 올라갔다. 곧이어 회전 속도가 빨라질수록 허공으로 높이 치솟은 몸뚱이가 연거푸 "홀떡, 홀떡!" 네 바퀴 공중제비를 돌고 나서는 방향을 수평으로 꺾어 헤엄치듯 싸움터 바깥 20~30척 떨어진 땅 위에 사뿐히 떨어져 내렸다.

그 광경을 바라보던 관중들은 현기증을 일으켰다. 만약 오늘 이 자리에서 직접 목격하지 않았던들 이렇듯 절묘한 경공신법을 구경조차 하지 못했을 것이다. 경공술만큼은 당세에 따를 자가 없노라고 자부해오던 청익복왕 위일소 역시 이 순간에는 경탄을 금치 못했으니 다른 사람들이야 더 말할 나위도 없으리라.

그러나 장무기가 착지 동작을 취하고 내려선 그 자리에는 벌써 공성대사가 들이닥치고 있었다. 하지만 그는 상대방의 순간적인 허점을 틈타 공격하는 대신 큰 소리로 외쳐 물었다.

"여기서 싸우잔 말이지?"

"그렇습니다. 자, 대사님께서 먼저 공격하시죠!"

"네놈은 계속 뒷걸음질 쳐 물러나기만 할 건가?"

그러자 장무기는 빙그레 미소를 지으며 딱 부러지게 대꾸했다.

"후배가 여기서 반걸음이라도 물러선다면 패배한 것으로 치겠습니다."

명교 진영의 양소, 위일소, 냉겸, 주전, 설부득 같은 사람들과 천응교 진영의 은천정, 은야왕, 이천원 같은 고수들은 비록 몸을 다쳐 움직이기는 어려웠으나 보는 눈과 듣는 귀만큼은 소경이나 귀머거리가 아닌 바에야 모두 활짝 열려 있었다. 그런데 방금 장무기가 한 말을 듣고서 자기네들이 사지 팔다리만 다친 게 아니라 귀까지 먹은 게 아닌가 하고 의심이 들었다. 그들은 무공 실력이 깊고 두터울뿐더러 강호의 식견도 하나같이 너른 고수였다. 그런 만큼 무공 대결을 보는 안목도 깊었다. 공성대사가 양손으로 펼치는 용조수가 어떤 무공인가? 그 매섭고 사납기 그지없는 공세를 단 일초라도 정면으로 받아내자면 자기네 같은 일류 고수들조차 망설일 판국인데, 이 젊은 녀석은 무공 실력이 대단해서 이길 수 있다손 치더라도 최소한 100여 초는 겨뤄야 할 뿐 아니라, 그동안 공격과 수비가 바뀌는 데 따라서 전진과 후퇴 동작은 불가피하게 될 터인데, 어떻게 한자리에 멈춰 서서 반걸음도 물러서지 않을 수 있단 말인가? 그야말로 미치광이의 헛소리라고밖에 할 수 없는 말이었다.

장무기와 겨루는 공성대사 역시 같은 생각이었는지, 고개를 절레절레 내두르면서 점잖게 타일렀다.

"그럴 필요는 없지! 이기려면 공평하게 이겨야 하고, 지더라도 마음속으로 굴복해야 하는 법이야!"

그러면서 대갈일성을 터뜨렸다.

"간다, 받아라!"

공성대사의 왼손이 양동작전으로 허방을 훑어 내려 상대방의 눈길을 속이는 동시에 강맹한 힘줄기를 응집시킨 오른손이 바람을 가르면서 곧바로 장무기의 왼쪽 어깨 빗장뼈 결분혈缺盆穴을 움켜갔다. 바로 구름 잡기 나운식 일초였다.

상대방의 왼손이 꿈틀하고 움직이는 찰나, 장무기는 이내 그가 나운식을 쓰리라고 직감했다. 그래서 자신도 공격자와 똑같이 왼손으로 양동작전을 펼치는 것과 동시에 오른손을 곧바로 내뻗어 상대방의 결분혈을 움켜갔다. 피아 쌍방의 공격 자세와 초식이 반 푼의 오차도 없이 똑같아진 것이다. 그러나 장무기는 '후발선지後發先至', 곧 상대방보다 뒤늦게 손을 내밀었지만 찰나적인 순간에 재빠르게 앞질러 상대방의 요혈을 움켜잡았다. 공성대사의 손가락이 상대방 결분혈 목표에서 아직도 두 치 거리를 남겨둔 상태였는데, 장무기의 손가락은 이미 그의 결분혈을 단단히 움켜잡고 난 뒤였다. 공성대사는 순간적으로 어깨 혈도가 찌릿하고 마비되면서 오른손의 힘줄기가 한꺼번에 말끔히 스러지는 느낌을 받았다. 그다음 순간, 장무기는 손가락에 힘을 쓰지 않고 즉시 거두어들였다.

일순 멍했던 공성대사가 "휙!" 소리가 나도록 양손을 가지런히 내뻗더니 장무기의 좌우 관자놀이 태양혈太陽穴을 한꺼번에 움켜갔다. 용조수 가운데 여의주를 빼앗는 창주식 일초였다.

그러나 이번에도 장무기가 후발선지로 한순간 빠르게 도달했다. 양손이 헤엄치듯 앞으로 뻗어나가는 것과 동시에 한 걸음 내디뎠는가 싶었을 때 이미 공성대사의 좌우 관자놀이를 거머쥐었다. 무공을 하는 사람에게 태양혈이 얼마나 치명적인 급소인가? 내가 고수들이 무공 대결을 하는 과정에서 좌우 어느 쪽이든 태양혈을 공력이 담긴 손끝으로 건드리기만 해도 즉사한다. 따라서 상대방에게 한 번 잡혔다 하면 도저히 만회할 여지가 없는 치명 요혈이 바로 태양혈이었다.

하지만 장무기의 손가락은 좌우 관자놀이를 가볍게 털 듯 슬쩍 건느리기만 하고 물러나더니, 허공에서 둥그렇게 원을 그린 다음 별안간 용조수의 제17초 노월식撈月式으로 바뀌어 상대방의 뒤통수 풍부혈風府穴을 움켰다가 놓는 동작을 취하는 것이 아닌가?

공성대사는 그가 자신의 좌우 태양혈을 슬쩍 건드린 찰나 이미 혼비백산을 한 터였는데, 또다시 물속의 보름달 잡기 노월식으로 뒤통수 풍부혈까지 잡혔다가 놓이자 경악과 의혹이 극도에 다다랐다. 그는 즉시 뒷걸음질로 4~5척 거리를 도약해 물러나더니 대뜸 호통쳐 물었다.

"네 이놈! 네놈이 어떻게 해서 우리 소림파의 용조수마저 훔쳐 배웠느냐?"

"하하, 대사님. 천하 무학은 여러 갈래지만 뿌리는 결국 하나로 귀일합니다. 무학의 강약은 역시 인위적으로 나눈 게 아닙니까. 어쩌면 이 용조금나수龍爪擒拿手가 반드시 소림파의 독점물이라고 할 수 없는지도 모르지요."

장무기는 천연덕스레 미소 지으면서 대꾸했지만, 속마음으로는 적잖이 탄복하고 있었다. 용조수 37초가 이렇듯 지독스러운 무공이라면 과연 소림파가 수백 년 기나긴 세월 동안에 온갖 심혈을 다 기울여 갈고닦은 상승불패常勝不敗의 비전절기라고 자랑할 만도 했다. '내가 똑같은 용조수로 맞서 공격했으니 망정이지, 만약 다른 권법으로 이기려 들었다가는 정말 보통 어려운 일이 아니었을 것이다. 더구나 내가 배운 권법이나 장법 수준은 소림파의 이류 삼류 인물보다 훨씬 못한데, 어떻게 소림의 삼대 신승 가운데 한 분이신 공성대사에게 미칠 수 있겠는가?'

한편에선 공성대사가 고개를 숙인 채 깊은 생각에 잠겼다. 그러나 아무리 생각해도 어떻게 이 젊은 녀석이 소림의 비전절기를 구사했는지 그 까닭을 알 도리가 없었다. 용조수의 조예로 말하자면 사형인 공문 방장이나 공지, 심지어는 세상을 떠난 공견 사형조차 자기 실력에 못 미치는데, 어떻게 해서 이 젊은 녀석은 잇따라 2초를, 그것도 모조리 후발선지의 재빠른 솜씨로 자신을 제압할 수 있단 말인가? 더구나 공격하는 순간에 발출된 내력이나 수법, 방향과 목표 부위, 게다가 침착성과 신속성마저 겸비한 것으로 본다면 지난 수십 년 동안 고심참담하게 수련해온 자신과 맞먹을 정도가 아니라 한 수 위라고 봐도 할 말이 없을 정도였다. 도대체 누가 길러낸 제자일까? 퍼뜩 머리에 떠오른 것은 100여 년 전 서역 소림파를 세운 고혜선사였다. 그러나 고혜선사가 용조수를 쓸 줄 모른다는 것은 역대 소림사 승려들이라면 누구나 다 아는 사실이다. 따라서 서역 소림파와는 무관하다고 봐야 할 터였다. 그렇다면 도대체 누굴까?

그가 말없이 멍청하니 서 있는 동안 너르디너른 광장 안 뭇사람들의 눈초리는 온통 그의 얼굴 표정에 쏠려 있었다. 방금 두 사람은 눈 깜짝할 사이에 번개 벼락 치듯 2초를 교환하고 즉시 양편으로 갈라섰다. 일류 고수를 제외한 나머지 사람들은 둘 중 누가 이기고 누가 졌는지 전혀 알아보지 못했다. 그저 눈앞에 장무기는 아무 일도 없었다는 듯이 천연덕스레 서 있는 반면, 공성대사는 이맛살을 잔뜩 찌푸린 채 무엇인가 깊이 생각하는 모습으로 보건대 피아 쌍방 간의 우열이 판가름 난 것만은 분명했다.

숨 막힐 듯 무거운 정적은 이내 깨졌다. 돌연 공성대사가 벼락같이 대갈일성을 터뜨리면서 허공 위로 몸을 솟구치더니 두 손바닥으로 마치 광풍 노도에 소나기 휘몰아치듯 용조수 비전절기 초식을 한꺼번에 펼쳐내기 시작했다. 바람 잡기 포풍식捕風式, 그림자 움키기 착영식捉影式, 거문고 쓰다듬기 무금식撫琴式, 비파 뜯기 고슬식鼓瑟式, 용 뿔 후려꺾기 비항식批亢式, 허방 짓찧기 도허식搗虛式, 딸깍발이 샌님 끝까지 물고 늘어지기 포잔식抱殘式, 잡동사니 지키기 수결식守缺式……. 소림파 신승 공성대사의 쾌속하기 비할 데 없는 연환팔식連環八式 용조수가 마치 일초 가운데 숨겨진 여덟 가지 변화가 펼쳐지는 것처럼 실꾸리 풀려나가듯 거침없이 상대방을 제압하려 들었다.

그러나 장무기는 정신을 가다듬고 안정된 기색으로 그보다 더 빠르게 매초마다 선수를 쳐서 용조수 법식에 따라 역습으로 나아갔다. 상대방이 포풍식으로 움직였을 때, 그의 손바닥에서는 벌써 바람 잡기와 그림자 움키기 포풍착영이 한꺼번에 밀어치고, 무금식에는 거문고 쓰다듬기와 비파 뜯기 무금고슬 두 초식이 번개처럼 내지르는가 하면 어느새 용 뿔 후려꺾기와 허방 짓찧기 비항도허 두 초식에 이어서 딸깍발이 샌님 물고 늘어지기에 잡동사니 지키기의 포잔수결…… 연속 맞받아치는 여덟 초가 눈코 뜰 새 없이 후발선지의 절묘한 수법으로 상대방에게 들이닥친 것이다.

공성신승의 연환팔식 용조수는 그야말로 끝없이 펼쳐졌으나, 뜻밖에도 그보다 장무기가 더욱 빨라 초식을 펼칠 때마다 영락없이 선수를 제압당했다. 결국 공성대사는 한 초식을 발출할 때마다 떠밀려 한 발 한 발씩 뒷걸음질 치는 격이 되고 말았다. 그러나 일곱 걸음째 물러났을 때 마침내 공성대사의 포잔식과 수결식이 산악처럼 무거운 기세로 상대방을 휘감아갔다. 이 두 초식은 용조수 가운데 마지막 제35초와 제36초에 해당하는 것으로서 얼핏 보기에는 초식 가운데 허점과 파탄이 숱하게 드러나고 공격자의 자세가 마치 독사에게 놀라 허둥거리듯 손발을 허우적거리며 당황한 끝에 상대방의 역공을 억지로 막아내는 것처럼 보였다. 하지만 이 두 초식이야말로 수비인 듯하나 실제로는 공격이었다. 졸속한 듯 보이지만 실은 교묘하기 짝이 없는 비장의 수법이어서 그 숱한 허점과 파탄 속에는 실로 무서운 함정이 도사리고 있었다. 용조수는 본래 굳셈과 사나움 일변도였으나 이 마지막 두 초식에 이르러서만큼은 그 강맹 일변도의 외공 속에 음유한 내력을 감추고 있어, 이 최후의 초식을 구사하는 사람은 이미 반박귀진返璞歸眞, 노화순청爐火純靑의 최고 경지에 들어가 있어야만 했다.

"이여…… 엽……!"

장무기의 입에서 맑고도 힘찬 외마디 기합성이 터졌다. 앞으로 성큼 내딛는 두 발과 함께 공성대사의 공격 자세 그대로 포잔수결 두 초식을 허투로 길게 끌어내는가 싶더니 번개 벼락 치듯 나운식으로 변화시키기가 무섭게 상대방의 중궁中宮, 곧 정면 중단中段을 노리고 직공直攻으로 들이쳐갔다.

다음 순간, 공성대사의 얼굴이 활짝 피었다. '옳거니, 요 녀석이 드디어 내 올가미에 걸려들었구나!' 이제 하룻강아지의 오른 팔뚝은 포위망에 깊숙이 빠져들어 두 번 다시 온전한 몸으로 물러나기는 글렀다. 포잔식과 수결식을 구사하던 좌우 양 손바닥이 빙그르르 회전하는가 싶더니 훌떡 뒤집혀 곧추세운 두 손바닥 칼날로 "휙!" 소리가 나도록 세차게 장무기의 팔꿈치를 위에서 아래로 내리쳤다.

하지만 공성대사는 불도를 닦은 고승이었다. 그는 자신과 겨루고 있는 이 젊은이가 소림 무예에 정통한 것을 보자 필시 자기네 소림파와 어떤 형태로든 관련이 있는 인물이라고 지레짐작했다. 더구나 이 젊은이는 앞서 자신의 급소인 태양혈과 풍부혈을 여유 있게 제압했으면서도 일부러 양보하고 손을 거두어들이지 않았던가? 따라서 그는 비장의 절초를 구사하면서도 치명적인 살수를 쓰지 않고 단지 그의 팔뚝에 충격을 가해 부러뜨려놓기만 하겠다고 마음을 굳혔다. 그런데 뜻밖의 사태가 벌어졌다. 공성대사의 너그러운 공격이야말로 큰 오산이었다. 곧추세운 양 손바닥 칼날이 상대방의 팔꿈치와 접촉하는 순간, 돌발적으로 한 줄기 부드럽고도 중후한 힘줄기가 그 팔뚝에서 솟구쳐 나오더니 수직으로 한꺼번에 내리치던 자신의 쌍장 공격을 차단해버리는 것이 아닌가? 어디 그뿐이랴, 바로 그때 상대방의 다섯 손가락은 어느새 자신의 앞가슴 전중혈檀中穴 변두리에 닿은 채 슬쩍 어루만지고 있었다.

상대방의 손가락이 앞가슴에 닿았다고 느끼는 순간, 공성대사는 완전히 체념 상태에 빠져들었다. 이제 그의 마음속에는 아무런 생각도 나지 않았다. 그저 지난 수십 년 동안 뼈를 깎는 노력 끝에 쌓아 올린 무공이라든가, 강호 무림계에 패자로 일컬어온 명성과 위엄이 지금 이 순간에 한바탕 헛된 꿈으로 사라져가는 느낌이 들었다. 그는 두어 번 고개를 끄덕이고 나서 천천히 입을 열었다.

"증 시주는 이 늙은이보다 훨씬 고명하시오. 내가…… 졌소이다!"

말을 마치기가 무섭게 왼손으로 자신의 오른손 다섯 손가락을 움켜잡고 힘주어 꺾어버리려 했다. 하나 그것마저 허사였다. 갑작스레 왼쪽 팔꿈치가 찌릿하더니 전혀 힘을 쓸 수 없게 되었다. 어느 틈엔가 젊은이의 손가락이 팔목 혈도 위를 가볍게 훑고 지나간 것이다. 뒤미처 젊은이의 목소리가 찌렁찌렁 울려왔다.

"불초 후배는 소림파의 용조수로 대사님을 이겼습니다. 그것이 소림파의 위엄과 명성에 무슨 손상을 주었겠습니까? 만일 후배가 소림파의 절기로 대사님에게 맞서 공격하지 않았던들 대사님보다 반 푼의 우세도 차지할 수 없었을 겁니다. 세상 천하에 용조수를 압도할 무공은 다시없습니다!"

공성대사는 일시적인 격분 끝에 자기 손가락을 꺾어버리고 죽을 때까지 다시는 무공을 입에 담지 않으려 했다. 그러나 이제 젊은이의 말을 듣고 보니 자신이 잘못 생각했음을 깨달았다. 이 청년의 말과 행동은 확실히 어느 모로 보나 소림파를 진정으로 비호하고 있었다. 만약이 청년이 그렇게 대해주지 않고 또 자신이 분김에 무공을 전폐해버렸더라면 소림사 1,000여 년의 전통과 명예를 하루아침에 자기 손으로 무너뜨리는 결과가 될 것이고, 또 그로 말미암아 자신은 소림파에 둘도 없는 대역 죄인이 될 것이 아니겠는가? 생각이 여기에 미치자, 그는 저도 모르게 이 젊은이에게 필설로 형용하지 못할 진한 감동을 느꼈다.

어느덧 공성대사의 두 눈에는 번들번들 물기가 감돌았다. 그는 젊은이를 향해 두 손바닥을 마주 세워 합장했다.

"증 시주의 인자하신 마음씨와 의기에 이 늙은 것이 깊이 감복했소이다."

장무기도 깊숙이 허리 굽혀 답례를 올렸다.

"불초 후배가 외람되이 어르신께 불경죄를 저질렀으니 부디 용서해주시기 바랍니다."

공성대사가 빙그레 웃더니 다시 한번 찬사를 던졌다.

"우리 용조수가 증 시주의 손에서 그렇듯 위력을 발휘할 줄이야 이 늙은이는 정말 꿈에도 생각지 못했구려. 훗날 틈이 나거든 우리 절간에 왕림하셔서 이 늙은이에게 한 수 가르침을 내려주시오."

"한 수 가르침을 받는다……." 이 한마디는 사실 무림계 인사들에게 관례적으로나마 다분히 도전의 의미가 담긴 허투虛套로 곧잘 쓰여왔다. 그러나 공성대사의 말씨에는 도전이 아니라 진심으로 상대방의 무공 실력에 감복해 그보다 못한 자신에 대한 부끄러움을 솔직히 토로하고 가르침을 청하는 진정과 열성이 담겨 있었다.

"무슨 말씀을! 불초 후배가 어찌 감히 망령되이 대사님을 대할 수 있겠습니까? 소림파의 무공으로 말씀드리자면 그 조예가 한량없이 너르고 클뿐더러 정교하고 심오하기 비할 데 없습니다. 이 후배는 나이

어리고 배운 바가 얕아서 그저 훗날 대사님의 가르침을 받을 연분이나마 얻었으면 하는 마음 간절할 따름입니다."

황망히 대꾸하는 장무기의 말씨 또한 폐부에서 우러나오는 성실함이 길게 서려 있었다.

공성대사는 소림파에서도 신분이 지극히 높은 인물이다. 성품이 워낙 단순하고 질박해서 소림사의 주요한 직책을 맡아 수행해나갈 자질은 못되었으나, 인품과 무공만큼은 평소 모든 승려의 본보기가 되어 추앙을 받아온 고승이었다. 이제 소림파 진영에선 공지대사 이하 모든 제자가 두 눈으로 공성대사가 상대방에게 이렇듯 진심으로 굴복하는 장면을 목격했으니 사기가 완전히 떨어질 수밖에 없었다. 그뿐만 아니라 그들은 이 젊은이가 소림파의 체면까지 세워주는 성의에 대해서 마음속으로 크나큰 감동을 느꼈다. 결국 오늘 일을 놓고 더 이상 이 젊은이에게 도전하고 나설 만한 소림파 승려는 이제 한 사람도 없게 된 셈이었다.

공지대사는 사실 이번 육대 문파의 명교 섬멸전을 진두지휘하는 우두머리였다. 그런데 상황이 이렇게 돌아가고 보니 자신의 입장이 어정쩡해지고 말았다. 눈앞에서 마교의 무리가 전군복멸全軍覆滅당하게 될 것은 시간문제였는데, 느닷없이 정체불명의 젊은이가 뛰어들어 결정적으로 훼방을 놓아버린 것이다. 만약 이대로 손을 털고 물러나면 강호 천하 영웅호걸들이 비웃을 게 아닌가? 그렇다고 젊은 청년 한 사람에게 다수로 공격을 퍼붓기에는 무림 정파의 우두머리로서 꿈에도 생각지 못할 일이었다. 그는 결단을 내리지 못하고 망설인 끝에 곁눈질로 화산파 진영에 신호를 보냈다. 화산파의 장문인 신기자神機子 선우통鮮于通더러 어떻게 했으면 좋겠느냐고 묻는 눈짓이었다. 선우통은 그 별명대로 지혜와 모략이 뛰어나 이번 명교 섬멸전의 작전 계획을 주도적으로 세운 이른바 군사 참모 격의 인물이었다. 그는 우두머리 공지대사에게서 지원을 요청하는 눈짓 신호를 받자, 그 즉시 큼지막한 쥘부채를 가볍게 펼쳐 흔들면서 광장 한복판으로 천천히 걸어 나갔다.

장무기는 자기 앞으로 걸어 나오는 40대 중반의 선비를 눈여겨보았다. 용모가 무척이나 깔끔하고 점잖은 데다 소탈해 보이기까지 하는 차림새가 무엇보다 마음에 들었다. 그는 어딘지 모르게 호감을 느끼고 두 손 모아 공손히 인사를 건넸다.

"어서 오십시오. 뉘신시 모르나 선배님께서 무슨 가르침을 내리시려는지요?"

선우통이 미처 응답하기 전에 천응교주 은천정이 먼저 소리쳐 일깨워주었다.

"그자는 화산파 장문인 선우통일세! 무공은 별것 아니지만 꾀가 귀신같이 말짱한 작자이니 조심하게!"

'선우통'이란 이름을 듣자, 장무기는 어디선가 한번 들어본 것처럼 귀에 익은 느낌이 들었다. 하지만 어디서 언제 누구한테 들었는지 좀처럼 기억에 떠오르지 않았다.

이윽고 선우통이 그의 정면 10여 척 바깥에까지 다가와서 우뚝 서더니 두 손 모아 인사를 차렸다.

"증 소협, 처음 뵙소!"

장무기도 답례를 건넸다.

"선우 장문께서도 평안하신지요?"

"증 소협의 신공이야말로 세상을 뒤덮고도 남을 만하여, 공동파 다섯 원로를 연패시키고 심지어 소림파 신승 되는 분조차 스스로 패배를 자인하게 만들다니, 소생은 진실로 탄복해마지않는 바이오. 한데 어느 선배 고인의 문하에서 이렇듯 세상에 보기 드문 청년 영웅 협사를 길러내셨는지 모르겠소이다."

은근히 떠보는 말이 귓결에 들려왔으나, 장무기는 줄곧 언제 어디서 '선우통'이란 이름을 들었는지 그것만 생각하느라 답변하는 것마저 잊고 있었다.

첫 대면에 무안을 당한 선우통이 호탕하게 껄껄대고 웃음으로 얼버무리더니 다시 한번 목청을 돋우어 물었다.

"증 소협께서 사문 내력을 밝히지 않으시는 것으로 보아하니, 무슨 말 못 할 고충이 있으신 모양인데……. 하하! 공자님 가라사대 '어질고 착한 사람을 만나면 그와 똑같이 닮을 것을 생각하고, 어질지 못한 사람을 보면 스스로 자신을 돌이켜 반성하라見賢思齊 見不賢而乃自省' 하지 않았소이까?"

이 두 마디 격언을 듣는 순간, 장무기는 더 이상 다음 말이 귀에 들어오지 않았다. '견현사제'의 첫 마디 '견見' 자에서 불현듯 '견사불구' 호청우가 연상되었기 때문이다. 8년 전, 호접곡에서 '사람이 눈앞에서 죽어도 구해주지 않는다'는 악명을 떨치던 접곡의선 호청우는 어린 장무기 소년을 앞에 두고 넋두리하듯 사연을 들려주었다. 화산파 장문인 선우통이란 자가 자신의 친누이동생을 죽게 했노라고……. 장무기는 새삼스레 눈앞에 점잖게 미소 짓고 서 있는 선우통을 바라보았다.

머릿속에는 호청우가 뜰 너머로 먼 하늘을 바라보며 쓸쓸히 뇌이던 말이 또렷하게 떠오르기 시작했다.

"어떤 젊은이가 묘강苗疆 지역에서 금잠고독金蠶蠱毒에 걸렸지. 그것은 아주 치명적인 극독이어서 숨이 끊어질 때까지 세상 천하에 무엇과도 비교할 수 없는 온갖 고초를 겪다 죽어야 하는 것이었지. 나는 사흘 낮과 밤을 잠도 자지 않고 심혈을 다 기울여 그 사람의 목숨을 치료해 건져주었어. 그리고 둘이서 뜻이 맞아 의형제를 맺고 골육을 나눈 형제보다 더 친근한 우애를 나누었지. 그뿐만 아니라 내 친여동생을 그 사람에게 아내로 주기까지 했어. 그런데 나중에 그자가 내 여동생을 모해해 죽일 줄이야. 아, 팔자 사나운 내 여동생만 불쌍하게 죽었지. 어려서 양친을 다 잃은 우리는 서로 목숨처럼 의지하고 살아왔는데……."

신세타령을 하던 호청우의 주름살투성이 얼굴에 눈물이 그렁그렁 맺힌 채 서글픔에 잠겨 있던 모습이 어린 장무기에게 얼마나 가슴 아프게 보였던가. 나중에 가서 호청우는 복수하려고 몇 차례 선우통을 찾아갔으나, 숱하게 많은 화산파 제자들과 선우통의 간계에 말려 복수는커녕 도리어 그자의 손에 목숨까지 잃을 뻔했다고 했다. 당시 어린 장무기는 이 말을 듣고 속으로 굳게 다짐을 했다. 선우통처럼 극악무도한 배신자가 훗날 그 죗값을 받지 않는다면 어느 누가 하늘에 눈이 달렸다고 믿어주겠는가?

생각이 여기에 미쳤을 때, 장무기는 눈썹을 곤두세운 채 불길이라도 쏟아져 나올 듯 이글거리는 두 눈초리로 선우통을 똑바로 쏘아보았다. '게다가 선우통의 제자 설공원이란 자는 어떤 위인이었던가? 금화파파에게 중상을 입고 허위단심 찾아왔을 때 내 손으로 목숨을 구해주었더니, 나중에 가서 불회 동생과 나를 붙잡아 끓는 물에 삶아 먹으려고 했다. 결국 스승이나 제자 두 사람 모두 하나같이 비열하고 염치없는 극악무도한 도배들이었다. 은혜를 베푼 사람을 죽여 굶주린 제 배를 채우려던 설공원은 독버섯을 먹고 죽었다. 이제 선우통은 내 손에 호되게 징벌을 당하지 않으면 안 된다. 그래야만 내게 세상에 다시 없을 의술을 가르쳐준 호청우 선생에게 은혜를 갚을 수 있다.'

속에서는 불덩어리 같은 증오가 들끓었으나, 장무기는 내색하지 않고 빙그레 웃으며 대꾸했다.

"저따위한테 무슨 말 못 할 고충이 있겠습니까? 하하, 귀주성 묘강 지역에서 금잠고독에 중독되어 죽지 않으면 안 될 처지를 겪어보지도 못했고, 또 금란지교를 맺은 의형제의 누이동생을 모살한 적도 없으니 제게 말 못 하고 감추어야 할 비밀 같은 거야 있을 턱이 없습지요."

느물느물 대꾸하는 소리를 듣자, 선우통은 저도 모르게 온몸이 부르르 떨리고 등골에 식은땀이 부쩍 돋아났다. 그는 속으로 비명을 질렀다. '이게 도대체 무슨 청천하늘에 날벼락 같은 소리냐? 20여 년 전의 내 비밀을 이 젊은 녀석이 어떻게 알고 있단 말인가? 이건 분명 원귀가 시킨 일이다!'

이윽고 선우통의 머릿속에는 20년 전 수치스러운 과거사가 번개처럼 스쳐 지나갔다. 바로 그해, 선우통은 호청우의 손에 목숨을 구하고 서로 의형제를 맺었다. 그리고 호청우의 누이동생 호청양胡靑羊과 사랑에 빠졌다. 호청양 소저는 그에게 몸까지 바쳐가며 앞날의 혼약을 맹세한 끝에 임신했다. 그러나 선우통은 화산파 장문인의 자리를 탐내 호청양을 헌신짝 내던지듯 차버리고 당시 화산파 장문인이 애지중지하던 외동딸과 혼례식을 올려 부부가 되었다. 호청양 소저는 분함과 수치심을 못 이겨 선우통이 보는 앞에서 스스로 목숨을 끊었다. 배 속의 태아까지 합쳐 두 목숨이 한꺼번에 죽어버린 참사가 빚어진 것이다. 거치적거리던 애인과 태아까지 없어지자, 선우통은 회심의 미소를 머금고 이 사건을 바람 한 점 통하지 않게 덮어버렸다. 사건이 벌어진 지 벌써 20여 년, 감쪽같이 처리한 그 비밀을 느닷없이 나타난 이 젊은 녀석이 뭇사람들 보는 앞에서 들춰냈으니 선우통의 놀라움과 당혹스러움은 뭐라고 말하지 못할 정도로 클 수밖에 없었다. 한동안 대꾸할 말을 찾지 못하고 어쩔 바를 모른 채 허둥거리던 그는 이내 가슴속에서 독심이 꿈틀거리기 시작했다.

'도대체 이 젊은 놈이 어떻게 내 말 못 할 비밀을 알고 있단 말인가? 아무튼 이 자리에서 즉각 처치해 입막음을 하지 않으면 안 되겠다. 절대로 단 한순간이라도 살려둘 수 없다. 그러지 않고 이놈이 제멋대로 내 은밀한 일을 떠벌리게 내버려두었다가는 그 뒷감당을 어떻게 한단 말인가? 하는 수 없다. 비열한 짓이기는 하지만 남모르게 악독한 수단을 써서라도 당장 죽여 없애자꾸나!'

결단을 내리자, 당황하던 마음이 곧 진정되었다. 그는 너털웃음으로 어색해진 분위기를 눙치면서 점잖은 말씨로 도전했다.

"하하! 증 소협이 사승師承 내력을 밝히려 하지 않으시니 하는 수 없구려. 그럼 소생이 증 소협의 높으신 무공 초식에 가르침을 받아보기로 할까요. 이 대결은 목숨을 걸고 싸울 필요가 없으니까 우리 피차 상대방의 몸을 건드리는 즉시 공격을 중단하기로 합시다. 아무쪼록 손길에 사정을 두어주시기 바라오."

선우통이 도전의 말을 건네면서 오른 손바닥을 비스듬히 세우더니 왼 손바닥으로 번개 벼락 치듯 장무기의 어깨머리를 곧바로 쪼개 내리면서 버럭 고함쳤다.

"증 소협, 받으시오!"

공격을 먼저 개시하고 선전포고는 나중에 하는 품이 장무기에게 끝내 입 벌릴 기회를 주지 않으려는 의도가 분명했다.

그 속셈을 모를 턱이 없는 장무기는 손길 나가는 대로 가볍게 막아내면서 또 이죽이죽 상대방의 비위를 긁어놓았다.

"화산파의 무공이야 고명하기 이를 데 없으니 가르침을 받거나 안 받거나 마찬가지죠. 더구나 선우 장문인과 그 제자분들의 은혜를 원수로 갚는 배은망덕 무공은 천하에 으뜸이라 어느 누구도 따를 수 없는데……."

선우통은 이것 큰일 나겠다 싶어 그가 더 떠들지 못하게 입을 틀어막을 작정으로 재빨리 몸을 날려 덮쳐들면서 질풍같이 연속 공격을 퍼붓기 시작했다. 그 수법은 화산파 비전절기 중 하나인 칠십이로七十二路 응사생사박鷹蛇生死搏, 이름 그대로 새매와 독사가 목숨 걸고 육박전을 벌이는 지독한 살수였다. 쥘부채를 접어 오른손에 잡기가 무섭게 부채 손잡이에서 비죽 나온 것은 강철을 독사의 대가리처럼 세모꼴로 녹여 만든 날카로운 송곳 끄트머리였다. 그와 동시에 번쩍 치켜든 왼손 다섯 손가락은 새매의 발톱처럼 구부러졌다. 오른손 독사 대가리 형태의 송곳이 후려 찍고 쑤셔대고 찌르는 것과 동시에, 왼손 다섯 손가락은 움켜잡아 비틀기의 금나수로 적을 제압하겠다는 수법이었다. 양손의 공격 초식은 전혀 다른 형태였으나, 이것이야말로 화산파가 100여 년을 두고 비밀리에 전해 내린 응사생사박의 절기였다. 독사가 날카로운 독니로 물어뜯고 새매가 억센 부리로 쪼아대고 예리한 발톱으로 할퀴는 공격 자세에서 본떠 만든 이 응사쌍식鷹蛇雙式을 한꺼번에 펼치면 새매의 날렵한 자세와 독사의 기민하게 움직이는 동작이 한 초식 가운데 동시에 드러나면서 신속성과 민첩성, 모질고도 사나운 공격성을 겸비하게 되는 것이다.

그러나 이 비전절초에도 약점은 있었다. 공격력을 5 대 5로 양분하면서 그 집중력이 떨어진다는 점이었다. 이 무공으로 보통 사람을 상대한다면 적수는 양면 동시 공격에 대처할 방향을 찾지 못한 채 갈팡질팡하다가 끝내 당하게 마련이지만, 고수 입장에서 예민하게 관찰해보면 공격자의 힘은 이미 5할로 분산되어 있다는 것이 곧 드러나고만다. 장무기 역시 단 몇 차례 공격을 받아보고 나서 그 즉시 상대방의 초식이 매섭고 정교하지만 거기에 실린 공력이 부족하다는 사실을 이내 간파해냈다. 그것은 소림파 신승 공성대사보다 어림도 없거니와 하다못해 공동파의 종유협보다도 훨씬 뒤떨어졌다. 장무기는 손길 나가는 대로 아무렇게나 맞받아치면서 일부러 목청을 드높여 상대방의 아픈 구석을 찌르기 시작했다.

"선우 장문! 소생이 한두 가지 여쭤볼 게 있습니다. 장문께서 언젠가 죽고 살지 못할 극독에 중독되셨다가 구사일생으로 목숨을 건지셨지요? 그때 사흘 낮밤을 잠도 못 자고 일심전력으로 당신을 치료해주신 분이 누구였습니까? 그리고 의형제를 맺은 그 은인께선 당신을 친형제처럼 대해주셨는데, 어째서 그분의 누이동생을 유혹해 임신까지

시켜놓고 악랄하게 모살했지요? 한 여인의 두 목숨을 저버리다니, 그런 모진 심보가 어디 또 있겠습니까?"

"호……!"

선우통은 대꾸할 말이 없자, 다급한 나머지 "호래자식, 허튼소리 말아라!" 하고 욕설을 퍼부어 상대방의 입막음부터 해놓고 이어서 강변強辯하려 했다. 그는 다른 것은 몰라도 말솜씨 하나만큼은 남에게 뒤지지 않는다고 자부해왔다. 또 강호 무림계에서도 화산파 선우 장문인의 유창한 입담은 정평이 나 있었다. 혓바닥에 기름칠이라도 한 것처럼 매끄럽게 넘어가는 말솜씨와 조리 정연하게 설득하는 말재주에 무림계 인사치고 안 넘어가는 사람이 없었다. 그런데 어디서 나타났는지 느닷없이 거지 같은 녀석이 만천하 영웅들 앞에서 자기 흠집을 들춰내고 있으니 또 그 기막힌 구변으로 위기를 넘겨볼 궁리가 생긴 것이다. 그는 우선 터무니없는 얘기를 꾸며대어 우선 자신의 배은망덕한 행위부터 가려놓고 반대로 상대방을 함정에 빠뜨리기로 작심했다. 그러려면 우선 이 젊은 녀석에게 욕설을 퍼부어 격분시키고 분노에 들떠 정신이 흐트러진 틈을 타서 남몰래 독수를 써서 거꾸러뜨릴 필요가 있었고, 그다음에 천천히 군중에게 자기가 모함을 당했노라고 변명할 심산이었다. 어차피 소림파 신승마저 굴복시킨 솜씨를 지닌 이 젊은 녀석에게 자신의 무공 실력으로 겨뤄봤자 이길 가망성이 별로 없었기 때문이다.

그러나 선우통의 예상은 빗나갔다. 방금 '호래자식'의 '호' 자를 뱉어내는 순간, 느닷없이 육중하기 이를 데 없는 힘줄기가 밀어닥치더니 곧바로 가슴을 압박한 것이다. 첫 마디를 내뱉던 선우통은 그만 숨결이 목구멍에 걸려 나머지 소리를 "훅!" 들이켜는 숨결과 함께 배 속으로 꿀꺽 삼키지 않을 수 없었다. 허파 속 공기가 짓눌린 채 숨통이 막혀버린 그는 다급하게 공력을 일으켜 외부에서 짓누르는 장력에 필사적으로 저항하기 시작했다. 죽을힘을 다해 버티는 동안에도 젊은 녀석의 목소리는 두 귀에 또렷이 들려왔다.

"옳거니! 틀림없소. 그래도 성이 호<sub>胡</sub>씨라는 것만큼은 기억하고 계시는군요. 한데 호씨 성 다음에 이름자는 어째서 대지 못하시는 겁니까? 하기야 호씨 댁 규수는 당신에게 농락당해 비참하게 죽었으니까 기억하시기 괴롭겠지요. 혹시 지난 스물몇 해 동안 양심의 가책으로 꿈자리가 사납지는 않으셨습니까?"

질식 상태에 빠진 선우통은 가슴이 꽉 막혀 도무지 견딜 수가 없었다. 당장에라도 숨이 끊겨 죽을 것만 같았다. 다급해진 그는 최후의 발악으로 잇따라 3초 공격을 퍼부었다. 그 순간 상대방의 장력이 늦춰지면서 막혔던 가슴에 다소 숨통이 트였다.

"푸우!"

기나긴 한숨을 내쉬었다가 재차 깊숙이 한 모금 들이마신 선우통이 냅다 호통을 질렀다.

"네놈이……!"

그러나 이 한마디뿐, 어느새 상대방의 장력이 다시 물밀 듯이 가슴으로 닥쳐와 뒷말을 딱 끊어버렸다. 그 대신 젊은 녀석의 말이 귓결에 울려왔다.

"사내대장부라면 자기가 저지른 일은 자신이 책임져야 하는 법. 옳은 일을 했으면 옳다, 그른 짓을 저질렀으면 그르다고 한마디로 잘라 말씀하실 것이지, 어쩌자고 '네놈, 저놈' 둘러대고 발뺌만 하시는 겁니까? 접곡의선 호청우 선생은 20년 전에 당신의 목숨을 구해주었소. 그런가요, 안 그런가요? 그분의 누이동생은 당신에게 농락당하고 당신 손에 직접 죽임을 당했습니다. 그런가요, 안 그런가요?"

사실 장무기는 호청우의 누이동생이 어떻게 죽었는지 더 이상 자세히 설명할 도리가 없었다. 하지만 선우통은 자기가 저지른 모든 행위를 상대방이 모두 알고 있으면서 선우통 자신이 직접 죽인 것처럼 그럴싸하게 꾸며대고 있으려니 지레짐작했다. 게다가 가슴이 꽉 막혀 입 밖으로 말을 내지 못하게 된 바에야 어쩌겠는가, 그저 얼굴빛만 더욱 창백해질 수밖에.

곁에서 지켜보고 있던 관중들은 어안이 벙벙했다. 그들은 선우통이 웅변술에 장기를 지닌 줄 뻔히 알고 있었다. 그런데 여느 때 같으면 청산유수로 입담을 늘어놓을 달변가 선우통이 지금 이 자리에선 사뭇 부끄러운 기색으로 상대방의 엄한 질책을 받으면서도 변변하게 대꾸 한마디 못하고 있으니 이걸 어떻게 이해해야 좋을지 몰랐다. 따라서 분위기는 부득불 젊은이의 말을 믿는 쪽으로 기울어지기 시작했다. 장무기가 절정의 신공으로 선우통의 숨통을 죄고 있는 줄은 까맣게 몰랐던 것이다.

숨통이 막혀 꿀 먹은 벙어리가 된 채 할 말을 못 하고 속만 끓이는 선우통을 제외하고, 나머지 사람들은 그저 장무기가 쌍장을 춤추듯이 휘둘러가며 선우통의 공세를 풀어나가다 이따금 몇 차례 반격하는 장면만 눈여겨보았을 뿐, 육대 문파 진영에서 일류 고수로 손꼽히는 인물들조차 그들 두 사람 사이에 벌어진 은밀한 내막은 전혀 낌새를 채

지 못했다. 화산파 진영의 원로 명숙과 문하 제자들은 장문이라는 사람이 뭇사람들이 보는 앞에서 이렇듯 추태를 드러내는 것을 보고 부끄러운 나머지 얼굴을 쳐들 수가 없었다. 한낱 젊은 풋내기 녀석에게 똥물을 뒤집어쓰듯 무례 막심한 모욕을 당하면서도 변명 한마디 제대로 못 하다니 세상에 이보다 더 창피한 노릇이 어디 있단 말인가? 또 선우통의 귀신같은 모략 술책을 익히 아는 몇몇 사람은 그가 형편상 은인자중하고 있을 뿐 잠시 후에 적절한 기회를 포착하기만 하면 곧바로 지독한 보복을 퍼부으리라 기대하는 이도 없지 않았다.

다시 장무기의 입에서 준엄한 질책이 쩌렁쩌렁 울려 나왔다.

"우리 무림계 사람들은 은혜를 입었으면 기필코 은혜로 갚고, 원한을 맺었으면 반드시 원수를 갚는 것을 큰 도리로 삼고 있습니다. 선우장문! 접곡의선 호청우는 명교에 소속된 인물이었소. 당신은 분명히 명교에 큰 은혜를 입었으면서도 오늘날 제자들을 이끌고 쳐들어와서 은혜를 베푼 사람의 형제들에게 칼부림을 했소. 남이 당신의 목숨을 구해주었으나 당신은 도리어 그 피붙이를 모살했소! 이런 금수만도 못한 사람이 무슨 낯으로 명문 정파의 웃어른 노릇을 하신단 말이오?"

선우통을 질타하는 엄한 목소리가 도도하기 이를 데 없었다. 장무기는 흘끗 하늘을 우러러보았다. 호청우의 통쾌한 웃음소리가 들려오는 듯했다. 8년 전 열두 살짜리 소년이던 녀석이 이제 청년 대장부가되어 자신의 피맺힌 원한을 속 시원하게 풀어주고 있구나, 하고 칭찬하는 소리마저 들려오는 듯싶었다. '질책은 이만하면 충분하다. 오늘사세로 보아 이자의 목숨까지 다칠 수야 없는 노릇이니, 훗날 다시 찾아서 묵은빚을 청산하기로 하고 이만 그치기로 하자.' 결단을 내린 그는 즉석에서 장력을 거두어들였다.

"부끄러운 줄 아신다니, 그만하면 되었소. 당신 목은 잠시 그대로 붙여두기로 하리다."

막혔던 숨통이 별안간 탁 트이자 선우통은 호통부터 쳤다.

"요놈의 자식! 터무니없는 소리 잘도 지껄였겠다!"

그와 동시에 쥘부채 자루가 장무기의 면상을 툭 찍더니 그 즉시 훌쩍 뛰어 한 곁으로 물러났다. 장무기는 돌연 콧마루가 찡하고 울리면서 들쩍지근한 냄새를 맡았다. 그 순간 어찔하니 현기증을 일으키면서 두 다리에 맥이 풀렸다. 서너 차례 비틀거리는 사이에 두 눈에선 금빛 별똥이 번쩍번쩍 어지러이 튀었다.

"하하, 요놈의 자식! 이제야 우리 화산파의 절기 응사생사박이 얼마나 무서운지 맛보았느냐?"

의기양양해서 호통치며 몸을 솟구친 선우통이 정면으로 덮쳐들기 무섭게 왼손 다섯 손가락으로 장무기의 오른쪽 겨드랑이 아래 연액혈淵腋穴을 움켜잡아갔다. 그는 이것이야말로 결정타가 될 것이라고 판단했다. 젊은 놈은 이미 반항할 기력을 잃은 듯했다. 이윽고 손끝이 혈도에 가서 닿았다. 그런데 어찌 된 노릇인가. 분명히 움켜잡았는데 마치 진흙탕의 미꾸라지를 잡은 것처럼 손가락 다섯 개에 도무지 힘줄기가 들어가지 않았다. 뒤미처 장문인의 고함 소리에 호응하려는 듯 광장 한 귀퉁이 화산파 진영에서 우레 같은 박수갈채와 환호성이 터져 나왔다.

"와아! 응사생사박이 오늘 천하에 명성을 드날리는구나!"

"화산파 선우 장문 어른의 신기가 경천동지하도다!"

"하룻강아지 풋내기 녀석아, 진짜 무공 맛이 어떤지 알았느냐!"

장무기가 빙긋 웃더니 선우통의 두 콧구멍 사이에 숨 한 모금을 내뿜었다. 난데없이 들쩍지근한 냄새가 코를 찌르자, 선우통은 그 즉시 머릿속이 어찔어찔해졌다. 무슨 일이 일어났는지 깨닫고 그야말로 혼비백산을 한 그는 당장 입을 딱 벌려 숨결을 토해내려 했다. 바로 그 순간, 장무기의 왼손이 두 다리 무릎 안쪽을 슬쩍 훑고 지나갔다. 갑작스레 오금이 저린 그는 두 다리에 맥이 풀리면서 똑바로 서 있지 못하고 저도 모르게 털썩 무릎을 꿇고 말았다. 절묘하게도 그것은 상대방의 면전에 무릎 꿇고 애걸하는 자세였다.

"아앗, 저런!"

뜻밖의 변고를 목격한 사람들이 입 모아 외마디 경악성을 터뜨렸다. 방금 눈앞에서 중상을 입고 당장 쓰러질 듯 휘청거리던 젊은이는 멀쩡하게 서 있고, 그 대신 기습에 성공한 선우통이 반대로 그 앞에 무릎 꿇고 엎드리다니, 설마 이 젊은 녀석이 진짜 요술이라도 부렸단 말인가?

장무기는 조심스레 허리를 구부려 선우통의 손에서 쥘부채를 빼앗아 들었다. 그러고는 좌우를 둘러보면서 낭랑한 목소리로 외쳤다.

"명문 정파로 자처하는 화산파가 어엿이 고독蠱毒을 발사하는 솜씨마저 갖추었을 줄이야 정말 꿈에도 생각지 못했소. 자, 여러분 이걸 보십시오!"

말끝이 떨어지기 무섭게 장무기는 쥘부채를 흔들어 활짝 펼쳤다. 부채 앞면에는 한 폭의 산수화, 즉 중원 대륙 오악五嶽 중 하나인 화산 절정봉이 그려졌는데, 첩첩으로 포개진 산봉우리가 군데군데 깎아지른 천 길 절벽을 이루고 그 뒷면에는 1,000년 전 동진東晉 때의 문학가 곽박郭璞˙이 지은 〈태화찬太華讚〉 여섯 구절이 사뭇 호쾌한 필치로 쓰여 있었다.

| | |
|---|---|
| 화악 영산 준엄한 봉우리, | 華岳靈峻 |
| 사방이 깎아지른 절벽일세. | 削成四方 |
| 사랑스러운 저 신녀神女, | 爰有神女 |
| 옥액경장玉液瓊漿˙˙ 따르네. | 是挹玉漿 |
| 어느 뉘 에서 노닐랴, | 其誰遊之 |
| 용을 타고 구름 치마 나부끼며. | 龍駕雲裳 |

장무기는 쥘부채를 도로 접으면서 안타까운 기색으로 말했다.

"이렇듯 우아한 풍류 선비의 부채 속에 비열하고도 음독한 기관 장치를 감추었을 줄이야 누가 알았겠습니까?"

말을 마친 그는 꽃나무 앞으로 걸어가더니 싱그럽게 활짝 핀 꽃송이를 향해 부채 자루로 몇 번 휘저어보았다. 그러자 잠깐 사이에 꽃잎이 분분히 오그라들면서 한 잎 두 잎 떨어지더니 새파랗던 나뭇잎마저 누렇게 시들어가는 게 아닌가?

---

˙ 곽박(276~324): 동진 초엽의 문학가. 음양학에도 밝아 점을 잘 쳤다고 한다. 유명한 작품으로 〈유선시游仙詩〉〈강부江賦〉 등이 있다. 고문 해석에 능통해 훈고학자로서《이아 주爾雅注》3권을 지어〈십삼경주소十三經注疏〉에 편입시켰으며,《산해경 주山海經注》《방언 주方言注》《목천자 주穆天子注》가 전해 내린다.

˙˙ 신선들이 마시고 불로장생한다는 즙. 중국 시인들은 맛 좋은 술에 비유하는 용어로 많이 썼다.

그것을 본 사람들은 깜짝 놀랐다. 정인군자 같은 선우통이 도대체 저 부채 속에 무슨 독약을 감추었기에 저토록 끔찍한 일이 벌어질 수 있을까? 참으로 놀랍고 소름 끼치는 일이었다.

"아악······! 으아아······!"

갑자기 땅바닥에 엎드린 선우통의 입에서 비명이 터져 나와 뭇사람들의 가슴이 철렁 내려앉았다. 처절한 비명은 마치 날카로운 비수로 인간의 살점을 도려냈을 때 지르는 소리와도 같았다. 흠칫 놀랐던 사람들이 이내 이맛살을 찌푸렸다. 적어도 선우 장문인 정도의 뛰어난 무림 고수라면 진짜 목에 칼이 들어와도 아픔을 참고 견뎌내야 할 텐데 뭇사람들이 보는 앞에서 저렇듯 체통머리 없이 고통을 호소할 수는 없는 일이었다. 그가 애절하게 비명을 지를 때마다 결국 화산파 문하 제자들의 체면도 한 꺼풀 한 꺼풀씩 벗겨지고 있었다.

"어서······ 어서 빨리 날 죽여다오! 어서 날 죽여달란 말이야!"

거칠게 헐떡거리는 숨소리와 함께 버럭 고함치는 선우통. 그러나 대꾸하는 장무기의 목소리는 차갑기만 했다.

"내게 당신을 치료해줄 방법이 있긴 한데, 이 부채 속에 감춘 것이 무슨 독물인지 모르겠소. 독물의 성분을 모르고서야 치료하기는 어렵지요."

"그건······ 그건 금잠······ 금잠고독이야! 어서 빨리 날 죽여다오. 으아악······!"

선우통의 입에서 끊길 듯 말 듯 고통에 찬 절규가 터져 나왔다.

사람들도 '금잠고독'이란 말을 분명히 들었다. 나이 젊은 사람들이야 그것이 얼마나 지독스러운 독물인지 모르나, 각 문파의 원로 기숙들은 너 나 할 것 없이 얼굴빛이 하얗게 질리고 말았다. 몇몇 고지식한 사람은 큰 소리로 맞대놓고 질책을 퍼붓기 시작했다.

금잠고독, 그것은 천하 독물 가운데 으뜸가는 맹독이었다. 형체도 빛깔도 냄새도 없는 무서운 것이라 중독된 사람은 예외 없이 1,000만 마리나 되는 독벌레가 온 몸뚱이를 물어뜯는 것 같은 끔찍한 고통을 받는다. 그 고통이야말로 이루 형용할 수도, 참고 견뎌낼 도리도 없다. 무림계 인사들도 어쩌다가 얘기 끝에 '금잠고독'이란 말이 나오기만 해도 어금니를 갈아가며 통렬하게 비난했다. 금빛 누에처럼 생긴 이 독벌레는 좀처럼 흔적을 찾아낼 길이 없어 제아무리 무적의 신공을 자랑한다는 절정 고수일지라도 무공이라고는 눈곱만큼도 할 줄 모르는 아녀자가 이 독물을 쓰는 날이면 꼼짝없이 당하고 만다고 했다. 다만 이 독물을 손에 넣기가 무척 어렵기 때문에 대다수 사람은 그저 이름만 들어왔을 뿐인데, 오늘에서야 선우통이 그 무시무시한 독물에 중독된 참상을 직접 목격하게 된 것이다. 장무기는 계속 추궁했다.

"당신이 손수 금잠고독을 부채 자루 속에 감춰놓았는데, 어떻게 해서 자신을 해치게 되었는지 말씀해보시죠."

"어서…… 어서 날 죽여라! 난 모른다, 몰라!"

선우통이 아우성치면서 양손으로 제 몸뚱이를 마구 쥐어뜯고 할퀴면서 땅바닥에 데굴데굴 구르기 시작했다.

"그럼 내 입으로 말해드리다. 당신은 날 해치려고 쥘부채 속에 몰래 감춰둔 금잠고독을 쏘아 보냈소. 하지만 나는 내력으로 밀어내어 당신에게 도로 뿜어 보낸 거요. 안 그렇소? 이런데도 아직 할 말이 있소?"

선우통은 장무기의 말을 듣는 둥 마는 둥 마구 뒹굴면서 고통스럽게 비명을 질러댔다.

"내 업보야……! 으와아……! 내가 저지른 업보야, 내 업보 탓이라
니까!"

이번에는 양손으로 자기 목줄기를 움켜 조여 자결을 시도했다. 그
러나 금잠고독에 중독된 직후부터는 손목뿐 아니라 온몸 구석구석 어
디에나 기력이 한 방울도 남아 있지 않았다. 죽어라고 머리통을 땅바
닥에 마구 짓찧었으나 이마의 살가죽조차 터지지 않았다. 이 독물에
중독된 사람은 살고 싶어도 마음대로 살지 못하고 죽고 싶어도 죽을
수 없었다. 그러면서도 정신 하나만큼은 말짱해서 온 몸뚱이에 엄습하
는 온갖 고통을 빼놓지 않고 모조리 또렷하게 느껴야만 했다. 당장 즉
사하는 독약과 비교할 수 없는 공포의 극독물, 그것이 바로 금잠고독
인 것이다.

선우통은 호청양을 알기 이전, 묘강 지역에서 묘족苗族 출신의 한 여
자를 유혹해 놀아나다가 끝내 저버린 적이 있었다. 앙심을 품은 그 여
인은 남몰래 그의 몸뚱이에 금잠고독을 뿌려놓고 선우통이 마음을 돌
려 다시 자기를 사랑해주길 바랐다. 단지 마음이 돌아서면 곧바로 목
숨을 구해줄 생각으로 치명적인 분량은 쓰지 않았다. 그러나 선우통은
중독된 몸을 이끌고 묘족 마을을 탈출했다. 주도면밀한 그는 달아나기
에 앞서 그 여인이 기르던 금잠 한 쌍을 훔쳐가지고 빠져나왔다. 하지
만 얼마 못 가서 독이 발작해 끝내 쓰러지고 말았다. 때마침 그해 공교
롭게도 묘강 지역에서 약초를 채집하던 호청우가 의식을 잃은 채 생
사지경을 헤매고 있던 그를 발견하고 목숨을 구해주었다. 몸이 완쾌된
이후, 선우통은 전에 묘족 여인이 하던 방법대로 금잠 한 쌍을 길러서

21. 분규를 해결하려 육대 문파 강적들과 맞서 싸우니

독가루로 만들어내는 데 성공했다. 그리고 이 독가루를 부채 자루 속에 쟁여 넣은 다음, 용수철 장치로 튕기면 무형 무색한 독가루가 분출되게 하고, 다시 내력으로 밀어내어 상대방을 형체 없이 해칠 수 있도록 만들었다.

그는 방금 장무기와 겨루면서 공격하기가 무섭게 제압당하게 되자, 상대방이 손을 거두어 양보해준 기회를 틈타 그 즉시 응사생사박이 아닌 응양사찬鷹揚蛇竄의 치고 빠지는 초식으로 부채 자루를 빗나가게 하는 것처럼 휘두르면서 고독을 상대방의 면전에 쏘아 보내는 즉시 한 곁으로 피해 달아난 것이다.

천만다행히도 장무기는 내력이 깊고 두터워 위기일발의 순간에 본능적으로 호흡을 멈추고 진기를 응집시켜 독기를 도로 밀어낸 다음 입으로 상대방에게 다시 뿜어 보낼 수 있었다. 만일 그의 내력이 조금이라도 약했더라면 이제 땅바닥에 뒹굴면서 비명을 질러야 할 사람은 선우통이 아니라 바로 장무기 자신이었으리라.

그는 호청우의 아내 왕난고가 이 세상에 남긴 〈독경〉을 깊이 연구해 통달한 까닭에 금잠고독의 무시무시한 독성에 대해서도 충분한 지식을 가지고 있었다. 고독을 몰아낸 직후 남모르게 진기 한 모금을 체내 구석구석에 일주천一周天시켜 아무런 이상이 없음을 확인하고 나서야 마음을 놓았다. 그리고 땅바닥에 미친 듯이 나뒹굴며 죽여달라고 애원하는 선우통을 보자니 갑자기 측은한 느낌이 들어 구해주고 싶은 생각이 들었다. 단지 구해줄 때 구해주더라도 선우통이 자기 입으로 과거에 저지른 악행을 자백시켜야겠다는 생각만큼은 거둘 수가 없었다.

"선우 장문! 이 금잠고독의 치료법은 나도 알고 있기는 하오만, 내가 묻는 말에 사실대로 정직하게 답변해준다면 손을 쓰겠거니와, 만약 한마디라도 거짓을 말하는 날엔 거들떠보지도 않을 거요. 아마 그렇게 되면 당신은 이레 밤낮을 고통받다가 살이 문드러지고 뼈마디가 드러나면서 죽어갈 터인데, 그 재미가 보통 견딜 만한 게 아닐 거외다. 어떻소?"

선우통은 몸이 비록 고통에 시달리고 있긴 하지만 정신과 꾀는 아주 말짱했다. 장무기의 얘기를 듣자 그는 이내 묘족 마을에서 만난 여인이 한 말이 퍼뜩 떠올랐다. 그녀는 선우통의 몸을 중독시켜놓고 나서 "이레 낮과 밤을 온갖 고통에 시달리다가 살점이 문드러지고 뼈마디가 드러난 뒤에야 죽는다"고 협박했다. 그런데 이 젊은 녀석이 그런 사실을 어떻게 알았기에 한마디도 틀리지 않는단 말인가? 하지만 그가 접곡의선 호청우처럼 이 무서운 극독을 풀어줄 수 있으리라고는 여전히 믿음이 가지 않았다.

"네놈은…… 날 고쳐주지 못할 거야! 으으으……."

선우통이 발악하듯 소리치더니 끝에 가서는 신음 소리를 토해냈다. 그러자 장무기는 빙그레 웃으면서 부채를 거꾸로 돌려 잡더니 선우통의 옆구리를 꾹 찔렀다.

"여기다 구멍을 뚫고 약물을 쏟아 넣은 다음 잘 꿰매면 금잠고독을 몰아낼 수 있지요. 안 그렇습니까?"

이 말에 선우통이 화들짝 놀라 허겁지겁 고개를 끄덕거렸다.

"그…… 그래, 그래……! 바로 맞혔어! 맞아…… 그거야!"

"그럼 말씀해보시오. 양심에 거리끼는 짓을 얼마나 저질렀소?"

"없어…… 없다니까……."

21. 분규를 해결하려 육대 문파 강적들과 맞서 싸우니

"그럼 됐군요. 여기서 이레 낮 이레 밤 동안만 누워 계시구려."

장무기가 두 손을 털고 돌아서려 하자, 선우통은 다급하게 소리쳐 만류했다.

"말하겠어……! 내가 말할게……!"

급한 김에 대답은 했지만 뭇사람들이 지켜보는 가운데 자신이 평생 저질러온 악행을 자기 입으로 털어놓는다는 게 어디 그리 쉬운 일인가? 그는 한참 동안 우물쭈물하다가 끝내 입을 열지 못했다.

그때 돌연 화산파 진영에서 맑은 기합 소리가 두 차례 들리더니 때맞춰 두 사람이 훌쩍 뛰쳐나왔다. 하나는 키가 훤칠한 꺽다리 노인이고, 하나는 작달막한 땅딸보 영감이었다. 나이는 모두 쉰 살을 넘긴 듯싶은데 손에는 하나같이 칼등이 반달처럼 기다랗게 구부러진 장도長 刀를 번쩍거리면서 눈 깜짝할 사이에 장무기 앞으로 들이닥쳤다. 그중 땅딸보 영감이 날카로운 목소리로 고함을 질렀다.

"증가 놈아! 우리 화산파 제자들은 죽으면 죽었지 모욕을 당할 수는 없다! 네놈이 우리 선우 장문을 이렇듯 개차반으로 대하다니 영웅호걸로서 할 짓이 못 되는 거 아니냐!"

장무기가 포권의 예를 갖추고 정중히 물었다.

"두 분의 존함은 어찌 되시는지요?"

그러자 땅딸보 영감이 화를 벌컥 내면서 꾸짖었다.

"너 따위 녀석이 우리 형제 이름자를 물어볼 자격이라도 있느냐? 이 아우는 키가 큰 어른이니까 고로자高老子, 나는 키가 작달막하니까 왜로자矮老子라고만 알고 있으면 된다!"

말을 마친 땅딸보 영감 왜로자는 몸을 굽혀 땅바닥에 뒹굴고 있던 선우 장문을 안아 일으키려고 왼손부터 내밀었다.

장무기는 얼른 일장을 가볍게 후려쳐 한 걸음 물러나게 하더니, 차가운 말투로 경고했다.

"이분의 몸뚱이는 온통 극독으로 범벅이 되어 있소. 만약 그 손길에 한 톨이라도 묻었다가는 이 장문 어르신과 똑같은 꼴이 되고 말 테니, 귀하께서도 조심하셔야 할 거요."

왜로자는 일순 멍해지더니 이내 전신을 부르르 떨었다.

그때 선우통이 정신 나간 듯 버럭버럭 소리를 지르기 시작했다.

"날 좀 살려줘……! 어서 내 목숨을 구해줘……! 백원白遠 사형은 내가 죽였어. 이 금잠고독으로 죽였다고! 그것 말고 더 이상 없어. 양심에 거리낄 짓은 더 이상 없단 말이야! 아이고, 나 좀 살려줘. 아아아……."

그 말 한마디에 두 늙은이를 비롯해 화산파 제자들은 한꺼번에 대경실색했다. 아니나 다를까, 땅딸보 영감이 득달같이 다가서더니 손을 내밀지는 못하고 거리를 둔 채 선우통에게 따져 물었다.

"백원을 그대가 죽였다니……? 그게 정말인가? 그럼 왜 명교 사람들 손에 죽었다고 했는가?"

하지만 선우통의 귀에는 이미 그 추궁이 들리지 않았다. 그는 자기 손에 죽은 이의 원혼이 보이는지 헛소리를 지껄이기 시작했다.

"백…… 백 사형…… 제발 용서해줘! 날 좀 용서해줘요……!"

그는 큰 소리로 처절하게 부르짖으면서 연신 허공에 대고 애걸복걸 이마를 조아렸다.

"백 사형…… 사형은 너무 처참하게 죽었지……! 하지만 누가 형님더러 그토록 사납고 모질게 날 윽박지르라고 했소……? 형님은 호씨댁 소저의 비밀…… 그 비밀을 폭로하려고 했어……. 사부님이 아시는 날에는 날 용서할 리 없으니…… 그래서 형님을 죽여 입막음을 한 거야. 백 사형, 날 붙잡지 말아요! 제발 놓아줘……! 날 붙잡아가지 말고 제발 용서해달라니까……!"

그는 양손으로 자기 목을 조르려고 안간힘을 썼다.

"내가 형님을 해쳤지. 그리고 하는 수 없이 명교에 뒤집어씌운 거야……. 그렇지만…… 그렇지만 내가 형님 무덤에 지전紙錢을 얼마나 많이 살라드리고 분향을 했는데…… 그리고 또 스님을 모셔다 얼마나 정성 들여 법사法事*를 올렸는데, 이제 와서 내 목숨을 내놓으라고 하는 거요? 형님의 처자식도 내가 얼마나 잘 보살펴주었는데 날 잡아가려는 거요? 입을 것 먹을 것 하나도 빠뜨리지 않고……."

한낮의 태양 볕이 환히 내려쬐는 드넓은 광장에서 사람들은 선우통이 보이지 않는 혼령 앞에 처절하게 애걸복걸 비는 모습을 지켜보면서 온몸에 소름이 돋는 것을 느꼈다. 마치 백원이란 귀신의 넋이 자기 앞에 음산한 바람결을 타고 나타나기라도 한 것처럼. 더구나 화산파 제자 가운데 백원을 알고 있던 사람들은 더욱 놀랍고 두려워 몸을 부들부들 떨었다.

그것은 장무기에게도 뜻밖이었다. 단순히 선우통을 윽박질러 호청우의 누이동생을 죽여 은혜를 원수로 갚은 배은망덕한 행위만 자백시켜 만천하 영웅들 앞에 얼굴을 쳐들지 못하게 할 의도로 죄를 추궁

---

* 불가에서 지내는 제사. 죽은 자의 명복을 빌어 부처님께 공양하고 승려들에게 베푸는 의식.

한 것인데, 의외로 자신의 사형을 죽인 비밀까지 자백할 줄이야 꿈에도 생각지 못했다. 하기야 호청양 소저는 그에게 원한을 품고 스스로 목숨을 끊었으니 그가 직접 죽였다고 할 수는 없었다. 더구나 선우통은 애당초 박정한 남자라 제 눈앞에서 사랑하던 여인이 칼을 물고 죽어도 양심의 가책은커녕 외눈 하나 깜짝할 위인이 아니었다. 그런데 자기 사형인 백원만큼은 손수 금잠고독을 써서 살해했다고 하지 않는가? 다시 말해 호청양은 죽이지 않았으니 양심에 거리낄 바 없고, 백원을 죽인 행위는 양심에 가책을 느껴 괴로워하고 있는 것이다. 게다가 백원이 금잠고독에 중독되어 죽을 당시 땅바닥을 데굴데굴 구르면서 끔찍한 고통 끝에 몸부림치고 죽어가던 참상을 이제 오늘 자신이 직접 겪고 보니, 지난 20여 년 동안 머릿속 한 귀퉁이에 지워지지 않고 앙금처럼 남아 있던 백원 사형의 이름이 되살아난 것이다. 사실 장무기는 백원이 어떤 인물인지 알지 못했다. 다만 선우통의 자백을 통해 그가 사형을 암살하고 그 죄를 명교 측에 뒤집어씌웠다는 사실, 그리고 이것이 화산파가 명교 섬멸전에 참가하는 명분이 되었고, 또 그것이 사태 해결에 부분적으로나마 중요한 전기가 되리라는 것을 알았다. 그는 화산파 진영을 향해 큰 소리로 외쳐 일깨웠다.

"화산파 여러분, 들으십시오! 여러분의 백원 사백께선 명교의 손에 죽임을 당하신 게 아닙니다. 여러분은 절대로 애꿎은 사람들에게 죄를 뒤집어씌워서는 안 됩니다!"

바로 그때 두 노인 중 껑다리 고로자가 느닷없이 칼을 번쩍 쳐들더니 대뜸 선우통의 정수리를 쪼개려고 다가들었다.

"잠깐!"

21. 분규를 해결하려 육대 문파 강적들과 맞서 싸우니

장무기가 들고 있던 쥘부채로 칼날을 툭 건드렸다. 그다음 순간 강철로 벼린 장도가 주인의 손아귀에서 "튕겨나가더니 "푹!" 소리가 나도록 한 자 남짓이나 땅속으로 깊숙이 처박혔다.

칼을 놓쳐버린 고로자 영감이 장무기를 노려보면서 으르렁댔다.

"이놈은 우리 화산파의 반역도다! 우리끼리 본문의 죄인을 처벌하려는데, 아무 상관도 없는 네놈이 어째서 끼어들어 참견하는 거냐?"

"나는 좀 전에 이 사람의 금잠고독을 풀어준다고 약속했습니다. 한번 입 밖에 낸 말은 지켜야겠지요. 귀파의 내부 분쟁일랑 화산에 돌아가서 천천히 처리해도 늦지 않을 겁니다."

왜로자 영감이 껑다리 노인을 만류했다.

"여보게 사제, 이 녀석 말이 맞네."

그러고는 발길질로 선우통의 등줄기 대추혈大椎穴을 냅다 걷어찼다. 발길질은 정확하게 혈도에 들어맞았을 뿐 아니라 걷어찬 힘줄기도 절묘하기 이를 데 없어 붕 떠오른 몸뚱이가 수평으로 날아가더니 평소 위세 좋게 호령하던 화산파 제자들의 발치 밑에 몰골사납게 털썩 나가떨어졌다. 호된 발길질에 혈도를 걷어차인 선우통은 비록 전신의 아픔을 느끼면서도 섣불리 고함 소리 한마디 내지르지 못한 채 그저 흙바닥에 버둥버둥 몸뚱이만 뒤틀고 있을 따름이었다. 심복으로 여기던 제자들 역시 스승의 몸뚱이가 천하에 가장 무서운 극독으로 범벅이되었다는 장무기의 경고를 귀담아들은 터라, 어느 누구 하나 섣불리 손을 내밀어 장문을 구할 엄두조차 내지 못했다.

이윽고 왜로자 영감이 장무기 쪽으로 돌아섰다.

"우리 두 형제는 선우통 저놈의 사숙 되는 사람일세. 그대가 우리 화산파를 위해 중대한 일을 해결할 수 있게 도와주어 고맙네. 이제 우리가 뒤늦게나마 백원 사질의 원한을 풀게 되었으니 정말 다행스러운 일일세."

말을 마치자 허리를 깊숙이 구부려 정중하게 읍례를 건넸다. 고로자 영감도 덩달아 허리 굽혀 사례했다.

"고마우신 말씀, 저도 두 분 선배님을 위해 다행스럽게 생각합니다."

장무기가 황망히 답례를 건넸다. 그러나 일은 이것으로 끝나지 않았다. 사의를 표한 왜로자가 다음 순간 태도를 바꿔 강철 칼로 허공을 "휙!" 소리가 나도록 거세게 찍어 보이더니 칼끝을 장무기에게 겨누고 엄한 목소리로 호통치는 게 아닌가?

"하지만 우리 회산파의 명예가 천하 영웅들이 보는 앞에서 형편없이 실추되었으니, 이제 우리 형제는 늙은 두 목숨 걸고 네놈과 결판을 내야겠다!"

"아무렴, 우리 두 형제는 네놈과 목숨 걸고 사생결단을 내겠다!"

고로자 영감이 맞장구를 쳤다. 키는 멀쑥하게 크면서도 땅딸보 영감이 뭐라고 하든지 줏대 없이 따라 하는 데 이골이 난 모양이었다.

도전을 받은 장무기가 다시 한번 설득했다.

"화산파 문하 제자들이라고 해서 모두가 청렴결백한 사람들은 아닐 겁니다. 맑은 전통을 지키는 사람이 있는가 하면 물을 흐리는 사람도 없지 않은 게 상리입니다. 문호에서 어쩌다가 저런 패륜아가 한 사람 나왔다고 해서 귀파의 위엄과 명성에 흠이 가지는 않았을 겁니다. 무림계에서 불초한 무리가 배출되는 것은 명문 대파들도 어쩔 도리 없이 감수해야 하는 실정인데, 두 분께서 군이 마음에 담아두실 필요가 있겠습니까? 그런 옹졸한 생각일랑 가슴속에 담아두지 마시고 다 털어버리시지요."

그때 고로자 영감이 한마디 툭 던지고 나섰다.

"그럼 너는 우리 화산파의 명예가 손상되지 않았다고 보는 거냐?"

"그렇습니다."

"형님, 이 녀석이 우리 명예가 괜찮다고 하니 우리도 이쯤에서 그만 둡시다."

고로자는 아무래도 장무기의 무공 실력에 겁을 집어먹고 대결하기가 꺼림칙스러운 모양이었다.

그러나 왜로자가 사제를 향해 버럭 호통쳐 꾸짖었다.

"남에게 받은 수모를 먼저 갚고 나서 내부의 반역도를 처리해야 하는 법! 우리 화산파가 오늘 이 풋내기 녀석 하나 이겨내지 못하고서야 어찌 무림계에 발을 딛고 설 수 있단 말인가!"

"아무렴, 옳은 말씀이지요! 어이, 요놈아! 우리 둘이서 네놈과 2 대 1로 싸워야겠다. 만약 이게 불공평하다고 생각되거든 일찌감치 패배를 인정해라."

왜로자가 이맛살을 찌푸리고 호통쳐 꺽다리 영감을 꾸짖었다.

"사제! 자네 지금 무슨 소릴 하는 건가?"

그러자 장무기가 먼저 꺽다리 영감의 말을 냉큼 받았다.

"두 분이서 저 한 사람과 싸우시겠다니 더할 나위 없이 잘된 일이군요. 만약에 두 분께서 패하신다면 앞으로는 명교를 더 이상 괴롭히지 마십시오."

이 말을 듣자, 꺽다리 영감은 옳다 됐구나 싶어 펄쩍 뛸 듯이 기뻐했다. 그러고는 남들이 다 들으라고 일부러 큰 소리로 떠들었다.

"하하! 우리 둘이서 네놈 하나와 2 대 1로 싸운다면 네놈은 절대로 살아남지 못할 거다! 우리 형제가 뭘 쓰는지 알기나 하느냐? 양의도법兩儀刀法이란 말이다. 도법의 변화를 헤아릴 수 없어 쌍도가 연합해서 공격하는 날이면 1,000명 1만 명도 그 앞에 맞설 도리가 없지! 우리는 네놈이 일대일로 단독 대결하자고 할까 봐 은근히 걱정했단 말씀이야. 그런데 이제 네놈 입으로 혼자서 우리 둘과 싸우겠다고 했으니 넌 꼼짝없이 졌다! 한번 입 밖에 낸 말을 다시 주워담을 수 없는 법, 도로 물리자고 해선 안 되는 거다! 알겠느냐?"

"도로 물리다니요, 천만의 말씀이십니다. 절대로 후회하지 않을 테니까 노선배님늘께서 칼부림에 사정이나 좀 봐주십시오."

"내 칼에는 인정사정이 없어. 우리가 일단 양의도법을 펼쳤다 하는 날이면 공격할수록 매서워져 사정을 봐준다든가 양보하는 법이 없지! 내가 보기에 네 녀석도 썩 나쁜 놈 같지는 않은데, 단칼에 죽이자니 좀 불쌍한 생각이 드는군."

왜로자 영감이 듣다 못해 버럭 악을 썼다.

"사제, 그만 입 좀 다물지 못하겠나?"

"입이야 다물라면 다물어야겠지요. 하지만 이 젊은 녀석한테 먼저 경고를 해줘서 정신 좀 차리게 해놓고 싸워야 하지 않겠습니까? 어이, 요 녀석아! 우리 형제가 쓰는 양의도법은 말이다, 바로 '반양의反兩儀'란 것이어서 도법 초식이 늘 정상 규칙대로 움직이는 게 아니라……."

"입 다물어!"

왜로자가 호통쳐서 사제의 입을 봉한 다음, 장무기 쪽으로 돌아섰다.

21. 분규를 해결하려 육대 문파 강적들과 맞서 싸우니

"받아라!"

뒤미처 "씽!" 하고 날아드는 칼바람이 장무기를 겨냥하고 내리쩍었다. 장무기는 손에 들고 있던 선우통의 쥘부채를 번쩍 들어 벼락같이 날아드는 칼등을 누르고 한 곁으로 걸어 당겼다.

그것을 본 고로자 영감이 악을 썼다.

"이봐, 이봐! 그건 안 돼. 안 된단 말이야! 그렇게 하면 우린 싸우지 않겠어!"

"어째서요?"

"그 부채 속에는 극독이 들어 있지 않은가? 잘못 휘둘러서 독이라도 뿌려졌다간 장난이 아니지."

"아하, 그렇군요! 이런 극악한 독물은 세상에 남겨두어봤자 애꿎은 사람만 다치겠네요."

장무기는 오른손 검지와 가운뎃손가락 사이에 부채 자루를 끼워 내공을 일으킨 다음 땅바닥에 힘껏 내던졌다. "푹!" 하는 소리가 들리더니 선우통의 쥘부채는 땅속 깊숙이 꽂혀 들어가 지면에 작은 구멍만 남겼을 뿐 삽시간에 자취도 보이지 않았다. 연무장으로 쓰던 공터는 수백 년 동안 무수한 사람의 발길에 밟히고 다져져 바윗돌처럼 단단하기 짝이 없는데, 구양신공을 쓰지 않았다면 부채는커녕 송곳 하나 박아 넣기도 어려웠을 것이다.

과연 광장 안의 사람들이 피아를 막론하고 큰 소리로 박수갈채를 터뜨렸다. 그들 가운데 어느 누구도 이런 솜씨를 보일 만한 이가 없다는 증거였다. 하다못해 아둔하기 짝이 없는 고로자 영감조차 칼을 겨드랑이에 끼고 힘차게 손뼉을 치면서 고함을 질렀다.

"자네도 어서 병기를 하나 골라잡게!"

'이놈 저놈' 하던 말투도 어느새 절반쯤 얌전해졌다.

본디 장무기는 사람들 앞에서 솜씨 자랑을 하고 싶은 생각은 없었다. 그러나 오늘 당면한 비상시국에 신공이라도 보여 공격자들을 압도하지 않았다가는 육대 문파 사람들이 스스로 어려움을 알고 순순히 물러나 중원으로 돌아가지 않으리라 생각했기 때문에 부득불 있는 재주껏 상대하기로 각오한 것이다.

"선배님은 제가 무슨 병기로 상대해드리면 좋으시겠습니까?"

"허어, 요 친구 정말 재미있군! 자기가 쓸 병기를 나더러 골라달라고 물으니 말이야."

고로자 영감이 어이없다는 표정으로 성큼 다가서더니 장무기의 어깨머리를 두어 번 툭툭 건드리기까지 했다. 장무기는 이 늙은이가 어깨를 쳐도 피하지 않았다. 그 동작은 악의를 품은 게 아니라 나이 든 어른이 어린것을 귀엽다고 토닥거려주는 애정의 표시로 받아들였기 때문이다. 그러나 광장을 가득 메운 관전자들은 저마다 깜짝 놀랐다. 아무리 늙은이와 젊은이 사이의 대결이라 하더라도 이제 막 싸움이 시작되려는 살얼음판에 상대방의 어깨를 제멋대로 치는 행위도 그렇거니와 적의 손길이 예고 없이 불쑥 와닿는데도 피하지 않는 청년의 대담성에는 아연실색하지 않을 수 없었던 것이다. 만에 하나 고로자 영감의 손끝에 조금이라도 힘줄기가 담겼거나 순간적으로 기회를 포착해 급소라도 찍는 날이면, 물론 이긴 자의 체면이 깎이기는 하겠지만 아무튼 승부는 그것으로 결판나고 말 게 아닌가? 하기야 그들은 장무기에게 호체신공이 있어서 고로자 영감이 설령 느닷없이 기습 공격

21. 분규를 해결하려 육대 문파 강적들과 맞서 싸우니

을 가한다 하더라도 결코 그를 다치게 할 수 없으리라는 사실을 알지 못했다.

"자네가 무슨 병기를 쓸 것인지, 내가 하나 골라줄까?"

고로자 영감은 뭐가 그리 재미있는지 낄낄대며 물었다. 장무기도 덩달아 빙글빙글 웃었다.

"그러지요!"

"헤헤헤, 요 녀석의 무예가 대단한 걸 보니 아무래도 십팔반十八般 병기를 다 쓸 줄 알겠군. 그렇다면 그건 안 되지! 그래, 자네더러 맨손으로 우리 두 늙은이와 대결하라고 해도 되겠지? 자넨 일구이언하는 사람이 아닐 테니까."

"하하, 맨손이라도 괜찮습니다."

장무기에게서 다짐을 받아낸 고로자 영감이 사방을 두리번거렸다. 아마도 손에 제일 익지 않은 병기를 찾아서 떠맡길 모양이었다. 문득 광장 왼쪽 모퉁이에 놓인 큼지막한 바윗돌 몇 개가 눈에 띄었다. 그는 옳다구나 싶어 빙글빙글 웃으면서 장무기를 돌아보았다.

"내 자네한테도 편의를 좀 봐서 아주 묵직한 병기를 하나 골라줌세!"

그러고는 큼직한 바윗돌을 하나 가리키면서 껄껄껄 웃음보를 터뜨렸다. 그 바윗돌은 무게가 300근은 족히 나가는 것이었다. 뚝심이 어지간하지 않고서는 들어 안기조차 어림없는 무게인 데다, 광명정 총단이 세워진 이래 몇백 년 동안 사람들이 의자 대신 사용해 모난 귀퉁이마다 반들반들 길들여진 터라 손으로 잡을 수가 없었다.

고로자 영감이 장난삼아 어려운 문제를 내건 의도는 상대방이 이미 다짐을 한 이상 제풀에 기가 꺾여 이만 싸움에서 물러나면 더 이상 겨룰 필요가 없으니 이보다 더 좋을 게 없을 터였기 때문이다. 그런데 뜻밖에도 상대방은 당황한 기색 하나 없이 빙글빙글 웃기만 했다. 고로자 영감은 그 모습을 보고 속으로 흠칫했다. 혹시 이 녀석이 놀란 나머지 아예 실성을 한 게 아닌가 하는 생각마저 든 것이다.

장무기가 입을 열었다.

"그 병기도 제법 남다른 흥취가 있군요. 그러고 보니 선배님께서 제 무공을 이런 식으로라도 꼭 보고 싶은 모양이군요."

그러고는 천연덕스레 바윗돌 앞으로 뚜벅뚜벅 걸어가더니 왼손 하나만으로 그 바윗돌을 번쩍 들어 손바닥 위에 떠받들었다.

"자, 그럼 두 분께서 공격하십시오!"

말을 끝내기가 무섭게 장무기는 바윗돌을 쳐든 채로 몸을 훌쩍 솟구치더니 두 노인 앞으로 바짝 다가들었다.

"으왓!"

고로자 영감이 저도 모르게 실성을 터뜨렸다. 무지막지한 바윗돌이 눈앞에까지 덮치듯 다가들었으니 놀랄 수밖에 없었다. 관전자들도 입만 딱 벌린 채 두 눈을 휘둥그레 뜨고 박수갈채를 보내는 것마저 잊어버렸다. 고로자 영감은 식은땀을 흘리면서 두 손으로 연신 수염을 잡아 뜯었다.

"이럴 수가…… 이럴 수가 있나! 이건 아무래도 뭔가 이상해!"

침착한 왜로자 영감 역시 속으로 깜짝 놀랐다. 오늘 평생토록 만나보지 못한 강적과 맞닥뜨렸다는 생각이 들자, 자꾸만 움츠러드는 마음을 달래면서 체내의 진기를 끌어내려 두 다리에 응집시켰다. 그러곤 딱 버텨선 채 상대방의 엉거주춤한 자세를 날카롭게 주시하며 말

21. 분규를 해결하려 육대 문파 강적들과 맞서 싸우니

했다.

"자아, 간다!"

다음 순간, 서슬 퍼런 칼날이 번뜩이더니 장무기의 오른쪽 겨드랑이를 공격해 들어갔다.

"아니, 형님! 정말 싸우는 거요?"

고로자가 외쳤다.

"그럼 거짓으로 싸우는 줄 알았나? 어서 덤비게!"

대꾸와 더불어 상대방의 겨드랑이를 노리던 강철 칼날이 다시 반원을 그리다가 급작스레 방향을 바꾸어 장무기의 어깨머리를 비스듬히 쪼개 내렸다. 장무기가 선뜻 옆으로 비켜서는 찰나, 그쪽에서도 서슬 퍼런 칼 빛이 번쩍하더니 고로자 영감이 강철 칼날을 휘둘러 내리찍었다.

"잘 오셨소!"

장무기는 외마디 소리와 함께 비켜서던 동작 그대로 바윗돌을 가로질러 막았다.

"땅!"

칼날이 바윗돌을 후려 찍는 순간, 쇳소리와 더불어 불티가 사방으로 튕기면서 부서진 돌 부스러기가 어지러이 날았다. 장무기는 커다란 바윗돌을 번쩍 치켜든 채 가로막던 기세 그대로 밀어붙여갔다. 강물 흐름 따라 배 띄우는 권법 초식을 옮겨다 쓴 것이다. 아니나 다를까, 고로자 영감 입에서 비명이 터져 나왔다.

"아이고, 그건 순수추주順水推舟야! 바윗돌을 쓰는데도 그런 초식이 있나?"

그때 왜로자 영감이 버럭 고함을 질렀다.

"사제, 혼돈일파混沌一波로 나가세! 혼돈이 깨어지니……."

이어서 칼을 등 뒤로부터 휘둘러 올려 포물선을 그리더니 빙그르르 돌아가면서 곡선 형태로 상대방을 베어갔다.

고로자가 사형의 호통에 맞춰 구결을 읊기 시작했다.

"태을太乙이 싹트고, 양의兩儀의 덕德이 합치도다……!"

"일월이 어둠 속에 밝아오니……."

왜로자가 선창으로 이끌어갔다. 두 사람은 도법 구결을 번갈아 읊어 화답하면서 무시무시한 기세로 장무기를 협공해나갔다. 양의도법 초식이 샘솟듯 끊임없이 펼쳐지면서 이쪽저쪽 돌아가며 들이쳐왔다. 장무기는 구양신공을 일으켜 그 무시막지한 바윗돌을 공깃돌 굴리듯 자유자재로 움직이면서 좌우 양면으로 들이닥치는 칼바람을 모조리 막아냈다.

왜로자와 고로자가 구사하는 칼부림은 이른바 반양의도법反兩儀刀法으로 음과 양을 반대로 뒤집어 구사하는 공격 초식이었다. 그러나 장무기의 손에 들린 바윗돌은 무게뿐만 아니라 크기 또한 엄청난 '병기'라 조금만 이동시켜도 두 노인이 전후좌우로 돌아가며 후려 찍고 쪼개 내리는 공세를 거뜬히 막아낼 수 있었다. 아무리 후려 찍어도 상대방이 큼지막한 바윗돌에 가려 도무지 칼끝에 잡히지 않으니 이 노릇을 어쩌랴. 마침내 조바심이 난 고로자 영감이 아우성을 쳤다.

"자네 병기는 우리 것보다 너무 커서 유리하니까 안 되겠어. 이런 방

---

• 태을은 일명 '태일太一'로 가장 원초적인 하나, 즉 우주의 본체를 이루는 혼돈한 기운, 태초를 가리키는 용어이다. 양의는 태을이 하늘과 땅 또는 음과 양으로 분화된 것을 뜻한다.

21. 분규를 해결하려 육대 문파 강적들과 맞서 싸우니

식으로 싸우는 건 너무 공평치 못해!"

장무기가 빙그레 웃었다.

"그럼 이 멋대가리 없이 무겁기만 한 병기는 쓰지 않아도 되겠군요."

말끝이 떨어지기가 무섭게 들고 있던 바윗돌을 하늘 높이 내던져 올렸다. 두 노인은 무의식적으로 고개를 쳐들고 허공으로 치솟는 바윗돌을 쳐다보느라 한눈을 팔다가 그만 깜빡 정신을 놓고 말았다. 바로 그때 두 노인은 동시에 뒷덜미가 뜨끔하더니 삽시간에 전신이 마비되어 꼼짝 못 하는 신세가 되고 말았다. 두 사람의 뒤통수 혈도를 찍은 장무기가 그 즉시 용수철 튕기듯 뒤편으로 몸을 날려 피했다. 다음 순간, 허공 높이 던져 올린 바윗돌이 두 노인의 정수리를 향해 곧바로 떨어지고 있었다.

"아앗!"

두 노인뿐만 아니라 관전자들의 입에서도 경악에 찬 비명이 터져 나왔다. 바윗돌이 머리 위 한 자 남짓한 거리까지 떨어져 내렸을 때, 장무기가 다시 한번 몸을 날려 다가들더니 왼 손바닥으로 그 엄청난 바윗돌을 후려쳤다.

"쫘당!"

무서운 기세로 추락하던 커다란 바윗돌이 장력에 떠밀려 10여 척 바깥으로 날아가더니 둔탁한 소음을 내면서 땅바닥에 처박혔다. 자체 무게만도 300여 근에 낙하 속력까지 가중되어 떨어진 바윗돌은 거의 한 자 남짓이나 진흙탕 속에 파묻혀 들어갔다.

"하하, 죄송합니다. 후배가 두 어르신에게 장난질 한번 쳐보았지요."

그는 두 노인의 어깨를 가볍게 툭툭 건드리면서 싱긋 웃어 보였다.

그때 두 노인의 막혔던 혈도도 즉시 풀렸다.

왜로자 영감의 안색은 이미 죽은 잿빛으로 질렸다. 그는 저도 모르게 탄식을 내뱉으면서 혼잣말하듯 사제에게 한마디 던졌다.

"그만두자, 그만둬. 다 끝났네."

한데 꺽다리 영감이 절레절레 도리질을 하며 반대했다.

"아니, 형님! 그건 안 됩니다."

장무기가 불쑥 끼어들어 따져 물었다.

"어째서 안 된다는 겁니까?"

"자넨 뚝심만 클 따름이야. 힘을 쓸 줄 안다면 무거운 바윗돌을 이리저리 옮기고 하늘에다 던져 올리는 것쯤이야 누군들 못하겠나? 자넨 무공 초식으로 우리 형제를 이긴 게 아니란 말일세."

"그럼 다시 겨뤄보기로 하지요."

"다시 겨루는 것도 좋겠으나 딴 방식이라야 하네. 그러지 않으면 자네만 계속 우세를 차지할 테고, 우리는 저도 승복하지 않을 걸세. 어떤가, 우리 아주 새로운 방식으로 해보겠나?"

"그러지요!"

장무기는 고개를 끄덕여 그 제안을 선선히 받아들였다.

처음부터 줄곧 장내의 대결을 지켜보고 있던 아소가 두 노인을 손가락질하면서 비난했다.

"아이고, 부끄러운 줄도 모르나 봐! 염치없는 늙은이들 같으니. 수염은 한 자씩이나 되는 영감들이 창피스럽게 또 겨루자고 대들다니, 여태껏 유리한 것은 자기네들이 다 차지하고 있었으면서 도리어 손해 본 것처럼 말하네."

손가락으로 삿대질을 할 때마다 손목에 감긴 쇠사슬이 짤그랑짤그랑 소리를 냈다. 싸움판을 지켜보던 군중들은 어린 아가씨가 천진난만하게 장무기만 역성드는 걸 보고 무척 흥미롭게 여겼다.

　"하하! 속담에 뭐라고 했는지 모르느냐? '손해 봤다고 하는 게 바로 우세를 차지하는 법吃虧就是佔便宜'이라고 했어. 이봐, 꼬마 아가씨. 이 늙은이가 양념 삼아 먹은 소금만 해도 네가 먹은 쌀보다 훨씬 더 많고, 내가 건너다닌 돌다리가 네가 걸어 다닌 길보다 더 길다는 걸 모르느냐? 조그만 것이 웬 잔소리가 그리 많은가?"

　염치없고 넉살 좋은 고로자 영감이 껄껄대고 핀잔을 주더니 다시 장무기를 돌아보고 다짐을 받아내려 했다.

　"자네 하기 싫거든 겨루지 마세. 어차피 이번 싸움은 자네가 진 것도 아니고 우리가 이긴 것도 아니니 쌍방이 무승부로 비긴 셈 치세. 앞으로 30년쯤 더 지나서 우리 다시 한번 겨루어도 늦지 않을 테니까."

　왜로자는 그의 사제가 계속 허튼소리만 지껄이자 기가 찰 노릇이었다. 누가 뭐래도 자기네 두 형제는 화산파 원로 명숙인데, 그 입에서 뻔뻔스레 저따위 생떼 쓰는 소리가 나온대서야 체통이 뭐가 되겠는가? 그는 사제 쪽은 돌아보지도 않고 장무기를 향해 큰 소리로 패배를 인정했다.

　"증가 젊은이, 우리가 졌다는 걸 인정하겠네. 자네가 어떻게 하든지 처분대로 따를 테니 어서 말해보게."

　"두 분 좋으실 대로 하십시오. 소생은 외람되나마 그저 어르신네 문파와 명교 사이를 중재해서 알력과 갈등만 풀어드리고 싶을 뿐 사실 딴 뜻은 없습니다."

그때 고로자 영감이 버럭 고함을 지르고 나섰다.

"그건 안 되지! 새로운 대결 방식을 아직 내놓지도 않았는데, 형님은 벌써 퇴각 나발을 부시는 거요? 이거야말로 적진 앞에서 발뺌하기요, 적이 쳐들어온다는 소문만 듣고 혼비백산해서 다리야 날 살려라 도망치는 격이 아니면 뭐요?"

사제가 펄펄 뛰고 반대하는 모습을 보면서 왜로자는 이맛살을 찌푸린 채 말이 없었다. 그는 평소부터 이 아우가 이것저것 돼먹지도 못한 소리를 지껄이다가 때때로 저 두꺼운 낯가죽으로 상대방의 심기를 흩어놓아 패배를 승리로 뒤바꿔버린 경우도 있었던 것을 떠올렸다. 이제 꺽다리 아우가 억지를 쓰는 것을 보고 그는 또 예의 교란 술책이 벌어지나는 것을 알아차렸다. 정 그렇다면 또 한 번 맡겨두는 것도 좋을 것 같다는 생각이 들었다. 물론 오늘 천하 영웅들의 면전에서 이따위 후안무치한 수단을 써보았자 체통만 깎일 노릇이지만, 이 방법으로나마 상대방을 제압한다면 적어도 공로와 과실은 상쇄되지 않겠는가 싶었다. 결국 그는 아우의 입을 막지 않았다.

장무기는 꺽다리 영감에게 물었다.

"그럼 노선배님의 의향대로 따르려면 어떻게 해야 합니까?"

속담에 "큰 지혜는 큰 어리석음과 같다大智若大愚"라고 했다. 과연 고로자 영감의 '큰 어리석음'이야말로 '큰 지혜'가 분명했다. 그는 상대방에게 기가 막힐 정도로 엄청난 조건을 제시했다.

"우리 화산파의 절세신공 반양의도법은 자네도 방금 맛을 봐서 잘 알 거야. 그런데 말일세, 곤륜파에 정양의검법正兩儀劍法이란 절세의 검법이 있는 줄은 아마도 모르겠지? 이 검법은 변화가 기기묘묘한 것이

21. 분규를 해결하려 육대 문파 강적들과 맞서 싸우니

라, 우리 화산파의 반양의도법과 더불어 일세를 빛낼 만한 쌍벽이라 할 수 있지. 만약 우리 도법과 곤륜파의 검법이 유식하게 말해서 도검합벽刀劍合璧을 이루는 날이면 어떻게 될까? 태초에 양의兩儀가 사상四象으로 변화하고, 사상이 팔괘를 낳으니 음양이 조화를 이루고 수화水火가 서로 보완하도다……. 에잇 참! 내가 지금 무슨 소릴 하는 거야? 좌우지간에 위력이 너무 강해! 너무 강력해서 자넨 아예 막아내지도 못할 걸세."

장무기가 대뜸 곤륜파 진영을 돌아보고 소리쳐 물었다.

"곤륜파에선 어느 고명하신 분이 나오셔서 한 수 가르침을 내리시렵니까?"

그때 고로자 영감이 다시 가로막았다.

"곤륜파에서는 철금선생 내외분 말고는 보통 사람이야 우리 형제들과 연합 공세를 펼칠 자격이 없지! 그런데 하 장문인 내외분께서 우리와 함께 손잡고 싸울 담력이 있으신지 모르겠군."

이 말을 듣고 사람들이 모두 흠칫 놀랐다. 이 늙은이가 멍청한 소리나 지껄이는 줄만 알았더니 두뇌회전 하나만큼은 뛰어났다. 어수룩한 늙은이인 척하면서도 교묘한 말솜씨로 곤륜파의 양대 고수를 격동시켜 싸움판에 끌어들이려 하고 있지 않은가?

곤륜파 장문인 하태충은 느닷없이 지명을 당하자 아내 반숙한과 눈짓을 주고받았다. 이들 부부는 두 늙은이가 누군지 전혀 알지 못했다. 이 자리에서 듣기로는 화산파 장문인 선우통의 사숙으로서 항렬이 매우 높은 원로라는 사실, 그리고 평소 강호상에 별로 모습을 드러내지 않는 인물이라는 것밖에 알지 못했다. 하기야 중원 바깥 외따로 떨어진 서역에서만 살아왔기 때문에 두 사람을 모르는 게 당연했다. 부부의 생각은 한결같았다. '저 두 늙은이가 증씨 성을 지닌 젊은 녀석과 싸워 이기지 못하니까 우리 부부를 끌어들이려는 게 아닌가? 함께 싸워 이겨봤자 저 두 늙은이들의 체면만 세워주고 우리는 결국 들러리밖에 되지 않는다.' 하태충 부부는 보일 듯 말 듯 고개를 내저었다.

고로자 영감이 장무기를 보면서도 두 사람더러 들으라는 듯이 큰 소리로 외쳐댔다.

"아무래도 곤륜파 하씨 내외분은 자네와 감히 싸워볼 의향이 없는 모양일세. 하긴 그렇다고 나무랄 수야 없지. 저 내외분의 정양의검법이 대단하다고는 하지만, 그래도 가끔가다 꽉 막히는 구석도 있고 엉성하게 뚫리는 곳도 있거든. 그러니 우리 화산파 반양의도법보다는 애당초 한두 수쯤 손색이 있을 수밖에."

아니나 다를까, 반숙한이 발칵 성을 내면서 광장 한복판으로 뛰어나오더니 고로자 영감에게 삿대질을 해가며 따져 물었다.

"귀하의 존함은 뭐요?"

고로자 영감이 능청맞게 대꾸했다.

"어이쿠, 하 부인. 반갑소! 이 늙은이도 성이 하씨외다."

상대방의 질문을 뒤집어서 둘러대는 말솜씨가 기막히게 절묘했다. 그 많은 성씨 가운데 하필이면 반숙한의 남편 성을 자기 것으로 갖다 붙여 둘러댔으니 당장 분위기가 야릇해졌다. 당장 여기저기 웃음보가 터져 나왔다.

반숙한이 누구인가? 곤륜파 장문인의 머리 꼭대기에 올라앉은 '태

97

상장문太上掌門'으로, 남편이자 장문인 하태충조차 은근히 겁을 먹고 두려워하는 여중호걸이었다. 서역 곤륜산 일대 사방 수백 리 지역 안에서 턱짓 한 번으로 못 부릴 게 없이 여왕으로 군림하는 무서운 존재인데, 초면의 늙은이한테 놀림을 당하고 뭇사람들의 웃음거리가 되었으니 그냥 배겨날 턱이 있으랴. 그녀는 번개같이 빠른 솜씨로 장검을 뽑아 들자마자 곧바로 고로자 영감의 왼쪽 어깨머리부터 찔러 들어갔다. 칼집에서 병기를 뽑아 들 때부터 내찌를 때까지 눈 깜빡할 틈도 없었다. 꺽다리 영감은 그녀의 텅 빈 두 손과 버들잎 같은 두 눈썹이 곤두서는 것밖에 보지 못했다. 순식간에 장검이 번뜩하고 싸늘한 빛을 쏟아냈는가 싶었을 때 칼끝은 어느 틈엔가 자신의 어깨머리에서 반 자도 못 되는 거리까지 찔러들고 있었다. 실로 민첩하기 짝이 없는 재빠른 기습 공격 수법에 꺽다리 영감은 미처 놀랄 겨를도 없었다. 그는 엉겁결에 들고 있던 강철 단도를 돌려치기 솜씨로 끌어들이기가 무섭게 가로 후려쳐 막았다.

강철과 강철끼리 맞부딪치는 쇳소리가 "땅!" 하며 상큼하게 울렸다. 고로자 영감의 단도가 그야말로 위기일발의 순간에 상대방의 기습적 공격을 아슬아슬하게 뿌리쳐버린 것이다.

반숙한이 구사한 검법은 금침도겁金針渡劫, 즉 바늘 한 개로 거뜬히 아득한 시간과 공간을 훌쩍 건너뛰는 검법이었다면, 고로자 영감의 도법은 영원한 시간과 끝없는 공간에 떨어져 두 번 다시 되돌아오지 못하는 만겁불복萬劫不復의 일초, 하나는 정正, 하나는 반反 초식이었다. 두 사람이 양의兩儀 술수 가운데 음과 양이라는 상호 극단적 원리로 공격과 수비를 교환한 것이다. 꺽다리 영감이 장무기에게 손발이 다 묶이

다시피 참패를 당했다고 해서 무공마저 평범한 줄 알봐서는 절대로 안 될 일이었다. 그의 도법에는 확실히 보통 사람이 선불리 넘보지 못할 비범한 조예가 있었다.

두 남녀는 도검이 맞부딪치기가 무섭게 갈라져 한 걸음씩 물러났다. 서로 어리벙벙한 표정을 짓고 있는 품이 상대방의 정교하고도 오묘한 초식에 경탄을 금치 못하는 기색이었다. 두 사람은 비록 같은 문파도 아니고 무공 역시 크게 다른 데다 평생 처음 맞닥뜨린 사이였으나, 단 일초를 겨루고 나자 자신의 무공과 상대방의 무공이 천의무봉天衣無縫으로 배합된다는 사실을 깨달았다. 어찌 보면 그것은 평생토록 외롭게 홀로 살아온 사람이 난데없이 출현한 지기지우를 만난 것과도 같은 희열을 느끼게 해주었다.

반숙한은 자꾸만 충동이 일었다. '화산파의 반양의도법 역시 대단한 무공이다. 만약 이 늙은이들과 손을 맞잡아 적을 공격한다면 병기를 쓰는 무공으로서 천하에 으뜸가는 경지에 도달할 수 있을 것이다. 그런데 화산파 늙은이 둘은 이 젊은 녀석의 적수가 되지 못하고, 우리 곤륜파 역시 이 젊은 녀석과 싸워 이길 수 있다는 보장이 없다. 우리가 이 자리에 나섰다가는 곤륜과 화산 두 문파의 사대 고수들이 힘을 합쳐 이름 없는 청년 하나를 협공한다는 비난을 면치 못할 테고 체통 역시 깎일 게 분명하지만, 어차피 이 제안을 생각해낸 것은 우리가 아니라 화산파 쪽이니 곤륜파에게 쏠릴 비난의 화살은 한결 작을 게 아닌가? 아무튼 이 공격은 한번 시도해볼 만한 값어치가 있겠다.' 생각을 굳힌 반숙한이 남편 하태충을 손짓해 불렀다.

"여봐요, 이리 나와요!"

아내의 분부라면 단 한마디도 어기지 못하는 공처가 하태충이었으나 뭇사람들의 시선이 집중된 마당에 선뜻 나서기가 면구스러워 장문인의 위세를 뽐내느라 "흠!" 하고 헛기침을 하고 나서 천천히 몸을 일으켰다. 거드름을 피우면서 광장으로 걸어 나가는 그의 앞길에 동자넷이 두 줄로 길을 인도했다. 하나는 장문 어르신의 장검을 떠받들고, 또 하나는 하태충의 철금鐵琴 한 틀을, 그리고 나머지 두 동자는 불진을 한 자루씩 가슴 앞에 비스듬히 세워 들었다. 이윽고 다섯 사람이 광장 한복판에 다다르자, 칼을 머리 위에 떠받쳐 들고 있던 동자가 허리를 깊숙이 구부리고 그것을 장문 어른 앞에 공손히 받들어 올렸다. 하태충이 받아 들자, 동자 넷은 허리를 구부린 채 조심스러운 걸음걸이로 물러났다.

반숙한이 남편에게 일렀다.

"화산파의 반양의도법이 그래도 엉터리가 아니라 제법 쓸 만하더군요."

그때 껑다리 영감이 얼른 끼어들어 말을 건넸다.

"칭찬해주시니 고맙소!"

싱글싱글 이죽대는 영감을 향해 반숙한이 사납게 눈을 흘기더니 다시 남편을 돌아보고 할 말을 이었다.

"우리 넷이서 저 젊은 녀석을 잡아 꿇리고 난 다음, 곤륜과 화산 두 문파의 무공 실력이 어떤지 겨뤄보기로 하죠!"

껑다리 영감에게 도전 예약을 걸어놓고 나서 장무기 쪽으로 돌아서던 그녀의 눈이 급작스레 휘둥그레졌다.

"이잇?"

두 눈을 부릅뜨고 장무기를 노려보던 그녀의 입에서 외마디 실성이 터져 나왔다.

"너는…… 너는……?"

그녀가 장무기와 헤어진 지도 벌써 6년 세월이 지났다. 그 6년 동안 장무기는 어린 소년에서 청년으로 바뀌어 키가 훌쩍 자랐으나, 얼굴 모습만큼은 어렴풋이나마 알아볼 수 있었던 것이다.

장무기가 먼저 기선을 제압해 그녀의 입을 막았다.

"앞서 있었던 일들을 모조리 털어놓겠다는 것은 아니겠지요? 지금 나는 증송아지입니다."

반숙한은 그 말뜻을 이내 알아차렸다. 지금 이 녀석은 뭇사람들 앞에서 자기 신분을 드러내고 싶지 않은 것이다. 만약 자신이 장무기의 정체를 폭로하는 날이면 이 녀석도 곤륜파 장문인 내외의 온갖 배은 망덕한 행위를 낱낱이 공개할 게 아닌가?

반숙한은 장검을 곧추세우면서 한마디 던졌다.

"증 소협의 무공이 크게 진전한 걸 보니 축하를 해드려야겠군. 자아, 그럼 우리 부부도 증 소협에게 한 수 가르침을 받아볼까?"

반숙한이 말끝마다 '증 소협'을 들먹였다. 장무기 역시 그 말투에서 그녀도 과거의 불미스러운 소행을 들춰내고 싶지 않다는 뜻을 분명히 읽어낼 수 있었다. 그럼 피차 묵계는 성립된 셈이다. 장무기는 빙그레 웃으며 대답했다.

"두 내외분의 신통하신 검법을 오래전부터 흠모해왔습니다. 아무쪼록 손속에 사정을 두어주시기 바랍니다."

"그래, 증 소협은 어떤 병기를 쓰려는가?"

하태충이 다가오면서 점잖게 물었다.

곤륜파 장문 어른 철금선생 하태충. 그를 보는 순간 장무기는 착잡한 감회에 휩싸였다. 무엇보다 먼저 뇌리에 떠오른 것은 금관혈사와 은관혈사였다. 독을 빨아 먹던 이 뱀 한 쌍은 그가 절벽에서 추락한 이후 한겨울 추위에 먹이로 삼을 독물이 없어 끝내 굶어 죽고 말았다. 그 다음에 떠오른 것은 무당산에서 자신의 부모를 핍박해 죽음으로 몰아넣던 사람들 가운데 있던 곤륜파 장문인의 모습이었다. 그는 곤륜산 삼성요에서 자신과 양불회에게 강제로 지네 독을 탄 독주를 마시게 했고, 도망치다 붙잡혔을 때는 멍들고 콧등이 터져 피를 흘리도록 매질하고 나서도 성이 차지 않아 자신을 바위 더미에 내던져 죽이려 한 잔혹한 사람이었다. 만일 그 당시 양소가 제때 나타나서 구해주지 않았던들 지금쯤 자신은 그 황량한 산비탈 아래 시체가 되어 뼈마디조차 삭아 없어졌을 것이다. 이런 원수를 눈앞에 두고 무슨 얼어 죽을 놈의 노중련魯仲連• 흉내를 낸단 말인가? 자기는 분명 호의적으로 애첩의 목숨을 구해주었지만 이 악랄한 사람은 은혜를 원수로 갚았다. 그것도 한 번이 아니라 두 번 세 번 거듭해서 은인의 목숨을 해치려 한 그자가 지금 눈앞에서 점잖게 체통을 차려가며 거드름을 피우고 서 있지 않은가?

장무기는 생각할수록 분노가 치밀었다. '오냐, 하태충! 그날 모질게

---

• 전국시대 제齊나라 출신으로 계책과 모략에 능통한 국제 외교가. 언제나 중원 천하를 여행하며 국가 간의 분쟁을 해결하는 데 힘썼으며, 조趙·위魏 양국을 설득해 진소왕秦昭王(재위 기원전 306~251년)이 황제로 등극하지 못하게 막은 일로 유명하다. 《한서 예문지漢書藝文志》에 〈노중련자魯仲連子〉 14편이 있었다고 하나 지금은 실전되었다.

당한 빚을 내 오늘 갚아주마. 비록 네 목숨을 해치지는 못하겠다만 적어도 내 손에 흠씬 맞아봐라. 내 분통이 다 풀릴 때까지 그냥 내버려두지 않겠다!'

각오를 굳히고 둘러보니 하태충 부부와 화산파 꺽다리 땅딸보 영감 두 사람은 어느새 전후좌우 네 귀퉁이를 한 군데씩 차지하고 둘러쌌다. 쌍도와 쌍검 네 자루 강철 병기가 햇빛 아래 번쩍거리면서 공격할 틈을 노렸다. 호기가 불끈 치솟은 장무기는 돌연 양팔을 번쩍 떨치면서 허공으로 곧추 솟구쳐 오르더니 가볍게 공중제비를 한 바퀴 돌아 서쪽 매화나무를 향해 덮쳐갔다. 그러고는 왼손으로 매화나무 가지를 하나 꺾어 들기 무섭게 다시 한번 공중제비 동작으로 몸뚱이를 회전시켜 땅바닥에 사뿐히 내려섰다.

그는 매화나무 가지를 흔들어 보이면서 여유 있게 네 사람의 포위망 안으로 천천히 걸어 들어갔다. 일부러 보라는 듯이 높다랗게 쳐든 나뭇가지에는 10여 송이 매화가 듬성듬성 매달려 있었다. 그 가운데 절반쯤은 싱싱한 꽃송이가 활짝 핀 것이었으나, 절반 대여섯 송이는 아직도 봉오리를 터뜨리지 못한 채 간들거리고 있었다.

"소생이 쓸 병기는 이 매화나무 가지입니다. 이것으로 어디 곤륜파, 화산파 양대 문파의 네 고수분께 고명하신 가르침을 받아볼까요?"

이 말을 듣고 관중들은 또 한 차례 대경실색했다. 조금 전 병기로 쓰던 바윗돌이야 무겁긴 했지만 그나마 곤륜파의 두 원로가 퍼붓는 칼날 공세를 막아내기에 충분했다. 하지만 가녀린 나뭇가지는 칼바람만 스쳐도 부러지고 말 터인데 풍류놀이도 아닌 마당에 어쩌자고 저런 것으로 날카로운 보검, 보도와 맞서 싸우려는 것인지 도대체 모를 일

21. 분규를 해결하려 육대 문파 강적들과 맞서 싸우니

이었다. 어쩌다 무림의 고수가 범상한 인물과 싸울 때 솜씨 자랑을 하느라 나뭇가지로 진검을 상대하는 경우가 있기는 하지만, 지금 이 청년의 적수는 범상한 무예의 소유자가 아니라 일파의 장문인이요, 원로급 인사들이 아닌가? 그것도 수적으로 4 대 1이라는 절대적인 열세에 처해 있으면서 말이다.

장무기의 손에 들린 나뭇가지를 보고서 반숙한이 싸느랗게 웃었다.

"아주 훌륭하군! 우리 곤륜파와 화산파의 무공 따위는 털끝만치도 안중에 두지 않겠다, 그런 말씀이렷다?"

장무기도 지지 않고 대거리를 했다.

"옛날 선친께서 말씀하시기를 '당년에 곤륜파 선배 하족도 선생은 거문고와 검술, 바둑 세 가지 재능으로 세상에서 곤륜삼성이라 일컬음을 받으셨다는데, 애석하게도 우리가 세상에 너무 늦게 태어나 그분의 풍도를 우러러 뵙지 못한 게 실로 유감스럽다' 하셨습니다. 이 후배도 같은 생각입니다."

이 몇 마디 말은 하태충 부부를 비롯해 모든 사람의 귀에 똑똑히 들렸다. 곤륜파의 선대 고인을 추앙하고 흠모하는 얘기가 분명했으나, 언중에는 오늘날 눈앞의 곤륜파 인물들이야말로 불초하기 이를 데 없어 자신의 일격도 감당하지 못하리라는 멸시의 뜻이 담겨 있었던 것이다. 아니나 다를까, 느닷없이 곤륜파 진영에서 누군가가 대갈일성을 터뜨리며 뛰쳐나왔다.

"요 잡놈의 자식! 네 수단이 도대체 얼마나 대단하기에 우리 사부님과 사숙님께 무엄하게 대드는 거냐?"

말끝이 떨어지기 무섭게 키가 작달막한 땅딸보 도사가 포위망 안으로 뛰어들더니 댓바람에 장검을 뽑아 잡고 장무기의 등줄기 심장 부위를 찔러들었다. 도사의 신법이 워낙 빨라 사전에 경고를 했으면서도 실제로 그 일검의 공격은 마치 암습을 가하는 것이나 다를 바 없었다. 칼끝이 등판 옷자락에 닿는 순간 장무기가 돌아서지도 않은 채 왼발로 뒷발길질을 날려 우선 칼끝을 찍어 누른 다음, 여세를 몰아 그자의 칼날을 땅바닥에 누이기가 무섭게 짓밟아버렸다. 기습 공격을 가한 도사가 힘껏 잡아 뽑으려 했으나, 장검의 칼날은 땅바닥에 찰싹 달라붙은 것처럼 요지부동이었다.

그제야 장무기는 천천히 고개를 돌려 습격한 자를 바라보았다.

"아니, 당신은……?"

그 도사는 바로 그가 부모와 함께 빙화도를 떠나 뗏목을 타고 중원 땅으로 돌아오던 바닷길, 해양 선박 안에서 우연히 마주쳤던 서화자였다. 이 도사는 성미가 어지간히 조급하고 경망스러워 장무기의 어머니 은소소에게 말끝마다 무례한 언사를 서슴지 않다가 천응교 두 단주의 교활한 계략에 골탕을 먹고 바닷물에 빠져 짜디짠 소금물을 실컷 들이켰었다. 당시의 정경을 떠올리자 장무기는 저도 모르게 입가에 씁쓰레한 웃음이 감돌았다.

"하하, 서화자 도사 어른이셨군요……."

서화자는 얼굴이 시뻘개져서 두 손으로 칼자루를 움켜잡고 젖 빨던 힘까지 다 끌어내어 칼날을 뽑아내느라 정신이 하나도 없었다. 장무기는 그가 용을 쓰는 찰나 딛고 있던 왼발을 슬쩍 놓아버렸다. 장검을 놓아주면서도 눈 깜빡할 사이에 발끝으로 칼날을 툭 찍었다. 상대방이 급작스레 발을 놓아버릴 줄이야 꿈에도 생각지 못한 서화자는 힘껏 잡아당기다가 그만 제풀에 겨워 뒤로 벌러덩 나자빠졌다. 그의 무공 실력으로 보건대 비록 뜻밖의 낭패를 당하기는 했어도 그 즉시 몸을 가누어 똑바로 설 수는 있었다. 그런데 이게 웬일인가! 이제 막 천근추의 수법으로 중심을 잡고 우뚝 서려는데 갑자기 칼날에서 강력한 힘줄기가 전해오더니 그의 몸뚱이를 사정없이 밀어붙이는 게 아닌가! 서화자는 영문도 모른 채 그만 엉덩방아를 찧고 말았다. 어디 그뿐이랴, 땅바닥에 털썩 주저앉은 몸뚱이가 또다시 뒤로 벌렁 넘어가려는 것을 겨우 힘주어 멈췄는데, 뒤미처 가까스로 되찾은 장검의 칼날이 "쨍그랑!" 소리와 함께 토막토막 부서져 나가고 손아귀에는 겨우 칼자루만 달랑 남아 있는 것이 아닌가. 서화자는 도깨비한테 홀린 기분으로 자신의 병기를 굽어보았다. 방금 장무기가 칼날을 딛고 있던 왼발을 풀어주는 것과 동시에 툭 찍은 발끝으로 내력을 쏟아부어 칼날을 진탕시켜놓은 줄 까맣게 모르고 있었던 것이다.

서화자의 놀라움과 부끄러움은 이루 형언할 도리가 없었다. 그로 말하자면 곤륜파의 '태상장문' 격인 반숙한이 직접 가르치고 길러낸 적전 제자였다. 그래서 반숙한을 사부님으로 떠받들고 장문인 하태충을 그저 사숙이라고만 불러왔다. 그는 엉덩방아를 찧고 나서 무엇보다 사부님의 눈치를 먼저 살폈다. 흘끗 반숙한 쪽을 바라보니, 아니나 다를까 사부님의 얼굴에 온통 노기가 등등했다. 자신의 못난 행동 때문에 사문의 체통이 크게 깎여버렸으니 이제 돌아가서는 말도 못 하게 큰 질책을 당할 게 불을 보듯 뻔한 노릇이라, 서화자는 송구스러움을 금치 못하고 당황한 나머지 벌떡 일어나면서 장무기에게 냅다 욕설부터 퍼부었다.

"요 잡놈의 새끼……!"

장무기는 이쯤에서 서화자를 돌려보내려 했다. 그러나 "잡놈의 새끼"란 욕설을 듣는 순간 참았던 분노가 도로 솟구쳤다. '잡놈'이란 바로 부모님을 모욕하는 소리가 아니고 뭐란 말인가? 다음 순간, 손에 들고 있던 매화나무 가지가 서화자의 몸뚱이를 훑고 지나갔다. 이미 끌어올린 내력이 삽시간에 서화자의 가슴부터 아랫배에 이르기까지 세 군데 혈도를 모조리 찍어놓았다. 그리고 화산파 껑다리와 땅딸보 영감, 곤륜파의 하태충 부부를 향해 큰 소리로 외쳤다.

"자, 어서 공격해보시죠!"

반숙한은 싸움판에 뛰어들어 거치적거리는 서화자가 못마땅했다. 그래서 나지막하게 꾸지람을 섞어 분부했다.

"저리 비켜서라! 사부의 체면을 이렇게 깎아놓고도 아직껏 모자라느냐?"

"예엣!"

서화자가 한마디로 응답했다. 그러나 어찌 된 노릇인지 한 걸음도 옮겨 떼지 않고 여전히 그 자리에 엉거주춤 서 있었다.

"내가 비키라고 했는데, 안 들리느냐!"

"아아, 예에, 사부님, 예……!"

스승이 역정을 내는데도 서화자는 공손히 대꾸만 할 뿐 꼼짝달싹 않고 도무지 비켜날 기미를 보이지 않았다.

반숙한은 그만 화가 머리끝까지 뻗쳐올랐다. 제자 녀석이 대답은 선선히 잘하면서 어쩌자고 스승의 말을 듣지 않는 것인지 도대체 영문을 알 수가 없었다. 하지만 그녀는 방금 장무기가 손가락이나 판관

107

필도 아닌 부드러운 물건으로 순식간에 내력을 써서 제자 녀석의 혈도를 찍었으리라고는 꿈에도 생각지 못했다. 그만큼 빠른 솜씨였기에 제아무리 눈썰미가 예민한 그녀로서도 도무지 낌새를 챌 수 없었던 것이다. 아무튼 신경질이 뻗친 그녀는 제자의 어깻죽지를 사납게 밀어붙이면서 다시 한번 호통쳐 꾸짖었다.

"비켜서라니까! 더 이상 남의 체통을 구기지 말고……!"

"예, 사부님! 옛……!"

스승의 왁살스러운 손길에 떠밀린 서화자가 어찌 된 노릇인지 그 자리에 우뚝 선 채로 한겨울 얼음판에 미끄럼 타듯 수평으로 주르르 밀려나갔다. 양손 두 발을 내뻗은 자세가 조금도 바뀌지 않았다. 대꾸하는 입만 너불너불 살았지 이거야말로 깎아놓은 돌부처나 다를 바 없었다.

반숙한과 하태충 부부는 그제야 서화자가 부지불식간에 젊은 녀석의 손에 혈도를 찍힌 사실을 깨닫고 속으로 아연실색했다. 그러나 놀라고만 있을 수는 없는 노릇이라, 하태충이 선뜻 앞으로 나서서 혈도를 풀어주려고 서화자의 옆구리와 허리께 혈도를 추나수법推拿手法으로 몇 차례 밀어주었다. 그러나 어찌 된 셈인지 화산파 장문 어른의 놀라운 내력이 스며들었는데도 서화자는 여전히 꼼짝달싹하지 않았다. 그것을 본 장무기가 양소 곁에 기대앉아 있는 양불회를 가리키면서 한마디 던졌다.

"철금선생! 저 어린 아가씨도 6년 전 당신네들 손에 혈도를 찍힌 채 강제로 쏟아붓는 독주를 마실 뻔했소! 그때 나는 당신네들 손에 찍힌 혈도를 풀어주려고 무진 애를 썼지만 끝내 실패하고 말았소. 오늘은 반대로 당신네 제자분께서 똑같은 꼴을 당한 셈이오. 어떻소이까, 그 혈도를 풀 수 있겠소? 하긴 당신네와 내 점혈 수법이 다르니만치 뜻대로 되지 않는다고 해서 이상하게 여길 것도 없으리다."

이 말을 듣고 뭇사람들의 눈길이 양불회에게 쏠렸다. 아직도 치기가 엿보이는 묘령의 아가씨. 이 소녀가 6년 전이었다면 더욱 어린아이였을 게 아닌가? 하태충 부부로 말하자면 일개 명문 정파의 어른인데, 지엄한 장문인의 신분으로 아무리 죄를 지었다고 해도 어린애의 입에 독주를 쏟아붓는 만행을 저지르다니 세상에 그런 야비한 짓이 어디 또 있으랴?

반숙한은 자기네 부부를 보는 사람들의 눈빛이 달라지는 것을 깨달았다. 지난 일을 두고 구차스레 변명해도 좋을 일 없겠고, 또 이제 장무기의 정체를 새삼스레 폭로해보았자 믿어줄 것 같지도 않았다. 그렇다면 방법은 하나뿐, 정의의 명분을 내세워 입을 봉해버리는 길밖에 딴 도리가 없을 듯했다. 그녀는 선뜻 장검을 쳐들어 빠른 솜씨로 장무기의 양미간을 노리고 찔러 들어갔다. 속담에 부창부수夫唱婦隨라지만 남녀 역할이 바뀐 하태충 역시 덩달아 장검으로 장무기의 등 쪽 심장 부위를 겨냥해 곧바로 찔러들었다.

화산파 땅딸보 영감과 꺽다리 영감 두 사람도 동시에 공세를 펼쳤다. 전후좌우 네 사람의 협공이 전개되는 것과 동시에 장무기의 신형도 번뜩 움직이더니 귀신같은 동작으로 네 자루 도검 사이를 미꾸라지처럼 빠져나갔다. 포위망에서 빠져나가는 찰나, 손에 들고 있던 매화나무 가지가 하태충의 면상을 휩쓸고 지나갔다. 하태충이 칼날을 비스듬히 기울여 그의 옆구리를 찔러들었다. 장무기는 왼손 집게손가락으로 땅딸보 영감의 강철 단도를 튕겨내는 것과 동시에 오른손 매화나무 가지로 하태충의 장검을 쓸어내렸다. 칼날이 꿈틀하고 돌아가는 듯싶더니 그대로 나뭇가지를 베어나갔다. '네놈의 무공이 제아무리 높고 뛰어나다 한들 손아귀에 쥔 것은 나뭇가지에 불과할 터, 이 칼날 아래 썽둥 잘리지 않고 배겨낼 도리가 있겠느냐' 하고 생각한 것이다. 그러나 뜻밖에도 매화나무 가지 역시 하태충의 장검처럼 꿈틀하고 돌아가는 듯싶더니 칼날 위에 슬쩍 올라앉아 한 줄기 부드러운 내력을 쏟아내는 것이 아닌가?

자신만만하게 찔러들던 하태충의 장검이 순식간에 튕겨나가면서 때마침 후려 찍어오던 꺽다리 영감의 일도를 보기 좋게 가로막았다.

그러자 고로자 영감이 버럭 악을 썼다.

"아하, 하태충! 적을 도와줄 작정인가? 이건 이적 행위야!"

오해를 받은 하태충의 얼굴빛이 화끈 달아올랐다. 그렇다고 자신의 공격 초식이 적의 내력에 이끌려 빗나가 실수를 저질렀다고 자백할 수는 없었다.

"당치도 않은 소리!"

한마디 변명을 늘어놓기 무섭게 다시 한번 사나운 기세로 장무기를 향해 질풍같이 찔러들었다.

하태충이 공세를 퍼붓는 동안 반숙한은 때마침 장무기의 배후에서 퇴로를 차단한 채 뒷수를 노리고 있었다. 고로자와 왜로자 역시 뒤미처 반양의도법을 구사해 하태충의 정면공격을 지원하기 시작했다. 이들 네 사람은 언제라도 주공主攻과 조공助攻 역할을 뒤바꾸어 어느 방향에서나 공세를 전개할 수 있었다. 정양의검법과 반양의도법은 비록 정과 반 양극의 차이는 있을망정 하나같이 팔괘에서 변화를 일으켜 다시 팔괘로 복귀하는 동일한 원리로 움직였다. 쓰임새는 달라도 회귀점은 동일했다. 과연 몇 초의 공세가 지나면서부터 네 사람은 점차 손발이 척척 맞아떨어져 두 자루 쌍도와 두 자루 쌍검이 일체가 된 듯 엄밀한 조화를 이루기 시작했다.

장무기 역시 애당초 4 대 1의 열세로 연합 공세를 받게 되었을 때 이들과 대적하기가 무척 힘들 것은 예상하고 있었다. 그러나 이 두 가지 양의 무공이 서로 부족한 점을 보완하며 털끝만치도 파탄을 보이지 않는 것을 보자, 속으로 은근히 초조감이 일기 시작했다. 사실 그는 벌써 몇 차례나 위험한 고비를 아슬아슬하게 피해내고 있었다. 수중에 들린 병기가 만약 굳센 쇠붙이로 만든 것이었다면 내력을 쏟아부어 상대방의 도검을 튕겨 부러뜨리거나 꺾어버릴 수 있었겠지만, 하필이면 제 잘난 맛에 매화나무 가지 하나만 꺾어 들고 나섰으니 어쩌랴! 삽시간에 땅딸보 영감의 강철 칼날이 땅바닥을 휘감으면서 아래에서 위로 찍어왔다. 장무기가 선뜻 몸을 뒤틀어 피하는 순간, 이번에는 반숙한의 장검이 질풍 같은 속도로 튕겨 날아왔다.

"맞아라!"

장무기는 재빠르게 다리를 옮겨 피했으나 넓적다리에 찔러든 칼끝이 바지통을 기다랗게 찢어놓았다. 장무기가 손가락으로 반숙한의 장검을 찍어 튕겨내는 찰나, 하태충의 장검이 또다시 훌쩍 건너오면서 고로자와 왜로자의 단도마저 상반신과 하반신으로 나뉘어 동시에 찍어 내렸다. 한꺼번에 삼면에서 공격을 받으니 일일이 대처할 수가 없었다. 그때 한 가지 영감이 퍼뜩 머리에 떠올랐다. 그는 두 번 생각해볼 것도 없이 한 곁에 혈도를 찍힌 채로 멍청하니 서 있는 서화자의 등 뒤로 미끄러지듯이 돌아가 숨었다. 뒤미처 반숙한의 무서운 일검이 따라붙었다. 매서운 초식과 칼끝에 얹힌 사나운 힘줄기로 절체절명의 궁지에 몰린 장무기를 어떻게 해서든지 단칼에 요절내버릴 심산이었다. 그것은 상대방을 어떻게 해서든지 죽여 없애겠다는 필살의 일격이었을 뿐, 절대로 무예 시합으로 승패만을 가름하겠다는 자의 행위가 아니었다.

인정사정없이 찔러드는 칼끝을 피해 장무기는 서화자의 등 뒤에서 몸을 움츠렸다. 다음 순간 서화자의 입에서 비명이 터져 나왔다.

"으왓!"

하마터면 애꿎은 제자의 멱통을 꿰찌를 뻔한 반숙한이 칼끝 방향을 억지로 뒤튼 덕분에, 칼날은 "씽!" 하는 소리와 함께 서화자의 귓불을 스치고 지나갔다. 뒤미처 하태충의 좌측 공격이 들이닥치자, 장무기는 다시 재빨리 몸을 놀려 서화자의 어깨머리 곁으로 비켜섰다.

양의 무공의 요체를 도무지 종잡을 수 없으니 풀어낼 방도가 머릿속에 떠오르지 않았다. 그저 서화자를 가운데 세워놓고 정신없이 회피 동작을 취하는 와중에도 그저 후회가 막심할 따름이었다. '장무기, 이 바보 같은 녀석아! 어쩌자고 객기를 부려 천하 영웅들을 우습게 보았다가 이런 낭패를 당한단 말이냐? 속담에 교자필패驕者必敗란 말도 못 들어봤느냐? 세상에 건곤대나이보다 더 지독한 무공, 구양신공보다 더 깊고 웅혼한 내력이 또 있을지 누가 알겠는가? 오늘 네가 이토록 혼뜨검이 났으니 하늘 밖에 더 높은 하늘이 있고, 뛰는 놈 위에 나는 놈이 있다는 격언을 단단히 기억해두어라!'

광장 사면에서 폭소가 터져 나왔다. 나무토막으로 깎아놓은 장승처럼 서화자는 양팔을 쩍 벌린 채 그 자리에 엉거주춤 서 있고 젊은 청년은 그 '장승'의 양쪽 겨드랑이 밑으로, 등 뒤로, 앞가슴으로 쉴 새 없이 뺑글뺑글 돌아가며 네 자루 도검을 아슬아슬하게 피해내고 있는 것이다. 하태충을 비롯한 네 공격자의 칼날이 겨우 한 치밖에 안 되는 거리를 둔 채 바람을 가르면서 훑고 스쳐갈 때마다 서화자의 입에선 영락없이 비명이 터져 나오곤 했다.

"이크! 어엇……!"

"아이고, 아얏……!"

제자가 젊은 녀석 대신 방패막이가 되어 곤욕을 치르는 꼴을 보자 반숙한은 두 눈이 뒤집힐 정도로 노기가 솟구쳐 올랐다. 벌써 몇 차례나 장무기를 자신의 칼날 아래 요절내버릴 수 있었는데, 결정타를 날릴 때마다 번번이 서화자가 가로막고 서서 거치적거리고 있으니 그야말로 미치고 환장할 노릇이었다. 성질나는 대로 한다면 제자고 뭐고 단칼에 두 토막을 내버려 장애물을 처치해버리고 싶었지만, 사제지간의 정리를 생각하니 차마 그럴 수는 없었다. 그런데 화산파의 꺽다리 영감이 그런 고민을 눈치챘는지 버럭 악을 썼다.

"하 부인! 당신이 정 손을 쓰지 못하겠으면 내게 넘기시구려. 내가 단칼에 찍어 넘기리다!"

"누가 당신더러 참견하라고 했소?"

분통이 터진 반숙한이 빽 소리를 질렀으나, 꺽다리 영감은 짐짓 못 들은 척하고 대뜸 강철 날을 휘둘러 서화자의 허리께를 후려 찍어 갔다.

21. 분규를 해결하려 육대 문파 강적들과 맞서 싸우니

사세가 이렇게 되니 장무기는 큰일 났구나 싶었다. 껑다리 영감의 칼날은 서화자를 정말로 찍어 넘길 태세였다. 그렇게 된다면 방패막이가 없어지는 것은 둘째로 치고 자기 때문에 애꿎은 서화자의 목숨이 날아가버릴 판이 아닌가? 인명 사고를 냈다가는 분규만 더 일어날 테니 중재자가 되어 화해를 붙이겠다는 생각일랑 아예 접어두어야 했다. 생각이 여기에 미치자 그는 왼손 소맷자락을 먼지 털 듯 휘둘러 세찬 강풍으로 껑다리 영감의 칼부림을 튕겨 날려 보냈다. 그 순간, 땅딸보 영감의 단도가 질풍같이 날아들어 장무기의 목덜미를 비스듬히 찍어 내렸다. 장무기는 잽싸게 몸을 뒤틀어 오른쪽으로 칼날을 스쳐 보냈다. 그런데 어찌 된 노릇인지 칼바람은 방향을 바꾸지 않고 그대로 서화자의 어깻죽지를 찍어 내리는 게 아닌가? 너무 세차게 후려 찍느라 기세를 미처 거두어들이지 못하고 그대로 서화자의 몸뚱이를 찍어버릴 수밖에 없는 것처럼 보이며 땅딸보 영감은 입으로 악을 써서 경고를 발했다.

"서화자 도형! 조심하시오!"

서화자를 산 채로 세워놓고 두 토막을 냈다가는 곤륜파 측과 풀지 못할 원수를 맺게 될 터였다. 그런 사실을 뻔히 아는 만큼 부득이 실수를 저지르게 되었음을 위장하려는 수작이었다. 그러나 이번에도 장무기가 방패막이를 보호하고 나섰다. 등을 돌리고 있던 자세 그대로 몸을 뒤틀면서 눈앞까지 바싹 접근해온 땅딸보 영감의 가슴팍에 일장을 후려갈긴 것이다. 왜로자 영감은 엉겁결에 왼 손바닥으로 상대방의 장력을 거세게 밀어냈다. 하지만 오른손에 들린 단도는 그 찰나에도 여전히 서화자의 어깨를 찍어 내리고 있었다.

"철썩!" 하고 두 손바닥이 마주치는 순간, 땅딸보 영감은 그만 숨이 턱 막히고 몸뚱이가 휘청거려 자기도 모르게 비틀비틀 뒷걸음질 쳤다. 얼마나 거센 장력에 밀렸는지 하마터면 뒤로 벌렁 나자빠지려는 몸뚱이를 겨우 가누고 버텨 섰다.

서화자는 장무기가 두 차례나 손을 써서 자기를 보호해주자 속으로 적지 않게 고마움을 느꼈다. 또 한편으로는 우군에게 인정사정없이 칼부림하는 화산파 두 늙은이에 대한 미움이 복받쳐 이를 갈았다. '오냐, 내 오늘 목숨이 붙어 있기만 해봐라. 늙은 껑다리와 땅딸보 녀석을 절대로 그냥 두지 않겠다!'

하태충과 반숙한 부부는 장무기가 자기네 제자를 감싸고도는 것을 보고 서로 눈짓을 교환했다. 부부이니만큼 생각도 이심전심으로 똑같았다. '요 녀석이 무슨 심보로 서화자를 비호하는지 모르겠다만, 아무튼 신경 써서 보호해야 할 대상이 하나 늘었으니 한결 행동에 속박을 받을 것이 분명하다. 그렇다면 방법은 하나뿐. 피아를 가릴 것 없이 두 녀석을 도매금으로 공격해서 꼼짝 못 하게 손발을 묶어놓아야겠다.' 이렇듯 독하게 마음먹은 하태충과 반숙한은 상대방이 자기네 제자의 목숨을 구해준 은덕일랑 뒷전에 제쳐두고 더욱 사납고 매서운 검초로 두 사람을 한꺼번에 몰아붙이기 시작했다.

화산파의 두 늙은이 역시 인정사정없이 장무기와 서화자를 가리지 않고 무서운 기세로 공격을 퍼부었다. 두 사람을 겨냥한 칼부림은 갈수록 빨라졌다. 단시간에 장무기를 쓰러뜨리기는 거의 불가능했다. 하지만 서화자에게 공격을 집중시킬 경우 그는 반드시 구원의 손길을 내밀지 않을 수 없을 터, 그렇게 되면 회피 동작이나 구원 동작 중에 파탄이 드러날 게 분명하고 그 허점에 결정타를 먹이면 일은 끝나게 되는 것이다. 병법에 '반객위주反客爲主' 책략이 있다더니 이야말로 주인과 손님 자리가 뒤바뀐 격이라, 이때부터 서화자의 신변에는 전후좌우 어디서나 무시무시한 칼 빛 그림자가 떠나지 않았다.

소림과 무당, 그리고 아미를 비롯한 여러 문파 고수들은 이런 광경을 바라보면서 머리를 내저었다. 아무리 마교를 섬멸하기 위한 명분을 내세웠다 하더라도 이건 너무하는 짓이 아닌가? 두 개나 되는 문파의 원로 넷이 협공해 젊은 청년 하나를 죽이려고 이렇듯 비열한 수단까지 쓰다니, 설령 그렇게 해서 이긴다 하더라도 그 떳떳치 못한 사람들 가운데 자기네가 끼어 있다는 사실은 같은 동료로서 부끄러운 일이었다.

장무기는 시각이 지날수록 불리해졌다. 이렇게 싸우다가는 이기기는커녕 도리어 저들에게 목숨마저 바쳐야 할 판이었다. 또 자기 한 목숨 날려 보내는 것은 그렇다 치더라도 서화자란 이 도사 영감은 무엇 때문에 개죽음을 당해야 한단 말인가? 생각이 여기에 미치자 그는 이내 마음을 바꿔먹었다. 장무기는 손바닥을 홀떡 뒤집어 이제 막 칼바람을 날려 덤벼드는 꺽다리 영감의 일격을 번장反掌으로 격퇴시킨 다음, 그 즉시 매화나무 가지를 떨쳐 서화자의 막힌 혈도를 풀어주었다. 바로 그때 땅딸보 영감의 일도가 또다시 서화자의 하반신을 후려 찍듯이 날아들었다. 장무기가 발길질을 날려 손목을 걷어차자, 그는 황급히 손목을 움츠리고 발길질을 피해 여태껏 장승처럼 우두커니 서 있던 서화자의 정면으로 안심하고 바싹 비켜섰다. 다음 순간, "픽!" 하는 소리와 함께 땅딸보 영감은 생각지도 못한 주먹질에 콧잔등을 호되게 얻어맞고 말았다.

비명을 지를 틈도 없이 두 눈에서 불똥이 번쩍 튀는가 싶더니 어느새 면상은 온통 피투성이로 뒤범벅이 되었다. 왜로자 영감은 애당초 서화자보다 무공이 훨씬 뛰어난 고수였다. 그러나 이제까지 줄곧 움쭉달싹도 못 한 채 말뚝처럼 서 있던 그가 느닷없이 움직여 일격을 가하리라곤 꿈에도 생각지 못한 터라 미처 피할 겨를도 없이 창졸간에 안면을 강타당하고 말았던 것이다.

좌중에서 와르르 폭소가 터져 나왔다. 반숙한 역시 웃음보가 터지려는 것을 억지로 삼키면서 제자에게 호통을 쳤다.

"서화자, 빨리 물러가거라!"

"예에, 옛……! 하지만 저 껑다리 늙은이가 저한테 주먹 한 대를 빚지고 있는뎁쇼!"

그는 고로자 영감에게마저 빚 청산을 하고 싶었다. 그래서 또 한 번 스승의 분부를 어기고 껑다리 영감에게 덤벼들려는데, 콧등이 터진 땅딸보 영감이 벼락같이 왼 주먹을 올려치면서 강철 칼로 허공을 내리찍는 시늉을 했다. 상대방의 눈길이 그쪽으로 쏠린 찰나, 구부린 팔꿈치가 정통으로 그의 앞가슴을 세차게 내질렀다. 왼 주먹 올려치기, 칼로 허공을 후려 찍어 상대방의 시선 끌기, 그리고 마지막으로 팔꿈치 가격, 이 연환삼식連環三式은 화산파가 자랑하는 권법 절기 중 하나인 화악삼신봉華岳三神峯이었다.

"어흑!"

느닷없이 가슴을 강타당한 서화자가 숨을 들이켰다. 뒤미처 목구멍에서 들쩍지근한 비린내가 풍기더니 선지피를 한 모금 울컥 토해내면서 몸뚱이가 서너 차례 휘청거렸다.

하태충은 그래도 아내 반숙한보다 대국을 꿰뚫어볼 줄 알았다. 그는 적의 면전에서 우군 동료끼리 자중지란을 일으켜서는 안 된다고 생각했다. 그래서 왼 손바닥을 서화자의 등 쪽 허리께에 얹고 장력을 토해내더니 짚단처럼 거뜬하게 수평으로 날려 보냈다. 서화자의 비대한 몸뚱이는 그 힘줄기에 떠밀려 싸움터 20~30척 바깥으로 날아간 끝에 곤륜파 진영 한복판에 털썩 소리를 내며 나가떨어졌다.

거추장스러운 장애물을 제거해버린 하태충이 새삼스레 땅딸보 영감에게 한마디 던졌다.

"화악삼신봉, 기막힌 일초였소이다!"

그러면서 수중의 장검은 어느새 "휙!" 하고 바람을 가르면서 무시무시한 기세로 장무기를 향해 찔러들고 있었다. 손바닥 힘으로 제자를 몰아내고, 왜로자에게 한마디 비웃음을 던졌는가 하면, 어느새 장검으로 적을 공격하는 동작이 정말 소탈하고 자연스러웠다.

꺽다리와 땅딸보 두 영감도 상대방의 비웃음에 더는 대꾸하지 않고 정신을 집중해 공격에 나섰다. 네 사람 모두 마음속으로는 피차 꺼림칙한 느낌이 없지 않았으나, 서화자란 걸림돌이 제거된 마당에 이것저것 시비 흑백을 따져 묻기도 어려워 모든 앙금을 다 떨쳐버리고 오로지 장무기 한 사람에게만 공격을 퍼붓기 시작한 것이다. 거치적거리던 장애물이 없어지고 나서부터 네 사람의 도법과 검법은 마치 바늘귀에 실오리 딸려가듯 절묘하게 배합되었다. 이쪽에서 공격하면 저쪽이 지원하고 이편의 공세가 다하면 저편의 공세가 뒤를 잇고, 네 사람의 팔다리가 하나의 몸뚱이에 여덟 개의 수족이 달린 전설 속의 '팔비나타八臂哪吒* 괴물처럼 상호 연결 동작으로 무시무시한 위력을 발휘했다.

화산파의 반양의도법과 곤륜파의 정양의검법은 모두 중국 고대 '하도河圖'와 '낙서洛書**', 그리고 복희씨伏羲氏와 주문왕周文王이 처음 창안한 팔괘 방위를 변화·발전시켜 만들어낸 무공이었다. 그 오묘한 이치를 궁극으로 통달하기만 하면 서역 땅에서 전래된 상승 무공 심법 건곤대나이보다 뛰어나면 뛰어났지 결코 뒤떨어지지 않을 것이다. 그런데 그 역학의 이치가 너무나 깊고 오묘해 안타깝게도 곤륜파 장문인 하태충 부부나 화산파 원로 고수들은 그저 10분의 2~3 정도밖에 깨치지 못했다. 만약 이들이 그 이치를 완벽하게 터득했다면 장무기는 벌써 이들의 칼날 아래 싸늘한 시체가 되었을 것이다. 생각해보라. 고작 2~3할밖에 안 되는 무공심법을 터득한 이들의 공격이 세속을 경악시킬 만큼 깊고 두터운 구양신공의 내력을 소유한 데다 또 건곤대나이의 정교하고 절묘한 심법을 익힌 장무기를 쩔쩔매게 만들고 있지 않는가 말이다.

4 대 1의 격렬한 싸움은 관전자들을 하나같이 손에 땀을 쥐고 가슴살을 떨리게 만들었다. 하태충 부부의 날카로운 장검이 씽씽 바람을 가르면서 종횡무진 검기를 쏟아내는가 하면, 화산파 두 원로의 강철

---

• 《서유기》와 《봉신연의封神演義》에 나오는 천신 나타태자哪吒太子. 술법을 쓰면 머리가 셋, 팔뚝이 여섯 개로 늘어난다는데, 이따금 팔뚝이 여덟 개 달린 괴물로 묘사되기도 한다.

•• '하도'는 중국 상고시대 복희가 황하에서 발견했다는 용마 등에 나타난 도형으로 역괘易卦의 기초 원리가 된다. '낙서'는 하夏나라 우왕禹王이 황하의 홍수를 다스릴 때 낙수洛水에 출현했다는 신령한 거북 등딱지에 새겨진 글. 천하를 다스리는 대법인 '홍범구주洪範九疇'의 기틀이 되었다고 한다.

21. 분규를 해결하려 육대 문파 강적들과 맞서 싸우니

단도 역시 매서운 칼바람을 일으키면서 전후좌우로 돌아가며 번뜩거렸다. 네 사람은 차츰차츰 포위망을 좁혀 장무기를 압박해 들어갔다.

장무기가 이들의 포위망을 돌파하기로 마음만 먹었다면 그리 어려운 일은 아닐 것이다. 상대방 넷 가운데 어느 누구도 장무기의 경공신법을 따를 실력자가 없으니 말이다. 그러나 자신이 빠져 도망치고 나면 명교 사람들은 어찌 되겠는가? 이제 당면한 상황에서 자기가 취할 계략은 오직 하나뿐, 엄밀하게 수비 태세를 굳혀놓고 상대방이 지칠 때까지 기다려야 했다. 그리고 기회가 오면 즉시 공세로 전환하는 길뿐이었다.

그러나 네 명의 상대는 하나같이 내력이 유장悠長하고 심후한 고수들이었다. 이들은 지금 쌍도와 쌍검으로 물샐틈없이 광막光幕을 형성한 채로 사면팔방에서 장무기를 에워싸고 있는 상태였다. 이들 가운데 누가 언제 어느 방향에서 피로의 증세를 나타낼 것인지 알 도리가 없는 바에야, 장무기는 그저 기를 써서 버티는 수밖에 없었다.

하태충 부부와 화산파 두 늙은이 역시 비록 우세는 확실히 차지하고 있으면서도 속으로는 이게 아니라는 생각이 들었다. 그들의 지위나 신분으로 보자면 이 무명의 젊은이와 4 대 1이 아니라 일대일 단독 대결을 해서도 벌써 오래전에 끝장냈어야만 했다. 그런데 여태껏 네 사람이 300여 합이나 공격을 퍼부었으면서도 이름 없는 풋내기 후배 녀석 하나를 제압하지 못하고 있으니 선배 원로 고수로서 체통이 서지 않았다. 그들 입장에서 다행스러운 점이 있다면, 장무기가 소림파의 삼대 신승 가운데 하나인 공성대사와 싸워 이긴 무공의 소유자라는 사실이었다. 따라서 관전자들 중 어느 누구도 감히 이 젊은 녀석의 무공 실력을 얕잡아보지 않을 것이다. 그렇기 때문에 자기들 넷이서 이기지 못한다고 해도 크게 비난받지는 않으리라는 사실이 아주 큰 위안거리였다.

네 사람은 장무기의 반격 횟수가 점점 줄어드는 것을 뻔히 보면서도 끝내 그에게 상처 하나 입힐 수 없었다. 너 나 할 것 없이 평생토록 큰 강적과 맞서 싸우고 온갖 난관을 돌파해온 강호 무림계의 백전노장들이면서도 어떻게 된 노릇인지 싸움이 길어질수록 방심하지 못하고 경각심을 높여야만 했다. 그들은 조바심 내지 않고 침착하게 손발을 맞추어 공방전을 되풀이했다. 어느 누구도 섣불리 전공戰功을 탐내어 무모하게 단독으로 공격해 들어갈 수 없었다.

언제부터였는지 광장 주변에 둘러서서 관전하던 각 문파 원로 명숙들은 본문의 후배 제자들을 모아놓고 피아 쌍방이 펼치는 공방 초식을 하나하나씩 지적해가며 열심히 풀이해주고 있었다.

장무기는 몸을 허공에 띄워 올린 채여서 어떻게 피할 방도가 없었다. 멸절사태의 보검이 가로 휩쓸어 치는 선상에서 이제 몸뚱이가 한 자 남짓 추락하는 날이면 그 즉시 양 발목이 가지런히 끊겨나갈 것이고, 거기서 3척을 더 내려앉았다가는 허리가 썽둥 잘려 두 토막이 나야 할 판이었다. 그야말로 위험천만한 찰나, 그는 더 생각해볼 여지도 없이 들고 있던 백홍 장검을 아래로 뻗어내어 칼끝으로 의천검 칼끝을 정확하게 찍었다. 두 강철이 맞닿는 순간, 백홍검이 활등처럼 둥글게 휘는가 싶더니 이내 "쩽!" 하고 가벼운 소리를 내면서 칼날이 곧바로 튕겨 섰다. 장무기는 어느새 용수철같이 튕기는 탄력에 힘입어 다시 한번 높이 도약해 올라갔다.

# 22.

군웅들의 마음은 약법삼장으로 귀일하네

아미파 장문 멸절사태도 예외는 아니었다. 그녀 역시 남녀 제자들을 한자리에 모아놓고 싸움판의 당사자들이 구사하는 무공 초식을 하나하나 풀이해주면서 나름대로 평가했다.

　"저 젊은이의 무공은 아주 괴이하다. 그러나 곤륜파, 화산파 네 사람은 초식 면에서 이미 저 청년을 꼼짝 못 하게 제압해놓고 있다. 우리 중원의 정통 무학은 분야가 너르고 정교할뿐더러 심오한데 어찌 서역의 좌도방문 따위가 미칠 수 있겠느냐. 양의는 사상四象으로 변화하고 사상은 팔괘로 바뀐다. 정正의 변화가 팔팔은 64초식으로 바뀌고, 기奇의 변화도 팔팔은 64초식으로 바뀌어간다. 정규 전법과 비정규적인 기습 전법이 서로 합쳐지면 64초식이 다시 예순네 배로 변화를 일으켜 도합 4,000하고도 96종류로 늘어날 수가 있다. 천하 무공 수법의 변화가 번잡하다고는 하나 이처럼 변화가 극심한 경우는 다시 찾아볼 수 없을 것이다."

　장무기가 등장한 후부터 주지약의 관심은 줄곧 그에게 쏠려 있었다. 그녀는 아미 문하에서 멸절사태의 환심을 적지 않게 얻은 덕분에 스승에게 직접 역학易學 원리의 진수를 전해 받고 있던 터였다. 장무기에게 관심을 쏟고 있는 만큼 그녀는 어떻게 해서든지 그를 도와야겠다는 생각이 들어 짐짓 낭랑한 목소리로 스승과의 대화를 이끌어나갔다.

"사부님, 정과 반, 이 양의 초식은 비록 변화가 많다고 해도 결국은 태극이 음과 양 두 형식으로 변화하는 도리에서 벗어나는 것은 아니지 않습니까. 제자가 보기에 저 네 분 선배님의 초식은 과연 정교하고 오묘하기는 하나 제일 중요한 것은 역시 두 발로 내딛는 보법의 방위인 것 같습니다."

목소리가 맑고 깨끗해 한마디 한마디가 쟁쟁하게 울리는 것이 일부러 단전의 진기로 천천히 토해내는 듯했다.

장무기는 정신없이 힘써 싸우는 와중에도 그 말뜻만큼은 또렷하게 알아들었다. 누군가 싶어 흘끗 바라보니 주지약 소저였다. 목소리의 주인공을 알아보자, 그는 가슴이 철렁했다. '왜 저렇게 큰 소리로 얘기하고 있을까? 설마 나에게 뭔가 암시라도 주어 도우려는 것은 아닐까?'

뒤미처 멸절사태의 음성이 들려왔다.

"호오, 네 안목도 이젠 제법이구나. 선배들의 무공 가운데 가장 중요한 대목을 꿰뚫어보았으니 말이다."

스승에게 칭찬을 받은 그녀가 복습이라도 하듯 혼잣말로 중얼중얼 읊어대기 시작했다.

"가만있자…… 양陽은 소양少陽과 태양太陽으로 나뉘고, 음陰은 소음少陰과 태음太陰으로 나뉘니 이게 사상四象이 되는 것이지. 또 태양은 건괘乾卦와 태괘兌卦가 되고, 소양은 손괘巽卦와 감괘坎卦, 소음은 이괘離卦와 진괘震卦, 태음은 간괘艮卦와 곤괘坤卦, 이렇게 팔괘로 나뉘지……. 건괘는 남쪽이고, 곤괘는 북쪽, 이괘는 동쪽, 감괘는 서쪽, 진괘는 동북쪽, 태괘는 동남쪽, 손괘는 서남쪽, 간괘는 서북쪽이라……. 그러니까 진괘 방위에서 건괘 방향은 순행順行이 되는 것이고, 손괘에서 곤괘 방향으로 가면 역행逆行이 되겠네."

여기까지 읊어댄 그녀가 다시 또랑또랑한 목소리로 스승에게 물었다.

"사부님, 역시 사부님께서 가르쳐주신 그대로군요. 하늘과 땅이 자리를 잡고 산악과 못이 기운을 통하며, 우레와 바람은 서로 부딪치지 아니하고 물과 불은 서로 싸우지 않으니 팔괘가 서로 엇갈리느라……. 가는 쪽을 헤아리는 것이 순리요, 오는 쪽을 아는 것이 역리이니라……. 아, 저도 이젠 알았어요! 그러고 보니 곤륜파의 정양의검법은 진괘 방위에서 건괘 방위로 옮아가는 순행인데, 화산파의 반양의도법은 손괘 방위에서 곤괘 방위로 옮아가는 역행이 되고 있네요. 사부님, 어때요, 제가 틀렸나요?"

주지약은 일부러 어리광 부리듯 호들갑스레 떠들었다. 멸절사태는 어린 제자가 똘똘하게 조목조목 제대로 짚어내는 것을 보자, 속으로 몹시 대견스러워 고개를 끄덕끄덕했다.

"호오, 고 녀석! 그래도 평소 가르친 보람이 없진 않구나."

그녀가 남의 말을 인정한 경우는 극히 드물었다. 따라서 이 두 마디야말로 제자에게 주는 가장 큰 칭찬이라고 해도 좋았다.

멸절사태는 흐뭇한 나머지 이 어린 제자의 목소리가 지나칠 정도로 크다는 사실은 마음에 두지 않았다. 두 사람이 마주 보고 대화하면서 구태여 단전에 힘을 주어 멀리까지 들리게 할 필요가 어디 있겠는가? 그러나 주변의 적지 않은 사람들은 벌써부터 이상한 느낌을 받았다. 뭇사람들의 눈길이 자신에게 쏠리자 주지약은 아예 천진난만한 어린

애처럼 손뼉까지 쳐가며 스승과의 대화를 이끌어나갔다.

"그래요, 사부님! 정말 그래요. 우리 아미파의 사상장四象掌은 둥그런 원 속에 모난 방方이 있어서 음과 양이 서로 조화를 이루죠. 둥근 것은 밖에 있어 양이 되고, 모난 것은 안에 있어 음이 되지요. 둥그런 원은 움직여서 하늘이 되고, 네모난 방은 정지된 가운데 땅이 되고요. 하늘과 땅, 음과 양, 둥그런 원과 모난 방, 움직이는 것과 정지된 것, 이 '천지음양天地陰陽' '방원동정方圓動靜'은 번잡한 초식을 간소화시키고 하나의 단순한 초식으로 여러 가지 초식을 통제할 수 있으니까, 저렇게 번잡하기 짝이 없는 정반 양의 술수보다 한 수 이기고 들어갈 수 있지 않겠어요?"

멸절사태는 평소에도 아미파의 사상장이 천하에 으뜸가는 절학이라고 자부해왔다. 주지약이 이렇듯 치켜세우자, 콧대 높고 자부심이 대단한 그녀는 제 마음에 꼭 드는 터라 저도 모르게 빙그레하니 웃음을 지었다.

"이치상으로는 그렇다고 말할 수 있겠으나, 역시 그것을 쓰는 당사자의 공력 수준이 어떤지 봐야 할 거다."

장무기도 어릴 때 아버지 장취산에게서 팔괘 방위를 배운 적이 있지만, 그저 수박 겉 핥기 식으로만 이해했다. 그렇기 때문에 광명정 비밀 통로에서 양정천의 유언장을 봤을 때도 아소가 지적해주어서야 '무망无妄'이란 방위의 소재가 어딘지 겨우 알 수 있었다. 그런데 이제 주지약의 입을 통해 간접적으로나마 사상이 순행하고 역행하는 도리를 듣자, 속으로 흠칫 놀라 새삼스럽게 자기를 공격하는 네 사람의 보법과 공격 초식을 유심히 관찰하기 시작했다. 아니나 다를까, 이들 네 적수의 보법이나 공격 초식이 과연 그녀의 말대로 사상팔괘의 도리를 변화·발전시켜 만들어낸 것이 아닌가? 그러니 자신의 건곤대나이 심법이 전혀 먹혀들지 않은 것이다.

애당초 서역에서 가장 정교하고 심오한 무공과 중원 지역 최고의 학문이 마주쳤을 때 수준 차이로 따지면 역시 중원 지역 무공의 도리가 한결 더 깊은 것이 사실이었다. 장무기가 일시적으로나마 패하지 않고 버텨낼 수 있었던 것은 서역 무공을 최고 경지에까지 수련한 반면, 중원 측 대표 격인 하씨 부부나 고로자·왜로자 두 원로의 무공 수준은 그에 비해 훨씬 얕았기 때문이다.

아무튼 주지약의 일깨움으로 정신이 번쩍 든 장무기는 사상팔괘의 원리를 떠올리자 머릿속에 즉시 일고여덟 개나 되는 상념이 번갯불처럼 스쳐 지나갔다. 이어서 네 적수를 상대할 방법도 눈 깜짝할 사이에 무려 일고여덟 개쯤 생각해낼 수 있었다. 그 방법들은 하나같이 일거에 네 적수를 모조리 쓰러뜨릴 수 있는 절묘한 것이었다. 그러나 생각은 이내 바뀌었다. 만약 이 자리에서 그 절묘한 수법을 펼쳐냈다가는 주지약 소저가 스승 멸절사태에게 의심을 받을지도 모른다. 이 늙은 비구니야말로 손속이 악랄하기 그지없어 독한 마음만 먹으면 무슨 짓인들 저지르지 않는가? 절대로 주 소저에게 누를 끼쳐서는 안 되었다.

마음에 결단을 내리자, 그는 역습이든 방어든 초식을 전혀 바꾸지 않은 채 여전히 네 사람의 공격 방식만 유심히 살폈다. 이미 적수들의 총체적인 무공 요결은 충분히 터득하고 있는 만큼 칼부림이든 발놀림이든 어느 것 하나 자신의 예측에서 벗어나는 것이 없었다. 그렇기 때문에 앞서처럼 뒤죽박죽 혼란을 일으켜 정신없이 쫓겨 다니지 않을 자신이 있었다.

장무기의 속셈이 이런 줄 까맣게 모르는 주지약은 그가 궁지에 몰린 채 여전히 호전되는 기미를 보이지 않자 속으로 안절부절못했다. 하긴 그랬다. 전심전력을 다해 적과 싸우느라 정신이 하나도 없을 터인데, 어느 결에 사상팔괘의 정교하고도 치밀한 도리를 터득할 수 있겠는가? 안타까운 눈빛으로 싸움터를 다시 둘러보니, 하씨 부부의 공세가 갈수록 촉박해졌다. 아무리 봐도 장무기가 더 이상 버텨내기 어렵겠다는 생각이 들자, 그녀는 더욱 목청을 높여 스승에게 여쭙는 척하면서 장무기의 각성을 촉구했다.

"사부님, 저것 좀 보세요! 제가 짐작하기로는 철금선생께서 다음번 보법을 '귀매歸妹' 방위로 앞질러 나갈 듯싶군요. 맞지요?"

멸절사태가 미처 대꾸하기도 전에 한창 칼부림을 하던 반숙한이 두 눈썹을 곤두세우고 노려보면서 냅다 호통을 쳤다.

"아미파 어린 아가씨! 요 녀석과 무슨 관계가 있기에 두 번 세 번 거듭 일깨워주는 거냐? 앙큼하게도 뒷구멍으로 호박씨나 까면서 이적 행위를 하다니! 우리 곤륜파의 비위를 아무나 함부로 건드리는 게 아니라는 걸 모르느냐?"

반숙한의 날카로운 눈썰미에 속셈을 간파당한 주지약은 그만 찔끔 놀라 얼굴이 새빨갛게 달아올랐다. 그러자 스승 멸절사태가 꾸짖듯 말을 건넸다.

"지약아, 더는 묻지 말거라. 저 곤륜파 어르신들의 비위를 함부로 건드리는 게 아니라지 않느냐?"

조롱 섞어 던지는 말투 속에 제자를 비호하려는 기색이 역력했다.

22. 군웅들의 마음은 약법삼장으로 귀일하네

장무기는 속으로 격한 감동을 느꼈다. 이런 방식으로 계속 싸우다가는 그녀가 다른 방법으로 자기를 도와주려 할지도 모르고, 또 그랬다가는 눈치 빠른 멸절사태에게 들통 나서 극히 위태로운 지경에 빠질지도 모른다. 그렇다면 이제 방식을 바꾸어 그녀가 참견하지 못하도록 막아야 했다.

이윽고 장무기는 반숙한을 보며 껄껄 웃음보를 터뜨렸다.

"하하, 여러분은 모르시겠지만, 나는 아미파 멸절사태의 손에 붙잡혀 패군지장이 되었던 몸이외다. 요행히 저 어르신께서 손속에 사정을 두어 용서받고 풀려났소. 당신네 곤륜파는 날 잡아 꿇리지 못했으니 저 아미파 제자들의 솜씨가 당신네 곤륜파보다 훨씬 고명한 것은 당연한 일 아니겠소?"

능청맞게 곤륜파 장문 내외에게 핀잔을 주고 나서 대뜸 왼쪽으로 두 걸음 내딛더니 오른손에 들고 있던 매화나무 가지를 냅다 휘둘러쳤다. 그러자 나뭇가지에서 쏟아져 나온 세찬 바람결이 땅딸보 영감의 등 쪽 심장 부위를 노리고 벼락같이 덮쳐갔다.

"이크!"

느닷없이 불어닥치는 돌개바람에 왜로자 영감은 황급히 단도를 휘두른다는 것이 그만 반숙한의 어깻죽지를 찍어갔다. 장무기가 후려친 일초의 방향과 시각이 절묘하게 맞아떨어져 왜로자 영감의 의지와는 달리 칼날을 엉뚱한 곳으로 후려치게 만든 것이다. 그 수법은 건곤대나이 심법을 구사해 팔괘 방위에 따라 땅딸보 영감의 공격 초식을 역이용한 것이었다. 우군의 칼날이 찍어오자, 반숙한은 장검을 급회전시켜 땅딸보 영감의 일격을 막아냈다. 바로 이 순간, 또다시 "씽!" 하고 바람을 가르는 소리와 함께 이번에는 꺽다리 영감의 단도가 매섭게 후려 찍어왔다.

아내가 위기에 몰린 것을 본 하태충이 급히 뛰어들더니 장검을 들어 꺽다리 영감의 만도鸞刀를 후려쳐냈다. 장무기는 그때를 놓치지 않고 손바닥을 되돌려 쳐서 땅딸보 영감의 칼끝을 끌어다가 하태충의 아랫배를 찌르게 했다. 남편이 위기에 몰리자, 노발대발한 반숙한이 "쏴악, 쏵, 쏵!" 연거푸 세 차례 검을 내찔러 땅딸보 영감을 사납게 몰아붙였다. 별안간 역습을 당한 땅딸보 영감은 손발을 어디다 두어야 좋을지 모른 채 허둥거리면서 냅다 악을 썼다.

"요놈의 수작에 넘어가지 마시오!"

그제야 정신이 번쩍 든 하태충이 장검을 거꾸로 돌려 장무기를 찔러갔다. 장무기는 재빨리 건곤대나이 수법으로 하태충의 칼끝 방향을 중도에서 바꿔버렸다. 예리한 칼끝은 주인의 뜻을 따르지 않고 적의 손길이 끌어당기는 대로 꺽다리 영감의 왼 팔뚝을 사정없이 찌르고 들어갔다.

"아얏……! 저런 죽일 놈……."

우군의 칼날에 다쳐 아픔을 견디지 못한 꺽다리 영감이 고래고래 악을 쓰더니 미치광이처럼 펄펄 뛰면서 칼날을 번쩍 치켜들기가 무섭게 사나운 기세로 하태충의 머리통을 냅다 찍어 내렸다. 그 광경을 본 땅딸보 영감이 단도를 휘둘러 뿌리치면서 호통을 질렀다.

"사제, 날뛰지 말게! 저놈이 도깨비장난질을 친 거야. 아이쿠, 아얏……!"

그는 말끝도 미처 맺지 못한 채 비명부터 질렀다. 장무기가 그 순간

22. 군웅들의 마음은 약법삼장으로 귀일하네

에 반숙한이 내찌른 검초의 방향을 돌려놓아 땅딸보 영감의 등 쪽 어깻죽지를 찌르게 한 것이다.

잠깐 사이에 화산파 원로 두 사람이 차례차례 장검에 찔려 상처를 입자, 결투장을 에워싸고 있던 관전자들은 "와아아!" 하고 경악성을 지르며 일대 혼란을 일으켰다. 그 순간에도 장무기는 매화나무 가지를 가볍게 떨치면서 손바닥으로 껑다리 영감의 칼날을 비스듬히 끌어내어 반숙한의 왼쪽 겨드랑이를 공격하게 하는 한편, 하태충의 장검으로는 땅딸보 영감의 등줄기를 베어가게 하고 있었다. 다시 몇 합 공격이 엇갈렸을 때, 이번에는 느닷없이 하태충 부부의 쌍검이 맞부딪쳐 칼날끼리 가새표를 그리면서 대결 상태에 빠졌는가 하면, 어느새 껑다리 영감과 땅딸보 영감의 병기가 정면으로 충돌해 서로 후려 찍고 쪼개내는 형국을 연출하고 있었다.

이쯤 되어서야 관전자들은 장무기가 중간에서 상대방의 병기를 요리조리 끌어내어 교묘하게 방향을 뒤틀고 네 사람의 공세를 교란시켜 엉망진창으로 만들어놓는 장면을 또렷이 목격할 수 있었다. 그러나 도대체 그가 무슨 수법을 쓰는지는 하나도 알아보지 못했다. 단지 한 사람, 건곤대나이 심법의 기초 단계를 익힌 명교 좌사자 양소 한 사람만 어렴풋이 알아보긴 했어도 그 역시 이 정체불명의 젊은이가 그 신공을 익혔으리라고는 단정 짓지 못했다.

광장 한복판에서는 이제 명문 정파 장문인 부부끼리 살벌하게 칼을 맞대고 겨루는가 하면, 동문 형제끼리 죽기 살기로 칼부림을 하는 희한한 사태가 벌어지고 있었다. 반숙한은 잠시도 그치지 않고 소리를 질러댔다.

"여보! 무망으로 돌아서 몽위蒙位로 나가요……! 안 돼! 명이明夷 방위로 앞질러 나가라니까……!"

그러나 건곤대나이 신공은 사면팔방을 완전히 뒤집어씌워 그들이 어느 방위로 전환하든지 간에 영락없이 자기편을 공격하는 꼴이 되고 말았다. 마침내 견디다 못한 껑다리 영감이 악을 썼다.

"형님! 그 칼부림 좀 가볍게 할 수 없겠소?"

땅딸보 영감도 마주 고함을 질렀다.

"무슨 소리……! 난 지금 요 녀석을 후려 찍고 있지, 자넬 치는 게 아냐!"

"어이쿠, 또 돌아갔다……! 이게 어떻게 된 거야? 형님, 조심하시오! 내 칼날이 또 그쪽으로 돌아갔소……!"

과연 말끝이 떨어지기도 전에 껑다리 영감의 손아귀에 들린 강철 단도가 비스듬히 방향을 꺾어 땅딸보 영감의 허리께를 냅다 후려 찍었다. 뒤미처 하태충이 다급하게 외쳤다.

"여보, 조심해! 요놈의 자식이……."

"땅그랑!"

반숙한은 쥐고 있던 장검을 땅바닥에 내동댕이쳤다.

땅딸보 영감도 덩달아 단도를 툭 던져버리더니 주먹으로 장무기의 앞가슴을 내질렀다. 병기를 쓰지 않고 주먹이나 손바닥으로 쥐어박고 잡아 비틀어대면 제까짓 놈이 다시는 이 요사스러운 술법을 쓰지 못하리라 생각한 것이다. 그런데 문제가 터졌다. 뜻밖에도 "씽!" 하는 소리와 함께 하태충의 장검이 무서운 칼바람을 일으키면서 곧바로 면상을 찔러오는 게 아닌가? 육박전으로 나갈 요량으로 병기를 던져버린 채 맨주먹이 된 땅딸보 영감은 얼떨결에 자라목을 움츠려 가까스로

22. 군웅들의 마음은 약법삼장으로 귀일하네

칼끝을 피해냈다.

뒤미처 반숙한의 앙칼진 고함 소리가 울렸다.

"병기를 버려요!"

하태충은 두말 않고 힘껏 손을 뿌리쳐 들고 있던 장검을 아예 멀찌 감치 던져버렸다.

꺽다리 영감도 잔뜩 움켜쥔 병기를 놓고 금나수법으로 장무기의 뒷 덜미를 움켜갔다. 손아귀에 감촉이 느껴지자 그는 옳다 걸려들었구나 싶어 다섯 손가락을 바짝 오그라뜨렸는데 어찌 된 노릇인지 살갗의 부드러운 감촉 대신 뭔가 단단한 것이 손에 잡혔다. 흠칫 놀라 굽어보 니 웬걸! 이건 방금 자신이 내던진 강철 단도가 아닌가? 장무기가 어 느새 그걸 주워서 주인의 손아귀에 쥐여준 것이다.

"난 병기를 안 쓰겠어!"

꺽다리 영감은 힘껏 자신의 병기를 던져 날렸다. 그런데 장무기가 슬쩍 몸을 누인 자세로 비스듬히 빼더니 중도에서 칼을 선뜻 낚아채 어 또다시 주인의 손에 쥐여주었다. 다시 자기 칼을 잡게 된 꺽다리 영 감은 벌컥 성을 내면서 또 던져버렸으나 장무기는 역시 잽싸게 받아 서 또 쥐여주었다. 이렇듯 서너 차례 희한한 진풍경이 거듭되자 꺽다 리 영감은 놀랍고 어처구니가 없어 그만 껄껄 웃고 말았다.

"이런 빌어먹을! 요 녀석한 녀석이 정말 요사스러운 장난질을 다 치 는군!"

때맞춰 땅딸보 영감과 하씨 부부가 정면과 좌우에서 맹렬한 공격을 퍼부어왔다. 화산파나 곤륜파나 권법과 장법은 병기를 쓰는 것보다 약 하지 않을뿐더러 주먹질이든 손바닥 치기든 모두가 엄청난 위력을 갖추고 있었다. 그러나 장무기의 회피 동작은 물속에서 헤엄치는 미꾸라지보다 더 날렵하고 매끄러워 공격을 당할 때마다 잽싸게 빠져나가곤 했다. 하지만 이따금 일초 반식이라도 반격으로 전환할 때면 세 사람은 모두 막아내기가 극히 어려웠다.

사세가 이 지경에 이르자, 네 사람은 하나같이 상대방을 쓰러뜨리고 이긴다는 자체가 하늘의 별 따기보다 더 어렵다는 사실을 깨닫고 제각기 몸이 온전할 때 물러날 궁리를 하기 시작했다. 이윽고 꺽다리 영감이 별안간 무슨 생각이 들었는지 버럭 고함을 질렀다.

"이 거지발싸개 같은 녀석, 암기나 한 대 받아라!"

그러고는 "허흠!" 하고 큰 기침을 하더니 장무기를 노리고 싯누런 가래침을 탁 뱉어냈다. 장무기가 슬쩍 몸을 뒤틀어 피하자, 꺽다리 영감은 그 틈을 타서 장무기의 등줄기를 겨냥해서 들고 있던 강철 단도를 냅다 던져 날렸다.

"요 녀석 이래도 얻어맞지 않겠느냐……? 이크, 저런……! 아이고 미안해라!"

회심의 일격을 가하고 낄낄 웃던 꺽다리 영감이 중도에 기절초풍을 하도록 놀라 사과했다. 그도 그럴 것이, 가래침과 칼끝이 한꺼번에 날아들자, 장무기는 재빨리 왼 손바닥을 뒤집어 때마침 들이닥치던 반숙한을 잡아끌어다가 자신 앞에 돌려세웠다. 이윽고 "철썩!" 하는 소리와 함께 꺽다리 영감이 내뱉은 가래침은 반숙한의 양 눈썹 사이 미간에 철떡 달라붙고 만 것이다.

분노가 극도에 다다른 반숙한이 양손 열 손가락을 활짝 벌리더니 장무기를 움켜잡으려고 아귀처럼 달려들었다. 때맞춰 땅딸보 영감도

한 손을 갈고리처럼 구부리고 배후에서 덮쳐왔다. 기막히게 퇴로를 차단해버린 것이다. 모처럼 보기 드문 기회가 닥친 것을 보자, 하태충과 꺽다리 영감이 좌우 양편에서 한꺼번에 덤벼들었다. 이번에야말로 미꾸라지 녀석을 한복판에 몰아넣고 꼼짝 못 하게 잡아 족칠 수 있으려니 자신만만했다. 넷이서 요 발칙한 녀석 하나 붙잡아 흠씬 두들겨패거나 비틀어 꺾고 조여대기만 하면 비록 남들 보기에 썩 점잖지는 못해도 기어코 두 번 다시 장난질을 칠 수 없게끔 요절내버리는 것이다. 그러나 이 순간 장무기의 양손이 한꺼번에 뻗어나가면서 건곤대나이 심법을 펼쳤다.

"이야압!"

맑고도 청아한 외마디 기합 소리를 터뜨리며 솟구쳐 올린 몸뚱이가 반공중에서 가볍게 꺾어 돌더니 10여 척 바깥에 사뿐히 내려섰다.

그다음 순간, 싸움터 한복판에는 해괴망측한 광경이 벌어졌다. 하태충은 뭇사람이 보는 앞에서 아내의 허리를 껴안고, 반숙한은 두 손으로 남편의 어깨머리를 움켜잡았는가 하면, 꺽다리와 땅딸보 두 영감은 서로 단단히 부여잡은 채 땅바닥에 쓰러져 있었다.

무언가 잘못되었다는 느낌이 들자 하씨 부부는 황망히 손을 풀고 벌떡 뛰어 일어섰으나, 두 영감은 여전히 부여안은 채 고래고래 악을 썼다.

"잡았다……! 네놈이 어딜 도망칠 테냐? 이크! 이게 아닌데……."

꺽다리 영감이 의기양양하게 고함을 지르다가 소스라치게 놀랐다. 뒤미처 땅딸보 영감이 버럭 성을 내며 호통을 쳤다.

"빨리 그 손 풀지 못해!"

"형님이 손을 놓지 않는데, 내가 왜 손을 풀어야 하오?"

"그놈의 주둥이 좀 닥칠 수 없겠나?"

"주둥이를 다물라면 물론 다물 수 있지요. 하지만……."

땅딸보 영감이 양 팔뚝을 홱 뿌리치면서 고함을 질렀다.

"일어나!"

꺽다리 영감은 사형을 속으로 은근히 두려워하는 처지라 얼른 손을 풀었다. 이윽고 두 사람이 나란히 일어섰다.

"어이, 거지발싸개 같은 놈아! 넌 무예를 겨루는 게 아니라 요술을 부렸어. 그게 어디 영웅호걸이 할 짓이냐?"

꺽다리 영감이 장무기를 향해 버럭 고함을 질렀으나, 땅딸보 영감은 다시 싸워봤사 추태만 부릴 게 빤한 터라 일찌감치 패배를 인정했다.

"귀하의 신공은 과연 세상을 덮을 만하오. 이 늙은 것이 평생 처음 보았소. 우리 화산파가 졌소이다."

상대방이 정중하게 포권의 예의를 갖추니 장무기도 얼른 두 손을 맞잡아 답례했다.

"죄송합니다! 이 후배가 운이 좋았지요. 방금 네 분께서 손속에 사정을 두셨으니 망정이지 그러지 않았던들 이 후배는 정반양의도검 아래 목숨을 잃었을 겁니다."

그 말은 실제로 공치사라고 할 수도 없었다. 주지약이 은연중 사상팔괘의 도리를 일깨워주기 전까지만 해도 그는 정말 위기에 몰려 꼼짝달싹 못 하고 있었다. 비록 승리를 하긴 했으나 이들 네 사람의 무공 실력을 얕잡아볼 생각은 없었다. 다만 "손속에 사정을 두셨으니"라는 말은 듣기 좋게 인사치레로 한 것이었다.

22. 군웅들의 마음은 약법삼장으로 귀일하네

이긴 쪽에서 겸사의 말을 건네자, 낯 두꺼운 꺽다리 영감이 득의양양해하며 말을 꺼냈다.

"그렇지? 자네도 요행으로 이긴 줄 알긴 아는구먼!"

"두 분 선배님의 존함은 어찌 되시는지요?"

어린 후배가 존함을 여쭈니, 꺽다리 영감은 거드름을 피우면서 입을 열었다.

"내 사형으로 말할 것 같으면 강호에서 쓰시는 별호가 '위진威震'……."

그때 왜로자 영감이 버럭 소리쳤다.

"입 닥쳐!"

그러고는 장무기를 향해 겸손히 말했다.

"패군지장이라 그저 부끄러워 몸 둘 바를 모르는데, 보잘것없는 이름 따위야 입에 올려 뭘 하겠소?"

그런 뒤 조용히 돌아서서 화산파 진영으로 물러갔다. 하지만 낯 두꺼운 꺽다리 영감은 손뼉까지 쳐가며 껄껄대고 웃었다.

"하하……! 병법에 '승패는 병가지상사勝敗乃兵家之常事'라 했으니, 싸움에 이기고 지는 일이야 늘 겪는 것 아닌가? 이 늙은이는 그런 것쯤은 마음에 두지 않는다네!"

그러더니 땅바닥에 나뒹구는 강철 단도 두 자루를 주워 들고서 아무 일도 없었다는 듯이 어슬렁어슬렁 돌아갔다.

---

* 전쟁에서 승리하거나 패배하는 경우는 군대를 부리는 사람에게 늘 있는 일이란 뜻. 출처는 《구당서舊唐書》〈배도전裴度傳〉에 처음 나왔으며 이후《설당說唐》제60회, 송나라 때 윤수尹洙가 쓴《서연敍燕》, 그리고《삼국연의》제31회 등에 인용되었다.

장무기도 뒤따라 화산파 진영 앞으로 걸어가더니 땅바닥에 쓰러져 신음하는 선우통 곁에 멈춰 섰다. 그러고는 허리 굽혀 두 군데 혈도를 찍어주었다.

"여기서 큰일이 마무리되는 대로 당신의 독을 치료해드리겠소. 지금은 우선 급한 대로 독기가 심장부에 침투하지 못하게 막아놓은 거요."

무뚝뚝하게 한마디 건넸을 때 느닷없이 등 뒤에서 섬뜩하게 차가운 바람결이 엄습해오더니 마치 모래바람에 휩쓸린 것처럼 따끔한 통증이 느껴졌다. 흠칫 놀란 장무기는 미처 회피 동작을 취할 겨를도 없이 서 있던 그 자리에서 발끝으로 지면을 힘껏 박차고 허공 위로 비스듬히 몸을 뽑아 날렸다.

곧이어 발치 밑에서 "푹! 푹!" 하고 예리한 칼끝이 부드러운 물체를 꿰뚫는 소리가 잇따라 두 번 나더니 뒤미처 외마디 비명 소리가 허공에 길게 울려 퍼졌다.

"으아악……!"

반공중에서 멈칫하는 사이 고개를 돌려 굽어보니, 하태충과 반숙한 부부의 장검 두 자루가 선우통의 앞가슴에 꽂혀 있었다.

하태충 부부로 말하자면 반평생 강호를 종횡무진 누벼오면서 명성을 떨친 고수들이다. 그런데 오늘 뭇사람이 보는 앞에서 보잘것없는 일개 후배 녀석의 손길 아래 무참하게도 패군지장이 되고 말았으니 그 치욕을 어떻게 참고 견딜 수 있겠는가? 두 사람이 땅바닥에서 장검을 주워 들었을 때 장무기는 선우통에게 다가서서 혈도를 찍어주고 있었다. 그것을 본 순간, 이들 부부는 서로 눈짓을 주고받았다. 이심전심으로 마음이 통하자 고갯짓 한 번 끄덕이고 나서 벼락같이 무성무색無聲無色 일초를 펼쳤다. 글자 그대로 소리도 형체도 없이 두 자루 장검의 칼날이 동시에 장무기의 등줄기를 찌르고 들어간 것이다.

이 무성무색 일초는 곤륜파 검술 가운데서도 비전절기로 손꼽히는 무서운 살초였다. 이 초식을 구사할 때는 반드시 두 사람이 동시에 펼치되 공력이 어슷비슷하고 내경內勁 또한 대등하게 맞먹는 수준이어야 했다. 검초를 쏟아내어 기습 공격으로 나갈 때는 피차 힘줄기가 상반되어, 두 자루 장검에서 발생하는 진동과 허공을 찢는 파공음을 상쇄시켜 들리지 않게 해주었다. 이 검법은 원래 야간전투에서 주로 쓰는 것이었다. 어둠 속에서 상대방이 칼바람 소리를 듣고 방향이나 병기의 움직임을 파악하지 못하게 만들어야 하기 때문에 사전에 아무런 조짐도 없다. 따라서 상대방이 뭔가 심상치 않은 낌새를 채고 경각심이 높아졌을 때는 이미 허연 칼날 두 자루가 몸을 꿰찌르고 들어간 뒤다. 대명천지 밝은 대낮에도 마찬가지여서 등 뒤에서 기습을 가하면 막아낼 재간이 없는 것이다.

그러나 장무기의 마음과 뜻은 요지부동, 칼끝이 찔러드는데도 당황하는 기색이 없었다. 불의의 사태가 벌어지면 자연스레 구양신공의 호체 진기가 발동해 본능적으로 몸을 보호했다. 그러나 무성무색 검초 역시 얕잡아볼 것이 아니어서 두 자루 장검의 칼끝이 등판의 옷자락을 길게 찢어놓았다. 그는 이렇듯 아슬아슬하게 위험한 상황을 벗어났으나, 하씨 부부는 내지른 검초를 미처 거두어들이지 못하고, 결국 관성에 이끌리는 대로 뻗어나간 쌍검이 화산파 장문을 땅바닥에 못 박듯 찔러 죽이고 말았다.

장무기는 착지 동작으로 거뜬히 땅바닥에 내려섰다. 주변을 에워싼 관중들 속에서는 경악성과 분노에 찬 고함 소리가 진동했다.

악에 받친 하태충과 반숙한 부부는 선우통의 몸에 박힌 쌍검을 뽑아 나란히 겨누고 장무기를 공격해 들어갔다. 염치없이 등 뒤에서 암습을 가한 비열한 행위를 뭇사람에게 보이고 말았으니, 지금이라도 요 발칙한 놈을 죽이지 못한다면 자기네 부부는 장차 이 세상에 낯을 들고 살아갈 수 없을 것이다. 그들의 공격 초식은 한마디로 필사적이었다.

장무기는 악착같이 찔러드는 칼끝을 서너 차례 피하면서 하씨 부부의 공격 초식이 동귀어진을 추구하고 있음을 깨달았다. 그렇다면 이제 피아 쌍방이 좋게 끝나기를 바라기는 다 틀린 노릇이다. 화해의 가망성이 사라졌다고 생각하는 순간, 머릿속에서 한 가지 꾀가 퍼뜩 떠올랐다. 이제 막 찔러든 쌍검이 기세를 잃고 다시 물러나려는 찰나, 그는 몸뚱이를 슬쩍 움츠리는가 싶더니 왼손으로 땅바닥의 흙덩어리를 하나 주워 들었다. 또다시 벼락같이 찔러드는 장검을 피해내면서 손바닥의 자그만 흙덩어리를 땀과 섞어 반죽한 다음 작디작은 알약 두 개를 만들었다.

이윽고 하태충이 왼쪽에서 들이닥치고 때맞춰 반숙한의 장검이 오른쪽에서 찔러들었다. 예리한 칼끝이 양 옆구리로 찔러들기 바로 직전, 그는 엎어질 듯이 몸을 앞으로 숙이면서 빠져나가 한달음에 선우통의 시체 곁까지 들이닥쳤다. 그러고는 짐짓 시체의 품속을 한두 차례 뒤지는 시늉을 한 다음 획 돌아서기가 무섭게 쌍장으로 두 사람을 동시에 후려쳤다. 이번만큼은 앞서와 달리 쌍방 공격에 6~7할의 구양신공을 얹었다. 다음 순간, 하씨 부부는 가슴속이 꽉 막히고 숨통이 트이지 않아 저도 모르게 입을 딱 벌렸다. 그 틈에 장무기가 진흙덩어리 알약을 한 알씩 입속으로 던져 넣었다. 알약은 들이마시는 숨을 따라 목구멍 속으로 깊숙이 굴러 들어갔다.

"콜록, 콜록……!"

난데없는 물체가 목구멍으로 넘어가자 기절초풍하도록 놀란 하씨 부부는 그칠 새 없이 헛기침을 해댔다. 그러나 한 번 목구멍으로 넘어간 알약을 도로 토해낼 길이 없었다. 그들은 대경실색했다. 방금 배 속에 들어간 물체가 뭐냐? 바로 장무기가 선우통의 시체에서 움켜낸 것이다. 선우통은 독약과 독충을 쓰는 데 이골이 난 작자다. 이런 자가 호주머니 속에 좋은 물건을 감춰두었을 리 없다. 삽시간에 두 사람의 안색이 흙빛으로 시꺼멓게 질렸다. 조금 전에 선우통이 금잠고독에 중독되어 몸부림치고 비명을 지르던 그 끔찍한 참상을 떠올리자니, 반숙한은 거의 까무러칠 지경이었다.

장무기의 차분한 목소리가 귓전에 울려왔다.

"선우 장문께선 품속에 금잠을 기르고 계시더군요. 방금 두 분이 삼키신 알약은 밀랍으로 싼 금잠고독인데, 밀랍이 다 녹기 전에 급히 토해내면 혹시 목숨을 구하실 수 있을지 모르겠습니다."

하씨 부부는 놀라 자빠질 겨를도 없이 황급히 내력을 끌어올려 오장육부가 몽땅 뒤집히도록 구역질을 하기 시작했다. 밀랍이 녹기 전에 '금잠고독 알약'을 토해내야 했기 때문이다.

두 사람은 내공이 기막힐 정도로 뛰어난 고수들이라 두세 차례 힘껏 구역질을 해 마침내 위장 속에 들어간 알약을 토해낼 수 있었다. 그러나 토해낸 것은 이미 샛노란 위액에 흐물흐물 녹아버린 시꺼먼 빛깔의 진흙뿐이었다.

화산파 진영에서 꺽다리 영감이 어슬렁어슬렁 다가오더니 흙바닥에 뒹구는 '알약'을 손가락질하면서 낄낄대고 웃었다.

"아이고, 이런! 이건 금잠의 똥이군. 금빛 누에란 놈이 배 속에 들어가 똥을 쌌군!"

놀라움과 분노가 엇갈린 채 어디다 분풀이를 해야 좋을지 모르던 반숙한이 냅다 손바닥을 뒤채어 호된 일장을 후려갈겼다. 꺽다리 영감이 자라목을 움츠려 잽싸게 피하더니 도망치면서 일부러 큰 소리로 욕설을 퍼부었다.

"곤륜파, 이 암캐 같은 년! 네년이 우리 장문인을 죽였는데, 화산파가 가만둘 줄 알았너냐? 이 빚은 하늘 끝까지 쫓아가서라도 청산하고야 말 테다!"

이야말로 엎친 데 덮친 격이다. 하태충 부부는 속으로 걱정이 태산 같았다. 선우통이 비록 간악한 인물이라고는 해도 역시 명색이 화산파의 장문인이 아닌가? 자기네 부부가 실수를 저질렀다고는 하나, 일개 문파의 대표 격인 사람을 죽였으니 그것만으로도 강호 무림계에 보기 드문 대혼란을 일으킨 셈이다. 그러나 지금 배 속에 치명적인 금잠고독이 들어간 마당에 딴 일을 돌아볼 여유가 없었다. 이제 장무기란 녀석만이 그 무서운 독을 풀 수 있었다. 하지만 자기네 부부가 옛날 그토록 모질게 대했는데 그가 목숨을 건져주려 할까?

이들이 당황한 기색으로 눈치를 살피자, 장무기는 덤덤하게 웃으면서 말을 꺼냈다.

"두 분, 너무 놀라실 것 없습니다. 금잠이 배 속에 들어갔다 해도 그 독성은 여섯 시진이 지나야만 발작합니다. 여기서 큰일을 마친 다음에 후배가 방법을 강구해서 구해드리기로 하지요. 그저 바라건대 하 부인께서 두 번 다시 저한테 지네 독을 탄 독주만 먹이지 않으신다면 감지덕지하겠습니다."

하씨 부부의 기쁨은 이루 말할 수 없이 컸다. 비록 가볍게나마 비꼬는 말을 듣긴 했어도 그쯤이야 마음에 담아둘 처지가 아니었다. 고맙다는 말을 하기가 쑥스러워 조심스럽게 순순히 물러가는 그들의 태도에 어색함과 무안스러움이 가득 배어나왔다.

장무기가 그들 부부의 뒷모습을 보고 말했다.

"두 내외분! 공동파 진영에 가서서 옥동흑석단玉洞黑石丹 네 알만 얻어 복용하시지요. 그럼 독성이 한동안 심장부로 치밀지는 않을 겁니다."

그제야 하태충이 남들 안 듣게 나지막하게 말했다.

"가르쳐주어 고맙네."

그리고는 당장 큰 제자를 공동파 진영에 보내 환약을 얻어다 아내와 나눠 삼켰다.

장무기는 속으로 웃음보를 터뜨렸다. 옥동흑석단이 해독 약물인 것은 틀림없지만, 그것을 삼키고 나면 두 시진 동안 뱃가죽이 뒤틀릴 정도로 복통을 겪어야 한다. 아니나 다를까, 잠시 후 하태충과 반숙한 부부는 과연 극심한 배앓이를 일으켰다. 오장육부를 쥐어짜는 듯 무서운 고통이 밀어닥치자, 이들 부부는 금잠고독의 독성이 발작한 줄 알고 두려움에 안색이 하얗게 질리고 이마에선 비지땀이 뚝뚝 떨어졌다. 그러나 장무기의 장난질에 골탕 먹은 줄은 꿈에도 생각지 못했다. 물론 장무기로서는 그저 한바탕 놀라게 만들어 다소 혼뜨검만 내주었을 뿐 애당초 원수를 갚겠다는 생각은 없었다. 만약 원수를 갚겠다고 독하게 마음먹었다면 이렇듯 가볍게 끝낼 턱이 있겠는가? 또 한 가지 깊은 의도가 있었다. 지금처럼 해독약을 주지 않으면 여러 문파와 분쟁이 재발했을 경우, 곤륜파는 목숨을 구하기 위해서라도 장무기 편을 들지 않을 수 없을 것이다. 6년 전 그는 감기약 상패환을 비짐독이라고 속여 하태충의 다섯째 애첩에게 먹이고 그 진상을 너무 빨리 털어놓았다가 하마터면 하태충의 손에 맞아 죽을 뻔하지 않았던가? 이번에 또다시 그 전철을 밟을 수는 없었다. 속담에 "아무리 미련한 황소도 한번 빠진 구덩이에는 다시 빠지지 않는다"고 했다.

"송 대협! 이제 육대 문파 가운데 남은 것은 귀하의 무당파와 우리 아미파뿐이오. 이 늙은 비구니는 여류의 몸이라 오로지 송 대협께서 대국을 주재하시는 대로 따르겠소."

육대 문파 진영에서 멸절사태가 무당파 송원교를 향해 큰 소리로 외쳐 물었다. 송원교는 잠시 생각해보고 이렇게 대답했다.

"소생은 이미 은 교주와 겨루어 승부를 내지 못했습니다. 사태 님께선 검법이 신통하시니 틀림없이 저 젊은이를 제압하실 수 있으리라 믿습니다."

"흥!"

멸절사태는 차갑게 코웃음을 치더니 말 한마디 없이 등에서 의천검을 스르렁 뽑아 들고 천천히 걸어 나왔다.

무당파 진영에서는 아까부터 무당오협의 둘째 유연주가 줄곧 장무기의 동정을 예의 주시하고 있었다. 그는 장무기가 펼치는 기이한 무공에 의아스러움을 금치 못하던 차에 멸절사태가 나서는 것을 보고 다시 한번 상황 분석을 해보았다.

'멸절사태의 검법이 비록 정교하다고는 하지만, 곤륜파와 화산파의 사대 고수들이 손을 맞잡고 출전했어도 이기지 못했다. 이제 만약 멸절사태가 패하고 우리 무당파까지 저 청년을 굴복시키지 못한다면 육대 문파의 작전은 철두철미하게 실패하고 큰 낭패를 면치 못할 것이다. 그렇다면 내가 먼저 나서서 저 친구의 진짜 실력이 어떤지, 허점이 어디 있는지 시험해봐야겠다.'

생각을 굳힌 그는 빠른 걸음걸이로 광장 한복판으로 나섰다.

"사태 님, 저희 다섯 형제가 먼저 저 청년과 공력을 겨뤄보도록 해주십시오. 그런 다음 사태 님께서 마지막 일전을 겨루시면 필승을 거둘 수 있을 것입니다."

말뜻은 명백했다. 무당파로 말하자면 내력이 끈덕지기로 정평이 나 있는 만큼, 송원교 이하 막성곡에 이르기까지 다섯 사람이 하나씩 나서서 차륜전법으로 장무기와 싸우고 나면 설령 이기지는 못하더라도 상대의 힘이 완전히 고갈되어 기진맥진해질 것은 불을 보듯 뻔한 노릇이었다. 세상에 그 어떤 막강한 고수라 하더라도 무당오협을 상대로 연거푸 싸우고 나서 지쳐 나가떨어지지 않을 자가 있겠는가? 장무기가 기진맥진한 상태에서 멸절사태의 매섭기 비할 데 없는 검술과 맞섰을 경우, 아미파는 단 한 번 싸움으로 보기 좋게 승리를 거두게 될 것이다.

멸절사태 역시 그 의도를 분명히 알아차렸다. '우리 아미파가 무엇이 궁색하다고 너희 무당파의 덕을 봐야 한단 말인가? 그렇게 해서 이긴다 한들 내 체면이 서겠는가? 설마 이 아미파의 장문인이 그렇듯 구차스레 남의 도움까지 받아가며 요 풋내기 후배 녀석 하나를 상대해

야 한단 말인가?'

그녀는 오기와 자부심이 대단해 두려울 바가 없었다. 젊은 녀석의 무공 실력이 뛰어나다는 것은 인정하겠지만, 여러 문파 고수가 잇달아 패배하고 물러난 까닭은 그들이 한마디로 바보 멍텅구리 같은 짓을 했기 때문이라고 생각했다. 더구나 요 어린 녀석은 자기 손에 붙잡혀 끌려온 적이 있지 않은가? 물론 마교 예금기의 무리를 도륙할 때 요 당돌한 녀석이 끼어들어 보인 공력은 기이할 정도로 대단했다만, 그렇다고 대수로울 게 또 뭐냐? 그녀는 거만하게 유연주를 보며 헐렁헐렁한 도포 자락을 홱 떨쳐 보였다.

"유 이협은 돌아가시오! 이 늙은 비구니가 의천검을 뽑아 든 이상 피를 묻히지 않고 다시 칼집에 꽂아 넣을 수는 없소."

상대방이 이렇듯 고집 세게 나오니 유연주는 어쩔 수 없이 두 주먹을 맞잡아 예를 올리고 물러갔다.

멸절사태가 장검을 가슴 앞에 가로누인 채 칼끝을 비스듬히 곧추세우고 장무기 앞으로 걸어 나갔다. 그녀의 손에 들린 의천검을 보는 순간, 명교 교도들은 너 나 할 것 없이 큰 소리로 악담 저주를 퍼붓기 시작했다. 그 칼날 아래 목숨을 잃은 동료 신도들이 이루 헤아릴 수 없을 정도로 많던 것이다. 원한에 찬 악담과 욕설을 들으면서도 멸절사태는 싸느랗게 웃어 보였다.

"뭘 그리 떠들어대는 거냐? 우선 요 발칙한 녀석부터 요리하고 나서 네놈들의 목숨도 하나씩 거두어줄 텐데, 빨리 죽지 못해 안달이 났구나!"

은천정은 그녀의 손에 들린 의천검이 아무도 감당하지 못할 신검이라는 사실을 잘 알고 있었다. 명교 신도뿐 아니라 천응교 무리 중에서 단 일합도 채 겨루지 못하고 병기가 부러지고 잘려 속절없이 죽임을 당한 고수가 적지 않았던 것이다. 그는 걱정스러운 기색으로 장무기를 향해 물었다.

"증 소협, 그대는 어떤 병기를 쓰려는가?"

"저는 병기가 없습니다. 제가 저 보검을 어떻게 상대해야 좋겠는지, 어르신께서 말씀해주십시오."

세상의 어떤 병기도 의천검 앞에 파괴당하지 않는 것이 없다는 사실을 장무기는 제 눈으로 똑똑히 보아 알고 있었다. 예금기 무리들이 도륙당하던 광경을 생각하니 지금도 가슴이 떨리고 소름이 돋았다. 정말 이 무서운 신검 앞에 어떻게 맞서야 할지 아무것도 생각나지 않았다.

은천정이 곁에 놓아둔 보따리를 끄르더니 장검 한 자루를 꺼냈다.

"이 백홍검白虹劍을 그대에게 선사하겠네. 비록 저 늙은 비구니의 의천검만큼 이름난 것은 아니라 해도 강호에서 보기 드물게 예리한 병기라네."

그러곤 손가락으로 칼끝을 휘었다가 놓으니, 칼날이 용수철 튕기듯 탄력 있게 곧바로 뻗으면서 "위잉 윙!" 하는 용음龍吟을 토해냈다. 맑고도 힘찬 울림에 하늘을 바라고 곤두선 칼끝이 백홍검이란 이름 그대로 햇볕 아래 흰 무지개를 찬란하게 쏟아냈다.

"고맙습니다, 어르신!"

장무기가 공손하게 칼을 건네받았다.

"내가 이 칼을 지닌 지 오래되었으나 근 10여 년 동안 쓰지 않았다네. 병기의 날카로움을 이용해서 승리하다니……. 흐흐흐, 그래가지고 야 무슨 영웅호걸 행세를 하겠는가? 오늘 이 칼이 저 늙은 도적년의 선혈을 마신다면 이 늙은이가 죽어도 여한이 없을 걸세."

장무기는 이 말에 대답하지 않았다. 마음속으로 자신이 결코 멸절사태의 목숨을 다치게 할 수는 없다고 굳게 다짐하고 있었다. 그는 백홍검을 쳐든 채 돌아서서 몇 걸음 나가더니 칼끝을 아래로 향하고 두손으로 칼자루를 잡으며 멸절사태에게 말했다.

"후배의 검법이 평범해서 사태 어른의 적수가 되지 못합니다. 이런 솜씨로 무림 선배와 맞서다니 실로 가당치도 않은 일입니다. 선배님은 앞서 명교 예금기 사람들을 죽이지 않고 용서해주셨는데, 다시 한번 너그러이 봐주시면 안 되겠습니까?"

멸절사태는 기다란 눈썹을 축 늘어뜨리면서 차갑게 말했다.

"예금기 놈들의 목숨은 네가 구해준 것이지, 멸절사태의 손에 용서받을 놈은 아무도 없다. 네가 내 수중의 장검을 이길 수만 있다면, 그때는 네놈이 무슨 망발을 떨더라도 늦지 않을 거다."

예금, 거목, 홍수, 열화, 후토기에 소속된 신도들이 저마다 시끄럽게 악을 쓰면서 욕설과 야유를 퍼부었다.

"저 늙은 비구니 도적년! 재주가 있거든 증 소협과 맨손으로 싸워 봐라!"

"네까짓 년의 검법이 뭐 그리 대단하다고? 기껏해야 날카로운 보검을 써야만 이길 수 있을 뿐이지!"

"증 소협의 검법이 너보다 훨씬 뛰어나다는 걸 모르느냐? 자신 있거든 그놈의 의천검 말고 보통 칼로 바꿔서 겨뤄봐라! 보통 칼로 증 소협과 싸워서 3초만 버텨낸다면 너희 아미파 실력이 고명하다고 인정해주지!"

"3초는 무슨 3초? 일초 반식도 당해내지 못할 텐데."

명교 진영에서 아무리 격분시키는 비웃음이 날아들어도, 멸절사태는 전혀 못 들은 척 무시해버리고 무뚝뚝한 기색으로 장무기를 향해 낭랑하게 외쳤다.

"어디 공격해보시지!"

장무기는 검법을 배운 적이 없었다. 그런데 이제 갑작스레 검초를 펼치게 되니 손발을 어떻게 써야 할지 막막했다. 망연자실한 기색으로 엉거주춤 서 있을 때 머릿속에 퍼뜩 떠오른 것이 하태충 부부가 구사한 양의검법이었다. '옳거니, 그 검법이 무척 정교하고 절묘했지! 어디 그걸 한번 써봐야겠다.' 그는 즉시 기억나는 대로 칼날을 비스듬히 겨냥하고 일검을 찔러 보냈다. 멸절사태가 뜨악한 표정을 지었다.

"이크, 곤륜파 초벽단운蛸壁斷雲!"

무심결에 외마디 소리를 터뜨린 그녀가 의천검을 옆으로 약간 뒤틀더니 첫 번째 초식부터 앞질러 공격해 들어갔다. 상대방의 검초에 맞서지 않고 칼끝이 곧바로 단전 요혈을 찌르고 들어간 것이다. 역공으로 나가는 기세가 실로 불가사의할 정도로 빠른 데다 사납고 매서웠다.

아랫배로 칼끝이 찔러들자, 장무기는 미끄러지는 걸음걸이로 냉큼 피해 달아났다. 그러나 멸절사태의 장검은 느닷없이 번뜩 방향을 바꾸더니 질풍 같은 속도로 치솟았다. 어느새 칼끝은 목젖을 겨냥하고 있었다. 장무기는 다급해서 몸뚱이를 벌렁 누이고 땅바닥에 닿기가 무섭

게 떼굴떼굴 굴렀다. 그런 뒤 다시 벌떡 일어서려는데 갑자기 뒷덜미
가 섬뜩해지면서 서늘한 바람이 들이닥쳤다. 오른발 한 끝으로 땅바닥
을 걷어찬 그는 몸뚱이를 비스듬히 날려 허공으로 솟구쳐 올랐다. 절
체절명의 궁지에서 목숨을 구하려다 보니 불가능한 일도 해낼 수 있
는 모양이었다. 관전자들의 입에서 경탄 섞인 갈채가 터져 나오려는
찰나, 멸절사태의 몸뚱이가 지상에서 표연히 떠오르더니 반공중에서
저 무시무시한 의천검 칼끝을 위로 뻗은 채 수평으로 그어나갔다. 상
대방이 추락할 때까지 기다려주지 않고 공중에 띄운 채 요절내버릴
참이었다. 삽시간에 서슬 퍼른 검광이 장무기를 중심으로 2~3척 간격
을 둔 채 주변을 모조리 봉쇄해버렸다.

　장무기는 몸을 허공에 띄워 올린 채여서 어떻게 피할 방도가 없었
다. 멸절사태의 보검이 가로 휩쓸어 치는 선상에서 이제 몸뚱이가 한
자 남짓 추락하는 날이면 그 즉시 양 발목이 가지런히 끊겨나갈 것이
고, 거기서 3척을 더 내려앉았다가는 허리가 썽둥 잘려 두 토막이 나
야 할 판이었다. 그야말로 위험천만한 찰나, 그는 더 생각해볼 여지도
없이 들고 있던 백홍 장검을 아래로 뻗어내어 칼끝으로 의천검 칼끝
을 정확하게 찍었다. 두 강철이 맞닿는 순간, 백홍검이 활등처럼 둥글
게 휘는가 싶더니 이내 "쩡!" 하고 가벼운 소리를 내면서 칼날이 곧바
로 튕겨 섰다. 장무기는 어느새 용수철같이 튕기는 탄력에 힘입어 다
시 한번 높이 도약해 올라갔다.

　그렇다고 멸절사태 역시 멍청하게 그냥 서 있지는 않았다. 번뜩 몸
을 날린 그녀가 재빨리 앞질러 나가더니 선제공격으로 연속 세 차례
칼부림을 퍼부었다. 세 번째 칼날이 들이닥치는 순간, 장무기의 몸뚱

이가 또다시 추락했다. 그는 어쩔 수 없이 장검을 휘둘러 가로막았다.

"쟁그랑!"

칼날과 칼날이 맞부딪는 순간, 허망하게도 장무기의 백홍검은 예리한 의천검에 절반이나 뭉텅 잘려나간 채 겨우 반 토막이 남았다. 그는 허공에 뜬 채 손길 나가는 대로 오른 손바닥을 내뻗어 멸절사태의 정수리를 비스듬히 후려쳤다. 멸절사태가 그 손목을 끊어버리려고 머리 위로 장검을 휘저었다. 그러나 장무기의 겨냥은 정확했다. 눈 깜짝할 사이에 장법掌法에서 지법指法으로 바뀐 검지와 가운뎃손가락이 의천검의 날 없는 부분을 탁 튕기더니 다시 한번 그 탄력에 힘입어 반대편으로 날아가는 것이 아닌가!

그 순간, 멸절사태는 팔뚝이 저릿저릿 마비되고 손아귀가 터져 나갈 듯 극심한 통증을 느꼈다. 격렬한 손가락 튕김에 충격을 받아 맥 풀린 손아귀에서 하마터면 칼자루가 빠져나가려는 것을 가까스로 거머쥐고 났을 때, 이번에는 가슴속 심장부까지 크게 뒤흔들렸다. 정신을 가다듬고 상대방을 찾았을 때 장무기는 이미 20척 바깥에 내려서 있었다. 그 역시 얼마나 혼이 났는지 넋 빠진 기색으로 멍한 표정이었다. 손에는 반 토막짜리 단검으로 변한 백홍검을 잡고 있었다.

속담에 "토끼가 뛰어오르면 새매가 덮쳐 내린다兎起鶻落"°고 했던가. 이들 몇 수의 공격과 회피 동작이야말로 속담에서처럼 쌍방 모두 민

---

• "토끼가 깡충 뛰어오르는 순간을 놓치지 않고 수렵용 새매가 곤두박질쳐 덮치는데, 조금이라도 방심하면 잡을 시간을 놓쳐버린다兎起鶻落 少縱則逝"를 줄여 쓴 관용어이다. 송나라 때 문학가 소식蘇軾이 쓴 〈문여가화운당곡언죽기文與可畫篔簹谷偃竹記〉에서 처음 나왔으며, 통상 "상황이 변화 발전하는 추세가 극히 빠르므로 자칫 소홀하면 기회를 잃어버린다"는 비유로 자주 쓰인다.

첩하고 날쌔기가 비할 데 없어 그저 눈 깜짝할 사이에 멸절사태는 연속 여덟 차례나 쾌속 공격을 퍼부었고, 그 공격 초식이 모두 치명적인 살초였다. 반면 장무기는 일방적인 열세에 처해 있으면서 연속 여덟 차례나 들이닥친 절체절명의 위기를 낱낱이 풀어가며 죽음의 문턱을 여덟 차례나 빠져나와 아슬아슬하게 목숨을 건져냈다. 공격자의 공세가 비할 데 없이 매서웠지만, 회피하는 동작 또한 괴이하기 그지없었다. 이 짧디짧은 순간을 지켜보던 사람들은 가슴을 조이는 듯한 흥분감을 느꼈다. 공격자의 솜씨는 마치 천신이 술법을 부리듯 현란하고, 수비자의 회피 동작은 마치 이매망량魍魅魍魎*이 변신술을 부리듯 공간과 거리를 뛰어넘어 순식간에 방향과 자세를 변환시켰으니, 이런 일을 인간의 능력으로 헤낼 수 있다는 것이 도대체 믿기지 않았다. 순식간에 펼쳐진 기기묘묘한 공방의 변화가 이미 끝났는데도 그 여파는 아직도 뭇사람의 마음을 위압하고 있었다. 한참 만에 광장 안의 수많은 관중이 한꺼번에 약속이나 한 것처럼 박수갈채를 터뜨렸다.

방금 펼쳐진 여덟 차례 쾌속 공격과 여덟 차례 회피 동작에서 장무기는 처음부터 끝까지 얻어맞는 국면에 처한 데다 수중의 장검마저 부러뜨려 완벽한 열세를 면치 못했다. 그러나 천하에 으뜸가는 신병이기 의천검을 잡고 일방적으로 공격을 퍼붓던 멸절사태 역시 상대방이 튕겨낸 지법에 충격을 받아 순식간에 상반신이 마비된 상태에 이르렀다. 장

---

* 모두 전설 속의 산도깨비. '이매魑魅'는 산림의 정기를 받고 태어난 도깨비로 사람 얼굴에 짐승의 몸뚱이를 지니고 메아리로 사람을 홀린다. '망량魍魎'은 산중에 냇물과 바위, 나무의 정령으로, 어린애의 얼굴 모습에 검붉은 몸뚱이, 기다란 귀를 지니고 어린애 울음소리로 사람을 홀린다고 한다.

무기는 애당초 대적 경험이 부족한 데다 처음부터 끝까지 일방적으로 몰린 터라 그런 낌새를 눈치챌 수 없었다. 만약 기회를 놓치지 않고 반격했다면 분명 이길 수 있었을 것이다. 남모르는 타격에 혼뜨검이 난 멸절사태는 상대방이 즉각 공세를 취할까 봐 은근히 겁을 집어먹은 나머지 시간을 벌어볼 요량으로 장무기에게 인심을 쓰는 척 한마디 던졌다.

"가서 병기를 바꿔가지고 나오너라. 우리 다시 한번 겨뤄보자!"

장무기가 난처한 기색으로 수중의 부러진 칼을 굽어보았다. '외조부님이 주신 보검을 단번에 망가뜨리다니, 정말 죄송하구나. 의천검의 일격을 당해낼 신병이기가 어디 또 있단 말인가?' 이러지도 저러지도 못하고 망설이는 판국에 주전이 큰 소리로 외쳐 불렀다.

"여보게! 나한테 보도 한 자루가 있는데, 가져가서 저 늙다리 비구니 년과 한번 싸워보게. 어서 가져가라니까!"

"의천검이 너무 날카로워 공연히 선배님의 보도까지 상할까 두렵습니다."

"상하면 상하는 거지 그게 뭐 대수로운가? 자네가 저 늙은 년을 이겨내지 못하면 우리 모두 목숨을 날리고 귀천하게 될 텐데, 죽은 시체가 보도를 지녀봤자 어디다 쓰겠는가?"

장무기가 생각해보니 그도 그렇겠구나 싶어 사양치 않고 보도를 넘겨받았다. 곁에서 양소가 나지막하게 속삭여 귀띔했다.

"장 공자, 계속 얻어맞지 말고 앞질러 공격해야 하네."

느닷없이 '장 공자'라고 부르는 소리에 장무기는 찔끔 놀랐다. 그러나 이내 무슨 영문인지 알아차렸다. 양불회가 자기를 알아보았으니 자연 부친에게도 일러주었을 것이다.

"지적해주셔서 고맙습니다, 선배님."

뒤미처 위일소도 나지막하게 한마디 건네왔다.

"경공신법을 쓰게. 반걸음도 멈추지 말고 계속 움직여야 하네."

"고맙습니다, 선배님!"

장무기는 그 말을 듣고 기뻐했다. 광명좌사자 양소와 청익복왕 위일소가 누구인가? 무공이 깊고 두텁기로는 멸절사태와 일대일로 싸워도 뒤지지 않을 고수들이다. 그러나 원진이란 자의 암습을 받아 중상을 입은 후 일신의 기량을 전혀 발휘하지 못한다는 점이 안타까울 따름이었다. 하지만 몸은 상처를 입어 움직이지 못한다 해도 적의 파탄이나 허점을 꿰뚫어보는 눈썰미 하나만큼은 여전히 날카로웠다. 그리고 그것은 장무기가 멸절사대의 보검과 쾌속 공격 초식에 대처할 수 있는 중요한 비결이었다.

주전이 넘겨준 보도를 받아 들고 손대중으로 무게를 가늠해보니 어림잡아 40여 근 정도 되는 듯했다. 시퍼런 서슬이 번쩍거리고 칼등이 두툼한 반면 칼날은 종잇장처럼 얇은 데다 칼날 전체에 예스럽고 소박한 무늬가 새겨진 것이 연륜이 아주 오래된 진품이 분명했다. 손에 보도를 들고서 그는 잠시 생각에 잠겼다. '백홍검을 훼손한 것이 애석하다만 그것은 외조부님이 내려준 병기이니 어차피 내 물건을 없앤 것이나 마찬가지다. 그러나 이 보도는 주전이 빌려준 물건인데, 이것마저 내 손으로 훼손시킬 수야 없지 않은가?' 결단을 내린 그는 곧바로 멸절사태를 향해 돌아섰다.

"사태 님, 그럼 이 후배가 공격하겠습니다!"

장무기는 즉시 경공을 펼쳐 마치 안개 연기처럼 멸절사태의 등 뒤로 돌아가더니 상대방이 미처 돌아서기도 전에 왼쪽으로 번뜩, 오른쪽으로 번뜩 치달리며 연속 두 차례 칼부림을 후려 찍었다.

세찬 칼바람이 날아들자, 멸절사태는 우선 장검을 가로누여 막아낸 다음 곧바로 칼끝을 찔러내어 공격으로 전환하려 했으나, 상대방은 벌써 어느 쪽으로 돌아나갔는지 그림자조차 보이지 않았다. 장무기는 건곤대나이 심법을 익히기 전에도 경공 수준이 멸절사태보다 한 수 위였는데, 그 신법에 건곤대나이의 기기묘묘한 보법마저 더해졌으니 더 말할 나위가 없을 것이다. 치달릴수록 걸음걸이가 돌개바람에 들불 번지듯 빨라졌다. 경공신법만큼은 강호 영웅호걸들을 얕잡아보던 위일소마저도 혀를 내두르게 할 정도였다.

그는 단 한순간도 멈추지 않고 끊임없이 사면팔방으로 맴돌아가며 상대방의 정신을 쏙 뽑아놓았다. 공수 전환의 기세가 워낙 빨라 멸절사태에게 단 한 칼도 반격할 기회를 주지 않았다. 장무기 역시 의천검의 날카로움이 마음에 걸려 섣불리 접근하지 못했다. 그가 20~30바퀴를 치닫고 났을 때 체내의 구양진기가 갈수록 왕성해져 이제는 발끝이 땅바닥에 닿지 않고 허공을 날아가는 듯했다.

아미파 진영의 제자들이 보니 상황이 매우 좋지 않았다. 계속해서 이런 식으로 뒤얽혀 싸웠다가는 스승이 패할 게 분명했다. 이윽고 정현사태가 버럭 고함을 질렀다.

"오늘 우리가 마교를 소탕하려는 것이지, 무예를 겨뤄 이기려는 게 아니다! 여러 사매 사제들아, 우리 한꺼번에 달려 나가 저 발칙한 녀석 앞을 가로막아 재간을 부리지 못하게 하고, 사부님과 진짜 실력으로 겨루게 해야겠다!"

그녀가 장검을 휘두르면서 광장 안으로 뛰쳐나가자 아미파 남녀 제자들도 병기를 손에 잡고 달려 나가 사면팔방으로 그를 에워쌌다. 주지약은 팔괘 방위 가운데 서남쪽에 섰다. 그때 독수무염 정민군이 차갑게 말했다.

"주 사매, 저놈을 가로막을 수 있든 없든 다 너한테 달린 일이야. 알았지?"

뭇사람 앞에서 수상쩍은 말을 듣자, 주지약은 화가 나기보다 부끄러움이 앞서 대뜸 쏘아붙였다.

"언니는 어쩌자고 나만 자꾸 들먹이는 거예요?"

바로 그때 장무기가 하필이면 정민군 앞에 벼락같이 들이닥쳤다. 정민군은 두 번 생각해볼 겨를도 없이 장검을 겨누어 "휙!" 소리가 나도록 사납게 찔러들었다. 장무기의 왼손이 번뜩 내뻗기가 무섭게 집게손으로 칼날을 덥석 움켜쥐더니 눈 깜짝할 사이에 빼앗아 손길 나가는 대로 멸절사태를 향해 던져 날렸다. 멸절사태는 의천검을 휘둘러 날아들던 장검을 단번에 두 토막으로 베어버렸다. 그러나 장무기의 투척력이 얼마나 강했는지 날아오는 칼날을 두 쪽으로 끊어버리기는 했어도 나머지 힘줄기는 의천검을 잡은 그녀의 손목에 충격을 주어 은근히 저리게 만들었다.

독수무염의 칼을 빼앗아 던지고 나서도 장무기는 여전히 연기처럼 치달리면서 왼손을 내뻗어 끊임없이 아미파 제자들의 장검을 빼앗아 멸절사태에게 내던졌다. 이번 서역 원정 작전에 참여한 아미파 제자들은 나름대로 하나같이 고수였다. 그러나 장무기의 손길만 들이닥쳤다 하면 꼼짝 못 하고 병기를 고스란히 빼앗겼다. 장무기의 손에 들어간

22. 군웅들의 마음은 약법삼장으로 귀일하네

장검 수십 자루가 끊임없이 하늘 위로 날아올라 어지러이 춤추면서 멸절사태를 향해 날아갔다.

멸절사태는 서릿발 같은 표정을 지으며 날아오는 장검을 하나하나씩 모조리 끊어버렸다. 끊어버리고 날 때마다 오른팔이 견딜 수 없이 저려와 마침내 칼자루를 왼손으로 바꿔 쥐었다. 그녀의 왼손 솜씨 또한 오른손 쓰기와 별반 다를 바 없었다. 의천검의 예리한 칼날에 끊겨 나간 반 토막짜리 장검들은 반공중에서 눈알이 핑핑 돌 정도로 어지럽게 춤추다가 이따금 싸움터 바깥 관중석으로 튕겨나가기도 했다. 칼날이 날아들 때마다 그쪽에서 지켜보던 관전자들은 이리저리 몸을 피하고 뒤로 물러나야 했다. 삽시간에 아미파 제자들은 하나같이 빈손이 되고 말았다. 오직 주지약 하나만이 장검을 빼앗기지 않은 채 여전히 들고 있었다.

장무기는 궁지에 빠졌을 때 주지약이 도와준 덕분에 위기에서 벗어날 수 있었다. 그래서 보답할 의도로 그녀의 장검만은 빼앗지 않았다. 이렇게 되자 그녀만 유독 돋보이게 되고 말았다. 주지약 자신도 뭔가 잘못되었음을 느꼈는지, 장무기를 공격하려고 했으나 장무기의 몸놀림이 워낙 빠른 데다 일부러 회피 동작을 취해 그녀에게서 5척 안팎의 간격을 두고 맞서 싸우려 하지 않으니 어떻게 손을 써볼 수가 없었다. 약이 오를 대로 오른 주지약은 두 뺨이 발갛게 상기된 채 어쩔 바를 모르고 허둥거렸다. 그것을 본 정민군이 싸느랗게 웃으면서 빈정거렸다.

"주 사매, 내가 뭐랬어? 저놈이 너 하나만큼은 남달리 대할 거라고 했잖아!"

이 무렵, 장무기는 비록 아미파 제자들에게 앞길을 가로막혔으면서도 눈앞에 보이는 사람이 없는 것처럼 오락가락하면서 멸절사태의 급소만 노리고 칼부림을 하고 있었다. 멸절사태는 이제 일방적으로 얻어 맞기만 할 뿐 어떻게 반격할 도리가 없자 속으로 당황했다. 그때 정민군의 목소리가 귓결에 들려왔다.

"주 사매! 뭘 하고 있는 거냐? 지금 사부님이 저놈의 공격을 받고 계시는 걸 뻔히 보면서도 왜 나서서 도와드리지 않는 거냐? 칼은 네 손에만 들려 있는데 꼼짝 않고 멀뚱멀뚱 서 있기만 하다니, 설마 저놈이 사부님을 쳐서 이기기를 바라는 건 아니겠지?"

이 말을 듣자 멸절사태도 가슴이 흠칫 떨렸다. 정말 그랬다. '요 녀석이 어째서 지약의 병기만 빼앗지 않고 남겨두었단 말인가? 혹시 이 두 연놈이 정말 암암리에 결탁한 것은 아닐까? 오냐, 어디 내가 한번 시험해보면 알겠지!'

그녀는 두 번 생각해볼 것도 없이 주지약을 향해 일부러 카랑카랑한 목소리로 외쳐 물었다.

"지약아! 네가 감히 기사멸조欺師滅祖의 죄를 저지를 셈이냐?"

'기사멸조'의 죄, 글자 그대로 그것은 문하 제자가 스승을 속이고 역대 조사 어르신을 능멸하는 용서받지 못할 엄청난 대역부도의 큰 죄였다. 주지약이 미처 놀라 대꾸하기도 전에 의천검이 벌써 그녀의 가슴팍을 노리고 질풍같이 찔러들었다.

다음 순간, 대경실색한 주지약이 감히 칼날을 들어 가로막지 못한 채 외마디 소리부터 질렀다.

"사부님! 저는……."

입에서 "저는……."이라는 소리가 터져 나왔을 때 멸절사태의 장검

22. 군웅들의 마음은 약법삼장으로 귀일하네

은 이미 가슴으로 찔러들고 있었다.

장무기는 멸절사태가 내지른 일검이 한낱 제자의 진심을 떠보기 위해 시험적으로 해본 짓일 뿐, 칼끝이 가슴에 닿기 직전 도로 거두어들이리라는 것은 예상하지 못했다. 그는 멸절사태가 애제자 기효부를 죽이던 모습을 직접 본 적이 있었다. 제자를 추호도 용서하지 않고 사정없이 죽일 수 있는 사람이 바로 멸절사태였다. 기효부가 맞아 죽던 기억이 머릿속에 퍼뜩 떠오르자, 그는 더 생각해볼 것도 없이 몸을 솟구쳐 주지약을 껴안고 10여 척 바깥으로 날아갔다.

이런 경우를 두고 '반객위주反客爲主*'라고 했던가. 아무튼 멸절사태는 일방적으로 얻어맞던 국면에서 벗어나 주도적으로 공세를 취할 수 있게 되었다. 가까스로 반격의 기회를 잡은 의천검이 부르르 칼끝을 떨더니 번개 벼락 치듯 장무기의 등 쪽 심장부를 겨냥하고 곧바로 찔러들었다.

장무기는 비록 내력이 강했으나 경공신법의 진체眞體만큼은 아직 수련하지 못한 터라 위일소처럼 수중에 사람을 껴안은 채로 치달릴 여유는 없었다. 등 뒤에서 무시무시한 칼바람 소리가 들려오자, 그는 어쩔 수 없이 쥐고 있던 칼을 되돌려 맞받아쳤다.

두꺼운 강철이 썽둥 베어져 나가는 소리가 들리더니 안타깝게도 수중의 보도가 또다시 반 토막으로 끊겨버렸다. 뒤미처 멸절사태의 예리한 의천검이 찔러들자, 그는 번수 동작으로 손을 뒤집어 들고 있던 반 토막짜리 보도를 힘껏 내던졌다. 이번만큼은 워낙 다급한 판이라 사정

---

* 남의 집을 찾아간 손님이 오히려 주인 행세를 한다는 뜻으로, 주체와 객체가 뒤바뀌는 경우를 두고 쓰는 관용어. 《삼국연의》 제71회, 《아녀영웅전兒女英雄傳》 제4회에서 인용되었다.

160
의천도룡기

을 두지 않고 온몸에서 9할이나 되는 내력을 한꺼번에 쏟아냈다.

느닷없이 엄청난 힘줄기가 반 토막짜리 칼날에 실려 들이닥치자, 멸절사태는 당장 숨이 막혀 본능적으로 땅바닥에 엎드려 피했다. 그다음 찰나, 반 토막짜리 보도는 그녀의 정수리를 아슬아슬하게 스치고 지나갔다. 칼날에 얹힌 세찬 힘줄기가 후려치는 순간, 엄청난 모래 폭풍에 휩쓸린 것처럼 얼굴이 온통 따끔거려 정신을 차릴 수가 없었다. 그야말로 천재일우의 기회를 장무기가 놓칠 리 있으랴. 그는 주지약을 그대로 껴안은 채 즉각 앞질러 나가더니 오른손으로 일장을 휘둘러 쳐냈다. 이제 막 몸뚱이를 일으켜 세우려던 멸절사태의 오른쪽 무릎이 툭 꺾이더니 다시 땅바닥에 털썩 무릎 꿇으면서 본능적으로 의천검을 휘둘러 마주 후려쳐오던 장무기의 손목을 가로 베어 끊어갔다. 그러나 뜻밖에도 장무기의 일장은 중도에서 급작스레 금나수법으로 돌변하더니 손을 뒤채어 거머쥐기로 내뻗고 있었다. 멸절사태가 미처 영문을 깨닫기도 전에 교묘한 거머쥐기 동작은 벌써 의천검을 아주 가볍게 부여잡고 빼앗아간 뒤였다.

멸절사태는 꿈에도 생각지 못했다. 이렇듯 굳세게 후려치던 장력이 어떻게 찰나지간에 부드럽기 짝이 없는 금나수법으로 급격히 전환될 수 있단 말인가? 이 수법이야말로 건곤대나이 심법 중에서도 최고 신공인 마지막 일곱째 단계였다. 멸절사태가 제아무리 높고 뛰어난 무공의 소유자라 하더라도 상대방의 사납고 굳센 장력이 중도에서 부드럽기 짝이 없는 금나수법으로 전환되는 것을 막아낼 수는 없었다.

비록 승리를 얻기는 했지만 장무기는 멸절사태와 같은 강적에 대한 두려움과 경계심이 워낙 깊었기 때문에 단 한 치도 마음 놓고 등한시할 수 없었다. 그녀가 또 무슨 기발한 초식으로 역습할까 두려워 빼앗은 의천검으로 목젖을 겨냥한 채 슬금슬금 뒷걸음쳐 물러났다. 팔뚝에 안긴 주지약이 몸을 뒤틀면서 악을 썼다.

"빨리 날 내려놔요!"

두어 걸음 물러나던 장무기가 그제야 흠칫 놀라 대꾸했다.

"아, 그렇군!"

여태껏 남의 처녀를 안고 있었다는 부끄러움에 얼굴이 온통 벌겋게 상기되어 황급히 그녀를 내려놓았다. 팔뚝을 풀어놓는 순간, 체취인지 향내인지 모를 엷고도 그윽한 냄새가 콧속으로 스며들었다. 머리를 묶은 가느다란 실끈이 왼뺨에 간지럽게 스치자, 그는 저도 모르게 곁눈질로 그녀를 바라보았다. 그녀 역시 수줍음과 부끄러움, 군색함이 엇갈린 표정으로 갸름한 두 뺨에 발그레하니 달무리가 져 있었다. 비록 공포에 질린 기색을 띠고는 있어도 눈빛 속에는 어딘가 모르게 기쁨이 흘러나오고 있었다.

멸절사태가 천천히 몸을 일으켰다. 그녀는 말 한마디 없이 주지약과 장무기를 번갈아 노려보았다. 얼굴빛이 점점 시퍼렇게 질려갔다.

장무기는 들고 있던 의천검을 서슴없이 주지약에게 넘겨주었다.

"주 낭자, 귀파의 보검이오. 당신 스승께 돌려드리시오."

주지약은 칼을 건네받기 전에 스승의 눈치부터 살폈다. 그러나 스승은 무뚝뚝하게 차가운 표정만 지었다. 보검을 넘겨받으라는 건지 말라는 건지 도무지 헤아릴 길이 없었다. 스승의 냉정하고도 삭막한 기색과 마주치는 순간, 그녀의 가슴속에는 무수한 상념이 스쳐 지나갔다. 참으로 난감했다. '장 공자가 이렇듯 날 대해주고 있으니, 사부님은 필경 내가 이 사람과 남몰래 정분이라도 나누고 있는 줄 의심하고 있을 것이다. 이제부터 나는 아미파 문하에서 버림받아 강호 무림계에서 멸시당하는 반역도가 되겠구나. 세상천지가 아무리 너르다 한들 어느 한 군데 내가 의탁해 편히 살 곳이 있겠는가? 장 공자가 아무리 잘 대해준다 해도 나는 결코 이 사람을 위해서 사문을 배반할 수는 없으리라.'

그때 멸절사태가 큰 소리로 매섭게 호통쳤다.

"지약아! 단칼에 그놈을 죽여라! 어서!"

주지약이 무당파 장문 장삼봉을 따라 무당산에 올랐던 그해, 장삼봉은 도관에 여성이 하나도 없어 모든 생활이 불편한 것을 보고 그 즉시 그녀를 아미파 멸절사태의 문하로 보냈다. 주지약은 타고난 자질이 총명하고 영악스러운 데다 또 어린 나이에 부모를 모두 잃는 대참변을 겪은 터라 멸절사태의 문하에 들어가서도 뼈를 깎는 노력으로 학문과 무공 수련에 열중했다. 진도는 그 누구보다 빨랐고, 스승인 멸절사태에게 깊이 총애를 받았다. 지난 8년 세월 동안 그녀는 스승의 말 한마디, 행동거지 하나하나를 영원불멸의 진리로 받아들였다. 따라서 스승의 뜻을 어겨보겠다는 생각은 전혀 해본 적이 없었다. 그런 스승이 벼락같은 불호령을 내렸으니 그녀로서는 곰곰이 생각해볼 겨를도 없이 의천검을 받아 들기가 무섭게 칼끝을 되돌려 장무기의 가슴을 찔러들었다.

장무기는 그녀가 자신에게 칼부림을 하리라곤 꿈에도 생각지 못했다. 그렇기 때문에 칼끝을 피하거나 가로막겠다는 엄두도 내지 못했다. 눈 깜짝할 사이에 의천검의 예리한 칼끝이 가슴에 와닿자 그제야 대경실색하고 피하려 했으나 때는 이미 늦었다. 칼끝을 찔러 넣는 주지약의 손목이 부르르 떨려왔다. 몽롱한 의식 속에서 그녀는 생각했다.

'정말 내가 이 사람을 죽이려나?'

칼끝에 부드러운 가슴살이 어렴풋하게 느껴지는 순간 의지가 흔들렸을까, 파르르 떨리는 손목의 진동에 따라 칼끝이 약간 빗나가면서 "찌익!" 하는 소리가 미세하게 들렸다. 그리고 다시 정신을 가다듬었을 때 의천검은 벌써 장무기의 오른쪽 가슴을 꿰찌르고 들어간 뒤였다.

"아앗……!"

주지약의 입에서 외마디 경악성이 터져 나왔다. 소스라쳐 황급히 뽑아낸 의천검의 칼날은 어느덧 시뻘겋게 물들었고, 칼날이 뽑혀 나간 장무기의 오른쪽 가슴에서는 선지피가 샘솟듯 뭉클뭉클 쏟아져 나오고 있었다.

사면팔방 여기저기서 놀라움에 찬 고함 소리가 크게 일었다.

장무기가 손으로 상처를 누르고 금방이라도 쓰러질 듯이 비틀거렸다. 이상야릇하게 일그러뜨린 얼굴이 이렇게 묻고 있었다.

'주 낭자, 당신이 정말로 날 찔러 죽이려 했소?'

무언의 질문을 받은 주지약이 혼잣말로 떠듬거렸다.

"난…… 나는…….'

그녀는 장무기의 상처를 살펴보고 싶었지만 끝내 그렇게 하지 못했다. 주지약은 얼굴을 가린 채 아미파 진영으로 달음박질쳐 돌아갔다.

주지약의 기습적인 일격이 성공할 줄은 어느 누구도 예상치 못했다. 얼굴이 흙빛으로 누렇게 뜬 아소가 허우적거리며 달려 나오더니 장무기를 부축했다.

"당신······ 당신이······."

장무기는 아소를 마주 대하고 이렇게 물었다.

"당신······ 당신이······ 왜 나를 죽이려 했소?"

천만다행히도 일검은 치명적인 급소에서 약간 벗어나 심장을 찌르지는 않았다. 그러나 오른쪽 허파에 중상을 입혔다. 이 몇 마디를 하는 데도 입으로 들이마신 공기가 허파에 들어가지 않아 말을 잇지 못하고 허리를 구부린 채 격심하게 기침을 하기 시작했다. 그는 정신이 흐리멍덩해지고 눈앞이 흐려져 아소와 주지약을 구별하지 못했다. 잠깐 사이에 줄줄이 흘러내린 선지피가 아소의 윗저고리를 절반 남짓이나 시뻘겋게 물들였다.

곁에 둘러서서 지켜보던 육대 문파는 물론 명교, 천응교 신도들이 하나같이 숙연한 기색으로 장무기를 바라보았다. 그들은 조금 전까지 장무기가 여러 문파 고수들을 잇달아 격파한 과정을 하나도 빼놓지 않고 눈여겨보았다. 무공 실력의 높고 뛰어남은 물론이려니와 적에게 베풀어주는 너그러운 마음씨야말로 우군이든 적군이든 어느 누구에게나 존경심을 불러일으켰다. 이렇듯 용맹스럽고도 인자한 심성의 소유자가 허망하게 아미파 제자의 비열한 칼끝에 가슴을 찔리다니 너나 할 것 없이 분노가 치밀었다. 사람들은 대놓고 묻지는 못했으나 그 일격이 치명적인 것은 아닌지 걱정스러워하는 기색이 완연했다.

아소가 장무기를 부축해 앉히며 목소리를 드높여 외쳐 물었다.

"어느 분이 가장 좋은 금창약金創藥을 가지고 계십니까?"

'금창약'은 쇠붙이에 다친 상처를 치료하는 구급약이다. 소림파 진영에서 신승 공성대사가 빠른 걸음걸이로 나오더니 품속에서 가루약을 한 봉지 꺼냈다.

"누가 뭐래도 우리 소림파 옥령산玉靈散이 외상에 가장 잘 듣는 성약聖藥이지!"

그는 손수 장무기의 앞가슴 옷자락을 찢어 벌렸다. 상처를 보아하니 깊이가 2~3치나 되는 중상이라 황급히 옥령산을 상처에 뿌리고 지그시 눌렀다. 그러나 피가 그치지 않고 솟구쳐 나오는 바람에 모처럼 뿌린 가루약이 모조리 핏물에 씻겨나왔다. 공성대사는 속수무책이라 그저 다급한 마음에 허둥거리기만 했다.

"이걸 어떻게 한다……? 어떻게 한다?"

그보다 더욱 초조하고 다급한 사람은 하태충 부부였다. 그들은 자기네 배 속에 금잠고독이 들어간 줄 알고 아까부터 조마조마하게 싸움판을 지켜보았다. 그런데 이 젊은 녀석이 치명상을 입고 쓰러졌으니, 만약 중상 끝에 죽어버린다면 자기네 부부도 살아나지 못하는 것은 빤한 이치 아닌가? 조바심을 견디다 못한 하태충이 먼저 득달같이 장무기 앞으로 뛰쳐나와 급히 물었다.

"여보게, 금잠고독은 어떻게 풀어야 하나? 어서 말하게, 어서 말해!"

아소가 울면서 악을 썼다.

"저리 비켜요! 뭐가 그리 급해요? 도련님이 살아나지 못하면 너 나할 것 없이 다 죽는단 말이에요!"

여느 때 같으면 하태충은 하찮은 몸종 계집아이한테 이런 질책을 받고 가만있지 않았을 것이다. 그러나 지금은 워낙 사정이 다급한 판국이라 그 소리는 귀담아듣지 않고 계속 장무기를 다그치기만 했다.

"여보게, 어서 말하라니까! 금잠고독은 어떻게 푸는 건가?"

공성대사가 버럭 성을 내며 으름장을 놓았다.

"철금선생, 저리 비켜나지 않으면 이 늙은이가 무례를 범하겠소!"

바로 그때, 장무기가 눈을 뜨더니 정신을 가다듬고 왼손 검지로 자신의 상처 둘레 일곱 군데 혈도를 하나씩 찍어갔다. 줄기차게 흐르던 피가 당장 줄어들기 시작했다. 누구보다 기뻐한 사람은 공성대사였다. 그는 즉시 옥령산을 또 한 봉지 터뜨려 상처에 발라주었다. 아소는 옷자락을 찢어 피가 흐르는 상처를 싸매주었다. 그러나 출혈이 너무 심했던가, 부상자의 얼굴빛은 이미 종잇장처럼 창백해진 채 핏기라곤 반톨만큼도 찾아보기 어려웠다. 그녀는 이루 말할 수 없는 초조감과 불안감, 두려움과 다급한 마음이 뒤죽박죽으로 섞여 어찌할 바를 모르다가 자신의 감정을 억누르지 못하고, 양 팔뚝을 내밀어 장무기의 머리통을 감싸 안았다. 그러고는 애절하게 소리쳤다.

"당신, 죽으면 안 돼요! 이렇게 죽을 수는 없어요!"

이 무렵 장무기의 정신도 조금씩 맑아지기 시작했다. 그는 암암리에 내력을 끌어올려 유통시키려 했으나, 오른쪽 가슴에 이르러 꽉 막힌 채 통하지 않는 느낌이 들었다. 정신이 맑아지면서 제일 먼저 생각한 것은 역시 자신의 숨이 붙어 있는 한 절대로 육대 문파가 명교 신도들을 도륙하게 내버려두지 않겠다는 각오였다. 체내의 진기를 왼쪽 가슴과 아랫배 사이에 여러 차례 전환시킨 다음 흘끗 아소를 바라보니 아직도 가슴 아프게 흐느끼고 있었다.

"아소, 두려워하지 말아요. 난 죽지 않을 거야."

그 말에 아소도 마음이 다소 누그러졌는지, 머리통을 감싸고 있던 양 팔뚝을 풀어놓으면서 눈물을 뚝 그쳤다.

"당신이 죽으면 저도 따라 죽을 거예요."

장무기는 그녀를 향해 빙그레 미소를 지어 보였다. 그러고는 육대 문파 사람들을 둘러보면서 말했다.

"아미파, 무당파, 두 문파 중에 어느 분이든지 소생의 조처에 불복하는 분이 계시다면 이리 나오셔서 소생과 계속 대결하시기 바랍니다."

실로 대담하기 짝이 없는 도전에 뭇사람은 그만 아연실색하고 말았다. 그도 그럴 것이, 방금 아미파 제자의 칼날 아래 그토록 치명상을 입은 몸인데도 여전히 도전할 뜻을 품고 있으리라고는 아무도 생각지 못한 것이다.

멸절사태의 입에서 얼음장보다 더 차가운 말이 쏟아져 나왔다.

"우리 아미파는 오늘 싸움에서 이미 패배했다. 네놈이 죽지 않고 그 목숨이 붙어 있게 되거든 훗날 다시 찾아와서 반드시 이 빚을 갚으마. 그럼 어디 무당파의 솜씨는 어떤지 보기로 하지! 오늘 육대 문파가 행하려던 일이 성공하느냐 실패하느냐는 오로지 무당파의 처분에 달렸으니까!"

광명정 포위 공격전에 참여한 육대 문파 가운데 공동파, 소림파, 화산파, 곤륜파, 아미파의 다섯 문파 고수들은 하나같이 장무기의 손에 패군지장이 되고 이제 무당파 하나만이 아직껏 그와 겨뤄보지 않은 상태였다. 지금 장무기는 몸에 검상劍傷을 입어 살아날 가능성보다 죽을 가능성이 더 많았다. 일류 고수는 둘째치고 평범한 솜씨를 지닌 무명 졸개와 한바탕 뒤얽혀 싸워도 버티지 못할 게 분명했다. 버티기는 커녕 어쩌면 맞서 싸우는 이가 없다 하더라도 잠시 후에 상처가 도져서 제풀에 죽을지도 몰랐다. 이런 상태에서 무당오협 가운데 어느 누구든지 나서기만 하면 털끝만치도 힘들이지 않고 장무기를 죽일 수 있을뿐더러 육대 문파가 애당초 계획한 대로 명교 무리를 완전히 섬멸할 수 있게 되는 것이다.

사람들의 생각은 한결같았다. 무당파는 '의협'을 극도로 중요시하는 문파였다. 만약 이들이 한낱 중상을 입은 청년에게 해를 가한다면 그 명성에 막대한 손상을 입게 될 터이므로 무당오협 가운데 아무도 나서기를 원치 않을까 두려웠다. 무당파가 나서지 않는다면, 육대 문파의 광명정 포위 공격이라는 무림계를 진동시킬 엄청난 대사는 한낱 물거품이 되고 말 것이 아닌가? 그렇게 되면 육대 문파가 무슨 낯으로 행세할 것인가? 의협을 따지느냐, 대국을 고려하느냐, 무당파는 실로 난처하기 짝이 없는 선택을 해야 했다. 방금 멸절사태가 던진 몇 마디 말처럼 오늘 이후 육대 문파의 영예와 치욕은 순전히 무당파의 손에 결정 나게 되었다. 과연 무당파 진영에서 누군가 개인적 명망에 손상을 입더라도 대국을 위해 나설 것인지 두고 봐야 할 일이었다. 송원교, 유연주, 장송계, 은리정, 막성곡, 이들 다섯 사람은 서로 얼굴만 마라보며 눈치만 살필 뿐 아무도 결정을 내리지 못했다. 얼마쯤 지났을까, 돌연 송청서가 불쑥 한마디 뱉으면서 앞으로 나섰다.

"아버님, 네 분 사숙 어른, 제가 나서서 요리하겠습니다."

무당오협은 그 말뜻을 알아듣고도 남았다. 송청서는 무당파의 후배여서 그가 나선다면 그래도 무당오협의 명성에 크게 누를 끼치는 것은 아닐 것이다. 유연주가 먼저 반대하고 나섰다.

"안 된다! 네가 나서는 것을 허락하면 우리가 직접 손을 쓰는 것이나 다를 바가 뭐 있겠느냐?"

그러자 장송계가 신중한 의견을 냈다.

"둘째 형님, 제 소견으로는 우리 다섯 형제의 명성보다 대국을 중요시해야 한다고 봅니다."

막성곡이 끼어들었다.

"명성이란 게 뭡니까? 재물이나 명예 따위 모두가 하찮은 것들 아닙니까? 단지 중상을 입은 젊은이에게 이렇듯 대결을 강요하는 것이 양심상 불편할 따름입니다."

한동안 갑론을박이 거듭되었으나 좀처럼 결론을 내리기 어려워 결국 모든 사람의 눈길은 송원교에게 쏠렸다. 맏형이 가부간에 결단을 내리고 지시할 때까지 조용히 기다리겠다는 눈빛이었다.

송원교는 즉각 대꾸하는 대신 여섯째 아우 은리정에게 눈길을 던졌다. 처음부터 끝까지 말 한마디 없이 얼굴에 분노를 억제하지 못하는 기색을 보고, 약혼녀 기효부가 명교 좌사자 양소에게 몸을 잃고 비명횡사한 사실을 평생 가장 치욕스럽게 여겨 씻지 못할 커다란 한을 품고 있음을 눈치챌 수 있었다. 만약 오늘 이 자리에서 명교의 무리를 일거에 섬멸해 간악하고도 음탕한 무리들을 모조리 소탕하지 못한다면 그 분을 어떻게 도로 삼킬 수 있을까.

그는 천천히 입을 열었다.

"마교는 온갖 악행을 일삼았으니 그 악한 무리들을 모조리 쓸어 없애는 것이 바로 의협의 길을 걷는 우리가 해야 할 막중한 임무일세. 명성도 물론 중요한 일이기는 하네만, 지금 형세로 보건대 양자를 겸할 수는 없을 것이네. 우리는 마땅히 대국을 취해야 할 것일세. 청서야, 아무쪼록 조심해서 처리하거라!"

마침내 출전 허락을 받아낸 송청서가 공손히 허리 굽혀 분부를 받들었다.

"예, 알겠습니다!"

그는 두말없이 장무기 앞으로 뚜벅뚜벅 걸어 나갔다. 그러고는 낭랑한 목소리로 정중하게 말을 꺼냈다.

"증 소협, 그대가 명교 사람이 아니거든 부디 이 자리를 떠나도록 하시오. 혼자 하산해서 상처나 치료하시는 게 좋을 듯싶소. 우리 육대 문파는 오로지 사악한 마교 무리들만 주살할 뿐이니, 그대와는 아무 상관이 없소."

장무기는 왼손으로 가슴의 상처를 누른 채 고개를 흔들었다.

"대장부는 다른 이의 위급한 환란을 구원하되, 목숨이 다하여 죽고 나서야 그칠 따름이오. 송 형의 호의는 고맙소……. 하지만 나는…… 명교와 같이 살고 함께 죽기로 결심한 몸이오!"

명교와 천응교 교도들이 여기저기서 벌떼같이 고함을 지르기 시작했다.

"증 소협! 이제 그만하십시오. 당신은 이미 우리를 지극한 인의로 대해주셨습니다. 우리 모두 그 은혜에 감격해마지않는 바이오. 사세가 이 지경에 이르렀으니 더 이상 싸울 필요가 없습니다!"

은천정이 다리를 절뚝거리면서 가까이 다가왔다.

"송가 놈아! 이 늙은이가 네놈의 고명하신 초식을 받아보마!"

그러나 은천정 역시 다친 몸이라 한 모금 진기조차 제대로 끌어올리지 못하고 무릎에 맥이 풀려 그 자리에 털썩 쓰러지고 말았다.

송청서는 그쪽은 거들떠보지도 않은 채 장무기에게 정식으로 도전했다.

"증 형께서 정 그렇게 나오시니 하는 수 없군. 나는 대국을 고려해서 무례를 범하기로 하리다."

아소가 대뜸 장무기 앞을 가로막고 나섰다.

"그럼 나부터 죽여봐요!"

장무기는 나지막하게 속삭여 아소를 다독거렸다.

"아소, 걱정하지 말아요. 저 사람은 날 죽이지 못할 테니까."

"당신…… 당신은 다친 몸 아니에요?"

다급해진 아소가 반박했으나, 장무기는 다시 한번 부드럽게 물었다.

"아소, 어째서 나에게 이렇듯 잘 대해주는 거지?"

"왜냐하면…… 당신이 먼저 내게 잘 대해주었으니까요. 난…… 난 당신을 위해 죽고 싶어요!"

장무기는 사뭇 처연한 기색으로 대꾸하는 아소를 한참 동안 지그시 바라보았다. '내가 지금 이 자리에서 죽는다 해도 진정으로 날 생각해주는 지기가 생겼으니 더 바랄 것도 없겠다.'

"앞으로 내 누이동생이 되지 않을래?"

아소는 말없이 고개만 끄덕끄덕했다. 기뻐 어쩔 줄 모르는 기색이 완연했다. 이때 송청서가 아소를 향해 사납게 호통쳤다.

"넌 저리 비켜!"

장무기가 냉큼 꾸짖었다.

"어린 아가씨를 앞에 두고 점잖지 못하게 거친 말로 난폭하게 굴다니, 정말 무례하기 짝이 없구려!"

그러자 송청서는 아소의 어깨머리를 툭 밀쳐서 네댓 걸음 바깥으로 밀어내더니 장무기를 향해 엄하게 호통쳤다.

"요사스러운 남녀에게 무슨 예의범절을 다 찾는가? 어서 썩 일어나 공격을 받지 못할까!"

장무기는 그 자리에 앉은 채 물끄러미 도전자를 올려다보았다.

"부친 되시는 송 대협께선 언행이 겸손하고 단정하신 군자라 천하에 존경하지 않는 이가 없소. 그런데 아드님 되시는 귀하께선 이렇듯 거칠고 난폭하실 줄이야 정말 뜻밖이구려. 당신 같은 사람과 겨루는 데 굳이…… 일어날 것도 없겠소."

오기 있게 한마디 던졌으나, 실상은 내력을 끌어올리지 못해 스스로 일어설 힘조차 없었다.

장무기가 중상을 입고 나서 허탈감에 빠져든 채 기력이 하나도 없다는 사실은 누구나 알고 있었다. 아니나 다를까, 유연주가 카랑카랑한 목소리로 그 점을 지적해주었다.

"청서야, 그 청년의 혈도를 찍어라! 목숨까지 다칠 것 없이 그저 꼼짝달싹 못 하게 하기만 하면 된다."

"예에!"

한마디로 시원스레 응답한 송청서가 왼손을 허투루 유인하면서 벼락같이 오른손을 내뻗더니 장무기의 어깻죽지부터 찍어왔다. 장무기는 그 자리에 꼼짝달싹도 않은 채 그 손가락이 견정혈肩貞穴에 와서 닿을 때까지 기다렸다가 내력으로 비스듬히 끌어당기더니 손가락 힘의 방향을 감쪽같이 옮겨 밀어냈다. 상대방의 힘줄기를 이동시켜 딴 데로 옮기는 건곤대나이 수법이었다. 송청서는 방금 내찌른 손가락 힘이 마치 물속을 쑤셔댄 것처럼 전혀 힘 받는 곳이 없어진 것을 느끼고 깜짝 놀랐다. 너무나 뜻밖의 일이라 몸뚱이가 저도 모르게 앞으로 쏠리면서 하마터면 장무기를 덮칠 뻔했다. 황급히 두 다리에 힘을 주어 버티고 섰으나 이미 낭패스러운 꼴을 보이고 말았다.

정신을 가다듬은 송청서가 이번에는 발길질을 날려 장무기의 앞가슴을 사납게 걷어찼다. 약이 오른 나머지 발길질에 얹힌 힘줄기만도 온 힘의 6~7할 정도였다. 둘째 사숙 유연주가 상대방의 목숨만큼은 다치지 말라고 외쳐 당부했는데도 어떻게 된 노릇인지 그의 가슴속에는 눈앞의 이 젊은 녀석에 대한 미움으로 가득 차 억제할 길이 없었다. 이 증오심은 상대방이 자기더러 거칠고 난폭하다고 꾸짖었기 때문에 일어난 것은 아니었다. 이 젊은 녀석을 바라보던 주지약의 눈빛 속에 줄곧 은은한 정이 서려 있고, 무척 관심을 쏟는 기색이 역력한 것을 자신의 두 눈으로 목격했기 때문이었다. 마지막에 가서 그녀가 비록 스승의 명령을 받들어 이 젊은 녀석에게 칼을 찔러 넣기는 했으나 얼굴 표정에 드러난 그 처량한 기색이야말로 마음속에 견디지 못할 번뇌를 품고 있다는 걸 알 수 있었다.

일선협—線峽 모래언덕 근처에서 주지약을 처음 보았을 때부터 송청서의 눈길은 단 한순간도 그녀에게서 떨어져본 적이 없었다. 남에게 경박스러운 놈으로 비칠까 봐 더 보지 않으려고 무진 애를 써왔지만, 어느새 그는 주지약의 일거수일투족을 눈길에 담아두고 있었다. 조금 전 그녀가 의천검으로 이 젊은 녀석의 가슴을 찌르고 났을 때 그는 모든 사실을 분명히 깨달았다. 칼에 찔린 이 녀석이 죽어 없어지든 요행으로 살아나든 아무래도 좋지만, 그녀의 마음속에서 두 번 다시 이 녀석에 대한 애정을 지워버릴 수 없다는 사실만큼은 분명했다. 만약 지금 이 자리에서 이 젊은 녀석을 죽인다면 어떻게 될까? 주 소저는 필경 자기를 깊이 원망하고 미워할 것이다. 어쩌면 평생토록. 그러나 가슴속에 타오르는 질투의 불꽃이 자신으로 하여금 이 절호의 기회를 놓치지 않게 만들었다.

송청서는 문무를 겸전한 무당파 제3대 제자들 가운데서도 발군의 실력을 지닌 특출한 인재였다. 사람 됨됨이가 평소에는 누구보다 점잖고 품행이 단정한 청년 선비였으나, '애정'이란 관문에 맞닥뜨리자 끝내 그걸 넘어서지 못하고 마음에 큰 혼란을 일으켰다.

관중들은 송청서가 내지르는 발길질을 똑똑히 보았다. 이제 장무기는 앉은 자리에서 뛰어 일어나 피하든가, 손바닥을 내뻗어 억지로 받아내지 않으면 안 되었다. 그런데 앉은 자리에서 버티기도 일어나기도 어려운 처지라, 그 억센 발길질에 목숨을 잃어버리기 딱 알맞게 되고 말았다.

그런데 뜻밖의 일이 벌어졌다. 발끝이 이제 막 앞가슴에 닿으려는 순간, 장무기가 오른손 다섯 손가락을 부채질하듯 가볍게 휘젓자 발길질을 내뻗던 송청서의 오른쪽 다리가 후딱 방향을 틀더니 상대방의 몸 곁을 비스듬히 스치고 지나가는 것이 아닌가? 목표와의 간격은 불과 세 치밖에 안 떨어져 있는데 발길질이 아슬아슬하게 스치더니 목표에서 빗나가 애꿎은 허공을 걷어찼다. 뻗어나간 발끝을 도로 거둬들이기가 어디 그리 쉬우랴. 몸의 균형을 잃어버린 송청서는 속절없이 내지른 발을 앞으로 한 걸음 성큼 내디디면서 뒤따라 왼쪽 발꿈치로 장무기의 등줄기를 반대로 힘껏 내질렀다. 첫 공격의 실패를 만회하고 상대방에게 반격할 기회를 주지 않기 위한 공격이었다. 후속 공격이

22. 군웅들의 마음은 약법삼장으로 귀일하네

아주 빠르기도 하려니와 사납기 이를 데 없어 실로 적의 의표를 찌를 만한 고명한 수법이었다. 그러나 장무기는 또다시 손가락으로 휩쓸 듯 후려내어 그 공격마저 가볍게 풀어버렸다.

눈 깜짝할 사이에 3초가 지나갔다. 관전자들은 너 나 할 것 없이 기이한 느낌을 떨쳐버릴 수 없었다.

"청서야! 그놈은 기력이 한 점도 남아 있지 않은 상태다. 지금 그가 쓴 방어 수법은 '사냥발천근지법四兩撥千斤之法'이야!"

송원교가 아들을 향해 큰 소리로 외쳐 알렸다. 사냥발천근지법은 넉 냥의 힘줄기로 상대방의 1,000근 무게 힘을 빼돌리는 교묘한 수법으로, 무당파가 누구보다 자주 애용하는 '차력타력借力打力'과 비슷했다. 눈썰미가 노련한 송원교는 장무기가 기력을 모조리 잃어버린 상태에서 구사한 수법이 무척 괴상야릇하지만 기본 도리는 무학상의 차력타력과 다름없다는 사실을 간파한 것이다.

아버지가 한마디로 일깨워주자, 강공 일변도로 나가던 송청서의 공격 초식이 급작스레 바뀌었다. 번뜩 내뻗은 두 손바닥 쌍장이 상대방의 눈앞에서 가볍고도 날렵하게 움직이면서 공격하는 듯 마는 듯 번갈아 후려쳐내기 시작했다. 바로 무당파의 비전절학 가운데 하나인 면장이요, 상대방의 힘줄기를 역이용해 타격을 가하는 차력타력 수법이야말로 무당파 무공의 기본이다. 이제 송청서가 구사하는 면장 자체에 얽힌 힘줄기는 있는 듯 없는 듯 종잡을 수 없어 결국 상대방도 처음부터 끝까지 이쪽의 힘을 빌려 쓸 수 없게 되었다.

그러나 장무기의 건곤대나이 신공은 이미 일곱 번째 단계에까지 이르렀으므로 면장이 제아무리 날렵하고 재빠르다고 하지만, 역시 미세

하나마 형체도 있고 힘줄기도 있는 것이다. 장무기는 왼손으로 가슴의 상처를 누른 채 오른손 다섯 손가락이 거문고 틀을 어루만지듯 홀연히 구부려졌다 튕겨내고 비틀어대다 흩뿌리고 튀기면서 쉴 새 없이 움직였다. 상반신을 꼼짝달싹도 않은 채 다섯 손가락 동작 하나만으로 잠깐 사이에 송청서의 36초 면장의 장력을 모조리 풀어버린 것이다.

송청서는 속으로 크게 놀라 흘낏 고개를 돌리다 그만 주지약의 눈길과 딱 마주쳤다. 그녀는 어인 일인지 얼굴에 온통 걱정스러운 기색이 가득했다. 누굴 위해서 걱정하고 있는 것일까? 그녀의 관심 대상이 결코 자기가 아니라는 데 생각이 미치자 그는 쓰라린 가슴, 치밀어 오르는 분노를 억제할 길이 없었다. 격하게 들뜬 감정을 가라앉히느라 숨 한 모금 깊숙이 들이마신 송청서는 왼 손바닥으로 장무기의 오른쪽 뺨을 거세게 후려치는 것과 동시에 오른손 둘째·셋째 손가락으로 그의 왼쪽 어깨 빗장뼈 결분혈을 질풍같이 찍어갔다. 초식은 화개병체花開並蔕로서, 이름은 썩 듣기 좋으나 수법은 매섭기 이를 데 없어 쌍장이 한꺼번에 두 군데를 공격하는가 싶더니 어느새 오른손이 장법으로 바뀌어 상대방의 왼쪽 뺨마저 후려치고 뒤미처 왼손 검지가 그의 오른쪽 어깨머리 결분혈마저 찍어들었다. 도합 연속 4식으로 구성된 화개병체가 폭풍에 소나기 몰아치듯 기세가 사납고 수법이 빨라 그 위력이 자못 대단했다.

걷잡을 수 없이 상대방을 몰아붙이는 기세에 관중들이 이구동성으로 놀라움과 찬탄 섞인 함성을 지르면서 저마다 한 걸음씩 앞으로 내딛고 나섰다.

"철썩, 철썩!"

사람의 보드라운 살갗을 때리는 소리가 맑게 울렸다. 그러나 얻어맞은 피해자는 장무기가 아니라 송청서 자신이었다. 그것도 자기 왼손으로 제 왼뺨을 때리고 오른손 검지로 자기 왼쪽 어깻죽지 결분혈을 찍는가 싶더니 이어서 오른손으로 제 오른뺨을 후려치고 왼손 검지로 오른쪽 결분혈을 찍어버리는 게 아닌가? 자신이 펼친 화개병체 4식이 고스란히 장무기의 건곤대나이 신공에 걸려 자기 몸으로 옮겨간 것이다. 만약 공격 초식이 다소 완만했더라면 왼쪽 결분혈을 찍고 나서 그 즉시 다음 나머지 2식을 구사할 힘줄기가 없어졌겠지만, 하필이면 4식의 연결 동작이 신속하기 비할 데 없어 화개병체의 나머지 절반 초식마저 다 구사하고 나서야 비로소 손발에 맥이 풀려 그 자리에서 뒤로 벌렁 나자빠졌던 것이다. 제풀에 나가떨어진 송청서가 기절초풍하도록 놀라 버둥버둥 몸부림쳤으나, 다시는 몸뚱이를 일으켜 세울 수 없었다.

송원교가 빠른 걸음걸이로 달려 나오더니 왼손으로 몇 번 추나술을 써서 아들의 혈도를 간단히 풀어주었다. 그러나 두툼하게 부풀어 오른 양 뺨따귀에 찍힌 시퍼런 다섯 손가락 자국만큼은 감출 수가 없었다. 상처는 비록 가벼웠으나, 자부심 강하고 콧대 높은 아들이 뭇사람 앞에서 기막힌 수모를 겪었으니 차라리 죽는 것보다 더 견디기 어려우리라는 것을 알고, 그는 말 한마디 없이 아들의 손을 잡고 무당파 진영으로 돌아갔다.

그제야 사방 둘레 여기저기서 물결치듯 박수갈채가 쏟아져 나왔다. 힘찬 박수갈채는 한동안 끊이지 않고 계속되었다. 멋들어진 솜씨에 대한 찬사와 쑥덕공론이 시끄럽게 오갔다.

그때 돌연, 장무기가 입을 딱 벌리더니 시뻘건 선지피를 몇 모금 토해내면서 가슴의 상처를 누른 채 심하게 기침을 터뜨리기 시작했다. 곁에서 아소가 손을 내밀어 대신 상처를 눌러주었다. 눈물을 뚝뚝 흘리면서 장무기에게 위안의 말을 건넸으나, 목소리가 워낙 작은 데다 어수선한 갈채 소리와 쑥덕공론에 파묻혀 무슨 말인지 알아듣는 사람이 없었다.

사람들의 눈길이 그에게 쏠렸다. 옹졸하고 속 좁은 몇몇 사람을 제외하고 모두 걱정스러운 기색이 완연했다. 중상을 입은 상태에서도 송청서의 공격을 막아냈으니 비록 승리를 거두기는 했지만, 내력의 소모가 극도에 다다랐을 터였다. 어떤 이들은 장무기와 무당파 진영을 번갈아 보느라 바쁘게 눈길을 돌리고 있었다. 무당파 측에서 이것으로 패배를 인정할 것인지, 아니면 또 다른 고수를 출전시켜 싸움을 계속할 것인지 궁금한 모양이었다.

송원교가 사문의 아우들과 다른 제자들을 향해 자신의 뜻을 전했다.

"오늘 거사에서 우리 무당파는 이미 최선을 다했다고 보네. 생각하건대 마교의 운수가 다하지 않아 하늘이 저런 해괴한 젊은이를 태어나게 하셨는지도 모르겠네. 만약 이대로 싸움을 계속한다면 우리 명문정파가 마교와 또 다를 것이 뭐 있겠는가?"

둘째 유연주가 찬동하고 나섰다.

"형님 말씀이 백번 옳습니다. 즉시 무당산으로 돌아가서 사부님의 지시를 받읍시다. 훗날 우리 무당파가 권토중래捲土重來하여 다시 승부를 겨뤄도 늦지 않으리라 봅니다."

그의 떳떳한 말과 호매한 기풍이 뭇사람을 압도했다. 오늘은 비록 패배를 인정하지만 무당파의 기량이 결코 남보다 못할 리 없다는 단

호한 뜻을 선언한 것이다.

넷째 장송계와 일곱째 막성곡이 가지런히 소리를 모아 외쳤다.

"아무렴, 바로 그거요!"

그때 갑자기 "쐐악!" 하는 소리가 거칠게 나더니, 은리정이 칼집에서 장검을 뽑아 들고 두 눈에 글썽글썽 눈물이 맺힌 채 광장 한복판을 향해 큰 걸음걸이로 휘적휘적 걸어 나갔다.

이윽고 은리정이 칼끝으로 장무기를 겨누었다.

"증가라고 했나? 난 자네한테 유감도 없고 원수 맺은 일도 없네. 지금 다시 자네에게 상처를 입힌다면 나 은리정은 '의로운 협사'란 명칭을 헛되이 달고 다닌 셈일세. 그러나 저 양소란 자는 나하고 바다보다 더 깊은 원수를 맺은 놈이니, 내 손으로 반드시 죽여 없애지 않으면 안 되네. 그러니 자넨 저리 비키게!"

장무기가 절레절레 고개를 내저었다.

"제게 숨이 한 모금이라도 붙어 있는 한 여러분은 명교 신도 한 사람이라도 죽일 수 없습니다."

"그럼 내가 너부터 죽여야겠구나!"

은리정이 살기를 띠는 순간, 장무기는 또 한 차례 선지피를 토해내더니 두 눈을 스르르 내리감고 앉은 채로 흔들거리기 시작했다. 출혈이 너무 심했던가, 핏기 잃은 얼굴빛이 허옇게 질린 채 점차 혼수상태에 빠져들면서도 격탕하는 심정을 이기지 못하고 흐리멍덩한 의식 속에 잠꼬대하듯 한마디 중얼거렸다.

"작은 아저씨…… 날 죽여줘요!"

은리정이 흠칫했다. "작은 아저씨……." 어딘지 모르게 아주 익숙한 말투가 그의 머릿속에 오랜 세월 잊고 있던 어떤 기억을 떠올리게 했다. 무당산에서 제3대 후배 제자들은 무당오협을 근엄하게 '몇째 사백, 또는 사숙'으로 불렀다. 따라서 장무기도 은리정을 부를 때는 마땅히 '은 육숙殷六叔'으로 불러야 옳았다. 하지만 어린 철부지였던 그는 은리정을 볼 때마다 그저 작은 아저씨라고만 불렀다. 그런데 오늘 이런 자리에서 뜬금없이 작은 아저씨라고 부르는 사람이 있다니. 그렇다면 이 젊은이는……? 슬며시 칼끝을 거두어들이고 뚫어져라 그 얼굴 생김새를 굽어보았다. 보면 볼수록 닮았다. 헤어진 지 8년이 지났으니 장무기는 이미 건장한 청년으로 성장해 얼굴 모습이 크게 달라졌다. 그래도 '설마 이 젊은이가 무기는 아닐까?' 하는 생각으로 요모조모 자세히 뜯어보니 기억 속에 짐자고 있던 얼굴 모습이 하나하나씩 떠올라 겹쳐졌다. 마침내 은리정의 목소리가 저도 모르게 떨려나왔다.

"네가…… 네가 무기란 말이냐?"

이제 장무기의 전신에 기력이라고는 반 톨도 남아 있지 않았다. 머지않아 죽어가리라는 사실을 아는 만큼 더는 감출 필요도 없었다.

"작은 아저씨…… 난…… 난 정말 아저씨가 보고 싶었어요……. 시시때때로…… 그리웠어요!"

은리정의 두 눈에서 눈물이 주르르 흘러내렸다. 손에 들고 있던 장검을 소리나게 던져버리고 몸을 굽혀 장무기를 안아들었다.

"네가 무기로구나! 네가 무기였어……. 아하하……! 네가 내 다섯째 형님의 아들 장무기였다니……!"

송원교와 유연주, 장송계, 막성곡, 네 형제가 그 외침을 듣고 우르르 달려오더니 일제히 장무기를 에워쌌다. 이들 다섯 형제의 가슴속은 삽시간에 주체하지 못할 격한 감동과 환희의 정으로 가득 찼다. 육대 문파와 명교 사이의 아귀다툼이니 원한이니 하던 것들은 아예 잊어버렸다.

은리정의 격앙된 외침 한마디에 곤륜파 하태충 부부와 아미파의 주지약, 명교 측 양소를 비롯한 몇몇 사람 이외에 나머지 사람들은 입이 딱 벌어진 채 다물 줄을 몰랐다. 하나밖에 없는 소중한 목숨을 걸고 마교의 무리를 필사적으로 구해주려던 젊은이가 무림계 명문이요, 태산 북두로 손꼽히는 무당파 장취산의 아들이었을 줄이야 누가 꿈에나 상상했겠는가.

장무기가 까무러친 채 정신을 잃자 은리정이 황급히 심장을 보호하는 천왕호심단天王護心丹을 한 알 꺼내 그 입속에 쑤셔넣었다. 그러고는 부상자를 유연주에게 넘긴 다음, 장검을 주워 들고 곧바로 양소에게 달려들었다.

"양가 놈아! 이 개돼지만도 못한 음탕한 도적놈! 내 이제…… 이제 네놈을……."

그는 목이 메어 더는 욕설도 퍼붓지 못하고 번뜩 내지른 장검으로 양소의 심장부를 찔러 들어갔다. 전신이 마비된 채 꼼짝달싹 못 하는 양소는 희미하게 웃으면서 두 눈을 내리감고 말없이 죽음을 기다렸다. 바로 그때 곁에서 느닷없이 젊은 처녀 하나가 뛰어나오더니 양소 앞을 떡 가로막고 서서 고함쳤다.

"안 돼! 내 아버지를 다치게 하지 말아요!"

은리정은 칼끝을 양소에게 고정시킨 채 두 눈을 딱 부릅뜨고 훼방꾼을 노려보다가 저도 모르게 외마디 실성을 터뜨렸다.

"어엇……?"

상대방의 모습을 보는 순간, 그는 전신에 얼음물을 끼얹은 것처럼 차디차게 얼어붙었다. 훤칠하게 빼어난 몸매, 고운 눈썹하며 부리부리한 두 눈망울, 이 아가씨는 바로 기효부가 아닌가! 기효부와 정혼하고 나서부터 그는 무예를 단련하다 틈날 때마다 약혼녀의 아리따운 모습을 떠올리며 달콤한 미래를 꿈꾸곤 했다. 그녀가 양소에게 정조를 잃고 그 때문에 끝내 비참하게 죽었다는 소식을 들었을 때 은리정의 가슴속은 이루 말할 수 없는 분노로 가득 찼다. 그런데 이 자리에서 느닷없이 그녀를 다시 보게 되었으니 그 충격이 얼마나 클 것인가? 그는 실성한 사람처럼 허우적거리며 상대방의 이름을 불렀다.

"기효부…… 내 아내 효부……! 그대…… 그대는 아직 죽은 게 아니었소……?"

"아냐, 내 성은 양씨예요! 기효부는 내 엄마고……. 엄마는 벌써 죽었어요!"

당돌하게 앞을 가로막고 나선 이 처녀가 양불회라는 사실을 은리정이 알 턱이 없었다. 그는 이게 무슨 소린가 싶어 한순간 멍해졌으나, 이내 정신을 가다듬고 그 말뜻을 알아들었다. 입에서 멋쩍게 혼잣말하듯 중얼거리는 소리가 흘러나왔다.

"아, 그렇군! 이런 어리석은…… 그녀는 벌써 죽었는데……."

다음 순간, 그는 기효부의 딸이라는 처녀에게 칼끝으로 지시했다.

"아가씨는 저리 비켜 있게. 오늘 내가 아가씨의 엄마 원수를 속 시원히 갚아줄 테니까."

그러자 양불회가 멸절사태를 손가락질해 가리켰다.

"좋아요! 그렇다면 은씨 아저씨, 저 늙은 비구니 년을 죽여줘요!"

"그…… 그건 왜?"

은리정이 뜨악한 기색으로 묻자, 양불회는 딱 부러지게 대꾸했다.

"내 어머니는 저 늙은 비구니 도적년의 손에 죽었으니까요!"

"터무니없는 소리! 어린것이 뭘 안다고 그런 소릴 하는 거냐?"

은리정이 호통쳐 꾸짖었으나, 양불회도 지지 않고 대들었다.

"당신이야말로 뭘 안다고 그런 말을 해요? 그날, 호접곡에서 저 늙은 년이 내 엄마더러 아빠를 찔러 죽이라고 윽박질렀어요. 엄마는 못하겠다고 그랬죠. 그랬더니 저 늙은 중년이 엄마를 때려죽였단 말이에요! 내 눈으로 똑똑히 보았다니까요! 무기 오라버니도 직접 보았고요. 믿지 못하겠거든 저 늙은 중년한테 가서 물어봐도 상관없어요. 저년도 자신이 무슨 짓을 했는지 알고 있을 테니까요."

기효부가 죽임을 당했을 때 양불회는 나이 어린 철부지라 아무것도 몰랐다. 그러나 나중에 나이 먹고 철이 들면서 기억을 더듬어 차근차근 생각해보니 그 당시의 모든 진상과 경위를 자연스럽게 깨달을 수 있었다.

은리정의 고개가 저절로 아미파 진영을 향해 돌아갔다. 멸절사태를 바라보는 눈길에 의아스러운 기색이 떠올랐다.

"사태 님…… 이 아가씨 말이…… 기 소저는……."

우물쭈물 더듬거리며 말끝을 맺지 못하는데, 모래 씹은 듯 갈라진 멸절사태의 목소리가 건너왔다.

"맞소! 그렇듯 염치도 모르는 애물 덩어리 제자를 이 세상에 남겨 두어서 어디다 쓰겠소? 그 계집아이는 양소란 놈과 정분이 나서 배가 맞았소. 차라리 사문을 배반할망정 저 음탕한 도적놈을 척살刺殺하라는 스승의 명을 끝끝내 거역하고 받아들이지 않았소. 은 육협, 그대의 체면을 생각해서 내 차마 얘기하지 않았는데 그따위 염치없는 계집을 왜 잊지 못하고 미련을 두는 거요?"

은리정의 얼굴빛이 당장 시퍼렇게 질렸다.

"난 못 믿겠소! 믿지 못하겠어!"

"흥! 저 계집아이한테 물어보시구려. 이름이 뭔지……."

멸절사태의 손가락이 양불회를 가리켰다. 은리정의 눈길이 손가락질에 따라 그녀 쪽으로 돌아왔다. 눈물이 글썽글썽 맺혀 뿌옇게 흐려진 시야에 기효부를 빼닮은 얼굴 모습이 들어왔다. 종알종알 자기 이름을 읊어대는 목소리마저 또렷한 것이, 영락없는 기 소저의 음성이었다.

"내 성은 양楊씨, 이름자는 아니 불不, 뉘우칠 회悔, 양불회라고 불러요. 어머니 말씀이 그 일을 영원히 후회하지 않는다고 해서 붙인 이름이랬어요."

그 말을 듣자 은리정의 손에서 또 한 번 장검이 "땡그렁!" 소리를 내며 떨어졌다. 맥없이 돌아서던 그는 급작스레 땅을 박차고 질풍같이 산 밑으로 달음박질치기 시작했다.

"이봐, 여섯째! 여섯째……!"

송원교와 유연주가 외쳐 불렀으나, 그는 응답은커녕 뒤돌아보지도 않은 채 진기를 끌어올려 무서운 속도로 치달았다. 그러다 돌연 몸놀림이 휘청하더니 발을 헛딛고 쓰러졌다. 그러나 그것도 한순간, 펄쩍 뛰어 일어선 그는 잠깐 사이에 그림자도 보이지 않게 어디론가 사라졌다.

대다수 사람은 은리정과 기효부 간의 사연을 모두 들어 알고 있었다. 아무리 그런 일이 있었다 해도 벌써 10여 년이나 지난 일인데 아직껏 이렇듯 잊지 못하고 상심하는 것을 보자 모두 안타까워했다. 아무리 경황이 없다 한들 무당파 은 육협의 무공 실력으로 어떻게 달음박질치는 도중에 실족해 넘어질 수 있단 말인가? 오랜 세월 잊지 못하고 가슴속에 파묻어둔 정한情恨이 터져 나오면 무림의 일류 고수라도 그 충격을 이기지 못하고 제정신을 잃는 모양이었다.

은리정이 갑작스레 떠나간 후 송원교와 유연주, 장송계, 막성곡 네 형제는 침착하게 장무기를 중심으로 네 귀퉁이에 갈라 앉아 저마다 손바닥을 하나씩 내밀어 조카의 가슴, 배, 등, 허리 네 군데 급소에 얹고 일제히 내력을 끌어올려 상처를 치료해주기 시작했다. 그런데 내력을 쏟아붓자마자 이들은 부상자의 체내에서 아주 강렬한 흡인력 한 줄기가 뻗어나와 자기네들의 내력을 끊임없이 빨아들이는 것을 느끼고 대경실색했다. 이런 식으로 빨려들었다가는 불과 한두 시진도 못 가서 자기네들의 내력이 모조리 소모되어 바닥을 드러낼 게 분명했다. 그러나 조카의 생사를 예측할 수 없는 마당에 이 방법밖에 도와줄 것이 없으니 어쩌겠는가? 이러지도 저러지도 못 하고 망설이고 있을 때, 장무기가 천천히 눈을 뜨더니 들릴락 말락 외마디 소리를 토해냈다.

네 형제가 흠칫하는 순간, 갑자기 상처에 대고 있던 손바닥에 아주 따뜻하고도 부드러운 열기가 반대로 스며들기 시작했다. 그것은 자기네들이 주입시키던 내력이 아니었다. 무슨 영문인지 모르고 어리둥절해 있는데, 그 따뜻한 열기는 샘물처럼 끊임없이 스며들었다. 구양신공의 진기가 화답해 이들이 주입시킨 내력을 도로 주인들의 체내에 흘려보내고 있는 것이다.

"안 돼! 우선 네 몸부터 요양해라!"

상황을 깨달은 송원교가 다급하게 외쳤다. 몇십 년 한솥밥을 먹은 형제들이라 생각도 이심전심으로 통하는 법, 네 사람이 그 힘줄기를 받아들이지 않으려고 황급히 손바닥을 거두어들였으나 이미 때는 늦었다. 어찌 된 노릇인지 갑작스레 온 몸뚱이에 알지 못할 기운이 두루 퍼져 감돌면서 뭐라고 형언하기 어려운 쾌적한 느낌을 안겨주는 것이 아닌가? 강렬한 흡인력에 빨려 들어간 내력을 주인들에게 돌려보냈을 뿐만 아니라 부상자의 체내를 가득 채우고 격탕하는 구양진기마저 흘러들어 네 형제의 내공 수준을 대폭 증강시켜주고 있었던 것이다.

송원교를 비롯한 네 형제는 속으로 아연실색했으나, 놀란 감정을 겉으로 드러내지는 못하고 그저 서로 얼굴만 마주 바라볼 따름이었다. 세상에 이럴 수가……! 중상을 입고 다 죽어가던 조카 녀석이 이렇듯 자기네들도 감당하지 못할 만큼 강력하고도 두터운 공력을 지니고 있다니 도대체 믿기지 않았다. 놀라움 속에서 이들 네 형제는 다소 마음이 놓였다. 이 정도 막강한 내력을 지녔다면 장검에 찔린 상처는 생명에 지장이 없으리라는 생각이 든 것이다.

이 무렵, 장무기는 외상이 아직 무거운 상태였으나 내식內息만큼은 원활하게 돌아가고 있었다. 그는 천천히 몸을 일으켜 땅바닥에 무릎을 꿇었다.

"대사백님, 둘째 사백님, 넷째 사백님, 그리고 막내 사숙님, 불초 조카가 무례를 저지른 점 용서해주십시오. 태사부 어르신께서는 평안하신지요?"

조카가 상처 입은 몸으로 꿇어 정중하게 사죄 겸 문안 인사를 여쭙자 큰 사백, 둘째 사백이 황급히 부축해 일으켰다. 유연주가 먼저 대꾸했다.

"사부님은 아주 평안하시단다. 무기야, 네가…… 네가 이렇듯 크게 자랐구나……!"

마음속으로는 비록 천만 마디 할 말이 있으나 더는 잇지 못했다. 얼굴에는 웃음기를 띠었어도 뜨거운 눈물이 왈칵 쏟아져 목이 메었다. 10여 년 전, 열 살짜리 어린 소년을 바다에서 처음 만나보고 함께 중원 땅으로 돌아와 무당산에 오르기까지 머나먼 여행길을 동행하던 그때의 정경이 떠오르면서 새삼 깊은 감회에 빠져든 것이다.

한편에서, 백미응왕 은천정은 구명의 은인이 바로 자신의 외손자였다는 사실을 알게 되자, 너무나 반갑고 기쁜 나머지 아픔도 잊은 채 가슴이 후련해지도록 껄껄대며 웃음보를 터뜨렸다. 마음 같아서는 당장 달려가 껴안아주고 싶었지만 끝내 몸을 일으키지 못했다.

안색이 시퍼렇게 질린 멸절사태가 한 손을 홱 내젓고 돌아섰다. 아미파 제자들이 묵묵히 스승을 따라 산을 내려가기 시작했다.

주지약은 고개를 숙인 채 몇 걸음 옮겨 떼다가 더는 참을 수가 없었는지 장무기 쪽을 바라보았다. 공교롭게도 장무기 역시 눈길로 떠나가는 그녀를 배웅하고 있었다. 두 사람의 눈길이 마주치는 순간, 주지약의 창백한 얼굴에 발그레하니 홍조가 피어올랐다. 비록 입을 열지는 않았어도 그 눈빛 속에는 할 말이 담겨 있었다.

'제가 당신께 그토록 중상을 입혀 정말 미안해요. 부디 몸조심하고

평안히 계시기를 바랍니다.'

장무기도 그 눈빛 속에 담긴 뜻을 알아차렸다. 그는 말없이 두어 번 고개를 끄덕여 보였다. 주지약의 얼굴에 당장 희색이 감돌았다. 그녀는 사뭇 흥분에 들뜬 기색으로 이내 고개 돌려 외면하더니 한결 빠른 걸음걸이로 멀리 사라져갔다.

무당파와 장무기의 감격스러운 상봉에 이어 아미파 사람들마저 이렇듯 떠나버렸으니, 마교를 섬멸하려던 육대 문파의 막중한 대사는 삽시간에 풍비박산이 나고 말았다. 공동, 화산 두 문파 제자들도 사상자들을 수습해 뒤따라 떠날 채비를 차리기 시작했다.

철금선생 하태충이 슬금슬금 다가왔다.

"어보세, 축하드리네! 집안 식구들끼리 상봉했으니 얼마나 반갑겠는가? 그런데 말일세……."

장무기는 그가 말을 더 잇기도 전에 먼저 품속에서 환약 두 알을 꺼냈다. 실상 그 알약은 보통 학질에 걸리거나 구토증이 심할 때 먹는 평범한 약이었다. 그래도 시침 뚝 떼고 극히 소중한 신약처럼 조심스럽게 하태충 앞에 내민 것이다.

"두 내외분께서 한 알씩 나눠 드십시오. 금잠고독이 곧 풀어질 겁니다."

하태충이 알약을 받아 들고 보니, 그저 시꺼멓고 우툴두툴 거칠기만 한 것이 영 눈에 차지 않았다. 이런 보잘것없는 알약이 어떻게 세상 천하 가장 지독한 금잠의 맹독을 풀어줄 수 있단 말인가? 상대방이 눈살을 찌푸리고 의심에 찬 기색으로 쭈뼛쭈뼛 물러갈 기미를 보이지 않자, 장무기가 조용히 한마디 건넸다.

"제가 해독된다고 말씀드린 이상 금잠고독은 풀어지는 겁니다!"

목소리는 여전히 미약했으나 광명정 일전에서 육대 문파의 원로 고수들과 차례차례 맞서 보기 좋게 제압한 기백의 소유자였으니 하태충도 믿지 않을 수가 없었다. 그는 속으로 생각해보았다. '요 녀석이 날 속여 넘기고 이 알약이 금잠의 맹독을 풀어주지 못한다 해도 무당사협이 버티고 서 있는 마당에 억지로 진짜 해독약을 내놓으라고 강요할 수야 없는 노릇 아닌가? 더구나 소림파의 공성이란 늙은이마저 요 녀석을 감싸고도는데 오늘은 순순히 물러가는 것이 상책이겠다.'

"고맙네!"

떨떠름한 웃음을 섞어 사례한 철금선생이 터덜터덜 곤륜파 진영으로 돌아가더니 반숙한에게 먼저 한 알을 건네주고 나머지 한 알은 자기 입에 툭 털어넣었다. 무시무시한 금잠고독의 '해독제'를 복용한 이들 부부는 한결 홀가분한 마음으로 제자들을 지휘해 곤륜파의 시신을 수습한 다음 총총히 하산했다.

형제들 가운데 누구보다 사려 깊은 유연주가 신중하게 입을 열었다.

"무기야, 네 상처가 너무 깊어 우리와 함께 산을 내려가지 못하겠구나. 그러니 당분간 여기서 요양하는 수밖에 없겠다. 우리 역시 너하고 여기 남아 있을 형편이 못 된다. 아무쪼록 상처가 다 낫거든 무당산에 꼭 한번 다녀가거라. 사부님께서 널 보면 아주 기뻐하실 게 아니냐?"

말없이 고개만 끄덕이는 장무기의 두 눈에 글썽글썽 눈물이 맺혔다. 물어보고 싶은 사연도 많고 하고 싶은 얘기도 많았으나, 그가 지칠 대로 지친 터라 모두들 꾹 참고 더는 입을 열지 않았다. 환자에게 한마디라도 더 말을 붙였다가는 그만큼 상처를 덧나게 한다는 점을 익히 알고 있었기 때문이다.

그때 갑자기 소림파 진영이 술렁대더니 뒤미처 누군가가 큰 소리로 떠드는 소리가 났다.

"어? 원진 사형 시신이 어디 있나?"

"이런! 원진 사백의 법체가 왜 안 보이지?"

누구보다 호기심 많은 막성곡이 냉큼 그리로 달려갔다. 가서 보니 소림파 승려 일고여덟 명이 전사자의 시신을 수습하는데 유독 원진의 시체 한 구만이 보이지 않았다. 성질이 불같은 원음대사가 명교 신도 진영에 삿대질을 하면서 냅다 호통쳤다.

"어서 썩 우리 원진 사형의 법체를 넘겨주지 못할까! 그러지 않으면 이 스님이 여기다 불을 확 싸질러 네놈들을 모조리 태워 죽이고 뼈다귀 하나 남아나지 못하게 잿더미로 만들어버릴 테다!"

명교 진영에서 주전이 끌끌대고 비웃었다.

"흐흐흐! 오래 살다 보니 별 우스운 소릴 다 듣겠군! 이 대머리 중놈들아! 너희같이 피둥피둥 살아 있는 놈들도 소용없는데 죽어 자빠진 땡추중 녀석의 시체를 가져다 뭣에 쓴다고 감춰놓겠어? 앙상한 뼈다귀에 살가죽만 붙은 놈을 구워서 뜯어 먹기라도 하란 말이냐?"

소림파 진영에서 가만 생각해보니 틀린 말이 아니었다. 그래도 미덥지 못한 스님 10여 명이 사면팔방으로 뒤져보았으나 원진의 시신은 보이지 않았다. 모두 기괴한 느낌이 들었으나 이내 수색을 포기하고 떠날 채비를 갖추었다. 어쩌면 화산파, 공동파 진영에서 자기네 문파 전사자로 오인하고 잘못 수습해 떠나갔으리라고 생각했다.

이윽고 무당과 소림파 제자들이 연이어 산을 내려갔다. 장무기는

22. 군웅들의 마음은 약법삼장으로 귀일하네

앞으로 몇 걸음 나아가 공손히 몸을 굽혀 전송했다.

"사백 사숙님들, 안녕히 가십시오!"

대사백 송원교가 부드러운 말씨로 당부했다.

"무기야, 오늘의 일전으로 너는 천하에 명성을 드날리게 되었다. 그리고 또 명교에 태산같이 무거운 은혜를 베풀었다. 부디 네가 저 무리들을 좋은 길로 이끌어가기 바란다. 아무쪼록 명교 신도들이 개과천선하여 착한 길로 들어서서 못된 짓을 적게 저질렀으면 더 바랄 것이 없겠구나."

"예, 대사백 어른의 가르침을 받들어 미력하나마 제 힘을 다하겠습니다."

넷째 사백 장송계도 마음이 놓이지 않아 한마디 덧붙였다.

"모든 일에 긴장을 풀지 말고 조심해라. 사사건건 간악한 소인배가 끼어들지 못하게 방비해야 한다. 알겠느냐?"

"예에!"

오랜 세월 헤어진 끝에 다시 상봉하고 이내 또 작별해야 하다니, 모두 차마 이대로 헤어지기 아쉬워 좀처럼 발길을 돌리지 못했다.

이제 육대 문파 모든 사람은 광명정에서 떠나갔다.

저들의 뒷모습이 보이지 않자 결국 명교와 천응교 신도들만 남게 되었다. 광명좌사자 양소와 백미응왕 은천정이 서로 마주 보고 눈짓을 교환하더니 가지런히 목청을 드높여 큰 소리로 외쳤다.

"저희의 교를 보호해주시고 신도들의 목숨을 구해주신 장 대협의 크신 은혜에 명교와 천응교 전체 신도들은 삼가 머리 조아려 사례하오!"

양 교의 우두머리가 그 자리에 무릎 꿇고 이마를 조아리자, 삽시간에 광장 안은 무릎 꿇고 엎드린 사람들로 가득 찼다. 득시글거리던 인파도 잠잠해지고 시끄럽게 웅성대던 소리도 잦아들었다. 광장 안은 온통 물을 뿌린 듯이 조용해졌다.

아버지의 형제들이나 다를 바 없는 사백 사숙들과 헤어져 서글픔에 잠겨 있던 장무기가 소스라치게 놀라 손발을 어디다 둘지 모른 채 허둥거리기 시작했다. 더구나 무릎 꿇고 엎드린 사람들 중에는 외할아버지와 외숙부까지 있으니 그 송구스러움을 이루 말로 표현할 길이 없었다. 그는 황급히 무릎 꿇고 엎드려 답례를 올렸다. 얼마나 다급하게 몸을 숙였는지 칼에 찔린 가슴의 상처가 터져 나가면서 출혈이 시작되고 덩달아 충격과 흥분에 들뜬 나머지 입으로 선지피를 연거푸 토해내더니 그대로 까무러치고 말았다.

아소가 급히 다가들어 부축했다. 뒤미처 명교 신도들 가운데 부상을 당하지 않은 소두목 둘이 들것을 가져와 부축해 누였다. 정신을 잃어버린 장무기는 들것에 누운 채 그대로 잠들었다.

"어서 장 대협을 내 방으로 모셔다 정양하도록 해드려라!"

양소의 분부가 떨어지자 두 사람은 허리 굽혀 응답하더니 장무기를 들것째 양소의 침실로 떠메고 들어갔다. 그 뒤를 따라가던 아소가 양불회 곁을 지나칠 때, 양불회는 차가운 말씨로 비아냥거렸다.

"아소, 요 여우 같은 것! 너 정말 그럴듯하게 잘도 꾸며대더구나. 네가 괴상야릇한 수작을 부릴 줄 내 진작 알고는 있었지만, 그토록 추악한 계집애가 남의 넋을 뽑아놓도록 아리따운 미녀일 줄이야 생각도 못 했어!"

아소는 고개 숙인 채 그 곁을 지나갈 뿐 아무 대꾸가 없었다.

이로부터 며칠 동안 명교 신도들은 부상자들을 치료하고 죽은 교우들의 시신을 처리하느라 눈코 뜰 새 없이 바쁜 나날을 보냈다. 대격전을 겪고 지옥의 문턱에서 벗어난 뒤부터 그들은 저마다 지난날 자신들이 저질러온 행위를 뉘우치고 반성했다. 그들은 분명히 깨달았다. 과거에 형제들끼리 서로 짓밟고 잔혹하게 살육하는 행위를 했기 때문에 오늘날 이렇듯 외부 사람들에게 수모를 당한 것이 아닌가?

명교 수뇌부든 천응교 사람이든 너 나 할 것 없이 장무기의 부상 정도를 놓고 걱정이 태산 같았다. 이제는 어느 누구도 과거의 묵은 원한을 들추지 않고 주인 손님 가릴 것 없이 모두 광명정에 편안히 누워 조용히 상처를 치료하는 데 전념했다. 장무기는 칼에 찔린 상처가 가볍지는 않았으나 구양신공을 수련한 데다 주지약의 칼끝이 두세 치 빗나가는 바람에 단지 허파만 다쳤을 뿐 심장부를 꿰뚫지 않아 7~8일 남짓 요양하고 났더니 상처가 점점 아물었다.

은천정과 양소, 위일소, 설부득 등 수뇌급 인사들은 두툼한 요를 깐 들것에 누운 채 날마다 장무기의 병실까지 문병을 왔다. 그리고 그의 다친 상처가 하루가 다르게 호전되는 것을 보고 모두 기쁨을 감추지 못했다. 여드레째가 되던 날, 장무기는 침상에서 일어나 앉을 수 있었다. 그날 저녁, 양소와 위일소가 또 문병하러 왔다.

"두 분 모두 환음지에 얻어맞으셨는데, 요 며칠 새 느낌이 어떠신지요?"

장무기의 물음에 두 사람은 헛기침을 섞어 천연덕스레 어깨를 으쓱해 보였다.

"아주 좋아졌지요!"

"별것 아닙니다."

그러나 이들 두 사람은 날이면 날마다 뼛속까지 쑤셔대는 한독의 고통에 시달리는 데다 상처가 날이 갈수록 악화하고 있었다. 하지만 장무기가 걱정할까 봐 짐짓 딴청을 부린 것이다.

장무기는 이들의 얼굴에 검은 기운이 덮이고 말소리 또한 기운차기는 하지만 힘이 하나도 없다는 것을 알아차렸다.

"저의 내력이 6~7할 정도만 회복되면 곧바로 두 분을 치료해드리겠습니다."

"아니올시다! 천만의 말씀을! 장 대협께서 바쁘게 서두르실 거 하나도 없습니다. 귀하신 놈이 완치되시거든 저희를 치료해주셔도 늦지 않습니다. 혹시라도 상처가 악화하면 저희 마음이 어찌 편할 수 있겠습니까?"

양소에 이어 위일소도 말을 꺼냈다.

"치료를 일찍 하나 늦게 하나 마찬가지일 터인데, 며칠 가지고 안달할 것은 없겠지요. 무엇보다 장 대협의 귀하신 몸부터 정양하시는 게 중요합니다."

"저의 외조부님 백미응왕, 양부 되시는 금모사왕, 이들 두 분은 모두 여러 어르신과 같은 연배, 같은 항렬로 사귀어오셨는데, 앞으로 계속 이 어린 후배더러 대협이니 뭐니 하고 부르신다면 제가 정말 송구스러워 어떻게 응답해야 할지 모르겠습니다."

양소가 빙그레 웃으며 의미심장한 말로 대꾸했다.

"하하! 무슨 말씀을……. 앞으로 저희 모두 장 대협의 부하가 되어 그 앞에 감히 마주 앉을 엄두도 내지 못할 터인데, 어르신이니 동년배니 그런 걸 따져 뭘 하겠습니까?"

장무기가 깜짝 놀라 물었다.

"양씨 백부님, 지금 무슨 말씀을 하고 계시는 겁니까?"

위일소가 불쑥 끼어들었다.

"장 대협, 명교 교주라는 중책을 대협이 아니라면 누가 맡겠습니까?"

이 말에 장무기는 펄쩍 뛰면서 양손을 홰홰 내저었다.

"천부당만부당한 말씀을……. 안 됩니다! 절대로 안 됩니다!"

바로 그때 갑자기 동편 하늘 멀리서 날카로운 휘파람 소리가 연속해서 들려왔다. 광명정 산 밑에서 보내는 비상경계 신호였다. 난데없는 경계신호에 양소와 위일소 두 사람은 찔끔 놀랐다. 설마 육대 문파 녀석들이 중도에 마음이 바뀌어 또다시 쳐들어온 것은 아닐까? 얼굴에 일순 불안한 기색이 스쳤으나 이내 아무것도 아니라는 듯이 태연자약한 표정을 지었다. 양소가 천연덕스레 화제를 바꾸었다.

"어제 드신 인삼탕은 괜찮으셨는지 모르겠군요."

그리고는 곁에 서 있던 아소를 돌아보고 분부를 내렸다.

"아소야, 약제실에 가서 인삼을 좀 꺼내다 장 대협께 달여드리려무나."

그때 서쪽과 남쪽 두 군데서 동시에 휘파람 소리가 크게 울려왔다.

"외적이 쳐들어온 거 아닙니까?"

장무기의 물음에 위일소가 대답했다.

"우리 명교와 천응교에 고수가 적지 않으니 장 대협께선 마음 쓰실 것 없습니다. 조무래기 좀도적들쯤이야 문제 삼을 것도 없지요."

그러나 잠깐 사이에 휘파람 소리가 무척 가까워졌다. 쳐들어오는 속도가 이렇듯 빠른 것으로 보건대 적들은 조무래기 좀도적 떼가 아닌 것이 분명했다.

"내가 나가서 안배를 좀 해야겠군. 위 형은 여기서 장 대협을 모시고 계시구려. 흐흐흐, 설마 우리 명교가 오늘날 이런 수모를 겪고 주저앉았다고 해서 송사리 떼까지 몰려와 업신여겨도 되는 줄 아나 보지?"

상처 입은 몸으로 꼼짝달싹 못 하면서도 양소의 말투는 여전히 호기 만만했다. 장무기는 대꾸하지 않고 깊은 생각에 잠겼다. '소림과 무당, 아미 같은 명문 정파라면 절대로 신의를 저버리고 다시 앙갚음하러 올 리가 없다. 그렇다면 지금 공격해온 자들은 아주 잔인하고 간악한 무리들일 가능성이 크다. 광명정에 올라온 고수가 많다고는 하지만, 하나같이 중상을 입어 지난 여드레 동안 상처가 호전된 사람이 하나도 없다. 이런 상태에서 외부의 적을 맞아 싸우지 못할 것이다. 만약 억지로 싸우다가는 아까운 목숨만 잃을 것이다.' 이런저런 생각을 하다 보니 저도 모르게 마음만 다급해졌다.

문밖에서 돌연 발걸음 소리가 다급하게 들리더니 한 사람이 벌컥 뛰어들었다. 얼굴은 온통 피로 물들고 가슴에는 짧은 단도가 한 자루 박혀 있었다.

"적들이 세 방향으로…… 공격해 올라오고…… 있습니다! 형제들이 한사코 저항했으나…… 막아……내지 못하고……."

"적이라니, 어떤 놈들이냐?"

위일소가 위엄 있게 물었으나, 그는 손가락으로 침실 바깥을 가리키며 무슨 말인가를 더 하려다가 앞으로 털썩 고꾸라졌다. 그리고 다

22. 군웅들의 마음은 약법삼장으로 귀일하네

시 움직이지 않았다.

구원을 바라는 휘파람 소리가 여기저기서 번갈아가며 들려왔다. 정세가 급박해진 게 분명했다. 또다시 두 사람이 병실 안으로 뛰어 들어왔다. 양소는 그중 선두로 뛰어든 사람을 알아볼 수 있었다. 홍수기의 장기부사였다. 그 역시 온몸이 피투성이었고 얼굴은 귀신같은 형상이었다. 하지만 그는 침착하려 애쓰면서 몸을 약간 굽히고 아뢰었다.

"장 대협, 양 좌사, 위 법왕님…… 산 밑에서 공격해온 놈들은 거경방, 해사파, 신권문 패거리입니다."

잔뜩 찌푸려졌던 양소의 이마가 다소 펴졌다.

"흥! 그따위 형편없는 걸레들까지 겁도 없이 방문했단 말인가?"

장기부사는 송구스러운 기색으로 변명을 덧붙였다.

"본래 대단치도 않은 놈들이지만, 지금 우리 형제들이 대다수 부상자라서……."

여기까지 말하고 났을 때 냉겸, 장중, 팽형옥, 설부득, 주전 등 오산인이 제각기 들것에 실린 채 한꺼번에 들이닥쳤다. 문턱을 넘어서기 전부터 주전의 고함치는 소리가 먼저 들려왔다.

"거지 같은 놈의 개방 녀석들! 강물 위에서 나룻배나 털어먹는 삼강방, 뱀꾼 노릇이나 하는 무산방 패거리들하고 결탁해서 불난 집에 노략질이나 하려고 쳐들어오다니! 오냐, 이 주전에게 숨 한 모금 붙어 있는 한 네놈들과 죽기 살기로 싸우고야 말 테다! 죽어서 지옥에 떨어지더라도 영영 그치지 않고 싸우겠단 말이다!"

말끝이 다 떨어지기 무섭게 은천정, 은야왕 부자가 지팡이를 짚고 절뚝절뚝 걸어 들어왔다.

"무기야, 너는 꼼짝 말고 누워 있거라. 제밀할 연놈의 오봉도五鳳刀, 단혼창斷魂槍 조무래기 문파 따위가 우리를 어쩔 수 있을 듯싶으냐?"

장무기의 병실에 모여든 이들 가운데 명교에서 가장 존귀한 지위에 있는 양소, 천응교의 교주 은천정, 그리고 지혜와 계략이 누구보다 뛰어난 팽형옥, 이들 세 사람은 평생을 두고 수많은 풍파를 겪어온 경험자였다. 그런 일을 당할 때마다 이들은 매번 결단력 있게 위기를 모면하곤 했다. 그러나 목전의 형세는 실로 최악이었다. 모두 중상을 입었는데 적이 대거 침공해오고 있지 않은가? 다른 방회나 문파들은 그렇다 치더라도 강호 으뜸가는 대방회라 일컫는 개방만큼은 얕잡아볼 수가 없었다. 방회 안의 유능한 인재들이 수두룩하고 그 기세와 역량 또한 대단하니 이제 명교나 천응교는 죽기를 기다리는 수밖에 별도리가 없게 된 것이다.

한동안 병실 안에는 무겁고 답답한 침묵만이 흘렀다. 모든 이의 눈길은 약속이나 한 것처럼 장무기 한 사람에게 쏠렸다. 은연중 이 청년 협객을 수령으로 떠받들고 있는 만큼 그가 기발한 계책을 짜내어 이 곤경에서 벗어나게 해주기를 간절히 바라는 눈치였다.

장무기의 마음속에서 경각지간에 무수한 생각이 오갔다. 그는 자신의 무공 실력이 양소, 외조부, 위일소를 비롯한 여러 사람보다 뛰어나다는 것은 잘 알고 있었다. 하지만 식견이나 모략, 계책은 그들이 훨씬 월등했다. 이런 유능한 경험자들이 속수무책인 바에야 풋내기에 불과한 자기가 달리 무슨 고명한 방법을 짜낼 수 있단 말인가? 한창 속으로 끙끙 앓으면서 시름에 잠겨 있는데, 갑자기 한 생각이 퍼뜩 떠올랐다.

22. 군웅들의 마음은 약법삼장으로 귀일하네

"어서 지하 비밀 통로 안으로 피신합시다! 거기 숨어 있으면 한동안 적들에게 발각되지 않을 겁니다. 설사 발각되더라도 좀처럼 쳐들어올 수 없을 겁니다."

무심결에 찾아낸 방법이었으나, 자기가 생각해봐도 최선의 방책이라 목소리가 절로 흥분에 들떴다. 그런데 뜻밖에도 사람들은 서로 얼굴만 멀뚱멀뚱 바라볼 뿐 선뜻 나서는 이가 하나도 없다. 눈치를 보아하니 그 방법은 절대로 쓸 수 없다는 기색이었다.

장무기가 다시 입을 열었다.

"대장부라면 굽힐 때는 굽히고 펼칠 때는 펼칠 줄 알아야 한다고 했습니다. 잠시만 화를 피하기로 합시다. 모두 상처가 완치되고 나서 적들과 자웅을 겨룬다면 사내대장부로서 위풍이 떨어지는 것도 아니지 않습니까?"

양소가 먼저 찬동하고 나섰다.

"장 대협의 그 방법이야말로 실로 묘책입니다."

그러고는 아소를 돌아보았다.

"아소야, 네가 장 대협을 부축해서 비밀 통로로 가거라."

"우리 다 같이 함께 갑시다!"

"장 대협, 먼저 가시지요. 우린 뒤따라가겠습니다."

양소의 말투를 가만 들어보니 그들은 절대로 뒤따라오지 않을 듯했다. 장무기의 목청이 높아졌다.

"여러 선배님! 저는 비록 명교 사람이 아니라 해도 여러분과 환난을 함께 겪어온 만큼 생사지교生死之交를 맺었다고 할 수 있습니다. 설마하니 제가 목숨을 탐내고 죽기를 두려워하여 여러 선배님을 버리고 저 혼자 피난할 사람으로 보였습니까?"

"장 대협은 모르실 겁니다. 우리 명교에는 역대로 엄격한 규율이 전해오고 있습니다. 이 광명정 아래 비밀 통로는 교주 한 분을 제외하고 본교 신도들 어느 누구도 함부로 드나들지 못합니다. 규율을 어기고 제멋대로 드나든 자는 사형에 처하게 되어 있습니다. 장 대협과 아소는 본교에 소속되어 있지 않았으니 이 규율을 지킬 필요가 없습니다."

이 무렵, 살기에 찬 함성이 사면팔방에서 어렴풋이 들려왔다. 다행히도 광명정까지 올라오는 길이 곧바르지 않고 이리저리 구부러지고 울퉁불퉁한 데다 요충지 곳곳마다 강철 갑문이나 석문 같은 장애물로 막혀 명교 측의 저항이 별로 없더라도 공격자들은 좀처럼 빠른 속도로 쳐들어올 수 없었다. 게다가 명교 세력의 악명이 강호에 널리 퍼져 있던 터라 적들도 무턱대고 깊숙이 들어올 수는 없었다.

그러나 적들은 한 발 한 발씩 압박해오고 있었다. 어쩌다가 멀리서 단말마의 비명이 한두 차례 들려왔다. 명교 신도들이 필사적으로 적을 막다가 처참하게 도륙당하는 안타까운 소리였다.

이제 장무기는 결단을 내려야 했다. 더 이상 지체했다가는 한두 시진 내에 명교 사람들이 하나도 살아남지 못할 터였다.

"비밀 통로에 들어갈 수 없다는 규율은 절대로 변경할 수 없는 겁니까?"

장무기의 질문에 양소는 암울한 기색으로 고개를 흔들었다. 그때 팽형옥이 불쑥 끼어들었다.

"여러분, 내 말 좀 들어보오. 장 대협은 무공이 세상을 뒤덮을 정도로 높고 의리는 하늘의 뜬구름처럼 너른 분으로, 우리 명교가 생사존

망의 위기에 처했을 때 크나큰 은혜를 베풀어주셨소. 우리 모두 장 대협을 본교 제34대 교주로 옹립합시다. 만약 교주의 신분으로 모든 신도더러 비밀 통로에 들어가라 분부하시면 우리가 본교 규율을 깨뜨리는 것은 아니지 않습니까?"

"그것참 좋은 말씀이오!"

양소, 은천정, 위일소를 비롯한 사람들은 진작부터 장무기를 교주로 추대할 뜻을 품고 있던 터라 팽 화상의 제안이 나오자 이구동성으로 찬동하고 나섰다.

다급해진 장무기가 황망히 두 손을 내저으면서 사양했다.

"저는 나이도 어리고 식견도 천박한데 어떻게 그 무거운 책임을 감당할 수 있겠습니까? 게다가 저의 태사부 되시는 장 진인 어른께서 오래전에 저더러 명교에 투신하지 말라고 누누이 훈계하셨고, 저 또한 그 말씀에 따르기로 응답했습니다. 팽 대사님의 말씀은 천부당만부당하십니다."

은천정이 그 말을 가로막았다.

"나는 네 외할애비다. 집안의 어른으로서 네게 명교에 가입하라고 명하겠다. 설령 이 외할애비가 너의 태사부만큼 친근하지 못하다 해도 별반 차이는 없을 거다. 피차 대화를 나눈 적은 없어도 나하고 장 진인의 말은 똑같은 것이다. 그러니 명교에 가입하고 안 하고는 모두 네 스스로 결정하면 되는 것이다."

은야왕도 한마디 거들었다.

"거기에 이 외숙부 의견도 보태주려무나. 그럼 우리 쪽이 태사부님의 말씀보다 무게가 더 나가는 셈이 되겠지? 옛말에 '외삼촌을 보거든 어머니를 뵌 것처럼 대하라見舅如見娘'고 했다. 네 어미가 이 세상에 없으니, 너한테는 내가 네 어미와 마찬가지 아니냐?"

외조부와 외숙부까지 이렇듯 간곡하게 설득하고 나오니, 장무기는 입장이 몹시 난처했다. 그는 생각다 못해 품속에서 봉투 한 장을 꺼내 들었다.

"어느 해엔가 양 교주님이 써놓으신 유서 한 통을 제가 비밀 통로 안에서 가지고 나왔습니다. 처음 생각으로는 여러분 모두 상처가 다 나은 뒤에 전해드릴까 했지요. 양 교주님은 제 양부이신 금모사왕에게 잠정적으로 교주 자리를 맡으시라고 유언하셨습니다."

그러면서 봉투에 담긴 유서를 양소에게 넘겨주었다. 그러나 팽형옥은 유인장을 보시도 않은 채 장무기의 말꼬리를 붙잡고 늘어졌다.

"장 대협, 대장부가 큰일을 당하면 사소한 일에 얽매이지 않는다 했소이다. 금모사왕은 장 대협의 양부이니 친아버님과 별로 다를 바 없지 않습니까. 자식이 부친의 직분을 이어받는 것은 자고로 전해 내린 전통이요, 관습입니다. 금모사왕이 지금 이 자리에 계시지 않는 바에야 장 대협께서 양 교주의 유언에 따라 잠정적으로 교주 자리를 맡도록 하시는 게 좋겠습니다."

"그것참 듣던 중 가장 좋은 말씀이오!"

뭇사람이 입을 모아 찬동했다.

장무기는 사람들의 함성이 점점 가까이 들려오자 마음이 황급해졌다. 그러나 좀처럼 뜻을 결정하지 못하고 망설였다. 생각은 생각대로 치달았다. '지금은 무엇보다 사람을 구하는 것이 급하다. 나머지는 나중에 두고두고 생각해보기로 하자!'

22. 군웅들의 마음은 약법삼장으로 귀일하네

"여러분이 그렇듯 저를 아끼고 사랑해주시는데, 이 어린것이 받아들이지 않는다면 오히려 명교의 큰 죄인이 되겠군요. 불초 장무기는 여러분의 뜻을 받들어 잠정적으로나마 명교 교주의 직위를 대행하겠습니다. 오늘 이 난관을 넘기고 나거든 아무쪼록 여러분께서 유능하고 현명하신 분을 가려 뽑으시기 바랍니다."

모두 일제히 환호성을 터뜨렸다. 비록 강대한 적이 코앞에까지 들이닥쳤는데도 방 안 사람들은 모두 즐거운 표정을 짓고 있었다. 전임 교주 양정천이 급작스레 세상을 떠난 이후 명교는 통솔자가 없어 서로 짓밟고 죽이며 거의 와해되는 지경에 이르지 않았던가? 환멸을 느끼고 명교에서 탈퇴하는 사람도 있었고, 악다구니 싸움판에서 자기 한 사람만 빠져나와 명철보신明哲保身하는 이도 있었고, 스스로 문파를 세워 자립하는 이가 있었는가 하면, 온갖 악행을 저지르는 자도 있었다. 이렇듯 무너지기 시작하자 기세가 꺾인 채 쇠퇴일로를 걷기 시작했다. 그런데 오늘 교주를 다시 세우고 중흥을 기약하게 되었으니, 이 얼마나 기쁜 일이겠는가? 그들 가운데 움직일 수 있는 사람은 즉시 엎드려 절을 올렸다. 은천정, 은야왕 같은 친척 어른들도 예외는 아니었다.

장무기가 송구스러워 황망히 엎드려 답례했다.

"여러분, 어서 일어나십시오. 양 좌사, 당신이 호령을 전하시오. 본교에 속한 사람들은 상하를 막론하고 일제히 비밀 통로에 들어가 피신하십시오!"

"예에! 삼가 교주님의 명을 받들겠습니다."

양소가 기운차게 응답하더니 이어서 구체적 방법을 물었다.

"교주님께 아룁니다. 우선 열화기에게 명하여 사방에 불을 놓아 적

을 저지하는 것이 어떻겠습니까? 광명정 건물을 모조리 불태우면 적
들은 우리가 달아난 줄로 오인할 것입니다."

"그 계략이 아주 절묘하군요. 양 좌사께서 명령을 전하십시오."

장무기는 감회가 새로웠다. '초토작전焦土作戰'은 여러 해 전에 주장
령이 써먹은 방법이다. 당초 계략 자체는 좋았는데, 악의를 품고 사람
을 속여 넘기려 한 의도가 잘못되었을 뿐이지만 말이다.

양소가 들것에 누운 채 즉석에서 명령을 내렸다. 교주의 명령이 떨
어지자, 광명정을 지키고 있던 신도들이 속속 철수해 한곳으로 집결하
고, 홍수기와 열화기가 뒤를 끊어 적의 추격을 막았다. 그사이에 나머
지 사람들은 모두 비밀 통로 안으로 피신할 준비를 갖추었다.

선발대 몇몇이 양불회의 규방으로 들어가 침대 밑바닥을 뜯어내자,
오랜 세월 명교 신도들에게 금기의 성역이 되어온 비밀 통로 입구가
드러났다.

명교는 주인이고, 천응교는 손님이다. 따라서 천응교 신도들이 먼저
비밀 통로 안으로 들어가고 그 뒤를 '천天' '지地' '풍風' '뢰雷' '사문四門'
에 속한 사람들이 뒤따랐다. 그다음에는 광명정 총단에서 직분을 맡고
있던 모든 인원들과 예금, 거목, 후토 등 3기와 오산인, 위일소 등이 차
례차례 통로 안으로 들어갔다. 이 무렵 홍수기 제자들은 독수毒水가 담
긴 분사통으로 다소나마 적의 공세를 저지하고 있었다. 홍수기의 독수
는 몸에 한 방울이라도 닿기만 하면 썩어 들어갈 만큼 무서운 맹독을
탄 것이라, 적들은 선불리 접근하지 못하고 멀찌감치 떨어져 한 걸음
씩 조심스레 다가들어야 했다. 이윽고 장무기와 양소가 비밀 통로 안
으로 뛰어들고, 얼마 안 있어 홍수기도 질서 있게 퇴각해 들어왔다.

22. 군웅들의 마음은 약법삼장으로 귀일하네

시간이 갈수록 불길은 더욱 거세어졌다. 열화기 제자들은 분사통을 한 대씩 잡고 끊임없이 기름을 뿜어냈다. 기름은 서역 지방의 특산물인 석유다. 석유가 불길에 닿자 무섭게 타올랐다. 공격해온 여러 문파의 병력이 비록 많다고는 하지만 불길이 무서워 아무도 범접할 엄두를 내지 못하고 그저 사방에서 멀찌감치 에워싼 채 명교 신도들이 빠져나가지 못하도록 지켜보고만 있을 뿐이었다. 드디어 열화기의 무리마저 비밀 통로에 뛰어들고 입구에 설치된 갑문이 닫혔다. 그리고 오래지 않아 건물들이 무너져 내리면서 비밀 통로의 입구를 뜨거운 불구덩이로 뒤덮어버렸다.

　엄청난 대화재는 꼬박 이틀 낮밤을 타고도 꺼지지 않았다. 광명정은 명교 총단이 세워진 중지重地였다. 지난 100여 년 동안 총단을 운영하면서 심혈을 기울여 세워놓은 의사청 건물과 수백 채나 되는 아름답고도 으리으리한 건물들이 모조리 잿더미로 바뀌고 말았다. 침공자들은 불길의 기세가 다소 수그러들자 불구덩이 속으로 뛰어들어 수색 작업을 벌였다. 그리고 적지 않은 명교 신자들의 시체를 찾아냈다. 시체들은 하나같이 숯 덩어리가 되어 얼굴 모습을 확인할 수가 없었다. 그들은 명교 신도들이 죽음을 택할망정 투항하지 않으려고 전부 불속에 몸을 던져 죽었으려니 여겼다. 광명좌사자 양소, 위일소 등도 모두 불지옥 속에 목숨을 잃은 줄로만 생각했다.

　천응교와 명교 신도들은 양정천이 남겨놓은 비밀 통로 지도를 보고 각기 석실을 한 칸씩 차지했다. 모두 땅속 깊숙이 들어앉은 뒤라 지상에서 아무리 불길이 무섭게 타올라도 소리 하나 들리지 않았다. 뜨거운 불길도 전혀 느낄 수 없었다. 그들은 비밀 통로 안에 들어설 때 미리 먹을 양식과 식수를 충분히 준비했기 때문에 한두 달쯤 바깥으로 나가지 않더라도 굶주리거나 목마를 일이 없었다. 거처할 데가 마련되자, 명교와 천응교 신도들은 비로소 자기 교파에 편성된 본기本旗, 본단本壇으로 돌아가 제 소속을 찾았다. 모두 엄숙한 표정으로 시끄러운 소리 하나 내지 않았다. 그리고 교주의 은혜로 겨우 피신할 수 있었기에 아무도 제멋대로 나돌아다니지 않았다.

양소를 비롯한 수뇌부 인사들은 모두 전임 교주 양정천의 유해가 누워 있는 곳에 모였다. 그리고 장무기가 어떤 경위로 양 교주의 유언장을 발견했는지, 또 어떻게 해서 건곤대나이 심법을 수련하게 되었는지 그 사연을 들었다. 장무기는 이야기를 다 마치고 심법이 적힌 양피지를 양소에게 넘겨주었다. 그러나 양소는 그것을 받지 않았다.

"양 교주님의 유언장에 분명히 '건곤대나이 심법은 잠정적으로 사손이 맡아두고 있다가 훗날 새 교주에게 돌려주어 익히도록 하라'고 적혀 있지 않습니까? 따라서 이 신공의 심법은 마땅히 장 교주님께서 맡아두셔야 옳습니다."

수뇌부 사람들이 양정천의 유서를 돌아가며 읽었다. 그리고 저마다 개탄을 금치 못했다. 일세를 풍미하는 천신天神의 용맹과 누구보다 뛰어난 예지를 지닌 양 교주가 한낱 부부간의 애정 갈등으로 주화입마에 빠져들어 허망하게 세상을 뜨게 되었을 줄이야 누가 알았으랴? 또 그들이 만약 이 유언장을 좀 더 이른 시기에 발견했더라면 어찌 오늘날 같은 일패도지의 수모를 당했겠는가! 그들은 자기네 눈앞에서 참혹하게 죽어간 동료들, 낭패스러운 몰골로 목숨 하나 건지려고 허둥지둥 쫓겨 들어온 자신들의 치욕이 떠오르자 이를 갈며 성곤을 통렬히

매도했다.

양소가 말했다.

"오늘에야 처음 맞닥뜨렸으나, 성곤이란 자는 비록 양 교주 부인의 사형이요, 금모사왕의 스승이라 해도 우리는 이날 이때껏 그자의 얼굴조차 본 적이 없었소. 이로 미루어보건대 그자의 꿍꿍이속이 얼마나 교묘하고 치밀했는지 알 만할 거요. 애당초 수십 년 전부터 우리 명교 세력을 산산조각 분쇄해버리려고 절치부심 계략을 꾸며왔으니 말이오."

주전이 말했다.

"양 좌사, 위 복왕, 그대들이 그놈의 올가미에 빠지고도 까맣게 몰랐다니! 그대들 보기에도 자신이 무능하다고 생각하지 않소?"

원래 의도는 명교를 이탈하고 따로 천응교를 세워 교주 노릇을 해온 은천정까지 싸잡아 책망할 생각이었으나 신임 교주와의 정분과 체면이 마음에 걸려 '눈썹 허연 늙은이' 소리만큼은 끝내 거론하지 않았다. 양소의 얼굴이 벌겋게 달아올랐다.

"속담에 '하늘의 도리에 눈이 달리지 않았다 하지만, 죄지은 자를 하나도 놓치지 않는다天網恢恢 疎而不漏*'했듯이, 극악무도한 그 간적도 결국 은야왕의 손에 목숨을 잃고 말았소."

열화기의 장기사 신연辛然이 원한에 사무쳐 이를 뿌드득 갈아붙였다.

---

• '천망天網'은 하늘의 도리를 그물에 견준 것으로, 곧 국법을 상징하기도 한다. 하늘의 도리가 그물코처럼 허술해 눈에 보이지도 귀에 들리지도 않으나, 죄지은 자를 하나도 빠뜨리지 않고 징벌한다는 뜻. 《노자老子》 제73장에 처음 나온 말로, 《남촌철경록南村輟耕錄》 제25권〈진나라와 촉한을 논하다論秦蜀〉 등에서 인용되었다.

"성곤, 그 악적이 그토록 큰 업보를 짓고도 너무 쉽게 죽은 것이 안타깝습니다."

한동안 의논이 끝나자, 그들은 자리를 잡고 앉아 조용히 운기 조식에 들어갔다. 한시바삐 상처를 치료해야 했기 때문이다.

비밀 통로 안에서 7~8일이 지났을 때, 장무기의 상처는 이제 9할 정도 호전되어 가슴에 한 치 남짓한 칼자국만 남았다. 몸을 추스를 수 있게 된 그는 곧바로 외상을 입은 형제들을 받아들여 치료하는 일에 들어갔다. 비록 치료 약물이 부족했으나 "명의가 손만 대도 회춘한다" 더니 과연 장무기는 그 신통한 침술과 뜸질, 추나술법만으로도 부상자들을 거뜬히 일으켜 세우곤 했다. 사람들은 당초 이 젊은 교주가 무공 실력만 대단한 줄 알았으나, 의술마저 접곡의선 호청우처럼 대단하다는 사실을 깨닫고 모두 혀를 내둘렀다.

다시 며칠이 지났다. 장무기는 칼에 맞은 상처가 완전히 아물자, 즉시 구양신공을 일으켜 양소, 위일소 이하 오산인들의 몸에 퍼진 환음지의 한독을 몰아내기 시작했다. 불과 사흘 만에 이들 명교의 대고수들은 내상이 모조리 완쾌되어 활기찬 옛 모습을 되찾기에 이르렀다. 멀쩡한 몸이 되자, 이들은 곧바로 비밀 통로에서 뛰쳐나가 습격해온 적들을 모조리 휩쓸어버리겠노라고 설쳐대기 시작했다.

그러나 장무기는 이들을 만류했다.

"여러분의 상처가 치유되기는 했으나 내력이 아직 순수하지 못하니, 기왕 참은 김에 며칠만 더 기다려보시지요."

그 며칠 동안 이들은 더욱 열심히 단련했다. 무공 실력이 옅은 사람

209

은 칼날을 숫돌에 갈아 버리고, 무공 수준이 깊은 사람은 진기와 내력 연마에 몰두했다.

이날 밤, 양소는 명교의 교리와 주된 뜻, 대대로 전해 내린 규율, 전국 각 지방에 설치된 지단支壇 세력, 수뇌 인물들의 재능과 성격 등 명교 내부 실정을 장 교주에게 낱낱이 일러주었다. 한창 설명하는 도중에 쇠사슬 끌리는 소리가 나더니 아소가 찻잔을 쟁반에 받쳐 들고 들어섰다. 그녀를 보자 장무기는 양소에게 부탁을 했다.

"양 좌사, 이 어린 아가씨는 요즈음 별로 잘못한 일도 없으니 자물쇠를 풀어주시지요."

"교주님의 명령이신데 따르지 않을 리 있겠습니까."

양소가 선선히 응답하더니 양불회를 불러들였다.

"불회야, 교주님의 분부시다. 열쇠를 가져다 아소의 사슬을 풀어주려무나."

그러자 양불회가 난처한 기색을 지었다.

"열쇠를 제 방 서랍에 놓아두고 가져오지 못했어요."

장무기가 말했다.

"괜찮아, 열쇠는 불에 타도 녹지 않을 테니까."

딸과 몸종 아소가 물러가자, 양소는 조금 심각한 표정으로 그를 일깨웠다.

"교주님, 아소란 저 계집아이가 나이는 어려도 아주 괴상야릇해서 늘 경계하셔야 합니다."

"저 아가씨의 내력이 어떻습니까?"

"반년 전에 저하고 불회가 산 밑에 놀러 간 적이 있습니다. 그런데 사막에서 저 아이 혼자 시체 두 구를 부여잡고 울고 있는 걸 발견했지 뭡니까. 가까이 다가가서 물었더니, 죽은 두 사람이 자기 부모라는 겁니다. 얘기인즉, 아버지가 중원 땅에 살 때 관아에 죄를 짓고 일가족 셋이 서역 지방으로 왔다더군요. 조정에서 국법을 어긴 자를 '충군형<sub>充</sub>軍刑'에 처하는 제도가 있지 않습니까?"

"호오, 그런 사연이 있었군요. 가련하게도……."

"처음에는 저희도 불쌍하게 여겼지요. 며칠 전 몽골족 관군에게 모진 학대를 당하고 견디다 못해 군영에서 도망쳐 나왔다가 부모는 끝내 창에 찔린 상처가 도진 데다 기력이 떨어져 죽고 말았답니다. 저는 어린 계집아이가 외톨이로 살아남게 된 것이 불쌍해서 부모를 그 자리에 묻어주고 광명정으로 데려왔습니다. 생김새는 추악하지만 제법 말재주가 영리하기에 불회의 시중이나 들게 할 작정이었지요."

장무기는 말없이 고개를 끄덕이며 생각에 잠겼다. '부모를 한날한시에 모두 잃고 불쌍한 고아 신세가 되다니, 어쩌면 그렇게 나하고 똑같단 말인가?'

"아소를 데리고 광명정에 돌아온 후였습니다. 어느 날 제가 불회에게 무예를 가르치고 있는데, 아소도 곁에서 구경을 했습니다. 그런데 어찌 된 일인지, 제가 육십사괘 방위를 설명해주었을 때 불회는 미처 깨치지 못했는데, 아소의 눈길은 벌써 그 방위를 정확히 보고 있는 게 아니겠습니까."

"타고난 자질이 영특해서 불회 동생보다 이해가 좀 빨랐던 모양이군요."

"저도 처음에는 그렇게 생각하고 무척 기분이 좋았습니다. 그런데 가만 생각해보니 의심이 드는 겁니다. 그래서 일부러 아주 어려운 구결을 몇 마디 읊어보았지요. 제가 불회에게 가르쳐준 적이 없는 것을 말입니다. 그때는 햇빛이 서쪽을 비추기 시작해서 '지화명이地火明夷' '수화미제水火未濟'의 상태였습니다. 제가 짐짓 방위를 틀리게 짚었더니, 그 아이는 당장 이맛살을 찌푸리는 게 아니겠습니까. 내가 잘못 지적한 점을 알아낸 겁니다. 그때부터 저는 그 아이를 유심히 지켜보기 시작했습니다. 아무리 생각해도 그 어린 아가씨가 어느 고인의 가르침을 받아 상승 무공을 지니고 있는 듯했고, 광명정에 무엇인가 할 일이 있어서 왔다는 느낌이 들었습니다."

"어쩌면 그 아이의 부친이 역리易理에 정통했거나, 집안에서 대대로 전해 내린 학문을 익혔는지도 모르지요."

"교주님, 생각해보십시오. 학문하는 선비들이 배운 역학의 원리와 무공으로 익히는 역학의 원리는 사뭇 다릅니다. 만일 아소가 배운 것이 부모에게 전수받은 역리였다면, 그 부모는 당연히 무림계의 일류 고수였어야 하는데, 그런 사람이 어떻게 몽골족 관군에게 학대를 받아 죽을 수 있단 말입니까?"

"딴은 일리 있는 말씀이군요."

"저는 그때 전혀 내색을 않고 며칠이 지나서야 슬쩍 물어보았습니다. 부모님의 성함과 출신 내력이 어떤 분이시냐고 말입니다. 그랬더니 요 앙큼한 것이 아예 동문서답으로 딴청을 부리는 게 아니겠습니까. 출신 내력에 대한 흔적을 털끝만치도 드러내지 않는 겁니다. 당시 저는 성을 내지 않고 그저 불회에게만 남몰래 눈여겨보라고 당부해두었지요. 그리고 어느 날 한번은 제가 우스갯소리를 해서 불회를 아주 크게 웃긴 적이 있었습니다. 아소란 년도 곁에서 듣고 있다가 참지 못하고 웃음보를 터뜨리더군요. 당시 그 아이는 저하고 불회의 등 뒤에서 있었기 때문에 저희 부녀는 그 아이를 볼 수가 없었습니다. 한데 불회가 때마침 장난삼아 비수를 꺼내 들고 있었습니다. 생각지도 않게 비수의 칼날이 거울처럼 맑아서 그 아이가 웃는 모습을 아주 또렷이 비춰주는 게 아니겠습니까. 저는 정말 깜짝 놀랐습니다. 용모가 불회보다 훨씬 더 예뻤습니다. 그리고 또 한 가지, 그 아이의 얼굴 모습이 어떤 사람과 아주 판에 박은 듯이 닮았다는 사실을 깨달았습니다.”

“누구하고 닮았다는 말씀인가요?”

“그 사람이 우리 명교와 아주 깊은 관계가 있다는 것만 알아두십시오. 지금은 말씀드리기 어렵습니다. 아무튼 제가 후딱 고개를 돌리고 보았더니, 그 계집아이는 재빨리 얼굴 모습이 바뀌어 또다시 괴상망측한 꼬락서니로 돌아가 있었습니다.”

장무기는 그 장면을 상상해보다가 저도 모르게 웃음이 나왔다.

“하루 온종일 그런 괴상망측한 생김새로 꾸며내고 있기도 쉽지 않았을 겁니다. 정말 보통 힘든 일이 아니었을 텐데⋯⋯.”

생각하면 할수록 웃음이 나왔다. 양 좌사가 얼마나 빈틈없고 눈치 빠른 사람인데 그 앞에서 속임수를 쓰다니.

“저는 그 자리에서 꾹 참고 말을 꺼내지 않았습니다. 그리고 그날 밤 아무도 없는 사이에 살그머니 딸아이의 거처로 들어가 아소의 동정을 엿보기 시작했습니다. 아니나 다를까, 고 계집아이가 불회의 방에서 나왔습니다. 그러고는 동쪽 건물로 건너가 무엇을 찾는지 방을 하나하나 모조리 뒤지는 것이 아니겠습니까. 저는 더 이상 참을 수가 없어 모습을 드러내고 무얼 찾느냐, 누가 보내서 광명정에 잠입했느냐, 누구의 지시로 첩자 노릇을 하느냐고 엄하게 따져 물었습니다. 그러자 그 아이는 예상 밖으로 아주 침착했습니다. 당황하는 기색이 하나도 없이 차분하게 대꾸하는 것이었습니다. 아무도 보낸 사람이 없노라고, 첩자 노릇을 하는 게 아니라 그저 심심해서 놀러 나왔다가 호기심에 이곳저곳 둘러보는 길이었노라고 대답했습니다. 저는 그 아이를 붙잡아 꿇려놓고 닦달했습니다. 아무리 엄포를 놓아도 처음부터 끝까지 한마디도 말꼬리를 잡히려 들지 않았습니다. 그래서 그 아이를 가두어놓고 이레 밤낮을 굶겼으나 끝끝내 토설하지 않았습니다."

"으음…… 그것참 해괴한 일이군요. 그래서 쇠사슬로 묶어놓은 겁니까?"

"우리 교에는 옛날부터 간직해온 현철玄鐵 사슬이 한 벌 있습니다. 그 사슬에 달린 차꼬로 양 손목과 두 발목을 채우고 자물쇠를 잠갔습니다. 움직일 때마다 '짤그랑짤그랑' 쇠사슬 끌리는 소리가 나면 불회에게 해를 끼치지 못할 테니까요."

"그 정도로 의심했으면 당장 죽여버릴 생각이 들었을 텐데요?"

"그 자리에서 죽이지 않은 까닭이 있었습니다. 어떻게 해서든지 그 아이의 출신 내력을 알아내고 싶었기 때문입니다. 아무튼 교주님, 그 계집아이는 적이 잠입시킨 첩자가 분명합니다. 이건 절대로 의심할 여지가 없습니다. 다만 그 아이의 생김새가 오래전에 여길 떠난 사람을 아주 빼닮은 것만은 사실입니다."

"그게 누군지 말씀해주실 수 없겠습니까?"

"아직은…… 오랜 옛날 해묵은 일을 저도 그리 마음에 두고 있지 않습니다만, 아무튼 고 어린것이 제아무리 깜찍한 짓을 하더라도 대수로울 것은 없다고 봅니다."

"고맙습니다, 그토록 경계하는 아이를 풀어주어서……."

"어제오늘 그 아이가 우연히 교주님의 시중을 들어드린 덕분에 자비롭게 용서를 받았으니, 그것도 그 아이의 행운이라 할 수 있겠지요."

광명정에서 장무기가 주지약의 칼에 찔려 상처를 입던 날, 아소는 다급한 심정으로 누구보다 걱정하고 앞으로 나서 육대 문파 사람들을 질책하기까지 했다. 그 광경을 양소는 하나도 놓치지 않고 눈여겨보았다. 그리고 장무기가 그녀를 누이동생으로 삼겠다고 다짐했을 때 그는 아소에 대한 교주의 정분이 예사롭지 않다는 느낌을 받고, 그동안 아소에게 품었던 적대감을 다소 누그러뜨렸다.

장무기는 쑥스럽게 웃으면서 자리를 털고 일어섰다.

"우리가 이 지하 감옥에 갇힌 지도 여러 날이 지났으니, 이제 슬슬 기분도 풀 겸 나가보도록 할까요?"

양소가 뛸 듯이 기뻐했다.

"이대로 모두 나가도 되는 건지요?"

"상처가 다 낫지 않은 사람이야 어차피 움직일 수 없으니 공을 세우려고 서두를 것은 없겠고, 나머지 사람들은 모두 나가보도록 합시다. 어떻소?"

양소가 교주의 명을 전하자, 비밀 통로 안은 삽시간에 천둥소리 같은 환호성으로 들썩였다.

그들이 처음 비밀 통로 안으로 퇴각할 때는 양불회의 규방을 통해서 들어왔지만, 나갈 때는 뒷산으로 연결된 곁문을 이용했다. 장무기

는 먼젓번처럼 거대한 암벽을 건곤대나이 심법으로 떠밀어내고 앞장
서서 나갔다. 그리고 모든 사람이 빠져나올 때까지 기다렸다가 다시
석벽을 밀어 봉쇄했다. 후토기의 장기사 안원顔垣은 명교에서 으뜸가
는 신장역사神將力士였다. 그는 풋내기 젊은 교주가 별로 힘들이지 않고
거뜬히 석벽을 떠밀어 여닫는 것을 보자, 자기도 할 수 있으려니 싶어
온몸에 힘을 잔뜩 끌어올리고 석벽을 떠밀기 시작했다. 그러나 제아무
리 안간힘을 써도 석벽은 아예 움직일 기미조차 보이지 않았다. 결국
기진맥진한 안원은 혀를 닷 발이나 빼어 문 채 한동안 헐떡거려야 했
다. 그리고 말은 하지 않았어도 이 풋내기 젊은 교주를 더욱 경외심 어
린 눈초리로 바라보게 되었다.

  비밀 통로를 빠져나오면서 그들은 적을 경동시킬까 봐 기침 소리
한 번 내지 않았다.

  이윽고 장무기가 산허리 중턱 커다란 바윗덩이 위에 우뚝 올라섰
다. 달빛이 온 하늘과 땅에 두루 흩뿌려지는 가운데 신도들은 주객主
客으로 방향을 나누어 가지런히 늘어섰다. 손님 격인 천응교 사람들은
서쪽 끄트머리에 자리 잡았다. 중추 조직인 천미당天微堂, 자미당紫微堂,
천시당天市堂의 내삼당內三堂 아래 청룡靑龍, 백호白虎, 현무玄武, 주작朱雀,
신사神蛇의 다섯 단壇이 단주의 통솔을 받으면서 질서 있게 정렬했다.
백귀수나 상금붕을 비롯한 과거의 단주들은 세상을 떠난 지 이미 오
래고, 지금은 장취산이나 은소소가 살아 있었으면 아주 낯설어했을 단
주들이 새롭게 세워졌다.

  명교 사람들은 동쪽 끄트머리에서 예금기와 거목기, 홍수기, 열화
기, 후토기의 다섯 기가 저마다 정正과 부副 장기사의 통솔을 받으며

오행의 방위에 따라 엄숙하게 정렬했다. 그 한복판에는 양소의 직속 친위대인 천지풍뢰 사문이 각각 문주門主의 통솔 아래 늘어섰다.

천자문天字門에 속한 사람들은 모두가 중원의 한족 출신 남성 신도이고, 지자문地字門 사람들 역시 중원 한족 출신이되 모두가 여신도이며, 풍자문風字門에 소속된 사람들은 불교·도교 등 속세를 떠난 출가인이었다. 명교는 비록 불을 숭배하는 독특한 교파이긴 해도 문호가 넓어 불교, 도교, 경교景教, 회교回教 등 특정 종교를 가리지 않고 누구나 받아들였다. 또 원래의 신앙을 저버리라고 권유하지도 않았다. 마지막 뇌자문雷字門은 모두 서역 지방의 외부 종족 신도들로 편성되었다.

비록 연일 격렬한 전투를 치르느라 오행기와 사문 소속 신도들 가운데 상처를 입고 불구지가 된 이가 적지 않았으나, 지금 새로운 교주 앞에 늘어선 이들은 하나같이 사기 넘치는 표정과 투지로 흥분에 들떠 있었다.

위일소와 냉겸을 앞세운 오산인은 모두 신임 교주 장무기의 배후에 늘어서서 호위를 맡았다. 그리고 상하를 막론하고 모든 이가 엄숙한 표정으로 교주의 명이 떨어지기를 조용히 기다렸다.

이윽고 장무기가 천천히 입을 열었다.

"적들이 본교의 중심 거점으로 공공연히 쳐들어온 이상, 우리는 좋게 끝내려 해도 그럴 수 없게 되었습니다. 그러나 본인은 사실 더 이상 살상 행위가 벌어지기를 바라지 않습니다. 아무쪼록 여러분 모두 제 입장에서 이 뜻을 깊이 이해해 무차별로 도륙하지 마시고 용서할 구석이 있거든 목숨만큼은 살려주시기 바랍니다."

우선 이렇게 운을 뗀 다음, 구체적인 지시를 하달했다.

22. 군웅들의 마음은 약법삼장으로 귀일하네

"천응교는 은 교주님의 인솔 아래 서쪽 방면에서 공격해 올라가십시오. 그리고 명교 측 오행기 전체 인원은 거목기의 장기사 문창송開蒼松이 통합해서 거느리고 동쪽 방면에서 공격해 올라가십시오. 양 좌사는 천자문과 지자문 소속 친위대를 이끌고 북쪽에서 공격하십시오. 다섯 산인 여러분은 풍자문과 뇌자문 소속 병력을 이끌고 남쪽에서 공격하십시오. 박쥐왕과 본인은 중간에서 호응해 상황을 보아가며 여러 부대와 협동할 것입니다."

"예에, 분부 받들어 준행하리다!"

뭇사람이 일제히 허리 굽혀 응답했다.

"자, 갑시다!"

교주가 나지막하게나마 힘찬 목소리로 내뱉은 뒤 왼손을 휘두르자 넷으로 나뉜 공격대가 동서남북으로 광명정을 에워싸고 천천히 오르기 시작했다. 장무기는 위일소를 돌아보고 빙긋 웃었다.

"박쥐왕, 우리 둘은 비밀 통로를 거쳐 정문으로 나가는 게 어떻겠습니까? 저들 한복판으로 뛰어들어 미처 손쓸 틈도 주지 말고 들이칩시다."

"그것참 좋습니다!"

박쥐왕이 좋아라고 주먹을 쓰다듬었다.

이윽고 두 사람은 비밀 통로로 다시 들어가 양불회의 침실 입구로 빠져나갔다.

이 무렵, 지상은 온통 부서진 기왓장과 벽돌이 가득 쌓여 적지 않게 힘들고 나서야 걸어 나갈 수 있었다. 제일 먼저 매캐한 연기와 단내가 코를 찌르고, 풀썩풀썩 이는 흙먼지에 숨이 막힐 지경이었다.

사면에서 공격해 올라가는 명교의 무리가 아직 광명정까지 도달하지 못했는데도, 남아 있던 적들은 어느새 낌새를 챘는지 여기저기서 고함을 지르며 서로 경고하느라 바삐 뛰어다녔다.

장무기와 위일소는 마주 보며 빙그레 미소를 나누었다. 말은 하지 않았으나, 이 패거리들이 하찮은 일에 벌써부터 호들갑스레 수선을 피우는 것을 보니 싸워볼 것도 없이 이미 승패가 난 셈이라고 판단했다. 두 사람이 몸을 숨긴 자리는 절반쯤 무너져 내린 벽돌담 뒤편 그늘 밑, 환히 비쳐 내리는 달빛 아래 시커먼 그림자들이 허둥지둥 분주하게 뛰어다니느라 정신이 없었다.

얼마 안 있어 남쪽에서 공격해 올라온 포대화상 설부득과 주전이 사이좋게 선발대로 들이닥치더니 밑 한나니 없이 대뜸 침입자들의 인파 속으로 풍덩 뛰어들었다. 뒤미처 서쪽에서 은천정, 북쪽에서 양소, 동쪽에서 오행기의 공격대들이 경쟁하듯 한꺼번에 들이닥쳐 함성을 지르면서 치열한 백병전을 펼치기 시작했다.

애당초 광명정을 기습 점령한 패거리들은 개방과 무산방, 해사파 등 10여 개의 크고 작은 방회였다. 그들은 광명정이 불구덩이에 빠져 잿더미가 된 것을 보고 명교 잔당들이 한 사람도 빠져나가지 못한 채 모조리 불타 죽었으려니 지레짐작했다. 비록 대승을 거두기는 했으나 건물 한 채 변변히 남아 있지 않고 텅 비어버린 폐허에서 얻을 것이 뭐 있겠는가? 하릴없어진 개방과 거경방을 비롯한 대부분의 패거리는 절반 남짓 빈손 털고 지난 며칠 사이에 분분히 하산해버리고, 광명정에 남은 것은 고작 신권문, 삼강방, 무산방, 오봉도 등 조무래기 방회 문파 넷뿐이었다.

22. 군웅들의 마음은 약법삼장으로 귀일하네

한밤중에 느닷없이 사면에서 들이닥친 명교 신도들의 야습에 이들은 속수무책으로 꼼짝없이 당하고 말았다. 물론 그들 중에도 솜씨가 제법 뛰어난 고수들이 있었을 테지만 양소, 위일소, 은천정 같은 절세 고수들의 상대가 될 턱이 없어 불과 밥 한 끼 먹을 시간에 태반이 죽거나 상처를 입고 쓰러졌다.

싸움판이 거의 마무리되었을 때 장무기가 모습을 드러내고 적들을 향해 낭랑한 목소리로 외쳤다.

"명교의 고수들이 지금 이 시각, 모조리 광명정에 집결했소! 여러 방회 문파 사람들은 들으시오! 더 싸움을 계속해봤자 이로울 게 없으니 일제히 병기를 버리고 투항하시오! 항복한 자는 목숨을 살려 무사히 하산하도록 해드리겠소!"

신권문, 삼강방, 무산방, 오봉도 패거리 가운데 솜씨 좋은 고수들은 이미 절반 남짓 죽거나 다쳤다. 그 나머지 패거리들은 적이 대규모로 짜임새 있게 몰려든 것을 보자 하나같이 투지와 사기를 잃고 분분히 병기를 내던졌다. 그래도 20여 명의 사나운 무리가 투항을 거부하고 끝까지 완강하게 저항했으나 결국은 헛된 발악이었을 뿐, 잠깐 사이에 모조리 시체가 되어 땅바닥에 널브러졌다.

광명정을 점령한 지 10여 일 동안 개방을 비롯한 몇몇 패거리가 산 꼭대기 폐허에 임시 거처할 장소로 움막을 여러 군데 엮어놓았다. 이제 명교 사람들이 다시 본거지를 탈환하고 나자, 누구보다 먼저 토목공사에 솜씨 좋은 거목기 소속 신도들이 나서서 허술한 움막을 걷어버리고 나무를 베어다 오두막을 짓기 시작했다. 지자문에 속한 여신도들 역시 화덕에 솥을 걸고 물 끓이랴 밥 지으랴 바쁘게 움직였다.

광명정 산상에 또다시 거대한 불꽃이 활활 타오르기 시작했다. 명교 신도들은 그 불꽃 앞에 엎드려 이마를 조아리고 명존께서 가호해 주신 은혜에 깊이 사례했다.

백미응왕 은천정이 일어서더니 큰 소리로 외쳤다.

"천응교 신도들은 모두 들거라! 본교는 명교와 본래 한 뿌리에서 뻗어나온 곁가지로서 처음부터 일맥을 이루어왔다. 20여 년 전, 본인은 명교 동료들과 불화를 일으켜 멀리 동남 지방으로 옮겨가 스스로 문호를 세웠다. 이제 명교는 장 대협이 새로운 교주로 책임을 맡았으니, 사람마다 묵은 원한을 다 털어버리고 온갖 책략과 힘을 모으기로 다짐했다. 그러므로 오늘부터 '천응교'란 이름은 세상에 두 번 다시 없을 것이며, 우리 모두 명교 신도가 되어 장 교주의 호령에 따르게 될 것이다. 만약 이에 불복하는 자가 있거든 어서 속히 이곳을 떠나도록 하라!"

"와아아……!"

천응교의 무리 속에서 우레와 같은 환호성이 터져 나와 하늘을 뒤흔들었다.

"우리 천응교의 연원은 명교에서 나왔으니, 이제 근본으로 돌아가는 셈입니다. 우리 모두 명교에 가입하게 되었으니 이 얼마나 당연하고 아름다운 일이겠습니까? 은 교주님께서는 장 교주님과 한 집안 가장 가까운 친척 어른이시니 어느 교주분의 호령에 따르더라도 마찬가지입니다!"

어느 단주가 외쳐 응답하자, 은천정이 다시 큰 소리로 꾸짖었다.

"오늘부터 장 교주만 있을 뿐 은 교주는 다시없을 터, 어느 누구든지

22. 군웅들의 마음은 약법삼장으로 귀일하네

나더러 은 교주라 부르는 자는 하극상을 범하는 짓이니 용서 없이 '범상반역犯上叛逆'의 중죄로 다스릴 것이다!"

장무기는 송구스러움을 금치 못하고 두 손 모아 말했다.

"천응교와 명교가 갈라졌다가 다시 합쳤으니 이보다 더 큰 경사는 없을 것입니다. 앞서 불초 소생이 급박한 정세에 밀려 잠시나마 외람되이 교주의 자리를 맡았습니다. 이제 큰 적이 제거된 마당에 정식으로 새 교주를 추대하셔야 합니다. 교중에 이렇듯 영웅호걸이 숱하게 많으신데, 저같이 나이 어리고 식견이 천박한 후배가 어찌 감히 연장자로 자처할 수 있겠습니까?"

그 말끝이 떨어지기가 무섭게 주전이 버럭 고함을 질렀다.

"교주님! 지금 교주님은 우리를 위해서 그렇게 생각하시는 모양이나, 우리 생각은 아주 다릅니다. 우리는 오늘날까지 수십 년 동안 그 교주란 자리를 놓고 아귀다툼을 벌인 끝에 사분오열로 한바탕 큰 소동을 겪어왔소이다. 이제 가까스로 좋은 교주님을 얻게 되어 모두 복종하고 있는데, 또다시 사양하시고 딴사람에게 자리를 넘겨주시려 하다니, 그럼 어디 딴사람을 교주로 내세워보시구려. 흠흠, 다른 사람은 몰라도 나 주전부터 절대로 복종하지 않겠소! 그렇다고 나 주전을 추대하시겠다고? 그럼 딴 녀석들이 불복하고 나설 테니까, 다시 옛날로 돌아가는 것이나 똑같지!"

이어서 팽형옥이 차근차근 사리를 따져 설득했다.

"교주님, 만약 교주님께서 이 막중한 책임을 떠맡지 않으신다면 우리 명교에는 또다시 형제들끼리 서로 짓밟고 죽이는 골육상쟁이 벌어질 수밖에 없습니다. 옛날처럼 크나큰 내분을 일으켜 걷잡지 못하게 되면 그때 가서 교주님이 또 우리를 구원해주러 달려올 수 있단 말씀입니까?"

장무기는 이내 대답을 못 하고 망설였다. '주전이나 팽 화상이나 모두 옳은 말을 했다. 지금의 형세로 보건대 확실히 수수방관하고 모른 척 외면하기 어려운 실정이다. 하지만 나는 교주 노릇을 할 줄도 모르거니와 하고 싶지도 않다. 자, 이 어려운 고비를 어떻게 넘긴단 말인가?'

그는 한참 동안 묵묵히 생각에 잠겼다. 모든 이는 숨을 죽이고 그의 입에서 무슨 말이 나올지 조마조마한 심정으로 기다렸다. 얼마나 침묵이 흘렀을까, 이윽고 장무기가 입을 열고 목청을 드높였다.

"여러분께서 불초한 저를 이렇듯 아껴주시니 제가 끝내 사양할 수만은 없겠습니다. 잠정적으로 교주의 자리를 대행하기는 하겠으나, 여러분께서 저의 세 가지 요청을 받아주셔야겠습니다. 허락하지 않으신다면 저는 죽을망정 이 자리를 떠맡지 않을 것입니다."

"교주님께서 호령만 내려주십시오. 우리 모두 어김없이 받들겠습니다!"

"세 가지 조건이 아니라 서른 가지라도 좋습니다!"

"그 세 가지 조건이 무엇인지 어서 말씀해주십시오."

이곳저곳에서 분분히 찬동하는 소리가 나왔다.

장무기는 숨을 한 모금 깊숙이 들이마시고 조건을 내놓았다.

"본교는 외부 사람들의 눈에 사마외도로 지탄받는 실정입니다. 저들이 비록 본교의 참된 실상을 모른다고는 하지만, 본교 신도들이 워낙 인원수가 많다 보니 그중에는 좋은 사람도 있는 만큼 불초한 자

22. 군웅들의 마음은 약법삼장으로 귀일하네

들도 없지 않아 많습니다. 그들은 방자한 행위를 일삼아 무고한 인명을 잔혹하게 해쳐왔습니다. 이제부터 첫 번째 조건을 말씀드리겠습니다. 오늘 이후로 본인을 비롯해 모든 신도는 교규를 엄격히 지켜 '삼대령三大令 오소령五小令'을 준행하되, 착한 일을 하고 악한 자를 제거하며 의협심을 지니고 올바른 일을 행하도록 할 것입니다. 본교의 형제들 간에 모름지기 수족과 같이 친애하고 서로 도우며, 자기편끼리 서로 죽이는 짓을 일체 삼가야 합니다."

여기서 그는 말을 끊고 주전을 흘낏 본 다음 이렇게 덧붙였다.

"말다툼이나 입씨름은 괜찮겠으나, 손찌검 주먹다짐은 절대로 안 됩니다. 본인은 냉겸 선생에게 집법 형당執法刑堂 책임을 맡겨, 모든 교규를 어긴 사람은 본교 형제들끼리 구타하고 살해한 죄와 똑같이 일률적으로 무거운 형벌로 다스리도록 하겠습니다. 설령 본인의 외조부, 외숙부와 같은 웃어른이라 하더라도 결코 예외는 없을 것입니다."

그들은 허리 굽혀 응답했다.

"그렇게 하겠습니다!"

뒤미처 냉겸이 한 걸음 선뜻 나서더니 딱 한마디로 말했다.

"명령 받들리다!"

타고난 성격이 워낙 여러 말 하기 싫어하는 터라 그 한마디 응답만으로도 교주의 명을 받들어 시행하는 데 진력할 것은 더 의심할 나위가 없었다.

"두 번째 조건은 더 어렵지 않을까 생각합니다. 본교와 중원의 여러 대문파들은 피차 풀기 어려운 깊은 원한을 맺고 있습니다. 쌍방 간의 문하 제자, 친척과 벗들끼리 서로 살상하는 일이 적지 않게 벌어졌습니다. 앞으로 우리는 과거의 허물을 따져 묻지 않고, 이전의 모든 앙금을 남김없이 다 풀 것이며, 다시는 중원의 여러 문파 사람들과 시비 흑백을 따지거나 보복하는 일이 없어야 합니다."

이 말에 그들은 모두 속에서 치밀어 오르는 분노를 가라앉히지 못하고 한참 동안 말이 없었다.

얼마나 무거운 침묵이 흘렀을까, 주전이 불쑥 물어왔다.

"만약 저쪽 문파들이 먼저 트집을 잡고 시비를 걸어온다면……?"

"그럴 경우에는 임기응변으로 상황에 따라서 대응해야겠지요. 상대방이 두 번 세 번 거듭해서 압박을 가해온다면, 우리라고 속수무책으로 손발 다 묶인 채 죽기만을 기다릴 수야 없지 않겠습니까?"

철관노인 상정이 무릎을 탁 쳤다.

"좋습니다! 어차피 우리 목숨은 모두 교주님께서 구해주신 것이니 교주님이 저희더러 뭐라고 명하시든 그대로 따르면 되지 않겠습니까?"

뒤미처 팽형옥이 큰 소리로 외쳤다.

"형제 여러분! 중원의 여러 문파가 우리 측 사람을 적지 않게 살상했습니다만, 우리 역시 저들을 적지 않게 죽여왔습니다. 만일에 쌍방이 원수를 갚겠다고 계속 뒤얽혀 싸운다면 보복은 끊임없이 돌고 돌아 세월이 갈수록 희생자만 더 늘어날 것입니다. 교주님께서 저희더러 다시는 시비 흑백을 따지거나 보복하는 일이 없어야 한다고 명하신 뜻은, 저들을 위해서가 아니라 바로 우리에게 살아갈 길을 열어주기 위해서라고 봅니다."

사람들이 가만 생각해보니 틀린 말이 아니었다. 그래서 입을 모아 응답했다.

22. 군웅들의 마음은 약법삼장으로 귀일하네

"삼가 교주님의 뜻을 받들리다!"

장무기는 속으로 흐뭇함을 금치 못하고 즉시 두 주먹을 맞잡아 사례를 표했다.

"여러분께서 이렇듯 너그럽고 크신 도량을 보여주시니 실로 무림의 복이요, 창생을 위해 다행스러운 일이라 하겠습니다."

그는 즉석에서 오행기 장기사들에게 명령을 내려 앞서 사로잡았던 신권문, 무산방을 비롯한 네 문파 방회 포로들을 석방시키고, 아울러 이들에게 "명교는 앞으로 중원의 모든 문파 방회를 적대시하지 않겠다"는 뜻을 분명히 밝힌 다음, 자기네들 뜻대로 광명정에서 떠나게 놓아주었다.

포로 석방 조치를 끝내자 그는 다시 마지막 조건을 내밀었다.

"세 번째 할 일은 다름이 아니라, 바로 전임 양 교주님의 유언에 따라 시행할 일입니다. 양 교주님께선 유언장에 분명히 지시해두셨습니다. '누구든지 성화령聖火令을 되찾아오는 자가 제34대 교주의 자리를 이어받는다, 내가 세상을 떠난 뒤에 교주의 임무는 잠정적으로 사손이 대행한다.' 그러므로 우리는 즉시 해외로 나가 금모사왕을 모셔와서 교주의 직분을 대행하도록 맡겨드린 다음, 성화령을 찾아낼 방도를 강구해야 합니다. 그때는 제가 이 자리에서 물러나 유능하고 현명한 분께 양위할 것이니 여러분은 또다시 이의를 제기하는 일이 없도록 하시기 바랍니다."

마지막 조건을 듣고 나서 그들은 서로 얼굴만 마주 바라볼 뿐, 어느 누구도 선뜻 응답하는 이가 없었다. 용호龍虎와 다를 바 없는 무리들이 우두머리를 잃고 방황해온 지 벌써 수십 년, 오늘에야 겨우 지혜와 용맹을 겸비하고 천성이 어질고 의로운 청년 호걸 협사를 교주로 얻었구나 싶었더니, 이게 무슨 날벼락 같은 소리란 말인가? 금모사왕 사손이 비록 용맹스럽고 모략이 뛰어나다는 사실은 인정하지만, 성미가 너무 거칠고 사나운 데다 조급하기가 이를 데 없는 인물이라, 어쩌면 그 자질과 인품은 이 젊은 교주에게 미치지 못할 것이다. 또 한 가지, 훗날 본교 신도들 가운데 아무 능력 없고 변변치 못한 자가 무심결에 성화령을 찾아낸다면 그런 무능한 자라도 교주 자리에 앉혀야 한단 말인가?

이윽고 양소가 헛기침을 하더니 동료를 대표해서 완곡한 말씨로 거부 의사를 밝혔다.

"전임 양 교주께서는 수십 년 전에 유언장을 쓰셨습니다. 당시와 오늘의 상황은 아주 크게 다릅니다. 사법왕謝法王은 당연히 찾아서 모셔와야 합니다. 성화령도 물론 되찾아올 일입니다. 그러나 다른 사람에게 교주 자리를 맡기신다면 정말 모든 신도를 마음으로 복속시키기 어렵다고 봅니다."

그러나 장무기는 전임 교주 양정천의 유언만큼은 무슨 일이 있어도 어길 수 없다고 끝까지 고집했다. 그들 역시 엄포와 회유책으로 장무기의 결심을 돌려놓으려 했으나 마침내 그 뜻을 어기지 못하고 받아들이기에 이르렀다. 마지못해 응답을 하면서도 저마다 꿍꿍이속은 다 차리고 있었다. 어쩌면 금모사왕은 진작 이 세상 사람이 아닐지도 모른다. 또 성화령은 실종된 지 100년이 가까운데 누가 어디서 그것을 찾아낼 수 있단 말인가? 일단 장 교주의 뜻에 따르기로 하자. 앞으로 무슨 변동이 생기거든 그때 가서 대책을 세워도 늦지 않으리라.

사실 이 세 가지 큰 조건은 장무기가 지난 열흘 동안 줄곧 마음속에

22. 군웅들의 마음은 약법삼장으로 귀일하네

맴돌던 생각을 간략하게 정리해서 내놓은 것이었다. 그는 이렇게 해서라도 갈기갈기 찢긴 명교의 세력을 규합하고, 야생마같이 날뛰며 세력다툼에만 골몰하던 수뇌부 영웅호걸들의 마음을 다잡아놓을 필요가있었다. 어떻게 보면 저 옛날 패공沛公 유방劉邦이 경쟁자 초패왕楚覇王항우項羽보다 앞서 진秦나라 도성 함양咸陽을 점령한 다음, 이른바 '약법삼장約法三章'*으로 민심을 안정시킨 것이나 다를 바 없다고 보아도좋았다.

아무튼 장무기는 모든 사람이 자신의 뜻을 받들어 복종하자, 무척기뻐하며 부하들에게 명하여 소와 양을 잡게 하고 제단을 차린 다음,전통적인 의식대로 저들과 함께 입술에 피를 발라 삽혈歃血의 맹세**를나누고, 이 세 가지 약속을 어기지 못하도록 굳게 다짐을 받아놓았다.

맹세의 예식을 마친 후, 장무기는 그들에게 물었다.

"목전에 본교가 해야 할 첫 번째 큰일은 해외로 나가 금모사왕을 모셔오는 일인데, 이것만큼은 내가 직접 가지 않으면 안 됩니다. 어느 분이 저와 함께 가시겠습니까?"

이 물음에 모든 사람이 자리를 박차고 일제히 일어섰다.

"저희 모두 교주님을 따라 해외로 동행하겠습니다!"

그러나 모든 이가 다 함께 망망대해로 나갈 수는 없었다. 장무기는

---

* 서기전 206년, 패공 유방은 초패왕 항우보다 한발 앞서 진나라 도성 함양을 점령한 다음, 진나라의 가혹한 형법을 모두 폐지하고 단지 '살인과 상해, 절도의 세 가지 죄만을 똑같은 형벌로 다스린다殺人者死 傷人及盜抵罪'는 간략한 형법을 선포해 민심을 크게 얻었다.

** 고대 중국의 관습으로, 군주 또는 우두머리들끼리 맹세할 때 소·말·염소·양 같은 희생 제물을 잡아 서로 그 피를 마시거나 손가락으로 피를 찍어 입술에 발라 벌겋게 물들이고, 약속한 일을 꼭 지키겠다는 굳은 마음을 신령 앞에 보이고 다짐하는 예식.

이제 막 중책을 떠맡은 몸이라 재능과 지혜, 식견이 모자라는 줄 뻔히 알고 있는 만큼 큰일을 타당하게 처리할 수 없으리라 생각하고 나지막하게 양소와 상의한 끝에 다음과 같이 선포했다.

"해외에 같이 나가실 분은 많을 필요가 없습니다. 더구나 이곳에는 아직 일을 처리해야 할 분이 많이 필요하지 않습니까. 이렇게 합시다. 양 좌사는 천지풍뢰 총단 직속의 사문을 거느리고 광명정에 그대로 머무르면서 총단을 재건해주십시오. 오행기 중 예금·거목·열화·후토 네 기 제자들은 각처로 분담해나가서 뿔뿔이 흩어진 본교 신도들을 불러 모으고, 우리가 방금 약정한 세 가지 조건을 두루 전해주시기 바랍니다."

그리고 이번에는 외조부와 외숙부 쪽을 바라보았다.

"외할아버님과 외숙부님은 천웅기天鷹旗를 인솔하시어 아직도 적들이 우리 교를 괴롭히려는 의도가 있는지 탐문해주시고, 아울러 광명우사자光明右使者와 자삼용왕紫衫龍王 두 분의 행방을 수소문해주시기 바랍니다. 그리고 팽형옥 대사님과 설부득 대사님 두 분은 육대 문파 장문인의 거처를 각각 방문하셔서 앞으로 본교가 중원 무림계와 싸움을 그치고 상호 친선을 도모해 적이 아니라 벗으로서 사귀고 싶다는 뜻을 잘 설명해주셨으면 합니다. 이 일은 해내기가 무척 어렵기는 하나, 두 분 대사님은 구변口辯이 아주 좋으시니 큰 공을 세우실 수 있으리라 믿습니다. 해외로 나가서 사 법왕을 모셔오는 일은 본인과 위 복왕, 그리고 두 분 대사님을 제외한 나머지 산인 세 분, 또 물길에 익숙한 홍수기 여러분이 동행하기로 하겠습니다."

이때쯤 되어서 그는 교주의 존엄성을 지녀 비록 말씨는 겸손하고 예의 바르게 나왔으나 명령 한마디 한마디에는 아무도 거역하지 못할 위엄이 서려 있었다. 지목받은 사람들은 긴장한 기색으로 한 사람도 어김없이 교주의 명령을 받들었다.

여태껏 가만히 듣고만 있던 양불회가 응석 부리듯 아버지 양소에게 매달렸다.

"아빠, 저도 해외에 나가서 큰 바다와 얼음산을 보고 싶어요."

양소가 빙그레 웃으며 말했다.

"네가 교주님께 직접 간청드리려무나. 내 마음대로 결정할 일이 아니니까."

그러자 양불회는 입술을 비죽거리기만 할 뿐 말을 꺼내지 못했다.

장무기는 그녀가 입장이 난처하거나 속상할 때 늘 하던 버릇대로 입술을 비죽 내미는 모습을 보자 저도 모르게 웃음이 새어나왔다. 몇 해 전 이 철부지 아가씨를 데리고 서역 땅으로 오는 동안 재미있는 얘기를 해달라고 보채던 정경이 떠오른 것이다. 여기까지 오는 길 내내 양불회는 잠시도 쉴 새 없이 어린 오빠더러 바다 이야기를 해달라고 졸라댔다. 그럴 때마다 장무기는 빙화도에서 태어나 자라며 봐온 기이한 경치와 불 뿜는 산봉우리, 백곰 이야기, 뗏목을 타고 망망대해를 표류하는 동안 자주 본 바다표범, 괴상하게 생긴 물고기 등 온갖 진기한 이야기를 들려주었다. 그런데 이제 다 큰 처녀가 되어서도 옛날 일을 잊지 못하고 자기도 직접 가서 보고 싶다고 떼를 쓰니 6~7년 전 철없을 때의 응석받이를 다시 보는 듯싶어 감회가 새로웠다.

"불회 동생, 바닷길 여행이 얼마나 무섭고 위험한지 알아?"

"흥, 무섭기는 뭐가 무섭다고……!"

그녀는 교주님 앞에 대들지는 못하고 딴 데를 보며 혼잣말하듯 콧방귀를 뀌었다.

"그래, 무섭지 않다면 좋아, 다 큰 망아지를 험난한 바닷길에 내보내려면 아버님도 마음이 놓이셔야 옳겠지! 양 좌사, 그럴 게 아니라 당신도 나와 함께 바닷길 여행 좀 해봅시다. 어떻습니까?"

"글쎄요, 바닷길이 워낙 위험해서……. 그리고 또 여기 일도……."

양소가 선뜻 결정을 내리지 못하고 머뭇거리자, 양불회는 손뼉까지 쳐가며 아버지를 채근했다.

"무섭긴 뭐가 무서워? 아빠, 그러지 말고 우리 함께 무기 오라버니한테…… 아니지, 무기 교주님한테…… 교주 오라버니한테 함께 데려가달라고 말씀드려줘요!"

양소는 대답을 않고 장무기 쪽을 바라보았다. 처분에 따르겠다는 눈치였다.

"그렇다면 광명정에는 냉겸 선생이 천지풍뢰 사문을 통솔하면서 총단 재건을 도맡아주셔야겠습니다."

"예!"

냉겸은 한마디로 시원스럽게 응답했다. 그러자 주전이 손뼉을 쳐가며 발을 동동 굴렀다.

"하하, 그것참 잘되었네! 아주 잘됐어!"

포대화상 설부득이 무슨 소린가 싶어 물었다.

"아니, 주 형, 뭐가 잘되었다는 거야?"

"교주님께서 이렇듯 냉겸을 믿고 중용하시다니 이거야말로 우리 오산인의 체면을 세워주시는 셈 아닌가? 게다가 망망대해에 나가서 원

231

양 선박 타고 몇 날 며칠을 지루하게 보내야 할지 모를 판인데 양 좌사 부녀가 함께 있으면 이런저런 얘기도 나눌 수 있고 얼마나 기분 좋은 일이겠나! 하하, 나처럼 늘 남하고 말다툼하기 좋아하는 사람한테 양 좌사만큼 기막힌 호적수가 어디 또 있겠어? 생각해보라고! 만일 냉겸하고 같은 배를 타보게. 해 뜰 때부터 해 질 녘까지 입 한 번 열지 않는 사람이 그저 하루 세끼 밥만 축내고 멀뚱멀뚱 앉아 있을 테니, 이거야말로 얼마나 심심하고 지루하겠는가? 내 차라리 나무토막으로 깎아 세운 장승이나 돌부처하고 얘기하는 게 낫지!"

사람들이 허리를 잡고 웃음보를 터뜨리는데, 당사자인 냉겸만큼은 웃기는커녕 아예 들은 척도 하지 않았다.

이날, 그들은 오랜만에 좋은 음식으로 배를 채우면서 즐기다가 제각기 흩어져 휴식을 취했다. 장무기는 양불회더러 열쇠를 찾아다가 아소의 손발에 묶인 현철 쇠사슬 차꼬를 풀어주게 했다. 그러나 열쇠는 타버린 재목과 기왓장 벽돌 무더기 속에 파묻혀 도무지 찾아낼 수가 없었다.

아소는 그래도 낙담하지 않고 무덤덤한 기색이었다.

"저는 괜찮아요. 사슬을 끌고 오락가락할 때마다 소리가 나는 게 오히려 듣기 좋은걸요. 이대로 차고 다니겠어요."

장무기는 위안의 말을 건넸다.

"아소, 넌 여기 광명정에서 기다리고 있어. 내가 양부님을 모시고 돌아오면 그분의 도룡도를 빌려서 쇠사슬을 끊어줄 테니까. 누이동생은 이 오빠를 얌전하게 기다리고 있어야 해. 알겠지?"

마지막에 덧붙인 한마디는 무척 가늘어 그녀 혼자서 겨우 들을 수 있었다. 아소는 처량한 기색으로 고개만 흔들 뿐 아무 대꾸가 없었다.

다음 날 이른 아침, 장무기는 일행을 거느리고 냉겸과 작별 인사를 나누었다. 냉겸의 입에서는 단 한마디만 나왔다.

"몸조심을……!"

"냉 선생이 혼자 총단을 지키고 계시려면 앞으로 고생이 많으시겠습니다."

냉겸은 교주 앞에 고개 한 번 끄덕 숙이고 나서 주전을 돌아보았다.

"부디 조심! 괴어가 자넬 잡아먹을지 모르니까!"

주전이 사뭇 감동을 이기지 못하고 그의 손목을 꽉 부여잡았다. 오산인은 수십 년간 피를 나눈 형제처럼 정분이 두터웠다. 오늘 냉겸이 전례를 깨고 세 마디씩이나 당부했다면 그것만으로도 바닷속의 알지 못할 괴상한 물고기가 형제를 잡아먹을까 봐 걱정하는 심경을 드러내고도 남음이 있었던 것이다.

냉겸과 천지풍뢰 사문의 우두머리들은 광명정 아래까지 배웅하고서야 작별을 고했다.

예금·거목·열화·후토 네 기에 속한 사람들과 천응교에서 명교로 귀속되어 명칭이 바뀐 천응기 사람들 역시 장 교주와 홍수기를 따라서 일단 중원까지 동행하게 되었다.

아소는 두 눈망울에 눈물이 글썽글썽 맺힌 채 장 교주를 떠나보냈다. 장무기는 그녀의 손목을 부여잡고 위안하는 뜻으로 아무도 모르게 가만히 손바닥을 꼬집어주었다. 막상 헤어지려니 너무나 아쉬워 좀처럼 손을 놓지 못했다.

22. 군웅들의 마음은 약법삼장으로 귀일하네

결국 다급한 쪽은 장무기였다. 그는 초조감에 견디다 못해 마
지막 초강경수를 쓰기로 결심했다.
　"내겐 수많은 인명을 구해야 할 책임이 있소. 부득이 거친 방
법을 써야겠으니 무례하다고 탓하지 마시오."
　그는 조민의 왼쪽 발목을 잡고 버선을 벗겨냈다.
　"더러운 자식! 또 무슨 짓을 하는 거야?"
　조민은 놀랍고도 분노가 치밀어 악을 썼으나, 그는 묵묵히 나
머지 버선 한 짝을 마저 벗겨냈다.

23.

녹류장 나그네, 부용화 그윽한 향기에 담뿍 취하니

일행은 그날 중으로 모래 바다를 100여 리 행군하고 사막 한복판에서 야영했다. 한밤중에 장무기는 잠결에 이상한 소리를 듣고 눈이 번쩍 뜨였다. 서쪽에서 어렴풋이 "잘그랑잘그랑" 쇳소리가 들려왔다. 그는 퍼뜩 짚이는 게 있어 슬그머니 잠자리에서 일어나 쇳소리가 들려오는 곳을 바라고 마주 나아갔다. 1리 남짓 달려갔을까, 과연 모래언덕 위에 자그만 사람의 그림자 하나가 은은하게 내리비치는 달빛 아래 꼬물꼬물 움직이고 있었다.

　"아소! 어쩌자고 따라오는 거야?"

　장무기는 그림자 앞으로 달려 나가면서 큰 소리로 외쳐 물었다.

　"으와아!"

　그림자의 주인공은 바로 아소였다. 그녀는 장무기가 돌연 제 눈앞에 나타나자 울음보를 터뜨리면서 그의 품속으로 뛰어들었다.

　"아소, 괜찮아. 울지 마."

　장무기가 어깨를 다독거리며 안심시켰다. 그러나 아소는 말을 못하고 훌쩍거리더니, 그치기는커녕 그동안 쌓여왔던 억울한 일을 다 풀어버리기라도 하려는 듯 더욱 크게 울었다.

　"괜찮아, 울지 말라니까!"

　"당신이 어딜 가시든 저도…… 저도 따라가겠어요. 끝까지 따라갈

테야."

　장무기는 아소가 측은해 보였다. 어린 소녀가 일찍이 부모를 모두
잃고 천애 고아 외톨이가 되어 떠돌다가 광명정에까지 흘러 들어왔
다. 그러나 양소 부녀에게 의심을 사서 핍박당하고 쇠사슬에 손발을
묶였으니, 이 얼마나 가련한 신세인가? 장무기는 아소를 따뜻이 대해
주었다. 그녀는 이제 장무기에게 정을 붙여 의지하고 싶어 여기까지
허위단심 쫓아온 것이다.

　"그래, 울음은 뚝 그치고…… 내가 널 데리고 바다로 나가면 되지 않
겠어?"

　장무기는 품 안에 든 그녀의 가냘픈 어깨를 토닥거리고 사슬에 묶
인 두 손목을 잡아주었나. 아소는 바다로 데려가준다는 그의 말에 얼
굴이 활짝 피어나더니 고개를 반짝 쳐들고 올려다보았다. 몽롱하게 내
리비치는 달빛이 귀엽고도 아리따운 자그만 얼굴에 얇은 면사포처럼
드리워 그 윤곽을 아련히 들여다볼 수 있게 해주었다. 수정같이 반짝
이는 눈물을 미처 닦아내지 않아 깊은 바닷물보다 더 짙푸른 쪽빛 눈
동자에 환희로 들뜬 웃음기가 맑고도 잔잔하게 서려 있었다.

　어느덧 장무기의 입가에 미소가 감돌았다.

　"내 누이동생…… 조금만 더 자라면 아주 굉장한 미녀가 되겠구나."

　아소도 마주 웃으며 말했다.

　"그걸 어떻게 알아요? 지금은 안 예쁜가요?"

　장무기는 양팔로 그녀의 어깨를 부드럽게 감싸 안았다. 그러고는
뺨에 입을 맞춰주었다.

　"지금도 물론 예쁘긴 하지만, 앞으로는 말도 못 하게 더욱 예뻐질

거야."

아소는 수줍음에 겨워 얼굴이 발그레하니 달아올랐다.

"교주 오라버니…… 전 영원히…… 영원히 당신을 따를 거예요. 받아주시겠죠?"

"물론 받아주고말고!"

"후회하지 않을 거죠?"

장무기가 미처 대꾸하기도 전에 갑자기 동북방 하늘 아래 말발굽 소리가 어지럽게 들리더니 한 떼의 기마대가 서쪽에서 동쪽으로 무섭게 질주해갔다. 어림잡아 100여 필이 넘어 보이는 대부대였다.

얼마 안 있어 숙영지 쪽에서 위일소와 양소 두 사람이 앞서거니 뒤서거니 선두를 다퉈가면서 장무기에게 달려왔다.

"교주님! 이 깊은 밤중에 인마가 대규모로 치닫는 것이 아무래도 우리 명교의 적들 같습니다!"

양소의 말을 듣고 장무기는 즉시 아소를 숙영지로 보내 주전 일행과 합류하게 한 다음, 자신은 양소와 위일소 두 사람만 대동하고 말발굽 소리가 들려오는 쪽을 향해 치닫기 시작했다. 정체를 알 수 없는 무리를 뒤쫓아 확인해볼 생각이었다.

가까이 다가가서 보니, 과연 모랫바닥에 말발굽 자국이 가지런히 찍혀 있었다. 허리를 굽히고 모랫바닥을 살펴보던 위일소가 모래를 한 움큼 쥐더니 혼잣말로 중얼거렸다.

"핏자국이 있군."

장무기도 덩달아 모래를 한 줌 쥐어 코끝에 대고 냄새를 맡아보았다. 피비린내가 물씬 풍겨났다.

말발굽 자국을 따라서 2~3리쯤 뒤쫓던 일행 가운데 양소가 왼쪽 모래언덕에 꽂힌 단도單刀를 한 자루 발견했다. 주워 들고 보았더니 반 토막으로 부러진 칼자루에 '풍원성馮遠聲'이란 이름 석 자가 새겨져 있었다. 잠시 생각을 더듬던 그가 장무기를 바라보며 말했다.

"이 칼 주인은 공동파 사람입니다. 교주님, 아무래도 공동파가 여기서 미리 준비해둔 말을 타고 중원으로 돌아간 모양입니다."

위일소가 고개를 갸우뚱거리며 의아한 표정을 지었다.

"광명정에서 내려온 지 벌써 보름 남짓이나 지났는데, 그 작자들이 아직도 여기 있었다니, 도대체 무슨 꿍꿍이속인지 모르겠군."

위일소는 미심쩍어했으나 장무기는 양소의 견해에 동조했다. 한밤 중에 말을 치달려간 패거리가 공동파였다면 더 이상 신경 쓸 일도 없었다. 그들은 경계심을 풀고 숙영지로 돌아와 잠자리에 들었다.

일행이 모래 바닷길을 행군한 지 닷새째 되던 날, 그들 눈앞에 마침 내 드넓은 초원 지대가 펼쳐졌다. 그리고 여기서 장무기 일행은 자기 네 쪽으로 다가오는 나그네들과 마주쳤다. 사막 여행길에 나선 이래 처음 맞닥뜨리는 사람이었다. 사막 지대에 사는 종족은 보통 사막에서 마주친 사람을 모두 적으로 간주했다. 그러나 이 지역은 비록 황량하기는 하지만 그래도 중원에 속한 땅인 데다 장무기 일행은 인원수가 적기는 해도 하나같이 절세의 고수들이라 상대방 수가 아무리 많아도 두려울 게 없었다.

그러나 마주오던 일행은 그렇지 않은 듯싶었다. 일행의 대다수는 무명천에 검정 물감 들인 치의緇衣를 몸에 걸친 비구니였고, 따로 일고 여덟 명의 남자가 섞여 있었다. 그것은 분명 아미파 제자의 차림새였다. 쌍방의 거리가 점점 좁혀들자 일행 가운데 비구니 하나가 날카로운 목소리로 고함쳤다.

"마교 놈들이다!"

경고 한마디에 나그네 일행은 분분히 병기를 뽑아 들고 좌우로 흩어지더니 당장 적을 맞아 싸울 태세를 갖추었다.

누구보다 먼저 장무기가 뜨악한 표정을 지었다. 아미파 제자들이 분명하기는 한데, 어째서 떠나갔다가 되돌아오는지 도대체 알 수 없었다. 더구나 모두 낯선 얼굴뿐이었다.

"사태 여러분! 아미파 문하 제자들 아니시오?"

목청을 드높여 묻자 일행 가운데 몸집이 왜소한 중년의 비구니 하나가 툭 뛰쳐나오더니 매서운 말투로 호통을 쳤다.

"극악무도한 마교 놈들, 묻긴 뭘 묻는 거냐? 이리 썩 나와서 목숨이나 바쳐라!"

장무기는 개의치 않고 여전히 공손한 말씨로 물었다.

"사태의 법명은 어찌 되시는지? 어인 까닭으로 그처럼 역정을 내시는 겁니까?"

"이 못된 놈! 무엄하게도 감히 내 법호를 묻다니, 네게 그럴 자격이라도 있단 말이냐? 네놈은 누구냐?"

그 말끝이 미처 다 떨어지기도 전에 위일소가 느닷없이 아미파 제자들 한복판으로 덮쳐들었다. 그러고는 어느새 번개 벼락 같은 솜씨로 남자 제자 둘의 혈도를 찍은 다음, 양손으로 그 덜미를 하나씩 낚아채서 휭하니 내뛰기 시작했다. 깜짝 놀란 아미파 제자들이 실성을 터뜨리기도 전에 위일소는 멀찌감치 달아나더니 두 사람을 땅바닥에 내동

댕이치고 또다시 눈 깜짝할 사이에 제자리로 돌아왔다. 그야말로 쾌속한 몸놀림이었다.

기가 질린 채 어안이 벙벙해진 아미파 제자들의 귓전에 싸늘한 코웃음 소리가 들려왔다.

"내가 소개해드리지! 이분으로 말씀드리자면 천하에 간덩어리 크기로 짝이 없는 기남아요, 명교 좌우 광명사자, 사대 호교법왕, 오산인, 오행기, 그리고 또 천지풍뢰 사문을 통솔하시는 장 교주님으로서, 아미파를 광명정 산 밑으로 쫓아내시고 멸절사태의 수중에서 의천보검을 거뜬히 탈취하신 분이지. 이런 인물이라면 사태의 법호쯤 물어보신다고 해서 자격이 없다거나 실례가 되지는 않으렷다?"

숨 한 모금 들이켜지 않고 줄줄이 엮어내리는 소개말에 아미파 제자들은 그만 입이 딱 벌어진 채 너 나 할 것 없이 안색이 하얗게 질리고 말았다. 방금 위일소가 한바탕 드러낸 저 불가사의할 정도의 무공 실력만 보더라도 그 소개말에 감히 의심을 품을 자가 없었다.

중년의 비구니가 한참 만에 정신을 가다듬고 다시 물었다.

"귀하는 뉘시오?"

"하하, 소인의 성은 위씨요, 별명은 청익복왕이라 하오."

"아앗, 흡혈박쥐다!"

아미파 제자들 가운데 몇몇이 약속이나 한 것처럼 한꺼번에 경악성을 터뜨렸다. 뒤미처 네 사람이 부리나케 뒤돌아서더니 위일소에게 멀찌감치 끌려가 태질을 당하고 널브러진 두 동문을 구해서 업고 돌아왔다. 그러곤 떨리는 손길로 허둥지둥 목덜미부터 살펴보았다. 흡혈박쥐에게 잡혀갔으니 먼저 끔찍스럽게 피를 빨려 죽지는 않았는지 조사해보는 것이다. 멸절사태는 앞서 광명정 산 밑에 도착하자 공격을 개시하기 전에 우선 제자 두 명을 아미산으로 돌려보내 이 소식을 전하게 했다. 이들 두 제자는 아미산 절간으로 돌아가는 도중, 때마침 후속해서 달려오던 지원대와 맞닥뜨렸다. 그러니 정허사태가 위일소한테 붙잡혀 처참하게 피를 빨리고 죽었다는 소식까지 전해진 것이다. 아연 실색한 아미파 제자들의 귀에 위일소의 목소리가 쩌렁쩌렁 울려왔다.

"걱정하지 마시오! 장 교주님의 뜻을 받들어 우리 명교는 육대 문파와 싸움을 그치기로 했으니까. 지난날 묵은 원혐일랑 다 씻어버리고 친선을 도모하여 앞으로는 적대시하지 않고 친구가 되기로 했소. 여러분은 정말 운이 좋구려. 이 흡혈박쥐 위일소가 이번만큼은 여러분의 피를 빨아 마시지 않을 테니까 말이오!"

장무기가 구양신공으로 내상을 치료해준 이후, 위일소는 원진에게 당한 환음지의 한독을 말끔히 몰아냈을 뿐 아니라 체내에 쌓였던 음독마저 태반이나 해소했다. 그 덕분에 이제는 공력을 끌어올릴 때마다 사람의 더운 피를 빨아 마셔 한독에 저항하지 않아도 얼어 죽거나 오한에 시달리지 않게 된 것이다.

위일소에게 잡혀간 두 희생자는 과연 목덜미가 깨물린 상처 하나 없이 말짱했다. 다만 어느 구석에 혈도를 찍혔는지 꼼짝달싹도 못 하고 있었다. 동료들이 혈도를 풀어주느라 이리저리 몸뚱이를 뒤척거리는데, 등 뒤에서 바람 가르는 소리와 함께 작은 돌멩이 두 개가 날아오더니 곧바로 두 사람의 혈도를 후려치는 것이 아닌가! 동료들이 놀랄 겨를도 없이 두 희생자는 삽시간에 혈도가 풀려 거뜬한 몸으로 일어섰다.

"이럴 수가……?"

아미파 제자들의 눈길이 반사적으로 돌멩이가 날아온 쪽으로 쏠렸다. 훤칠한 키의 중년 사내가 뒷짐 진 채 미소를 머금고 서 있었다. 광명좌사 양소였다. 그가 방금 탄지신통彈指神通 수법을 역이용한 척석점혈擲石點穴로 아미 제자 둘의 혈도를 보기 좋게 풀어준 것이다.

우두머리인 듯싶은 중년의 비구니는 곰곰이 생각했다. 상대방은 인원수도 적지 않은 데다 방금 두 사람이 슬쩍 드러낸 솜씨로 보건대 무공 실력이 기막힐 정도로 높은 게 사실이었다. 만약 이들과 싸움을 벌였다가는 크게 낭패를 당할 터였다. 흡혈박쥐란 놈이 묵은 원혐은 다 씻어버리고 친선을 도모한다느니, 적대시하지 않고 친구가 된다느니 떠들어댔지만 그것이 참말인지 거짓말인지도 알 길이 없었다.

"빈니의 법명은 정공靜空이외다. 한데 여러분은 우리 사부님을 만나 보셨는지요?"

어느새 말씨가 은근하고 정중하게 바뀌었다. 장무기가 얼른 나서서 대답했다.

"스승 되시는 분은 광명정에서 내려간 지 벌써 보름 남짓이 되셨습니다. 지금쯤 옥문관玉門關을 지나 중원에 들어가셨어야 옳을 텐데, 여러분이 동쪽에서 오는 동안 뵙지 못했다니 그것참 이상한 일이로군요."

이때 정공사태의 등 뒤에서 서른도 안 들어 보이는 여자가 충동질을 했다.

"사저! 저놈들의 허튼소리 믿지 말아요. 우리 아미파는 세 갈래로 나뉘어 서로 호응하면서 마교 놈들을 소탕하기로 했는데, 긴급한 일이 있었으면 불화살로 연락을 취했어야 할 게 아니겠어요? 피차 연락도 없이 어떻게 길이 엇갈릴 수 있단 말이에요?"

무례하기 짝이 없는 언사에 주전이 앞으로 썩 나섰다. 보나마나 몇 마디 따끔하게 훈계해줄 심산이었다.

"그것참 희한한 말씀이로군! 어디다 대고……."

주전의 말문이 열리는 찰나 장무기가 얼른 귀띔으로 가로막았다.

"주 선생, 참으시오. 대거리를 하시면 똑같은 사람이 되는 법이오. 저런 말을 하는 심정도 이해해주셔야지요. 자기네 스승을 찾지 못하고 연락도 없으니 조바심이 나는 거야 당연하지 않겠습니까?"

한편에서, 정공사태는 얼굴 가득 의아한 기색을 띤 채 다시 한번 조심스레 물었다.

"우리 사부님과 나머지 동문이 모두 명교 수중에 떨어진 것은 아니겠지요? 사내대장부라면 우물쭈물 숨기려 들지 말고 떳떳이 바른 대로 말씀해주시오!"

그러자 주전이 더는 못 참겠는지 빙글빙글 웃어가며 쏘아붙였다.

"흐흐흐, 그래, 솔직히 말씀드리지! 아미파는 제 분수도 모르고 무턱대고 우리 광명정에 쳐들어왔어. 그러니 멸절사태 이하 제자 모두가 깡그리 사로잡힐 수밖에! 아마 지금쯤 물웅덩이 지하 뇌옥牢獄에 갇혀 제 잘못을 뉘우치면서 무슨 죄를 받게 될까 걱정하고 있을 거야. 앞으로 8년이 걸릴지 10년이 걸릴지, 풀어줄지 말지 그때 가봐야 알겠군."

팽형옥이 얼른 나서서 주전의 망발을 대신 변명했다.

"여러분! 주 형이 농담으로 하는 소리니 믿지 마시오. 멸절사태는 절세의 신공을 지닌 분이오, 그 문하 제자들도 하나같이 무예가 뛰어난 고수인데 어떻게 우리 명교의 수중에 떨어질 리가 있겠소? 우리는 서로 싸우지 않고 화해를 했으니까, 여러분이 아미산에 들어가시면 사부님 일행을 만나뵐 수 있을 겁니다."

그는 독수무염 정민군의 장검에 한쪽 눈을 찔려 애꾸가 된 몸이었다. 그러나 아미파 전체에 원한을 품지 않은 까닭은 지금 이 세상에 없는 기효부에게 감명을 받았기 때문이었다.

정공사태는 누구 말을 믿어야 좋을지 모른 채 망설이기만 할 뿐 좀처럼 결정을 내리지 못했다. 그 모습을 보고 위일소가 또 한마디 거들었다.

"이분 주전 형은 워낙 우스갯소리를 좋아하는 사람이오. 설마 본교의 당당한 지존이신 교주님께서 어찌 여러분을 속이겠소?"

그러자 방금 정공사태를 충동질하던 여자가 또 험악한 말을 쏟아냈다.

"마교 놈들은 이날 이때껏 간계가 백출하는 데다 간살맞고 교활하기 짝이 없는 무리인데, 어떻게 그놈의 말을 믿으라는 거냐?"

이쯤 되니 명교 측에서도 더는 가만있을 수가 없었다. 홍수기의 장기사 당양唐洋의 왼손이 번쩍 올라가자, 오행기의 무리가 삽시간에 멀찌감치 흩어져 간격을 벌리는 듯싶더니 그 즉시 사면팔방에서 아미파 일행을 모조리 에워쌌다. 거목기는 동쪽, 열화기는 남쪽, 예금기는 서쪽, 홍수기는 북쪽, 그 외곽에는 후토기의 무리가 좌우로 움직이면서 지원 태세를 갖추었다.

은천정이 대갈일성으로 냅다 호통을 쳤다.

"노부는 백미응왕이다! 너희를 잡아 꿇리기로 마음먹었다면 진작

손찌검 한 번으로 족했을 것이다. 알아듣겠느냐? 명교가 오늘만큼은 손속에 사정을 봐줄 테니, 젊은 것들은 앞으로 말조심 단단히 해야 할 것이다!”

몇 마디 호통치는 소리가 천둥 벼락 치듯 아미파 제자들의 귀청을 때렸다. 꾸짖는 소리가 끝났는데도 고막에는 여전히 “윙윙” 귀울음이 그칠 줄 모르고 쿵쿵 뛰던 가슴의 고동마저 한순간에 멎어버리는 듯했다. 눈앞에 허연 수염을 가슴 앞에 드리우고 눈처럼 하얗게 세어버린 두 눈썹이 귀밑까지 축 늘어진 노인의 늠름한 위엄에 압도당한 그들은 너 나 할 것 없이 얼굴빛이 창백하게 질려 딱 벌어진 입을 다물 줄 몰랐다.

장무기가 두 손을 모으고 정공사태 일행에게 겸손히 말했다.

“아무쪼록 무사히 돌아가셔서 사부 어르신을 뵙기 바랍니다. 그리고 명교의 장무기가 안부 여쭙더라고 말씀이나 전해주십시오.”

말을 끝낸 그는 낙타 등에 선뜻 올라타더니 앞장서서 동쪽으로 길을 떠났다. 홍수기 장기사 당양은 위일소와 은천정을 비롯한 수뇌부 일행이 모두 그 자리를 출발하고 나서야 손짓으로 오행기를 거두어들였다.

엄청난 위세에 눌린 아미파 제자들은 숨죽인 채 멍한 눈길로 저들이 멀리 사라질 때까지 꼼짝 않고 서서 움직일 줄 몰랐다.

팽형옥이 심각한 표정으로 장무기에게 물었다.

“교주님, 우리가 보건대 아무래도 뭔가 속임수가 있는 모양입니다. 멸절사태 일행이 동쪽으로 향했다면 이 길을 되밟아 갔을 텐데, 자기

네 후속 패거리와 길이 엇갈릴 턱이 없지 않겠습니까. 그렇다고 광명정에서 여기까지 오는 도중에 길을 잘못 들었을 리도 없고……. 이번 명교 공격전에 참가한 육대 문파들끼리도 오가는 도중에 서로 연락 신호 같은 게 있었을 텐데, 어째서 그림자조차 보이지 않는지 모르겠군요."

일행은 길을 가면서 계속 의견을 주고받았다. 30여 명이나 되는 아미파 제자들이 돌연 사막 한복판에서 감쪽같이 사라지다니, 도대체 그 까닭을 해명할 길이 없었던 것이다. 장무기는 주지약의 안위가 걱정스러웠다. 그렇다고 이 문제를 놓고 다른 사람과 상의할 형편도 못 되는 터라 그저 속으로만 끙끙 앓고 있을 따름이었다.

한낮의 뜨거운 태양이 지고 땅거미가 모래투성이 대지 위에 깔리기 시작했다. 하룻밤 야영할 장소를 물색하려고 샘터를 찾아 나선 후토기의 장기사 안원이 무슨 일인지 허둥지둥 되돌아왔다.

"저기 좀 이상한 것이 있습니다!"

일행은 그를 따라 현장으로 달려갔다. 후토기 신도 한 명이 모랫바닥에 한 줄로 엉성하게 자란 관목 숲 사이를 지키고 있었다. 안원은 삽을 한 자루 넘겨받더니 모랫바닥을 파헤치기 시작했다. 얼마 안 있어 모래 구덩이에서 한 구의 시체가 드러났다. 형체를 알아보기 어려울 정도로 부패한 시체였다. 그러나 옷가지를 뒤적거려보니 곤륜파 제자임이 분명했다.

뒤미처 달려온 후토기 소속 신도들이 일제히 그곳을 중심으로 삽질을 하기 시작했다. 잠깐 사이에 거대한 구덩이가 파이고 그 밑바닥에 이리저리 어지럽게 널브러진 시체들이 모습을 드러냈다. 수효는 모두 열여섯 구, 하나같이 곤륜파 제자들뿐이었다. 되는대로 집어 던져 난 잡하게 파묻힌 형태로 보건대 자기네 문파 사람들의 손에 매장된 것은 결코 아니었다. 그렇다면 누가 파묻었을까? 분명 적들이 건성으로 파묻은 것이 틀림없었다.

일행 가운데 몇몇이 악취가 풍기는 시체를 뒤적이며 조사했다. 그들은 하나같이 치명상을 입고 있었다.

장 교주의 명에 따라 후토기 사람들은 시체를 한 구 한 구씩 떼어내 다시 구덩이를 여러 군데 파고 안장했다.

장무기를 비롯한 일행 모두가 묵묵히 말이 없었다. 그저 너 나 할 것 없이 서로 얼굴을 마주 보며 눈치만 살폈다. 그러나 가슴속 의문은 한결같았다. 누가 저지른 짓일까? 생사람을 이토록 처참하게 도륙한 곤륜파의 적은 도대체 누구란 말인가?

한참 만에 팽형옥이 입을 열었다.

"이 사건의 진상은 언젠가 드러나겠지만, 우리가 조사해서 밝혀내지 않았다가는 이 묵은 빚이 분명 우리 명교 측에 뒤집어씌워질 것이오."

양소가 느닷없이 목청을 드높여 일행에게 경고를 발했다.

"모두 듣거라! 만약 우리 모두 교주님의 통솔 아래 공개적으로 얼굴을 맞대고 싸운다면 비록 천하무적이라고는 할 수 없지만 절대로 남에게 패배하지는 않을 것이다. 그러나 어둠 속에서 쏘는 화살은 막아내기 어려운 법. 오늘 이후로 마실 물, 먹는 음식, 여행 도중에 투숙할 장소, 어느 곳이든지 두루두루 적이 독을 타거나 암습을 가할 것에 대비해서 경계를 철저히 해야 할 것이다!"

"예에!"

오행기 소속 부하들이 한마디로 응답했다.

일행은 다시 침묵 속에 길을 걸었다. 한참을 가다 보니 핏빛으로 물들었던 석양도 이미 저물고 땅거미가 내려앉으면서 하늘빛이 점점 어둑어둑해졌다. 일행이 다시 숙영지를 골라 밤을 보낼 채비를 갖추기 시작할 때였다.

"앗, 저것 좀 보게!"

무심코 어두워진 하늘빛을 바라보던 오경초吳勁草가 한쪽 팔을 쳐들어 허공을 가리켰다. 예금기의 장기부사였던 그는 장기사 장쟁莊錚이 멸절사태의 의천검 칼날 아래 목숨을 잃은 후 장 교주의 명에 따라 정식 장기사로 승진했다.

손가락이 가리키는 동북쪽 하늘가에 독수리 네 마리가 빙글빙글 맴돌고 있었다. 돌연 그중 한 마리가 지상으로 곤두박질치더니 이내 푸드득 나래 치면서 다시 허공으로 솟구쳐 올랐다. 깃털을 이리저리 마구 흩뿌리면서 애처로운 비명을 지르는 것으로 보건대, 지상으로 곤두박질치다가 뭔지 모를 물체에 얻어맞아 크게 혼이 난 모양이었다. 그럼에도 나머지 세 마리가 단념하지 않고 또다시 지상으로 곤두박질쳤다. 지상에 날짐승들의 식욕을 자극하는 먹이가 있는 게 분명했다.

"제가 가서 보고 오겠습니다."

장 교주에게 허락을 받아낸 오경초가 형제 두 사람만 데리고 급히 그쪽으로 달려갔다. 그러고는 한참 만에 그들 중 한 사람이 장 교주에게 급보를 전했다.

"교주님께 아뢰오! 무당파 은 육협께서 저 모래 골짜기 아래에 쓰러져 계십니다."

"뭐라고, 은 사숙께서? 그래, 그분이 다치셨는가?"

대경실색한 장무기가 다급하게 물었다.

"중상을 입으신 듯합니다. 오 기사님이 은 육협을 발견하고 소인더러 급히 교주님께 말씀드리라 하셨습니다. 오 기사가 지금쯤 그분을 구하러 모래 골짜기 아래로 내려가셨을 겁니다……."

장무기는 그 말이 채 끝나기도 전에 벌써 그쪽으로 뛰어가고 있었다. 양소와 은천정이 부리나케 뒤따라 나섰다. 가까이 달려가서 보니 모래 골짜기는 깊이만도 100여 척이나 되는 거대한 구덩이였다. 바야흐로 오경초가 왼손으로 은리정을 껴안은 채 한 발 한 발 푹푹 빠져가며 힘겹게 올라오고 있었다. 장무기는 모래벽을 타고 미끄러지듯 내려가 은리정의 코끝에 손을 대고 숨결부터 더듬어보았다. 미약하게나마 들숨 날숨이 느껴지자 다소 안심이 되어 재빨리 환자의 몸뚱이를 넘겨받았다. 그러고는 도약질 두세 번에 모래 골짜기를 거뜬히 뛰어오른 다음 은리정을 모랫바닥에 누여놓고 들뜬 마음을 가다듬었다.

정신을 차리고 자세히 살펴보던 그의 가슴에 경악과 분노, 서글픔이 한꺼번에 치밀어 올랐다. 은리정의 양 무릎, 팔꿈치, 복사뼈, 손목, 발가락뼈, 손가락뼈에 이르기까지 사지 팔다리뼈의 관절이 모조리 꺾여 있고 한 가닥 숨결만 겨우 붙어 있는 게 아닌가! 실로 세상에 보기 드물게 악랄하고도 모질기 짝이 없는 수법이었다. 장무기는 극심한 분노를 참을 수 없었다. '도대체 어떤 놈일까? 이렇듯 처참하고도 악독한 수법으로 사람을 죽지도 살지도 못하게 내던져버린 자가 도대체 누구란 말인가?'

"작은 아저씨!"

장무기가 외쳐 부르는 소리를 들었는지 은리정이 가물거리는 정신을 가다듬고 힘없이 눈을 떴다. 뿌옇게 흐려진 눈길 속에 장무기가 보이자, 얼굴에 희미하게 기쁜 빛이 돌면서 경련을 일으켰다. 그러고는 모래투성이 입을 우물우물하더니 자그만 돌멩이 두 개를 뱉어냈다. 자꾸만 기억이 흐려졌다. 그는 누군가에게 습격을 당하고 모래 골짜기에 굴러떨어졌다. 아마 적들은 그가 중상을 입고 쓰러지자 곧 죽을 줄로만 알고 골짜기 밑으로 떠밀었으리라. 하지만 그는 순수하고도 두터운 내력에 힘입어 죽지 않고 살아날 수 있었다. 얼마쯤 지났을까, 문득 상공에 맴도는 독수리가 보였다. 도합 네 마리. 놈들은 그를 쪼아 먹으려고 호시탐탐 기회를 엿보며 선회했다. 그는 고개를 옆으로 돌려 모랫바닥에서 돌멩이를 입으로 물어 머금고 그중 한 놈이 곤두박질쳐 내려와 덮치려는 순간, 입김으로 돌멩이를 뿜어내 정통으로 맞혔다. 그리고 어떻게 됐더라? 벌써 몇 날 며칠을 얼마나 힘들게 버텨왔는지 생각이 나지 않는다.

양소는 하늘을 우러러보았다. 상공에는 아직도 네 마리 독수리가 떠날 줄 모른 채 빙글빙글 여유 만만하게 선회하고 있었다. 사람들이 또다시 부상자를 내던지면 즉시 곤두박질쳐 내려와 그 날카로운 부리로 '시체'를 쪼아 먹을 속셈이 분명했다. 그는 땅바닥에서 작은 돌멩이 네 개를 주워 들었다. 잇달아 손가락으로 튕겨 올린 돌멩이 네 개가 상공에 맴돌고 있던 독수리 네 마리를 연거푸 맞혀 떨어뜨렸다. 지상에 추락한 날짐승들은 하나같이 골통이 산산조각으로 바스러져 있었다.

장무기는 우선 진통 효과와 심장을 보호하는 알약을 은리정에게 먹이고 나서 다시 한번 세밀히 살펴보았다. 부상자의 팔다리엔 도합 스무 군데 뼈마디가 부러져 있었다. 꺾여나간 뼈마디마다 무거운 손가락 힘에 짓눌렸는지 조각조각 으스러져 자신의 정교한 접골 솜씨로도 뼈마디를 맞출 수가 없었다. 낙담 끝에 한숨을 내쉬니, 은리정이 두 눈을 질끈 감은 채로 나지막하게 얘기했다.

"셋째 형님과 똑같이…… 소림파…… 금강지력…… 금강지력에 다친 거야……."

장무기의 머릿속에 퍼뜩 떠오른 것은 셋째 사백 유대암의 처참한 몰골이었다. 그리고 아버지 장취산이 들려준 사연이 뒤따라 떠올랐다. 셋째 사백 유대암 역시 소림파의 금강지력에 사지 뼈마디가 으스러지는 중상을 입었다고 했다. 그리고 두 번 다시 움직이지 못하고 20여 년 세월을 병상에 누운 채 보냈다. 그때는 장무기 자신이 아직 세상에 태어나기도 전이었다. 그런데 뜻밖에도 20여 성상星霜이 지난 오늘날 또 한 분의 사숙이 똑같은 수법으로 중상을 입게 될 줄이야. 충격이 얼마쯤 가시자, 장무기는 정신을 가다듬고 은리정에게 위안의 말을 건넸다.

"작은 아저씨, 너무 걱정하지 마십시오. 이 일만큼은 조카인 저한테 맡겨주세요. 제아무리 간악하고 교활한 놈이라도 인과응보를 벗어나지는 못할 겁니다. 이런 짓을 소림파의 어떤 자가 저질렀는지 알아보실 수 있겠습니까?"

은리정은 대답 대신 고개를 내저었다. 그리고 지난 며칠 동안 겪었던 악전고투의 여파로 지칠 대로 지쳐버린 몸과 마음에 긴장이 풀리자 더는 버티지 못하고 그대로 까무러쳐 정신을 잃고 말았다.

하릴없어진 장무기는 손을 놓고 생각에 잠겼다. '부모님이 스스로 목숨을 끊으신 까닭도 당신들로 말미암아 중상을 입은 셋째 사백 유대암에게 죄책감을 느끼셨기 때문이다. 그런데 오늘 또다시 여섯째 사숙마저 이런 참변을 당하다니, 만약 내가 소림파를 윽박지르는 한이 있더라도 그 흉악범을 내놓게 하지 못한다면 장차 셋째 사백과 여섯째 사숙 어른, 그리고 비명에 돌아가신 부모님을 무슨 낯으로 뵌단 말인가?'

걱정스러운 눈길로 다시 은리정의 얼굴을 굽어보았다. '억지로 깨워선 안 된다. 이대로 의식을 잃은 채 무서운 고통을 잊고 휴식을 취하도록 내버려두는 것도 치료의 한 방편이다. 비록 정신을 잃고 혼절한 상태지만 생명에는 지장이 없다. 그러나 부러진 팔다리뼈를 원상대로 맞출 수는 없다.' 그 또한 셋째 사백 유대암과 똑같은 운명을 면치 못하리라 생각하니 마음만 무거워졌다.

이윽고 장무기는 홀로 뒷짐을 진 채 멀찌감치 떨어진 자그만 모래 언덕으로 올라가 깊은 생각에 잠겼다. 아직 세상 경험이 많지 않은 그였다. 일시에 해결하지 못할 어려운 일이 생기자 조용한 장소에서 곰곰이 생각을 정리하고 싶었다. 그리고 곧 이루 말할 수 없는 번민에 사로잡혔다. 머릿속에서는 두 갈래 상념이 격렬하게 싸움을 벌이기 시작했다.

'이 길로 곧장 소림사에 쳐들어가 수괴首魁를 찾아내 아버님과 어머니, 셋째 사백, 여섯째 사숙의 크나큰 원수를 갚아야 할 것인가? 소림사에 간다고 치자. 그래서 저들이 순순히 잘못을 인정하고 범인을 넘겨준다면 그보다 더 다행스러운 일이 없겠으나, 만에 하나라도 소림사 측이 과오를 인정하지 않고 범인 양도를 거부한다면, 그때는 명교와 무당파가 손을 맞잡고 공동으로 소림파와 맞서야 한다. 과연 그렇게 해야 할 것이냐 말 것이냐? 또 맞서 싸운다면 그 결과는 어찌 될 것이냐? 결국 분쟁은 명교, 무당, 소림파뿐 아니라 더 많은 문파가 끼어들 것이다. 그렇게 되면 강호 무림계의 정파와 사파들이 패가 갈라져 천지를 뒤흔들어놓는 피투성이 사투를 벌일 것이다. 나는 명교 교주의 신분으로 이미 여러 형제와 입술에 피를 바르고 굳게 맹세한 몸이다. 앞으로는 두 번 다시 모든 방회 문파들과 트집을 잡아 분쟁을 일으키고 끝없는 보복전에 휩쓸리지 않겠노라고. 하지만 이 사건은 맹세를 깨뜨리고서라도 속 시원히 해결해야 하지 않겠는가? 그러나 교주의 신분으로서 맹세를 뒷전에 던져버리고 나면 또 무슨 수로 명교 신도들을 복속시킬 수 있단 말인가? 소림파와 전단戰端이 벌어지면 그날부터 피로 피를 씻는 보복의 악순환이 꼬리에 꼬리를 물고 이어져 단 하루 한시도 유혈의 참극이 그칠 날이 없으리라. 그때마다 또 얼마나 많은 영웅호걸이 귀중한 목숨을 잃을 것인가?'

사방 천지는 이미 캄캄한 암흑세계로 바뀌었다. 명교 신도들은 여기저기 불을 밝혀놓고 임시로 만든 화덕에 솥을 걸고 저녁 식사 준비로 여념이 없었다. 장무기는 아직도 모래언덕 위에 앉아 깊은 시름에 잠겼다. 얼마 후 밝은 보름달이 떠올라 천지간에 맑은 빛을 흩뿌려도 그는 여전히 움직일 줄 몰랐다. 앞으로 어떻게 행동해야 할지 정할 수가 없었던 것이다. 한밤의 절반이 흘러갔다. 그제야 장무기는 한 모금 탄식을 내뱉으며 자리를 털고 일어섰다.

'일단 소림사로 가보자. 가서 장문인 공문신승을 만나 전후 사정을 말씀드리기로 하자. 그럼 그분께서 공정하게 처리해주시겠지!'

그러나 생각은 이내 바뀌어 또다시 갈등에 휩쓸렸다.

'만에 하나 피차 의견이 대립되면 싸움이 불가피할 것인데, 그때는 또 어쩌란 말인가? 아아, 어린 나이에 교주의 막중한 책임을 맡자마자 이렇듯 감당하기 어려운 난관에 부닥치다니 정말로 지독한 시련이구나. 어떻게 해서든지 무림계의 전쟁을 종식시키고 싶지만 포악한 살육전, 피투성이 보복전이 겹겹으로 쌓여 나를 도저히 헤어나지 못할 궁지로 몰아넣고 있지 않은가? 떠맡은 명교 교주의 중책을 맡고 있는 한 앞으로 닥쳐올 번뇌와 고난은 실로 한도 끝도 없이 계속될 것이 아닌가! 이 교주라는 자리를 벗어날 수만 있다면, 이 고통스러운 시련의 운명을 면할 수만 있다면 얼마나 자유롭고 홀가분해질까……?'

숙영지에 내려와보니 일행은 그 시각이 되도록 시장기를 참으면서 모닥불 주변에 둘러앉아 교주를 기다리고 있었다. 교주가 돌아오자, 모두 자리에서 일어나 말없이 숙연한 자세로 맞아들였다. 장무기가 말했다.

"이후로 또 제가 혼자 있게 되거든, 저를 기다릴 것 없이 모두 각자 좋을 대로 식사를 하셔야 합니다."

저녁을 마치고 은리정을 보러 갔더니, 뜻밖에도 양불회가 이미 그를 돌보고 있었다. 끓인 물로 환자의 상처를 말끔히 씻어내고 한창 국물을 떠먹이고 있는 중이었다. 아직도 제정신을 차리지 못한 은리정이 돌연 눈을 번쩍 뜨고서 양불회의 얼굴을 뚫어져라 응시했다. 그러고는 느닷없이 큰 소리로 외쳐 불렀다.

"효부, 효부! 내 얼마나 당신을 그리워했는지 아오? 정말 보고 싶었소!"

그 소리를 듣자, 양불회는 얼굴이 발갛게 달아올랐다. 사뭇 난처한 기색을 지으면서도 오른손으로는 여전히 국물을 떠서 은리정의 입으로 가져갔다. 그러면서 나지막이 당부했다.

"몇 모금 더 드세요."

"먼저 약속해줘! 다시는 내 곁을 떠나지 않겠다고…… 영원히!"

"알았어요. 알았으니까 우선 이 국물을 좀 더 드시고 나서 얘기해요."

은리정은 그 대답에 무척 흐뭇했는지 얼굴 가득 기쁜 빛을 띠며 입을 딱 벌리고 그녀가 떠주는 국물을 받아 마셨다.

이튿날, 장무기는 일행에게 명령을 내렸다. 떠나기에 앞서 광명정에서 나눠 맡았던 임무를 일단 보류하고 모두 행동 통일을 하기로 했다. 만일에 대비해서 충분한 병력으로 숭산 소림사를 찾아가자는 의도에서였다. 무엇보다 누가 무슨 까닭으로 은리정에게 상처를 입혔는지 따져보고 나서 문제가 해결된 다음에 다시 각자 맡은 본연의 임무를 수행하기로 의견을 모았다. 위일소, 주전을 비롯한 명교 싸움꾼들은 교주의 사숙이 이렇듯 참혹한 꼴로 중상을 입었다는 사실에 하나같이 속으로 앙앙불락하던 차에, 장무기의 입에서 소림사로 책임을 추궁하러 가자는 말이 나오자 일제히 박수갈채를 터뜨리며 좋아했다.

양소는 지난날 기효부와의 일도 있고 해서 은리정에 대해 지극히 미안한 감정을 품고 있었다. 비록 입 밖으로 말을 내지는 못했으나 속으로는 은리정의 복수를 위해서 자신의 모든 힘을 다 쏟을 것이라고 굳게 다짐했다. 그리고 딸 불회에게 엄명을 내려 정성껏 은리정을 간호하고 시중들도록 했다. 그렇게라도 해서 조금이나마 자신의 잘못을 메워보고 싶었다.

그날 이후로 일행의 앞길에는 별다른 일이 일어나지 않았다. 은리 정의 증세는 악화했다가 호전되기를 거듭했다. 정신이 들었는가 하면 또다시 혼수상태에 빠져들어 아무도 알아보지 못했다. 정신이 들었을 때 장무기는 그가 부상을 당하던 당시 상황을 묻곤 했다. 소림사에 가서 될 수 있는 대로 명확히 추궁하기 위해서였다.

질문을 받을 때마다 은리정은 망연자실한 기색만 지을 뿐 장무기가 만족할 만한 답변을 내놓지 못했다. 그러나 이 말만큼은 분명히 반복했다.

"소림파 승려들…… 다섯이서 나 한 사람을 공격했지. 수법으로 보아 소림파가 틀림없어. 그것은 분명 소림파 무공이었으니까……."

그날 일행은 중원의 입구 옥문관에 들어섰다. 그리고 저자에서 낙타를 팔아치우고 마필을 사들여 갈아타는 한편, 남의 주목을 받지 않으려고 객상의 옷차림으로 변장했다. 일행 가운데 몇몇은 나귀가 끄는 수레에 가죽과 약재 따위 화물을 가득 싣고 몰면서 뒤따르기로 했다. 중원 땅에 들어선 이들 일행은 이른 아침부터 감량대로甘凉大路를 골라 출발했다. 불덩어리처럼 이글거리는 뙤약볕 아래 감숙甘肅 지방 특유의 무더위가 일행을 엄습했다.

옥문관을 지나 두어 시진 달리고 보니 앞길 한 곁에 20여 그루쯤 되는 버드나무가 가지런히 서 있는 숲이 나타났다. 폭염에 시달리던 장무기 일행은 더위를 식히기에 안성맞춤이라 말을 재촉해 버드나무 숲 쪽으로 달려갔다. 버드나무 그늘 아래에는 한발 앞서 도착한 사람들인 듯 일행 아홉 명이 웅기중기 앉아서 뜨거운 햇볕을 식히고 있었다. 그중 여덟 명의 건장한 사내는 모두 사냥꾼 차림새로, 허리에는 요도腰刀를 꾹 질러차고 등에는 화살이 가득 담긴 전통箭筒과 활을 메고 있었다. 어깨머리에는 수렵용 새매가 대여섯 마리 얹혔는데, 검정 깃털에 날카로운 부리와 발톱을 지닌 것이 무척 사납고 영특해 보였다. 나머지 한 사람은 나이 젊은 선비 차림의 청년 공자였다. 짙은 쪽빛 비단 장삼을 걸치고 가볍게 쥘부채를 펼쳐 부채질하는 모습이 어느 부유한 귀족 가문의 자제인 듯 화려하고도 고귀한 기품을 은연중 드러내고 있었다.

마상에서 뛰어내리는 순간, 장무기는 곁눈질로 흘낏 그 청년 공자를 바라보았다. 참으로 준수하기 이를 데 없는 용모였다. 흑백이 또렷한 눈매, 하얀 눈자위 한복판에 반짝이는 검은빛 눈동자는 그야말로 흑진주가 분명했다. 손에 들린 쥘부채의 손잡이는 백옥으로 만든 희귀한 진품인 데다, 손목마저 백옥으로 다듬어 박은 부채 자루와 다를 바 없이 희디희었다.

다음 순간, 장무기 일행의 눈길은 너 나 할 것 없이 청년 공자의 허리께로 쏠렸다. 황금 장식으로 정교하게 꾸민 혁대 고리에 허리띠는 보석을 박아 넣은 주단綢緞으로 만든 것이었다. 그러나 일행이 주목한 것은 그 사치스러운 허리띠가 아니었다. 황금 장식으로 꾸민 혁대 고리에 매달린 장검 한 자루가 눈길을 잡아끈 것이다. 장검의 손잡이에는 또렷하게도 '의천倚天'이란 두 글자가 전각篆刻으로 아로새겨져 있었다. 길이로 보나 형태로 보나 그것은 멸절사태가 명교 신도들을 도륙하던 흉기, 주지약이 장무기의 가슴에 치명적인 일격을 찔러 넣은 의천보검이었다.

장무기를 비롯한 명교도 일행은 그야말로 깜짝 놀랐다. 누구보다 성미 급한 주전이 그냥 넘어갈 턱이 없었다. 그는 청년 공자에게 따져 물을 속셈으로 앞으로 썩 나섰다. 그러고는 이제 막 입을 열려는 순간, 동쪽 대로상에서 느닷없이 말발굽 소리가 어지러이 들려왔다. 어떤 무리인지 난폭하게 말을 몰아 거침없이 치달려오고 있었다.

그들은 몽골족 관군 기병대였다. 인원수는 어림잡아 50~60명. 그들이 휘몰아 타고 오는 전마戰馬 뒤편에 또 100여 명쯤 되어 보이는 부녀자들이 결박당한 채 끌려오고 있었다. 연약한 아낙네의 발걸음으로 어떻게 네 발굽을 모아 사나운 기세로 치닫는 짐승을 뒤따를 수 있겠는가. 엎어지고 고꾸라지고 땅바닥에 질질 끌리면서 애처로운 비명을 지르며 길게 늘어뜨린 밧줄에 묶인 채 끌려오는 이들은 하나같이 한족 출신의 부녀자였다.

그것은 원나라 관군 기병대가 어느 고을을 습격해서 노략질하고 사로잡아오는 백성이 분명했다. 자빠지고 엎어지고 질질 끌려오느라 여인들의 태반은 옷가지가 너덜너덜해져 상반신을 드러낸 이도 적지 않았다. 모두 비통하게 소리쳐 울부짖고 있었다.

몽골 병사 몇몇의 손에는 술병이 들려 있었다. 절반쯤 술에 취한 기색이 완연했다. 어떤 병사는 재미 삼아 부녀자들에게 기다란 말채찍을 휘둘렀다. 그들은 말안장 위에서 태어나 평생을 말과 더불어 살아온 자들인지라, 채찍질 솜씨가 중원 사람들의 상상을 초월할 만큼 정확하고도 절묘했다. 말채찍이 "위잉" 소리를 내며 허공을 가를 때마다 여인들의 옷자락은 영락없이 찢겨져 허연 살결을 드러냈고, 채찍을 되감아 들일 때는 큼지막하게 찢겨나간 여인의 윗도리 자락이 깃발처럼 펄럭거리며 휘감겨 오곤 했다. 그것을 바라보는 마상의 동료들 쪽에선 어김없이 환호성과 폭소, 박수갈채가 터져 나왔다.

몽골족이 중원을 침입한 지도 어언 100년에 가깝다. 이들 기마민족의 눈에 중원 땅 한족 사람들은 한낱 말이나 양, 염소 같은 가축보다도 못한 짐승으로 비쳤다. 말안장 위에서 자라고 초원의 물과 풀을 찾아 가축 떼를 몰고 유랑하다가 싸움터에서 일생을 마치는 이들에겐 유구한 농경문화와 역사, 전통 따위는 말 한 마리보다 값어치가 없는 것들이었다. 원나라 세조世祖 쿠빌라이 칸忽必烈汗 이래 정착 문화를 일으켜 보려 했지만, 천막 생활에 익숙한 민족에게 궁궐이나 가옥은 거북스럽고 답답한 감옥이었다. 이들은 중원 대륙을 점령한 후에도 천막을 치고 말달리기와 활쏘기로 유랑 생활을 즐겼다. 그 삶이 얼마나 좋았으면 나얀乃顔 친왕親王 같은 자는 중원 대륙 전체 수천만이나 되는 한족을 한 사람도 남김없이 씨를 말리고 그 땅을 모조리 초원으로 만들어 가축을 놓아 먹이자는 극언까지 서슴지 않았다. 다행히도 나얀 친왕은 '다칸大汗' 자리를 놓고 쿠빌라이와 세력 다툼을 벌인 끝에 반역죄로 죽임을 당했으나, 만약 그자가 쿠빌라이를 타도했더라면 지금쯤 중원 천지는 풀밭이 되어 말이나 양 떼가 뛰놀고 있을 것이다.

사실 몽골군은 군기가 무척 엄격했다. 그래서 전시가 아니면 점령지에서 대낮에 살인을 하더라도 지휘관의 입에서 약탈 명령이 떨어지지 않는 한 부녀자를 겁탈하거나 노략질하는 경우가 드물었다. 그런데 오늘 이 몽골 기병대는 어쩐 일인지 대낮부터 술까지 취해서 부녀자들을 100여 명씩이나 납치해가고 있었다.

한낮에 끔찍한 참상을 목격하게 된 명교 신도들은 저마다 눈자위가 찢어질 정도로 두 눈을 부릅뜨고 이를 갈았다. 장 교주의 말 한마디가 떨어지는 날이면 그 즉시 앞다투어 달려 나가 몽골 기병대를 덮쳐들 기세였다.

바로 이때였다. 돌연 의천검을 허리에 찬 젊은 공자의 입에서 말소리가 흘러나왔다.

"오류파吳六破, 네가 저자들에게 가서 여인네들을 모두 풀어주라고 일러라. 저렇게 제멋대로 굴다니, 도대체 무슨 꼬락서니들인지 모르겠구나."

가냘프고 맑디맑은 목소리, 어딘가 모르게 교태마저 깃든 품이 필시 여자인 듯싶었다.

"예에!"

오류파라 불린 장정이 한마디로 응답하더니 버드나무에 비끄러맨 말고삐를 끄르기가 무섭게 훌쩍 몸을 뒤채 올라타고 힘차게 달려 나갔다. 그러고는 몽골 기병대 앞에 다다르자 큰 소리로 외쳤다.

"어이! 대낮부터 이게 무슨 꼬락서니들이야? 자네들은 상관이 단속을 않는 모양이군. 어서 그 부녀자들을 놓아보내게!"

그러나 기병대 안에서 군관 하나가 말을 휘몰아 달려 나왔다. 팔뚝에는 어린 처녀를 껴안은 채 게슴츠레한 눈길로 흘겨보더니 어처구니가 없는지 껄껄대고 웃음보를 터뜨렸다.

"네놈이 죽지 못해 환장을 한 모양이구나! 어딜 감히 어르신네 앞에 와서 참견이야?"

오류파란 사내가 차갑게 응수했다.

"사방 천하에 도적 떼가 날뛰는데 백성을 돌봐야 할 관군이란 놈들마저 이따위 짓이나 저지르고 돌아다니다니, 어디 나한테 혼나기 전에 좀 점잖게 굴지 못하겠느냐?"

군관이 그 말을 건성으로 들어 넘기고 우선 버드나무 그늘 아래 앉아 있는 사냥꾼 일행의 행색부터 이리저리 훑어보기 시작했다. 아무래도 이상한 놈들이 아닌가? 보통 백성들 같으면 관군을 보기가 무섭게 멀찌감치 달아나도 모자랄 판인데, 도대체 이놈들은 표범 쓸개, 호랑이 간을 씹어 먹었는지 피신하기는커녕 오히려 참견까지 하려 들다니 말이다.

게슴츠레하게 취한 눈길이 사냥꾼 일행을 죽 훑고 지나치다가 젊은 공자에게 가서 딱 멎었다. 또렷또렷하게 빛나는 흑진주 같은 검은빛 눈동자와 마주친 것은 둘째치고라도 머리에 쓴 두건에 용안龍眼처럼 굵다란 야명주夜明珠 두 알이 번쩍거리고 있었다. 희귀한 구슬을 보자 군관은 당장 욕심이 치밀어 올랐다.

"하하, 하하하! 저기 저 토끼 눈알 도련님아! 이 어르신네를 따라가지 않을 테냐? 아주 재미있는 걸 보여줄 테니까……."

말끝이 끝나기도 전에 그는 두 다리로 말 배때기를 힘껏 걷어차더니 쏜살같이 청년 공자에게 달려오기 시작했다.

애초 이 젊은 공자의 안색은 환한 웃음기 어린 상냥스러운 빛깔이었다. 원나라 군관들의 난폭한 행동을 보고서도 성내는 기색이 아니었다. 그런데 이 군관에게서 모욕적인 말을 듣자 단번에 눈꼬리가 확 치솟았다. 그러나 곁에 둘러앉은 사냥꾼들에게 명령하는 목소리만큼은 격앙되지 않고 차분하기만 했다.

"단 한 놈도 살려두지 마라."

"살려두지 마라"는 끝마디가 떨어지기가 무섭게 곁에서 "핑!" 하는 파공음이 세차고도 날카롭게 울렸다. 어느새 발사했는지 활시위를 벗어난 화살 한 대가 벼락같이 날아가더니 마주 달려오던 군관의 앞가슴을 정통으로 꿰뚫고 등 뒤로 빠져나갔다. 바로 청년 공자 곁에 바싹 앉아 있던 사냥꾼이 쏘아 보낸 것이었다.

"으악!"

군관의 입에서 외마디 비명이 터져 나왔다. 실로 쾌속하기 비할 데 없는 사격술, 강력한 힘줄기의 극치라고 해도 과언이 아니었다. 그것은 평범한 일개 사냥꾼의 솜씨라기보다 거의 무림계 일류 고수의 솜씨였다. 내공으로 강력한 활시위를 당겨 발사하지 않고서는 도저히 사람의 몸뚱이를 꿰뚫고 빠져나가지 못할 만큼 강한 힘, 치밀한 겨냥을 보유한 신궁神弓의 사격술이었다. 그렇다면 이들 여덟 명은 보통 사냥꾼이 아닌 게 분명했다.

뒤미처 연속으로 발사되는 화살비가 몽골군 기마대를 향해 억수같이 날아갔다. 사냥꾼 여덟 명이 일제사격을 개시한 것이다. 그야말로 100걸음 바깥에서 버들잎을 쏘아 맞히는 절묘한 궁술이었다. 무더기로 날아간 화살은 단 한 대도 빗나감 없이 원나라 관군 병사를 사살했다. 몽골군 기병대는 비록 창졸간에 당하는 변이라 한순간 대경실색했으나, 그들 역시 하나같이 궁술과 기마술에 노련한 족속이었다. 그들은 이내 정신을 가다듬고 함성을 지르면서 대오를 갖추더니, 번개 같은 솜씨로 어깨에 둘러멘 활을 벗겨 들고 응사하면서 무시무시한 기세로 돌진해오기 시작했다.

나머지 사냥꾼 일곱 명도 즉시 마상에 올라 마주쳐 달려 나갔다. 화살 한 대에 하나씩, 한 대 또 한 대…… 삽시간에 몽골군 기병대 30여

23. 녹류장 나그네, 부용화 그윽한 향기에 담뿍 취하니

명이 화살을 얻어맞고 말안장에서 추풍낙엽처럼 떨어졌다. 실로 냉혹할 정도로 힘차고도 정확한 사격술이었다. 눈 깜짝할 사이에 우군 동료가 30여 명씩이나 사살당하자, 나머지 병사들은 연거푸 휘파람 신호를 주고받더니 부녀자들을 옭아맨 밧줄마저 팽개치고 말 머리를 돌려 달아나기 시작했다.

여덟 명의 사냥꾼이 타고 있던 마필 역시 하나같이 건장한 준마였다. 이윽고 질풍 번개 같은 추격전이 벌어졌다. 마상에서 일제사격으로 가지런히 발사된 화살 여덟 대가 허공을 찢는 파공음을 일으키면서 무섭게 뒤쫓더니 몽골군 여덟 명의 등줄기를 꿰뚫고 한꺼번에 마상에서 굴러떨어뜨렸다.

추격을 개시한 지 1리도 못 되어 사냥꾼 여덟 명이 되돌아왔다. 표정에는 아무런 감정도 찾아볼 수 없었으나 천연덕스러운 기색으로 보건대 달아나던 몽골군이 하나도 남김없이 몰살당한 게 분명했다.

그들은 말에서 내리지 않았다. 반대로 혼자 떨어져 있던 청년 공자가 여유 만만한 손놀림으로 고삐를 끄르더니 익숙하게 말안장에 훌쩍 올라타고서 쏜살같이 치닫기 시작했다. 청년 공자는 장무기 일행 쪽을 향해 고개 한 번 돌리지 않았다. 뒤따르는 사냥꾼 여덟 명도 마찬가지였다. 청년 공자의 말 한마디로 순식간에 50여 명이나 되는 몽골족 관군을 도륙해버렸으면서도 마치 다반사로 늘 해온 일이라는 듯 털끝만한 거리낌도 느끼지 않는 태연자약한 기색들이었다.

"이봐, 젊은이! 잠깐만 기다려! 내 물어볼 말이 있다고!"

주전이 고함처 부르면서 몇 걸음 달려 나갔으나, 청년 공자는 거들떠보지도 않은 채 사냥꾼들의 호위를 받으며 유유히 사라져갔다.

애초 의분에 못 이겨 몽골군 기병대에게 달려들려던 장 교주 일행은 그야말로 닭 쫓던 개 지붕 쳐다보는 격이 되고 말았다. 하기야 장교주나 위 복왕의 경공 실력으로 사냥꾼 일행을 따라잡기란 그리 어려운 일이 아니었다. 장무기 역시 주전과 마찬가지로 청년 공자에게 몇 가지 물어보고 싶은 생각이 간절했다. 그러나 신기라고밖에 표현할 수 없는 사격술로 단번에 원수의 무리를 섬멸해버린 사냥꾼들의 의협심에 감동받은 나머지, 모두 흠모하는 마음에 존경심까지 일었으므로 감히 실례를 저지르는 것은 아닐까 싶어 자제하고 말았던 것이다.

청년 공자 일행이 돌개바람같이 사라져버린 후, 졸지에 방관자가 된 그들은 하릴없이 설왕설래 쑥덕공론만 분분히 나누었다. 그러나 어느 누구도 이들 아홉 사람의 신분 내력을 추리해내는 이가 없었다. 그나마 양소가 제법 그럴듯한 추측을 내놓았다.

"그 젊은 공자는 분명 남장 여인이었소. 그리고 사냥꾼 여덟 명도 일류 고수가 변장한 것이 틀림없소. 어째서 그 여덟 고수가 일개 처녀에게 그토록 정중하고 공경스러운 태도를 보이고 말 한마디에 깍듯이 복종했는지 그 관계를 모르겠소. 그것으로 보아선 처녀 역시 아주 뛰어난 무공의 소유자거나 지체 높은 귀족 가문의 자녀인 듯싶은데, 도무지 낌새를 차릴 만한 틈마저 주지 않았으니 알 턱이 없구려. 사냥꾼들의 신묘한 활 솜씨도 중원의 여느 문파와 다른 점이 있었소. 우리네 중원 사람은 활시위를 잔뜩 끌어당겼다가 놓는 데 반해, 저들은 시위를 깍지에 미리 끼워놓고 활대를 잡은 손을 바깥쪽으로 밀어내 곧게 편 다음 깍지를 놓은 걸 보아하니 몽골족의 혈통인 듯도 싶은데, 그렇다면 몽골인이 몽골군을 죽였다는 결론이고……. 하지만 우리 한족 백성들 면전에서 몽골인끼리 서로 살육전을 벌인다는 것은 꿈에도 생각지 못할 일이 아니겠소? 이래저래 도무지 종잡을 수가 없구려……."

이 무렵, 한쪽에서는 양불회와 후토기 제자들이 납치되어가던 부녀자들의 놀란 가슴을 진정시키느라 여념이 없었다. 사연을 묻고 보니, 부녀자들은 모두 인근 고을에 사는 평범한 백성이었다. 일행은 원나라 군사들의 시체를 뒤져 노략질한 금품을 꺼내 골고루 나누어주고 모두 샛길로 집에 돌아가도록 일러두었다.

그로부터 며칠 동안 일행의 입에서는 원나라 관군들을 몰살해버린 여덟 명의 신궁과 남장 여인에 관한 이야기가 끊이지 않았다. 모두 흠모의 정과 벗으로 사귀고 싶은 충동에 사로잡힐 만큼 저들이 찍어놓은 인상이 강하게 남아 있었다. 안장 위에서 흔들거리며 입담 좋은 주전이 심심했던지 양소에게 장난을 걸었다.

"양 형, 당신 따님도 제법 미인 축에 들긴 하지만, 그 남장 여인에 비해선 아무래도 한 수 뒤처지던데?"

"그건 맞는 말이오. 어디 뒤처지다뿐이겠소? 그 신전팔웅神箭八雄은 또 어떻고? 만약 그들이 우리 명교에 가입하겠다고만 한다면 내 그 사람들을 모조리 '오산인'의 항렬 위에 올려놓으리다. 그만한 자격이야 있지 않겠소? 하하하!"

양소는 생각만 해도 통쾌한지 배를 움켜잡고 웃음보를 터뜨렸다. 공연히 집적대다가 오히려 한 대 맞은 주전이 무색해져서 발끈 성을 냈다.

"제밀할, 개방귀 같은 소리! 말 타고 활쏘기가 뭐 그리 대단하다고? 당신, 그 녀석들을 당장 이리 데려와봐! 이 주전이 한판 붙을 테니까!"

266

양소는 짐짓 뭔가 생각하는 듯하더니, 제법 심각한 표정으로 대거리를 했다.

"흐흠, 말 타고 활쏘기야 물론 주 형 솜씨보다 좀 모자라겠지. 하나 무공 실력으로 치자면 냉겸 형에 비해 반 수가량은 높아 보이더군."

명교 다섯 산인 가운데 냉면선생 냉겸의 무공 실력이 으뜸이라는 것은 모두 다 알고 인정하는 사실이었다. 애초부터 주전과 사이가 나쁜 그로서는 광명정 전투 이래 비록 겉으로 대놓고 주전과 다툴 입장이 못 되었다. 그러나 주전은 기회만 있으면 양소를 입씨름에 끌어들여 골탕 먹이기를 즐겼다. 그런데 이번만큼은 주전의 참패였다. 사냥꾼들의 무공 실력이 냉겸보다 높다는 말은 곧 주전을 포함한 다섯 산인을 깔아뭉개는 모욕적 언사와 다를 바 없었다. 얘기가 이쯤 되고 보니, 주전은 농담이 아니라 진짜로 울화통이 터지고 말았다.

"당신이 감히 우리 오산인을……!"

주전이 양소에게 삿대질까지 해대며 대들려는 참인데, 곁에서 보다 못한 팽형옥이 가로막았다.

"하하, 주 형이 또 양 좌사한테 당했구먼. 아니, 양 좌사가 일부러 주 형 화내는 꼴을 보려고 그러는 줄 모르나?"

아무래도 진짜 싸움질이 터질 기세라 한마디 농담으로 눙쳐버린 것이다. 그 말에 잔뜩 약이 오른 주전은 울화통을 터뜨리려다 말고 반대로 껄껄대며 호탕하게 웃었다. 성미 급하고 단순한 그는 자신이 화를 냈다가는 지는 것이라 생각한 것이다.

"하하하! 나는 화 안 났어! 내가 화를 내지 않으면 제가 어쩔 테야?"

그러나 얼마 못 가서 주전은 또다시 남들이 다 듣게 큰 소리로 양소

23. 녹류장 나그네, 부용화 그윽한 향기에 담뿍 취하니

의 기마술이 틀려먹었다고 트집을 잡으면서 지분덕거렸다. 동료들은 어쩔 수 없는 노릇이라 서로 마주 보며 실소나 터뜨릴 따름이었다.

은리정은 날마다 밤낮으로 장무기의 치료를 받았다. 제정신이 들자 그는 광명정 결투장에서 충격을 받고 뛰쳐나간 이후의 행적을 기억해 내어 장무기에게 들려주기 시작했다.

그날 은리정은 약혼녀 기효부가 스승 멸절사태의 손에 격살당했다는 사실을 알고 천지가 무너지듯 깊은 절망감에 빠졌다. 얼마나 큰 충격에 빠졌는지 사문의 형제들과 동문마저 눈에 들어오지 않았다. 넋을 잃고 광명정 산 밑으로 정신없이 뛰어 내려간 그는 황량한 사막 한가운데서 끝내 길을 잃고 말았다. 치달릴수록 길에서 벗어나 방황을 거듭하던 그는 고비사막의 악명 높은 황사黃砂 모래 폭풍에 휩쓸려 8~9일을 헤맸다. 그리고 드디어 길을 찾아 되돌아오던 도중 무당파 형제들과 연락이 끊긴 채 우연히 나타난 소림사 승려 다섯과 마주쳤다. 은리정의 신분 내력을 알아본 그들은 말 한마디 건네지 않고 다짜고짜 달려들었다. 마침내 1 대 5의 피 튀기는 격전이 전개되었다. 다섯 승려의 무공 실력은 은리정의 예상을 뒤엎을 만큼 높고 뛰어났다. 그는 전력을 다해 싸운 끝에 승려 둘을 거꾸러뜨릴 수 있었으나, 중과부적으로 그 역시 중상을 입고 말았다.

제대로 먹지 못하고 제대로 쉬지도 못한 채 열흘 남짓 광막한 모래바다를 헤매고 다닌 그가 본래의 무공 실력을 완전히 발휘한다는 것은 처음부터 무리였다. 나머지 세 승려 중 하나가 기진맥진 상태로 쓰러진 은리정의 사지 뼈마디를 모조리 꺾고 으스러뜨린 다음, 모래 골짜기에 던져버렸다. 그들이 사라진 후, 굶주린 독수리 떼가 몰려들기 시작했다. 그리고 장무기 일행에게 발견되기 직전까지 몇 날 며칠 낮밤을 감정이라곤 털끝만큼도 찾아볼 길 없는 날짐승 떼와 목숨 건 사투를 벌였다.

은리정은 이제 분명히 기억했다. 그들 다섯 승려의 무공 수법은 소림파의 것이 분명했다. 다만 한 가지 이상한 점은 그 소림승들이 광명정 포위 공격전에 참가한 공지대사 휘하의 승려들과 전혀 다른 패거리였다는 것이다. 하지만 이번 작전에서 육대 문파가 제각기 공격대의 병력을 둘 내지 셋으로 나누어 선발 공격, 후속 공격, 지원 역할을 분담했으므로 그들 역시 소림파의 후속 공격대 아니면 지원대 소속인지도 몰랐다. 그런데 어째서 같은 명문 정파요, 광명정 포위 공략전의 연합 세력인 무당파 은 육협에게 느닷없이 치명적인 독수를 가했을까? 이것만큼은 전혀 상상할 수 없는 해괴한 행위였다. 은리정은 그들과 맞닥뜨리자마자 예의를 갖추어 스스로 성명과 신분을 명확히 밝혔다고 했다. 따라서 그들이 사람을 잘못 보고 도전했을 리는 없었다.

여행 도중 양불회는 잠시도 은리정 곁을 떠나지 않고 온갖 정성을 다 기울여 시중을 들었다. 아버지 양소와 어머니 기효부가 은리정에게 못 할 짓을 저질렀다는 사실을 알고 있었기에, 그리고 또 이렇듯 처참한 변을 당한 것을 보고 자기도 모르는 사이에 가슴이 벅차도록 연민의 정이 우러나와 지극정성으로 간호를 도맡았던 것이다.

이날 황혼이 깃들 무렵, 장무기 일행은 영등현永登縣을 지나자 더욱 마필에 채찍질을 가했다. 그날 중으로 강성자江城子까지 나아가 그곳에서 투숙할 참이었다.

23. 녹류장 나그네, 부용화 그윽한 향기에 담뿍 취하니

일행이 앞만 바라보고 한창 길을 재촉할 때였다. 갑자기 앞쪽에서 말발굽 소리가 들리더니 관도官道 대로상에 두 필의 말이 어깨를 나란히 하고 마주 달려왔다. 이윽고 정면 100여 척 거리까지 다가온 마상의 기수들이 안장에서 훌쩍 뛰어내렸다. 그러고는 말고삐를 잡은 채 길 한 곁에 비켜서서 공손한 자세로 장무기 일행을 맞이했다. 여전히 낯익은 사냥꾼 차림새, 바로 몽골족 관군 기병대 50여 명을 사살한 신전팔웅 가운데 두 사람이었다.

장무기 일행은 그동안 줄곧 흠모하고 화제에 올리던 이들의 모습을 다시 보게 되자 반가운 나머지 황급히 말에서 내려 마주 다가갔다. 사냥꾼 두 사람은 장무기 앞으로 다가오더니 허리 굽혀 예를 올렸다. 그중 한 사람이 낭랑한 목소리로 인사말을 건넸다.

"저희 주인님께서 명교 장 교주님 이하 여러 호걸 어르신의 의협심과 높은 인덕을 우러러 흠모하시어 누추하나마 장원으로 모시고, 잠시 공경의 뜻을 표하시겠다고 말씀 여쭈라 하셨습니다."

"과찬의 말씀, 어찌 감당하겠소! 한데 주인어른의 존함은 어찌 되시는지?"

"저희 주인님의 성은 조씨趙氏이오나, 방명芳名은 감히 함부로 입에 올리기 어렵사옵니다."

명교 일행은 그제야 청년 공자가 정말 남장 규수였음을 알아차렸다. 양소의 추측이 맞았던 것이다. 그들은 이 처녀가 자기네 일행을 은근한 정성으로 초대한 것이 무척이나 흐뭇해 모두 희색이 만면했다. 장무기는 두 사람에게 고마운 뜻을 표했다.

"여러분의 신통한 활 솜씨를 뵌 이래로 날이면 날마다 우리 일행의 입에서 찬탄의 말이 끊이지 않았소이다. 그리고 여러분과 교분을 맺을 수 있으면 얼마나 행운일까 생각했지요. 하하! 주인 아가씨께서 환대를 해주시겠다니 공연히 폐를 끼치는 것이 아닐까 미안스럽군요."

"아니올시다. 저희 주인님께서도 당세의 영웅호걸이신 여러분을 마음속으로 흠모해오신 지 오래였습니다. 오늘 다행스럽게도 저희 지경地境을 거쳐 가신다는 소식을 들으시고 박주산채薄酒山菜나마 올려서 주인 된 도리를 다하시겠노라고 말씀하셨습니다."

"뜻이 정 그러시다니 마땅히 찾아뵈어야 옳겠군요."

장무기는 이들 몇몇 영웅과 사귀고 싶은 뜻도 있었으나, 가장 큰 관심사는 그녀가 허리에 차고 있던 의천보검이었다.

장무기가 선선히 초대에 응하자, 두 사람 역시 크게 기뻐하는 기색으로 선뜻 말안장에 오르더니 앞장서서 길을 인도하기 시작했다. 그리고 1리도 채 못 가서 또 낯익은 사냥꾼 두 사람이 마중하러 달려 나왔다. 그들 역시 일행이 멀찌감치 보이자 즉시 말에서 내려 공손히 기다렸다. 그로부터 다시 1리 남짓을 더 가자 신전팔웅의 나머지 네 사람이 말 머리를 나란히 하고 한꺼번에 영접을 나왔다. 장무기 일행은 상대방의 예우가 빈틈없는 것을 보고 흐뭇함을 이기지 못해 모두 입이 절로 벌어졌다.

그들은 청석판이 깔린 대로를 따라 어느 장원 앞에 이르렀다. 규모가 으리으리한 장원 둘레에는 방어용 작은 개천이 감돌아 흐르고, 냇가에는 온통 버드나무가 숲을 이루고 있었다. 중원 땅에서도 서북쪽, 황량하기로 이름난 고비사막의 변두리 감숙성 양주凉州 일대에서 이렇듯 강남 지방 특유의 경치를 볼 수 있다니 일행은 모두 가슴이 탁 트이는 듯 이루 형언하기 어려운 상쾌함을 느꼈다.

장원의 대문이 활짝 열리고 개천과의 왕래를 차단해놓았던 적교弔橋도 인마가 지나갈 수 있도록 이미 내려와 있었다.

사냥꾼들이 주인으로 떠받드는 조씨 성을 가진 아가씨가 나그네들을 영접하러 문밖에 나와 서 있었다. 옅은 청색 장포를 걸친 청년 선비의 모습 그대로였다. 조 소저가 앞으로 몇 걸음 더 나서더니 다소곳이 머리 숙여 인사를 건네고 또랑또랑한 목소리로 나그네들을 맞이했다.

"명교의 여러 호걸 협사께서 이렇듯 녹류산장綠柳山莊에 왕림해주시니 정말 소생과 이 누추한 집에 다시없을 영광입니다. 장 교주님, 어서 오십시오! 양 좌사님, 어서 오십시오! 은 노선배님, 어서 오십시오! 위복왕님도 어서 오십시오!"

입에서 줄줄이 쏟아져 나오는 이름 석 자와 법호. 아직 서로 인사 소개도 없었는데 명교 수뇌부 인사들의 서열과 이름까지 정확하게 짚어내고 있었다. 오산인과 오행기 우두머리들의 지위와 이름조차 틀리지 않았다. 일부러 목청을 돋우어 젊은 사내의 흉내를 내고 있었으나 은방울 굴리듯 맑고도 경쾌하게 울리는 아름다운 처녀의 목소리는 감추지 못했다. 주전이 더는 궁금증을 참지 못하고 대뜸 주인에게 물었다.

"조 소저, 어떻게 우리 이름을 그리도 잘 알고 있는 거요? 점을 쳐보지도 않고 알아맞히는 재간을 지녔는가, 아니면 족집게 무당처럼 신들리기라도 했는가?"

"호호호, 명교의 호걸 협사 여러분은 강호에 명성이 드높으신데 어느 누가 모를 리 있겠습니까? 근자에 벌어진 광명정 일전에서 장 교주님이 절세신공으로 육대 문파를 위압하셨단 소문이 무림계를 진동시키고 있습니다. 중원 땅으로 들어가시면 많은 무림계 친구분이 흠모하여 환대를 베풀 터인데, 어찌 소녀 혼자만 그냥 지나치게 할 수 있겠습니까?"

말을 듣고 보니 과연 그럴싸한지라 장무기 일행은 그저 속으로 흐뭇할 따름이었다. 몇 마디 겸사의 말로 응대하고 나서 여태껏 궁금했던 신전팔웅의 이름과 출신 내력을 물었더니, 키가 훤칠하게 큰 사내 하나가 주인 대신 답변하고 나섰다.

"소인은 조일상趙一傷이라 하옵고, 이 사람부터 차례로 소개해드리자면 전이패錢二敗, 손삼훼孫三毁, 이사최李四摧…… 그리고 저쪽 네 사람은 주오수周五輸, 오륙파吳六破, 정칠멸鄭七滅, 왕팔쇠王八衰라고 부릅니다."

명교 일행은 너무 놀란 나머지 입을 딱 벌리고 말았다. 세상에, 이런 흉측한 이름이 다 있다니! 중국에서 제일 흔한 성씨를 대라면《백가성百家姓》에 나열된 순서에 따라서 조趙, 전錢, 손孫, 이李, 주周, 오吳, 정鄭, 왕王씨를 꼽는다. 이 순서대로 성씨를 따서 썼다면 우연의 일치라고 할 수 있다 하더라도, 이름자가 하나같이 해괴망측하고 불길하기 짝이 없었다. 가운데 이름자가 일이삼사 순서대로 나간다는 것은 그럴 수 있다 치고, 더욱 해괴한 것은 끝 자에 있었다. 첫째 이름부터 '다치고傷' '패배하고敗' '훼손되고毁' '꺾어지고摧' '승부에서 지고輸' '박살 나고破' '전멸당하고滅' '쇠약해지고衰'…… 어느 것 하나 끔찍스러울 정도로 불길하지 않은 이름자가 없었다. 그리고 이것이 위풍당당한 신전팔웅의 본명이라니 도저히 믿을 수 없었다. 군웅은 무슨 저주를 듣는 것 같아 자기도 모르게 눈살을 찌푸렸다. 하지만 강호에는 재앙이나 원수를 피하기 위해 되는대로 가명을 쓰는 경우도 흔하디흔한 터라 이들 역시 말 못 할 사정이 있어 그러려니 싶어 더는 캐묻지 않았다.

조 소저가 손수 나그네들을 대청으로 안내했다. 대청 지붕 밑 정면에는 '녹류산장'이라고 쓴 큼지막한 편액片額이 걸려 있었다. 안으로 들어서자 중당中堂에는 당대 제일의 명필 조맹부趙孟頫 •가 그린 〈팔준도八駿圖〉 한 폭이 눈에 꽉 차게 들어왔다. 화면에는 여덟 마리 준마가 당장에라도 뛰쳐나갈 듯이 모두 생동감 있게 헌걸찬 자태를 뽐내고 있었다.

왼쪽 벽면에 드리운 족자 한 폭에는 큼지막한 글씨로 보검을 찬양하는 글귀가 적혀 있었다.

| | |
|---|---|
| 흰 무지개 서슬은 좌중에 흩날리고, | 白虹座上飛 |
| 청사靑蛇는 칼집 속에 소리쳐 운다. | 靑蛇匣中吼 |
| 살벌한 기운이 검봉劍鋒에 서리 맺히니, | 殺殺霜在鋒 |
| 둥근 보름달이 곧바로 꿰뚫리네. | 團團月臨紐 |
| 검결劍訣이 하늘 밖 구름 흐트러뜨리니, | 劍訣天外雲 |
| 칼끝은 한낮의 북두성을 들이친다. | 劍衝日中斗 |
| 장검이 요망한 무리의 배를 가르고, | 劍破妖人腹 |
| 칼날은 교활한 간신의 목을 쳐 날리네. | 劍拂佞臣首 |

---

• 조맹부(1254~1322): 원나라 때의 서화가. 멸망한 남송의 황실 종친이었으나 원 세조 쿠빌라이 칸이 전국에 수소문해 찾을 만큼 뛰어난 인재로서, 훗날 한림학사 승지承旨에 올라 위국공魏國公에 봉해졌다. 행서行書와 해서楷書에 정통해 이른바 '조맹부체'를 발전시켰으며, 산수화에 절묘한 기교를 부려 원대 화풍을 개창했다. 그 아내 관도승管道昇 역시 서법과 묵화로 이름난 서화가였다.

| | |
|---|---|
| 칼집에 꽂혔을 때는 도깨비를 막아주렴, | 潛將辟魍魅 |
| 부녀자를 놀라게는 하지 말 것을. | 勿但驚妾婦 |
| 두어라, 홍수泓水의 이무기를 벨 때까지, | 留斬泓水蛟 |
| 길거리 개 모가지 베어 시험하지 말려무나. | 莫試街中狗 |

시구 끝머리에는 작은 글씨로 제자題字 한 줄이 덧붙여 있었다.

한밤중에 의천보검을 시험해보니 과연 신물神物이라, 생각나는 대로 〈설검說劍〉의 찬시讚詩 한 수를 지어 기록하노라.

변량汴梁 태생 조민趙敏이 쓰다.

장무기는 비록 서법의 대가는 아니지만, 아버지 장취산의 피를 물려받아 오성과 영감만큼은 누구보다 예민한 데다 6년 전 주무연환장에서 경천일필 주장령의 속임수에 넘어가 억류당하는 동안 그의 딸주구진을 따라 서예를 익힌 적이 있기 때문에 필법이 좋고 나쁜지는 조금쯤 안목을 갖추었다. 이제 족자의 붓 자국을 보아하니 필세가 종횡무진 호쾌한 기상이 넘치면서도 자못 가녀린 여인의 솜씨라는 것만큼은 알아볼 수 있었다. 분명 이 산장의 여주인 조 낭자가 짓고 쓴 작품이리라. 조민, 이는 변량 출신 조 낭자의 이름이다.

그는 의학 서적 외에는 많은 책을 읽어본 적이 없으나 족자에 쓰인 시구의 뜻만큼은 알아보았다. 그래서 일부러 큰 소리로 한바탕 읊어본 다음, 주인에게 찬사를 던졌다.

"조 낭자께서 문무를 겸전하셨다니 정말 찬탄을 금치 못하겠습니다. 원래 태생이 중주中州 옛 도읍지 변량의 명문세가이시군요."

"장 교주님의 선친께선 강호에 은구철획이란 별호로 유명하셨으니, 필경 서법의 명가를 이루셨을 테지요. 그 자제 되시는 장 교주님 또한 선친의 가학을 이어받으셨을 테니 소녀 기회가 닿으면 한 폭의 일필 휘지를 청하겠습니다."

그 말을 듣는 순간, 장무기의 얼굴이 화끈 달아올랐다. 열 살 때 부모를 여의었으니 아버지에게 서법을 배울 기회가 없었다. 또 그 이후에도 의학과 무예를 배우느라 문인적 소양은 갖추지 못했다.

"소저께서 제게 글씨 한 폭을 청한다고 하신 말씀은 곧 제 목숨을 달라는 것이나 다를 바 없습니다. 불행히도 저는 어려서 일찍 양친을 여의었기 때문에 선친의 학문을 이어받지 못했습니다. 그저 부끄러울 따름입니다."

이런저런 대화를 나누는 동안 장객莊客이 차를 내왔다. 비 갠 하늘처럼 푸르른 자기 찻잔에서는 강남 특산 용정龍井 찻잎이 해맑간 향기로 코끝을 적셔주었다. 강남 지방에서 여기까지는 수천 리나 멀리 떨어졌는데, 어떻게 해서 이런 곳에 갓 따낸 듯 싱그러운 용정 찻잎이 있단 말인가? 또 한 차례 의표를 찔린 군웅은 어안이 벙벙한 채 할 말을 잊었다. 이 묘령의 처녀는 어쩌면 하는 짓마다 사람을 이렇듯 놀라게 하는 재주가 있단 말인가?

조민이 찻잔을 들어 자신부터 먼저 한 모금 마셨다. 손님에게 딴 뜻이 없다는 걸 보여주기 위한 예의였다. 일행이 차를 들고 나자 그녀는 자리에서 일어났다.

"여러분께서 먼 길을 왕림하셨는데 준비가 소홀한 점 부디 용서하시기 바랍니다. 여행하시느라 고단하셨을 터이니, 저쪽으로 자리를 옮겨 약주 몇 잔 드시고 피로나 풀도록 하시지요."

그러고는 손님들을 인도해 긴 낭하를 가로질러 장원 뒤꼍 커다란 화원으로 안내했다. 화원을 꾸민 자연석들은 하나같이 투박하고 못생겼으나 그 나름대로 예스러운 멋을 지니고 있었다. 바위틈으로 흘러내린 시냇물이 연못을 이루고, 못물은 다리로 이어진 수정각水亭閣 정자를 에워싸며 감돌았다. 화원의 꽃떨기는 몇 포기 안 되었으나 연못물은 밑바닥이 들여다보일 정도로 맑으면서도 깊었다. 꾸밈새가 자못 아취雅趣를 돋우는 것이 산장 주인의 신분이 범속한 부류가 아니라 웅심雄心을 품은 인물임을 여실히 드러내고 있었다. 경험이 부족한 장무기는 화원에 감춰진 절묘한 뜻을 미처 이해하지 못했으나, 안목이 까다롭기로 소문난 양소는 벌써 그 의미를 알아차리고 보일 듯 말 듯 고개를 주억거렸다.

연못 한복판 정자에는 이미 식탁 두 개를 가득 채운 푸짐한 음식이 마련되어 있었다. 조민은 장무기 일행을 정중하게 안내하며 자리를 권했다. 조일상, 전이패를 비롯한 여덟 명의 신전팔웅은 명교 수뇌부 인물을 제외한 나머지 신도들을 별당으로 안내해 함께 어울려가며 술잔을 나누기 시작했다. 기동을 못 하는 은리정은 양불회가 별채 곁방에서 음식 시중을 들어주었다.

조민이 큼지막한 잔에 술을 가득 따르더니 단숨에 마셔 비웠다.

"이 술은 열아홉 해 묵은 소흥여정주紹興女貞酒랍니다. 여러분도 한 잔 맛보시는 게 어떠하실지요?"

그러나 양소와 위일소, 은천정 등은 조 소저가 비록 의협심으로 똘

277

똘 뭉쳐진 여협이라는 점을 인정하면서도 모든 것에 조심하고 있었다. 이들은 음식을 들기 전에 우선 장 교주 앞에 놓인 주전자와 술잔, 수저에 이르기까지 하나하나 면밀히 살폈다. 그러고 나서도 조 소저가 첫 잔을 들고 먼저 마셔 보인 뒤에야 마음 놓고 먹기 시작했다.

명교 신도들은 애당초 '채식만 하고 마왕을 섬기는 무리'라고 세간에 알려진 것처럼 술을 금하고 생선이나 고기 같은 비린 음식을 일체 입에 대지 않았다. 그러나 총단이 곤륜산 깊은 산중으로 옮겨간 다음부터는 이러한 금기를 깨뜨렸다. 서역 지방은 채소 구하기가 고기를 얻기보다 더 힘든 데다 그 일대의 기후마저 해마다 극심한 무더위와 강추위가 번갈아 거듭되는 지역이라 소나 양의 젖과 기름기를 섭취하지 않고서는 도저히 체력을 유지하기 어려웠다. 더구나 내공이 뒤떨어진 사람은 견뎌내기가 보통 힘겨운 일이 아니었다.

수정각을 둘러싼 연못에는 수선화와 비슷한 모양의 꽃이 여덟 송이 남짓 피어 있었다. 꽃떨기의 크기도 수선화 정도인데, 새하얀 빛깔에 그윽한 향기를 풍겼다. 장무기 일행은 맑은 꽃향기와 맛 좋은 술을 마음껏 즐기면서 그 지루하고도 오랜 사막 여행길의 여독을 말끔히 풀었다. 바람결에 은은히 풍겨 날리는 꽃향기가 여로에 지친 나그네들의 정신을 그지없이 상쾌하게 해주었다.

조 소저는 입담이 아주 좋았다. 중원 무림계에 대한 지식도 해박했다. 심지어 강호 경험이 풍부하기로 자부하던 은천정, 은야왕 부자조차 모르는 비화까지 그녀의 입에서 거침없이 술술 흘러나왔다. 그녀는 소림, 아미, 곤륜파들의 무공 수준에 대해선 그리 후한 평가를 내리지 않았다. 그러나 무당파의 장삼봉과 무당칠협을 언급할 때만큼은 찬탄과 존경, 흠모의 정을 아끼지 않았다.

그녀는 명교 여러 협객의 무공 실력에 대해서도 찬사를 보내 손님들을 흥겹게 했다. 건성으로 공치사만 하는 게 아니라 그들의 무공 요결까지 정확히 지적하면서 그 오묘한 점을 치켜세웠기 때문에 아첨한다는 느낌이 전혀 들지 않았다. 조민의 화술과 지식이 얼마나 교묘하고도 해박한지 그들은 고개를 끄덕끄덕하면서 흡족한 표정을 지었다.

하지만 손님들이 그녀의 사승師承 내력을 물으면, 미소만 지을 뿐 대꾸하지 않고 재빨리 화제를 바꾸어버리곤 했다.

술이 몇 순배 돌았지만 그녀는 멈추지 않고 술잔을 비웠다. 누가 권하든 사양치 않았다. 그래서인지 극히 호매豪邁한 기상마저 엿보였다. 새로운 요리 접시가 나올 때마다 그녀는 자신이 먼저 젓가락을 들어 맛을 보았다. 손님들을 안심시키기 위한 배려였다. 이윽고 그녀의 얼굴에 발그레하니 홍조가 감돌았다. 보일 듯 말 듯 흐트러진 자태가 보는 이의 가슴을 두근거리게 할 정도로 아리따웠다. 그녀의 미모는 단순히 요조숙녀처럼 단정한 것이 아니라 사람의 마음을 잡아끄는 교태와 미색이 곁들여 있었다. 그 고운 자태 속에는 영준한 기품과 호쾌한 대장부의 기상도 엿보였다. 또한 그녀의 온화하면서도 고귀한 태도는 사람들에게 존경심을 불러일으켜 정면으로 감히 볼 수 없게 하는 엄격한 일면도 풍겼다.

좌중에 긴장이 풀어진 틈을 타서 장무기가 넌지시 물었다.

"조 낭자, 분에 넘치는 환대를 받아 저희 일행 모두가 깊이 감사드립니다. 그런데 제가 한 가지 여쭤보고 싶은 일이 있습니다만, 좀처럼 말이 입 밖에 나오지 않는군요."

23. 녹류장 나그네, 부용화 그윽한 향기에 담뿍 취하니

"장 교주께선 무얼 그리 남 대하듯 서먹서먹하게 말씀하시는 겁니까? 저 역시 강호를 넘나들던 몸인데, '사해 천지는 모두 한 형제四海之內 皆兄弟也'*란 말도 있지 않습니까? 만일 여러분께서 불초하다 여기고 저버리지 않으신다면, 소녀는 여러분과 벗으로 사귀고 싶습니다. 그러니 궁금하신 것이 있으시거든 서슴없이 말씀해주십시오. 저도 성심껏 대답해 올리겠습니다."

"그러시다면 소생이 한 가지 여쭙겠습니다. 낭자께서 차고 계신 그 의천검은 어디서 얻으신 겁니까?"

그러자 조민은 옅은 미소를 지으면서 허리에 차고 있던 의천검을 끌러 탁자 위에 올려놓았다.

"제가 여러분을 처음 뵈었을 때부터 여러분의 눈빛이 번쩍 뜨여 이 칼에서 떠날 줄 모르는 것을 보았는데, 무슨 까닭으로 그러시는지 말씀해주시겠습니까?"

"바른대로 말씀드리지요. 그 칼은 원래 아미파 장문 멸절사태의 소유였습니다. 저희 명교 형제들 가운데 적지 않은 수가 그 칼 아래 목숨을 잃었답니다. 그뿐만 아니라 저도 그 칼에 가슴을 찔려 하마터면 저승으로 갈 뻔했지요. 그래서 모두 그것에 관심이 쏠린 겁니다."

"장 교주님은 무적 신공을 지닌 분이라 건곤대나이 심법으로 멸절사태의 수중에서 의천검을 빼앗으셨다고 들었는데, 어인 까닭으로 도

---

* 세상 사람들은 모두 친형제와 같다는 뜻.《논어》〈안연顏淵〉 편에 "군자가 공경함을 잃지 않고 남에게 공손하여 예의를 갖추어 대하면 세상 사람 모두가 형제와 다를 바 없는데, 군자에게 어찌 형제가 없다고 근심할 것인가君子敬而無失 與人恭而有禮 四海之內 皆兄弟也 君子何患乎無兄弟也"에서 처음 나온 이후,《수호전》제4회,《문선文選》〈소자경 시蘇子卿詩〉,《원곡선元曲選》〈오원 취소伍員吹籬〉 등에 인용되었다.

리어 그 칼에 상처를 입으셨단 말입니까? 그리고 소문에 듣자 하니 장 교주님을 찌른 사람은 아미파의 젊은 여제자로서 무공이 평범하다던 데요? 저는 그 점을 도무지 이해할 수 없군요."

조민은 서글서글한 눈매로 장무기의 얼굴을 응시했다. 입가에는 웃는 듯 마는 듯 의미 모를 미소가 서려 있었다.

장무기의 얼굴이 단번에 화끈 달아올랐다. 이 처녀가 어떻게 이토록 시시콜콜 다 알고 있단 말인가?

"상대방이 너무나 돌발적으로 손을 썼기 때문에 미처 주의를 기울이지 못하고 그만 실수를 한 탓이었습니다."

그러나 조민의 입가에 있던 뜻 모를 미소는 여전했고, 오히려 희미하게나마 조롱기마저 엿보였다.

"그런 게 아니라 아미파 그 젊은 여제자분이 너무나 아리따워서 그랬던 게 아닐까요? 안 그렇습니까?"

"원, 조 낭자도, 별 농담을 다 하십니다."

이때 조민이 여전히 미소를 띤 채 앉아 있던 의자를 뒤로 밀어내고 일어섰다.

"제가 술기운을 이기지 못해 철없는 말을 지껄였군요. 더 마셨다가는 실례를 범할 것 같습니다. 저는 잠시 들어가 옷을 갈아입고 나올 터이니 여러분께선 사양 마시고 마음껏 즐기도록 하시지요."

그러고는 남자 흉내를 내어 점잖게 읍례를 건네더니, 정자 바깥으로 나가 버드나무와 꽃나무 숲 사이를 요리조리 빠져나가 사라졌다. 문제의 의천보검은 가져가지 않고 그대로 식탁 위에 놓아둔 채……

시중드는 장정들이 요리 접시를 끊임없이 내왔다. 그러나 주인이 없는지라 손님들은 더 이상 음식을 들지 않았다. 눈길은 여전히 식탁 위에 놓인 의천보검에 쏠려 있었다.

한참을 기다려도 조민은 좀처럼 돌아오지 않았다. 누구보다 성질 급한 주전이 입을 열었다.

"주인이 여기다 보검을 두고 갔으니 안심은 되는군."

한두 마디 중얼거리면서 식탁 위에 놓인 의천검을 집어 들다가 급작스레 깜짝 놀랐다.

"이크! 왜 이리 가볍지?"

칼자루를 잡고 뽑아보았다. 장검이 칼집에서 빠져나오는 순간, 장무기 일행은 일제히 자리를 박차고 일어났다. 너 나 할 것 없이 경악에 찬 눈길로 문제의 장검을 바라보았다. 그것은 쇳덩이를 베어내고 옥을 쪼갤 만큼 예리하기 짝이 없는 의천보검이 아니라 나무로 정교하게 깎아 만든 목검이었다. 칼집에서 빠져나오기 무섭게 한 가닥 옅은 나무 향내가 장무기 일행의 코에 잔잔히 스며들었다. 칼날이 담황색을 띤 것으로 보건대 아무래도 단향목檀香木을 깎아 만든 것이 분명했다.

그들은 마치 귀신에게 홀린 듯 얼떨떨한 표정만 지을 뿐 아무도 입을 열지 못했다. 너무나 어처구니없는 일이라 농담 잘하는 주전마저 어쩔 줄 모른 채 한동안 허둥거렸다.

"양…… 양 좌사, 이게…… 이게 무슨 장난질인가?"

하루 온종일 입씨름을 벌이고 골탕 먹이려 안달하던 그였으나 속으로는 양소의 지략과 식견에 탄복해온 터라, 지금 이렇듯 난제에 부닥치고 보니 저도 모르게 양소에게 묻지 않을 수 없었던 것이다. 양소의 표정이 심각하게 굳어졌다.

"교주님, 아무래도 저 조 소저는 십중팔구 우리에게 호의를 품고 있지 않은 듯싶습니다. 웬일인지 자꾸 위기감이 느껴지는군요. 아무튼 당장 이 위험한 곳을 떠나는 것이 좋겠습니다."

"하하, 그 처녀가 뭐 두렵다고 그러시나? 우리 인원수가 이렇게 많은데 수상쩍은 짓거리를 하거든 모조리 풍비박산을 내버리면 그만 아닌가?"

"아니오! 이 녹류산장에 들어설 때부터 어딘가 모르게 수상쩍은 기미를 느꼈소. 이 장원 사람들은 정파인 듯 보이면서도 그게 아니고, 사파의 무리인 듯하면서도 그게 아니오. 도대체 어느 문파에 속한 사람들인지 종잡을 수가 없소. 사사건건 남의 견제를 받으면서 우리가 여기 더 있어봤자 뭘 하겠소? 잘못하다간 이들의 계략에 빠져들기 십상이오."

장무기도 같은 생각이라 고개를 주억거렸다.

"양 좌사 말씀이 옳습니다. 이만큼 배불리 먹고 마셨으니 우리 이만 작별 인사나 건네고 떠납시다."

그러고는 자신부터 먼저 자리를 떴다.

"진짜 의천검의 행방은 찾지 않으시렵니까?"

철관도인 장정이 묻자 팽형옥이 대답 겸해서 교주에게 자신의 의견을 내놓았다.

"제 견해로는 조 소저가 일부러 우리를 끌어들인 데는 아무래도 무슨 꿍꿍이속이 있는 듯싶습니다. 우리가 조 소저를 찾지 않고 떠나면 필시 그녀 쪽에서 우리를 찾아올 게 분명합니다."

"옳은 말씀입니다. 우리는 우리대로 해야 할 일도 있고 하니, 공연히 성가신 일에 자꾸 말려들 필요가 없습니다. 훗날 용건이 있으면 제 발로 우리를 찾아오겠지요. 병법에도 '이일대로以逸待勞'라는 게 있지 않습니까? 우리가 군이 힘들게 움직이지 않아도 저들이 우리 쪽으로 찾아오게 하면 되는 겁니다. 그때 가서는 저들의 모든 의도가 분명히 밝혀지겠지요."

장무기 일행은 그 즉시 수정각에서 나와 대청으로 돌아왔다. 그리고 음식 시중을 들던 장정을 시켜 조 소저에게 "성찬을 베풀어주셔서 고맙다"는 뜻을 전하게 하고, "아울러 뵙지 못한 채 바삐 떠나게 되어 죄송하다"는 작별 인사까지 덧붙여 보냈다.

출발 준비를 마치고 떠나려 할 때 조민이 총총걸음으로 달려 나왔다. 어느새 갈아입었는지 담황색 비단 적삼을 걸치고 화사한 여인의 모습으로 바뀌었으나, 소탈하고도 표일한 청년 선비다운 풍채만큼은 더욱 도드라져 보였다.

"상면한 지도 얼마 안 되었는데, 어인 일로 벌써 떠나시는지요. 소녀가 너무 소홀히 대접해드린 것은 아닙니까?"

"아니올시다. 분에 넘치는 후대를 받았는데 소홀하다니요. 단지 저희에게 바쁜 일이 있어 오래 모시고 환담을 나누지 못하는 게 서운할 따름입니다. 훗날 또 뵈올 기회가 있으면 가르침을 청할까 합니다."

조민의 입가에 웃는 듯 마는 듯 야릇한 미소가 서렸다. 앞서 '아미파 젊은 여제자' 얘기를 꺼내면서 장무기에게 던진 조롱기 어린 표정을 그대로 띤 채 장원 대문 밖까지 배웅하러 나왔다. 신전팔웅 여덟 명의 신궁도 떠나는 길 곁에 가지런히 늘어서서 공경한 자세로 나그네 일행을 전송했다.

그들은 두 주먹 맞잡아 작별 인사를 남겨놓고 말고삐를 다 풀어 질풍같이 치달리기 시작했다. 네 발굽을 모아 힘차게 치닫는 말안장 위에서 그들은 말 한마디 나누지 않았다. 모두 방금 헤어진 조 소저 이하 신전팔웅의 정체에 대해 골똘히 생각하느라 대화마저 끊긴 것이다. 녹류산장에서 한참 멀리 떨어진 곳에 다다르자, 이내 사면팔방이 탁 트인 벌판이 나타났다. 주변에는 아무도 없었다. 잠시라도 입을 놀리지 않으면 갑갑증에 속이 터질 것 같은 주전이 먼저 입을 열었다.

"그 조씨란 아가씨 말인데, 아무리 생각해도 우리한테 악의를 품은 것 같지는 않았어. 나무로 만든 목검을 가져다 교주님께 보인 것도 놀리느라 그랬던 것 같고 말이야. 어린 계집아이들이 그런 장난질을 곧잘 치지 않는가? 그 처녀가 진짜 의천보검을 가졌을 턱이 없지! 이봐, 양 좌사, 이번만큼은 당신 추측이 빗나간 거야!"

주전이 또 비위를 긁어대는데도 양소는 여전히 심각한 표정을 풀지 않았다.

"도대체 무슨 영문인지 모르겠군. 나도 무엇이 어떻다고 딱 잘라서 말할 수는 없지만, 아무래도 예감이 이상한 걸 어쩌겠소?"

"하하! 명성이 쟁쟁하신 우리 양 좌사께서도 광명정 일전을 겪고 나시더니 겁이 많아졌군! 이거야말로 자라 보고 놀란 가슴 솥뚜껑 보고 놀라는 격이 아니고 뭔가? 그런데 아…… 아…… 이거 내가 왜 이러지……? 아아……!"

주전은 말하다 말고 갑자기 몸뚱이가 휘청거리더니 외마디 소리를 지르면서 그대로 안장에서 굴러떨어졌다.

"주 형, 왜 그러나?"

제일 가까이에서 달리던 설부득이 다급하게 뛰어내려 부축했다.

"헤헤, 별일 아닐세. 오랜만에 모처럼 술 몇 잔 마셨더니 취해서 현기증을 일으켰나 봐."

낙천가인 주전은 대수롭지 않다는 듯이 껄껄대고 웃어 보였다. 그런데 나머지 일행이 그 '현기증'이란 말을 듣는 순간 누가 먼저랄 것도 없이 서로 얼굴을 마주 바라보았다. 그들 역시 녹류산장을 떠나온 이후 여기까지 달려오는 동안 모두 두통과 어지럼증을 느끼고 있었던 것이다. 술기운이 돌아서 그러려니 싶어 대수롭지 않게 여기고 누구 한 사람 입을 열지 않았는데, 주전이 똑같은 증세를 호소하자 모두 깜짝 놀랐던 것이다.

아무리 생각해도 이상했다. 주전처럼 무예가 뛰어나고 내공이 두터운 데다 주량 또한 엄청난 술고래가 고작 몇 잔 더 마셨다고 해서 낙마하다니 도무지 이해할 수가 없었다.

그때 갑자기 장 교주가 고개를 들고 하늘을 바라보기 시작했다. 그는 머릿속으로 왕난고의 〈독경〉을 낱낱이 뒤져보고 있었다. 도대체 냄새도 맛도 빛깔도 없는 것으로서 인간이 먹으면 어지럼을 일으키게 할 수 있는 독약이 과연 무엇일까? 아무리 온갖 독약을 다 떠올려봐도 그런 증세에 부합하는 것이 없었다. 그리고 또 한 가지, 그가 먹고 마신 술과 요리도 다른 일행과 전혀 다르지 않았는데, 어째서 자신은 추호도 그런 증세를 느끼지 않는 것일까……? 다음 순간, 그의 머릿속에 번개 벼락 치듯 스치고 지나가는 것이 하나 있었다. 장무기는 저도 모르게 대경실색했다. 그는 말고삐를 잡아당겨 그 자리에 우뚝 멈춰 서기 무섭게 일행을 향해 큰 소리로 외쳤다.

"정자에서 술을 드신 분들은 당장 말에서 내리십시오! 그리고 그 자리에서 가부좌를 틀고 앉아 자연스럽게 들숨 날숨으로 호흡만 하되 절대로 운기 조식을 하시면 안 됩니다!"

곧이어 부하들에게도 엄명을 내렸다.

"오행기와 천응기 형제들은 사방으로 나누어 서서 수령首領 여러분을 엄밀히 보호하시오! 누구든지 접근하는 자가 있거든 가차 없이 물리치되, 부득이한 경우에는 쳐 죽여도 무방하오!"

"예에!"

교주의 입에서 엄한 명령이 떨어지자, 오행기 다섯 패거리와 천응기 소속 신도들은 한마디로 응답하더니 사뭇 긴장된 기색으로 즉시 병기를 뽑아 들고 수령들을 에워싼 대형으로 늘어섰다. 그들은 언제 보아도 온화하고 부드럽기만 하던 장 교주가 이렇듯 엄명을 내리는 것을 처음 보았다.

수뇌부 사람들은 영문을 몰라 어리둥절한 표정으로 하나둘씩 말에서 내려 장무기가 시키는 대로 땅바닥에 두 다리를 틀고 앉았다.

장무기의 입에서 두 번째 엄명이 떨어졌다.

"여러분 모두 내가 돌아올 때까지 그 자리에서 절대로 흩어지면 안 됩니다!"

사람들은 교주가 느닷없이 왜 이러는지 그 까닭을 알 수 없었다. 그저 두통과 현기증이 조금 일어났을 뿐인데 저토록 놀라서 허둥대다니…….

장무기는 거듭 호령했다.

"가슴이 답답하고 구토증이 나서 견딜 수 없더라도 절대로 운기 조식을 해선 안 됩니다. 그랬다가는 독기가 발작해 목숨을 구할 방법이 없게 됩니다."

사람들은 그제야 자신이 중독되었다는 사실을 깨닫고 이구동성으로 놀란 외마디 실성을 터뜨렸다.

"아니, 언제 어디서 어떻게 중독되었단 말씀입니까?"

그러나 장무기의 대꾸는 들리지 않았다. 어느새 번뜩 날린 동작이 벌써 100여 척 거리 바깥으로 치닫고 있었던 것이다.

그는 다급한 마음에 말의 속도가 너무 느리다고 생각했다. 그래서 당장 경공신법을 한껏 펼쳐 녹류산장으로 질주해갔다. 그는 일행이 이상스럽게 여길 정도로 초조감을 보였다. 하지만 그 속을 누가 알겠는가? 장무기는 이제 극독이 일단 발작하면 양소, 은천정, 오산인을 비롯한 수뇌부 인사들이 기껏해야 한 시진 삼각三刻밖에 목숨을 부지할 수 없다는 사실을 알고 있었다. 이 독물은 절대로 환음지에 중독되었을 때처럼 여유작작하게 시일을 끌어갈 수 있는 것이 아니었다. 만일 해독제를 제때에 빼앗아오지 못할 경우, 일행의 목숨은 그것으로 끝장나고 말 터였다.

녹류산장까지 되돌아가는 20여 리 길을 장무기는 단숨에 치달렸다. 장원 대문 앞에 들이닥쳤을 때 몸뚱이가 번뜩 솟구치는가 싶더니 마치 시위를 벗어난 화살처럼 눈 깜짝할 틈도 주지 않고 대문 안으로 들어갔다. 대문 앞을 지키던 장정들은 그저 눈앞이 번쩍하면서 무엇인가 그림자와 비슷한 것이 스쳐 지나간 듯 어쩔한 느낌만 받았을 뿐, 그가 대문 안으로 뛰어 들어간 것을 전혀 눈치채지 못했다.

곧바로 길을 더듬어 후원에 다다르자, 그는 연못 한가운데 있는 수정각 안으로 뛰어들었다.

거기에는 보드라운 초록색 비단 적삼을 걸친 처녀가 다소곳이 앉아 있었다. 왼손에는 찻잔을, 또 한 손으로는 책장을 펼쳐 들고서 한창 읽고 있는 중이었다. 바로 여인의 복장으로 갈아입은 조민이었다. 다급한 발걸음 소리가 들려오자, 그녀는 책장에서 눈을 떼고 다소곳이 바라보며 딱 한 번 미소를 지었다.

"조 낭자, 소생이 화초 몇 그루만 얻어가야겠습니다."

장무기는 한마디 인사만 남기고 상대방이 대답하기도 전에 벌써 왼발로 정자 바닥을 툭 찍더니 마치 잠자리가 물 위를 날 듯 연못 가운데로 몸을 날렸다. 수면과 평행선을 이룬 채 날아간 그는 물 위에 내려서는가 싶더니 이내 정자 쪽으로 되돌아왔다. 그의 양손에는 어느새 뽑아냈는지 연못에 핀 수선화 모양의 화초 일고여덟 포기가 뿌리째 들려 있었다.

그의 발끝이 이제 막 정자 바닥을 딛고 올라서려는 찰나 갑자기 "휙! 휙!" 하는 파공음을 일으키면서 쇠털같이 미세한 암기 몇 대가 정면으로 쏘아져 왔다. 장무기는 두 번 생각해볼 것도 없이 오른쪽 소맷자락을 휩쓸어 날아오는 암기를 모조리 휘감아 들이는 한편, 왼쪽 소맷자락으로 조민을 공격했다.

조민이 몸을 비스듬히 틀어 공격을 피해냈다. 그러나 다음 순간 "휘리릭!" 돌개바람이 휘몰아치는 소리와 함께 탁자 위에 놓였던 주전자며 찻잔, 과일 접시가 한꺼번에 소맷바람에 이끌려 날아가더니 연못 위를 건너뛰어 버드나무와 꽃나무 숲에 부딪쳐 모조리 박살 나고 말았다.

정자 안에 무난히 내려선 장무기는 손에 들린 화초를 재빨리 살펴보았다. 짙은 자줏빛 수염 같은 잔뿌리가 수없이 길게 늘어졌는데, 뿌리마다 영롱한 구슬처럼 생긴 비취 빛깔의 구근이 초롱초롱 매달려 있었다. 그는 비로소 마음이 놓였다. 해독제가 이제 수중에 들어온 것이다. 장무기는 화초를 뿌리째 품속에 쑤셔넣고 나서 조민을 향해 인사를 건넸다.

"해독제를 주셔서 매우 고맙소. 그럼 이만!"

"호호호! 오실 때는 쉬웠지만 나가시긴 어려울걸요?"

조민은 웃으며 탁자 위에 놓인 책을 집어 던졌다. 어느 틈엔가 그녀의 양손에는 책갈피에서 꺼낸 단검 두 자루가 들려 있었다. 종잇장처럼 얇으면서도 찬 서리 같은 한광寒光이 번쩍거렸다. 그녀는 단검 두 자루를 한꺼번에 수평으로 내지르면서 장무기에게 몸뚱이째로 덮쳐들었다.

그러나 장무기의 생각은 오로지 은천정을 비롯해 중독당한 일행의 안위에만 쏠려 있을 뿐이라, 그녀와 싸우고 싶은 마음이 없었다. 그는 재빨리 오른쪽 소맷자락을 다시 한번 휘둘렀다. 옷자락에 꽂혀 있던 쇠털같이 가느다란 금침 10여 대가 도로 뽑혀 나오기 무섭게 마주 덮쳐오는 조민을 향해 한꺼번에 날아갔다. 조민은 정자 기둥을 잡고 바깥쪽으로 한 바퀴 빙그르르 돌아 금침을 피한 다음, 오른 발끝으로 계단을 툭 찍더니 날렵한 동작으로 정자 안으로 되돌아왔다. 표적을 놓친 금침들은 모조리 연못 물속으로 떨어졌다.

"멋들어진 동작이군!"

장무기가 찬탄하는 순간, 그녀의 단검이 눈앞 좌우 양편에서 비스듬히 찔러들었다. 왼손 공격에 이어 오른손의 것이 그 뒤를 잇는 2단계 연속 공격이었다.

장무기는 슬그머니 부아가 치밀었다. '요 계집의 심보가 정말 악독하기 짝이 없구나. 내가 구양신공을 익히지 않고 호 사모님의 〈독경〉을 공부해두지 않았던들 오늘 우리 명교는 필경 이 계집의 손에 무슨 영문인지도 모른 채 무너지고 말았을 게 아닌가?' 뒤미처 단검 두 자루를 한꺼번에 낚아채려고 양손을 앞으로 불쑥 내뻗었다.

그러나 백옥같이 뽀얀 팔뚝이 중도에서 홀떡 뒤집히더니 단검 두 자루가 번개처럼 방향을 바꾸어 이번에는 장무기의 좌우 집게손을 베어내려고 했다. 낚아채기에 실패한 그는 속으로 희한한 솜씨도 다 보았구나 싶어 혀를 끌끌 찼다. 그러나 조민은 역시 그의 적수가 되지 못했다. 장무기의 구양신공이 얼마나 오묘하고 변화무쌍한가? 비록 칼날을 빼앗지는 못했어도 어느 틈에 그녀의 양 손목 혈도를 툭툭 털어내듯 가볍게 찍어가고 있었다. 칼을 더 이상 쥐고 있지 못하게 된 그녀는 내찌른 자세 그대로 단검 두 자루를 한꺼번에 상대방의 면상으로 던져 날려 보냈다.

장무기가 재빨리 머리통을 옆으로 기울이자 단검 두 자루는 곧바로 코끝을 스치고 지나쳐 정자 기둥에 들이박혔다. 칼을 던져 보낸 기세가 얼마나 세찬지 기둥에 박힌 칼자루가 여전히 부르르 떨고 있었다.

장무기가 섬뜩 놀랄 정도로 기민한 역습이었다. 무공 실력으로 말하자면 그녀는 양소나 은천정, 위일소보다 훨씬 뒤떨어졌지만, 총명한 두뇌와 임기응변, 그리고 민첩성, 초식 변환의 빠르기와 매섭기는 그들보다 한 수 위였다. 쌍검으로 이길 수 없다고 생각하자 어떻게 해서든지 상대방에게 상처를 입히려고 재빨리 단검을 던져 공격한 것이다.

조민은 두 손이 비자 곧바로 탁자 위에 놓인 목제 의천검을 움켜잡았다. 그러고는 칼집에서 목검을 뽑아내려다 무슨 생각이 들었는지 칼집째로 장무기의 허리께를 후려쳤다. 장무기는 왼손 검지와 중지 두 손가락을 세워 질풍같이 그녀의 어깨머리 견정혈을 찍어가다가 상대방이 몸을 기울여 비켜나는 순간, 오른손으로 목검을 덥석 움켜 빼앗았다. 이번만큼은 건곤대나이 심법이 실패하지 않고 효과를 거두었다. 목검을 빼앗기고도 조민은 그 자리에 선 채 빙글빙글 웃고만 있었다.

"장 공자님, 그게 무슨 무공이죠? 바로 건곤대나이 신공이라는 건가요? 내가 보기엔 별것 아닌 듯싶은데……."

장무기는 대답 대신 왼 손바닥을 활짝 펼쳐 보였다. 손바닥에는 진주 꽃 장식 한 개가 파르르 떨고 있었다. 바로 조민의 귀밑머리에 꽂혀 있던 노리개였다.

일순 조민의 얼굴빛이 싹 변했다. 상대방이 진주 노리개를 떼어냈는데도 그것을 전혀 눈치채지 못한 것이다. 만약 노리개를 떼어내던 순간 악의를 품고 그 손길이 귀밑에서 한 치만 더 올라가 왼쪽 관자놀이 태양혈을 찍었더라면 아마 그녀의 목숨은 이미 끊겨 이 정자 바닥에 흉한 꼴로 쓰러져 있을 게 아닌가?

그러나 조민은 즉시 안정을 되찾고 담담하게 웃어 보였다.

"그 머리 장식이 마음에 드신 모양이죠? 달라면 드렸을 텐데 억지로 빼앗을 것까지는 없잖아요?"

얄밉게 종알거리는 얘기를 듣고 보니 장무기가 도리어 창피한 꼬락서니가 되고 말았다. 조롱을 당하고 부아가 치밀어 오르자 그는 즉시 왼손을 휘둘러 손바닥에 들고 있던 머리 장식을 그녀에게 휙 던져주었다.

"돌려드리지!"

그러고는 미련 없이 냉큼 돌아서서 뚜벅뚜벅 정자 바깥으로 걸어나갔다.

"잠깐!"

꽃 장식을 받아 든 조민이 등 뒤에서 외쳐 불렀다. 흘끗 돌아보니, 그녀는 빙글빙글 웃고 있었다.

"내 구슬 꽃 장식에서 제일 커다란 진주알 두 개를 훔쳤죠? 왜 그랬어요? 그렇게 탐나셨나요?"

"허튼소리 마시오. 난 당신하고 농담할 시간이 없소."

그러자 조민은 머리 장식 노리개를 높이 들어 보이면서 정색하고 따져 물었다.

"보세요! 분명히 두 알이 없어졌잖아요?"

장무기의 눈에도 금실로 달아매었던 끝머리에 진주 두 알이 빠진 자국이 분명히 보였다. 생각해보나마나 이 간교한 계집이 일부러 떼어내 감춰놓고 자기를 가까이 끌어들여 또 무슨 계략을 쓰려는 게 틀림없었다. '내가 그 수작에 넘어갈 듯싶으냐? 어림 반 푼어치도 없지!'

"흥!"

그는 세차게 코웃음을 치고 거들떠보지 않았다.

조민이 탁자를 짚고 선 채 명령하듯 매섭게 호통쳤다.

"장무기! 배짱 있거든 내 앞으로 세 걸음만 다가와봐요!"

그러나 장무기는 그런 충동질에 넘어가지 않았다.

"누구더러 오라 가라 하는 거요? 나더러 겁쟁이라고 하고 싶겠지만 당신 마음대로 생각해도 좋소."

그는 본 척도 들은 척도 않고 돌계단을 두 걸음 내려섰다.

조민은 격장법激將法마저 효과를 거두지 못하자, 꽃같이 아리따운 얼굴이 참담하게 일그러졌다.

"됐어, 됐어! 오늘 내가 이렇듯 철저하게 수모를 당하다니, 무슨 낯으로 사부님을 대하랴?"

그녀는 혼잣말하듯 중얼거리더니 손을 뒤채어 기둥에 박힌 단검 한 자루를 뽑아 들었다. 그러고는 장무기를 향해 버럭 소리쳤다.

"장 교주! 내 목숨을 끊게 해주셔서 고맙군요!"

장무기가 이게 무슨 소린가 싶어 흘끗 뒤돌아보니 눈앞에서 허연 서릿발이 번쩍 빛났다. 그녀가 단검의 칼끝을 되돌려 제 앞가슴에 찔러 넣고 있었다. 장무기는 차갑게 웃으며 빈정댔다.

"흥! 이제 당신 꾀에는 안 넘어갈 거요."

그 말끝이 떨어지기도 전에 날카로운 단검 칼끝이 진짜 그녀의 가슴으로 찔러 들어가고 있는 게 아닌가?

"으아아!"

조민은 입으로 처절한 비명을 내지르면서 탁자 모퉁이에 털썩 엎어졌다.

장무기는 깜짝 놀랐다. 세상에 이렇듯 불같은 성미를 지닌 처녀가 다 있다니, 몇 수 겨룸에서 졌다고 분함을 이기지 못해 자기 가슴을 찔러 자결하는 여자야말로 난생처음 보았다. 그는 황급히 발길을 돌려 정자 안으로 뛰어 들어갔다. 칼끝이 심장부를 꿰찌르지 않았다면 살려 낼 방도가 있을지도 모른다. 우선 부상 정도가 어떤지 그것부터 살펴 보는 일이 급했다. 그가 탁자 모서리 앞 두세 걸음까지 다가서서 엎어 진 그녀의 어깨를 막 젖히려는 순간이었다. 돌연 발밑이 푹신하더니 딛고 있던 바닥이 내려앉으면서 텅 빈 허공으로 바뀌고 말았다. 다음 순간 몸뚱이가 급전직하로 추락하기 시작했다.

'아뿔사, 또 당했구나!'

그는 속으로 실성을 터뜨리면서 본능적으로 아래쪽을 향해 양 소맷 자락을 활짝 펼쳤다. 공기의 저항으로 몸뚱이가 허공에서 멈칫하는 순 간, 재빨리 손바닥을 뻗쳐 탁자 모서리에 얹었다. 손바닥을 얹기만 하 면 고정된 탁자의 무게를 빌려 그 순간적인 탄력에 힘입어 솟구쳐 오 를 수 있을 터였다.

조민의 자결 시늉은 물론 거짓이었다. 장무기의 손바닥이 탁자 모 서리에 날아들자, 그녀는 그럴 줄 알았다는 듯이 오른손으로 맞받아치 면서 장력을 쏟아냈다. 탁자 모서리를 건드리지 못하게 하려는 의도 였다. 그야말로 "토끼가 뛰어오르면 새매가 곤두박질쳐 내린다免起鶻落" 더니, 쌍방의 동작은 속담 그대로 눈 깜짝할 사이에 벌어졌다. 탁자 모 서리를 놓치고 두 손바닥이 맞부딪쳤을 때 몸뚱이는 벌써 절반쯤 아 래쪽으로 빠져 들어간 뒤였다. 장무기는 그 바쁜 와중에도 황급히 손 목을 뒤집어 맞부딪친 조민의 손바닥 네 손가락을 움켜잡았다. 그러나 손가락이 얼마나 부드럽고 매끄러운지, 용케 붙잡았다 싶었을 때는 어 느새 기름독에 빠진 미꾸라지처럼 빠져나가고 있었다. 하지만 장무기는 반 푼이라도 힘 받을 데가 생기면 곧바로 유용하게 쓸 수 있는 여유를 지닌 고수였다. 상대방의 손가락이 빠져나가는 찰나, 그 힘을 이용한 팔뚝이 급작스레 길게 뻗어나가는 듯싶더니 어느새 그녀의 위쪽 팔뚝을 움켜잡았다. 팔뚝을 잡아당기는 것과 동시에 딸려온 조민과 장무기 두 사람의 몸뚱이가 한꺼번에 함정 속으로 떨어져 내렸다. 비명을 지를 틈도 없이 두 사람의 눈앞은 삽시간에 암흑천지로 바뀌고, 몸뚱이는 단 한순간도 멈춤 없이 계속 추락했다.

"철커덩!"

머리 위에서 함정 입구 덮개 닫히는 소리가 육중하게 메아리쳤다. 함정은 어림잡아 40~50척 깊이, 장무기는 두 발이 바닥에 닿았다고 느껴지는 순간, 두 발로 다시 한번 밑바닥을 힘껏 박차면서 그 탄력으로 몸뚱이를 솟구쳐 올렸다. 이른바 벽호유장공壁虎游牆功, 호랑이가 벽을 타고 기어오르는 수법으로 단숨에 함정 입구까지 기어오른 그는 뚜껑을 열어젖히려고 힘껏 손을 내뻗었다. 그러나 손끝에 와닿는 감촉이 군세고 딱딱한 데다 얼음보다 더 차가웠다. 그것은 기관 장치로 단단히 맞물린 강철 덮개가 분명했다. 비록 일신에 건곤대나이 신공을 지녔다고는 하나 몸뚱이가 반공중에 덩그러니 뜬 채 힘 받을 데가 없으니 제풀에 떠밀려 도로 추락하기 시작했다. 그래도 그는 단념하지 않고 양손과 두 발바닥을 벽에 붙인 채 미끄러져 내리는 동안에도 계속 이곳저곳을 더듬었다.

느긋한 기색으로 올려다보던 조민이 까르르 웃었다.

"그 덮개는 강철선 여덟 가닥으로 단단히 맞물려 있어요. 제아무리 천하장사라 하더라도 매미가 아닌 바에야 철판 밑바닥에 달라붙어 용을 써봤자 그게 어디 열리겠어요?"

교활하고도 간살맞은 비아냥거림에 장무기는 이가 갈릴 정도로 분노가 치밀었으나, 대꾸를 하지 않은 채 어디 빠져나갈 데가 없나 하고 함정의 사면 벽을 더듬어보기 시작했다. 사면은 구석구석 손길 닿는 데마다 얼음장보다 더 차갑고 매끄러웠다. 그러고 보니 덮개뿐만 아니라 벽면도 바닥도 온통 강철판이라, 어딜 더듬어봐도 빠져나갈 틈이라곤 없었다.

"장 공자님, 당신의 그 벽호유장공이 참말 대단하군요. 이 함정은 순강철을 통째 녹여 만든 것이라, 어디 한 곳 손 붙일 데 없이 미끄러운데 그걸 타고 오르시다니, 호호호!"

약을 바짝바짝 올리니 장무기는 머리끝까지 분노가 치밀어 견딜 수 없었다. 그는 벽면을 타고 바닥에 내려서면서 버럭 소리를 질렀다.

"뭐가 그리 우습소? 당신도 나하고 같이 이 함정에 빠져든 신세인데……."

면박을 주다 보니 돌연 머릿속에 퍼뜩 짚이는 게 하나 있었다. '옳거니, 요 교활한 계집은 이 함정 어딘가에 출구를 숨겨놓고 있을 것이다. 나를 따돌려놓고 혼자 빠져나가게 내버려둘 듯싶으냐?'

뚜벅뚜벅 두어 걸음 앞으로 다가선 장무기가 불문곡직하고 그녀의 손목을 덥석 움켜잡았다.

"뭐 하는 짓이야?"

느닷없이 손목을 붙잡힌 조민이 깜짝 놀라 소리쳤다.

"날 따돌려놓고 혼자 빠져나갈 생각은 마시오. 살고 싶으면 일찌감치 이 함정 덮개를 열라고 하시오."

"호호호, 뭐가 그리 급하다고? 여기서 우리가 굶어 죽을 것도 아닌데. 내 부하들이 날 찾다가 없으면 이 함정을 열 테니, 그때 나가면 될 것 아니겠어요? 제일 걱정스러운 것은 부하들이 내가 장원 바깥으로 나간 줄 잘못 알면 어쩌나 하는 거예요. 그렇게 되면 낭패도 이만저만 아닐 텐데……."

"이 함정 안에는 바깥으로 나가는 장치가 없소?"

"아이참! 얼굴은 똑똑하게 생긴 분이 어쩌면 그렇게 멍청한 소리를 다 하시나? 이 함정은 내가 놀이터로 만든 게 아니라 적을 사로잡기 위해 만든 거예요. 그런데 적에게 좋은 일한답시고 '어서 나가주십시오!' 하고 일부러 장치를 해놓는단 말이에요?"

장무기가 생각해보니 일리가 있는 듯했다. 하지만 여전히 포기하지 않고 그녀를 다그쳤다.

"누가 함정에 빠지면 바깥 사람이 모를 리 있겠소? 더구나 주인이 빠졌는데……. 잔소리 말고 어서 사람이나 불러 뚜껑을 열라고 하시오!"

"내 부하들은 모두 바깥으로 내보냈어요. 당신도 조금 전에 수정각으로 들어오면서 봤을 거 아니에요? 사람이 어디 있던가요? 내일 이 맘때가 되면 돌아오겠죠. 너무 조급하게 굴지 말고 여기서 한숨 푹 쉬세요. 얼마 전에 실컷 먹고 마셨을 테니 시장하진 않겠죠?"

장무기는 애가 탈 정도가 아니라 숫제 미칠 지경이었다. 속에서는 울화통이 부글부글 끓어올라 견딜 수가 없었다. 예서 푹 쉬라니, 그럼 외조부와 다른 사람들은 누가 어떻게 구해준단 말인가? 그는 조민의 손목을 움켜잡은 다섯 손가락에 힘을 부쩍 주면서 호통쳤다.

"날 당장 내보내주지 않으면 당신부터 죽여버리고 말겠소!"

"호호, 날 죽이면 당신은 이 강철 뇌옥에서 평생토록 나갈 생각은 말아야 할걸요? 시체는커녕 혼백도 영영 빠져나가지 못할 거야……. 아얏, 아파라! 이봐요, 남녀가 유별한데 어째서 내 손목을 붙잡고 이러는 거예요?"

얘기가 이렇게 나오니 장무기는 대꾸할 말이 없었다. 슬그머니 손목을 풀어주고 두어 걸음 뒤로 물러나 벽에 기대앉았다. 여자하고 말씨름해서 당해낼 사내가 어디 있으랴? 더구나 예의범절까지 들먹여 치한으로 몰아붙이는 데야 어떻게 할 방도가 없었다.

강철 함정은 사방 둘레가 기껏해야 2척 남짓 해서 두 남녀 간의 거리가 멀어봤자 겨우 한 걸음 정도였다. 바깥일 때문에 걱정이 태산 같고 다급한 마음에 미칠 지경인데, 가까운 거리에서 향긋한 처녀의 숨결과 체취까지 코에 스며드니 정신이 아찔해져 도무지 생각이 집중되지 않았다. 그는 벌떡 일어나 짐승처럼 으르렁거렸다.

"우리 명교 사람들은 당신과 평소 아는 사이도 아니고 원한을 맺은 일도 없는데, 어째서 이렇듯 온갖 계략을 다 짜내어 우리를 사지에 몰아넣는 거요?"

"당신이 모르는 게 너무 많아요. 기왕에 말이 나왔으니 자초지종을 말씀해드리죠. 당신, 내가 누군지 알아요?"

하지만 장무기는 남의 장광설이나 한가롭게 듣고 있을 처지가 아니었다. 물론 이 처녀의 출신 내력과 정체가 무엇인지 무척 궁금하기는 했다. 그렇다고 이 처녀가 미주알고주알 느긋하게 마냥 늘어놓는 얘기나 듣고 있다가는 은천정을 비롯한 바깥 동료들은 독이 발작해서 일찌감치 죽고 없을 것이다. 더구나 이 여자가 하는 얘기가 참말인지 거짓말인지 그걸 어떻게 안단 말인가? 만약 엉터리로 이것저것 갖다 붙이고 얼렁뚱땅 지껄이는 허튼소리나 듣고 있다면 이 얼마나 어리석은 짓인가? 장무기는 공연히 시간 낭비를 하지 않는 게 낫겠다는 결론을 내렸다. 이제 이 처녀를 윽박질러서라도 사람을 불러 이 함정 덮개를 열게 하는 수밖에 없었다.

"난 당신이 누군지도 모르고, 또 지금 여기서 한가롭게 당신 얘기나 듣고 있을 틈도 없소! 도대체 어떻게 할 작정이오? 정말 사람을 불러서 날 내보내줄 거요, 말 거요?"

"부를 사람이 있어야 부르죠. 설사 있다 하더라도 여기서 아무리 고래고래 악을 써봤자 들리지도 않을걸요? 믿기지 않거든 어디 한번 당신이 소리를 질러보시죠!"

분노가 극에 달한 장무기는 더는 말하지 않고 대뜸 손길을 내뻗어 조민의 팔뚝을 움켜잡았다. 그녀는 비명을 지르면서 저항하려 했으나, 어느새 옆구리 혈도를 찍혀 꼼짝달싹도 못 했다. 이윽고 장무기의 왼손이 가위처럼 벌어지더니 그녀의 목덜미에 대고 숨통을 바싹 조여들었다.

"내가 슬쩍 힘만 줘도 당신 목숨은 없어지는 거요!"

상대방의 어깨를 잡은 채 목조르기를 하다 보니 두 사람의 얼굴이 거의 맞닿을 정도로 가까워졌다. 숨통이 막혀 헐떡거리는 그녀의 숨결에선 난초 향기가 배어나왔다. 그는 되도록 그녀의 얼굴에서 멀리 떨어지려고 고개를 번쩍 쳐들었다.

숨이 막혀 헐떡거리던 조민이 느닷없이 울음보를 터뜨리면서 고래

고래 악을 쓰기 시작했다.

"네가…… 네가 날 모욕하다니! 날 모욕했어!"

갑작스레 고함을 지르는 바람에 흠칫 놀란 장무기가 엉겁결에 손을 놓아버렸다.

"나도 고의적으로 당신을 모욕하고 싶어서 이러는 게 아니오. 나를 내보내주기만 하면 다 끝나는 일이오."

"내가 내보내주기 싫어서 이러는 줄 알아요? 좋아요, 그럼 내가 사람을 불러보겠어요!"

그녀는 여전히 홀쩍거리면서 목청을 가다듬더니 위쪽에다 대고 소리를 지르기 시작했다.

"이봐요, 이봐! 누구 없어? 뚜껑 좀 열어줘! 내가 함정에 빠졌단 말이야!"

그녀는 끈덕지게 고함을 계속 질렀으나 바깥에선 끝내 아무런 기척이 없다.

"거봐요, 아무 소용 없죠?"

말끝에 조민이 깔깔대고 웃음보를 터뜨렸다. 장무기는 약이 바싹 올라 호통쳐 꾸짖었다.

"부끄럽지도 않소? 다 큰 처녀가 울다 웃다, 이게 무슨 꼴이오?"

"당신이나 부끄러운 줄 아세요! 다 큰 남정네가 연약한 여자나 괴롭히다니……."

"당신이 어딜 봐서 연약한 여자란 말이오? 간특하기로는 남자 열 명을 찜 쪄 먹고도 남을 텐데……."

그런 소리를 듣고도 조민은 성을 내기는커녕 오히려 방긋이 웃음

지었다.

"장 교주님의 과찬의 말씀 고맙기 짝이 없네요. 소녀 부끄러워 몸 둘 바를 모르겠나이다."

장무기는 이를 악물었다. 시간은 자꾸만 흘러가고 바깥 사태는 갈수록 위급해지고 있다. 무슨 방도를 내지 않고선 명교의 고수들이 전군복멸을 당할 터였다. 마침내 장무기는 독하게 마음먹고 이를 악문 채 손을 뻗쳤다. "찌익!" 하는 소리가 울렸다. 조민의 겉치마 속에 받쳐 입은 바지통이 한 움큼 찢겨나갔다.

"아이고머니, 무슨 짓을 하는 거야?"

이번에는 그토록 대담하던 조민도 대경실색했다. 이 못된 놈이 급작스레 음욕을 품고 겁탈하려나 보다 싶은 생각이 들자, 정말 두려움과 놀라움이 한꺼번에 솟구쳤던 것이다. 어떻게 저항을 해보려 해도 혈도를 찍혀 꼼짝달싹할 수가 없으니 어쩌면 좋으랴……?

귓결에 장무기의 목소리가 들려왔다.

"나를 내보내주고 싶거든 고갯짓만 한 번 끄덕이시오."

"날 어쩌려는 거야?"

조민이 발악을 했다. 하나 그녀가 뭐라고 하든 장무기는 갑자기 귀머거리가 된 것처럼 아예 못 들은 척 무시하고 우선 찢어낸 바지 자락에 침을 좀 뱉어서 축축하게 적신 다음, 그것을 가져다 조민의 코와 입을 한꺼번에 틀어막았다.

"실례! 나도 부득불 하는 짓이오."

조민은 당장 숨이 막혔다. 질식 상태에 빠진 가슴이 삽시간에 견딜 수 없이 답답해졌다. 말도 못 할 곤경에 몰렸음에도 그녀는 지지 않고 버텼다. 정말 무서운 처녀였다. 끝내 고개를 끄덕이지 않다가 잠시 후에는 몸뚱이가 두세 차례 버둥버둥 뒤틀리더니 마침내 정신을 잃고 까무러쳤다. 장무기가 손목을 잡고 맥을 짚었다. 맥박이 점점 미약해지자, 즉시 입과 코를 막았던 헝겊을 떼어냈다. 한참 만에야 조민이 정신을 차렸다. 두어 차례 기침 끝에 숨을 몰아쉬더니 끙끙 신음 소리를 냈다.

"맛이 어떻소? 견디기 어려웠을 텐데, 이래도 안 내보내줄 거요?"

그러자 조민이 적의에 가득 찬 눈초리로 노려보면서 악을 썼다.

"골백번 기절하는 한이 있어도 안 내보내주겠어! 아예 날 죽여보시지?"

그러고는 손등으로 입과 코를 마구 문질러 닦았다.

"에잇 퉤, 퉤! 에이 더러워! 냄새나서 죽겠네!"

상대방이 이렇듯 완강하게 버티니 장무기도 속수무책이었다. 또 한참 동안 대치 상태가 계속되었다. 결국 다급한 쪽은 장무기였다. 그는 초조감에 견디다 못해 마지막 초강경수를 쓰기로 결심했다.

"내겐 수많은 인명을 구해야 할 책임이 있소. 부득이 거친 방법을 써야겠으니 무례하다고 탓하지 마시오."

그는 조민의 왼쪽 발목을 잡고 버선을 벗겨냈다.

"더러운 자식! 또 무슨 짓을 하는 거야?"

조민은 놀랍고도 분노가 치밀어 악을 썼으나, 그는 묵묵히 나머지 버선 한 짝을 마저 벗겨냈다. 그러고는 양손의 검지와 식지로 그녀의 두 발바닥 한복판 용천혈涌泉穴을 찍고 구양신공을 일으켰다. 그러자 한 줄기 따뜻한 기운이 용천혈을 타고 들어가 헤엄치듯 이리저리 떠돌아다니기 시작했다.

용천혈은 발바닥 한복판 움푹 들어간 부위에 자리 잡고 있다. 바로 족소음신경足少陰腎經이 시작되는 기점이요, 신체에서 감각이 제일 예민한 부위에 속한다. 평소 아이들이 장난칠 때 손가락으로 발바닥에 간지럼을 태워도 상대방은 전신이 비비 꼬일 만큼 간지럽고 찌릿찌릿하게 마련인데, 의학에 정통한 장무기가 그 점을 모를 턱이 있으랴. 그것도 구양신공의 따뜻한 기운으로 신체 부위 중에서도 가장 민감한 용천혈을 직접 문질러대고 있으니 그야말로 손가락은 둘째치고 깃털이나 머리카락으로 간지럼을 태우는 것보다 백배는 더 견디기 어려울 터였다. 처음 두세 번 비벼댔을 때만 해도 그녀는 간지럼을 못 참고 낄낄대기만 했다. 나중에 가서는 수천수만 마리의 벼룩이 한꺼번에 오장육부 속에서 뜀박질하고 핏줄과 골수를 마구 물어뜯는 듯 저릿저릿한 고통을 느껴야만 했다. 그 고통은 차라리 칼로 베이거나 채찍질을 당하는 것이 더 나을 것만 같은 혹독한 고문이었다. 그저 몸뚱이를 비비 꼬아가며 낄낄대기만 하던 웃음소리가 차츰 울음소리로 바뀌어갔다.

장무기는 마음을 독하게 다져먹고 계속해서 공력을 주입시켰다. 조민은 염통이 가슴속에서 통째로 빠져나오고 심지어 전신의 솜털까지 가닥가닥 빠져나가는 것처럼 극심한 고통에 시달려야 했다. 온 몸뚱이가 근질거리다 못해 머리통과 얼굴, 목덜미, 겨드랑이 할 것 없이 구석구석 못 견디게 가려웠다. 딱 벌어진 입에서는 욕설이 마구 쏟아져 나왔다.

"더러운 자식……! 이 죽일…… 놈! 언젠가 내 손에…… 걸려봐라……! 잘 드는 칼로 천 토막 만 토막 내서 찢어 죽이고야 말 거

야……! 아이고머니, 아야……! 아야! 그래, 그래! 됐어! 그만 날 용서
해줘! 장 공자님…… 장 교주님……! 으윽! 아이고……!"

"날 여기서 내보내주겠소?"

"그래그래! 내보내줄게……! 어서어서…… 그 손을 멈춰요! 아이고
머니……!"

드디어 그녀가 항복했다. 장무기는 그제야 양손을 떼냈다.

"실례 많았소!"

그러고는 조민의 등줄기를 몇 차례 쓸어 봉쇄한 혈도마저 풀어주었
다. 그녀의 입에서 기나긴 한숨이 쏟아져 나오더니 또다시 욕설이 튀
어나왔다.

"더러운 자식! 어서 내 버선을 신기지 못하겠어?"

장무기가 비단 버선을 주워 들고 한 손으로 그녀의 발목을 잡았다.
방금까지만 해도 어떻게 해서든지 곤경에서 벗어나려고 잔뜩 긴장한
채 딴생각이 나지 않았으나, 이제 긴장이 풀린 상태에서 다시 보드랍
고도 따사로운 발바닥에 손길이 닿으니 저도 모르게 가슴이 마구 뛰
고 정신이 아찔해졌다. 조민에게도 상대방의 색다른 감정이 옮았는지,
발끝이 흠칫 움츠러들면서 부끄러움에 겨워 얼굴이 온통 새빨갛게 물
들었다. 다행스럽게도 달아오른 그 얼굴은 캄캄한 어둠 속에 가려져
상대방에게는 보이지 않았다. 그녀는 찍소리도 내지 않고 묵묵히 제
손으로 버선을 신었다. 바로 그 순간, 생전 느껴보지 못한 이상야릇한
감정이 복받쳤다. 다시 한번 그 손길에 발목을 붙잡히고 싶은 충동마
저 인 것이다. 도대체 왜 이럴까……?

"어서 빨리 날 내보내주시오!"

장무기의 매서운 호통 소리가 달콤한 상념을 깨뜨렸다. 조민은 어쩐지 야속한 생각마저 들었으나, 두말 없이 손을 내뻗어 매끄러운 강철 벽을 더듬기 시작했다. 그리고 손끝에 잡힐 듯 말 듯 희미하게 새겨진 동그라미 윤곽이 느껴지자 단검 자루를 거꾸로 쥐고 동그라미 한복판을 두드렸다. 빠르게, 그리고 다시 느리게, 또 길게, 또 짧게, 일고여덟 차례를 연거푸 두드리고 나서 멈추었다. 그와 동시에 "우르르!" 하고 육중한 쇳덩이끼리 엇갈리는 굉음이 나더니 천장에서 한 줄기 눈부신 햇살이 머리 위로 쏟아져 내렸다. 드디어 함정 덮개가 열린 것이다.

장무기는 이곳의 작동 원리를 이해하지 못했다. 강철 벽면에 희미하게 도드라진 동그라미 부분 반대쪽은 애당초 가느다란 구리관이 길게 뻗어 외부와 연결되어 있고 그녀가 방금 두드린 것처럼 약정된 신호를 보내면 기관 장치를 담당하는 사람이 곧바로 함정 덮개를 열어주도록 되어 있었던 것이다.

그동안 몇 번씩이나 좌절을 당한 터라, 장무기는 이번에도 말 한마디에 이토록 쉽사리 출구가 열리리라곤 미처 생각지 못했다. 그런데 천장에서 갑작스레 빛줄기가 눈부시게 쏟아져 내리자 그는 저도 모르게 흠칫 놀라 어리둥절했다.

"나갑시다!"

그러나 조민은 고개를 떨어뜨린 채 함정 벽면 한구석에 기대서서 아무런 대꾸가 없었다.

장무기는 연약한 아녀자를 두 번씩이나 심하게 다뤘기에 미안한 마음이 들어 그녀의 등 뒤를 향해 허리 굽혀 사과했다.

"조 낭자, 방금 소생이 저지른 일은 정말 부득이해서였소. 내 이렇게 당신께 사죄하리다."

조민은 아예 고개 돌려 외면하고 벽 쪽만 바라보고 있었다. 양어깨가 미약하게나마 들썩이는 것을 보니 훌쩍훌쩍 우는 모양이었다.

그녀가 간계를 부리고 독살을 부릴 때마다 그는 지혜에는 지혜로, 힘에는 힘으로 상대해왔다. 그때는 일체 딴생각이 없었는데 이제 와서 생각하니 자신의 행위가 수치스러웠다. 더구나 백옥보다 더 하얀 목덜미와 애잔하게 하늘거리는 치렁치렁한 머릿결을 보고 있노라니 저도 모르게 연민의 정이 뭉클 우러났다.

"조 낭자, 나는 가야 하오. 불초 장 아무개가 여러모로 죄를 많이 지었소. 부디 용서해주시오."

조민의 등줄기가 꿈틀하는 듯싶었으나 끝내 뒤돌아보지 않았다.

장무기는 더는 지체할 수 없었다. 또 한 번 벽호유장공을 써서 천장으로 기어 올라갔다. 그는 함정 입구에서 10여 척 되는 지점까지 올라간 다음, 오른발로 철벽을 툭 찍기가 무섭게 곧장 쏜살같이 하늘로 솟구쳐 올랐다. 함정을 벗어나는 순간, 소맷자락으로 뒷머리와 얼굴을 휘말아 가렸다. 혹시라도 함정 입구에서 조민의 부하들이 습격할지도 몰라서였다. 그러나 뜻밖에도 정자 주변에는 사람이라곤 그림자도 보이지 않았다.

문제의 가짜 의천 목검은 아직도 탁자 위에 얌전히 가로놓여 있었다. 장무기는 대뜸 그 목검을 집어 허리띠에 꾹 질러 넣었다. 그러고는 날렵한 동작으로 장원을 높다랗게 에워싼 담장을 거뜬히 뛰어넘은 다음 샛길로 나갔다. 그런 뒤 일행이 기다리고 있는 곳을 향해 전력을 다 쏟아 무서운 속도로 질주하기 시작했다.

석양은 이미 산머리에 걸려 있었다. 반나절 동안이나 녹류산장 함정 속에서 조민과 승강이를 벌이느라 시간을 허비했으니, 외조부 은천정, 양소, 주전, 팽 화상, 설부득…… 그들의 목숨은 과연 어찌 되었을까? 근심 걱정에 조급해진 마음이 발걸음을 더욱 재촉했다.

얼마 안 있어 그는 마침내 일행이 기다리고 있는 장소에 거의 다다랐다. 그러나 일행이 있는 쪽을 내다보던 장무기는 그만 대경실색하고 말았다.

그곳에는 몽골 기병 대부대가 이리저리 말을 휘몰아 치달리면서 명교 일행을 한복판에 가둬놓은 채 격렬한 전투를 벌이고 있었다. 몽골 기병대는 두 겹으로 중포위망을 형성한 채 번갈아가며 화살을 쏘아 날려 포위망 속에 갇힌 사람들을 하나씩 거꾸러뜨리고 있었다. 포위망 속의 명교 군웅들은 꼼짝 못 하고 앉아 있을 따름이었다. 허공을 가르며 힘차게 날아가는 화살과 거친 함성이 뒤섞이고 지축을 울리는 말발굽 소리가 온 하늘과 땅에 가득했다.

장무기는 가슴이 덜컥 내려앉았다. 명교 수령들은 모조리 중독된 상태였다. 그중 아무도 휘하 사람들을 통솔하고 지휘할 기력이 없을 터인데, 어떻게 저 숱한 적의 포위 공격을 막아낼 수 있단 말인가?

다급한 발걸음이 더욱 빨라졌다. 싸움터에 거의 다다랐을 무렵, 그는 뜻하지 않게 중포위망 안쪽에서 사내들의 함성에 뒤섞여 울려 나오는 여자의 목소리를 들었다. 앳되면서도 맑고 드높은 외침이었다.

"예금기, 동북방을 공격하세요! 홍수기는 서남방으로 질러나가 협공을 가하고, 열화기는……."

그것은 바로 아소의 목소리였다. 어찌 된 노릇인지 그녀의 말이 떨어지기가 무섭게 포위망 한가운데서 흰 깃발이 펄럭이더니 한 떼의 명교 신도들이 동북방으로 쇄도해나가고, 휘날리는 검정 깃발 아래 또 한 떼의 신도들이 서남방으로 빙그르르 우회하면서 몽골 기병대의 측면을 공격하기 시작했다. 원나라 관군 기마대는 병력을 나누어 명교의 역습에 대항했다.

돌연 황색 깃발의 후토기와 청색 깃발의 거목기 무리가 수비진 중앙에서 종대 대형을 이루고 나란히 몽골군의 포위망 한쪽 면을 그대로 뚫고 나왔다. 그러고는 즉시 좌우 양편으로 쩍 갈라져 갈고리 형태로 뻗어나가더니 이번에는 적 기병들의 공격 대오를 역으로 포위하기 시작했다. 그 장면은 거대한 황룡 한 마리와 청룡 한 마리가 대지를 휘말아 용틀임하는 것이나 다를 바 없었다. 원나라 몽골 기병대는 포위망 한 귀퉁이가 뚫리자 삽시간에 대열이 무너지면서 크게 혼란을 일으키더니 황급히 후퇴하기 시작했다.

그 장면을 목격하고 뜨거운 피가 솟구친 장무기는 즉시 몸을 날려 혼전의 와중으로 뛰어들어 눈 깜짝할 사이에 명교 신도들과 합류했다. 교주가 무사히 돌아온 것을 보자, 명교 신도들은 일제히 환호성을 질렀다. 그리고 용기백배하여 더욱 무서운 기세로 전투력을 발휘했다.

은천정과 양소, 주전, 위일소 그리고 오행기의 우두머리 장기사와 장기부사를 비롯한 명교 수뇌부 사람들은 모두 교주의 명령대로 아직도 땅바닥에 둘러앉아 있었다. 나지막한 둔덕 위에는 아소가 작은 깃발을 손에 들고 서서 신도들의 전투를 지휘하고 있었다.

사실 오행기 다섯 패거리와 천응기 신도들은 하나같이 무예가 뛰어난 투사들로 어지간한 싸움에는 전혀 흐트러짐 없이 대항할 만한 역량을 지니고 있었다. 그러나 갑자기 출현한 몽골군 기병대의 기습적인 공격을 받자, 순간적으로 몹시 당황했다. 자기네들을 지휘하고 명령을 내려야 할 각 기旗의 수령이 모조리 중독되어 몸을 움직이지 못하는 상황인 데다 교주마저 어디론가 사라지고 없었기 때문이다. 그런데 뜻밖에도 어린 아가씨가 느닷없이 자그만 오색 깃발을 들고 둔덕 위에 오르더니 침착한 태도로 일사불란하게 깃발을 휘두르며 명령을 내리기 시작했다. 엄중한 적의 포위망 속에서 그녀는 팔괘진법을 써서 혼란의 와중에 갈팡질팡 헤매던 명교 신도들을 사면팔방에 나눠 배치시키고 주도면밀한 방어 태세를 갖추도록 만들었다.

원나라 군사들은 오랫동안 줄기차게 집중 공격을 퍼부었으나 교묘하게 짜인 명교의 팔괘진을 격파하지 못하고 시각이 지날수록 점차 전의를 상실했다. 몽골군의 장점은 평원 지대에서의 기마전에 있었다. 그런데 오늘은 오랫동안 똑같은 공격이 반복되기만 하자 먼저 타고 있던 전마戰馬들이 지치고 말았다. 대개 몽골군이 원정에 나서거나 장기 전투를 수행할 때에는 일인당 예비 전마를 2~3필씩 끌고 다니면서 번갈아 바꿔 타고 적을 쉴 새 없이 공격했다. 이들의 체력은 대엿새 동안 밤낮없이 마상에서 내려오지 않을 만큼 강인했으나, 말은 그렇지 못했다. 그들은 말이 지치기 전에 바꿔 타야 했다. 이들이 오늘 쉽사리 전투력이 소진된 까닭은 예비 전마를 데려오지 않았기 때문이었다. 근 100년 동안 중원 대륙을 점령하고 다스려온 이들은 이제 정규 전투가 아니라 한족 백성을 탄압하고 통제·감시하는 데만 치중했다. 그것이 이들의 일상적 임무였다. 따라서 번거롭게 예비 전마를 끌고 다닐 필요가 없었다.

타고 있던 전마가 지쳐버리자, 기민한 기동력에 의존하던 몽골군은 당장 전투의 묘를 상실했다. 적의 공격력이 둔화되자, 명교 측에서 역습을 시도했다. 몽골족은 기마 사격술은 천하무적이었으나, 산악전 또는 보병 전투에는 취약했다. 이들은 예금기와 홍수기의 협공을 받고 후토기와 거목기의 장사진長蛇陣 공세 아래 포위망이 꿰뚫려 대오가 무너졌다. 혼전의 아수라장에 휩쓸리자 당장 투지를 잃고 당황하기 시작했다. 백병전에서는 개개인의 무예가 뛰어난 명교도 측이 단연 우세했다.

"교주님, 이리 오셔서 지휘하세요!"

장무기를 발견한 아소가 기쁨의 환성을 질렀다.

"난 그런 거 할 줄 몰라. 역시 네가 지휘하는 게 낫겠다. 난 이대로 한바탕 쳐들어가 저놈의 군관들이나 죽여야겠어. 지휘관이 몇 놈 죽어버리면 곧바로 흩어질 거야!"

그때 갑자기 화살 몇 대가 날아들었다. 장무기는 눈 깜짝할 사이에 곁에 있던 명교도의 수중에서 장창長槍을 한 자루 낚아채더니 바람개비 돌리듯 빙빙 휘둘러 화살을 낱낱이 쳐서 떨어뜨린 다음 그대로 장창을 적진 한복판에 던져버렸다. "씽!" 바람을 찢는 소리만 들렸을 뿐 그 육중한 장창은 그림자도 보이지 않았다.

"으악!"

적진에서 처절한 외마디가 짤막하게 터져 나왔다. 화살보다 빠르게 날아간 장창은 몽골군 무케謀克 한 놈의 앞가슴을 꿰뚫고 그대로 빠져나가더니 죽은 자의 몸뚱이를 땅바닥에 못질하듯 들이박았다. '무케'

23. 녹류장 나그네, 부용화 그윽한 향기에 담뿍 취하니

는 몽골어로 병사 100명을 지휘하는 백부장百夫長을 뜻했다. 지휘관이 죽자 병사들은 아우성을 지르면서 또다시 단번에 수십 보나 물러 갔다.

돌연 적진 배후에서 소라고둥 소리가 길게 울렸다. 곧이어 포위망 바깥에서 먼지를 뽀얗게 일으키며 관도官道를 치달려오는 10여 기의 인마가 보였다. 첫눈에 선두 여덟 기를 알아본 장무기는 이마에 깊은 골이 파였다. 바로 조민의 부하 신전팔웅인 것이다. 저 여덟 명의 사격 술은 너무 강하다. 저들이 몽골군에 가세해서 활을 쏘기라도 하는 날 이면 명교 측 사상자가 적지 않게 날 것이다. '할 수 없지! 우선 저 친 구들부터 제압하는 것이 상책이다!'

결단을 내린 그는 유심히 신전팔웅의 동태를 주시했다. 그들의 우 두머리 격인 조일상이 자루 짤막한 금빛 용두장龍頭杖을 꺼내 흔들면서 호통쳤다.

"주인님의 명령이다! 즉각 병력을 철수시켜라!"

그러자 몽골군 진영에서 '밍간猛安'*, 즉 최고 지휘관 격인 천부장千夫 長이 예하 부대 장병에게 몽골어로 몇 마디 소리쳤다. 그 명령이 떨어 지자 원나라 관군 기마대 장병들은 곧바로 말 머리를 돌리기가 무섭 게 질풍같이 치달려 사라졌다.

신전팔웅 가운데 둘째인 전이패가 안장에서 뛰어내리더니 두 손으

---

* 중국 고대 북방 유목민족의 군사 편제. 씨족 단위로 구성된 300가호에서 100명의 병력을 뽑 아 부대를 편성하는데 그 지휘자가 곧 '무케muke'다. 그리고 10개의 무케를 묶어 1,000명 으로 구성된 부대의 지휘자가 '밍간minggan'이며, 10개의 밍간을 묶어 1만 명으로 구성된 부대의 총지휘자를 '테무彸母, temu'라고 부른다. 최소 단위 부대인 무케의 부지휘자를 '푸리 옌蒲里衍', 일반 병사는 통상 '아리시阿里喜'라고 불렸다.

로 쟁반을 받쳐 들고 장무기 앞으로 걸어왔다.

"저희 주인님께서 장 교주님께 기념으로 이것을 갖다드리라고 하셨습니다. 부디 거두어주시기를!"

쟁반에는 금빛 비단 깔개 위에 정교하게 아로새긴 황금 합☰이 단정하게 놓여 있었다. 조민이 또 무슨 꿍꿍이짓을 꾸미려는지 알 수는 없었으나, 그렇다고 두려워할 필요도 없었다. 장무기는 선뜻 황금 합을 집어 들었다. 전이패가 허리를 깊숙이 굽혀 정중하게 예를 올린 다음 뒷걸음질로 3보 물러서서 안장 위에 올랐다. 그러고는 솜씨 좋게 말고삐를 낚아채어 자기네 일행이 기다리는 곳으로 말 머리를 돌렸다.

그들이 사라지는 것을 확인하고 나서야 장무기는 손길 나가는 대로 곁에 선 아소에게 황금 합을 넘겨주었다. 그의 관심은 오로지 일행의 상처에만 쏠려 있을 뿐 그 밖의 것은 눈에 들어오지 않았다. 조민이 보내온 황금 합도 손을 비워야 하기 때문에 치워버린 것이다.

그는 품속에서 화초를 모조리 꺼냈다. 그러고는 사람을 시켜 맑은 물을 떠오게 한 다음, 자줏빛 뿌리와 초록빛 구근을 잘게 부수어 물에 풀었다. 중독된 사람들은 이 물을 나눠 마셨다. 녹류산장에 초대받은 일행 가운데 별채 곁방에서 음식을 먹은 아소와 은리정, 그리고 따로 대접을 받은 다른 신도들을 제외하고 수녀부 전체가 중독되었다. 아소를 비롯해 별채에서 신전팔웅과 함께 음식을 들던 사람들 역시 양소가 미리 지시한 대로 아무도 눈치 못 채게 음식을 일일이 은침으로 찔러 독이 있는가를 확인해보고서야 먹었다.

해독제는 즉각 신통한 효과를 나타냈다. 불과 반 시진 만에 모든 사람은 체내의 독기가 풀리면서 어지럼증과 두통이 없어지고 눈앞에 어

23. 녹류장 나그네, 부용화 그윽한 향기에 담뿍 취하니

지러이 떠돌던 별들도 사라졌다. 그저 온몸이 나른하게 풀린 채 무기력감만 느껴질 따름이었다. 기력을 되찾은 그들은 곧바로 장무기에게 어째서 중독되었으며 독이 풀렸는지 그 경위를 물었다.

장무기는 반나절 동안 겪은 풍파와 우여곡절을 머릿속에 새김질하면서 저도 모르게 탄식을 뱉어냈다.

"우리가 사전에 용의주도하게 방비를 한 만큼 그 술과 음식에는 독이 섞이지 않았습니다. 그러나 조 낭자가 독을 쓴 방법은 실로 불가사의할 정도로 교묘했습니다. 방금 해독제로 쓴 수선화 모양의 화초는 정자를 둘러싼 연못에서 뽑아왔습니다. 취선영부醉仙靈芙란 이 화초는 세상에 구하기 어려운 진물로서 애당초 독성이 없는 것입니다. 하지만 그녀가 탁자 위에 놓고 간 가짜 의천 목검은 해저 깊숙한 곳에서 자란 기릉향목奇鯪香木을 깎아 만든 것으로 그 나무 자체에도 역시 독성은 없습니다. 하지만 이 취선영부와 기릉향목에서 풍겨나오는 냄새가 함께 뒤섞이면 그 즉시 무서운 극독으로 바뀌어 인명을 해치게 됩니다."

주전이 제 넓적다리를 철썩 내리치면서 고함을 질렀다.

"모두 내 잘못이야! 원 세상에! 내 손이 근질거려서 견딜 수가 있어야 말이지. 고 깜찍한 계집년이 내 성미를 훤히 들여다보고서 그 빌어먹을 놈의 가짜 나무칼을 내 눈앞 탁자 위에 놓고 간 거야! 내가 그걸 건드릴 줄 미리 알고…… 제밀할……!"

"주 선배님, 너무 자책하지 마십시오. 그만큼 용의주도하게 일을 꾸미며 우리를 함정에 빠뜨리기로 작심한 바에야 주 선배님이 목검을 건드리지 않았더라도 두 번째 단계로 다른 수단을 꾸며놓지 않았을 리 있겠습니까? 아마 또 다른 사람을 시켜서 무슨 이유를 내세워서라도 목검을 뽑아 독이 퍼져 나가게 만들었을 겁니다. 그때는 저도 방비하지 못하고 꼼짝없이 당하게 되었을 게 아닙니까?"

장무기가 좋은 말로 설득했으나 주전은 막무가내였다.

"가자고! 우리 당장 쳐들어가서 그놈의 녹류산장인가 뭔가 하는 장원을 깡그리 불태워버리자니까!"

그 말이 끝나기도 전에 서쪽 하늘가에 시커먼 연기가 꾸역꾸역 하늘 높이 솟구쳐 오르는 것이 보였다. 충천하는 연기와 함께 시뻘건 불꽃이 삽시간에 지평선을 물들이기 시작했다. 방금 직전까지 날뛰던 주전이 마치 귀신에게 홀린 듯 딱 벌어진 입을 다물지 못했다. 녹류산장쪽에서 불길이 활활 타오르고 있었기 때문이다.

장무기 일행은 서로 얼굴만 마주 바라볼 뿐 어느 누구도 입을 열지못했다. 정말 상대하기 무서울 정도로 지독한 여인이었다. 그들이 해독하고 나면 틀림없이 분풀이로 장원을 불태울 것으로 예상하고 먼저제집에 불을 지르다니……. 나이도 어리고 여자의 몸이면서도 이렇듯치밀하게 상대방의 속셈까지 꿰뚫어 읽고 있다니, 실로 섣불리 상대하기 어려운 강적이었다.

그래도 주전은 억지떼를 썼다.

"제까짓 년이 집에다 불을 지르면 다 끝난 줄 아나? 자아, 우리 모두뒤쫓아가자고! 저 연놈들을 쫓아가서 하나도 남기지 말고 풍비박산을내자니까!"

그제야 양소가 말을 꺼냈다.

"주 형, 그 처녀가 장원조차 불살라버릴 정도면 틀림없이 사사건건미리 대비해두었을 거요. 우리가 뒤쫓아가봤자 허탕이나 칠 듯싶소."

"흐흠, 양 형은 무공 실력이 그저 그만하지만 모략이나 간계는 이 주전보다 한 수 높으니까 내 더 할 말이 없구려."

"하하, 과찬의 말씀을 다 하시는구려. 주 형의 신기묘산神機妙算을 보잘것없는 이 아우가 어찌 따를 수 있겠소이까?"

두 앙숙은 여전히 티격태격 말을 끝낼 줄 몰랐다. 장무기가 보다 못해 껄껄대고 웃으면서 절충안을 꺼내 들었다.

"두 분께선 너무 겸양이 지나치시군요. 하하하! 아무튼 우리가 이번에 그리 큰 손실을 입지 않은 게 천만다행입니다. 형제 열서넛이 몽골군의 화살에 다쳤지만 다행히도 그리 큰 중상은 아니니 이대로 길을 떠나기로 하지요."

일행은 목적지를 향해 묵묵히 출발했다. 녹류산장과 조민 일당에게 분풀이를 하려다 미수에 그친 주전은 가는 길 내내 시무룩한 기색이었으나, 한 시진도 못 되어 궁금증이 발작해 장무기에게 질문을 던졌다.

"교주님은 우리가 중독된 내막을 어찌 아셨습니까?"

사실 그것은 주전이 나서지 않아도 일행 모두가 묻고 싶었던 것이었다. 일행의 기색을 살핀 장무기는 차근차근 그 경위를 설명해주었다.

"예전에 읽어본 〈독경〉에 이런 내용이 있는 것을 기억해냈습니다. 기릉향목은 부용꽃 종류와 마찬가지여서 향기가 서로 어울리면 이따금 마취 효과를 낸다고 했습니다. 그 향기를 맡은 사람은 며칠 동안 깊이 취해서 깨어나지 못하는데, 그 뿌리와 구근을 물에 타서 마시면 풀린다고 했습니다. 만일에 시각을 다투어 즉시 해독하지 않으면 그 독성에 심장부와 허파를 크게 다쳐 불구자가 된다는 내용도 기록되어 있습니다. 또 취선영부는 보통 부용꽃보다 더 지독한 향기를 지닌 꽃입니다. 그렇기 때문에 여러분이 공력을 일으키거나 운기 조식하지 말라고 한 겁니다. 운기 조식을 하는 날에는 독성을 품은 향기가 곧바로 체내의 경맥에 스며들어 목숨까지 잃을 우려가 있습니다."

이때 위일소가 장무기 곁으로 나서서 아소를 칭찬했다.

"정말 뜻밖이었습니다. 몽골군 기병대의 습격을 받고서 명령을 내릴 지휘자가 없어 위급하기 짝이 없었는데, 요 어린 계집아이가 나설 줄이야 꿈에도 몰랐지요. 정말 엄청난 공을 세웠습니다. 공격과 수비를 아주 기막히게 적절히 지휘하더군요. 아소가 아니었다면 우리 모두 죽거나 다치거나 성한 사람이 별로 없었을 겁니다."

그 점은 양소도 줄곧 생각해오던 일이었다. 애당초 양소 부녀는 아소를 정체 모를 적이 밀파한 첩자로 보았는데, 그 추측을 뒤엎고 아소는 오늘 명교를 위해 막대한 공을 세운 것이다. 하지만 양소는 위일소처럼 감동이나 하고 있을 처지가 아니었다. 아소의 진정한 출신 내력은 무엇인가? 또 오늘 자발적으로 나서서 명교를 도와 큰 공을 세운 저의가 혹시 다른 데 있는 것은 아닐까? 그것을 밝혀내야 할 것인데 도무지 실마리가 잡히지 않았다. 정체불명의 내력으로 보아선 분명히 명교에 이로울 것이 없는데, 장 교주의 체면을 보아서라도 잠정적으로는 그냥 내버려두기로 결심했다.

여행 도중 화제에 오른 또 하나의 인물은 조민이었다. 하지만 이 여인에 대해서도 그 내력을 자신 있게 추측한 사람은 아무도 없었다. 장무기 역시 마찬가지였다. 그녀와 함께 나란히 함정에 빠진 일이라든가, 체통머리 없이 처녀의 버선을 벗기고 발바닥에 간지럼을 태워 위기를 벗어났다는 얘기는 더구나 입 밖에 낼 수 없었다. 비록 양심에 부끄러운 짓을 했다고는 생각지 않으나, 뭇사람 앞에서 차마 입에 올리기가 겸연쩍은 일임에는 분명했으니까.

그날 저녁, 일행은 일찌감치 객점에 투숙했다. 인원수에 비해 숙소가 부족한 터라 오행기와 천응기 제자들은 절간이나 사당을 찾아가 하룻밤 지새우기로 했다.

저녁을 마친 후 아소가 세숫물을 떠서 장무기의 방에 들어왔다.

"아소, 오늘 낮에는 네가 큰 공을 세웠구나. 앞으로는 하녀들이나 하는 이런 허드렛일일랑 하지 말렴."

장무기는 손발에 사슬이 묶여 불편하게 다니는 그녀를 볼 때마다 안쓰러워 잔심부름을 시키지 않으려 했다. 그러나 아소는 방그레 웃으면서 고개를 흔들었다.

"제가 좋아서 하는 일인데 천하고 귀하고가 어디 있어요? 아, 참! 이 합 속에 무엇이 들었는지 궁금하네요. 독벌레나 독약일까? 아니면 암기가 장치되었는지도 모르겠군요."

장무기가 세수를 마칠 때까지 기다렸다가 아소는 문제의 황금 합을 꺼냈다.

"그래, 조심해야겠지."

장무기는 합을 탁자 위에 놓고 아소더러 멀찌감치 물러나 있게 했다. 그러고 나서 엽전 한 닢을 꺼내 합 뚜껑에 던졌다. 엽전은 "딸그랑!" 소리를 내면서 정확히 합 가장자리에 들어맞았다. 뚜껑이 열렸으나 별 이상한 것은 보이지 않았다. 가까이 다가가 보았더니 그 안에 담긴 것은 진주로 꾸민 꽃 장식이었다. 금실에 얽혀 파르르 떨고 있는 구슬 꽃 장식, 그것은 바로 조민의 귀밑머리에서 떼어낸 노리개였다.

조민이 제 손으로 빼버린 진주알 두 개도 다시 제자리에 있었다. 도대체 여인네의 머리 장식을 어디다 쓰라고 남정네에게 준단 말인가? 하기야 옛날 촉蜀나라 승상 제갈공명은 숙적 사마의司馬懿를 격분시키려고 일부러 여인네가 쓰는 족두리와 치마 한 벌을 선사해 조롱했단 얘기는 들었다. 그런 뜻에서 이걸 보냈다면 조민 자신은 제갈량이고 그는 사마중달이란 말인가?

"교주 오라버니, 그 조 낭자가 당신에게 정을 품은 모양이네요. 그러니까 일부러 인편에 이 귀중한 진주 꽃 장식을 보내온 게 아니겠어요?"

아소가 웃음 섞어 던진 말에 장무기는 펄쩍 뛰며 부정했다.

"이봐, 난 사내대장부야! 이따위 아낙네들이나 꽂는 머리 장식을 어디다 쓰란 말인가? 아소, 너나 가져다 머리에 꽂으렴!"

아소가 깔깔대며 연신 손사래를 쳤다.

"그래서야 되겠어요? 남이 정표로 당신한테 드린 것인데, 제가 어딜 감히 받을 수 있단 말이에요?"

장무기는 세 손가락으로 진주 꽃 장식을 들고 잠시 눈길을 주는 듯싶더니 별안간 아소를 향해 툭 던져 보냈다.

"꽂혀라!"

가볍지도 무겁지도 않은 절묘한 힘을 가했더니 꽃 장식은 정확하게 아소의 머리에 살짝 꽂혔다. 노리개 밑에 붙인 황금 바늘이 살갗을 건드리지도 않았다. 당황한 아소는 도로 떼어내려고 손을 머리 위에 가져갔으나 장무기가 얼른 말렸다.

"내가 누이동생한테 노리개 하나 선사하지 못한단 말이야?"

아소는 얼굴이 발그레하니 물들면서 스르르 손을 내렸다. 그러고는

다 기어들어가는 목소리로 사례했다.

"그렇담 고마워요. 하지만 아가씨가 아시면 역정을 낼 텐데⋯⋯."

"오늘 네가 그토록 좋은 일을 했는데, 양 좌사 부녀가 앞으로 계속 널 의심할 리 있겠니?"

아소는 마음이 푹 놓였는지 얼굴 표정이 환하게 밝아지면서 종알종알 신바람 나게 지껄이기 시작했다.

"저는 교주 오라버니가 떠나신 지 한참이 지나도록 돌아오지 않아서 혹시 무슨 일을 당하신 게 아닌가 걱정했어요. 그런데 오랑캐 군사들이 나타나 공격해왔어요. 그놈들이 어떻게 우리가 거기 있는지 알았을까요? 신분도 묻지 않고 다짜고짜 공격해왔거든요. 내가 왜 그랬는지 모르겠어요. 나도 모르게 대담해져서 고래고래 소리를 지르기 시작했거든요. 지금 생각해보니까 겁에 질려서 그랬던 것 같아요. 교주 오라버니, 부탁이에요. 오행기와 천응기 여러 어르신네들께 이 아소가 주제넘게 한 짓을 너무 야단치지 말라고 말씀 좀 해주세요. 정말 무례하기 짝이 없는 짓이었거든요."

"하하! 그 사람들이 너한테 고맙다고 인사해도 모자랄 텐데, 야단칠 리가 있나?"

일행은 하루도 못 되어 하남성河南省 경내에 들어섰다. 이 무렵, 천하는 크게 어지러워 군웅들이 원나라 폭정에 항거하느라 사방 각처에서 봉기했으므로 몽골 관군들의 검문검색도 한층 강화되고 있었다. 장무기 일행은 큰 대오를 이룬 인마로 구성되어 있었기 때문에 패거리를 지어 움직이기가 여러모로 불편했다. 그래서 관군의 주목을 피하기 위해 변장을 하고 여러 갈래로 나누어 길을 떠났다. 그리고 숭산 아래 일단 집결했다가 한꺼번에 소림사로 올라갔다.

소림사에 가까워지자 장무기는 거목기의 장기사 문창송을 시켜 정식으로 명교 교주의 명함을 소림사 측에 전달했다. 예측하기 어려운 상황을 목전에 두고 일말의 불안감이 엄습했다. 소림사 측의 죄상을 문책하기 위해 오기는 했지만 폭력을 쓸 생각은 없었다. 그러나 만일 소림사 측이 순리대로 범인을 내놓지 않고 터무니없이 폭력으로 나올 경우, 명교 측 역시 부득불 응전하지 않을 수 없을 것이다. 그래서 각처에 나누어 보내려던 금·목·수·화·토 오행기와 외조부 휘하의 천응기마저 돌려서 함께 거느리고 온 것이다.

장무기는 계획을 세우고 명령을 내렸다. 우선 각 수령들이 선발대로 사찰 안에 들어간다, 오행기와 천응기 제자들은 소림사 산문 밖에 분산 대기하면서 상호 긴밀한 연락을 취한다, 만약 장 교주 자신이 휘파람을 세 차례 불면 그것을 신호로 전원 즉각 소림사 경내로 돌입한다는 내용이었다.

오행기의 장기사들이 명령을 받고 각각 흩어진 후, 얼마 안 있어 명함을 전달하러 간 문창송이 늙수그레한 지객승知客僧 한 명을 대동하고 소실산 아래 기다리고 있던 장 교주에게 돌아왔다.

인사치레를 나누기가 무섭게 지객승은 뜻밖의 말을 끄집어냈다.

"본찰의 방장 어른과 장로님들은 지금 모두 폐관정수 중이시라 손님을 접견하지 못하십니다. 부디 양해하시기를……."

이 말을 듣고 일행은 단번에 안색이 바뀌었다. 그중에서도 주전이 화가 불덩어리같이 치밀어 고래고래 악을 썼다.

"명교 교주님께서 친히 소림사를 방문하셨는데, 늙다리 중 녀석들이 만나주지 않겠다니, 제 집구석이라고 너무 거드름 피우는 거 아닌가!"

그래도 지객승은 의외로 성내기는커녕 고개를 툭 떨어뜨린 채 얼굴 가득 괴로운 표정을 지으며 딱 한마디로만 대꾸했다.

"안 만나시겠답니다!"

노발대발한 주전이 대뜸 지객승의 먹살을 움켜잡으려는 것을 포대 화상 설부득이 뜯어말렸다.

"주 형, 너무 설쳐대지 마시구려."

곁에서 팽형옥이 따져 물었다.

"방장께서 좌관 중이라니 그럼 공지대사나 공성대사를 뵙게 해주시오. 두 분 신승 가운데 아무라도 괜찮으니까."

"만나뵐 수 없습니다."

"그렇다면 달마당 수좌는? 그쪽도 안 된다면 나한당 수좌는 어떻소?"

"뵐 수 없습니다!"

방문객이 뭐라고 묻든 간에 지객승은 두 손 모아 합장한 채 쌀쌀맞게 똑같은 대꾸만 거듭할 따름이었다.

은천정이 참다못해 천둥 벼락 치듯 대갈일성을 터뜨렸다.

"도대체 안 만나겠다는 건가, 못 만나겠다는 건가?"

호통 소리와 함께 산이라도 무너뜨릴 듯 무시무시한 쌍장이 한꺼번에 후려쳐 나갔다. 뒤미처 "쫘당!" 하는 굉음과 더불어 길가에 서 있던 아름드리 소나무 한 그루가 우지끈 두 토막으로 부러졌다. 그제야 지객승의 얼굴에도 두려운 기색이 피어났다.

"여러 시주님께서 먼 길을 오셨으니 의당 예를 갖추어 모셔 들여야 옳을 것이오나, 장로님들도 모조리 좌관 중이시라 나오지 못하십니다. 다음번 기회에 다시 찾아주시지요."

말을 마치자 합장한 채로 허리 한 번 굽히더니 그대로 발길을 돌렸다. 이때 위일소가 어느새 그 앞을 가로막았다.

"대사는 법명이 어찌 되시오?"

"소승은 법명이라고 말씀드릴 것도 없는 몸이외다."

"하핫! 좋소, 좋아! 여태껏 입만 벙끗했다 하면 그저 '뵐 수 없습니다不見' 소리만 연발하는 걸 보니 아마 법명이 '불견대사不見大師'이신 모양이군! 이쯤 되면 신승 공견대사의 사형이시겠어. 흥! 지옥의 염라대왕이 부처님을 뵈러 와도 불견대사께선 '뵐 수 없소!' 한마디만 하실 텐가?"

위일소가 비비 꼬아 말을 건네면서 절친한 벗을 대하듯 한 손으로 지객승의 어깨를 툭툭 건드렸다. 다음 순간, 얼음장보다 더 차가운 냉기가 곧장 어깻죽지에서 지객승의 심장부로 쏜살같이 쑤시고 들어갔다.

"어이쿠!"

지객승의 입에서 외마디 소리가 터져 나왔다. 당장 온 몸뚱이가 와들와들 떨리고 위아래 이빨끼리 딱딱 마주치는 소리가 들렸다. 뼛속까지 쑤셔대는 추위를 억누르면서 위일소의 곁을 빙 돌아 황급히 절간으로 되돌아갔다. 허겁지겁 샛길 따라 소림사로 올라가는 뒷모습이 끊임없이 흔들리고 휘청거렸다. 그 꼴을 지켜보던 위일소가 심각한 표정을 지었다.

323

"저자의 내공은 소림파 것이 아니었소!"

그 말을 듣는 순간, 장무기는 퍼뜩 원진을 떠올렸다. 그자 역시 본래 다른 무공을 지니고 있으면서 공견대사를 스승으로 섬기지 않았던가? 그렇다면 지객승이 아직 소림 무공을 익히지 않았다 해도 그런 경우는 소림파 측에서 다반사로 있을 만한 일일 것이다.

"우리 박쥐왕께서 한빙면장을 두 대씩이나 먹였으니 저 친구의 사조나 사부들이 가만있겠소? 아무튼 우리 함께 올라가봅시다. 정말 대사님들께서 우리 일행을 못 만나는 것인지 안 만나려고 하는지 두고 봐야겠소."

장무기 일행은 긴장한 채 새삼 각오를 다졌다. 아무래도 오늘 악전고투를 면할 길이 없을 것 같았다. 소림파는 무림계의 태산북두로 1,000년 세월 이래 강호에서 '상승불패常勝不敗'의 문파로 명성을 떨쳐왔다. 오늘의 일전으로 소림파와 명교는 누가 강하고 약한지 승부를 결판 짓게 될 것이었다.

사기충천한 명교의 호걸들은 용기백배해 저마다 투지를 불태우며 빠른 걸음걸이로 산에 올랐다. 소림사 측에도 고수들이 구름처럼 많을 터, 이제 눈앞에 닥쳐온 이 일전이야말로 격렬하기 이를 데 없으리라 생각했다.

뜨거운 차 한 잔 마실 시각에 일행은 절간 앞 석정石亭에 이르렀다. 장무기는 어느 해엔가 태사부 장삼봉의 손에 이끌려 소림파 삼대 신승들과 이 돌 정자에서 만난 적이 있었다. 그 기억이 떠올라 감회가 새로웠다. 불과 10여 년 전이었으나 당시 자신은 생사를 예측하기 어려울 만큼 피골이 상접한 병든 소년이었다. 그러나 이제 다시 정자의 돌계단을 딛고 오르는 사람은 존엄한 명교의 교주요, 절세무공을 갖춘 어엿한 청년 대장부가 아닌가? 격세지감의 야릇한 운명을 생각하면 지금도 자신이 살아온 기적과도 같은 삶의 여정에 깊은 경외심을 품지 않을 수 없었다.

그런데 이상했다. 정자를 떠받친 돌기둥 넷 가운데 두 개가 부러지고, 정자 안의 돌 탁자도 땅바닥에 엎어져 있었다. 그것을 본 설부득이 껄껄대고 웃음보를 터뜨렸다.

"이 소림사 스님들께선 하나같이 싸움패들인 모양일세. 저 돌기둥이 부러진 자국을 보니 며칠 전 여기서 대판 싸움이 벌어진 게 분명하네. 한데 누구와 싸웠을까? 설마 부처님께 공양드리러 온 손님들을 두들겨팬 것은 아니겠지? 뭐가 바빠서 이걸 고쳐 세워놓지도 않고 이대로 팽개쳐두었는지 모르겠군."

"오늘 싸움에서 이기고 나거든 여기 남아 있는 기둥뿌리 두 개마저 부러뜨려 아예 정자를 폭삭 무너뜨리세!"

주전이 빠지지 않고 한마디 덧붙였다.

일행은 정자 안에서 기다렸다. 이제 곧 절간에서 소림의 고수들이 우르르 쏟아져 나올 터였다. 그럼 우선 점잖게 인사치레부터 한 다음 한바탕 결전을 벌이게 되리라. 이런 경우를 '선례후병先禮後兵*'이라 했던가?

아무튼 주전이 신바람이 나서 주먹을 쓰다듬고 있는 모습을 보고

---

* 적과 맞섰을 때 먼저 예의를 차려 피아 쌍방 간의 인사치례를 나누고 무력을 행사한다는 뜻. 자기편의 정당한 명분을 내세우고 상대방의 경계심을 늦추거나 사기를 떨어뜨리는 기만 술책으로 심리전의 하나이다. 《삼국연의》 제11회에서 인용되었다.

장무기는 저도 모르게 눈살을 찌푸렸다. 폭력은 불가피한 경우에만 써야 할 것인데, 일행은 미리부터 들떠 있었다. 무엇보다 먼저 소림사 측에 책임부터 분명하게 물어야 한다. 무슨 이유로 여섯째 사숙 은리정에게 그렇듯 통렬한 독수를 썼는가? 이에 대한 확실한 답변이 있어야 한다. 소림사 측에서 막무가내로 책임을 미루거나 폭력으로 손님들을 제압하려 들 경우, 그때는 어쩔 수 없이 무력으로 대응하는 수밖에 없다.

웬일인지 반나절이 지나도록 절간 쪽에서는 아무런 기척이 없었다. 얼마쯤 시각이 더 흘렀을 때, 상대방이 나타나기를 지루하게 고대하던 일행의 눈에 이상한 광경이 비쳤다. 절간 뒷산 쪽으로 한 떼의 사람들이 허둥지둥 분주하게 달아나고 있었던 것이다. 거리가 너무 멀어 그 사람들이 소림사 승려인지는 알아볼 수 없으나, 어림잡아 40~50명은 되어 보였다.

팽형옥이 먼저 코웃음을 쳤다.

"흥! 저 작자들이 제갈공명처럼 장병들을 풀어서 사면팔방에 '십면매복+面埋伏'을 할 모양이군!"

"자, 우리 들어갑시다!"

장 교주의 명령이 떨어졌다. 양소와 위일소는 왼쪽에, 은천정과 은야왕 부자는 오른편에, 철관도인 장정과 팽형옥, 주전 설부득은 후미에서 교주를 호위하며 절간 산문 안으로 들어섰다.

대웅전에 다다르고 보니, 불상 앞에 놓였던 제단의 탁자가 한쪽으로 엎어지고 향로마저 땅바닥에 뒤집혀 돌바닥이 온통 재투성이가 되었는데, 그걸 치우려는 승려가 하나도 보이지 않았다.

설부득이 냉소를 터뜨렸다.

"소림파 땡추 녀석들, 우리가 쳐들어왔단 말만 듣고도 어지간히 당황한 모양이군! 얼마나 다급했으면 손발을 허둥대다가 부처님 앞에 향을 피우는 향로마저 엎어버렸을꼬? 가소로운 일일세. 가소로운 노릇이야!"

심상치 않은 분위기에 장무기는 경계심을 늦추지 않고 큰 소리로 외쳐 불렀다.

"명교의 장무기가 광명좌사 양소, 백미응왕 은천정, 청익복왕 위일소 등을 대동하고 보찰寶刹을 방문했습니다. 방장대사님을 뵙고자 하오니 말씀 전해주시기 바랍니다!"

웅후한 내력이 깃든 목소리가 불상 옆에 매달린 거대한 동종을 쩌렁쩌렁 울렸다. 양소와 위일소 등 명교 수뇌부 사람들은 서로 마주 바라보며 고개를 끄덕였다. 그들의 생각은 한결같았다.

'교주님의 내력이 과연 놀랄 만큼 깊고 두텁다. 전임 양 교주께서 살아 계셨어도 그 공력 수준은 이분에게 미치지 못할 것이다. 오늘 일전에서 우리 측의 승리는 따놓은 당상이구나.'

장무기의 낭랑한 외침이 소림사 경내 앞뜰 뒤뜰 할 것 없이 구석구석 메아리쳤는데, 어찌 된 셈인지 한참이 지나도록 누구 한 사람 얼굴을 내미는 자가 없었다.

주전의 조바심이 또 발작했다.

"이봐, 소림사 땡추 형씨 아우님들! 그렇게 꽁무니 도사리고 꼴사납게 숨어 있기만 할 거야? 첫날밤 새색시 분단장하고 숨바꼭질이라도 할 작정인가?"

23. 녹류장 나그네, 부용화 그윽한 향기에 담뿍 취하니

목소리가 장 교주보다 더 컸으나 제단 곁의 범종은 울리지 않았다.

팽형옥이 고개를 갸우뚱했다.

"아무래도 이상해. 웬일인지 등골이 오싹한데? 절간에 음침한 기운이 가득 찼어. 뭔가 재미적은 일이 벌어질 모양이오."

주전이 껄껄 비웃었다.

"소림파 녀석들, 언제는 숨어서 꿍꿍이수작을 안 부린 적이 있었나? 뭐가 이상하다는 거야?"

이때 철관도인이 무엇을 보았는지 흠칫 놀라며 말했다.

"이크! 여기 부러진 선장禪杖이 있네!"

뒤미처 설부득도 외마디 소리를 질렀다.

"이런! 여기는 핏자국 천지야!"

하지만 주전은 무사태평으로 껄껄 웃기만 했다.

"광명정 일전으로 우리 교주님의 위엄과 명성이 천하에 어딘들 안 퍼졌겠는가? 그러니 소림사 땡추들도 일찌감치 면전패免戰牌를 높이 내다 걸고 투항할 모양일세. 여봐, 철관도인! 자네도 아까 뒷산으로 줄행랑치는 꼬락서니를 봤잖은가? 허둥지둥 삼십육계 뺑소니를 치다 보니 병기들마저 모조리 내던지고 가버린 거야!"

"그게 아니오."

"어째 아니란 거야?"

"그럼 이 핏자국은 무얼 뜻하는 거요?"

"그야 보나마나 허둥대다가 손을 베어서 다친……."

여기까지 말하다가 그는 입을 다물었다. 자기가 생각해도 너무나 억지소리였던 것이다. 바로 이때 한바탕 돌개바람이 세차게 불어와 일행의 옷자락을 나부꼈다.

"어이구, 시원하다!"

주전이 탄성을 발하는 순간, 대웅전 서쪽 소나무 숲에서 "와지끈!" 하는 소리가 나더니 수백 척 바깥에 있던 아름드리 소나무 한 그루가 맥없이 쓰러졌다.

깜짝 놀란 일행이 동시에 펄쩍 뛰면서 소나무 숲으로 달려갔다. 휑하니 텅 빈 마당 한 귀퉁이에 서 있던 소나무가 중턱이 뚝 부러진 채 길게 누워 있었다. 널찍한 마당에 사람 그림자 하나 없는데, 어떻게 이렇듯 거대한 소나무가 돌개바람이 한 번 불었다고 담장을 덮쳐 절반이나 무너뜨리고 걸쳐져 있는지 도대체 그 까닭을 알 수가 없었다. 소나무 가까이 다가가서 꺾여나간 부위를 살펴보던 군웅은 다시 한번 깜짝 놀랐다. 거칠게 꺾인 자리에는 나이테와 수맥이 온통 헝클어지고 터져 뒤죽박죽 엉켜 있는 게 아닌가! 그것은 분명 사람의 중수법重手法, 즉 모진 손길에 진탕되어 으스러진 자국이었다. 단지 끊겨버린 수맥이 말라비틀어진 것으로 보건대 이 나무가 방금 부러진 것이 아니라 어느 정도 시각이 흘렀음을 알 수 있었다.

일행은 곧 흩어져서 숲속과 담장 안팎 주변을 샅샅이 뒤지기 시작했다. 잠시 후 여기저기서 놀란 외침이 잇따라 들려왔다.

"이크, 잘못되었군!"

"아, 여기서 격투가 벌어졌는걸!"

"지독하군! 사람이 적지 않게 다쳤을 거야!"

널찍한 마당 도처에는 온통 격렬한 전투 흔적이 역력했다. 청석판이 깔린 땅바닥에도, 근처 숲의 나무줄기에도, 담장 석벽에도 어딜 보나 칼자국에 주먹질이나 손바닥 후려치기의 자국이 낭자하게 찍혀 있었다. 여기저기 사람의 핏자국이 질펀하게 흩뿌려진 것으로 보아 처절하기 이를 데 없는 격전이었음이 분명했다. 앞마당 지면에 들쭉날쭉 깊고 얕게 찍힌 무수한 발자국은 그 깊이로 보아 고수들이 내공으로 겨루면서 남겨놓은 자국이었다.

장무기는 갑자기 무슨 생각이 들었는지 벼락같이 소리쳤다.

"그 지객승, 어서 빨리 그자를 잡아오시오!"

명령 한마디에 당장 위일소와 설부득을 비롯한 몇몇이 사방으로 흩어져 찾았으나, 그들보다 분명히 먼저 올라왔을 지객승은 어디로 숨었는지 행방이 묘연했다. 산문 바깥 오행기와 천응기 제자들에게도 명령을 내려 소림사 부근 일대를 수색했으나 어디로 사라졌는지 그림자조차 보이지 않았다. 결국 반 시진이 지나서 각 기의 장기사들이 앞서거니 뒤서거니 보고하러 들어왔다. 소림사 절간 안팎 어디에도 사람의 그림자가 없다는 보고뿐이었다. 도처에서 볼 수 있는 것은 격렬한 전투 흔적과 대웅전을 비롯한 그 많은 전당 구석구석에 온통 피바다를 이루고 부러진 병기들이 널렸는데도 부상자는커녕 죽어 널브러진 시체 한 구 발견할 수 없었다.

"양 좌사, 이걸 어떻게 생각하십니까?"

장무기가 침통한 기색으로 양소를 바라보았다.

"이 격렬한 싸움은 아무리 생각해도 2~3일 전에 벌어진 것 같습니다. 혹시 소림파가 전군복멸을 당해 한 사람도 살아남지 못한 게 아닌가 싶기도 하고……."

"조금 전 수십 명이 뒷산으로 달아나지 않았소이까?"

설부득의 반론에 양소는 고개를 절레절레 내저었다.

"아마 그들은 소림파의 적들이었을 거요. 그자들은 여기 남아서 지키고 있다가 우리가 대거 몰려오는 것을 보고 달아났을 거외다."

"사태를 미뤄보건대 당연히 그랬을 겁니다. 아까 그 지객승도 소림사 승려가 아니라 가짜임이 분명합니다. 분하게도 그놈을 놓쳤군요. 그런데 소림파의 적수가 될 만한 세력이라면 어떤 문파일까요? 천하에 기세등등한 소림파의 본거지까지 쳐들어와서 이 지경이 되도록 쑥대밭으로 만들 만큼 강대한 방회나 문파가 어디 있단 말입니까? 혹시 개방은 아닐는지?"

팽형옥은 양소의 추측에 동조하면서도 소림파를 전멸시킬 만한 세력이 존재한다는 것은 상상조차 할 수 없다는 표정을 지었다. 그러나 주전은 '개방'이란 추측에 손사래를 쳤다.

"개방이라니, 턱도 없는 말씀 작작하시오! 제아무리 개방에 고수가 많고 세력이 막강하다 한들 일거에 소림사 대머리 땡추 녀석들을 하나도 남기지 않고 싹 쓸어버릴 주변머리는 없을 거요. 우리 명교라면 물론 그만한 실력이 있지. 하지만 우리 명교는 분명 이런 짓을 안 저질렀는데……."

"주전, 쓸데없는 소리 그만하고 입 좀 다물지 못하겠소? 우리 짓이 아니란 걸 모르는 사람이 어디 있다고 그런 터무니없는 소리를 지껄이는 거요?"

곁에서 철관도인이 쏘아붙였다.

그때 나한당 안팎 구석구석을 뒤지던 후토기의 장기사 안원이 교주 앞으로 달려왔다.

"교주께 아뢰오! 나한당 안에 있는 십팔존 나한불상이 모두 누군가의 손에 움직인 자취가 있습니다. 아무래도 뭔가 수상합니다."

"가봅시다!"

일행은 즉시 안원을 따라 나한당 안으로 들어갔다. 안원으로 말하자면 토목과 건축학에 정통한 인물로서, 평소 신중한 그가 일단 의심스럽다고 말한다면 거기에는 반드시 무엇인가 의심스러운 구석이 있을 터였다. 나한당 전각 안에도 마룻바닥과 벽에 적지 않은 핏자국이 뿌려져 있고, 여기저기 소림사 승려들이 쓰던 계도와 선장 같은 병기들이 어지럽게 널려 있었다.

"안 형, 이 십팔나한 어디가 수상쩍단 말이오?"

주전이 대뜸 물었다.

"나한불상 열여덟 좌가 모두 사람의 손에 떠밀려 움직인 자국이 바닥에 나 있습니다. 저는 혹시나 불상 뒤쪽으로 통로가 있을까 싶어 벽쪽을 살펴보았지만 그런 비밀 통로는 없고, 대좌臺座 바닥에 불상들을 옮기면서 긁힌 자국만 있었습니다."

양소가 한참 동안 생각에 잠기더니 안원에게 지시를 내렸다.

"우리도 한번 나한불상을 옮겨보세."

"예!"

안원이 선뜻 대좌 위로 뛰어올라 십팔나한 중 장미나한長眉羅漢 불상을 한쪽 곁으로 밀어 옮겼다. 그 뒤 벽면에는 과연 아무런 이상도 없었다. 양소 역시 뒤따라 대좌 위로 뛰어올라 장미나한상을 세심하게 살펴보기 시작했다.

"이런! 여기 부처님 등판에 글씨가 새겨졌군!"

갑자기 실성을 터뜨린 양소가 장미나한상의 등을 앞쪽으로 향하게 돌려놓았다. 휘둥그레 뜬 일행들의 눈앞에 드러난 것은 됫박만큼이나 커다란 글씨로 새겨진 '멸滅' 자 한 글자였다. 금박을 입힌 나한상의 번쩍거리는 몸통 한복판에 날카로운 도구로 새겨진 글자의 깊이는 한 치가 넘었다. 금박 아래 흙까지 파낸 상태로 칼자국이 몹시 선명한 것으로 보아 새긴 지 얼마 안 된 게 분명했다.

"이 '멸' 자가 무슨 뜻이지? 아하, 그렇군! 아미파가 소림사를 뒤엎어버린 모양일세. 그래서 멸절사태가 제 딴에는 위엄을 보인답시고 여기다 첫머리 글자를 새겨놓은 게 아니겠소?"

제멋대로 단정을 내린 주전이 어떠냐는 듯이 동료들을 죽 둘러보았다. 일행은 기가 막혀 설레설레 고갯짓만 내둘렀다. 모처럼 양소보다 나은 추리를 했노라고 의기양양하던 주전은 동료들이 동조하지 않는 걸 보고 당장 시무룩해졌다. 그사이에 양소와 안원은 십팔나한 불상을 모조리 앞쪽으로 돌려놓았다.

"아니, 저럴 수가!"

나한당 안에 있던 군웅은 모두 외마디 비명을 내질렀다. 놀랍게도 왼쪽 끝머리 복호나한伏虎羅漢과 오른쪽 끝머리 항룡나한降龍羅漢 두 불상을 제외한 나머지 열여섯 나한의 등 한복판에는 똑같은 크기로 한 글자씩 도합 열여섯 글자가 가지런히 새겨져 있었다.

먼저 소림을 토벌하고, 다음은 무당 차례,　　先誅少林 再滅武當
오로지 우리 명교, 무림의 왕자라 일컫도다!　惟我明教 武林稱王

은천정, 철관도인, 설부득을 비롯한 사람들의 입에서 약속이나 한 것처럼 일제히 외마디 소리가 터져 나왔다.

"이화강동移禍江東의 계략이다!"

나한불상의 휘황찬란한 금박에 깊숙이 새겨진 열여섯 글자. 그것은 마치 사나운 악룡이 어금니를 드러내고 발톱 춤을 추듯 공포 분위기를 자아내고 있었다. 누군가 소림파를 궤멸시킨 다음, 그 책임을 명교 측에 뒤집어씌우려고 꾸며놓은 계략이 분명했다. 저 옛날 삼국시대 오吳나라의 손권孫權이 장강 북방 형주荊州를 차지하기 위해 그곳을 지키고 있던 관운장關雲長을 습격해 잡아 죽였다. 그러고는 촉한蜀漢의 황제 유비劉備와 그 아우 장비張飛의 보복이 두려워 관운장의 목을 위魏나라 조조曹操에게 보냄으로써 그 책임을 전가하고 보복의 화살을 위나라 쪽으로 돌리려 했다. 그것이 곧 '이화강동'의 책략이었다. 은천정을 비롯한 사람들은 그 역사적 모략이 지금 다시 눈앞에서 재현되고 있다고 생각했다.

명교 군웅들은 보이지 않는 적의 손에 농락당한다는 느낌을 받고 순간적으로 공포에 질렸다. 그것은 장무기도 마찬가지였다. 광명정 결전으로 무림계 명문 정파들과의 알력을 해소하고 이제 겨우 안정을 되찾았는가 싶었더니 명교의 시련은 아직도 끝나지 않은 모양이었다. 보이지 않는 적은 소림사를 뒤엎어 전멸시킬 만큼 무섭고 강대한 세력이 틀림없었다. 그렇다면 장차 명교의 앞날은 어찌 될 것인가?

"우리 어서 이 글자들을 남이 보기 전에 모조리 긁어 없앱시다! 그래야만 이 엄청난 모략에서 벗어날 수 있을 거요!"

주전이 으르렁대며 소리쳤으나, 양소는 딱 부러지게 고개를 흔들었다.

"소용없소. 적은 너무나 악랄하오. 이렇듯 계략을 치밀하게 꾸민 것으로 보아 이 열여섯 글자를 지운다고 해결될 일이 아니오."

이번만큼은 주전도 입씨름을 벌이지 않았다. 사태가 너무나 중대할 뿐더러 양소의 말에 일리가 있다고 생각했다. 그의 입에서는 그저 한 마디만 거듭 나올 따름이었다.

"그럼 어쩐다? 어쩐다……?"

설부득이 제 의견을 밝혔다.

"이것은 증거물로 남겨둬야 하오. 우리에게 범행을 뒤집어씌우려는 자를 찾아서 이리로 끌고 와 대질시켜야 하니까!"

양소도 옳다는 듯이 고개를 끄덕였다.

그러자 팽형옥이 머리를 갸우뚱했다.

"소승에겐 아무래도 납득이 가지 않는 점이 하나 있는데, 양 좌사께서 일러주시기 바라오."

"말씀해보시지요."

"이 열여섯 글자를 새긴 놈들은 분명 소림파를 전멸시킨 범행을 우리 명교 측에게 전가시켜 우리를 죄인으로 만들려고 했소. 이것으로 우리 명교는 또다시 천하 무림계의 공적이 되어 온갖 지탄과 공격을 받게 될 거요. 그렇다면 놈들은 어째서 이 글자가 남들 눈에 보이지 않게 나한불상의 등판을 벽 쪽으로 다시 돌려놓았을까요? 글자를 바깥 쪽으로 향하게 해놓았으면 쉽사리 눈에 뜨이지 않았겠소이까? 우리도 안기사가 세심한 덕분에 발견했는데, 다른 사람이야 어떻게 나한불상에 글자가 새겨진 걸 찾아낼 수 있겠습니까?"

양소는 팽형옥의 말을 듣자 얼굴빛이 점점 굳어졌다. 그러고는 한참 생각한 끝에 무겁게 입을 열었다.

"이건 추측이오만, 나한상을 제자리로 돌려놓아 글자가 보이지 않게 감춰버린 사람이 또 있는 것 같소. 그 사람이 우리 명교를 남몰래 돕고 있는 모양이오. 우리가 알지 못하는 사이에 어떤 사람에게 큰 도움을 받고 있는지도 모르오."

"그 사람이 누구요? 양 좌사, 무슨 근거로 그렇게 단정할 수가 있소?"

일행이 이구동성으로 일제히 물었다.

"그 사람이 누군지, 왜 이런 일을 해서 도왔는지 그건 나도 알 수 없소만……."

"아차……!"

양소의 군색한 답변이 미처 끝나기도 전에 장무기는 무슨 생각이 들었는지 깜짝 놀라 외마디 실성을 터뜨렸다.

"먼저 소림을 토벌하고 다음은 무당 차례…… 여러분! 지금쯤 무당파가 난관에 봉착했는지도 모르겠습니다!"

장 교주의 말을 듣고 일행은 정신이 번쩍 들었다. 그렇구나, 지금은 한가롭게 추리나 하고 있을 때가 아니었다. 교주의 말대로 무당파가 저들의 독수에 당하고 있을지도 몰랐다.

위일소가 선뜻 팔을 걷어붙이고 나섰다.

"무당파는 교주님의 고향이오. 의리로 보아서 지금 당장 도와드리러 가야 하오! 그리고 도대체 어떤 개 같은 놈들이 이따위 짓을 저지르고 있는지 낯짝이라도 한번 봐야겠소."

은천정도 서둘렀다.

"늦었다간 큰일 나겠소. 우물쭈물할 때가 아니오. 우리 전 병력을 이끌고 즉각 출발합시다. 저 간악한 놈들이 벌써 하루 이틀 앞섰소!"

23. 녹류장 나그네, 부용화 그윽한 향기에 담뿍 취하니

장삼봉이 목검을 받아 들고 껄껄 웃었다.
"목검인가? 설마하니 이 늙은이더러 남의 집 귀신 쫓는 도사
노릇이나 하라는 것은 아니렸다?"
그는 의자에서 일어났다. 오른손으로 목검을 잡고 왼손으로
검결劍訣을 맺더니 두 손을 천천히 들어 올려 둥그런 고리 형
태를 이루었다. 그것이 태극검법의 기수식이었다. 이어서 그
는 태극검초를 하나씩 펼쳐 보이기 시작했다. 삼환투월三環
套月, 대괴성大魁星, 연자초수燕子抄水, 좌란소左攔掃, 우란소右
攔掃……. 태극검의 초식은 실꾸리 풀려나가듯 면면히 이어
졌다.

이유극강의 태극 원리, 세상에 처음 전해지네

장무기는 우선 대사백 송원교 일행이 서역에서 무당산으로 무사히 돌아갔는지 그것이 제일 걱정스러웠다. 명교 일행을 이끌고 사막지대를 건너 소림사까지 오는 도중 그들의 소식을 끝내 듣지 못했기 때문이다. 만약 중도에 지체했거나 어떤 변고라도 당했다면 무당산에는 태사부 장삼봉과 제3대 제자 몇몇밖에 없을 터였다. 더구나 셋째 사백 유대암은 불구자여서 병상에 누워 있을 터인데, 그런 상태에서 강적이 들이닥친다면 누가 무슨 수로 막아낸단 말인가? 생각이 여기에 미치자 속에서 불이 났다. 그는 조바심을 억누르고 목청을 돋우어 명령을 내렸다.

　"여러 선배님, 형제분들! 무당파는 제 선친께서 몸담고 계시던 곳입니다. 그리고 태사부 어른께서 제게 베푸신 은혜는 태산보다 높고 바다보다 깊습니다. 이제 무당파는 전대미문의 대환란을 맞아 위기에 처하게 되었습니다. 그 위기는 불난 집의 불 끄기보다 더 급합니다. 위복왕! 저와 함께 먼저 떠납시다. 나머지 여러분은 양 좌사와 외조부님의 지휘를 받아 각 대별로 후속해서 따라오십시오!"

　그러고는 두 손 모아 읍례한 다음, 쏜살같이 산문을 바라고 달려 나갔다. 위일소도 뒤질세라 경공신법을 펼쳐 그와 어깨를 나란히 한 채 질주하기 시작했다. 군웅들이 미처 응답하기도 전에 두 사람은 이미 소림사를 벗어났다. 두 사람의 동작은 당세에 따를 자가 없을 만큼 쾌속했다.

두 사람 모두 지체하지 않고 전력 질주를 거듭했다. 위일소는 얼마 동안 장 교주에게 조금도 뒤처지지 않았으나, 시각이 지날수록 점점 내력이 부족해 헐떡거리기 시작했다. 그것을 본 장무기는 생각을 바꾸었다. 무당산까지는 아직도 갈 길이 까마득한데 이렇듯 쉬지 않고 달려갔다가 막상 강적과 맞닥뜨렸을 때 무슨 기력으로 싸우겠는가? 조금 늦더라도 힘을 아껴야 한다.

"위 복왕, 우리 가다가 마을 장터에서 말 두 필만 삽시다. 힘을 아껴야겠습니다."

위일소 역시 진작부터 그럴 생각이었으나 차마 입을 열지 못했는데, 장 교주가 제안하자 얼른 동의하면서 한마디 덧붙였다.

"하지만 말을 타고 가면 너무 늦지 않겠습니까?"

두 사람은 얼마 안 가 맞은편 앞길에서 여섯 명의 장정이 말을 탄채 힘차게 질주해오는 것을 발견했다. 위일소는 마침 잘됐다 싶어 느닷없이 몸을 솟구쳐 그들에게 덮쳐가더니 눈 깜짝할 사이에 두 장정을 움켜 길바닥에 팽개쳤다.

"교주님, 타십시오!"

장무기는 깜짝 놀라 걸음을 멈추고 망설였다. 백주 대낮에 길을 가로막고 남의 말을 약탈하다니, 생판 강도 짓이 아닌가?

위일소가 교주의 불만스러운 표정을 눈치채고 버럭 고함을 질렀다.

"큰일을 하자면 사소한 것에 얽매여선 안 됩니다! 무얼 망설이십니까?"

고함치는 사이에도 그는 또다시 양손으로 두 장정마저 말안장에서 끌어내렸다.

난데없이 강도를 만난 나그네들은 그래도 무예를 몇 수 익혔는지, 떠들썩하니 욕설을 퍼부으면서 저마다 병기를 빼들고 위일소에게 덤벼들었다. 위일소는 네 마리의 말고삐를 양손에 갈라 잡은 채 발길질로 저들의 병기를 모조리 걷어차 날려 보냈다. 그 순간, 장정 하나가 냅다 호통을 쳤다.

"어떤 놈이 대낮부터 강도질이냐? 누군지 이름을 대라!"

장무기는 결단을 내리지 않을 수 없었다. 위일소가 하는 짓을 보니 이대로 머뭇거렸다가는 마필은 둘째치고 나그네들마저 그냥 놓아보낼 성싶지 않았던 것이다. 그는 냉큼 말안장 위에 올랐다. 그러고는 또 한 마리 예비마의 고삐를 거머쥐고 먼지구름을 뽀얗게 일으키면서 쏜살같이 치닫기 시작했다. 섣불리 따라붙지 못하고 듣기 거북한 욕설만 퍼붓는 장정들을 뒤로한 채.

"우리가 부득이해서 이런 짓을 저지르기는 했지만, 저 사람들 역시 다급한 일이 있었는지 어찌 알겠습니까? 아무래도 마음이 꺼림칙하구려."

투덜대는 장무기를 보고 위일소가 껄껄대고 웃었다.

"교주님, 이까짓 것 가지고 뭘 그러십니까? 왕년에 명교도들이 한 짓에 비하면 이 정도는 약과입니다. 조정이나 관가에서 우리를 잡으려 할 때 뭐라고 했는지 아십니까? '마교는 방자하고 거리낌 없는 무리요, 천하를 횡행하면서 불법만을 자행하는 사교 집단이로다!'…… 하하하!"

위일소의 통쾌한 웃음소리를 듣고도 장무기는 속이 풀리지 않았다.

명교가 남들에게 사악한 이단으로 지탄받게 된 것도 다 그만한 이유가 있었던 것이다. 하지만 도대체 어떤 것이 정正이요, 어떤 것이 사邪인지 분별 못 하는 세상 아닌가? 전임 양 교주가 전해 내린 성화 대령 세 조목과 소령 다섯 조목만큼은 앞으로 모든 신도가 반드시 준수하도록 단단히 일러둬야겠다 싶었다.

그는 자신이 교주의 중책을 맡고 있으면서도 견문이나 지식은 모자란다는 걸 뼈저리게 통감했다. 조금 전 나그네들의 마필을 탈취한 사건만 해도 그랬다. 위일소는 사소한 일로 치부하고 서슴없이 불법행위를 저질렀다. 어쩌면 위일소의 그런 결단력이 바로 큰일을 하는 자의 과감성인지도 모른다. 그러나 자신은 결단을 내리지 못하고 얼마나 망설였던가? 무예가 높고 뛰어나다고 해서 천하만사를 무력으로만 해결할 수는 없다. 지혜와 식견을 갖추어야 한다. 그것이 자신에게는 부족한 것이다.

생각이 여기에 미쳤을 때, 그는 망연자실한 기색으로 하늘을 올려다보았다. 하루속히 금모사왕을 모셔와야 했다. 그리고 이 감당하기 어렵고 부담하고 싶지 않은 이 무거운 짐을 벗어놓고 싶었다.

"비켜라!"

갑자기 위일소가 호통치는 소리에 장무기는 끝없이 이어가던 상념에서 깨어났다. 정신을 가다듬고 보니 그들이 치닫고 있는 관도에 두 괴한이 앞길을 떡 가로막고 서 있었다. 손에 강철 지팡이를 가로잡고 버틴 품새가 아무래도 곱게 통과시키지 않겠다는 기세였다.

호통을 친 위일소는 말채찍으로 눈앞에까지 닥쳐온 상대방의 허리를 휘감으면서 그대로 말을 몰아 무섭게 돌진해나갔다. 괴한이 강철 지팡이로 재빨리 채찍을 막았다. 바로 그 순간, 또 한 명의 괴한이 날카롭게 휘파람을 불면서 왼손을 번쩍 쳐들었다. 그 바람에 위일소가 탄 말이 놀라 앞발을 치켜들면서 곤두섰다.

휘파람 소리를 신호로 돌연 길가 숲속에서 또 다른 괴한 네 명이 우르르 쏟아져 나와 합세했다. 검은빛 경장 차림을 한 괴한들의 몸놀림이 한눈에 보아도 만만치 않은 고수였다.

위일소가 외쳤다.

"교주님! 이 생쥐 새끼들은 제가 맡을 테니, 그냥 달리십시오!"

장무기는 이 괴한들이 무당파의 구원병을 저지하기 위해 중도에 매복한 자들이라는 것을 직감적으로 깨달았다. 그렇다면 보이지 않는 적들의 안배가 얼마나 악랄하고 치밀한 것인지 알고도 남음이 있었다. 여기서부터 매복 습격대가 배치되어 있을 정도라면 무당산 일대에는 이미 천라지망天羅地網이 깔려 있으리라. 무당파의 위기는 예상보다 더 심각하고 시급했다. 위일소의 경공술과 무공 실력으로 이들 몇몇쯤은 너끈히 요리해낼 터, 단시간에 완승을 거두지는 못하더라도 최소한 자신을 지킬 만한 여유는 있을 것이다. 문제는 시간이었다.

결단을 내린 장무기가 힘차게 말 배때기를 걷어찼다. 돌진하는 앞길에서 두 괴한이 강철 지팡이로 동시에 들이쳐왔다. 장무기는 안장 위에서 상반신을 앞쪽으로 숙여 한꺼번에 날아드는 강철 지팡이를 양손으로 움켜 빼앗았다. 그러고는 되돌려주듯 손길 나가는 대로 던져보냈다.

"으와앗!"

괴한 두 명의 입에서 처절한 외마디 비명 소리가 터져 나왔다. 강철 지팡이가 제각기 주인의 넓적다리뼈를 부러뜨린 것이다. 두 괴한이 땅바닥에 나자빠지는 동안 장무기의 말은 거침없이 달려 나갔다. 위일소에게 엉겨 붙은 괴한 네 명의 무공 실력이 그리 약하지 않은 것을 알아본 순간, 자신이 떠난 뒤 위일소에게 강적이 늘어날까 걱정스러워 그를 돕는 셈치고 미리 두 명을 처치해버린 것이다.

숭산은 하남성에 있고, 무당산은 호북성에 있다. 지방은 비록 다르지만 각기 접경 근처에 있으므로 그리 먼 편은 아니었다. 게다가 마산구馬山口만 지나면 그 남쪽은 광활한 평야 지대라 도로 사정이 순탄했다. 장무기가 번갈아 탄 말은 하나같이 탄탄대로를 무서운 속도로 질주해 정오 무렵 내향진內鄕鎭을 통과했다. 어느 이름 모를 시골 장터에 들어서자 그는 문득 시장기를 느끼고 허름한 음식점을 찾아 구운 밀떡을 샀다. 서둘러 요기를 하고 떠나려는데 뒤에 끌려오던 예비마가 느닷없이 비명을 지르면서 마구 날뛰기 시작했다. 흘끗 뒤돌아보니 말 배때기에 번쩍거리는 우이첨도牛耳尖刀가 한 자루 박혀 있는 게 아닌가? 그와 때를 같이해서 길거리 골목 어귀에 그림자 하나가 번뜩하더니 그대로 사라졌다.

안장 위에서 몸을 날린 장무기는 단숨에 그자를 움켜잡았다. 또 검은빛 경장 차림의 괴한이었다. 옷깃 앞섶에는 온통 말의 피가 질펀하게 흩뿌려져 있었다.

"네놈은 누구의 부하냐? 어느 방회 문파 소속이냐? 네놈들의 본대는 언제 무당산으로 떠났느냐? 어서 말해라!"

멱살을 움켜 흔들어 붙이면서 사납게 호통쳐 물었으나, 흑의 괴한은 두 눈을 질끈 내리감은 채 입을 열지 않았다. 장무기는 더 따져 묻

지 않았다. 무당산에 도착해보면 자연히 알 것을, 구태여 시간을 허비
할 필요가 없었다. 그는 당장 괴한의 등골뼈 대추혈을 찍어 봉쇄해버
렸다. 아마 꼬박 사흘 낮밤 동안 전신에 견딜 수 없을 만큼 저릿저릿한
고통을 맛보고 나서야 혈도가 풀릴 것이다. 골목 길바닥에 나뒹그러져
온 몸뚱이를 비비 꼬아대는 그자를 뒤로하고, 장무기는 다시 말안장에
뛰어올랐다. 말고삐를 다 놓아주고 질풍같이 치달린 그는 단숨에 삼관
전三官殿까지 들이닥쳐 나룻배를 타고 한수를 건넜다.

　남쪽 기슭으로 향하는 동안 배가 강물 한복판에 다다르자, 그는 하
릴없이 도도히 흐르는 물결에 눈길을 던진 채 깊은 상념에 빠져들었
다. 무심한 수면에는 온갖 그리운 얼굴들이 떠올랐다. 소림사에서 매
정하게 거절당하고 어린 자기를 품어 안은 채 시름없이 무당산으로
돌아가던 태사부님, 몽골군 추격대에 쫓기면서 절망적으로 끈덕지게
저항하던 상우춘 형님, 그리고 어른스럽게 자기를 달래주던 소녀 주지
약. 10여 년이 지나 다시 만난 그녀의 아리따운 자태가 눈앞에 어른거
렸다. 광명정에서 정이 가득 담긴 눈길로 나를 바라본 그녀. 그 눈빛에
홀려 의천보검의 예리한 칼끝이 가슴을 파고들어도 결코 후회할 줄
모르던 자신이 아니었던가? 주 소저는 지금 어디서 무엇을 하고 있을
까? 말없는 나룻배가 장무기의 상념을 깨뜨리기라도 하듯 "덜컹!" 소
리를 내며 남녘 강변에 닿아 흔들렸다.

　한수를 건너자 또다시 말을 채찍질해 남쪽으로 치달았다. 어느새
날이 저물어 관도 위에는 어둑어둑 땅거미가 깔렸다. 한 시진을 더 달
리고 났을 때 달빛도 별빛도 없는 깜깜한 밤이 찾아들었다. 마침내 그
가 탄 말이 앞발굽을 꿇었다. 온종일 쉬지 않고 치달린 끝에 더는 버티

지 못할 만큼 지쳐버린 것이다.

"고생했구나. 예서 좀 쉬었다가 너 갈 데로 가렴."

장무기는 말 잔등을 두세 번 쓰다듬어주고 나서 곧바로 경공신법을 펼쳐 질주하기 시작했다. 사경四更(새벽 1~3시)이 될 무렵, 그는 앞길 쪽에서 어렴풋이 울리는 말발굽 소리를 들었다. 한두 필이 아니라 떼를 지어 가는 큰 무리였다. 장무기는 진기를 한 모금 끌어올리고 속력을 내어 그들 일행을 앞질러 나갔다. 신법이 워낙 빠르고 민첩한 데다 캄캄한 밤중이라 아무도 낌새를 채는 자가 없었다.

스쳐 지나가면서 어림해보니 저들 패거리는 줄잡아 20여 명, 목적지는 무당산이 분명했다. 아무도 입을 열지 않아 내력을 알 수는 없으니, 하나같이 병기를 휴대한 것으로 보아 의심할 것도 없이 무당파를 공격하러 가는 적들이었다. 장무기는 마침내 적을 따라잡은 셈이었다. 그렇다면 무당산은 아직 공격을 받지 않았을 것이다. 적을 보고도 장무기는 오히려 마음이 놓였다.

반 시진도 채 못 가서 또 한 떼의 인마를 앞질렀다. 이들 역시 무당산으로 향하고 있었다. 장무기의 걸음은 더욱 빨라졌다. 혹시나 이들보다 앞서간 적들이 벌서 무당파를 습격하고 있을지도 몰랐다. 그는 무당산 아래 이르기까지 도합 다섯 패거리의 기마대를 앞질렀다. 그들은 30여 명에서 최소 10여 명씩 한 패거리를 이루고 있었다.

산 중턱쯤에서 장무기는 또다시 앞길을 치닫는 사람의 그림자를 발견했다. 이번에는 단 한 사람이었다. 박박 깎은 대머리에 헐렁한 소맷자락을 너풀거리는 품이 승려가 분명했다. 경공신법도 자못 대단한 수준인 듯 걸음걸이가 경쾌하고 날렵했다. 장무기는 앞지르지 않고 멀찌

24. 이유극강의 태극 원리, 세상에 처음 전해지네

감치 거리를 둔 채 동정을 살펴가며 뒤쫓았다.

쉬지 않고 산길을 재촉해 오른 승려가 정상에 거의 도달했을 때 누군가 외치는 소리가 들렸다.

"어디서 오는 친구분이신가? 이 야밤에 무당산을 방문하시다니!"

산머리 근처 숲속에서 호통치는 소리가 터져 나오면서 뭇사람이 승려의 앞길을 가로막았다. 두 명은 도사, 두 명은 속가 제자 차림새, 분명 야간 순찰 경계를 맡은 무당파의 제3~4대 제자들이었다. 승려가 발길을 멈추고 이들에게 합장해 보였다.

"빈승은 소림사의 공상空相이외다. 긴급한 일이 있어 무당의 장 진인을 뵈러 왔소이다."

뒤따르던 장무기가 흠칫 놀랐다. '적이 아니었구나. 소림사에서 구사일생으로 탈출한 스님이었어. '공空' 자 항렬이라면 공문 방장, 공지, 공성신승의 동문 사형제가 되는 노선배다. 이런 분이 천신만고를 무릅쓰고 적의 습격 사실을 알려줄 생각으로 허위단심 무당산을 찾아온 거야.'

무당 제자들은 공상대사의 소개말을 듣자 황망히 읍례를 올렸다.

"먼 길을 오시느라 고생하셨겠습니다, 대사님. 어서 도관으로 드시지요. 차를 대접해 올리겠습니다."

도사 차림의 제자 하나가 공상대사를 안내했다. 공상대사는 허리에 차고 있던 계도를 선뜻 끌러 무당 제자에게 넘겨주었다. 손님 된 입장에서 무례하게 병기를 휴대한 채 들어가지 않겠다는 겸손의 의사표시였다. 무당 제자는 그를 자소궁 삼청전으로 인도했다.

남몰래 뒤따라 들어간 장무기는 창문 바깥에 쪼그려 앉은 채 귀를 기울였다. 공상대사의 말을 들어보기 위해서였다.

이윽고 공상대사의 다급한 목소리가 들려왔다.

"여러분, 어서 속히 장 진인께 말씀드려주시오! 긴급한 일이오. 잠시도 지체해선 안 되오!"

안내를 맡았던 도사가 미안스러운 기색으로 대꾸했다.

"대사님께서 공교롭게도 때를 잘못 맞춰 오셨군요. 저희 사조 어르신께선 지난해 좌관에 드신 후 1년이 넘도록 나오지 않으셨습니다. 본파 제자들도 뵙지 못한 지 오래입니다."

"그렇다면 송 대협에게 통보해주시오."

"대사백님은 저희 사부님과 여러 사숙님들을 데리고 육대 문파와 연합해 명교 원정을 떠나셔서 아직 돌아오지 않으셨습니다. 귀 소림파도 참선하셨지요?"

창밖에서 엿듣던 장무기는 속으로 깜짝 놀랐다. 그렇다면 우려한 대로 송원교 대사백 일행은 돌아오던 도중 무슨 변고를 당한 게 틀림없었다. 아미파뿐만 아니라 무당파도 사막 길에서 실종되었단 말인가?

공상대사의 장탄식이 창밖으로 흘러나왔다.

"아아! 그렇다면 무당파 역시 우리 소림파와 마찬가지로 오늘 닥쳐올 겁난을 피할 도리가 없겠구나."

도사가 영문을 모른 채 뜨악한 기색으로 되물었다.

"무슨 일이신데 그토록 우려하십니까? 현재 우리 무당의 모든 업무는 영허자靈虛子 사형께서 주관하고 계십니다. 빈도가 들어가서 말씀드리고 대사님을 뵙도록 모셔오겠습니다."

"영허 도장은 어느 분의 제자이시오?"

"셋째 사숙 어른의 문하생입니다."

"어허! 유 삼협께선 수족을 다쳐 불구의 몸이 되시고도 심지만큼은 맑으신 모양이군요. 그럼 노승이 유 삼협에게 몇 말씀 드렸으면 하오."

"예에, 분부대로 모시겠습니다."

도사가 안채로 들어간 후, 공상대사는 무엇이 그리 초조한지 참을성 없이 대청 바닥을 오락가락 서성거렸다. 이따금 바깥쪽에 귀를 기울여 동정을 살피기까지 했다. 혹시라도 적의 선발 습격대가 오지 않았을까 걱정하는 기색이 완연했다. 잠시 후 안채에 들어갔던 도사가 빠른 걸음걸이로 다시 나오더니 공손히 허리 굽혀 말했다.

"유 사숙 어른께서 대사님을 뵙겠다고 하셨습니다. 거동이 불편하여 예까지 영접 나오지 못해 죄송하다는 말씀도 하셨습니다. 자, 그럼 이리로!"

도사의 언동이 한결 공손해진 것을 보니, 아마도 유대암이 소림사 '공' 자 항렬이란 말을 듣고서 그에게 정중히 모시라는 분부를 내린 모양이었다.

공상대사가 당연하다는 듯이 고개를 두어 번 끄덕이더니 그를 따라 유대암의 침실 쪽으로 걸어갔다.

장무기도 뒤를 밟았다. 그러나 이번에는 창문에 다가서지 못하고 20~30척 간격을 둔 채 몸을 숨겼다. 유 사백은 사지가 전폐된 불구의 몸이기는 하나 청각은 그만큼 더 예민해졌을 터이니 섣불리 접근했다가는 발각될지도 모르기 때문이다.

차 한잔 마실 시각이 지나서 안내를 맡았던 도사가 총총걸음으로 침실에서 나오더니 낮은 목소리로 불렀다.

"청풍淸風! 명월明月아, 이리들 나오너라!"

그 소리에 응답해 곁방에서 도동道童 둘이 툭 뛰쳐나왔다.

"예, 사숙님!"

"들것을 준비해라, 유 사숙께서 나오실 테니."

"예에!"

두 도동이 허리를 굽히고 시원스레 응답하더니 바깥으로 나갔다.

장무기는 무당산에서 몇 해밖에 살지 않았기에, 그 이후 둘째 사백 유연주가 문하생으로 받아들인 지객도사知客道士와는 전혀 면식이 없었다. 하지만 청풍과 명월 두 녀석만큼은 어릴 적에 함께 놀았던 터라 무척 친숙한 사이였다. 어린 동자 시절부터 유대암의 시중을 들어온 꼬마들도 오늘 보니 훤칠한 청년으로 성장해 있었다. 장무기는 슬그머니 일어나 도동들의 뒤를 살금살금 밟았다. 그들은 유대암이 거동할 때 쓰는 들것을 가지러 곳간으로 갔다. 들것은 환자가 절반쯤 몸을 일으켜 앉을 수 있게 의자 모양으로 만든 것이었다.

"청풍, 명월아! 날 알아보겠어?"

뒤따라 곳간에 들어간 장무기가 부르는 소리에 도동 두 녀석이 화들짝 놀라 돌아보았다. 가만히 보니 낯이 익은 듯싶기도 한데 얼핏 생각나지 않는 기색들이었다.

"하하, 벌써 날 잊어버렸느냐? 무기야! 네 녀석들의 꼬마 사숙 장무기를 몰라보는구나!"

"아니, 꼬마 사숙님! 이거 정말 꼬마 사숙이네! 무당산에 돌아오셨어! 그래, 병은 다 나으셨나요?"

장무기를 알아본 두 도동이 반색을 하며 기뻐했다. 엇비슷한 또래들이라 셋이서 짓궂은 장난을 하며 어린 시절을 보냈었다.

"청풍아, 부탁이 있다. 내가 네 모습으로 변장하고 셋째 사백님을 좀 모셔야겠다. 그분이 날 알아보지 못하게 말이야."

이 말을 듣자 청풍이란 녀석이 쭈뼛쭈뼛 망설였다.

"그건…… 안 되겠는걸요. 들통 나면 내가 혼날 텐데……."

"아냐, 혼나기는…… 셋째 사백님은 내가 병이 다 나아서 돌아온 걸 보시면 무척 기뻐하실 거야. 언제 널 꾸짖을 틈이 있겠니?"

두 도동은 평소 장삼봉 조사 이하 무당육협이 이 꼬마 사숙을 얼마나 끔찍이 총애했는지 너무 잘 알고 있었다. 이제 그 꼬마 사숙이 죽을 병까지 완치되어 건강한 몸으로 돌아왔으니 이보다 더 큰 경사는 없을 터였다. 이들은 장무기가 옷을 바꿔 입고 청풍의 모습으로 변장한 채 유대암 사백 앞에 나서는 것이 병상에서 무료하게 지내온 어른을 깜짝 놀라게 해드려 즐겁게 상봉하려는 뜻인 줄로만 알았다.

"이봐, 청풍. 꼬마 사숙이 하시자는 대로 해드리렴!"

낄낄대며 동의하는 명월의 말에 청풍이 신바람 나게 도포를 벗고 신발까지 벗어서 장무기에게 입혔다. 곁에서 명월이란 녀석은 꼬마 사숙의 머리를 풀어 도동처럼 총각머리로 틀어 올리고 비녀까지 꽂아주었다. 삽시간에 장무기는 어엿한 도동의 모습으로 바뀌었다. 명월이 장무기의 차림새를 요모조모 뜯어보더니 고개를 갸우뚱했다.

"꼬마 사숙님이 청풍으로 둔갑은 잘하셨는데, 얼굴이 닮지 않았으니 어쩐다? 옳지 그렇군! 청풍이 발목을 삐는 바람에 움직일 수가 없어 그 대신 도관에 새로 들어온 풋내기 도동으로 바꿔치기했다고 하면 되겠어!"

"그것참 좋은 생각이네!"

장무기도 제 꼬락서니를 굽어보며 빙그레 웃었다.

이때 곳간 바깥에서 지객도사의 불호령이 터졌다.

"아니, 요 녀석들! 그 안에서 뭘 시시덕거리고 여태 안 나오는 거야?"

명월이 찔끔 놀라더니 장무기와 마주 바라보며 혀를 날름거렸다. 이윽고 명월이 들것 앞채를, 장무기가 뒷손잡이를 나눠 잡고 뒤뚱뒤뚱 유대암의 병실로 갔다.


두 사람은 유대암을 부축해서 들것에 비스듬히 누여 앉혔다. 장무기가 힐끗 훔쳐보니, 셋째 사백의 얼굴빛이 침통하기 짝이 없어 자신을 태운 들것이 누구 손에 들려 가는지 알아볼 여유조차 없어 보였다.

"뒷산 후원으로 가자. 조사 어르신을 뵈어야겠다!"

"예에!"

명월이 한마디로 응답하더니 몸을 돌리고 들것 앞채를 잡았다. 장무기는 방금 잡았던 대로 뒷손잡이를 번쩍 들었다. 유대암에게는 앞장선 명월의 등 모습만 보일 뿐 뒤편의 장무기는 볼 수 없었다.

공상대사가 들것 옆에 따라붙은 채 유대암과 함께 뒷산으로 올라갔다. 지객도사는 유대암의 분부가 없는 터라 섣불리 따라붙지 못하고 뒤처져 남았다.

장삼봉이 폐관정수 중인 자그만 후원은 뒷산 대나무 숲속 깊숙한 곳에 들어앉았다. 어둠침침하게 우거진 대나무 숲 그늘 가운데 이따금 산새들이 지저귀는 소리만 들릴 뿐 인기척이라곤 전혀 없는 적막한 곳이었다.

이윽고 명월과 장무기는 떠메고 온 유대암의 들것을 정사精舍 앞뜰에 내려놓았다. 유대암이 막 입을 열어 기별하려는데, 정사 안에서 늙수그레한 장삼봉의 목소리가 먼저 들려왔다.

"소림파 어느 고승께서 이 누추한 곳에 왕림하셨소이까? 이 늙은이가 미처 멀리 영접 나가지 못한 실례를 용서하시오."

뒤미처 대나무 문짝이 "삐거덕" 열리더니 장삼봉이 모습을 드러내고 천천히 걸어 나왔다.

공상대사는 의아스러운 기색으로 그를 마주 바라보았다. 정사 안에 들어앉은 장삼봉이 소림사 승려가 왔다는 것을 어찌 알았을까? 깜짝 놀랐지만 이내 생각이 바뀌었다. '그러면 그렇지, 지객도사 녀석이 미리 와서 귀띔해주지 않고서야 무슨 수로 내 신분을 알아맞힐 수 있단 말인가?'

그러나 유대암은 스승의 무공 수준을 익히 알고 있던 터라 별로 이상하게 여기지 않았다. 스승의 정밀하고도 깊은 공력이라면 외부인의 발걸음 소리만 듣고도 이 방문객이 어느 무학의 문파인지, 그리고 무공 수준이 어느 정도인지 충분히 헤아릴 수 있을 것이다.

그러나 구양신공을 익힌 장무기의 내공은 공상대사보다 월등하게 높았다. 이른바 '유실반허由實返虛' '자진귀박自眞歸樸'의 수준으로서 이미 실체로부터 허상으로 돌아가고 참된 실상을 감추어 평범한 사람의 소박한 모습으로까지 보일 수 있는 경지였다. 그는 자신의 몸짓뿐만 아니라 눈빛, 발걸음 내딛는 소리, 목소리에 이르기까지 무공 수준의 실체를 속속들이 감추고 드러내지 않을 수 있었다. 따라서 장삼봉은 유대암을 떠메고 온 도동 두 녀석을 눈여겨보지 않았고, 그들 가운데 천하제일의 신공을 터득한 고수가 있다는 사실조차 전혀 알아차리지 못했다.

장무기는 도둑질하듯 태사부의 얼굴 모습을 훔쳐보았다. 안색은 여전히 발그레하니 동안을 유지하고 있었으나 수염과 눈썹은 모두 은빛으로 하얗게 세어 있었다. '10여 년 전 한수강 변에서 헤어질 때만 해도 이처럼 늙지는 않으셨는데……' 천신만고 끝에 다시 뵙는 태사부의 모습을 눈앞에 두고, 장무기는 가슴 벅찬 기쁨과 비애가 한꺼번에 솟구쳐 올랐다. 저도 모르게 눈시울이 뜨거워져 슬그머니 고개를 돌려 외면했다.

공상대사가 장삼봉 앞에 허리 굽혀 합장했다.

"소승 소림의 공상이 무당 선배 장 진인께 문안드리옵니다."

장삼봉은 합장으로 답례했다.

"고맙소, 대사. 번거로운 예절일랑 거두시고 어서 안으로 드시지요."

장삼봉은 공상대사를 정사 안으로 인도했다. 명월과 장무기 역시 유대암의 들것을 떠메고 뒤따라 들어섰다.

정사에는 거칠게 다듬은 널판 탁자에 찻잔 한 개, 주전자 하나, 마룻바닥에 갈대로 엮은 깔개 하나가 놓여 있고, 통나무 벽에 목검 한 자루가 걸려 있을 뿐이었다. 탁자와 마룻바닥에는 먼지가 잔뜩 쌓여 있었다.

공상대사가 입을 열었다. 첫마디부터 울음이 섞여 있었다.

"장 진인 어른, 저희 소림파는 참혹하게도 1,000년 이래 처음 겪는 호겁浩劫을 당했습니다. 마교 놈들이 돌발적으로 습격해 본파는 방장이신 공문 사형 이하 전원이 목숨 걸고 사찰을 수호하다 전사하셨으며, 몇몇은 힘이 다하여 사로잡혔습니다. 소승 하나만이 악전고투 끝에 결사적으로 빠져나와 겨우 이곳까지 살아올 수 있었습니다만, 지금 마교 놈들은 대병력으로 이곳 무당산을 노리고 쳐들어오는 중입니다. 오늘날 중원 무림계의 생사존망과 영욕이 오로지 장 진인 한 분의 손에 달렸습니다! 으흐흐흑……!"

공상대사는 단숨에 여기까지 말하더니 더는 참지 못하고 목 놓아 통곡하기 시작했다.

유대암의 등 쪽에서 공상의 얘기를 듣고 있던 장무기는 가슴이 뒤흔들릴 정도로 큰 충격을 받았다. 소림사가 무서운 재난에 휩쓸렸다는 사실은 그 역시 두 눈으로 똑똑히 봐서 알고 있었다. 하지만 적의 손에 소림파 제자들이 전군복멸을 당했다고는 꿈에도 생각지 못한 일이 아닌가?

평생토록 온갖 세상풍파를 다 겪어온 장삼봉 역시 너무도 끔찍스러운 비보에 대경실색한 나머지 한동안 말을 못 한 채 멍하니 서 있었다. 겨우 정신을 가다듬기는 했으나 공상대사에게 무슨 말로 위안을 해야 좋을지 몰라, 그저 땅바닥이 꺼지도록 장탄식만 할 따름이었다.

"마교의 무리가 그동안 이렇듯 창궐하다니……! 소림사에는 고수가 구름처럼 많을 터인데, 어떻게 마교의 독수에 참혹한 꼴을 당할 수 있단 말인가?"

장삼봉은 장탄식 끝에 혼잣말로 중얼거렸다.

"장 진인께서도 아시다시피 저희 사형이신 공지, 공성 두 분께선 문하 제자들 가운데 정예 고수를 이끌고 육대 문파와 연합해서 마교의 소굴 광명정을 섬멸하러 떠나셨습니다. 절간에 남아 있던 방장 사형과 동문들은 날마다 희소식이 오기만을 고대하고 있었습니다. 그런데 며칠 전 산 아래 파견되었던 제자가 부랴부랴 올라오더니, 서역 마교 원정대가 대승을 거두고 돌아온다는 보고를 했습니다. 방장이신 공문 사형은 크게 기뻐하며 모든 제자를 거느리고 산문 밖에까지 마중을 나가셨습니다. 과연 공지, 공성 두 사형이 원정 갔던 제자들과 함께 소림사로 돌아오는 모습이 보였습니다. 게다가 수백 명이나 되는 마교 포로까지 끌고 왔습니다…….”

“호오, 그런 일이 있었는가?”

“대웅전 앞뜰에 일단 집결하고 나서, 방장 사형이 원정대의 노고를 치하하시면서 전투 경과를 물으셨습니다. 그런데 어찌 된 셈인지, 공지 사형은 우물쭈물하고 대답을 회피했습니다. 모두 의아스레 여기고 있는데, 갑자기 공성 사형이 큰 소리로 외쳐대는 것이 아니겠습니까? ‘방장 사형, 조심하십시오! 우리 원정대가 적의 손아귀에 떨어졌습니다! 여기 이 포로들은 모두 진짜 포로가 아니라 바로 적병들입니다!’ 방장 사형은 대경실색한 나머지 다시 물어보려 했습니다만, 그 순간 포로들이 급작스레 감춰놓았던 병기를 뽑아 들고 일제히 공격을 퍼부었습니다. 저희들은 너무나 뜻밖이라 미처 손을 써볼 여유도 없었으려니와, 소림파의 고수급 제자 대부분이 원정대에 참여했다가 도리어 적의 손에 고스란히 들어가고 말았으니 애초부터 싸움은 틀린 노릇이었습니다.”

“허어, 어찌 그런 일이!”

“절간에 남아 있던 제자들은 힘도 딸린 데다 인원수로도 중과부적이었습니다. 제자들이 달마당, 나한당으로 병기를 꺼내러 가려 했으나, 마교 놈들은 어느새 용의주도하게 광장 안팎 사면팔방으로 통하는 길목을 모조리 틀어막고 있었습니다. 하는 수 없이 맨몸으로 병기를 지닌 우세한 적들과 일대 격전을 벌였지만 아예 절망적인 싸움이었습

24. 이유극강의 태극 원리, 세상에 처음 전해지네

니다. 그 결과 소림파 제자들은 일방적으로 몰린 채 하나둘씩 쓰러지더니, 공성 사형마저 끝내 현장에서 원적하시고 말았습니다……."

얘기가 여기에 이르렀을 때 공상의 목소리는 울음에 섞여 제 목소리가 나오지 않았다.

"허어! 지독한 놈들, 저들이 그토록 악랄한 계략을 썼으니, 어느 누가 방비할 수 있었으랴?"

장삼봉의 입에서 탄식의 소리가 흘러나왔다.

공상대사가 등짐을 끌러 황색 보자기에 싼 물건을 꺼냈다. 기름먹인 헝겊을 풀자, 그곳에는 사람의 머리통이 하나 들어 있었다. 고리눈을 부릅뜨고 얼굴이 온통 분노로 일그러뜨린 그 수급의 주인공은 다름 아닌 소림파 삼대 신승 가운데 한 사람인 공성대사였다.

"아!"

장삼봉과 장무기가 저도 모르게 이구동성으로 외마디 실성을 터뜨렸다. 이들 두 사람만이 공성신승의 얼굴 모습을 알고 있었던 것이다. 공상대사는 눈물을 철철 흘려가며 탁자 위에 공성의 수급을 공경하게 올려놓더니 그대로 마룻바닥에 털썩 엎드려 울부짖기 시작했다.

"장 진인! 소승은 목숨 걸고 싸워 가까스로 공성 사형의 법체나마 적들의 수중에서 빼앗아왔습니다. 으흐흐흑……! 장 진인, 말씀해주십시오! 이 철천지원수를 어떻게 갚아야 합니까?"

장삼봉으로서도 공성신승의 수급을 눈앞에 두고 뭐라 할 말이 없었다. 그저 처연한 기색으로 공성신승의 법체 앞에 허리 굽혀 합장 배례할 따름이었다.

장무기 역시 격한 분노에 가슴이 터져 나갈 것만 같았다. 광명정 일전에서 자기 앞에 우뚝 버티고 선 채 노한 기색으로 꾸짖던 공성신승의 모습이 자꾸 떠올랐다. 무시무시한 용조수로 겨루던 끝에 나이 어린 후배에게 솔직히 패배를 인정하고 감탄을 연발하던 그 소탈한 모습도 눈에 선했다. 그 호매무쌍豪邁無雙하고도 강개촉락慷慨觸落하던 신승, 당당한 일대종사로서 부끄럽지 않은 고승대덕高僧大德이 간악한 적들의 손에 저토록 무참하게 목이 잘렸다니!

공상대사는 아직도 마룻바닥에 엎드려 흐느끼면서 일어설 줄 몰랐다. 장삼봉은 보기에 민망스러워 그를 부축해 일으키려고 허리 굽혀 두 손을 내밀었다.

"공상대사, 소림과 무당은 본래 한 집안이나 마찬가지요. 이 원수는 우리 무당파가 기필코……."

'기필코'란 말이 미처 다 떨어지기도 전에 돌연 "퍽" 소리가 났다. 둔탁한 소리와 함께 장삼봉은 돌연 아랫배에 극심한 통증을 느꼈다. 천만뜻밖에도 공상대사가 내지른 쌍장이 한꺼번에 장삼봉의 하복부를 들이친 것이다.

너무나 돌발적인 변괴라, 장삼봉은 당혹스럽기보다 순간적으로 미망迷妄 속을 헤맸다. 그의 무공은 '종심소욕從心所欲' '무불여의無不如意', 즉 마음먹은 대로 몸이 따르고 뜻한 대로 이루어지지 않는 것이 없을 만큼 깊고도 오묘한 경지에 올라 있었다. 그러나 피맺힌 한을 품고 혈혈단신으로 달려와 원수를 갚아달라고 애통해하던 소림사 승려가 자신에게 돌연 암습을 가하리라고 꿈에나 생각했으랴! 한순간, 그는 공상이 너무 비통한 나머지 정신착란을 일으켜 자기를 적으로 착각했으리라고 생각했다. 그러나 다음 찰나, 그 짐작이 틀렸음을 깨달았다. 방

24. 이유극강의 태극 원리, 세상에 처음 전해지네

금 하복부에 명중한 장력은 바로 소림파의 외문신공인 금강반야장金剛般若掌으로 신지神智가 흐트러진 자는 절대로 이 신공을 운용할 수가 없었다. 어디 그뿐이랴, 공상의 두 손바닥은 자기 아랫배에서 떨어지지 않은 채 혼신의 경력을 끊임없이 쏟아넣고 있는 게 아닌가? 장삼봉의 눈길이 번쩍 치켜든 공상의 얼굴에 쏠렸다. 극도의 긴장으로 창백해진 얼굴빛, 그 입가에는 어느새 표독스럽고도 교활한 미소가 맺혀 있었다. 장삼봉의 왼 손바닥이 번쩍 들렸는가 싶더니 곧바로 공상의 천령개에 떨어져 내렸다.

"퍽!"

가벼운 충격음이 울렸다. 공상의 두개골은 바윗돌에 수박통 깨어지듯 단번에 박살 나고 말았다. 몸뚱이가 흙더미 무너지듯 스르르 넘어갔다. 숨소리, 비명 한마디 내뱉지 못하고 즉사한 것이다.

"앗, 사부님……!"

유대암이 다급하게 부르짖다가 입을 다물었다. 장삼봉은 두 눈을 내리감고서 그 자리에 가부좌를 틀고 앉았다.

장무기와 유대암, 명월 세 사람은 눈 깜짝할 사이에 닥친 변고라 어느 누구도 손을 써서 장삼봉을 도와줄 생각조차 못했다. 모두 이구동성으로 외마디 소리만 지르고 두 눈을 휘둥그레 뜬 채 멍하니 서 있을 따름이었다.

잠시 후, 장삼봉의 정수리에서 하얀 김이 모락모락 피어올랐다. 그러고는 급작스레 입을 딱 벌리더니 울컥울컥 몇 모금 선혈을 토해냈다.

"아!"

장무기가 비명을 지르려다 꿀꺽 삼켰다. 태사부의 상처는 결코 가볍지 않았다. 만약 검붉은 핏덩이를 토해냈다면 그 깊고 두터운 내공으로 사흘 정도면 거뜬히 회복할 수 있겠지만, 방금 걷잡을 수 없이 토해낸 것은 시뻘건 선지피였다. 그것으로 보아 태사부는 이미 오장육부에 중상을 입었음이 분명했다. 다음 순간, 장무기는 어떻게 행동을 취해야 할지 모른 채 망설였다. 이 자리에서 신분을 드러내고 태사부님의 목숨부터 구해드려야 할 것인가, 아니면 계속 이대로 정체를 숨기고 강적이 습격해올 때까지 기다렸다가 적절한 대응책을 세워야 할 것인가?

그때 정사 바깥에서 누군가 다급하게 달려오는 소리가 들리더니, 함부로 조사 어르신의 거처에 들어오지 못하겠는지 망설이는 기척이 들렸다.

"영허靈虛가 왔는가? 무슨 일이냐?"

유대암이 인기척을 알아듣고 나지막이 외쳐 물었다.

"사부님께 아룁니다. 마교의 무리들이 대거 몰려와 자소궁 밖에 있습니다. 조사 어르신을 뵙겠다면서 무당파를 짓밟아 평지로 만들겠느니 입에 담지 못할 욕지거리를 마구……."

"입 닥쳐라!"

유대암이 호통쳐 꾸짖었다. 운기 조식으로 내상을 치료하는 스승의 정신이 흐트러질까 우려해서였다.

그러나 장삼봉은 이미 천천히 눈을 뜨고 있었다.

"과연 소림파 금강반야장의 위력이 보통 아니로구나. 아무래도 한석 달은 정양해야 상세가 아물겠는데……."

태사부의 혼잣말을 들으면서, 장무기의 마음은 더욱 어두워졌다. 생각했던 것보다 부상 정도가 예상을 뛰어넘을 만큼 무거웠던 것이다.

24. 이유극강의 태극 원리, 세상에 처음 전해지네

장삼봉이 또 혼잣말처럼 중얼거렸다.

"명교의 무리가 대거 산 위로 쳐올라왔다니……. 아아, 서역에 간 원교와 연주 일행은 모두 무사한지 모르겠구나. 대암아, 어쩌면 좋겠느냐?"

스승의 질문을 받고서도 유대암은 난감하기만 할 뿐 묵묵부답이었다. 이제 무당산에는 스승과 자신 이외에 아무도 의지할 사람이 없었다. 3대, 4대 문하 제자가 몇몇 있기는 하지만 무공 실력이 워낙 신통치 않은 자들뿐이라 필시 강적 앞에 나서봤자 개죽음이나 당할 터였다.

'내 한 목숨 던져서라도 적의 침공을 저지할 수만 있다면 끝까지 싸워보겠다만 그게 가능한 일일까? 그렇다. 대장부는 때에 따라선 남에게 무릎 꿇을 줄도 알아야 하는 법, 내 한 몸 적의 발아래 꿇리는 한이 있어도 무엇보다 먼저 스승님을 피신시켜 부상을 완치하실 때까지 시간이 필요하다. 원수는 훗날 사부님이 갚아주시면 될 테니까.'

"영허! 내려가서 그자들에게 전하거라. 나 유대암이 곧 나가겠다고. 모두 삼청전으로 안내해서 기다리게 해라!"

"예에!"

영허가 한마디로 응답하고 사라졌다.

장삼봉은 이 셋째 제자 유대암과 사제지간의 정을 맺은 지 벌써 수십 년으로 의기意氣가 상통할 대로 상통했다. 그는 직감적으로 유대암의 심중을 헤아렸다.

"대암아, 인간의 삶과 죽음, 싸움의 승부란 헛된 것이다. 아무런 값어치도 없고 의미도 없다. 그렇기는 하나 네가 목숨을 잃음으로 해서 무당파의 절학이 중도에 끊겨서는 안 된다. 나는 지난 열여덟 달 좌관 끝에 드디어 무학의 요체를 처음부터 끝까지 일관되게 통달했다. 그래서 태극권과 태극검을 단숨에 완성했다. 이제 그 두 가지 무공을 네게 전수해주마."

"사부님!"

유대암이 일순 멍한 표정을 짓다가 이내 외마디 소리를 질렀다. 오랜 세월 불구자의 몸으로 일어나지도 못하는 자신이 어떻게 권법이니 검법을 배울 수 있단 말인가? 더구나 지금은 도관에 강적까지 들이닥친 상황이라 무공을 전수받을 겨를이 어디 있으랴? 그는 외마디로 스승을 부른 채 더 말을 잇지 못했다.

제자의 놀란 모습을 보고 상삼봉이 옅은 미소를 지었다.

"내가 무당파를 개창한 이래 우리 무당파는 강호에서 의협을 많이 실천해왔다. 이것만으로도 우리 무당의 대가 오늘로 끊길 수는 없다. 이 태극권과 태극검은 이제까지 전해 내린 무학의 도리와 전혀 다르다. 고요함으로써 움직이는 상대를 제압하고, 상대방보다 뒤늦게 공세를 발동하고도 적을 제압할 수 있는 '이정제동, 후발제인以靜制動 後發制人'의 도리를 강구한 것이다."

"사부님!"

"이제 네 사부의 나이도 백 살이 넘었다. 오늘 강적과 맞닥뜨리지 않는다 한들 앞으로 길어야 몇 년이나 더 살겠느냐? 너희 형제 원교, 연주, 송계, 이정, 성곡이 지금 모두 내 곁에 없고 또 3대, 4대 제자들 가운데 청서 말고는 쓸 만한 재목감이 없다. 하지만 그 녀석마저 이 자리에 없구나."

"사부님……!"

비통에 찬 유대암이 세 번째로 불렀으나, 스승은 할 말만 이어나 갔다.

"대암아, 너는 이제부터 내 평생의 절예를 이어받아야 할 막중한 책임을 진 몸이다. 무당파의 일시적인 영욕이 무에 그리 중한 것이겠느냐? 이 태극권을 후대에 전할 수만 있다면 앞으로 우리 무당파의 위대한 명성은 천고에 길이 빛날 것이다. 이 점을 깊이 명심하거라."

여기까지 말하고 났을 때, 스승의 얼굴에는 평소 노인답지 않게 흥분된 기색으로 가득 차고 활기가 넘쳐흘렀다. 호매한 기풍이 삽시간에 늘어나면서 무당파 울타리를 뛰어넘어온 강적 따위는 아예 마음에도 두지 않겠다는 기색이 역력했다.

"예에, 예……!"

유대암은 더는 항변하지 못하고 그저 연신 응답할 따름이었다. 지금 스승은 자기더러 일시적인 수모를 참고 막중한 대사를 떠맡으라고 요구하고 있다. 그 막중한 대사가 무엇인가? 본파의 무학절기를 이어받아 후대에 전하여 남기는 일이었다.

장삼봉이 천천히 몸을 일으켰다. 두 손을 아래로 축 늘어뜨리고 손등을 바깥쪽으로 향한 채 손가락의 힘을 빼고 모두 절반쯤 펼친 자세였다. 두 발은 어깨너비로 벌려 나란히 평행을 이루었다. 그다음 양팔을 천천히 가슴 높이까지 끌어 올려 왼팔로 반원을 그리고 나서 그 손바닥을 얼굴 정면에 세워 음장陰掌을 이루는 한편, 오른 손바닥을 반대로 뒤집어 양장陽掌을 이루었다.

"이것이 태극권의 기수식이다."

이어서 그는 유대암에게 태극권의 일초 일식을 하나씩 펼쳐 보이기 시작했다. 스승의 입에서는 끊임없이 초식의 명칭이 흘러나왔다. 남작미攬雀尾, 단편單鞭, 제수상세提手上勢, 백학양시白鶴亮翅, 누슬요보摟膝拗步, 수휘비파手揮琵琶, 진보반란추進步搬攔錘, 여봉사폐如封似閉, 십자수十字手, 포호귀산抱虎歸山…….

들것 뒤에선 장무기가 온 정신을 집중하고 두 눈을 부릅뜬 채 태사부가 펼쳐내는 일거수일투족을 하나도 놓치지 않고 지켜보고 있었다. 태사부의 동작은 뜻밖에도 완만했다. 장무기는 처음에 태사부가 불구의 제자 유대암이 똑똑히 볼 수 있게끔 일부러 느린 동작을 취하는 줄로만 알았다. 그러나 제7초 수휘비파를 보는 순간, 그는 자신의 짐작이 빗나갔음을 깨달았다. 태사부는 지금 왼 손바닥으로 '양'을, 오른손 바닥으로 '음'을 이룬 다음, 두 눈빛을 모두 왼손에 쏟으면서 완만하게 하나로 합치는 것이다. 그 동작은 태산처럼 무거우면서도 새의 깃털처럼 가볍고 날렵했다.

그 동작을 보는 순간, 그는 한 가지 사실을 깨달았다. '그렇다, 저것이야말로 이만타쾌以慢打快, 이정제동以靜制動의 상승 무학이다. 완만한 동작으로 상대방의 쾌속 동작을 공격하는 수법이요, 고요한 상태에서 움직이는 적을 제압하는 수법 아닌가? 세상에 이렇듯 심오하고도 기상천외한 무공이 다 있을 줄이야 정말 상상도 못 했구나!'

장무기는 애당초 높고도 뛰어난 무공의 소유자였다. 오성마저 남다른 그는 태사부가 시범적으로 펼쳐 보이는 온갖 태극권법 초식의 원리를 단번에 깨달았다. 보면 볼수록 입신의 경지를 느끼게 하는 오묘한 초식이었다. 이윽고 장삼봉의 양손은 끊임없이 원을 그리면서 회전

24. 이유극강의 태극 원리, 세상에 처음 전해지네

하기 시작했다. 그 일초 일초마다 태극의 음양 변화가 좌우 양손에 함축된 채 단 한순간도 멈추지 않고 움직였다. 실로 정교하고 오묘한 것이 무학사상 이제껏 볼 수 없던 신천지였다.

거의 밥 한 끼 먹을 만한 시각이 흘렀다. 장삼봉은 상보고탐마上步高探馬, 상보남작미上步攬雀尾의 초식까지 시범을 보이고 나서 단편 초식을 태극으로 합쳐 마무리 지었다. 그런 뒤 호흡을 가다듬으며 그 자리에 정지했다. 중상을 입은 몸이면서도 태극권을 한 차례 연출하고 났을 때는 정신력과 기력이 오히려 왕성해진 것 같았다. 그는 쌍수로 태극의 원을 품는 자세를 취했다.

"이 권법의 요결은 '허령정경虛靈頂勁, 함흉발배涵胸拔背, 송요수둔鬆腰垂臀, 침견추주沉肩墜肘'이 열여섯 자에 모두 들어 있다. 즉 허령한 자연의 태극 자세로 강맹한 상대방의 힘에 부딪친다. 가슴에는 내력을 가득히, 그리고 척추의 힘을 뺀다. 항상 허리 힘을 풀고 엉덩이를 낮춘다. 어깨와 팔꿈치는 항상 처져 있어야 한다……. 일체의 동작은 마음에 따라 움직이는 것, 제일 기피할 것은 힘주어 움직이는 동작이다. 동작과 정신을 합치시키는 것이야말로 태극권의 요지가 된다."

유대암은 입을 굳게 다문 채 귀를 기울였다. 긴박감에 사로잡혀 질문할 여유도 없었다. 평소 스승의 무공을 전수받을 때처럼 이해하지 못할 대목을 일일이 여쭈어 깨칠 여유가 없었다. 그저 억지로 머릿속에 기억해두는 길뿐이었다. 오늘 스승께서 무슨 변고를 당하고 나면 이 구결초식은 자기밖에 전할 사람이 없는 것이다. 구결 한마디, 동작 하나 잊지 않고 모조리 기억에 담아두었다가 훗날 재능과 지혜, 총명과 오성이 뛰어난 무당 인물에게 전해 그 오묘하고도 정밀한 도리를 규명할 수 있게 해주어야 했다.

하지만 장무기는 유대암보다 깨우침이 훨씬 더 많았다. 장삼봉의 입에서 흘러나오는 구결 한마디, 손발 동작에 따라 연출되는 초식 하나 놓치지 않고 깨치면서 모조리 머릿속에 암기해 넣었다. 그것은 하나같이 난생처음 보고 듣는 엄청나게 큰 도리요, 무공 초식이었다.

장삼봉은 유대암의 얼굴에 곤혹스러운 미망의 기색이 감도는 것을 발견했다.

"내가 보여준 태극권을 몇 할이나 깨달았느냐?"

"제자가 우둔하여 3~4할밖에 깨치지 못했습니다. 하지만 구결과 초식만큼은 모두 암기했습니다."

"그 정도 깨치기두 네게는 어려운 일이었을 거다. 연주가 이 자리에 있었더라면 절반은 넉넉히 깨쳤으리라……. 아아, 네 다섯째 아우 취산은 오성이 가장 뛰어난 녀석이라 창졸간에도 6~7할은 깨쳤을 것이다. 그런 인재가 불행하게도 젊은 나이에 세상을 등지고 말았으니 참으로 애석한 일이 아니겠느냐……. 그 녀석이 살아 있고 또 앞으로 내게 3년 세월만 더 있게 된다면, 잘 가르치고 지도해서 이 절기를 모조리 전수할 수 있으련만……."

장무기는 태사부의 입에서 세상을 떠난 아버지의 이름이 흘러나오자, 가슴이 뭉클해지면서 쓰라린 느낌이 들었다.

"대암아, 계속해 듣거라. 이 태극권의 힘은 무엇보다 풀리는 듯싶으면서도 풀리지 않는 데 있다. '사송비송似鬆非鬆' 곧 상대방을 놓아주는 듯싶으면서도 끈덕지게 놓아주지 않는다는 말이다. 그리고 초식을 전개하는 듯싶으면서도 아직 펼쳐지지 않는 '장전미전將展未展'. 또 중간

24. 이유극강의 태극 원리, 세상에 처음 전해지네

에 힘줄기는 끊겨도 뜻은 끊기지 않는 '경단의불단勁斷意不斷'……."

장삼봉의 구결 해설이 이어져 내려갈 때였다. 멀리 앞쪽 삼청전에서 왁자지껄 소란스러운 욕설이 들려오기 시작했다. 늙수그레한 목소리와 걸쭉한 목소리가 번갈아 섞여왔다.

"장삼봉 늙은이가 자라목을 움츠리고 나오지 않는구나! 여보게, 우선 이 제자 놈들부터 깡그리 쳐 죽이세!"

"좋고말고! 우선 이 도관에 불을 질러 몽땅 태워버리고 보세!"

늙수그레한 목소리와 걸쭉한 목소리에 이어 송곳처럼 날카로운 목소리가 변죽을 울렸다.

"아니야, 그 늙다리 도사를 태워 죽이면 일이 너무 싱겁지 않겠나? 그자를 산 채로 꽁꽁 묶어서 각 문파마다 끌고 다니면서 조리를 돌리세. 명문 정파라고 자처하는 작자들에게 무학의 태산북두가 다 늙어빠져서도 어째서 죽지 못하는지 그 꼬락서니를 보여주어야 할 게 아닌가?"

뒷산 죽림정사와 앞채 삼청전까지 거리는 2리 남짓 떨어져 있었다. 그런데 이들 패거리의 욕설은 하나같이 지척지간에서처럼 또렷하게 들려왔다. 적들이 마음먹고 공력을 과시하고 있음이 분명했다. 그리고 이들의 내공 역시 범상한 것이 아니었다.

유대암의 눈에서 분노의 불길이 이글이글 타올랐다. 성한 몸이었다면 당장 뛰어 내려가 스승에게 모욕적인 언사를 퍼부은 자들을 박살내버릴 기세였다.

"대암아, 방금 내가 신신당부한 말을 벌써 잊었느냐? 한때의 수모를 참지 못하고서야 어떻게 중책을 떠맡을 수 있겠느냐?"

"예, 사부님의 가르침 받들겠습니다."

"너는 전신이 모두 폐인이 된 몸, 적들도 네게는 경계심을 품지 않을 것이다. 천만번 당부하거니와 성급한 행동은 삼가야 한다. 만일 내가 고심참담하게 창안한 이 절기를 후세에 전하지 못한다면, 너는 곧 우리 무당파의 죄인이 되는 것이다."

유대암은 전신에 식은땀이 부쩍 솟구쳤다. 스승의 의도는 명백했다. 오늘 자기와 스승 두 사람이 적들에게 그 어떤 수모를 겪더라도 참고 또 참아 목숨을 연명하여 무당파의 절기를 후대에 전해야 한다는 것이 아닌가?

장삼봉은 품속에서 철 나한 한 쌍을 꺼내 유대암에게 건네주었다.

"여기 죽은 공상의 말대로라면, 소림파가 일대 겁난을 당한 모양이다. 전멸되었다는 게 사실인지 거짓인지 모르겠으나, 이자 같은 소림파 고수마저 적들에게 투항하고 그들의 지시를 받아 나까지 암살하러 온 것을 보면 소림파에 치명적인 환난이 닥쳤다는 사실만큼은 의심할 여지가 없다. 이 철 나한상은 100년 전 곽양 여협께서 내게 선물한 것이다. 훗날 기회가 있거든 소림 측 사람에게 전해주도록 해라. 그리고 이 속에 소림파 절예가 감춰져 있다는 얘기도 아울러서 전해야 한다."

장삼봉은 더는 할 말이 없다는 듯 소매를 떨치고 정사 문밖으로 선뜻 나섰다.

"사부님을 따라가자!"

유대암의 분부가 떨어졌다. 명월과 장무기는 들것 채를 메고 장삼봉의 뒤를 따라나섰다.


삼청전 안팎에는 300~400명이나 되는 패거리가 우글거리고 있

24. 이유극강의 태극 원리, 세상에 처음 전해지네

었다.

장삼봉은 전상殿上에 올라 좌정하고 목례로 적들에게 인사를 건넸다. 그러나 말은 하지 않았다. 유대암이 목청을 돋우어 크게 외쳤다.

"이분은 우리 사부님 장 진인이시오! 여러분은 무슨 용건으로 무당산에 오셨소?"

사람들의 눈길이 단번에 장삼봉에게 집중되었다. 이제껏 소문으로만 전해 듣던 무림계의 태두요, 불가사의한 절세무공의 소유자 장삼봉이 드디어 눈앞에 모습을 드러낸 것이다. 그러나 저들의 눈에 비친 장삼봉은 과연 어떤 모습이었을까? 강호 무림계에 위엄과 명망을 떨쳐온 그는 꾀죄죄하게 더러운 잿빛 도포를 몸에 걸친 평범한 사람, 머리칼과 수염, 눈썹에 이르기까지 은빛으로 하얗게 세어버린 늙은이에 지나지 않았다. 그저 키가 남달리 훤칠하게 크다는 것뿐, 그 밖에 아무런 특징도 별스럽게 내세울 만한 기풍도 없어 보였다. 기대감과 호기심에 들뜨던 무리들은 이내 실망스러운 표정을 감추지 못했다.

장무기는 유대암의 들것 곁에 지켜 서서 침입자들을 유심히 둘러보았다. 절반이 넘는 수가 예상대로 명교 신도의 옷차림새를 하고 있었다. 맨 앞쪽 우두머리 격인 10여 명만큼은 그래도 제 딴에는 위신이 안 선다고 생각했는지, 부하들처럼 변복을 하지 않고 자기들 나름의 복장을 갖추고 있었다. 꺽다리와 땅딸보, 승려 차림에 속가 차림도 있었으나, 저들 각자의 얼굴 모습을 자세히 알아보기는 어려웠다.

바로 그때, 삼청전 정문 밖에서 누군가 큰 소리로 외쳐 알렸다.

"명교 교주님께서 당도하셨습니다!"

전각 안의 침입자들은 즉각 소란을 그치고 쥐 죽은 듯이 잠잠해졌다. 모두 엄숙한 표정이었다. 우두머리 10여 명이 앞다투어 전각 바깥으로 달려 나가자 나머지들도 빠른 걸음걸이로 덩달아 몰려나갔다. 삼청 대전 안에서 우글거리던 수백 명의 인파가 삽시간에 썰물 빠지듯 말끔히 쓸려나간 것이다.

조금 있자니 10여 명의 발걸음 소리가 멀리서 다가오더니 전당 밖에 우뚝 멈춰 섰다. 그 뒤로 황색 비단으로 꾸민 교자轎子 한 채가 와서 멎었다.

활짝 열린 정문 바깥을 내다보던 장무기는 저도 모르게 깜짝 놀랐다. 크고 으리으리하게 꾸민 교자를 어깨 위에 떠멘 여덟 명의 장정은 다름 아닌 녹류산장의 신전팔웅이었던 것이다. 교자 앞뒤에는 또 다른 장정 일고여덟 명이 호위하고 서 있었다.

장무기는 마음속에 퍼뜩 짚이는 게 있어 슬그머니 허리를 구부려 두 손으로 바닥에 깔린 흙먼지를 묻힌 다음, 얼굴에 대고 쓱쓱 문질렀다. 그러자 명월도 장무기를 따라 흉내 내어 흙먼지를 얼굴에 온통 찍어 발랐다. 아마도 이 꼬마 사숙이 침입자들을 보고 겁에 질려 그런가보다 생각한 모양이었다. 두 도동은 삽시간에 부뚜막 귀신 꼴이 되어버렸다. 장무기는 명월의 낯짝을 보고서 빙그레 웃었다. 자기도 똑같은 꼬락서니가 되었을 터, 이제 아무도 자신의 정체를 알아보지 못할 것이다.

이윽고 교자 앞을 가렸던 휘장이 들쳐지더니 화사한 모습의 청년 공자 한 사람이 내려섰다. 일신에 걸친 것은 눈처럼 하얀 백색 장포, 도포 자락에는 핏빛처럼 붉은 불꽃 한 떨기가 수놓였다. 유유자적 쥘부채를 활짝 펼쳐 부채질하며 삼청전 안으로 들어서는 청년 공자는 남장을 한 조민이었다. 모든 사태가 이 교활하기 짝이 없는 조민이 꾸민 농간이었다니. 그러고 보면 소림파가 일패도지한 것도 무리는 아니었다.

그녀가 대전 한복판으로 걸어오자, 그 뒤에 10여 명이 따라서 들어왔다. 그중 우람한 몸집을 한 사내가 한 걸음 나서더니 허리를 굽히고 사뭇 송구스럽게 입을 열었다.

"교주님께 아뢰오. 저자가 바로 무당파의 장삼봉 늙은이올시다. 또 그 아래 들것에 누운 불구자는 저 늙은이의 세 번째 제자 유대암인 듯합니다."

조민은 알았다는 듯 고개를 두어 번 끄덕이더니 선뜻 쥘부채를 접고 장삼봉을 향해 코가 땅에 닿도록 깊숙이 읍례를 건넸다.

"명교를 다스리는 후배 장무기, 오늘에야 무림계의 태산북두 어르신을 뵙게 되어 영광입니다!"

장무기는 속에서 울화통이 불끈 치밀었다. '저런 불여우 같은 것, 명교 교주의 신분을 사칭하는 건 그렇다 치고, 아예 내 이름 석 자까지 팔아 태사부님을 속이려 들다니! 세상에 저런 발칙한 계집이 어디 또 있단 말인가?'

한편에서, 장삼봉은 '장무기'란 이름을 듣고 어안이 벙벙해졌다. '어떻게 해서 이 젊고 곱상한 처녀가 마교 교주가 되었단 말인가? 더구나 무기 녀석과 이름자까지 똑같다니, 이게 도대체 무슨 영문인지 모르겠구나.'

장삼봉은 당혹스러운 기색을 감추지 못하면서도 합장을 하며 답례했다.

"교주께서 왕림하신 줄 모르고 멀리 영접하지 못한 점 송구스럽소이다. 아무쪼록 양해해주시오."

"천만의 말씀을……! 하하하!"

조민이 시침을 떼고 능청스레 응대했다.

이윽고 지객도사가 부엌데기 도동들을 이끌고 들어와 차 대접을 했다. 무당파 측에서 마련해놓은 의자에 조민 하나만 장삼봉을 마주하고 앉았을 뿐, 뒤따라 들어온 장정 10여 명은 혹시 그녀의 위엄을 모독하는 불경죄라도 저지를까 두려운 듯 5척 안에는 감히 범접할 엄두를 내지 못하고 뒤편으로 멀찌감치 물러선 채 공손히 두 손 모으고 시립했다.

장삼봉으로 말하자면 나이가 벌써 100세를 넘은 몸이요, 천성도 워낙 겸허한 데다 아무리 껄끄러운 상대라도 양보할 때는 깨끗이 양보할 줄 아는 사람이었다. 그러니만치 세상만사 모두가 하찮은 것일 뿐 마음에 거리낄 것이 하나도 없었다. 이런 대범한 성격과 활달한 기질의 소유자이면서도 그에게는 지금 딱 한 가지 마음에 걸리는 것이 있었다. 바로 사제지간의 정리였다. 명교 교주라는 자를 눈앞에 마주 대하고 나자, 그는 무엇보다도 먼저 송원교 일행의 생사 안위가 걱정스러웠다. 그래서 허튼 인사치레는 다 걷어치우고 단도직입으로 물었다.

"노도의 제자 몇몇이 분수도 모른 채 귀교와 고명하신 무공 실력을 겨뤄보겠다고 찾아간 모양인데 아직껏 돌아오지 않았소이다. 혹시 저들의 행방이 어찌 되었는지 아시거든 장 교주께서 일러주시기 바라오."

조민이 히죽히죽 웃으면서 대거리를 했다.

"송 대협, 유 이협, 장 사협, 막 칠협, 이들 네 분은 현재 본교 수중에 잡혀 있지요. 모두 상처를 좀 입긴 했으나 생명에는 별 지장이 없습니다."

"부상을 좀 입었다니요? 그럴 리가 있겠소. 아무래도 중독을 좀 당한 모양이군요."

"호호, 장 진인께선 무당절학에 자부심이 아주 대단하십니다. 그분들이 중독을 당했다고 하시니, 그럼 저도 그렇다고 인정해드릴밖에요……."

장삼봉은 자기 제자들이 모조리 당세의 일류 고수임을 깊이 아는만큼, 설사 명교 측에 중과부적으로 밀렸다 하더라도 몇 사람쯤은 탈출해 이 소식을 전해왔으리라 믿어 의심치 않았다. 그런데 이들 전원이 일망타진을 당했다면, 정정당당하게 무공 실력으로 싸운 게 아니라 적이 형체도 빛깔도 없는 독약을 써서 피치 못할 상태에서 사로잡혔다고밖에 달리 추측할 길이 없었던 것이다. 그리고 조민 역시 그 점을 부인하지 않았다.

그는 상대방의 대꾸 중에 은리정의 이름이 빠진 것을 깨닫고 재차 물었다.

"내 제자 가운데 은씨 성을 가진 자가 있었을 텐데요?"

조민은 일부러 한숨을 내쉬면서 천연덕스레 해명했다.

"허어, 참 안되었습니다만, 은 육협은 소림파의 매복에 걸려 바로 저분 유 삼협과 똑같은 참변을 당하셨습니다. 사지 팔다리뼈가 금강지력에 짓눌려 모조리 꺾이고 부러지고 으스러졌지요. 지금은 아마 죽고 싶어도 죽지 못하는 폐인이 되었을 겁니다."

"으윽!"

너무나 충격적인 소식에 놀라 비통한 나머지 장삼봉은 선혈을 한 모금 울컥 토했다. 상대방의 표정으로 보건대 거짓이 아님을 알았기 때문이다.

조민의 등 뒤에 시립해 있던 자들이 희색이 가득한 표정으로 저마다 눈짓을 주고받으며 고개를 끄덕였다. 장삼봉이 피를 토했다면 공상의 암습이 성공했다는 증거였다. 무당 제일의 고수가 중상을 입은 바에야 두려워할 자는 이제 아무도 없지 않은가? 오늘 무당파의 전멸은 시간문제였다.

조민은 부하들이 기뻐하는 기색을 흘끗 뒤돌아보고 나서 장삼봉을 향해 의젓하게 말했다.

"후배가 한 말씀 권유하고 싶은데, 장 진인께서 들어주시겠는지요?"

"말씀해보시오."

"이 중원 천하 어디를 막론하고 왕토王土가 아닌 곳이 없습니다. 또 그 땅에 사는 사람치고 황제의 신하가 아닌 자도 없습니다. 우리 몽골 황제께선 사해를 정복해 위엄을 떨치셨습니다. 그러하니 장 진인께서도 조정에 귀순하신다면 폐하의 은총을 입어 왕후장상王侯將相의 반열에 오르시고, 무당파 또한 저 옛날 우리 태조 칭기즈칸 황제께서 전진교 장춘 진인을 책봉하셨듯이 중원 천하의 도교를 관장하는 크나큰 영예를 내리실 것입니다. 그뿐만 아니라 송 대협 이하 제자들 모두 무사히 돌아올 수 있다는 것은 구태여 말씀드릴 나위도 없지요. 장 진인께서는 어찌하시렵니까?"

장삼봉은 천장 대들보에 눈길을 던진 채 냉랭하게 말했다.

"이제껏 명교가 의롭지 못한 일을 제멋대로 많이 저지르고는 있었다 해도 몽골족과는 줄곧 맞서온 줄로 알았는데, 언제 어느 때부터 원나라 조정에 투항해서 앞잡이 노릇까지 하게 되었는지 모르겠구려. 이 늙은이가 그동안 모르는 게 너무 많았소이다."

"어둠을 버리고 광명을 택하십시오. 예로부터 시세의 흐름을 아는 자만이 준걸이라 하지 않았습니까? 소림파 역시 공문, 공지신승 이하 모두가 황제 폐하께 귀순해 조정에 충성을 바치기로 했습니다. 우리 명교도 추세趨勢를 보고 천하의 모든 지혜로운 자와 호걸이 가는 길을 따를 뿐이니 이상한 일이라 할 수도 없지요."

그 말이 끝나기가 무섭게 장삼봉의 두 눈이 번갯불처럼 번뜩이면서 조민을 똑바로 노려보았다.

"잔혹하고도 포악스러운 몽골족 오랑캐들의 압제 아래 얼마나 많은 백성이 해를 입고 있소? 오늘날 중원 천하 영웅호걸들이 오랑캐를 몰아내고 강토를 수복하고자 일제히 봉기하는 마당에 어느 것이 대세의 흐름이란 말인가? 몽골족의 앞잡이 사냥개 노릇을 하는 게 추세인가, 아니면 황제의 자손 된 몸으로 이민족 오랑캐를 이 땅에서 몰아내는 것이 추세인가 판단을 못 하시겠소? 이 늙은이는 비록 속세를 떠나 출가한 방외지사方外之士이기는 하오만 천하의 대세가 어느 쪽에 있는지 그것만큼은 분명히 알고 있소! 나 같은 늙은이도 그러할진대 하물며 공문 방장, 공지대사 같은 당세의 신승들께서 오랑캐의 세력에 무릎을 꿇었다니, 그게 말이 되오? 어린 아가씨의 거짓말이 너무 지나치시구려!"

이때 조민의 등 뒤에 서 있던 사내 하나가 불쑥 뛰어나오면서 냅다 호통쳤다.

"닥쳐라! 이 늙은 것이 뭐가 옳고 그른지도 모르고 말이면 다 하는 줄 아는가? 무당파의 전멸이 코앞에 닥쳤단 말이다! 너 따위 늙은이는 살 만큼 살았으니 지금 죽어도 두렵지 않을 것이다만, 설마 여기 남은

200여 명의 문하 제자도 네놈처럼 모두 선뜻 목숨을 바칠 듯싶으냐?"

호통치는 목소리에 기운이 철철 넘치고 훤칠하게 큰 몸집에 떡 벌어진 어깨가 보기만 해도 주눅이 들 만큼 위풍당당했다.

장삼봉이 긴 타령조로 시 한 수를 읊어 대꾸했다.


자고로 사람의 한평생 어느 누군들 죽지 않으랴?　　人生自古誰無死

오로지 일편단심 청사青史에 길이 전할 뿐일세!　　留取丹心照汗靑


이 시구는 남송 말엽 문학가요, 재상을 지낸 문천상文天祥*이 지은 것이다. 정복자 몽골군의 철기鐵騎가 중원으로 남하했을 때 문천상이 오랑캐들에게 굴복하지 않고 서항하던 끝에 붙잡혀 죽임을 당하면서 마지막으로 남긴 절명시絶命詩였다. 그때만 해도 장삼봉은 한창 나이 어린 소년이었으나, 이 영웅의 길을 걸어간 재상 어른을 누구보다 깊이 흠모하고 우러러왔다. 그는 자신의 무공이 완전히 이루어지지 못한 처지를 늘 개탄해왔다. 그렇지 않았던들 목숨 던져 훌륭한 선비, 강직한 충신을 구출하러 한달음에 대도大都(북경)로 달려갔을 터였다. 그래서 지금 자신이 생사의 갈림길에 서자, 평생토록 잊지 못하던 충신열사의

---

* 문천상(1236~1283): 남송의 대충신이며 문학가. 1259년 몽골군이 중원에 남침을 개시하자, 적극 항전할 것을 주장하고 조정의 천도를 막으려 했으나 실패하고, 우승상右丞相에 임명되어 몽골군과의 담판에 나섰다가 억류되었다. 이후 탈출해 동남부 일대를 전전하며 항전하다가 1278년 복건성福建省 오파령五坡嶺 전투에서 패배해 포로가 되었다. 이때 몽골군의 회유를 거부하고 〈과령정양過零丁洋〉을 지어 자신의 충절을 밝혔다. 이듬해 대도로 압송되어 온갖 회유와 협박에도 끝내 굴복하지 않았으며, 원 순제元順帝 지원至元 19년(1283) 시시柴市에서 처형되었다. 그가 옥중에서 지은 〈정기가正氣歌〉가 바로 장삼봉이 읊은 시구로 오늘날까지 전해진다.

절명시가 자연스럽게 우러나온 것이다. 시 한 구절로 응대한 장삼봉은 자신이 생각해도 훌륭한 시구라는 듯이 고개를 두어 번 끄덕이더니 다시 한마디 덧붙였다.

"문 재상은 고집이 있기는 하지만 자신의 일편단심만 추구했을 뿐 후세 역사서에 어떻게 기록될 것인지는 마음 쓰지 않았을 거요."

그러고는 유대암을 바라보면서 혼자 생각에 잠겼다. '나는 지금 태극권이 후세에 전해질 수 있기만 바랄 뿐 문 재상처럼 죽은 뒤에 명성까지 고려할 욕심은 없다. 그저 내가 하는 일이 천지간에 부끄러움이 없기만 바랄 뿐이다.'

조민이 가볍게 왼손을 휘둘렀다. 백옥처럼 곱고 하얀 손목이 드러났다. 장삼봉에게 호통쳐 꾸짖던 사내가 그 손짓을 보자 허리를 구부리고 공손히 물러났다. 그녀는 입가에 옅은 미소를 띤 채 의자에서 일어났다.

"장 진인께서 그토록 고집을 부리시니 더 드릴 말씀이 없군요. 여러분 모두 절 따라가셔야겠습니다!"

그녀가 자리에서 일어나는 것을 신호로 등 뒤에 서 있던 네 사람이 번뜩 몸을 움직이는가 싶더니 어느새 좌우로 갈라져 나와 장삼봉의 앞뒤좌우를 단단히 에워쌌다. 한 명은 방금 장삼봉을 향해 무례하게 욕설을 퍼붓던 몸집 우람한 사내였고, 한 사람은 누더기 옷차림을 한 사내였으며, 또 한 명은 깡마른 체구의 승려였고, 나머지 한 사람은 텁석부리 수염에 벽안碧眼의 푸른 눈동자를 지닌 서역 출신의 호인胡人이었다.

유대암 곁에서 조용히 사태의 추이를 지켜보던 장무기는 속으로 깜짝 놀랐다. 태사부를 순식간에 포위해버린 네 사람의 몸놀림이 여간

비범한 것이 아니었다. 태산처럼 무거운 동작이 있는가 하면 날렵하기가 깃털처럼 가벼운 것이 장무기의 눈에도 하나같이 섣부르게 얕잡아볼 수 없는 상대였다. 그는 생각했다. '어떻게 해서 저토록 대단한 고수들이 조민의 수하로 들어갔을까? 인원수도 적지 않으려니와 모조리 간사하고도 염치를 모르는 무뢰배인 데다 무공이 앞서 광명정을 포위 공격하던 육대 문파와 비교도 할 수 없을 정도로 막강하다. 어쨌든 이제 대화는 끝났다. 태사부가 동행을 거절하면 이들 넷은 그 즉시 공격을 가할 것이다. 조민의 수하에는 이들 넷 말고도 적지 않은 고수들이 더 있을 터, 태사부와 셋째 사백의 안전을 도모하기엔 나 혼자만의 힘으로는 벅찰지도 모른다. 설사 몇몇을 거꾸러뜨린다 해도 저 염치없는 것들은 절대로 패배를 인정하지 않고 한꺼번에 덤벼들 것이다. 사세가 이렇게 된 바에야 그저 내 힘껏 싸우는 수밖에 딴 도리가 없지 않겠는가? 최선의 방법은 오직 하나뿐, 어떻게 해서든지 조민을 사로잡아놓고 상대방을 협박하는 길이다.'

결심을 굳힌 장무기가 막 나서려는 찰나 삼청전 정문 바깥에서 난데없이 음침한 웃음소리가 길게 울리더니 청색 옷차림의 그림자 하나가 번뜩 들어섰다.

"으흐흐흐……!"

귀신인지 유령인지 모를 웃음소리의 여운이 미처 사라지기도 전에 침입자는 질풍 벼락 치듯 우람한 체구의 사내에게 덮쳐들면서 등줄기 한복판에 일장을 후려갈겼다. 기습 공격을 받은 사내가 돌아서지도 않은 채 손바닥을 뒤집어 반격을 가했다. 강공에는 강공으로 맞서겠다는 의도였다. 그러나 침입자는 두 손바닥끼리 맞부딪치기 직전 어느새 방향을 바꾸었는지 왼 손바닥으로 서역 호인의 어깻죽지를 후려치고 있었다. 벽안의 호인이 선뜻 몸을 틀어 회피 동작을 취하면서 발길질로 그의 아랫배를 호되게 걷어찼다. 하지만 그 발길질이 아랫배에 닿기 직전, 침입자는 또다시 방향을 바꾸어 말라깽이 승려를 공격하더니 비스듬히 몸을 뒤틀어 물러서면서 이번에는 왼 손바닥으로 누더기 차림새의 거지를 후려치고 있었다. 그야말로 눈 깜짝할 사이에 연속 네 차례의 공격으로 고수 넷을 잇따라 공격한 것이다. 비록 타격이 명중하지는 않았으나, 공격 수법 하나만큼은 민첩하고 쾌속했다. 느닷없이 기습을 당한 네 사람은 강적과 맞닥뜨렸음을 깨닫고 반사적으로 몇 걸음씩 물러나 응전 태세를 가다듬었다.

그러나 청색 옷의 침입자는 더 이상 적들은 거들떠보지 않은 채 유령 같은 몸놀림으로 그들 사이를 연기 빠지듯 가볍게 뚫고 들어가더니 장삼봉 앞에 다가서서 공손히 허리를 굽혔다.

"명교 장 교주 휘하의 후배 위일소, 삼가 장 진인께 문안드리오!"

바로 청익복왕 위일소였다. 무당산으로 달려오다 중도에 거치적거리던 매복병들을 모조리 쓰러뜨리고 장무기의 뒤를 쫓아 불철주야로 달려온 끝에 이제야 도착한 것이다.

위일소에게 정중한 인사를 받고서도 장삼봉의 얼음장같이 싸늘한 표정은 바뀌지 않았다. 상대방이 '명교 장 교주의 부하'라고 신분을 밝힌 바에야 자칭 '장 교주'라고 이름을 댄 이 처녀와 한패가 틀림없을 테니 말이다. 또 무슨 교활한 음모를 꾸미느라 그랬는지 모르겠으나 방금 자신을 포위한 네 사내를 격퇴시킨 수작도 가소로운 연극일 따름이라고 생각했다.

"위 선생, 너무 예의범절을 차리실 것 없소. 청익복왕의 경공신법이 당세의 절정이요, 희대의 상승 절기라는 사실은 이 늙은이도 오래전부터 들어왔는데, 오늘 이렇게 두 눈으로 직접 보니 과연 명불허전이외다."

장삼봉의 속도 모르고 칭찬의 말을 듣자, 위일소는 그만 기쁨을 감추지 못하고 입이 딱 벌어졌다. 평소 중원 땅에 별로 발을 들여놓지 않은 그였기에 자신의 명성을 아는 무림계 인사가 없으려니 싶었는데, 무당파 개창 조사 장삼봉이 자신의 경공 실력을 인정할 줄이야 생각조차 못 한 것이다. 그는 송구스러운 나머지 다시 한번 이마가 땅에 닿도록 인사했다.

"보잘것없는 후배가 무림의 태두이신 장 진인께 칭찬의 말씀을 듣게 되다니 실로 뜻밖의 기쁨이요, 평생토록 잊지 못할 영예입니다!"

그러고는 허리를 편 위일소는 조민 쪽으로 돌아서서 삿대질을 해가며 질책했다.

"조 낭자, 어린 아가씨가 어째서 우리 명교를 사칭하는 것인가? 도대체 무슨 의도로 본교의 명예를 더럽혀가며 꿍꿍이수작을 부리는 것인가? 이왕에 사내대장부의 옷을 걸쳤으면 사내답게 떳떳이 행동할 일이지 어찌하여 비겁하게 음흉하고도 악랄한 계략을 쓴단 말인가?"

조민이 까르르 웃어넘겼다.

"호호, 당신 말은 틀렸어요. 나야 원래 사내대장부가 아니니까 사내답지 못한 처신을 한다고 해서 안 될 것은 없지 않아요? 또 내가 음흉하고 악랄한 계략을 좀 썼기로서니 당신이 날 어쩔 거예요?"

위일소는 말문이 막혀 머뭇거리다가 다시 한번 목청을 가다듬고 힐

난했다.

"당신네가 여럿이서 먼저 소림사를 공격해 풍비박산을 내고 이제 또다시 무당산까지 쳐들어와서 난동을 부리는 까닭이 뭔가? 도대체 여러분의 정체가 뭐요? 만약 여러분이 소림과 무당에 원한이 있어 풀려고 한다면 애초에 우리 명교가 참견할 일은 아니오. 하지만 여러분이 우리 명교의 이름을 사칭하고, 또 우리 신도들의 옷차림새로 변장해서 도깨비처럼 날뛰는 바에야 이 위일소가 참견하지 않을 수 없소!"

장삼봉은 이제야 사태가 어떻게 돌아가는 것인지 깨달았다. 그 역시 100여 년의 오랜 세월 동안 몽골족이 세운 원나라 조정과 철천지원수로 대립해온 명교가 하루아침에 적에게 투항해서 앞잡이 노릇을 하리라고는 생각지 않았다. 이제 위일소의 말을 들건대, 이 젊은 여인이 마교도로 사칭해 무엇인가 일을 꾸미고 있음이 분명했다. 아무리 강호에 악명을 떨치고 있다 해도 마교의 세력만큼은 얕잡아보기 어려운데, 이렇듯 정체 모를 여인에게 사기를 당했으니 저들이 그냥 어물어물 넘어갈 턱이 없는 것이다.

조민 역시 마각이 드러났으니 이제 꼼수를 쓰기는 다 틀린 노릇이었다. 그녀는 무엇보다 먼저 다 된 밥에 재를 뿌린 위일소부터 처치해버리기로 마음먹었다. 그래서 조금 전 장삼봉에게 욕설을 퍼붓던 부하에게 명령을 내렸다.

"듣자하니 허풍이 대단하구나! 네가 나서서 흡혈박쥐의 진짜 실력도 그 허풍만큼이나 대단한지 어디 시험해보아라!"

"예에!"

체구가 우람한 사내가 허리 굽혀 응답하더니 허리띠를 단단히 졸라

매고 차분한 걸음걸이로 대청 한복판까지 걸어 나왔다.

"위 복왕, 소생이 그 유명한 한빙면장에 가르침을 좀 받아보겠소!"

위일소는 속으로 찔끔 놀랐다. '이 작자가 어떻게 내 한빙면장까지 알고 있단 말인가? 내 절기를 빤히 알면서도 도전해오는 것으로 보건대 이 작자는 여간내기가 아닌 모양이다.' 상대방을 경시하던 마음이 싹 가셔버린 위일소가 양 손바닥을 철썩 소리가 나도록 마주쳐 보이면서 도전을 받아들였다.

"좋소, 귀하의 존함은?"

"하하, 박쥐왕의 그 질문이 너무 멍청하구려. 우리가 이렇듯 명교 신도들로 변장하고 왔는데, 설마하니 본명을 가르쳐드릴 것이라고 생각하시오?"

조민의 등 뒤에서 10여 명이 한꺼번에 와르르 폭소를 터뜨렸으나, 위일소는 싸늘한 말투로 되받아넘겼다.

"과연 내 질문이 멍청했구려. 몽골 오랑캐의 앞잡이 사냥개 노릇을 마다않는 귀하께서 조상님의 이름을 더럽히지 않으려면 성함을 대지 않으시는 게 좋겠지!"

"무례한 놈!"

사내의 얼굴이 당장 시뻘겋게 바뀌더니 외마디 호통 소리와 함께 냅다 일장부터 후려쳐왔다. "훅!" 하고 바람을 끊는 손바닥이 위일소의 앞가슴 중궁中宮을 노리고 찔러들었다.

잽싸게 엇갈린 걸음걸이로 비켜선 위일소는 옆으로 돌아서기가 무섭게 손가락으로 그의 등판을 겨냥해 송곳 찌르듯 내질렀다. 한빙면장을 쓰기 전에 우선 상대방의 무공 수준을 알아보기 위한 탐색전이었

24. 이유극강의 태극 원리, 세상에 처음 전해지네

다. 사내는 앞서처럼 돌아서지 않은 채 왼팔을 뒤로 돌려 급소를 보호하는 것과 동시에 반격으로 나왔다. 수비하는 가운데 공세를 겸한 수법이었다. 2~3초의 공방전을 주고받은 후부터 사내의 장세掌勢가 점점 빨라지면서 매섭게 바뀌어가기 시작했다.

위일소는 강적을 만났다고 생각했다. 장무기에게 치료받은 이후, 예전처럼 공력을 한 번 쓰고 나서 체내의 음독을 억누르기 위해 사람의 더운 피를 빨아 마시지 않아도 되기는 했으나, 환음지에 얻어맞아 다친 내상이 아문 지 오래지 않았으므로 전에 쓰던 방식대로 진기를 끌어올리기가 무척 힘들었다. 그러나 장삼봉과 같은 무림의 대종사가 지켜보는 자리에서 적에게 몰리는 추태를 연출해서야 되겠는가? 그는 감히 방심하지 못하고 신중한 마음가짐으로 즉시 한빙면장을 구사하기 시작했다. 이때부터 피아 쌍방이 펼쳐내는 장력의 기세가 차츰 완만해지면서 단계적으로 피차 내공으로 대결하는 국면에 접어들었다.

돌연, 삼청전 대문 바깥에서 무엇인가 시꺼멓고 묵직해 보이는 물건 하나가 벼락 치듯 날아들더니 곧바로 위일소와 대결 중인 사내에게 부딪쳐갔다. 그것은 쌀자루보다 훨씬 커다란 포대 자루였다. 사내는 재빨리 왼 손바닥을 휘둘러 날아들던 포대 자루를 세차게 후려갈겼다. 손바닥에 와닿는 감촉이 솜뭉치처럼 부드럽고 뭉클한 것이 무엇인지 알 수 없었다.

"아악!"

느닷없이 포대 자루 속에서 처절한 비명이 터져 나왔다. 사람이 들어 있는 모양이었다. 자루 속 인물이 누군지 모르나 사내가 휘둘러 친 강맹하기 비할 데 없는 일장에 얻어맞았으니 전신의 뼈마디가 성할

리 없을 터였다.

별안간 터져 나온 비명 소리에 놀란 사내가 멈칫하는 순간, 박쥐왕이 숨소리 하나 없이 유령처럼 등 뒤로 돌아가 대추혈大椎穴에 그 무서운 한빙면장을 한 대 먹였다. 일순 당황하던 사내가 기겁을 하고 황급히 돌아서기 무섭게 위일소의 정수리를 겨냥해 혼신의 기력으로 일장을 내리쳤다.

"핫핫핫!"

위일소는 적의 손길을 피하기는커녕 오히려 통쾌하게 웃어젖히며 그 자리에서 꼼짝도 하지 않았다. 아니나 다를까, 천령개를 겨냥하고 떨어져 내리던 상대방의 손바닥이 중도에서 힘을 잃고 우뚝 멈춰 섰다. 설령 위일소의 천령개에 그대로 떨어졌다 해도 힘이 하나도 없어 상대방의 머리를 쓰다듬는 것과 같았으리라. 위일소는 상대방이 자신의 절기 한빙면장에 맞으면 그 즉시 힘을 쓰지 못한다는 사실을 잘 알고 있었다. 하지만 실력이 엇비슷한 고수와 싸울 때 상대방의 일격이 자신의 치명적인 급소에 떨어져 내리는데도 태연자약하게 피하지 않은 것은 실로 대담한 행위였다. 곁에서 지켜보던 관전자들은 너 나 할 것 없이 아연실색하고 말았다. 만에 하나, 상대방이 한빙면장을 막아내고 눈곱만치라도 손바닥에 장력이 남아 있었더라면 어찌 되었을까? 아마 위일소의 두개골은 삽시간에 산산조각으로 터져 나가고 말았을 것이다. 그는 평생을 두고 이런 괴팍스러운 짓만 골라서 해온 인물이었다. 남이 하지 못하고 하기 싫어하는 짓이라면 더욱 신바람이 나서 해치워야 직성이 풀리는 기질이었다. 그래서 방금 상대방이 포대 자루에 정신 팔린 순간에 한빙면장을 한 대 먹이고 보니 조금은 떳떳치 못

24. 이유극강의 태극 원리, 세상에 처음 전해지네

한 짓이라 생각한 나머지, 상대방의 일격이 뇌문 급소에 떨어져 내려도 피하지 않는 대담성으로 갚아 보인 것이다. 어떻게 보면 삶과 죽음의 문턱에 처해서도 생사를 어린애 장난질 치듯 도외시해버리는 무모한 행위가 아닐 수 없었다.

누더기 거지 옷차림의 사내가 포대 자루를 부욱 찢어발기고 사람을 하나 끄집어냈다. 얼굴이 온통 시뻘겋게 피투성이가 된 것으로 보아 방금 사내의 일장을 맞고 즉사한 것이 틀림없었다. 몸뚱이에 걸친 검은빛 옷차림새, 그것은 자기네들과 한패가 분명한데, 언제 누구의 손에 붙잡혀 포대 자루 속에 처박혔는지 정말 귀신이 곡할 노릇이었다.

"어떤 놈의 장난질이냐?"

노발대발한 거지가 호통을 치는 순간, 느닷없이 눈앞에 희끄무레한 것이 번뜩 비치더니 또 한 개의 포대 자루가 머리 위에서부터 뒤집어 씌워왔다. 거지 차림의 사내는 당장 진기를 끌어올려 뒷걸음질로 피했다.

"이런!"

껑충 도약해서 포대 자루를 피하고 보니, 어느 틈에 접근했는지 바로 곁에 뚱뚱보 승려 하나가 낄낄대며 서 있었다. 바로 포대화상 설부득이었다.

설부득은 평소 애지중지하던 건곤일기대가 광명정에서 장무기의 구양신공을 견디지 못하고 터져버린 후, 손에 맞는 병기를 구하지 못한 채 임시방편으로 헝겊 포대 자루 몇 개를 쓰고 있었다. 그러나 도검에도 찢기지 않는 예전의 보배에 비하면 보잘것이 없었다. 그는 적의 손아귀에 맥없이 찢겨나가 걸레쪽이 된 자루를 내려다보며 떨떠름하게 입맛을 다시더니 성큼성큼 장삼봉 앞으로 걸어가 허리를 깊숙이 구부렸다.

"명교 장 교주 좌하의 유행산인遊行散人, 포대화상 설부득이 삼가 무당의 장 교조사掌敎祖師 장 진인께 문안드립니다!"

거창한 인사말에 장삼봉은 면구스러워 얼른 답례를 건넸다.

"대사께서도 먼 길을 오시느라 노고가 많으셨소이다."

설부득은 조민 일당을 한 바퀴 둘러보더니 다시 장삼봉에게 말했다.

"저희 명교 장 교주님 휘하의 광명좌사자, 백미응왕 그리고 네 산인과 오행기 예하의 모든 병력이 벌써 무당산에 도착했습니다. 장 진인께서는 이제 저희 명교 위아래 사람들이 저 염치없는 사기꾼 일당을 이떻게 다루는지 구경이나 하십시오."

명교의 대병력이 이렇듯 빠른 시간에 도착했단 말은 물론 허장성세였다. 그렇게 생각하면서도 조민의 고운 이마에는 주름살이 잡혔다. 혹시 누군가 명교와 내통해서 기밀을 누설했을까? 그녀는 의혹에 찬 눈길로 위일소를 노려보았다.

"당신네 장 교주는 어디 있죠? 이리 나오라고 하세요!"

"하하! 이젠 우리 교주 노릇하는 게 싫증이 나신 모양이지?"

위일소가 호탕하게 웃으며 말했다. 하지만 그 역시 먼저 도착했을 장 교주가 어디 있는지 모르는 터라 의아한 눈빛으로 설부득을 바라보았다. 그러나 포대화상 역시 꿀 먹은 벙어리였다. 경공신법은 위일소만은 못하지만 그래도 조예가 대단했고, 오는 도중 장애물에 가로막히지 않은 덕분으로 그와 앞서거니 뒤서거니 도착할 수 있었을 뿐, 그역시 교주의 행방을 모르기는 마찬가지였다.

명월의 등 뒤에 줄곧 정체를 숨기고 있던 장무기는 박쥐왕과 포대

화상이 나타나자 마음이 든든해졌다. 혈혈단신으로 수많은 적을 상대로 악전고투를 각오했다가, 든든한 고수 두 명의 지원을 받게 되었으니 별로 두렵다는 생각도 들지 않았다. 또 설부득이 도착한 것으로 보건대 나머지 일행도 곧 들이닥칠 게 분명했다.

그러나 조민은 위일소와 설부득의 눈짓에서 초조한 기색을 발견하고 명교의 주력이 아직 도착하지 않았음을 간파할 수 있었다. 그렇다면 현재 상황에선 자신이 유리하다고 판단했다. '위일소와 설부득 두 명쯤이야 손쉽게 해치울 수 있지! 장무기와 양소, 은천정 일행이 오면 또 그때 하나씩 각개격파해버리면 될 테니까.' 이윽고 그녀의 입가에 야릇한 웃음기가 떠올랐다. 설부득의 허장성세를 비웃는 미소였다.

"흥! 한 마리는 흡혈박쥐, 또 하나는 냄새나는 땡추, 이래가지고 뭘 어떻게 해볼 주변머리나 되겠나?"

그러나 다음 순간, 조민의 예상을 송두리째 뒤엎는 사태가 벌어졌다. 그녀의 조롱기 어린 말이 떨어지기 무섭게 삼청전 지붕 한 귀퉁이에서 누군가가 천둥 벼락 치듯 장소長笑를 터뜨렸다.

"으하하하하! 설부득 대사, 양 좌사는 도착하셨는가?"

호탕한 웃음소리가 메아리치자, 삼청전 대들보에 몇십 년간 켜켜이 쌓였던 흙먼지가 푸수수 떨어져 내렸다. 백미응왕 은천정이 아니고서야 어느 누가 이토록 우렁찬 공력이 담긴 홍소哄笑를 터뜨릴 수 있겠는가?

설부득이 미처 입을 열어 대꾸하기도 전에 이번에는 반대편 지붕 꼭대기에서 또 한 차례 통쾌한 웃음소리가 길게 울려왔다.

"하하하! 독수리 임금께서 과연 노익장이시군요. 불초 소생보다 한 걸음 먼저 당도하셨으니 말이외다!"

양소의 목소리였다. 은천정이 웃으며 그 말을 받았다.

"양 좌사, 겸양하실 것 없소. 우리 둘이서 동시에 도착했으니 누가 빠르고 늦은지 가릴 길이 없구려. 어쩌면 당신이 장 교주의 체면을 봐서 내게 다소 양보한 듯싶은데, 안 그렇소?"

"하하, 내기를 하는 데 양보라는 게 어디 있습니까? 소생은 죽을힘을 다했어도 백미응왕보다 빠르기는커녕 오히려 기진맥진해서 파김치가 되고 말았습니다."

이들 두 사람은 오는 도중 달음박질 내기를 했다. 은천정은 내력이 깊고 두터운 반면, 양소는 보법이 경쾌하고 날렵했다. 두 사람은 함께 출발해서 누가 더 빨리 무당산에 오르는지 겨루었으나 결국은 동시에 도착한 것이다. 두 사람은 껄껄껄 웃으며 지붕 꼭대기에서 뛰어내렸다.

장삼봉은 백미응왕 은천정의 쟁쟁한 명성을 오래전부터 들어왔고 게다가 다섯째 제자 장취산의 빙장어른이요, 양소 또한 강호에서 무시 못 할 인물인 줄 아는 터라 예우하는 차원에서 즉시 서너 걸음 앞으로 나아가 두 손 모으고 인사를 건넸다.

"장삼봉이 삼가 은 형, 양 형의 왕림을 환영하는 바이오."

인사를 건네면서도 그는 사뭇 뜨악한 기색을 지었다. 은천정으로 말하자면 천응교의 교주가 분명한데 "장 교주의 체면을 봐서"라니, 이건 또 무슨 소리인가?

은천정과 양소 두 사람이 허리 굽혀 예를 올렸다.

"장 진인의 청명淸名을 흠모해온 지 오래이나 뵈올 연분이 없던 차에 오늘 이렇듯 존안을 우러르니 삼생三生의 행운입니다."

"두 분께선 일대종사이신데 이렇듯 함께 왕림하셔서 무당산을 빛내주시니 실로 큰 영광이외다."

조민은 눈앞에 명교 고수들이 속속 나타나자 갈수록 분통이 터졌다. 설부득의 말이 사실이라면, 장무기가 아직 나타나지 않은 걸 보니 무엇인가 은밀히 딴 계략을 꾸미고 무서운 진세를 펼쳐놓은 게 분명했다. 용의주도하게 오늘 일을 안배해놓았는데 이제는 성공을 기대하기가 어려워졌다. 하지만 가까스로 장삼봉에게 중상을 입혀놓은 마당에 이 천재일우의 기회를 놓칠 수야 없는 노릇 아닌가? 지금 무당파를 해치우지 못하면 기회는 영영 사라져버릴지도 모른다. 훗날 장삼봉이 완쾌되면 그때는 더욱 가망이 없을 터였다.

조민이 새까만 눈동자를 또록또록 굴려가며 무엇인가 생각하더니 장삼봉을 향해 싸느랗게 비웃음을 던졌다.

"강호에 퍼진 소문으로는 무당파가 명문 정파라던데, 언제부터 마교와 결탁했나요? 일이 급하게 되니까 마교의 바짓가랑이라도 잡고 늘어질 작정인가요? 흥, 가만 보아하니 무당파는 순전히 마교의 위세만 믿을 뿐이고 본문 무공은 단 한 푼도 값어치가 없는 모양이네요."

"조 낭자, 버릇없는 아녀자의 소갈머리라 별수가 없군! 장 진인께서 무림계에 위엄을 떨치실 무렵에는 아가씨 할아비조차 이 세상에 태어나지 않았을 텐데 어린것이 뭘 안다고 나불거리는가!"

설부득이 듣다 못해 어린애 꾸짖듯 따끔하게 질책하자, 조민의 등 뒤에서 부하 10여 명이 한꺼번에 으르렁대며 앞으로 나섰다. 그러나 설부득은 저들의 성난 눈초리를 한 몸에 받으면서도 주눅이 들기는커녕 의기양양하게 계속 말을 이었다.

"자네들, 내 말씀이 말 같지 않다 이 말이지? 그러니까 내 이름이 설부득說不得 아닌가? 어쩔 테야? 어디 나하고 입씨름으로 해보겠다는 건가? 아니면 무공 실력으로? 아마 둘 다 어림없을 걸세!"

조민의 수하 가운데 깡마른 승려가 분노를 참지 못하고 선뜻 그녀 앞으로 나서서 간청했다.

"주인님, 소인에게 분부를 내려주십시오. 저 땡추 녀석의 너불대는 혓바닥을 썽둥 끊어놓겠습니다!"

설부득이 보아하니 자신과 똑같은 승려 복장이라, 일부러 반색을 했다.

"그것참 신통하다, 신통해! 이야말로 천생연분 아닌가? 여보게 땡추 화상, 자네 말대로 나도 땡추일세. 우리 둘이서 겨뤄보자고? 좋지, 좋아! 마침 이 자리에 무당파 대종사이신 장 진인도 계시니까 우리 둘이서 싸우다 모자란 점은 잘 지도해주실 거야. 아마 그게 우리가 10년 공부하는 것보다 백배는 낫지 않겠나? 가만있거라, 우선 병기부터 정리 좀 해놓고……."

설부득이 넉살 좋게 주절거리면서 두 손을 번갈아가며 연신 품속에 넣더니 포대 자루를 끄집어내기 시작했다. 한 개, 두 개, 세 개…… 도대체 설부득의 승복 자락에는 포대 자루가 몇 개나 들었는지 한도 끝도 없이 계속 쏟아져 나왔다.

조민도 어처구니가 없는지 절레절레 고개를 흔들며 지켜보다가 아예 무시해버리고 장삼봉 쪽으로 돌아섰다.

"우리는 오늘 무당 절학을 한 수 배워보려고 왔습니다. 그러니 무당파 측에서 어느 분이 나오십시오. 도대체 무당파가 확실히 진재실학眞

才實學을 갖추었는지 그게 아니면 공연히 헛된 명성만 지니셨는지, 오늘의 일전으로 천하가 두루 알게 되겠죠. 명교 측과 우리 사이의 갈등은 훗날 천천히 빚 청산을 해도 늦지 않을 거예요. 흥, 장무기 요 발칙한 녀석! 도깨비같이 숨어서 교활하게 꼼수나 쓰고 있다니, 요 간살맞은 놈을 잡기만 해봐라! 내 산 채로 껍질을 벗겨놓고 간을 씹어 먹어도 내 마음속의 한이 다 풀리지 않을 거다. 이 사무친 원한은 내 절대로 잊지 못할 거야!"

어찌 된 노릇인지, 무당파 장문인에게 도전하던 조민이 제풀에 화가 나서 쌔근거리며 보이지도 않는 장무기를 향해 악담 저주를 퍼부었다.

장삼봉은 또 한 번 어리둥절했다. 장무기의 이름을 오늘 이 자리에서 두 번째 들었다. '정말 명교의 교주 이름도 장무기란 말인가? 하필이면 우리 무기 녀석과 이름이 똑같다니. 이 처녀는 또 어째서 명교 교주더러 발칙한 녀석, 간살맞은 놈이라느니 악담 저주를 퍼부을까?'

설부득이 그녀의 성난 표정을 귀엽게 보았는지 낄낄대고 웃으면서 약을 올리기 시작했다.

"히히히! 우리 장 교주님은 청년 영웅이시고, 조 낭자는 우리 교주님보다 몇 살 아래가 되시겠지? 어떻소, 우리 교주님한테 시집을 오시는 게? 이 땡추 눈에 조 낭자는 꽃처럼 보름달처럼 아리따운 규수이시니, 우리 어엿한 청년 교주님하고 아주 썩 잘 어울리는 한 쌍이 되시겠어."

그 말이 떨어지자마자, 조민의 등 뒤에서 노기등등한 부하들의 고함 소리가 천둥 벼락 치듯 터져 나왔다.

"닥쳐라, 이놈!"

"당치도 않은 소리 마라! 땡추 놈이 못 하는 소리가 없구나!"

그러나 정작 놀림을 당한 조민은 아무 소리가 없었다. 그저 얼굴만 발그레하니 물든 채 보이지 않는 누구에게 응석이라도 부리듯 처녀다운 교태가 떠올랐다. 성을 낸다기보다 차라리 수줍어하는 기색이 완연했다. 이제껏 뭇 영웅호걸을 질타하던 우두머리의 기백은 어디로 사라지고 부끄러움을 타는 한창 시절 어린 처녀의 모습으로 바뀌어 있는 것이다.

하지만 그것도 한순간뿐이었다. 어느새 조민의 얼굴에는 다시 싸늘한 서릿발이 비쳐나오고 있었다.

"장 진인께서 정녕 솜씨를 드러낼 의향이 없으시다면, 이 말 한마디만 하세요. '무당파는 세상을 속이고 명성을 도둑질한 무리'라고 말입니다. 그럼 우리는 손뼉이나 치고 이대로 물러날 테니까. 그리고 또 송원교, 유연주를 비롯한 제자 녀석들도 몽땅 석방해서 돌려보내지요. 어때요, 그렇게 하시겠어요?"

이 무렵, 삼청전에는 철관도인 장중과 은야왕이 거의 같은 시각에 당도하고, 또 얼마 안 있어 주전과 팽형옥까지 도착했다. 명교 측에 또다시 네 명의 고수가 늘어난 셈이다.

조민은 피차 형세를 가늠해보았다. 사세가 이쯤 되면 쌍방 간에 결전을 벌여서 그 어느 쪽도 이길 승산은 없었다. 더구나 가장 우려되는 점은 장무기란 놈이 모습을 드러내지 않고 암암리에 무슨 꿍꿍이짓을 획책하는지 모른다는 점이었다. 그녀는 명교 호걸들의 안색을 한바탕 훑어본 다음 다시 장삼봉에게 가서 눈길이 멎었다. 생각을 바꾸어야

24. 이유극강의 태극 원리, 세상에 처음 전해지네

할 때가 온 것이다. '장삼봉이 우리 원나라 조정의 심복지환心腹之患이 된 까닭은 오직 하나뿐, 이 늙은이의 위엄과 명성이 너무 강성해 무림계 인사들에게 태산북두로 추앙받고 있기 때문이다. 그리고 장삼봉이 우리 조정을 적대시하는 한 중원 무림계 인사들 가운데 어느 누구도 귀순할 마음을 품지 못할 것이다. 하지만 나이 백 살을 넘긴 늙은이가 앞으로 살아야 몇 년이나 더 살겠는가? 오늘 구태여 늙은 목숨을 빼앗을 것까지는 없고, 그저 모욕이나 흠씬 안겨주어 무당파의 명성을 땅에 떨어뜨리기만 해도 오늘 거사는 목적을 달성하는 셈이 되지 않겠는가?'

결단을 내린 조민이 얼음같이 차가운 목소리로 선언을 했다.

"우리가 오늘 무당산을 방문한 목적은 오로지 하나뿐, 장 진인에게 한 수 가르침을 청하여 이분의 무공 실력이 과연 강호 무림계에 나도는 소문처럼 신인神人의 경지에 들 만한 것인가, 아니면 소문이 거짓인가 그 점을 알고 싶어서였습니다. 명교 여러분은 오해 마세요! 만약 우리가 명교를 섬멸하기로 작심했다면 광명정으로 쳐들어갈 것이지 설마 그 길을 몰라서 구태여 이 무당산까지 찾아왔겠어요? 장 진인! 오늘 우리 목표는 오직 무당파입니다. 여기 내 보잘것없는 하인 녀석 셋을 데리고 왔어요. 한 놈은 개돼지나 잡던 칼솜씨 좀 배웠고, 또 한 놈은 제 딴에 한답시고 내력을 좀 익혔죠. 그리고 나머지 한 놈은 고양이 낯짝 씻듯 손발 몇 초식쯤 휘두를 줄 안답니다. 자, 어쩌시겠어요? 만일 장 진인께서 이 쓸모없는 것들을 거꾸러뜨릴 수만 있다면, 우리는 무당파의 무공이 명성에 비해 헛된 것이 아니란 걸 두 눈으로 확인하고 곱게 물러가겠어요. 하지만 실패하신다면 강호에도 나름대로 법도가 있을 테니까 내 입으로 더 말씀드릴 필요는 없겠죠?"

말을 마치자 그녀는 하인 부르듯이 손뼉을 두세 번 딱딱 쳤다.

"아대! 아이! 아삼! 너희들, 이 앞으로 나서거라!"

그녀가 뒤로 물러서자, 세 사람이 슬금슬금 앞으로 나서서 그 자리를 채웠다.

아대阿大, 즉 '맏이'라는 평범한 이름의 인물은 장작개비처럼 깡마른 늙은이였다. 얼굴이 온통 주름살투성이인 데다 궁상맞게 수심에 찬 기색이 가득했다. 축 늘어진 두 눈썹은 방금 누구한테 한 방 얻어맞은 것처럼 울상을 짓고 있어, 곁에서 보는 사람이 사뭇 눈물을 흘릴 만큼 처량한 표정이었다. 그러나 놀랍게도 그가 양손에 떠받쳐 든 것은 천하제일의 신검 의천보검이었다.

아이阿二, 곧 '둘째'라고 불린 사내 역시 맏이처럼 수척한 몸매였다. 키가 조금 작고 대머리에 좌우 양쪽 관자놀이의 태양혈이 반치 남짓 움푹 들어갔다.

아삼阿三, 곧 '셋째, 막내'라는 뜻의 이름으로 불린 사내는 호랑이처럼 위엄이 돋보이는 건장한 체구를 하고 있었다. 얼굴하며 양 팔뚝, 목덜미뿐만 아니라 전신이 터져 나갈 듯 다부진 근육으로 부풀어 있었다. 왼쪽 뺨따귀에 검정 사마귀가 한 개, 그리고 사마귀에는 기다란 털이 한 줌 뻗어나왔다.

장삼봉과 은천정, 양소를 비롯한 사람들은 한눈에 이 늙은이들이 범상한 자가 아님을 눈치챘다. 주전 역시 깜짝 놀랐으나 아무런 내색도 하지 않은 채 조민에게 말을 붙였다.

"조 낭자, 저 세 분은 아무래도 무림계의 정상급 고수들 같은데, 내 실력으로는 단 한 사람도 당해내지 못할 듯싶구려. 쯧쯧, 어쩌다가 저런 고수들이 부끄러운 줄도 모르고 남의 집 하인 꼬락서니를 하고 나와서 장 진인 앞에 놀림감이 되려는지 모르겠군!"

"허튼수작 말아요! 이것들이 무림계 정상급 고수라니 난 처음 듣는 소린데? 그럼 어디 이 녀석들의 이름 석 자를 말해보시죠!"

주전은 당장 말문이 막혔다. 그러나 이내 껄껄대고 너털웃음으로 얼버무리더니 시침 뚝 떼고 엉터리 이름자를 주워섬기기 시작했다.

"저 친구분은 이맛살을 잔뜩 찌푸리고 칼 잡은 품새를 보아하니 일검진천하一劍震天下 추미신군皺眉神君이 틀림없을 테고, 저 대머리 영감은 단기패팔방丹氣覇八方 독두천왕禿頭天王이라 불러야겠고, 또 저 늙은 친구로 말씀드리자면 주먹깨나 쓰게 생겨먹었으니, 가만있거라…… 흠흠, 신권개세神拳蓋世 대력존자大力尊者가 아니신지 모르겠구려."

주전이 되는 대로 둘러대는 소리에 조민도 어이가 없는지 피식 웃음을 터뜨렸다.

"이것들은 우리 집 부엌에서 불이나 때고 빗자루로 마당이나 쓰는 종 녀석들인데, 무슨 얼어 죽을 놈의 '신군'이니 '천왕'이니 '존자'라는 얘긴지 모르겠군. 주전, 당신은 입 닥치고 가만있어요! 자, 장 진인! 우선 우리 막내 아삼하고 주먹질 한 수 겨뤄보실까요?"

아삼이라 불린 사내가 한 걸음 선뜻 나서더니 장삼봉 앞에 두 주먹 불끈 쥐어 맞잡고 예를 올렸다.

"장 진인, 어서 공격해보십시오!"

왼발이 재촉하듯 대청 돌바닥을 "쿵!" 소리가 나도록 힘차게 굴렀다. 삼청전 바닥에 깔린 청석판靑石板이 "으지직!" 소리와 함께 산산조각으로 부서졌다. 발밑에 딛고 선 돌판 하나가 부서졌다면 원로급 고수들의 눈에야 아무것도 아니겠지만 발을 구르기가 무섭게 주변에 깔린 두 덩어리마저 박살 났으니 놀라지 않을 수 없었다. 양소와 위일소마저 찔끔해서 마주 보고 혀를 내둘렀다. '정말 대단한 녀석'이라는 찬탄이 절로 나올 지경이었다.

막내가 지명되자, 맏이 아대와 둘째 아이가 고개를 숙이고 뒷걸음질해 물러났다. 그들은 대청 안의 어느 누구에게도 눈길 한 번 주지 않았다. 삼청전에 들어선 이래 줄곧 조민의 등 뒤에 선 채 눈을 내리깔고 움츠린 자세로 서 있었기에 아무에게도 주목받지 않았다. 그러나 조민에게서 장삼봉의 상대로 지명받고 나섰을 때는 태산처럼 우뚝 버텨 선 자세가 엄연한 절정 고수의 기백과 품격을 여지없이 드러냈다. 그리고 물러날 때에는 또다시 공손히 머리 숙여 주인에게 충성을 다하는 비천한 종의 자세를 취했다.

장삼봉은 말없이 오만한 태도로 자기 앞에 버텨 선 아삼을 응시했다. 싸울 것이냐, 아니면 피할 것이냐, 아직도 마음의 결단을 내리지 못했다.

무당파 제자 영허도인이 태사부의 상세를 걱정한 나머지 줄곧 지켜보고 있었으나, 이제 와서 더 참지 못하고 큰 소리로 버럭 고함을 지르며 나섰다.

"당신네들! 우리 태사부님께서 방금 내상을 입어 피를 토하시는 걸 보지 못했소? 그런 줄 빤히 일면서도 싸움을 걸다니, 이런 비겁한 짓이 또 어디 있소? 치사한 인간들 같으니⋯⋯."

고함을 질렀으나 목소리에 통분의 울음기가 섞여 나왔다.

이 말을 듣고 백미응왕 은천정은 퍼뜩 정신이 들었다. '그렇구나, 이 작자들이 어째 우리 명교와의 대결을 회피하고 무당파에게만 도전한다 싶었더니, 장 진인이 내상을 입은 줄 미리 알고 하는 짓이었구나. 그렇다면 누가 장 진인에게 상처를 입혔을까? 실로 불가사의한 일이다. 설혹 장 진인이 부상을 당하지 않았다 해도 저만한 연세에 어떻게 이 따위 무뢰배들과 주먹다짐을 할 수 있단 말인가? 보아하니 아삼이란 자의 무공은 순전히 강맹 일변도로 나가는 외공임이 틀림없다. 오냐, 그렇다면 어디 내가 한 수 받아보기로 하지!'

이윽고 결심을 굳힌 은천정이 선뜻 한 걸음 나서면서 목청을 돋우었다.

"야, 이것들아! 장 진인께서 어떤 신분이신데 너희 같은 하류 잡배들과 겨루신단 말이냐? 천둥벌거숭이들이 사람 웃기는 재주 하나씩은 있다더니, 정말 소가 웃을 노릇이구나. 장 진인은 그만두고서라도 내 주먹 한 대 받아내지 못할 놈이…… 이리 썩 나서거라!"

아삼은 상대가 바뀌자, 조민 쪽을 흘끗 바라보았다. 어떻게 하면 좋을 것인지 주인에게 묻는 기색이었다.

조민은 담담한 말투로 이렇게 분부했다.

"아삼, 네가 최근에 무슨 일을 했는지 똑똑히 설명해드려라. 그리고 네가 무당파의 어른 되시는 분과 겨룰 만한 자격이 있는지 어떤지 한 번 보자꾸나."

그녀는 은천정의 도전을 무시한 채 끝내 무당파만 물고 늘어졌다.

아삼이 송구스럽다는 듯이 고개 한 번 숙이고 나서 차분하게 입을 열었다.

"소인은 최근에 한 일이 별로 없습니다. 그저 서북 지방 노상에서 소림파의 공성이란 늙은 중놈과 몇 초 겨뤘을 뿐입지요. 지력 대 지력으로 맞서서 그 중놈의 용조수를 단번에 격파하고 모가지를 뎅겅 잘라 냈습니다."

"아앗!"

대청 안의 명교 호걸들이 경악한 나머지 일제히 실성을 터뜨렸다. 공성대사는 광명정 일전에서 장무기와 용조수로 겨루어 한때 우세를 차지했던 신승이 아닌가? 그 원로 고수가 이자의 손에 패배하고 목숨을 잃었다니 도무지 믿을 수가 없었다. 명교 일행은 아연실색, 벌어진 입을 다물지 못했다.

아삼은 여전히 태연자약하게 장삼봉 앞에 서 있었다. 자신은 소림의 신승을 일격에 쳐 죽인 실력이니 장삼봉과도 충분히 대결할 수 있는 신분이 아니냐, 하는 태도였다.

은천정 역시 놀라기는 했으나 이대로 물러설 수는 없었다. 그는 아삼 앞으로 두어 걸음 질러나가면서 크게 호통쳤다.

"좋다! 네가 소림파의 공성신승을 때려죽였다고? 그렇다면 이 은아무개와도 싸워볼 수 있으렸다? 그것 한번 통쾌한 일이겠지!"

자기 앞에 흰 눈썹을 곤두세우고 위풍당당하게 딱 버텨 선 은천정을 바라보며 아삼은 조용히 한마디 건넸다.

"백미응왕, 당신은 사마외도의 인물이고, 나 역시 그 출신이외다. 우리는 같은 길을 걷는 사람들끼리 싸우지 않소. 정 나와 겨룰 생각이라면 따로 날짜를 잡아 대결해봅시다. 오늘만큼은 주인의 명을 받은 몸이니 무당파의 무공 실력이 어떤지 시험해봐야겠소."

그러고는 다시 장삼봉을 향해 돌아섰다. 은천정과의 대결은 끝내 피할 심산이었다.

"장 진인, 아까 우리 주인님의 말씀대로 싸우고 싶지 않거든 한 말씀만 하시면 됩니다. 우리 역시 억지로 폭력을 쓰고 싶지는 않으니까요. 무당파가 항복하겠다는 말씀 한마디만 하십시오. 그 늙어빠진 목숨을 굳이 달라고는 하지 않겠습니다."

장삼봉은 그저 미소를 띤 채 아삼이 지껄이는 소리를 듣고만 있었다. '이제 상대를 회피할 시기는 지났다. 내 비록 중상을 입은 몸이지만 새로 창안해낸 태극권 중에서 이허어실以虛御實의 상승 무공을 쓴다면 결코 이자에게 패할 리는 없으리라. 가장 우려되는 점은 아삼을 거꾸러뜨린 다음, 아이라는 자와 내공으로 겨뤄야 하는 일이다. 내공 대결에서 권법이나 장법 같은 신체 부위의 교묘한 동작만으로는 상대방을 격파할 수가 없다. 내상을 입은 몸으로 도저히 둘째 관문을 통과할수 없지 않은가? 그러나 그것도 다음 문제다. 우선 눈썹 아래 들이닥친 불꽃부터 꺼야 한다. 아삼이란 자를 처치해놓고 다음 문제를 생각해보기로 하자꾸나.'

장삼봉은 비로소 결심했다. 그는 천천히 대청 한가운데로 걸어 나와 은천정에게 빙긋이 미소를 지어 보였다.

"은 형의 고마우신 뜻, 빈도가 마음으로만 받으리다. 이 늙은이가 근년에 새로운 권법 한 벌을 창안했는데 명칭을 '태극권'이라 붙였소. 내스스로 생각해도 일반 무학과는 사뭇 다른 점이 있다고 자부할 정도지요. 이분 시주께서 기어코 우리 무당파의 무공을 시험해볼 모양인데, 은 형께서 이분을 패배시키더라도 아마 불복할 것이 틀림없소. 이제 태극권으로 이분과 몇 초 겨뤄보리다. 때마침 여러분이 오셨으니 이 늙은이가 여러 해 동안 심혈을 기울여 완성한 태극권법에 미진한 점이 있거든 서슴지 말고 지적해주시기 바라오."

은천정은 그 말을 듣고서 기쁨과 우려가 뒤섞이는 착잡한 심정이 되었다. 장삼봉이 자신 있게 말한 그 태극권이란 무공이 과연 얼마나 무서운 상승 권법인지 모르겠으나, 피를 토할 정도라면 심상치 않은 중상이 분명했다. 그런 몸으로 상대방의 강공에 맞서 얼마나 오래 버틸 수 있을지 우려한 것이다. 하지만 장삼봉이 어떤 인물인가? 일단 입 밖에 말을 내뱉었으면 하늘이 두 쪽 나는 한이 있더라도 그대로 해야만 하는 몸이다. 또 그가 경솔하게 일세의 위엄과 명망을 실추시키지는 않을 것이라고 믿었다. 그래서 은천정은 양보하고 물러나기로 했다. 그는 장삼봉 앞에 공손히 포권의 예를 올렸다.

"그럼 이 후배는 물러나서 삼가 장 진인 어른의 신기神技를 배울까 합니다."

아삼은 슬그머니 겁을 집어먹었다. 가만 보아하니 내상을 입었다는 자가 다친 기색은커녕 온전히 성한 몸놀림으로 성큼 장내로 들어섰다. 그는 여주인 쪽을 돌아보려다가 이내 생각을 바꾸었다. 오늘 이 늙다리 도사와 목숨 걸고 싸워 양패구상이 될지언정 비기기만 해도 강호 무림계를 진동시키는 일대 사건이 되리라고 계산한 것이다.

그는 즉시 호흡을 멈추고 정신을 집중시켰다. 상대방의 얼굴을 정면으로 뚫어져라 응시하면서 암암리에 내력을 끌어올렸다. 전신에서 "우두둑, 우두둑!" 뼈마디끼리 맞부딪는 소리가 콩 볶듯 그치지 않고 울렸다.

아삼의 결투 자세를 지켜보던 무당파, 명교 인물들은 서로 얼굴을

401

마주 바라보면서 놀란 표정을 지었다. 그것은 사악한 기운이라곤 전혀 내비치지 않는 불문佛門 정종正宗의 최고 상승 무공, 바로 소림파가 비전절기로 자부하는 금강복마신통金剛伏魔神通의 내공이었다.

장삼봉 역시 그 준비 자세를 보고 흠칫 놀랐다. '이자의 내력은 보통을 뛰어넘는다. 어쩌면 태극권으로 당해낼 수 없을지도 모르겠다.'

그는 불안한 마음을 억누른 채 즉시 대응 자세로 양 손바닥을 천천히 치켜들었다. 주인이자 선배 된 몸으로 상대방에게 3초를 양보하겠다는 표시였다.

바로 이때였다. 유대암이 누운 들것 뒤에서 느닷없이 봉두난발로 헝클어진 머리채를 한 도동 하나가 불쑥 뛰어나오더니 장삼봉 앞에 코가 땅에 닿도록 읍례를 올렸다.

"태사부님, 저 시주분께서 한사코 우리 무당파의 무공을 보고 싶은 모양이온데, 굳이 태사부님께서 번거롭게 나서실 것까지는 없지 않겠습니까? 불초 제자가 몇 수 보여드려도 넉넉할 듯싶습니다."

얼굴이 온통 흙먼지로 땟국이 낀 도동은 바로 청풍으로 변장한 장무기였다. 은천정과 양소를 비롯한 명교의 호걸들은 그와 헤어진 지 얼마 안 되었기에 옷차림새나 얼굴 모습이 딴판으로 바뀌었어도 목소리만 듣고 이내 교주의 정체를 알아보았다. 수군수군 몇 차례 속삭임이 번져나가면서 명교 신도들의 얼굴빛이 활짝 밝아졌다.

그러나 장삼봉과 유대암이야 그 정체를 꿈엔들 짐작할 수 있으랴? 장삼봉은 도동의 얼굴을 알아보지 못했으나 옷차림새로 보아 청풍 녀석인 줄로만 알았다.

"청풍아, 이분 시주는 소림파의 외문신공 금강복마신통을 익힌 분이다. 아무래도 서역 소림 일파의 고수인 듯싶구나. 너같이 어린것은 저 시주분의 일초도 못 견디고 뼈마디가 성치 못할 것이다. 이건 애들 장난이 아니란다."

그러자 장무기가 왼손으로 장삼봉의 옷깃을 잡아끌면서 오른손으로는 그의 팔뚝을 가볍게 흔들었다.

"태사부님, 제게 가르쳐주신 태극권을 아직 한 번도 써보지 않아서 제대로 배웠는지 모르겠습니다. 이제 저 시주분과 같은 외가 고수를 어렵게 만났으니 제가 이유극강以柔克剛, 운허어실運虛御實의 오묘한 권법 초식을 한번 시험해볼 수 있게 허락해주십시오. 태사부님, 간청드립니다."

간청을 하는 동안 그는 한 줄기 웅후하고도 깊은 구양신공을 손바닥을 통해 태사부의 체내로 주입시켰다.

얼떨결에 어린 도동의 손길에 붙잡혀 어리둥절하던 장삼봉은 다음 순간 자신의 손바닥으로 스며드는 웅혼하기 비할 데 없는 진기를 느끼고 소스라치게 놀랐다. 수십 년간 공력을 쌓아온 자신의 순수한 내력에는 훨씬 미치지 못했으나, 담백하고도 솜처럼 부드럽게, 그리고 끊임없이 무궁무진하게 진기가 쏟아져 들어오고 있으니 이게 보통 놀랄 일이 아니었다. 장삼봉은 도동의 얼굴을 뚫어져라 굽어보았다. 눈빛에 광화光華를 드러내지는 않았어도 형형하고 은은히 비쳐나오는 이 상야릇한 정기가 서려 있었다. 그것은 내공이 절정에 도달한 사람에게만 나타나는 광채였다. 장삼봉은 이런 눈빛을 지닌 인물을 평생 서너 손가락으로 꼽을 만큼밖에 만나보지 못했다. 하나는 장삼봉이 어린 장군보 시절에 모시던 스승 각원대사였고, 또 한 사람은 곽정 대협, 그

24. 이유극강의 태극 원리, 세상에 처음 전해지네

리고 신조대협 양과 등 고작 몇 사람에 지나지 않았다. 이들이 세상을 떠난 지금에 와서 장삼봉 자신 말고도 이런 광채를 품을 만큼 등봉조극登峯造極의 경지에 이른 또 다른 사람이 있을 줄은 상상조차 하지 못한 것이다.

삽시간에 그의 뇌리를 스쳐간 의혹이 지난 100년 세월을 오갔다. 그 순간에도 젊은이의 내력은 장강대하처럼 도도하게 흘러들고 있었다. 그것은 결코 악의가 아니라, 자신의 내상을 치료해주기 위한 호의가 분명했다.

이윽고 장삼봉의 얼굴에 엷은 미소가 서렸다.

"나이 들어 노쇠하고 아둔해진 내가 무슨 대단한 무공을 너한테 가르쳤겠느냐? 하지만 네가 저 시주분의 절정 외가무공을 받아보겠다면 그것도 좋은 공부가 되겠구나. 부디 조심하거라."

그는 아직도 장무기의 정체를 알지 못했다. 그저 어느 다른 문파에서 청년 고수가 도와주러 온 줄로만 알았기에 겸양의 말씨로 조심스레 부탁의 말을 건넨 것이다.

"태사부님께서 어린 저에게 베풀어주신 은혜는 태산보다 더 무겁습니다. 제 몸이 부서져 가루가 되는 한이 있더라도 태사부님과 여러 사백, 사숙님들의 크신 은혜를 어찌 다 갚겠습니까? 우리 무당파의 무공이 비록 천하무적이라 할 수는 없어도 저들 서역 소림파 따위에 패하지는 않을 것입니다. 태사부님, 안심하십시오!"

장무기는 간절하기 비할 데 없는 몇 마디로 대답을 대신했다. 그가 '태사부님'이라고 부를 때마다 어버이를 찾는 그리움과 충정이 가득 차서 철철 흘러넘치는 듯했다. 장삼봉은 낯선 도동의 말투에 꾸밈새가 없음을 발견했다. 일순 그의 얼굴에 의아한 기색이 스쳤다. '누굴까, 이 젊은이는? 아무리 보아도 다른 문파에서 보내온 청년은 아니다. 그럼 우리 무당파 문하 제자란 말인가? 저 옛날 내 스승이신 각원대사처럼 남의 눈에 뜨이지 않고 이 무당산에 숨어서 신공을 수련했다면 범상한 자질이 아니다. 나는 자주 폐관하느라 모른다 해도 원교나 연주 같은 다른 제자들조차 속일 수는 없다. 도대체 누굴까……?'

그를 바라보는 장삼봉의 얼굴에 온통 미망의 빛이 서렸다. 그는 젊은이의 손을 놓고 물러나와 의자에 앉았다. 그러고는 셋째 제자 유대암을 흘끗 돌아보았다. 하지만 유대암의 얼굴에도 당혹스러운 기색만 가득했다.

그가 풋내기 도동 녀석을 대신 출전시키려는 것을 보자, 아삼은 부아가 머리끝까지 뻗쳐올랐다. 이것이야말로 자신을 완전히 무시하고 얕잡아보는 수작이 아니면 뭐란 말인가? 그러나 그는 속에서 치밀어오르는 분통을 꾹꾹 눌러 참았다. '오냐, 우선 이 어린놈부터 단매에 때려죽이자. 그럼 장삼봉 늙은이의 심사가 비분에 들뜬 나머지 냉정을 잃고 마구 덤벼들 것이다. 그렇게만 되면 승산은 내 쪽에 있다.'

"요 녀석, 어디 덤벼봐라!"

아삼이 장무기를 놀리듯 손짓해 불렀다. 그러나 장무기는 천연덕스러운 기색으로 그 앞에 슬금슬금 다가서더니 차분히 말했다.

"내가 새로 익힌 이 태극권은 태사부 장 진인께서 여러 해 동안 심혈을 기울여 창안해내신 것이오. 갑작스레 배운 지 얼마 안 되어 내가 이 태극권의 법문法門을 완전히 터득하지 못한 것은 사실이외다. 이제 내가 30초 안에 당신을 거꾸러뜨리지 못한다고 해서 태극권 자체에 결함이 있다고 오해하지 말았으면 좋겠소. 그건 배운 자가 아직 미숙한 탓이니까. 이 점만큼은 분명히 짚고 넘어갑시다!"

이 말에 아삼은 화가 나기보다 도리어 웃음이 터져 나왔다. 그는 뒤편에서 지켜보고 있던 맏이와 둘째를 돌아보면서 껄껄대고 웃었다.

"형님들, 세상 천하에 이렇듯 맹랑한 녀석을 본 적 있소? 하하⋯⋯ 하하하!"

아이도 어처구니가 없는지 허리를 잡고 웃었다. 그러나 맏이 아대만큼은 이 풋내기 도동 녀석이 등한시할 상대가 아니라고 보았다. 그는 막내에게 신중할 것을 당부했다.

"이것 봐, 셋째. 적을 우습게 보면 안 되네!"

아삼은 듣는 둥 마는 둥 귓전으로 흘려버리고 성큼 한 발짝 내디디면서 장무기의 앞가슴을 노리고 냅다 주먹질을 날려 보냈다. "훅!" 하고 바람 끊는 소리에 전광석화처럼 빠른 공격 초식, 그 주먹이 중도에 이르렀는가 싶었을 때 왼쪽 주먹이 그보다 더 빠른 속도로 앞질러 장무기의 면상에 덮쳐들었다. 이른바 후발선지後發先至의 실로 보기 드문 괴초怪招였다.

태사부 장삼봉에게서 태극권 시범 동작과 설명을 들은 직후부터 장무기는 한 시진 남짓한 동안에 그 권법의 이치를 새김질하며 궁리해왔다. 그는 아삼의 왼 주먹 일격이 들이닥치자 즉시 태극권 초식 가운데 남작미攬雀尾로 맞섰다. 이른바 '참새 꼬리 끌어당기기'였다. 오른발은 실實을 딛고 왼발은 허虛를 디딘 자세로 '제擠' 자 권결拳訣을 운용해 오른 손바닥을 상대방의 왼 팔뚝 위에 달라붙듯 얹어놓는 것과 동시에 권결을 그대로 써서 밀어붙이기 방향으로 힘줄기를 쏟아부었다. 그 순간, 아삼의 몸뚱이가 균형을 잃고 본의 아니게 앞으로 쏠리더니 두어 걸음 내딛고 나서야 겨우 균형을 잡고 설 수 있었다.

한 곁에서 그 광경을 지켜보던 관전자들이 일제히 놀라움 섞인 탄성을 질렀다. 초반부터 전혀 예상 밖의 일이 벌어진 것이다.

태극권은 이 세상에 출현한 이래 처음 남작미 일초로써 적과 마주쳤다. 장무기는 일신에 구양신공을 갖춘 데다 건곤대나이 심법에도 정통한 만큼, 비록 두 시진 남짓밖에 익히지 못한 권법이기는 해도 평생토록 갈고닦고 연습한 것이나 다를 바 없이 '점黏'자 수법을 구사할 수 있었다. 아삼은 상대방에게 떠밀리자, 엉겁결에 맥없이 균형을 잃고 하마터면 앞으로 고꾸라질 뻔했다. 그는 지금 자신이 꿈을 꾸고 있는 게 아닌가 싶었다. 방금 내지른 주먹에는 분명 1,100근이나 되는 무거운 힘이 담겨 있었는데 어찌 된 노릇인지 급작스레 망망대해에 빠진 것처럼 흔적도 없이 사라져버린 것이다. 어디 그뿐이랴, 제 힘에 겨워 중심을 잃고 두어 걸음이나 비틀거렸으니 낭패도 이런 낭패가 없었다. 아삼은 경악과 분노에 가슴이 터져 나갈 지경이었다. 마침내 두 주먹에서 쾌속 공격이 펼쳐지기 시작했다. 돌개바람을 일으키면서 정신 못 차리게 양팔이 아니라 수십 개의 팔뚝과 주먹이 동시에 전후좌우, 위아래로 어지럽게 번뜩였다. 장무기의 전신은 삽시간에 철벽과 같은 쌍권의 장막 속으로 빠져들었다.

그야말로 광풍 폭우 휘몰아치듯 무섭게 들이치는 연속 공세를 보고 명교 일행은 너 나 할 것 없이 깜짝 놀랐다. 이제야 공성신승 같은 고수가 어떻게 해서 이자의 손에 죽임을 당했는지 이해할 수 있었다. 조민이 거느리고 온 일당을 제외한 모든 이의 가슴속에는 짙은 먹구름

24. 이유극강의 태극 원리, 세상에 처음 전해지네

이 깔리기 시작했다. 너무나 안타깝고 걱정스러운 나머지 입술이 바짝 바짝 타들어갈 지경이었다.

장무기는 무당파의 위엄과 명성을 드러내겠다는 일념으로 자신이 지닌 본래 무공을 전혀 쓰지 않았다. 그가 발휘하는 초식은 하나같이 태사부 장삼봉의 걸작인 태극권이었다. 채찍 하나 쓰기 단편單鞭, 손을 번쩍 쳐들어 상단 공격하기 자세인 제수상세提手上勢, 흰 두루미 나래 떨치는 백학량시白鶴亮翅, 무릎 안고 걸음마하듯 낮은 자세로 공격하는 누슬요보摟膝拗步…… 손바닥 휘둘러 비파 타기의 수휘비파手揮琵琶 동작에 이르자, 그는 왼손을 걷어들이는 대신 오른손을 비스듬히 내리뻗으면서 순간적으로 태극권 속에 담긴 정교하고도 오묘한 요체를 깨칠 수 있었다. 그 일초는 무심한 구름에 달 가듯, 냇물 흘러가듯 글자 그대로 행운유수行雲流水와 같이 홀가분하고도 자연스럽게 펼쳐진 것이었다.

한참 정신없이 공격 일변도로 들이치던 아삼은 자신의 상반신 전체 방위가 어느 틈에 적의 쌍장 아래 뒤덮여버린 것을 깨달았다. 상대방을 풋내기라고 얕잡아본 나머지 공격수의 허점을 모조리 노출하고 말았던 것이다. 깜짝 놀라는 찰나, 적의 쌍장이 억수 같은 소나기로 변해 눈코 뜰 새 없이 퍼붓기 시작했다. 이제 피할 방향도 막아낼 부위도 제대로 찾아내지 못하자, 그는 어쩔 수 없이 등줄기에 "끙!" 소리가 나도록 힘을 주고 상대방이 후려쳐오는 일장을 호되게 얻어맞은 다음, 무서운 기세로 오른 주먹을 휘둘러 반격에 나섰다. 그 의도는 단 하나, 피차 한 대씩 얻어맞고 양패구상을 하자는 것이었다. 풋내기 젊은 녀석과 공력으로 맞선다면 승산은 그에게 있을 터였다.

다음 순간 장무기의 양 손바닥이 태극을 품듯 둥그렇게 원을 그리며 합쳐지더니 그 원 안쪽에서 웅혼하기 비할 데 없는 소용돌이가 형성되면서 상대방을 그 자리에 세워둔 채 눈 깜짝할 사이에 일고여덟 바퀴나 맴돌게 만들었다. 그야말로 팽이 돌아가듯 물레질에 방추紡錘 돌리듯, 정신 못 차리게 몸뚱이가 돌아가니 제아무리 뚝심 세다고 자부하던 아삼으로서도 동서남북 방향조차 가려내지 못했다. 가까스로 천근추 수법으로 몸뚱이를 멈춰 세우기는 했으나, 아삼의 얼굴은 온통 시뻘겋게 부어오른 것이 이만저만 낭패를 당한 꼬락서니가 아니었다.

"와아……!"

명교 측 호걸들이 큰 소리로 아낌없는 박수갈채를 보냈다. 오죽하면 침착하고 신중한 양소마저 환호성을 질렀을까.

"대단하군! 무당파의 태극무공이 저토록 신묘하다니. 정말 오늘에야 안목을 크게 넓히게 되었구나!"

뒤미처 주전이 야유를 던졌다.

"어이, 아삼 노형! 내가 권고하건대 자네 이름을 좀 바꿔야겠어. 몸놀림이 팽이처럼 팽글팽글 잘도 돌아가니 '아팽'이라고 부르는 게 어떤가?"

은야왕 역시 무척이나 통쾌한지 한마디 거들었다.

"몇 바퀴 맴돌았다고 해서 그다지 체통 깎일 일은 아니지 않은가? 옛말에도 '삼십육계 뺑뺑 돌아가는 게 상책三十六著 轉爲上策'이라고 했

---

* 원뜻은 "삼십육계 중에서 도망치는 게 상책三十六計走爲上計"이었으나, 여기서는 아삼이 태극권의 부드러운 동작에 휘말려 맴도는 형태를 비웃어 바꿔 쓴 것이다. 출처는 이십오사二十五

으니 말일세."

그다음에는 설부득 차례였다.

"하하! 왕년에 양산박梁山泊 호걸 중에도 시꺼먼 낯짝의 돌개바람이 있었지! 흑선풍黑旋風 이규李達°라고 말씀이야. 그 쌍도끼 쓰는 돌개바람도 정신없이 맴돌면서 적을 치지 않았던가?"

명교 호걸들에게 집중 야유를 받은 아삼은 얼굴이 시뻘겋다 못해 시퍼렇게 질리더니 굶주린 맹수처럼 으르렁대면서 장무기에게 덮쳐들었다. 왼손은 주먹질에서 손바닥 장법으로, 다시 장법에서 권법으로 변화막측하게 바뀌어가며 공격을 퍼붓는가 하면, 오른손은 순전히 지법만을 구사해 거머쥐기拿, 움켜잡기擒, 후려 찍기點, 찔러들기戳에서부터 옭아 잡기勾, 후벼 파기挖, 구부려 찍기抅, 훑어 올리기挑에 이르기까지 다섯 손가락의 수법이 마치 판관필 붓대나 혈도 찍는 꼬챙이 점혈궐點穴橛, 그게 아니면 도검의 칼끝과 칼날, 장창長槍, 단극短戟이나 되는 것처럼 쉴 새 없이 바뀌어가는데, 그 공세가 실로 매섭고 사나웠다.

한때 승기를 잡고 방심하던 장무기는 그 변화무쌍한 연속 공격 앞에 적절히 대응하지 못하고 삽시간에 자세가 흐트러져 허둥대기 시작

---

史 가운데 《남제서南齊書》 〈왕경칙전 王敬則傳〉의 '삼십육책, 주위상책三十六策走爲上策'과 송나라 때 혜홍惠洪이 지은 《냉재야화冷齋夜話》 제9권에서 '책策'을 '계計'로 바꿔 써서 나오는데, 두 가지 모두 같은 뜻이다. '삼십육계'란 열여덟 가지 무예를 두 번 거듭 쓴다는 뜻으로, 강적과 맞닥뜨리거나 곤경에 처했을 때 온갖 수단 방법을 다 써도 안 될 듯싶으면 목숨을 건져 달아나는 것이 상책이란 뜻이다.

• 《수호전》에 등장하는 양산박 108명의 호걸 가운데 보군두령步軍頭領, 별호가 흑선풍이다. 천살성天殺星에 해당할 만큼 성질이 거칠고 사나워 걸핏하면 쌍도끼를 휘둘러 사람을 죽이는 살인마다.

했다. 아직은 태극권의 권법 초식에 익숙지 못한 까닭에 순간적으로 대처할 방도를 강구할 수 없었기 때문이다.

"치익!"

옷소매가 상대방의 손길에 찢겨나가자, 그는 우선 공세에서 벗어나고 보자는 생각에 급히 경공신법을 펼쳐 달아나기 시작했다. 아삼이 고래고래 악을 쓰며 뒤따랐다. 날렵한 몸놀림으로 세상에 보지 못한 다섯 손가락 공격을 피해 요리조리 빠져나간 것이다. 아삼은 연속 10여 차례나 움켜잡기를 시도했지만, 바람에 나부끼듯 경쾌하게 움직이는 상대방을 도무지 낚아챌 방법이 없어 처음부터 끝까지 모조리 허공만 훑었을 뿐이다.

정신없이 상대방의 공세를 피해 달아나던 장무기는 중도에 생각이 바뀌었다. '싸우지 않고 달아나기만 하면 지고 들어가는 싸움이 아니고 뭐란 말인가? 이 태극권은 아직 손에 익숙지 않으니 건곤대나이 심법으로 싸워야겠다.' 생각을 바꾼 그는 즉시 물러서는 대신에 재빨리 몸을 돌이키고 양 손바닥을 활짝 펼쳐 태극권의 야마분종野馬分鬃 자세를 취했다. 글자 그대로 야생마 갈기털 흩날리기 초식으로, 불쑥 내민 왼손은 이미 건곤대나이 심법을 구사해 상대방의 손길을 끌어들이고 있었다.

아삼은 상대방의 어깻죽지를 찔러들던 자기 오른손 검지가 어째서 눈 깜짝할 사이에 목표에서 빗나가는지 그 까닭을 알 수 없었다. 목표를 벗어난 손가락이 무형의 힘줄기에 이끌려 자신의 왼 팔뚝을 "푹!" 소리가 나도록 거세게 찍고 말았다. 아삼은 얼마나 호되게 찍었는지 뼈마디가 으스러지듯 저릿저릿한 충격과 함께 두 눈에서 불똥이 번쩍 튀도록 아픔을 느껴야 했다. 주먹질과 손바닥 후리기로 변화무쌍하게 공격을 펼치던 왼 팔뚝이 당장 맥을 못 쓰고 축 늘어져버렸다.

누구보다 먼저 양소가 소리를 질렀다.

"허어! 정말 기막힌 태극권법이군!"

눈치 빠른 그는 장무기가 방금 구사한 수법이 태극권이 아님을 알 아차리고 먼저 외친 것이다.

아삼은 수치심과 분노에 이가 갈렸다.

"그게 무슨 놈의 태극권이냐? 세상천지에 다시없을 요사스러운 술 법으로 사람을 홀리다니! 에잇!"

호통 끝에 외마디 기합 소리가 터져 나오더니 허공을 꿰뚫고 연속 세 차례 찔러들기 공격이 펼쳐졌다. 장무기가 도약 자세로 훌쩍 몸을 솟구 쳐 피해내자, 그는 다시 검지와 중지 두 손가락을 곧추세워 질풍같이 찔 러들었다. 장무기는 다시 한번 건곤대나이 심법으로 상대방의 공세를 끌어당겼다가 슬쩍 방향을 틀어 놓아버렸다. "탁!" 하는 소리…… 아삼 이 힘껏 내지른 검지와 중지 두 손가락은 엉뚱하게도 삼청전 한복판에 버텨 세운 아름드리 기둥을 곧바로 찔러들었다. 얼마나 무서운 지력인 가! 단단한 기둥에 두 손가락이 세 마디까지 파묻혀 들어갔다.

관중들의 입에서 경탄의 소리가 터져 나오더니, 이내 웃음바다로 바뀌었다. 무시무시할 정도로 거센 지력이 놀랍기도 하려니와 대청마 루 기둥뿌리에 손가락을 처박고 서 있는 꼬락서니가 미련스럽게도 우 스꽝스러웠던 것이다.

바로 그때 웃음바다 속에서 느닷없이 유대암의 호통치는 소리가 쩌 렁쩌렁 울렸다.

"잠깐! 아삼, 그대가 쓴 수법이 뭔가? 바로 소림파 금강지력이 아닌가?"

장무기가 반사적으로 몸을 날려 뒤로 물러섰다. '소림파 금강지력' 이란 말을 듣는 순간, 머릿속에 벼락같이 떠오른 게 하나 있었던 것이다. 20년 전, 유대암은 소림파의 금강지력에 다쳐 폐인이 되었다. 그 때문에 무당파 사람들은 장문 어른부터 말단 제자에 이르기까지 숱한 세월 동안 소림파를 얼마나 깊이 미워해왔던가? 그런데 눈앞에 서 있는 바로 이자가 원흉이었을 줄이야!

아삼의 냉랭한 대꾸가 들렸다.

"금강지력이면 어떻단 말인가? 누가 너더러 도룡도의 행방을 자백하지 말라고 했더냐? 공연히 잘난 체하고 영웅호걸 흉내를 냈으니 그런 꼴을 당했지! 하하하! 그래, 지난 20년 동안 산송장 노릇을 해보니 그 맛이 어떻더냐?"

"고마운 일이군! 오늘에나마 진상을 얘기해주었으니. 나를 전신 불구의 몸으로 만들어놓은 것이 결국 서역 소림파의 독수였군. 불쌍하게도…… 내 다섯째 아우만…… 불쌍하게 죽어갔구나……. 취산, 취산이……!"

매섭게 터져 나오던 유대암의 목소리가 차츰 오열에 파묻혀 들리지 않았다. 장취산이 스스로 목숨을 끊은 까닭은 사형 유대암이 자기 아내 은소소의 문수침에 맞아 전신마비가 된 사실을 나중에 알고서 형제들을 대할 면목이 없었기 때문이다. 그러나 은소소는 어떻게 했던가? 유대암을 암습한 후 양심의 가책을 느끼고 용문표국에 맡겨 무당산으로 호송하도록 조치했다. 문수침에 찔린 상처는 달포 남짓만 치료하면 완치될 수 있는 것이었다. 유대암의 사지 팔다리가 처참하게 으스러져 폐인이 된 것은 바로 대력금강지大力金剛指의 독수에 걸렸기 때문이었다. 이제 와서 부질없는 소리이긴 하나, 만일 그날로 이 원흉을 찾아내기만 했더라면 은소소는 용문표국의 책임을 물어 잔인하게 도살 행위를 저지르지 않았을 테고, 결과적으로 장취산 부부 역시 참혹한 죽음의 길을 택하지 않았을 것이다.

유대암의 두 눈에서 당장에라도 쏟아져 나올 듯 원한의 불길이 이글이글 타올랐다. 무고하게 목숨을 끊은 다섯째 사제, 전신 불구의 폐인이 되어버린 자신을 생각하니 비통과 원한에 움직이지도 못하는 몸뚱이가 와들와들 떨리고 이가 갈렸다.

장무기는 유대암과 아삼 사이에 오가는 대화를 고스란히 귀담아들었다. 그리고 단번에 전후 인과관계를 모조리 깨달았다. 어린 소년 시절, 아버지 장취산이 들려준 얘기가 생각났다. 오랜 옛날 소림사의 화공두타가 무공을 남몰래 훔쳐 배운 후 중추절 연례행사로 열리는 무공 시험장에 나타나 달마당 수좌 고지선사를 죽이고 소림 고수들과 일대 격전을 벌인 끝에 어디론가 도망쳐 행방을 감추었다고 했다. 이 사건으로 말미암아 소림파 지도층은 내분을 일으켜 나한당 수좌 고혜선사마저 분김에 소림사를 떠났다고 했다. 고혜선사는 중원 땅을 벗어나 멀고 먼 서역으로 들어가 '서역 소림' 일파를 따로 세웠다고 했는데, 그렇다면 이 아삼이란 자는 고혜선사의 후대 전인傳人일 것이 분명했다.

장삼봉 역시 무기와 똑같은 추측을 했다.

"시주의 심보가 너무나 악독하구려. 고혜선사의 전인들 가운데 시주와 같은 인물이 나올 줄이야……."

그런데 뜻밖에도 아삼의 입에선 이들의 예상을 뒤집는 한마디가 튀어나왔다.

"고혜선사라니, 그게 어떤 잡놈이냐?"

흉물스레 웃으면서 되묻는 이 말 한마디로, 장삼봉은 퍼뜩 깨닫는 바가 있었다. 그렇구나…… 고혜선사가 아니라 바로 그자의 전인이었어!

유대암이 대력금강지에 중상을 입은 직후, 무당파는 소림사로 무당칠협의 맏이 송원교를 보내 금강지 다섯 손가락이 찍힌 금원보를 증거물로 제시하고 추궁하게 했다. 그러나 소림사 방장 스님은 자기네 소행이 아니라고 극구 부인했다. 장삼봉은 두 번째 혐의자로 서역 소림파를 지목하고 수년 동안 탐문 조사를 해보았으나 그 역시 결과는 실망스러운 소식뿐이었다. 그 무렵 서역 소림파는 이미 극도로 세력이 쇠퇴해 역대 제자들은 오로지 불법만을 깊이 연구할 뿐 무공은 일체 전해 내리지 않고 있었던 것이다. 더구나 방금 이 아삼이란 자는 "고혜선사라니, 그게 어떤 잡놈이냐?"고 반문했다. 만약 이자가 서역 소림파의 문하 제자였다면 자기네 문파를 세운 개파 조사에게 이렇듯 모욕적인 언사를 쓰겠는가? 장삼봉은 천천히 고개를 끄덕이며 말했다.

"어쩐지 이상하다 했더니…… 시주는 바로 화공두타의 전인이었구려! 그 사람에게서 무공만 배운 게 아니라 잔혹하고도 포악한 성격마저 전해 받았다니. 그럼 공상인가 하는 자도 시주와 동문 사형제였겠군?"

"바로 맞혔소! 그 사람은 내 사제였으니 이름도 공상이 아니라 강상剛相이라고 부르지. 흐흐흐! 그래, 장 진인! 우리 금강문金剛門의 반야금강장般若金剛掌 맛이 당신네 무당파 장법에 비해 어떻습디까?"

아삼은 의기양양하게 반문했다. 그러자 유대암이 매섭게 그 말을 받아쳤다.

"훨씬 나은 줄 알았는가? 어림도 없지! 그놈은 정수리에 우리 사부님의 일장을 맞고 박살 나서 뇌수를 흩뿌리고 죽었다. 공자님 앞에서 문자 쓰다니 죽어 마땅한 놈 아닌가!"

사제가 죽임을 당했단 말에 극도로 분노한 아삼은 미쳐 날뛰는 들짐승처럼 으르렁대면서 장삼봉에게 달려들었다. 그러나 장무기가 한발 앞질러 태극권의 여봉사폐如封似閉 일초로 그 앞을 선뜻 가로막더니, 오른 손바닥을 활짝 펴서 코앞에 내밀었다.

"아삼, 흑옥단속고黑玉斷續膏를 이리 내놓으시오!"

그가 던진 한마디에 아삼은 그만 대경실색하고 말았다. 아무도 몰랐으나, 사실 금강문은 내공보다 외가공력에 강한 문파였다. 따라서 자칫 잘못하면 수련 도중에 골절상을 입는 사고가 허다했다. 금강문은 이에 대비해서 부러진 팔다리뼈를 잇는 특효의 묘약을 개발해냈는데, 흑옥단속고가 바로 그것이었다. 이 묘약의 처방은 금강문의 일반 제자들조차 모르는 비법이거니와 흑옥단속고란 명칭까지 극비에 부쳐두는 형편인데, 도대체 어떻게 해서 무당파의 풋내기 도동 녀석이 그 약명을 알고 서슴없이 요구하는지 이야말로 귀신 곡할 노릇 아닌가?

아삼은 호접곡 의선 호청우가 남긴 회심의 역작 〈의경〉에 이런 대목이 수록되어 있다는 사실을 알 턱이 없었다.

서역에는 소림의 방계 지파로 추정되는 외가무공 전문 일파가 있다. 그들의 수법은 기괴하기 이를 데 없어, 반드시 사람의 팔다리 뼈마디를 꺾어 부수고 으스러뜨린다고 했다. 부서진 뼈를 다시 맞추려면 그들이 비장한 흑옥단속고가 있어야 치료가 가능하다. 그것 말고는 달리 치료법이나 묘약이 없다. 그리고 이 흑옥단속고를 어떻게 조제하는지 그 비방도 알려지지 않고 있다.

장무기는 얼핏 그 구절이 떠올라 혹시나 하는 마음에서 한번 물어본 것인데, 상대방의 안색이 대번 바뀌는 것을 보고 어림짐작이 맞아떨어졌다고 확신했다.

"어서 내놓으시오!"

목소리가 강경해졌다. 아삼 역시 이에 맞서 호통을 쳤다.

"요 발칙한 녀석! 내 앞에 무릎 꿇고 세 번만 큰절을 해라. 그럼 네 목숨은 살려주마. 아니면 내 당장 네 녀석을 저 유가 놈의 꼬락서니로 만들어버릴 테다!"

아삼은 자신만만했다. 방금 다소 낭패를 보긴 했지만 자신이 대력금강지로 공격했을 때 요 풋내기 녀석은 그저 공세를 피해 도망치기에만 급급하지 않았던가? 정면으로 맞서 반격할 수 없으니까 궁여지책으로 괴상망측한 수법을 쓴 것이다. 이제 그 이상야릇하게 끌고 당기는 수법만 조심한다면 제까짓 놈이 아무리 발버둥 쳐봤자 승부는 뻔하다고 생각했다.

장무기는 아삼을 단매에 때려죽이지 못하는 것이 한스러웠다. 부모가 누구 때문에 자결했는가? 또 유대암, 은리정 두 사백 사숙은 누구 손에 그토록 참혹한 불구자가 되었는가? 흑옥단속고를 넘겨받는 일만 아니라면 이 원수와 말 한마디 나누고 싶지 않았다. 그는 속에서 끓어오르는 분노를 억눌러 참았다. 무슨 수를 써서든지 아삼의 손아귀에 있을 흑옥단속고를 빼앗고야 말겠다고 굳게 다짐했다. 하지만 아삼이 펼치는 저 무시무시한 대력금강지를 어떻게 상대해야 좋을지 뾰족한 수가 떠오르지 않았다. 물론 건곤대나이 심법을 쓰면 이자의 목숨 하나쯤은 단번에 해치울 수 있다. 그러나 성한 채로 제압해서 흑옥단속고를 내놓도록 윽박지르기에는 적합한 방도가 아니었다.

한창 주저하고 있으려니, 장삼봉이 손짓해 불렀다.

"얘야, 이리 오너라!"

"예, 태사부님!"

장무기가 곁으로 다가오자, 그는 자애로운 말씨로 다시 한번 태극권의 요체를 일깨워주었다.

"마음을 쓸 것이지 힘을 써서는 안 된다. 태극은 둥글게 원을 그리며 돌아간다. 이 둥그리미를 중도에 끊기게 해서는 안 된다. 기機와 세勢를 잡아 상대방으로 하여금 스스로 뿌리를 끊도록 만들어야 한다. 모름지기 일초 일식의 마디마디가 생선 꾸러미 꿰듯 줄기차게 연결되고 장강대하의 강물이 도도하게 흘러 내려가듯 끊임이 없어야 한다."

그는 방금 장무기가 적을 상대로 태극권을 구사하는 모습을 눈여겨보았다. 젊은이가 제법 태극삼매太極三昧를 터득하긴 했으나, 본래 지닌 무공이 너무 강맹 일변도여서 권법 초식을 맺고 끊는 모서리가 분명하게 드러나 보였기에, 이제 둥글둥글 돌아가며 끊이지 않는 이른바 '원전부단圓轉不斷'의 태극 원리를 새삼스레 일깨워준 것이다.

장무기는 이미 수준 높은 무공의 소유자다. 그런 만큼 태사부의 몇 마디를 듣고 났을 때 태극권법을 구사하는 데 가장 관건이 되는 요체가 무엇인지 그 즉시 깨달을 수 있었다. 눈 깜짝할 사이에 태극도형太極圖形 가운데 나타난 둥글둥글 돌아가며 끊이지 않는 원전부단, 음과 양이 순식간에 자리바꿈하는 음양변화의 요체를 허심탄회하게 받아들일 수 있었던 것이다.

아삼이 그것을 보고 냉소를 터뜨렸다.

"하하, 싸움터에 나와서 칼 쓰기를 배우다니, 너무 늦지 않았나?"

"방금 배운 칼 쓰기로 귀하의 고명하신 솜씨를 꺾어 보일 테니 염려 마시구려!"

장무기가 눈썹을 곤두세우고 돌아섰다. 오른손이 빙글빙글 원을 그리다가 번개같이 적의 면상으로 후려쳐 나갔다. 바로 태극권의 고탐마高探馬 일초였다. 아삼은 다섯 손가락을 가지런히 모으고 칼날처럼 곤두세워 이제 막 날아드는 상대방의 일장을 베어내려 했다. 그러나 장무기의 고탐마는 그대로 후려쳐가는 게 아니었다. 어느새 좌우 양쪽에서 불어닥친 바람이 양쪽 귓구멍을 꿰뚫듯 쌍풍관이雙風貫耳로 바뀐 양 손바닥이 한꺼번에 원을 그리면서 번갈아 공격을 퍼붓고 물러나기 시작했다. 왼손의 둥그러미 공세가 물러나는가 싶었는데, 어느새 오른손의 원둘레가 뒤따라 덮쳐들었다. 둥그러미에 이어서 또 다른 둥그러미, 큰 원, 작은 원, 수평으로 그리는 원이 닥치는가 하면 또다시 수직으로 그리는 둥그러미, 여기에 또 다른 둥그러미가 비스듬하게 원을 그리며 들이닥쳤다.

아삼은 삽시간에 수없이 덮쳐드는 원둘레 속에 갇혀 허둥거렸다. 매번 공세를 피하자니 아무리 애써도 자세를 바로잡고 서 있을 수가 없었다. 마침내 그의 두 다리는 술 취한 주정뱅이처럼 단 한순간도 몸을 가누지 못하고 이리 비틀 저리 비틀 휘청거리기 시작했다.

돌연 아삼의 다섯 손가락이 맹렬한 힘줄기로 기습해왔다. 장무기는 마치 기다리고 있었다는 듯이 왼손을 높게 오른손을 낮게 자세를 취한 다음 운수雲手 일초로 상대방의 팔뚝을 둥그러미 안에 덥석 가두어버렸다. 그다음 쏟아져 들어간 것은 구양신공의 강한 힘줄기였다. "으지직!" 하는 소리와 함께 아삼의 오른팔이 뼈마디째 고스란히 부러져 나갔다. 구양신공의 위력이 얼마나 강한가? 음과 양을 고루 갖추어 부드러운 힘과 군센 힘을 아울러 쓸 수 있는 만큼 그 힘줄기가 보통 무서운 게 아니었다. 아삼의 팔뚝 한 개가 삽시간에 예닐곱 토막으로 꺾이고 뼈마디가 산산조각 으스러졌다. 제 형태를 잃어버린 팔뚝이 어깻죽지에 매달린 채 마치 해파리처럼 흐느적거렸다. 구양신공의 힘줄기로 말하자면 부드러움과 군셈을 위주로 하는 태극권법이 도저히 미치지 못했다.

아삼에 대한 장무기의 원한은 뼈에 사무친 것이었다. 일단 펼쳐진 운수 동작은 그침이 없었다. 흰 구름이 유유자적 창공 위에 날아가듯 하나의 원이 미처 다 돌기도 전에 또 하나의 원이 떠올랐다.

"으지직!"

억센 뼈마디가 퉁겨져 으스러지는 소리와 더불어 아삼의 왼 팔뚝마저 박살 나서 흐느적거렸다. 뒤이어 왼쪽 다리, 오른쪽 다리뼈마저 하나하나씩 비틀려 꺾여나갔다. 장무기는 이 세상에 태어난 이래 남들과 싸우는 동안 단 한 번도 이렇듯 지독한 수를 써본 적이 없었다. 그러나 이자만큼은 도저히 용서할 수 없었다. 아삼은 부모를 죽게 한 원수, 셋째 사백 유대암과 여섯째 사숙 은리정을 잔혹하게 폐인으로 만든 원흉이 아니던가? 만약 이자에게서 흑옥단속고를 얻는 일만 아니었다면 진작 그 목숨마저 빼앗았을 것이다.

장무기는 어느새 손을 멈추고 대청 돌바닥에 쓰러져 뒹구는 아삼을 내려다보고 있었다. 조민의 부하 중 한 사람이 슬금슬금 다가오더니 장무기의 눈치를 살폈다. 아무런 반응이 없자 그는 아삼을 안아 일으켜 부축하고 얼른 제자리로 물러갔다. 관전자들은 이 무서운 신공의 위력에 질린 나머지 아연실색한 표정으로 박수갈채를 보내는 것마저 잊고 있었다.

"휙!"

갑작스레 누군가의 그림자 하나가 번뜩하더니 질풍 같은 속도로 덮쳐들어 장무기의 앞가슴에 도끼질하듯 일장을 쪼개 쳤다. 기습을 가한 자는 아삼의 둘째 사형인 대머리 영감 아이였다.

칼날처럼 곧추세운 손바닥이 미처 앞가슴에 와서 닿기도 전에 장무기는 숨통이 꽉 막히는 질식감부터 느꼈다. 그는 숨을 멎은 채 즉시 사비세斜飛勢 일초로 상대방의 장력을 끌어들이기 무섭게 곧바로 측면으로 비스듬히 흘려보냈다. 그러나 이 대머리 늙은이는 아삼보다 더 깊고 두터운 내공의 소유자였다. 그는 두 발을 지면에 못 박힌 것처럼 단단히 딛고 선 채 일장 일장씩 정확한 동작으로 쪼개 내려쳤다. 입에선 노성이나 기합 소리 한마디 터져 나오지 않고, 그저 일심전력으로 상대방의 몸뚱이를 두 조각 내려는 데만 열중했다.

장무기는 대머리 늙은이의 장법이 아삼과 일파를 이루고 있음을 직감적으로 알아차렸다. 무공 수법이 사제인 아삼보다 민첩하지는 않아도 그보다 훨씬 무겁고 신중했다. 장무기는 곧바로 태극권의 부드러운 점법黏法, 끌어당기기 인법引法, 밀어붙이기 제법擠法, 찍어 누르기 안

법按法 초식을 차례차례 구사하면서 상대방의 다부진 하반신 자세부터 흔들어놓으려 했다. 그러나 이 늙은이는 예상외로 공력이 강했다. 적의 하반신을 뒤틀어놓기는커녕 오히려 장무기 쪽이 상대방의 흡인력에 이끌려 자빠질 뻔한 것이다. 한 걸음 선뜻 내디디며 균형을 잡으면서 장무기는 승부욕이 불끈 솟구쳤다. '오냐 좋다. 어디 내공으로 한번 겨뤄보자! 네놈들 서역 금강문의 내공이 대단한지, 아니면 구양신공이 대단한지 맛 좀 봐라!'

상대방의 칼날 같은 손바닥이 후려 찍어오자, 그 역시 수도手刀 자세를 취하고 맞받아 쪼개 쳐 나갔다. 강공에는 강공으로, 뚝심에는 뚝심으로 아무런 기교도 없는 무미건조한 대결이 벌어진 것이다.

"펑!"

두 손바닥이 서로 맞부딪는 순간, 밀폐된 공기 주머니가 터져 나가듯 무거운 폭음이 널따란 삼청전 대청 안을 통째로 메아리쳐 울렸다. 그와 때를 같이해서 두 사람의 몸뚱이가 휘청 흔들렸다.

의자에 앉은 채 관전하던 장삼봉이 얼결에 외마디 소리를 내며 생각했다. '아뿔사! 저렇게 무지막지하게 치고받는다면 뚝심이 강한 자가 이기게 마련이다. 저것은 태극권의 원리와 완전히 상반되는 권법이 아닌가? 저 대머리 늙은이의 내공은 강호 무림계에서도 보기 드물 만큼 두텁고 웅혼하다. 아무래도 저 아이가 저놈의 일장에 중상을 면치 못하겠구나……'

장삼봉의 안타까운 심정과는 아랑곳없이 대청 한복판에서는 두 사람의 장력이 재차 격돌했다.

또 한 차례 "펑!" 하고 둔중한 폭음이 대청 안을 뒤흔들었다. 그다음 순간, 대머리 늙은이의 몸집이 휘청거리면서 한 걸음 뒤로 밀려났다. 장무기는 평온한 기색으로 제자리에 우뚝 서 있었다.

구양신공이나 소림파 내공을 최고 경지까지 수련했다면 그 수준의 고하를 분별하기 어려울 만큼 두 내공은 대등한 상승 무공이다. 하지만 서역 금강문의 개파 조사인 화공두타는 소림사에서 무공을 훔쳐 배운 인물이다. 장법이나 권법 혹은 도검 쓰기와 같은 외형의 무공은 남모르게 훔쳐 익힐 수 있었겠지만, 내공 수련은 체내의 진기와 호흡으로 운기 조식을 어떻게 하느냐에 달린 상승 무학이다. 가부좌를 틀고 앉아 내공을 정수靜修하는 사람이 있다고 할 때, 곁에 두 눈을 멀거니 뜨고서 8년 10년을 바라본들 ㄱ 사람이 체내의 진기를 어떻게 고르는지, 또 어떤 방법으로 크게 작게 일주천一周天을 시키는지 알아낼 도리가 있겠는가? 그러기에 외공은 도둑질해 배울 수 있어도 내공만큼은 훔쳐 배울 수 없는 것이다. 금강문의 외공은 소림파에 뒤지지 않을 정도로 막강했다. 하지만 내공 수준은 어림도 없었다. 이 대머리 아 이란 인물은 금강문이 배출한 기재였다. 타고난 신력도 엄청날뿐더러 특이하게도 외문의 공력을 내력으로 순화시키는 첩경을 터득해 심후한 내력의 소유자가 된 것이다. 그가 도달한 경지는 금강문을 처음 세운 화공두타의 수준을 훨씬 뛰어넘는 것이었다. 그것이야말로 공자가 말한 '생이지지生而知之'의 천품이라고밖에 표현할 길이 없었다. 이

---

• 《논어》〈계씨季氏〉 편에서 공자가 한 말이다. "태어나면서부터 아는 사람이 으뜸이요, 배워서 아는 자가 그다음이며, 곤경에 처한 후 그 실패에서 깨치는 자가 또 그다음이다. 곤경에 빠지고도 그 실패의 사례를 배우지 못한 사람은 하등 인간이다 生而知之者 上也 學而知之者 次也 困而學之 又其次也 困而不學 民斯爲下矣." 즉 태어나면서부터 깨닫는 자生知는 천재 또는 성현, 교육을 받아 지혜를 얻는 자學知는 그다음 부류이며, 곤경에 처하고 나서 깨닫는 자困知는 삼

24. 이유극강의 태극 원리, 세상에 처음 전해지네

날 이때껏 그의 쌍장 아래 3초를 버텨낸 사람이 극히 드물었다. 따라서 무공에 대한 자부심도 대단했다. 그런데 이제 아무런 기교도 없이 전력을 다해 순수한 내공으로만 대결하는 자리에서 한낱 풋내기 도동 녀석의 장력에 튕겨져 한 걸음 밀려나고 보니, 그 놀라움과 분함이 얼마나 컸겠는가? 수치심과 분노가 한꺼번에 솟구친 그는 숨 한 모금 깊숙이 들이마시고 나서 쌍장을 동시에 내뻗어 상대방의 몸뚱이를 두 토막 낼 듯이 전심전력으로 쪼개 쳤다.

그와 때를 같이해서 장무기가 큰 소리로 외쳐댔다.

"여섯째 사숙님, 잘 보십시오! 이제 숙부님을 대신해서 앙갚음을 해드리겠습니다!"

이 무렵 은리정 역시 들것에 실린 몸으로 양불회, 아소와 함께 무당산에 올라와 관전자들 속에 섞여 있었다.

"이여업!"

장무기는 대갈일성을 터뜨림과 동시에 오른 주먹을 번쩍 휘둘러 쳤다.

"퍽!"

대머리 늙은이는 연달아 세 걸음 밀려났다. 두 눈알이 금세라도 튀어나올 듯 불거지고 가슴속 기혈이 뒤집혀 들끓어 오르는지 숨을 거칠게 헐떡거렸다.

장무기는 다시 한번 소리쳐 물었다.

"작은 아저씨, 아저씨를 공격한 놈들 가운데 이 대머리 늙은이도 끼

---

류, 그리고 곤경에 처했으면서도 깨닫지 못한 자는 하류 인간이란 얘기다.

어 있었습니까?"

"그렇다, 바로 그자가 원흉이었다!"

때를 같이해서, 대머리 늙은이의 전신에서 "우두둑, 우두둑!" 뼈마디끼리 맞부딪는 소리가 요란하게 울렸다. 바야흐로 혼신의 공력을 응집시켜 끌어내는 예비 동작이었다.

유대암이 그 자세를 보고 깜짝 놀라 소리쳤다.

"적이 강을 다 건너기 전에 공격하는 것이 필승의 병법이다!"

그는 대머리의 내공이 막강함을 한눈에 알아보았다. 이제 운공을 끝내는 순간 그 장력은 아무도 감당하기 어려울 만큼 무섭게 배가될 것이 분명했다. 따라서 유대암은 장무기더러 적이 운공을 마치기 전에 즉각 선제공격으로 제압하라고 암시를 준 것이다.

"예에!"

장무기는 한마디로 시원스레 응답했다. 그러고는 한 걸음 앞으로 성큼 내디뎠으나, 웬일인지 즉각 선제공격으로 나가지 않았다.

관중들이 의아한 기색으로 숨을 멈춘 채 지켜보는 가운데, 이윽고 대머리 늙은이의 운공이 끝났다. 양팔을 활짝 펼친 대머리가 무시무시한 기세로 장무기를 향해 덮쳐들었다. 산악이라도 허물어뜨리고 바닷물조차 밀어낼 듯 세찬 경력의 폭풍우가 장무기를 향해 밀려갔다. 삼청전 돌바닥이 "우르르!" 울리고 거세게 뒤흔들렸다.

관중들은 저도 모르게 침을 꿀꺽 삼켰다. 무섭게 밀어닥치는 경력 아래 장무기의 몸집이 한결 작아 보이기까지 했다.

장무기는 숨을 한 모금 들이마시고 체내의 진기를 한 바퀴 유통시킨 다음, 조용히 오른손을 휘둘러 쳐서 보냈다. 상대방이 몰아쳐오는 장력을 정면으로 맞받는 게 아니라, 한편으로는 거부하듯 또 한편으로는 맞아들이듯 돌려보낸 것이다. 이윽고 두 개의 거대한 장력이 뒤섞여 사납게 소용돌이쳤다.

"으와아!"

천지가 진동하는 울림 속에 대머리 아이의 처절한 비명 소리가 터져 나왔다. 그와 때를 같이해서 아이의 육중한 몸뚱이가 마치 투석기에서 발사된 바윗덩이처럼 포물선을 그리며 붕 떠오르더니 눈 깜짝할 사이에 "콰당!" 하는 소리와 더불어 삼청전 벽면을 꿰뚫고 어디론가 사라졌다.

너무나 예상을 뒤집는 엄청난 결과에 아연실색한 관중이 미처 정신을 가다듬기 전에 뻥 뚫린 벽면 구멍을 통해 누군가 불쑥 들어섰다. 그는 양팔에 번쩍 들린 대머리 아이의 몸뚱이를 대청마루 바닥에 털썩 내려놓더니 장무기를 향해 허리 굽혀 절하고 도로 벽 구멍을 거쳐 나가버렸다. 말 한마디 없이 홀쩍 들어왔다가 홀쩍 사라진 그는 다름 아닌 명교 후토기의 장기사 안원이었다. 둥글둥글한 배불뚝이 땅딸보 체구이면서도 날렵하게 움직이는 품이 오동통하게 살찐 두더지를 연상시켰다.

뭇사람의 눈길이 일제히 대청 돌바닥에 누워 있는 대머리 늙은이에게 쏠렸다. 양 팔뚝뼈, 앞가슴의 갈빗대, 어깨의 빗장뼈까지 성하게 남은 데가 하나도 없었다. 아이 자신의 굳세고 사납기 비할 데 없는 장력에 진탕되어 모조리 부서져 나간 것이다. 그것이 건곤대나이 심법의 되돌려 치기였다.

명교 오행기의 소두목이 도동을 향해 허리 굽혀 절하는 모습을 보고서야 조민은 그가 장무기임을 알아차렸다. 일류 고수급에 속하는 자기 수하 두 명을 연달아 물리칠 때부터 이 젊은 도동 녀석의 정체에 의구심을 품었으나, 그래도 설마하고 망설인 것이 실책이었다. 조민은 속으로 자신의 우둔함이 죽이고 싶도록 미웠다.

'난 죽어도 싼 계집이다! 정말 죽어도 싸다! 이런 줄 까맣게 모르고 있었다니 세상에 나 같은 멍텅구리가 어디 또 있으랴? 저 도깨비 같은 녀석이 그저 바깥쪽 어딘가에서 일을 꾸미는 줄로만 알고, 나 먼저 도착해서 주도권을 잡았답시고 의기양양해하지 않았던가? 도대체 어느 틈에 기어들었을까? 저런 꼬락서니로 변장해 도깨비놀음을 하고 있을 줄이야 정말 꿈에도 몰랐다. 아아, 저놈이 끝끝내 우리 대사를 망쳐놓는구나!'

조민은 입술을 잘근잘근 씹어가며 분한 마음을 억누른 채 장무기를 향해 간드러진 목소리로 야유를 던졌다.

"장무기, 요 도깨비 같은 녀석! 어째 아무 소식이 없나 했더니 무당산에 올라와 도동 노릇을 하고 계셨군. 흥! 무당파 제자도 아니면서 입만 벙끗하면 태사부님, 태사부님 어쩌고저쩌고…… 명교의 교주 체통으로 부끄러운 줄도 모르시나 봐?"

그녀가 자기 정체를 폭로한 바에야 장무기도 더 이상 신분을 감출 필요가 없게 되었다. 그는 조민더러 들으라는 듯이 목청을 돋우어 우렁차게 고함쳤다.

"내 선친 취산공翠山公이 태사부 어른의 다섯째 제자분이셨으니, 내가 '태사부님'이라 부르지 않으면 또 뭐라고 호칭해야 옳겠는가? 우리 부자 관계가 이렇듯 떳떳할진대 무슨 부끄러움을 느낀단 말인가!"

그러고는 곧 돌아서서 장삼봉 앞에 무릎 꿇고 이마를 조아렸다.

"철없는 아이 장무기, 삼가 태사부 어르신과 셋째 사백님께 문안 여쭙니다. 일이 창졸간에 벌어져 미처 아뢰지 못한 죄, 용서해주십시오."

뜻밖의 사실에 장삼봉과 유대암은 너무나 놀란 나머지 잠시 할 말을 잊었다. 서역 소림의 양대 고수를 보기 좋게 격파한 이 젊은이가 그 옛날 병들어 생사지경을 헤매던 무기였다니! 도무지 믿을 수가 없었다. 한순간 두 사람은 복받치는 기쁨에 겨워 눈물이 핑그르르 돌았다. 수양이 깊은 장삼봉조차 뜨거운 눈물을 주체할 길이 없었다. 격한 감동에 찬 순간이 지나자, 장삼봉은 속이 후련해지도록 껄껄대고 웃어젖혔다. 그러고는 두 손으로 눈앞에 무릎 꿇은 장무기를 안아 일으켰다.

"착한 녀석, 네가 죽지 않고 살아 있었구나! 아아, 취산아! 보아라! 네 후대가 이렇듯 훌륭하게 자랐구나!"

장삼봉은 허공을 우러른 채 지금은 이 세상에 없는 제자 장취산을 불렀다. 그의 가장 큰 기쁨은 장무기가 일신에 지닌 탁월한 무공이 아니었다. 무기가 죽은 줄로만 알고 제자 장취산의 임종 때 다짐한 약속을 지키지 못했다는 여한이 10여 년 세월을 두고두고 괴롭혀왔는데, 이제 늠름한 청년 장부로 변하여 다시 나타났으니 이보다 더 기쁜 일이 어디 또 있겠는가?

그는 슬며시 은천정을 돌아보았다.

"은 형, 훌륭한 외손자를 두셨으니 진심으로 축하드리오."

은천정도 껄껄껄 웃으며 그 말을 받았다.

"하하하! 장 진인께서도 훌륭한 도손徒孫을 길러내셨으니 축하를 받으셔야지요!"

약이 오를 대로 오른 조민이 버럭 악을 썼다.

"흥! 무슨 놈의 훌륭하신 도손에 외손자람! 두 늙은이가 어쩌자고 일찌감치 죽지 못하고 저런 간살맞고도 교활한 도깨비 녀석을 길러냈는지 모르겠군. 아대! 네가 나서서 저놈의 검법을 시험해봐라!"

"예에, 주인님!"

얼굴에 온통 궁상이 낀 아대가 한마디로 응답하고 슬금슬금 나서더니, 장무기 앞에 의연한 자세로 버텨 섰다. 손에 들린 의천보검이 "쒜악!" 하고 칼집에서 뽑혀 나왔다. 시퍼런 서슬이 번쩍 빛나면서 싸늘한 빛으로 뭇사람을 위압했다.

"그 의천검은 아미파 소유인데, 어떻게 당신네 수중에 들어갔소?"

장무기가 묻자, 조민은 침을 내뱉듯이 욕설부터 퍼부었다.

"이 도깨비 같은 녀석! 네가 뭘 안다고 주절거리는 거야? 멸절이란 늙은 비구니 년이 우리 집에서 도둑질해간 것을 되찾았는데, 물건이 주인에게 돌아온 거야 당연한 노릇이지! 의천검이 아미파하고 무슨 상관이 있다는 거냐?"

장무기는 애당초 의천검의 내력을 모르는 터라 상대방에게 가차 없이 매도를 당하고 보니 반박할 말이 없었다. 그는 얼른 화제를 바꾸었다.

"조 낭자, 흑옥단속고를 내놓으시오. 우리 셋째 사백 어른과 여섯째 사숙님만 완쾌되신다면 지난 일은 모두 잊기로 하겠소."

"흥! 지난 일을 모두 잊기로 하겠다고? 말은 쉽지만 어디 그렇게 될까? 네놈은 지금 소림파의 공문, 공지, 무당파 송원교, 유연주 일행이 어디 있는지 알기나 하느냐?"

"난 모르오. 소저가 알고 있거든 가르쳐주시오."

장무기가 되물었다.

"홍! 내가 뭣 때문에 알려줘? 네놈을 육시처참해도 이 원한이 다 안 풀릴 텐데! 생각해봐라, 이놈아. 녹류산장 함정 속에서 나한테 어떻게 모욕을 주었지? 이 경박한 자식 같으니!"

욕설을 퍼부으면서도 조민은 저도 모르게 얼굴이 화끈 달았다. 그 날 일을 생각하면 분하기도 하지만 수줍음과 부끄러운 느낌이 드는 것을 어쩌지 못했다.

장무기 역시 "경박한 자식"이란 욕설을 듣는 순간 얼굴이 벌게졌다. 명교 일행의 극독을 풀어주기에 급급한 나머지 그녀에게 하책下策을 쓴 것은 분명한 사실이었다. 하지만 그것은 부득이해서 저지른 짓이었고, 또 결코 경박스럽게 딴마음을 품고 한 짓은 아니었다. 그렇다 해도 자고로 남녀가 유별한데 처녀의 맨발바닥에 간지럼을 태웠다면 아무리 변명해도 남의 집 처녀를 희롱했다는 죄만큼은 벗을 도리가 없었다. 조민에게 추궁을 받았다고 해서 이 자리에 그 사실을 공개할 수는 없는 노릇이라, 장무기는 그저 같은 요구만 되풀이할 수밖에 없었다.

"조 낭자, 딴소리 그만하고 한마디만 대답해주시오. 도대체 그 흑옥단속고를 주겠소, 안 주겠소?"

조민의 영악한 눈동자가 뱅그르르 돌더니, 벌겋게 상기된 장무기의 얼굴에 가서 딱 멎었다. 그러고는 입가에 야릇한 미소를 맺은 채 말했다.

"흑옥단속고를 정 원하면 못 줄 것도 없지! 하지만 내가 요구하는 세 가지 조건을 들어주어야 해. 승낙한다면 내 쌍수로 받들어서 그 약을 드리지!"

"세 가지 조건이란 게 무엇이오?"

"지금 당장은 생각이 안 나는군. 훗날 생각날 때마다 하나씩 요구할 테니까 들어주기만 하면 되지!"

"그런 법이 어디 있소? 나더러 목숨을 끊으라면 끊어야 하고 개돼지 노릇을 하라라면 개돼지가 되어야 한단 말이오?"

"호호! 난 당신더러 목숨을 끊으라는 것도 아니고, 개돼지 노릇을 하라고 요구하지도 않겠어."

"먼저 이것부터 다짐을 두시오. 당신이 요구하는 것이 의협에 어긋나는 게 아니라면 내 능력으로 할 수 있는 일은 모두 당신 요구대로 하겠소."

조민은 한껏 기분이 풀렸다. 장무기가 약과 세 가지 요구를 맞바꾸기로 승낙한 것이다. 그녀는 이대로 물러가도 좋으리라는 생각이 들었다.

바로 그때였다. 철수 명령을 내리려고 막 입을 열려는 찰나, 그녀의 눈길에 생각지도 않은 것이 비쳤다. 아소의 귀밑머리에 꽂힌 구슬 꽃 장식, 그것은 바로 조민이 장무기에게 선사한 정표가 아닌가? 그것을 머리에 꽂은 소녀는 비록 나이가 어려 보였으나 복사꽃처럼 화사한 용모에 맑은 눈동자가 또랑또랑 빛나는 품이 마치 새벽이슬을 머금은 한 떨기 부용화芙蓉花를 방불케 하는 청초한 미녀의 모습이었다.

조민은 당장 두 눈에 쌍심지가 돋고 얼굴빛이 창백하게 질렸다. 이를 뽀드득 갈아붙인 그녀는 아대에게 불호령을 내렸다.

"아대! 당장 저 장가 놈의 양쪽 팔을 끊어버려라!"

"예에, 주인님!"

아대가 다시 한번 응답하더니 손에 쥔 의천검을 떨치고 한 걸음 다가섰다.

"장 교주, 우리 주인님께서 그대의 양팔을 베라 분부하셨소."

진작부터 좀이 쑤셔 끙끙 앓던 주전이 더는 입이 근질거려 못 견디겠는지, 아대를 향해 냅다 옥설을 퍼부었다.

"제밀할 놈의 개방귀, 냄새 정말 고약하군! 아대 노형, 차라리 자네 팔뚝이나 끊어버리지!"

가뜩이나 우거지상을 짓고 있던 아대가 어인 일인지 더욱 인상을 찌푸리면서 투덜투덜 응대를 했다.

"그 말씀도 일리는 있구려."

"그럼 어서 자네 팔뚝을 끊어야지!"

"서두를 것 없지 않소?"

한쪽에서 장무기는 은근히 걱정이 되었다. '의천검은 세상에 둘도 없이 날카로운 보검이다. 어떤 병기든 맞부딪쳤다가는 당장 두 토막이 나고 만다. 이제 유일한 수단은 건곤대나이 심법을 써서 맨손으로 저 무서운 병기를 탈취하는 길밖에 없다. 그러나 예리하기 짝이 없는 보검에 손을 내밀었다가 상대방의 검초가 자칫 변덕을 부리는 날이면 내 손가락에서 어깻죽지에 이르기까지 어느 부위든 가차 없이 썽둥 잘려나갈 게 아닌가?'

좀처럼 대적할 방도를 찾지 못한 채 망설이고 있으려니, 장삼봉이 부르는 소리가 들려왔다.

"무기야, 내가 창안한 태극권은 쓸 만큼 모두 익혔겠지? 그 태극권법 말고 또 하나의 태극검법이 있다. 이 자리에서 그 검법마저 가르쳐주는 것도 괜찮겠구나. 아마 저 시주와 한판 겨루는 데 쓸 만할 것이다.”

선뜻 결투장에 나서지 못하고 주저하던 장무기는 귀가 번쩍했다.

“고맙습니다, 태사부님!”

그는 장삼봉 앞으로 가기 전에 먼저 아대를 돌아보고 양해를 구했다.

“선배님, 제 검술이 변변치 못해 아무래도 태사부님께 지도를 받아야겠습니다. 잠시만 기다려주시면 곧 돌아와 선배님과 겨루도록 하겠습니다.”

그 요구에 아대는 마음이 여간 놓이는 게 아니었다. 조금 전까지 두 사제가 이 젊은 녀석의 손에 연달아 패배하는 광경을 목격한 터라 말은 하지 않았어도 속으로 적지 않게 껄끄러웠던 것이다. 비록 자기 수중에 의천보검이 들려 있어 제법 유리한 점이 있긴 하지만, 막상 대결에 들어서고 보면 승부를 예측하기 어려워 자꾸만 움츠러드는 마음을 달래고 있던 참이었다. 그런데 상대방이 검초를 새로 배워가지고 나서겠다니, 이처럼 다행스러운 일이 어디 또 있으랴? 새로 익힌 검초는 제아무리 정교하고 오묘하다 할지라도 손에 익숙지 못한 법이다. 검술의 도리는 경쾌하게 움직이는 민첩성이 생명이다. 웬만한 검술의 대가라도 10년, 20년 오랜 세월을 연마하지 않고는 섣불리 검법에 자부심을 갖지 못하는 법인데, 이제 검초를 배워서 목숨이 왔다 갔다 하는 실전에 나서겠다니 이야말로 자살 행위가 아니고 뭐란 말인가?

아대는 속으로 좋아서 춤이라도 출 것 같은 심정이었으나, 짐짓 선심을 쓰는 척하고 상대방의 요구를 선선히 받아들였다.

“어서 가서 배우고 오게. 난 여기서 기다릴 테니까. 한 두어 시진이면 넉넉하겠는가?”

433

그러자 장삼봉이 고개를 가로저었다.

"딴 데로 갈 것도 없소이다. 나는 여기 이 자리에서 가르칠 테니까. 무기야, 즉석에서 배워가지고 따끈따끈할 때 멋지게 써먹어보려무나. 두 시진까지도 필요 없다. 반 시진 정도면 태극검법을 완전히 가르쳐줄 수 있으니까."

장무기 한 사람만 빼놓고 다른 모든 이는 이 말에 놀라다 못해 자신의 귀를 의심했다. 무당파의 태극검법이라는 것이 제아무리 신기방통하고 오묘하기로서니 적의 면전에서 공공연히 가르친다면 그 비장의 검초가 낱낱이 폭로되어 적에게 간파당하고 말 터인데, 그래서야 무슨 싸움이 되겠는가?

아대 역시 편의를 볼 생각이 없었는지 자기 쪽에서 양보안을 제시했다.

"정 여기서 가르치시겠다면 그것도 좋소. 내가 자리를 피해 뒤뜰에서 기다리면 될 테니까."

그는 현장에서 상대 측의 검초를 엿보았다는 오해를 받고 싶지 않았다. 그렇게 해서 이겨봤자 체면이 서지 않으리라 생각한 것이다. 비록 남의 집 하인 노릇을 하고는 있으나 그의 말은 과연 무림의 종사宗師다운 면모를 보이는 언동이었다.

하지만 장삼봉은 그 제안마저 받아들이지 않았다.

"그럴 필요도 없소이다. 사실 내 이 검법은 갓 만든 것이라 과연 쓸모가 있는지 없는지조차 모르는 실정이오. 귀하께선 검술의 명가이시니 마침 잘되었소. 내 태극검법을 한번 보시고 결함이나 파탄이 있거든 지적해주시오."

이때 명교 측 진영에서 양소가 퍼뜩 짚이는 게 있는지 갑자기 아대를 향해 버럭 고함쳐 물었다.

"잠깐! 귀하는 바로 팔비신검八臂神劍 방 장로方長老가 아니신가? 당당한 개방 장로의 신분을 지닌 분이 어떻게 해서 남의 종 노릇을 감수하고 계시는 거요?"

그 말에 명교의 군웅 진영이 술렁댔다. 오랜 옛날 방 장로와 교분을 나눈 주전의 놀라움은 더욱 컸다.

"자네, 죽지 않았는가? 죽어서 땅에 묻힌 사람이 어떻게 살아 돌아왔나? 세상에…… 이런 일이 다 있다니!"

아대의 입에서 무거운 탄식이 흘러나왔다. 그는 머리를 떨어뜨린 채 혼잣말로 중얼거렸다.

"늙은 거지는 골백번 죽어 이 세상에 없다네. 과거에 묻혀버린 사람을 다시 들춰 뭣 하겠는가? 여기 있는 이 사람은 이미 개방의 장로가 아닌 것을……."

현재 원로급에 있는 무림계 인사들치고 개방의 사대 장로 가운데 으뜸이던 팔비신검 방동백方東白을 모르는 이가 없었다. 그는 전광석화와도 같은 쾌검으로 강호에 명성을 떨치던 인물이었다. 일단 장검을 뽑았다 하면 상상을 초월하는 쾌속 검초로 순식간에 적을 제압했다. 마치 팔뚝이 여덟 개 달린 천상의 나타태자哪吒太子처럼 신출귀몰하게 장검을 구사했기에 팔비신검이란 별호를 얻은 것이다. 10여 년 전, 그는 불치의 중병을 앓다가 끝내 회복하지 못하고 세상을 떠난 것으로 알려졌다. 그래서 당시 강호의 무림계 인사들은 모두 그 재질과 의기를 애석하게 여겼는데, 뜻밖에도 그가 아직 이승에 살아 있을 줄이야 꿈에도 생각지 못한 것이다.

장삼봉 역시 그의 정체를 알자 고개를 주억거렸다. 새로운 검법인 태극검을 시험하기에 적절한 상대라는 듯이 매우 흡족한 기색이었다.

"이 늙은이의 태극검이 팔비신검에 몇 초 지도를 받게 되다니 실로 영광스럽소이다. 자, 무기야, 네가 쓰는 검이 있느냐?"

그러자 아소가 기다렸다는 듯이 앞으로 선뜻 나서더니 장삼봉에게 장검 한 자루를 바쳤다. 그것은 장무기가 녹류산장에서 들고 나온 가짜 목제 의천검이었다.

장삼봉이 목검을 받아 들고 껄껄 웃었다.

"목검인가? 설마하니 이 늙은이더러 남의 집 귀신 쫓는 도사 노릇이나 하라는 것은 아니렷다?"

그는 의자에서 일어났다. 오른손으로 목검을 잡고 왼손으로 검결劍訣을 맺더니 두 손을 천천히 들어 올려 둥그런 고리 형태를 이루었다. 그것이 태극검법의 기수식이었다. 이어서 그는 태극검초를 하나씩 펼쳐 보이기 시작했다. 삼환투월三環套月, 대괴성大魁星, 연자초수燕子抄水, 좌란소左攔掃, 우란소右攔掃⋯⋯ 태극검의 초식은 실꾸리 풀려나가듯 면면히 이어졌다. 그리고 제53식 지남침指南針을 끝내자 쌍수가 동시에 원을 그리면서 마지막 제54식 지검귀원持劍歸原을 이루었다.

장무기는 초식을 일일이 기억하지 않았다. 오로지 정신이 검에 앞서 면면히 이어지는 요결만을 유심히 관찰했다. 그것이 바로 '신재검선神在劍先' '면면부절綿綿不絶'의 검의劍意, 즉 칼부림의 기교에 집중된 정신력을 앞세우고 초식이 끊김 없이 줄기차게 이어져나가는 태극검의 본뜻이었던 것이다.

장삼봉이 태극검 54초 시범을 모두 끝마쳤는데도 으레 있을 법한 관중들의 박수갈채는 들리지 않았다. 삼청전 안은 물을 뿌린 것처럼 조용했다. 사람들은 모두 깊은 의혹에 빠져들었다. 이렇듯 물렁물렁하고 굼벵이같이 느려빠진 검법으로 어떻게 팔비신검의 쾌검에 맞서 싸우란 것인지 도대체 이해할 수가 없었다. 일부러 느릿느릿하게 연출해서 장무기가 일초 일식을 기억하기 쉽게 하기 위해서인가? 그렇다면 적수도 태극검의 요체를 읽었을 게 아닌가? 도대체 이 싸움이 어떻게 전개되려는 것일까?

장삼봉이 물었다.

"얘야, 똑똑히 다 보았느냐?"

"예."

"모두 기억했느냐?"

"벌써 잊기 시작했습니다."

"잘했다. 네게는 아직도 어려운 모양이구나. 곰곰이 잘 생각해보아라."

장무기는 고개를 숙인 채 깊은 생각에 잠겼다. 한참 있다가 장삼봉이 또 물었다.

"지금은 어떠냐?"

"절반가량 잊었습니다."

두 사람의 대화가 점입가경이었다.

곁에서 가만 지켜보던 주전이 안타까운 나머지 장삼봉에게 소리쳤다.

"맙소사! 갈수록 더 많이 잊어버리다니! 장 진인 어른, 그 검법이 너

24. 이유극강의 태극 원리, 세상에 처음 전해지네

무나 심오합니다. 한 번 보고서 그걸 어떻게 다 기억한단 말입니까? 우리 교주님께 한 번만 더 보여주실 수 없겠습니까?"

"좋소, 내가 다시 한번 시범을 보여주지."

장삼봉은 미소를 띤 채 다시 목검을 쳐들었다. 기수식에 이어 태극검법이 또다시 펼쳐지기 시작했다. 그의 입에서는 검초의 이름이 처음과 똑같이 하나하나씩 흘러나왔다.

"삼환투월······ 대괴성······ 연자초수······ 좌란소······ 우란소······ 지남침······ 지검귀원······."

태극검 54초식이 모두 끝났다. 관중들은 너 나 할 것 없이 도깨비에 홀린 표정이었다. 방금 장삼봉이 연출한 태극검법은 처음 한 것과는 완전히 다른 초식이었기 때문이다.

누구보다 먼저 주전이 아우성을 쳤다.

"아이고 맙소사, 이거 큰일 났구나! 갈수록 더 어려워져 사람 미치게 하네! 어떻게 된 셈이야? 처음 것과는 아예 딴판이잖아?"

장삼봉은 못 들은 척 무시하고 조용히 원검圓劍을 그려 보이더니 장무기에게 또 물었다.

"얘야, 지금은 어떠냐?"

"아직 3초가 남았습니다."

무기의 대답을 듣고 나서 장삼봉은 고개를 끄덕끄덕하더니 목검을 거두고 의자에 가 앉았다.

장무기는 깊은 사색에 잠긴 채 대청 안을 한 바퀴 돌았다. 그러고는 재차 반 바퀴쯤 더 걷다가 돌연 머리를 번쩍 쳐들었다.

"태사부님, 이제 다 잊었습니다! 한 초식도 남기지 않고 말끔히 지워버렸습니다!"

목소리가 희열에 차서 떨려 나왔다.

그제야 장삼봉은 목검을 무기에게 건네주었다.

"훌륭하다, 아주 훌륭해! 정말 빨리도 잊었구나. 됐다! 이젠 팔비신검에 한 수 가르침을 받아보아라."

태사부에게 허리 굽혀 읍례를 올린 장무기는 목검을 받아 들고 방동백을 향해 돌아섰다.

"방 선배님, 이제 다 됐습니다."

주전은 안타까움을 견디지 못하고 제 머리통을 긁으랴, 귓불을 잡아당기랴 그저 걱정이 태산 같았다.

"귀하는 목검을 쓰시려는가?"

방동백의 뜨악한 질문에, 장무기는 딱 부러지게 고개를 끄덕였다.

"예, 이것으로 한 수 가르침을 받겠습니다."

"호오, 그러시겠다? 그럼 실례하겠네!"

방동백이 기다렸다는 듯이 선뜻 몸을 틀더니 장무기를 향해 일검을 내질렀다. 칼끝이 번갯불처럼 찔러드는 가운데 "치잇, 칫!" 하는 소리와 함께 서슬 푸른 검기가 뻗어나왔다. 그의 내력은 실로 대머리 둘째 늙은이를 능가할 만큼 강했다. 더구나 수중에 잡힌 것은 쇠를 무 토막 내듯 베어버리는 의천보검이었다. 설사 보검이 아니라 녹슨 부엌칼을 잡았다 해도 그만한 내공이라면 그 위력 앞에 섣불리 감당할 고수가 없을 터였다. 명불허전이라더니, 과연 '신검'이란 별호는 헛되이 얻은 게 아니었다.

장무기는 왼손으로 검결을 맺고 비스듬히 끌어당기는 자세를 취하더니 목검을 수평으로 반원을 그리다가 의천검의 칼등에 누이듯 슬쩍 얹었다. 그러고는 경력을 쏟아붓자 의천검은 삽시간에 가라앉았다.

"멋진 검법이로다!"

방동백이 찬탄의 소리와 함께 의천검을 홀떡 뒤집어 상대방의 왼쪽 겨드랑이로 찔러들었다. 때를 같이해서 장무기의 목검이 빙그르르 원을 그리며 돌아가 곧바로 맞부딪쳐갔다.

"팍!"

쌍검이 서로 마주치는 순간, 두 사람은 반사적으로 몸을 날려 떨어졌다. 방동백의 손아귀에서 탄력을 받은 의천검이 부르르 떨리면서 "우웅, 윙!" 하고 용음을 토해냈다.

하나는 둔탁한 목검, 또 하나는 신병이기로 명성 높은 예리한 보검. 그러나 칼날이 아닌 평면으로 누여서 맞부딪쳤을 때 목검과 보검은 실상 별 차이가 없었다. 결국 장무기의 일초는 둔검鈍劍으로써 상대방의 예리한 칼날을 피해 대적한 것이었다. 바로 이것이 태극검법의 오묘한 원리였다. 장삼봉이 전수한 것은 검의劍意였지 검초劍招가 아니었다. 두 차례에 걸쳐 태극검법을 연출해 보이면서 장삼봉은 무기로 하여금 그가 눈으로 목격한 검초를 하나도 남김없이 잊음으로써 '이의어검以意馭劍', 즉 마음으로 병기를 제어할 수 있는 정수精髓를 터득하게 한 것이다. 태극검법은 한마디로 천변만화, 무궁무진한 변화의 세계를 내포한 어검술馭劍術이었다. 만약 단 일초라도 남김없이 말끔히 지워버리지 못한다면 그 검초에 얽매여 순수한 검법을 구사할 수 없게 된다. 이러한 어검술의 극치는 양소나 은천정 같은 몇몇 절정 고수만이 어렴풋이 짐작할 뿐, 나머지 사람들은 전혀 알 수가 없었다. 그러기에 저들보다 검법 수준이 끝내 한 수 뒤처진 주전은 걱정만 태산같이 쌓여 속을 태운 것이다.

삼청전 대청 안은 온통 공기를 찢어내는 굉음으로 가득 찼다. 방동백의 검초는 시간이 갈수록 점점 기세 사납게 뻗어나왔다. 깊고도 두터운 내력, 날카로운 신병이기의 보검, 게다가 극도로 정교한 검술이 삼위일체를 이루어 서슬 푸른 검광이 소용돌이치고 눈에 보이지 않는 검기가 전후좌우 상하 할 것 없이 자욱하게 깔렸다. 관전자들은 마치 벌거숭이 알몸으로 한겨울 눈바닥에 나뒹굴듯 뼈가 시릴 정도로 한기를 느껴야 했다.

장무기의 둔탁한 목검이 의천검의 서릿발같이 차가운 빛 가운데에서 잠시도 그치지 않고 빙글빙글 돌아갔다. 공격해 들어갈 때의 칼끝이 한결같은 포물선을 그리며 찔러들고, 거두어들일 때에도 곡선을 그렸다. 이제 그의 심경에는 검초의 잔재가 손톱만치도 남아 있지 않았다. 오로지 마음으로 운검運劍할 따름이었다. 목검이 움직일 때마다 칼끝에서는 가느다란 실이 한 올씩 뻗어나오는 듯했다. 그 실은 의천보검을 휘감아버리려고 끊임없이 주변을 맴돌았다. 가느다란 실오라기는 시간이 지날수록 뭉치뭉치 쌓여갔다. 한 덩어리, 또 한 덩어리……. 쉴 새 없이 쌓인 실뭉치는 마침내 의천검을 전후좌우에서 감싸기 시작했다. 200여 초를 겨루고 났을 때 방동백의 검초가 쾌속 감각을 잃고 차츰 답답하게 막혀갔다. 수중의 보검은 끊임없이 무게가 늘어나 갈수록 민첩성이 떨어졌다. 5근, 6근, 7근, 10근, 20근…… 어쩌다가 일검을 내찔렀어도 칼에 실리는 진력眞力이 모자랐다. 어느덧 의천검은 상대방의 목검에 평면으로 휘말려 끌어나가는 대로 빙글빙글 회전할 수밖에 없었다.

싸움이 길어질수록 방동백의 공포감은 늘어갔다. 300여 초를 격돌하는 동안 피아 쌍방의 장검은 이제껏 단 한 차례도 칼날끼리 맞부딪친 적이 없었다. 상대방의 병기를 부러뜨리고 싶어도 목검은 교묘하게 평면으로 들어와 공세를 와해시키고 물러나곤 했다. 이런 현상은 그가 장검을 쓴 이래 처음 겪어보는 일이었다. 상대방은 마치 거대한 그물을 활짝 펼쳐 덮어씌운 채 벼릿줄을 당겨 그물코를 오므리듯 점차 한가운데로 좁혀들고 있었다.

방동백은 잇달아 대여섯 차례나 전술을 바꾸었다. 종횡무진으로 어지럽게 변화하는 검광에 관전자들은 현기증을 일으켰다. 그러나 장무기의 목검은 처음부터 끝까지 원을 그리며 돌아갈 따름이었다. 장삼봉을 제외하곤 어느 누구도 장무기가 공격을 하는 것인지 수비를 하는 것인지 분간할 수 없었다. 태극검법은 오직 대大, 소小, 정正, 반反, 사斜, 직直의 여러 가지 형태의 원둘레로만 구성되었다. 그러기에 꼭 찔러 검초를 말하라면 그것은 단 일초에 지나지 않았다. 그러나 단순한 이 일초가 무궁무진하게 끊임없이 형태가 바뀌고 이어지니 상대방으로서는 정말 미치고 환장할 노릇이 아닌가.

돌연 방동백이 대갈일성 기합을 터뜨리더니 머리털과 두 눈썹이 한꺼번에 곤두섰다. 의천검이 번개 벼락 치듯 장무기의 중궁中宮을 향해 돌진했다. 혼신의 기력을 다 쏟아부어 건곤일척乾坤一擲 마지막 공격을 시도한 것이다.

너무나 갑작스럽고 엄청난 기세에 놀란 장무기가 무의식적으로 목검을 회전시켜 가로막으려 했으나, 방동백의 칼자루를 쥔 손목이 비끗 돌아가는가 싶더니 의천검은 어느덧 측면으로 슬쩍 바뀌어 날아들고 있었다.

"철썩!"

목검의 칼날이 단번에 여섯 치나 잘려나갔다. 의천보검은 거침없이 장무기의 앞가슴을 향해 질풍같이 파고들었다.

"앗!"

장무기가 경악성을 터뜨렸다. 반사적으로 검결을 맺고 있던 왼손 식지와 중지를 집게처럼 벌려 의천보검의 검신을 끼어 잡았다. 그와 동시에 오른손의 반 토막짜리 목검으로 방동백의 오른팔을 수직으로 후려쳤다. 비록 나무로 깎아 만든 칼이지만 구양신공을 쏟아부었으니 강철이나 다를 바 없었다. 방동백이 의천검을 잡아 빼려 했다. 하지만 두 손가락에 물린 칼날은 쇠집게로 움켜잡힌 것처럼 요지부동이었다. 칼자루를 놓고 뒤편으로 도약하기 전에는 이제 막 내리쳐오는 목검의 일격을 피할 도리가 없는 것이다.

"손을 놓으시오!"

장무기가 호통 쳤어도 방동백은 이를 악물고 칼자루를 놓지 않았다. 전광석화와도 같은 순간에 벌어진 일이었다.

"따악!"

둔탁한 소리와 함께 방동백의 오른팔이 뼈째로 목검에 잘려나갔다. 의천검의 칼자루를 움켜쥔 팔뚝이 마룻바닥에 떨어지기 직전, 그는 왼손으로 그것을 선뜻 낚아챘다. 이미 제 몸뚱이에서 떨어져 나간 손아귀에는 여전히 의천보검이 단단히 쥐여 있었다. 그 팔뚝은 자신의 몸통에서 떨어져 나가는 한이 있더라도 주인의 소중한 보검만큼은 빼앗

443

기지 않겠다는 결의를 보여주고 있는 듯했다.

일순 장무기의 머릿속에는 온갖 착잡한 상념이 소용돌이쳤다. 놀랍고도 두려운 마음과 함께 상대방을 불구자로 만들었다는 미안한 감정이 합쳐졌다. 그는 더 이상 의천검을 놓고 다투고 싶지 않았다.

"미안하오!"

방동백은 대꾸하지 않았다. 조용히 끊겨나간 팔뚝을 한 손에 들고 조민 앞으로 걸어가 송구한 기색으로 허리를 굽혔다.

"주인어른, 소인이 무능하여 패했습니다. 그 죄 달게 받겠습니다."

"됐다, 어서 그 상처부터 싸매거라!"

조민이 고갯짓 한 번 끄덕이더니 낭랑한 목소리로 부하들에게 외쳤다.

"오늘은 장 교주의 체면을 봐서 무당파를 놓아주기로 하자!"

그러고는 왼손을 번쩍 휘둘렀다.

"자, 출발이다!"

명령이 떨어지기가 무섭게 부하들이 방동백과 아이, 아삼을 안아들고 대청 바깥으로 우르르 몰려나갔다.

"잠깐! 흑옥단속고를 내놓지 않고는 이 무당산에서 내려갈 생각일랑 마시오!"

장무기가 호통을 치면서 조민에게 달려들었다. 그 손길이 조민의 어깨머리를 움켜잡으려는 순간, 돌연 두 가닥 장력이 좌우 양편에서 엄습해왔다. 그 손바닥 바람은 전혀 소리도 없이 들이닥쳤다. 소스라치게 놀란 장무기가 본능적으로 쌍장을 뒤집어 좌우로 덮쳐드는 장력에 엇갈리게 맞부딪쳐갔다. 네 손바닥이 마주치는 찰나, 그는 상대방의 장심掌

心에서 한 가닥 음랭한 한기가 스며드는 느낌을 받았다. 아주 익숙한 냉기, 그 차가운 기운의 감촉을 장무기는 아직도 잊지 않고 있었다. 어린 시절, 자신을 죽음과 삶의 지경에서 헤매도록 만들었던 현명신장玄冥神掌이었다. 체내에서 저절로 구양신공의 호체진기가 발동하는 것과 동시에 그는 좌우 양쪽 옆구리에 두 적수의 장력이 들어맞는 것을 느꼈다.

"헉!"

장무기는 숨을 들이켜면서 뒤로 벌렁 나자빠졌다. 그를 습격한 적수는 두 사람, 장무기가 쌍장으로 엇갈리게 하나씩 맞부딪는 찰나, 적들은 나머지 비어 있던 한 손으로 기척도 없이 강타를 먹인 것이다. 뒤로 나자빠지기 직전에 그는 습격한 자들을 바라보았다. 두 사람 모두 키가 후리후리하고 비쩍 마른 노인이었다.

"에잇, 비겁한 놈들!"

양소와 위일소가 노성을 지르면서 달려 나오더니 두 노인에게 덮쳐들었다.

"픽! 픽!"

두 늙은이가 다시 한 차례 일장씩 후려쳐 보냈다. 양소와 위일소는 무서운 장력에 떠밀려 털썩털썩 뒷걸음질 치고 말았다. 중심을 잡고 섰을 때 가슴속의 혈기가 홀떡 뒤집히더니 뼛속까지 쑤셔대는 한기가 전신으로 퍼져나갔다.

두 늙은이의 깡마른 꺽다리 몸집이 번뜩 돌아섰는가 싶을 때 어느새 그들은 조민을 좌우로 호위하며 삼청전 문턱을 넘어서고 있었다.

호접곡에는 돌과 흙으로 높은 단이 세워지고, 단 앞에는 커다란 화톳불이 활활 타올랐다.

이윽고 단상에 오른 교주 장무기는 신도 형제들에게 중원의 모든 문파와 화해하고 지난날 묵은 원혐을 모두 씻어버릴 것이며, 아울러 오늘 이후로는 오랑캐 원나라 조정에 대항해 싸울 것임을 정식으로 선포했다. 그리고 명교 규율을 새롭게 반포해 모든 신도가 악을 제거하고 선행을 베풀 것이며, 포악한 오랑캐 조정을 타도해 선량한 백성들의 생활을 안정시키겠다는 교주의 지시를 하달했다. 교지가 내려질 때마다 신도들은 일제히 응답하고, 저마다 준비해온 향을 피워 교주의 명에 복종해 어기지 않을 것임을 맹세했다.

이날 단 앞에는 불빛이 하늘 높이 치솟아 오르고 수천수만의 신도가 피운 향내가 온 들판에 자욱하게 퍼져나갔다. 그것은 명교가 세워진 이래 그 어느 때보다 융성함이 돋보였다.

호접곡에 높이 들린 횃불, 온 하늘 밝혀 비추니

사람들은 상처 입은 장무기가 걱정스러워 적을 뒤쫓을 엄두도 내지 못한 채 우르르 달려들어 에워쌌다. 누구보다 조바심에 애끓는 아소의 두 눈에 또다시 눈물이 글썽글썽 맺혔다.

　장무기는 희미하게 미소 지어 보이면서 오른손을 가볍게 흔들었다. 괜찮다는 의사표시였다. 체내의 구양신공이 발동하면서 현명신장으로 스며든 차가운 한기를 몰아내기 시작했다. 이윽고 정수리에서 찜통처럼 하얀 김이 모락모락 피어올랐다. 웃옷을 벗어던지자, 양쪽 옆구리에 시커먼 손바닥 자국이 깊숙이 찍혀 있었다. 구양신공을 몇 바퀴 돌리고 났을 때 손자국은 검은빛에서 차츰 자줏빛으로 바뀌더니 잠시 후에는 자줏빛에서 잿빛으로 바뀌다가 끝내 흔적 없이 사라져버렸다. 앞뒤로 고작 두 시진도 못 되어 지난날 몇 년 동안이나 몰아내지 못하고 고생한 현명신장의 독기를 순식간에 말끔히 씻어버릴 수 있게 된 것이다. 그는 자리를 털고 일어섰다.

　"이번 사태가 위험하기는 했지만, 적들도 마침내 우리에게 스스로 정체를 드러냈으니 다행이라 할 수 있군요."

　현명이로玄冥二老 두 늙은이는 양소, 위일소와 장력으로 맞섰을 때, 앞서 장무기의 구양신공에 충격을 받은 탓으로 장력에 실린 음한한 독기가 평소보다 겨우 10분의 2 정도밖에 되지 않았다. 그럼에도 양소와 위일소는 가부좌를 틀고 앉아 운기 조식한 지 반나절이 지나서야 겨우 음독을 몰아낼 수 있었다.

장무기는 태사부의 내상이 어느 정도 깊은지 몰라 걱정했으나, 장삼봉은 한마디로 그 우려를 씻어주었다.

"화공두타는 내공이 시원치 못했던 모양이야. 외공은 무척 굳세고 강해도 현명신장에 비하면 어림도 없다. 내 상처는 별것 아니니 걱정하지 말려무나."

그래도 장무기는 마음이 놓이지 않아 구양신공의 진기를 운용해 태사부가 상처를 치유하는 데 도움을 주었다.

이 무렵, 예금기의 장기사 오경초가 들어와 보고를 했다. 무당산에 쳐들어왔던 적들이 모조리 하산해 어디론가 사라졌다는 얘기였다.

유대암은 지객도사를 시켜 소식으로 잔치 자리를 마련해놓고 명교 일행을 접대했다. 조촐하게 차린 잔치 자리에서 장무기는 태사부와 셋째 사백에게 헤어진 이후 겪은 모든 사연을 낱낱이 말했다. 그가 우연히 〈구양진경〉을 얻어 수련하게 된 대목에 이르렀을 때, 장삼봉은 자신도 모르게 아득히 머나먼 과거지사를 떠올리고 탄식을 금치 못했다. 지난날 옛 사연의 한복판에는 각원대사와 곽양 소저가 들어앉아 있었다. 하지만 장무기가 대견스럽게도 광명정 일전에서 명성을 떨쳤다는 말을 듣자, 기쁨과 위안에 겨워 흐뭇한 미소가 입가에서 떠나지 않았다. 또 한편으로 이 사랑하는 아들이 입신양명하는 모습을 보지 못한 채 일찍 세상을 등진 애제자 장취산을 생각하며 눈물이 주름살을 타고 끊임없이 줄줄 흘러내렸다.

잔칫상의 화제는 역시 현명이로였다. 장삼봉은 10여 년 전의 일을

25. 호접곡에 높이 들린 횃불, 온 하늘 밝혀 비추니

떠올리고 자못 안타까운 마음을 피력했다.

"그해에도 바로 이 삼청전에서 그자와 장력을 겨뤄본 적이 있었소. 하지만 당시 몽골군 군관으로 변장하고 있었기 때문에 현명이로 두 사람 가운데 어느 쪽인지 모르겠구려. 정말 부끄러운 노릇이오만, 우리는 아직도 저들의 신분 내력이나 속내를 파악하지 못했소. 그것이 아쉽기만 하오."

양소가 조심스레 말했다.

"조씨 성을 가진 그 처녀도 그렇습니다. 도대체 무슨 내력을 지녔기에 현명이로 같은 고수들조차 달갑게 부하 노릇을 하고 있는지 모르겠습니다."

사람들이 저마다 추리한 내용을 가지고 분분히 의논해보았지만, 역시 딱 부러지게 이렇다 할 결론은 나오지 않았다.

장무기는 그동안 궁리해둔 계획을 밝혔다.

"지금 상황으로 보아 우리가 해야 할 두 가지 큰일이 있습니다. 따라서 빙화도에 가는 일은 잠정적으로 연기할 수밖에 없겠습니다. 무엇보다 급한 것은 흑옥단속고를 빼앗아 셋째 사백님과 여섯째 사숙님의 상처를 치유해드리는 일입니다. 그다음에 할 일은 대사백 어른 일행의 행방을 알아보는 것입니다. 이 두 가지 막중한 대사 모두가 조 낭자의 신변과 연관되어 있습니다."

이 말을 듣고 유대암이 씁쓰레하니 미소를 지었다.

"무기야, 내가 폐인이 된 지도 벌써 20년, 하늘에서 신선이 처방한 단약을 쓴다 하더라도 온전한 몸으로 회복하지는 못할 거다. 그보다는 대사형 일행부터 구해드리고 여섯째 아우의 상처를 고쳐주는 게 더

급한 일이다."

"일을 늦출 수가 없습니다. 양 좌사, 위 복왕, 설부득 대사 세 분은 저하고 같이 하산해 적을 뒤쫓기로 합시다. 오행기의 장기부사들은 각자 분산해 소림파, 아미파, 화산파, 곤륜파, 공동파들과 연줄을 대고 사태를 설명하는 한편, 광명정에 갔던 사람들의 소식을 탐문해주십시오. 그리고 외조부님과 외숙부님은 강남으로 떠나셔서 천응기 소속 신도들을 정돈해주셨으면 합니다. 철관도장, 주 선생, 팽 대사님과 오행기의 장기사 여러분은 잠시 이 무당산에 머무르시며 저의 태사부 장 진인 어른의 명을 받아 중간에서 호응해주시기 바랍니다."

앉은자리, 입에서 나오는 대로 분부가 떨어졌다. 은천정과 양소, 위일소를 비롯한 명교 수뇌부 사람들은 자신이 지명될 때마다 차례차례 일어나 허리 굽혀 교주의 명을 받아들였다.

그 광경을 바라보면서 장삼봉은 흐뭇한 마음을 금할 길이 없었다. 처음에는 이 어린것이 도대체 무슨 재주로 악다구니처럼 설쳐대는 명교 호걸들을 통솔할 수 있는지 의심했으나, 이제 장무기가 호령을 내릴 때마다 그 사납던 무림계 영웅호걸들이 순순히 복종해 받아들이고 있으니 얼마나 신통한지 몰랐다. '그렇다. 무기가 내게서 태극권, 태극검을 짧은 시간에 완전히 배울 수 있었던 것은 내공의 바탕이 착실히 다져진 데다 오성이 극히 뛰어나기 때문이다. 물론 그 정도 해내기도 어렵겠으나, 세상에는 천재도 적지 않은 만큼 별로 희귀한 일이라 할 수는 없으리라. 그러나 명교, 천응교 같은 대마귀 두목들을 단속해서 올바른 길로 걷도록 이끌 수 있다니, 그야말로 천재가 아니라 그 어느 누구도 해내지 못할 대단한 일이 아닌가? 하하하! 취산아, 네가 죽었

어도 훌륭한 후사를 두었구나! 진정 훌륭하게 너희 대를 이어갈 아들이 생겼어!'

생각이 여기에 미쳤을 때, 그는 어느덧 허공을 바라본 채 은빛으로 하얗게 세어버린 수염을 쓰다듬으면서 미소를 짓고 있었다.

장무기와 양소, 위일소, 설부득 네 사람은 간단히 배를 채우고 장삼봉에게 작별 인사를 드린 후, 조민의 행방을 탐문하기 위해 서둘러 무당산을 내려갔다. 은천정은 이들 일행을 산 아래까지 배웅하고 작별했다. 양불회는 부친과 헤어지기 아쉬워 또 1리 남짓을 따라왔다.

"불회야, 그만 돌아가려무나. 가서 여섯째 사숙 어른을 잘 돌봐드려야지."

"예……."

그녀는 응답하고 나서 장무기를 보더니, 갑자기 얼굴이 발갛게 상기되어 나지막한 목소리로 속삭였다.

"무기 오라버니, 잠깐 드릴 말씀이 있어요."

양소와 위일소, 설부득이 말없이 서로 미소를 주고받았다. 어릴 적 소꿉친구나 다를 바 없이 사귀어온 처지였으니, 헤어지는 마당에 또래끼리 정겨운 얘기라도 몇 마디 나누어야 직성이 풀리겠다 싶었던 것이다. 세 어른은 자리를 비켜줄 생각으로 짐짓 걸음걸이를 빨리해서 멀찌감치 먼저 떠났다.

"무기 오라버니, 이쪽으로 와요."

그녀는 장무기의 손을 끌고 산자락 큰 바위에 올라앉았다.

장무기는 의아한 마음에 불안감마저 들었다. '양불회와 나는 어려서부터 오누이처럼 두터운 정으로 맺어진 사이다. 그러나 광명정에서 오랜만에 다시 만났는데도 불회는 줄곧 나를 본 척 만 척 냉랭하게 대해 왔다. 그런데 새삼스레 이제 와서 무슨 할 얘기가 있다는 것일까?'

양불회는 말문을 열기도 전에 얼굴이 먼저 붉어진 채 고개를 숙이고 있었다. 한참이 지나도록 말없이 침묵을 지키던 끝에 겨우 들릴락 말락 목소리가 기어나왔다.

"무기 오라버니, 우리 엄마가 돌아가실 때 오라버니더러 절 돌봐주라고 당부하셨죠? 안 그래요?"

"그랬지."

"저를 회북淮北에서 만 리 길을 마다하고 서역 땅까지 데려와 아빠 손에 넘겨주는 동안 무기 오라버니는 생사를 넘나들면서 온갖 신산 고초를 다 겪었죠. 두 번 세 번 거듭해서 저 대신 목숨을 버리려 했고요……. 그 은혜를 어떻게 말로 다 할 수 없는데도, 마음속에만 깊이 새겨두고 고맙다는 말 한마디 건네지 않았네요."

"쓸데없는 소리. 그런 얘기를 지금 와서 들먹일 게 뭐 있어? 만일 내가 널 데리고 서역 땅에 가지 않았더라면 나 자신도 하늘이 내려주신 그런 기연奇緣과 마주치지 못했을 테고, 아마 지금쯤 한독이 발작해서 죽은 시체가 되었을 거야."

"아니, 아니에요! 오라버니는 천성이 인자하고 후덕한 분이라 무슨 일과 마주치든지 전화위복으로 무사히 넘길 수 있었을 거예요. 무기 오라버니, 전 어려서 엄마를 잃었어요. 아빠와 친하기는 해도 역시 그분께는 못 할 말이 있어요. 오라버니는 우리 교주님이 되셨지만, 제 마음속으로는 여전히 친오라버니로 여기고 있어요. 오라버니가 처음 광명정에 올라오던 그날, 저는 오라버니가 무사히 오신 것을 보고 정말 얼마나 기뻤는지 몰라요. 다만 오라버니에게 그 심정을 얘기하지 못했을 뿐이죠. 이런 저를 나무라지 않으시겠죠?"

"원, 별소리…… 나무라다니! 내가 왜 널 원망하겠어?"

"전 아소한테 아주 못되게 굴었어요. 아주 잔혹할 정도로 말이죠. 어쩌면 그게 오라버니 눈에 거슬렸을지도 몰라요. 하지만 엄마가 그토록 비참하게 돌아가신 후부터 악한 사람을 보면 제 심보가 모질어졌어요. 나중에 아소가 오라버니를 아주 끔찍하게 위해주는 걸 보고서 저도 그 계집아이를 미워하지 않게 되었죠. 무기 오라버니도 그 아이를 무척 좋아하고 계시죠? 아닌가요?"

장무기는 쑥스러운 웃음으로 얼버무렸다.

"아소, 고 계집아이는 사실 어딘가 모르게 좀 이상한 구석이 있더군. 하지만 나는 그 아이를 나쁜 사람으로 보지는 않아."

어느새 한낮의 붉은 해가 서녘으로 기울고 봄바람이 스치면서 마치 술기운에 쐰 것처럼 훈훈한 기분을 안겨주었다. 맞은편 반 리 바깥 푸른 산허리, 치렁치렁 늘어뜨린 버드나무 가지에 초록빛 여린 잎들이 훈풍에 춤추듯 하느작거리는 정경을 바라보다가 흘낏 고개를 돌리니 양불회의 얼굴에 한없이 부드러운 정감이 서리고, 부리부리한 두 눈망울에 이른 봄철 강물이 찰랑대듯 무엇인가 꿈꾸는 빛이 가득 서렸다. 뒤미처 다 기어들어가는 목소리가 장무기의 귓전에 울렸다.

"무기 오라버니, 말해줘요. 우리 아빠, 엄마가 잘못하셨죠? 여섯째 은 사숙한테…… 미안한 일을 하시지 않았나요……?"

느닷없이 생뚱맞은 소리에 장무기도 심드렁하게 대꾸했다.

"지나간 일인데 뭘…… 얘기할 것도 없어."

"아니에요. 물론 남들이 보기에는 아주 오래전에 잊어야 할 일이겠죠. 저도 곧 열여덟 살이 되니까요. 하지만 은 사숙은 시종 엄마를 잊지 못하고 계세요. 이번에 중상을 입고 밤낮없이 혼수상태에 빠져 계시면서도 시시때때로 절 보고 '효부! 효부!' 하고 부르는 거예요. 또 뭐라고 그러는지 아세요? '효부, 날 떠나지 말아줘! 난 팔다리가 다 부러져 폐인이 되고 말았어. 제발 부탁이야, 내 곁을 떠나지 말아줘! 날 버리고 가지 말아요!' 이렇게 애원하시는 거예요."

여기까지 말하고 났을 때 강물처럼 일렁대던 눈빛이 격하게 흔들리는 몸짓에 따라 어느새 눈물로 바뀌었다.

"그건 여섯째 사숙이 혼미 상태에서 하신 말씀이라 꼭 옳은 건 아니지."

"아니에요! 오라버니는 몰라도 난 알아요. 나중에 정신이 맑게 피어났을 때 눈빛이나 기색이 똑같은걸요. 여전히 저더러 당신 곁을 떠나지 말기를 바라는 거예요. 그저 혼수상태 때처럼 입으로 말씀만 하지 않았을 뿐이죠."

장무기의 입에서 탄식이 흘러나왔다. 이 여섯째 사숙은 비록 무공은 강해도 천성이 워낙 연약한 분이라 자신이 어릴 때 걸핏하면 별것도 아닌 일에도 속이 상해서 한바탕 울음보를 터뜨리곤 했다. 그렇듯 여린 성격에 약혼녀 기효부의 죽음이 안겨준 타격이야말로 평생 잊지 못할 만큼 엄청난 데다 이제 사지 팔다리마저 부러지고 꺾여 폐인이 되었으니 그토록 불안해하고 두려워하는 것도 당연한 일이었다.

"너무 걱정 마. 내가 전심전력을 다해서 무슨 수를 써서라도 흑옥단 속고를 빼앗아 셋째 사백과 여섯째 사숙의 상처를 고쳐드리고야 말

25. 호접곡에 높이 들린 횃불, 온 하늘 밝혀 비추니

테니까."

그러나 양불회는 귀담아듣지 않고 자기 할 말만 계속했다.

"여섯째 사숙이 그런 눈빛으로 쳐다볼 때마다 전 아빠 엄마가 그분께 못 할 짓을 하셨다는 생각이 들고, 또 그런 생각이 들수록 그분이 불쌍하다는 느낌만 더욱 깊어졌어요. 무기 오라버니, 전 벌써 제 입으로 여섯째…… 사숙에게…… 응낙했어요……. 그분의 수족이 완치되어도 좋고 평생토록 불구자로 남아 있어도 좋고, 아무튼 저는 그분을 모시고 평생을 같이하기로…… 영원히 그분 곁에서 떠나지 않겠노라고 약속했어요."

말이 여기까지 나왔을 때 그녀는 끝내 쏟아져 내리는 눈물을 억제하지 못했다. 하지만 가슴속에 담아둔 사연을 속 시원히 다 털어놓았다는 해방감 때문인지 얼굴에는 흥분에 들뜬 기색과 부끄러움, 희열의 감정이 한꺼번에 뒤섞여 나왔다.

장무기는 깜짝 놀랐다. 은리정과 평생을 함께 살아가겠다니, 정말 상상도 못 할 뜻밖의 일이었다. 너무나 놀란 나머지 무슨 말을 해야 좋을지 좀처럼 생각나지 않았다. 한참이 지나서야 겨우 입이 열렸으나 그저 떠듬떠듬 한두 마디가 나왔을 뿐이다.

"불회…… 네가 그런 생각을 하다니…… 네가…….'

"그래요, 전 굳게 다짐했어요. 내 한평생 그분을 따르겠노라고……. 그분이 평생토록 폐인이 되어 꼼짝 못 한다면 저 역시 그분 병상 곁에서 일생을 같이하겠노라고. 그분의 팔다리가 되어 음식 시중을 들어드리고 그분에게 우스갯소리로 기분 전환도 해드리고……."

"하지만 너는…….'

양불회가 얼른 그 말을 가로챘다.

"저도 갑작스레 마음이 동해서 다짐한 것은 아니에요. 아무리 고집이 세다곤 하지만 충동적으로 종신대사終身大事를 결정할 만큼 철부지는 아니니까요. 저는 여기까지 오는 길 내내 아주 오래오래 생각했어요. 그분이 저를 떠나지도 않으려니와 저 역시 그분을 떠나지 않을 거라고. 만일 중상을 고치지 못하고 죽어버린다면 저 역시 이 세상에 살아남지 않겠노라고……. 그분과 함께 있을 때 저를 멍하니 하염없이 쳐다보는 것을 보면 정말 그렇게 기쁘고 흐뭇할 수가 없어요……."

꿈꾸듯 석양을 바라보며 중얼거리던 그녀가 다시 장무기를 응시했다.

"무기 오라버니, 저는 어릴 때 무슨 일이든지 오라버니에게 다 말했어요. 제가 구운 떡이 먹고 싶으면 오라버니한테 말하고, 길거리에서 인형 사탕이 너무 재미있게 생긴 걸 보면 또 사달라고 칭얼댔죠. 그럴 때마다 우리는 돈이 없어 사지 못했잖아요. 하지만 오라버니는 한밤중에 훔쳐서라도 갖다주었죠. 기억나세요?"

"물론 기억나지."

작은 목소리로 대꾸하면서 장무기는 아주 오래전 한창 철부지이던 소녀 양불회와 손을 맞잡고 아득히 머나먼 서행길을 타박타박 걸어가던 때를 떠올렸다. 서로 목숨처럼 의지하고 얼마나 먼 길인지도 모른 채 하염없이 걷던 정경을 생각하니 저도 모르게 가슴이 쓰라렸다.

양불회가 다정하게 손등을 어루만졌다.

"오라버니는 제게 그 인형 사탕을 훔쳐다 주었지만, 저는 먹기가 너무 아까워 그저 손에 들고 뙤약볕이 내리쬐는 길을 마냥 걸었죠. 인형

25. 호접곡에 높이 들린 횃불, 온 하늘 밝혀 비추니

사탕이 햇볕에 다 녹아버렸을 때 저는 뭐가 그리 서러웠는지 울음을 그치지 않았어요. 오라버니가 또 한 개 가져다준다고 했는데도 그런 인형 사탕을 다시는 찾아내지 못했죠. 나중에 가서 그보다 더 크고 멋진 인형 사탕을 사주었지만, 저는 싫다고 떼를 썼어요. 얼마나 심통이 났는지 한바탕 크게 울었죠. 그때 오라버니는 몹시 화가 나서 저더러 말을 안 듣는다고 야단쳤죠. 안 그래요?"

장무기는 빙그레 웃어 보였다.

"내가 야단쳤다고? 기억이 안 나는걸. 하지만 야단을 쳤다 해도 속으로는 너한테 무척 잘해주고 싶었을 거야."

"저도 알아요. 제 성미가 워낙 고집불통이었으니까요. 무기 오라버니, 여섯째 사숙은 제게 이 세상에서 가장 좋아하는 인형 사탕이에요. 달리 좋아할 것은 아무것도 없어요. 제 마음, 아시겠어요?"

"으음……."

장무기가 깊은 신음 소리를 냈다.

"오라버니, 전 이따금 혼자 생각해본 적도 있어요. 오라버니가 절 그렇게 알뜰히 대해주고 또 몇 번씩이나 목숨을 구해주었으니까, 저는…… 저는 당신에게 한평생을 맡기고 살아가야 옳다고 말이에요. 하지만 역시 오라버니는 제 친오빠처럼 대할 수밖에 없어요. 제 마음속으로 가장 친근하고 가장 존경하는 오라버니로……. 그런데 그분에 대해서만큼은…… 저는 뭐라고 말로 표현하기 어려운 연민의 정, 아니 그보다 좋아하는 감정을 품고 있어요. 그분은 저보다 연세가 갑절이나 넘게 많아요. 또 저한테는 항렬이 아주 높은 선배이기도 하죠. 다른 사람이 들으면 웃을 일이에요. 더구나 아빠하고 그분은 앙숙이고…….

저는 이런 말을 해선 안 되는 줄 빤히 알면서도 오라버니한테만큼은 다 털어놓지 않을 수 없었어요."

고백을 다 하고 났을 때, 양불회는 두 번 다시 장무기에게 눈길을 줄 엄두가 나지 않았다. 그녀는 조용히 일어서더니 얼굴을 가린 채 쏜살같이 달려가버렸다.

산모퉁이를 감돌아 사라져가는 그녀의 뒷모습을 아쉬운 마음으로 바라보면서, 장무기는 무엇인가 잃어버린 것처럼 허탈한 느낌이 들었다. 망연자실한 기색으로 한참 동안 멍하니 서 있던 그는 겨우 정신을 가다듬고 위일소 일행을 뒤쫓았다. 설부득과 위일소는 그의 눈언저리에 아직도 어렴풋이나마 눈물 자국이 남아 있는 것을 발견하고 양소를 향해 의미심장한 미소를 던졌다. 말은 없었으나 뜻은 분명했다. '축하하오, 양 좌사. 머지않아 교주님의 장인어른이 되시겠구려.'

그들은 무당산을 내려왔다. 산 밑에 다다르자 양소가 제의했다.

"조 낭자는 홀로 움직이는 게 아니라 앞뒤로 철통같이 호위를 받으면서 떠난 만큼 종적을 찾기가 그리 어렵지 않을 것입니다. 우리 넷이서 동서남북 사방으로 갈라져 찾아보고, 내일 정오 무렵 곡성穀城에서 합류하기로 하지요. 교주님 의향은 어떻습니까?"

장무기는 한마디로 찬성했다.

"썩 좋은 말씀입니다. 그렇게 하지요. 나는 서쪽 방면을 뒤져보겠습니다."

곡성은 무당산 동쪽에 있었다. 그가 서쪽 길을 수색하겠다고 자청한 것은 다른 이들보다 좀 더 먼 길을 돌아볼 생각에서였다.

헤어지기 직전, 그는 일행에게 다시 한번 당부했다.

"현명이로 두 늙은이의 무공 실력은 아주 무섭습니다. 세 분 중 어느 분이라도 길에서 마주치거든 될 수 있는 대로 피하시고, 단독으로 저들과 맞서 싸우지 않도록 조심하십시오."

"예에, 명심하겠습니다!"

세 사람은 흔쾌히 응답했다. 그러고는 장 교주에게 허리 굽혀 작별 인사를 올린 다음 동쪽과 남쪽, 북쪽 세 방면으로 길을 나누어 떠나 갔다.

서쪽은 어디나 온통 산길뿐이었다. 장무기는 경공신법을 펼쳐 치달린 끝에 불과 한 시진 만에 벌써 십언진十偃鎭에 당도했다.

마을에 들어서자 음식점에서 국수 한 사발을 시켜놓고 점원에게 넌지시 물어보았다.

"혹시 누른 비단 교자 한 채 지나가는 걸 보지 못했소?"

그러자 뜻밖에 점원의 대답이 이내 나왔다.

"봤고말고요! 교자뿐 아니라 중병 환자 셋을 두툼한 이부자리 깔린 들것에 누여 잠재운 채 서쪽 황룡진黃龍鎭을 바라고 가더군요. 떠난 지 두 시진도 안 되었을 겁니다."

생각지 못한 희소식에 장무기는 뛸 듯이 기뻤다. 하지만 속셈은 달랐다. 조민 일당이 부상자를 운반하느라 걸음걸이가 빠르지 못할 테니 그리 멀리 가지는 못했을 터, 뒤쫓는 자신의 행적이 발각되지 않으려면 날이 어두워진 뒤에 쫓아가도 늦지 않을 듯싶었다. 그는 조용한 곳을 찾아들어 한잠 푹 자고 초경初更(저녁 7시) 무렵 해가 어둑어둑해질 때까지 기다렸다가 비로소 황룡진 쪽으로 달려갔다. 마을에 당도했을 때는 아직 이경二更(저녁 9시)도 안 되었다. 그는 담장 모퉁이에 일단 몸을 숨기고 나서 사방을 둘러보았다. 벌써 인적이 끊겼는지 길거리는 쥐 죽은 듯 조용해 음산한 기운마저 감돌았다. 그런데 어느 객점 한 채만 유별나게 등롱 불빛이 휘황찬란하게 밝혀져 있었다. 마을에서 규모가 제일 큰 객점인 듯싶었다. 장무기는 몸을 솟구쳐 지붕 위로 올라가 다시 몇 차례 몸을 옮겨 뛰어 객점 곁 나지막한 민가 지붕에 내려섰다. 두 눈에 신경을 모으고 내다보니 마을 밖 강변 공터에 털가죽으로 엮은 장막이 한 채 세워져 있었다. 장막 안팎으로 사람의 그림자들이 어른거리는 것으로 보건대 호위 경계가 무척 삼엄한 듯했다.

'혹시 저 천막 안에 조 낭자가 거처하고 있는 것은 아닐까? 생김새나 말씨가 한족 사람들과 다를 바 없지만, 일하는 짓거리나 행동거지는 무척 교만 방자하고 호사스러운 품이 어딘가 모르게 몽골 족속의 기풍을 띠고 있다. 그렇다면 혹시 몽골 귀족 처녀가 아닐까?'

하지만 아닐 수도 있었다. 이 무렵 원나라가 중원 천하를 차지해 다스려온 지 이미 오랜 터라 한족 출신의 지방 유력자들과 거상, 부호들 가운데서도 경쟁적으로 몽골 풍습을 숭상하는 것을 영예로 여겨 몽골식 천막을 지어 거처하는 사례가 많았기 때문에 별로 이상할 것도 없었다.

장무기가 어떻게 하면 장막에 접근할 수 있을까 하고 방법을 궁리하고 있을 때였다. 갑자기 객점 창문 안쪽에서 환자의 신음 소리가 두세 차례 들려나왔다. 퍼뜩 떠오른 영감에 그는 장막 쪽으로 갈 생각을 버리고 민가 지붕 위에서 가볍게 뛰어내렸다. 그런 뒤 살그머니 창문 아래까지 다가가 객실 안을 들여다보았다.

25. 호접곡에 높이 들린 횃불, 온 하늘 밝혀 비추니

아니나 다를까, 객실 안 침대에는 세 사람이 누워 있었다. 두 사람의 얼굴은 보이지 않았으나, 창문 쪽으로 돌아누운 자의 얼굴 모습은 아삼이 아닌가? 나지막이 끙끙 앓는 신음 소리를 들어보건대 상처의 고통이 아주 심한 것 같았다. 양팔과 두 다리는 모조리 흰 천으로 감겨 있었다.

붕대에 감긴 환자들을 보는 순간, 장무기의 머릿속에 무언가가 번개같이 스쳐 지나갔다. '옳거니! 저 아삼이란 늙은이는 내 손에 팔다리 뼈가 으스러졌을 터, 분명히 금강문의 영약인 흑옥단속고로 치료하고 있을 것이 틀림없다. 지금 그 영약을 빼앗지 않고서 어느 때를 기다리겠는가?'

그는 부챗살 모양의 창문을 활짝 열어붙이기가 무섭게 몸을 날려 객실 안으로 뛰어들었다. 방 한복판에 우두커니 서 있던 사내가 외마디 경악성을 터뜨리더니 댓바람에 주먹부터 휘둘러 쳐왔다. 장무기는 일단 정면으로 날아드는 주먹을 왼 손아귀로 덥석 움켜잡고 오른 손가락으로 그의 연마혈軟麻穴을 찍었다. 흘끗 고개를 돌려보니 나머지 침대 두 개에 누운 사람은 바로 대머리 늙은이 아이와 팔비신검 방동백이었다. 혈도를 찍혀 쓰러진 사람은 청색 장포를 걸치고 한 손에 여전히 금침 두 대를 쥐고 있는 것으로 보건대 이들 세 환자의 고통을 줄여주려고 침을 놓던 의원이 분명했다. 그것을 증명이라도 하듯 탁자 위에는 검은빛 약병 하나, 그 곁에 또 쑥뜸 몇 덩어리가 놓여 있었다.

장무기는 더 생각해볼 것도 없이 검은빛 약병부터 집어 들었다. 마개를 뽑고 맡아보니 시큼한 냄새가 코를 쿡 찔렀다.

이때 아삼이 고래고래 악을 쓰기 시작했다.

"누구 없느냐! 여봐라, 도둑이 들었다! 약을 훔쳐가려고……."

장무기의 손가락이 돌개바람처럼 날아가더니 세 환자의 아혈<sub>啞穴</sub>을 모조리 찍어 벙어리로 만들었다. 아삼의 팔뚝에 감긴 붕대를 뜯어 발겨놓고 살펴보았더니 과연 팔뚝 전체가 온통 시꺼멓다. 검은빛 고약을 얇게 한 겹 발라놓은 것이다. 장무기도 이번만큼은 신중했다. 조민이 워낙 귀신같은 계략을 여러모로 쓰는 불여우라 또 검은빛 약병에 가짜 약을 담아놓고 자기를 유인해 골탕 먹이려는 것은 아닐까 겁이 난 것이다. 그는 재빨리 아삼과 아이 두 늙은이의 팔다리에서 붕대를 뜯어버리고 상처에 바른 고약을 모조리 긁어내 붕대에 싸 넣었다. 병에 든 것이 가짜 약일지라도 심복의 상처에서 긁어낸 것만큼은 절대로 가짜일 리 없으리라고 판단한 것이다.

이때 아삼의 고함 소리를 들었는지 밖에서 지키고 있던 자들이 객실 문짝을 박차고 뛰어들었다. 장무기는 저들을 거들떠보지도 않은 채 발길질을 날려 하나씩 걷어차 도로 내보냈다. 쥐 죽은 듯이 조용하던 객점이 삽시간에 아수라장이 되고 왁자지껄 떠드는 사람들의 아우성으로 건물 전체가 물 끓듯이 술렁대기 시작했다. 잇달아 여섯 명을 걷어찬 장무기는 어느새 아삼과 대머리의 상처에서도 고약을 절반 남짓이나 긁어냈다. 이제 더 지체했다가는 현명이로까지 놀라서 달려올 터였다. 저 무서운 두 늙은이가 들이닥치는 날이면 상황은 어렵게 돌아갈 것이다. 그는 미련 없이 검은빛 약병과 긁어낸 고약을 품속에 꾹 질러 넣고 우선 방바닥에 쓰러진 의원을 번쩍 들어 창문 바깥으로 냅다 던져 보냈다.

아니나 다를까, 창문 바깥에서 "쫘당!" 하는 소리와 더불어 날벼락

25. 호접곡에 높이 들린 횃불, 온 하늘 밝혀 비추니

을 맞은 의원이 끙 소리도 지르지 못한 채 땅바닥에 나뒹굴었다. 누군 가의 손에 호되게 일장을 얻어맞은 게 분명했다. 보나마나 창밖에 매 복해 있던 고수들이 습격한 것이다.

장무기는 그 틈을 타서 잽싸게 몸을 날려 뛰어나갔다. 어둠 속에서 흰 서슬이 번뜩하더니 날카로운 병기 두 자루가 질풍같이 찔러들었 다. 그는 왼손으로 잡아끌고, 오른손으로 끌어다 붙이는 등 그야말로 닭 잡는 데 소 잡는 칼 쓴다는 격으로 무명 졸개를 처치하느라 상승의 비전절기 건곤대나이 심법까지 구사했다. 왼편에서 찔러들던 장검이 오른쪽 동료를 찌르고 오른편에서 찔러들던 장검이 반대편 동료를 찌 르면서 놀라움에 찬 비명 소리가 일대 혼란을 일으켰을 때, 장무기는 벌써 그곳을 빠져나와 멀찌감치 사라졌다.

돌아오는 길 내내 그는 잠시도 그치지 않고 싱글벙글 좋아서 어쩔 바를 몰랐다. 비록 조민 일당의 정체를 밝혀내지는 못했어도 흑옥단 속고를 손에 넣었으니 이보다 더 큰 성과가 어디 있으랴. 장무기는 곡 성에서 양소 일행과 만날 때까지 기다리지 않고 곧바로 방향을 돌려 단걸음에 무당산까지 달려갔다. 그러고는 산에 오르자마자 홍수기 제 자를 곡성에 달려 보내 양소 일행더러 무당산으로 돌아오라고 통지 했다.

흑옥단속고를 빼앗아 왔다는 희소식에 장삼봉을 비롯한 무당 제자 들의 기쁨은 이루 말할 수 없이 컸다.

장무기는 아삼의 상처에서 긁어온 고약을 세심히 살펴본 다음, 약 병에서 찍어낸 고약과 비교해보았다. 그러고는 두 약의 성분이 확실히 다르지 않다는 심증을 얻었다. 검은빛 약병은 아주 커다란 흑옥黑玉을

464

깎아 만든 것으로, 옻칠만큼이나 깊은 흑색에 손끝에 닿으면 따뜻하게 온기가 느껴지는 고색창연한 진품이었다. 고약은 둘째치고 이 병 하나만 해도 세상에서 보기 드문 진귀한 보물인 것이다. 이제 장무기는 더 의심하지 않았다. 그는 사람들을 시켜 은리정을 떠메다 유대암의 병실로 옮겨 두 환자의 침상을 나란히 놓게 했다.

양불회가 뒤따라 들어왔다. 그녀는 장무기와 눈을 마주치지 못했으나 얼굴에는 환한 광채가 빛나고 있었다. 은리정의 상처를 고쳐줄 약을 구해온 데 대한 고마움이 여실히 얼굴에 드러났다. 어떻게 보면 장무기가 온갖 고초를 다 겪어가며 자신을 머나먼 서역 땅까지 데려다준 일, 하태충의 집에서 자신을 대신해 독주를 마시던 그 숱한 은정恩情도 지금 폐인이 된 은리정을 완치시켜주는 것보다는 덜 고마운 일로 여기는 듯싶었다.

두 침상이 가지런히 놓이자, 장무기는 우선 유대암에게 말했다.

"셋째 사백님, 옛 상처 자국이 모두 아물어서 이제 치료하려면 제가 사백님의 수족 뼈를 부러뜨렸다가 다시 이어 붙여야만 합니다. 한동안 고통스러우시더라도 참아주십시오."

사실 유대암은 20년 전에 폐인이 되어버린 자기 몸뚱이가 치유된다는 말을 믿지 않았다. 하지만 조카가 이렇듯 정성을 다하고 있으니 거절할 수도 없었다. 최악의 경우 치료 효과가 없다고 해도 밑져봐야 본전 아닌가? 지난 20년 동안 그는 아무것에도 관심을 두지 않는 성격으로 변했다. '이제 무기란 녀석이 이렇듯 전심전력을 다하는 것도 자기 부모의 허물을 보속하기 위해서다. 그러지 않고서는 평생토록 죄책감에 시달릴 것이다. 한때의 고통쯤이야 대수로울 게 뭐 있으랴?'

25. 호접곡에 높이 들린 횃불, 온 하늘 밝혀 비추니

그는 여러 말 하지 않고 조카를 향해 보일 듯 말 듯 옅은 미소를 지어 보였다.

"마음 놓고 어디 해보려무나."

장무기는 우선 양불회를 방에서 내보냈다. 그리고 유대암의 옷가지를 모두 벗겨낸 다음, 부러진 뼈마디를 모조리 더듬어 골절 부위를 분명히 확인했다. 그다음에는 혼수혈昏睡穴을 찍어 정신을 잃게 해놓고 열 손가락에 힘을 주기 시작했다. 손끝에서 "으지직, 으지직!" 뼈마디 부러지는 소리가 끊일 새 없이 나오면서 이미 아물어버린 지 오래된 뼈마디가 다시 한 차례 낱낱이 꺾여나갔다. 유대암은 비록 혈도를 찍혀 혼수상태에 빠졌으나 뼈마디가 부러지는 충격에 다시 깨어나 걷잡을 수 없는 고통에 시달려야 했다. 장무기는 열 손가락을 바람같이 움직여 큰 뼈 작은 뼈를 꺾어놓은 다음, 그 즉시 절단 부위를 정확하게 맞춰놓고 흑옥단속고를 발랐다. 그런 뒤 널판으로 골절 부위 위아래에 부목을 대고 붕대로 감았다. 접골 작업이 다 끝나자 그는 다시 금침을 꽂아 환자의 고통을 덜어주었다.

은리정을 치료하기는 그보다 훨씬 수월했다. 골절 부위를 서역에서 이미 바로 맞춰놓았기 때문에 지금은 흑옥단속고를 발라주기만 하면 되었다. 은리정마저 치료가 끝나자, 그는 오행기 장기사들을 시켜 번갈아 파수를 돌게 해 만일에 있을지도 모르는 적의 교란 술책에 대비했다.

그날 오후, 장무기는 점심을 마치고 나서 운방雲房에 누워 눈을 붙였다. 하룻밤 내내 분주다사하게 뛰어다니느라 지친 몸을 쉴 참이었다. 그런데 꿈결에 갑작스레 방문 쪽으로 살금살금 다가오는 발걸음 소리를 듣고 잠이 깨고 말았다.

이어서 문밖을 지키고 있던 아소가 귓속말로 묻는 소리가 들렸다.

"무슨 일이에요? 교주님은 잠드셨는데."

"은 육협 님이 고통을 못 이기고 벌써 세 차례나 기절하셨습니다. 교주님께서 아셔야 하겠기에……."

속삭여 대답하는 목소리의 주인공은 후토기 장기사 안원이었다.

그 말이 채 끝나기도 전에 장무기는 몸을 뒤채어 뛰어나갔다. 빠른 걸음걸이로 휭하니 유대암의 병실에 달려가보았더니 은리정은 두 눈을 허옇게 까뒤집은 채 혼수상태에 빠져 있었다. 양불회는 다급한 나머지 어쩔 바를 모르고 얼굴이 온통 눈물로 범벅이 되어 있었다. 바로 곁 침상에서는 유대암이 어금니를 뿌드득 소리가 나도록 갈아붙이고 있었다. 엄청난 고통을 참으려 무진 애를 쓰고 있음이 분명했다. 성격이 워낙 굳세고 강직한 사람이라 신음 소리는 반 마디도 내려 하지 않았다.

천만뜻밖에 이런 광경을 본 장무기는 놀라움과 의아스러움에 정신이 아찔해졌다. 도대체 이게 무슨 증상이란 말인가? 황급히 추나술로 은리정의 승읍혈承泣穴, 태양혈太陽穴, 전중혈膻中穴을 몇 차례 문질러주어 우선 혼수상태에서 깨어나게 하면서 유대암에게 물었다.

"셋째 사백님, 뼈 부러진 데가 지독하게 아프십니까?"

유대암이 이를 악문 채 대답했다.

"뼈 부러진 데 아픈 것은 둘째로 치고, 오장육부가 구석구석 쑤시고 저려서 견딜 수가 없네. 마치 수천수만 마리 독벌레가 마구 쏘아대고 기어다니는 것 같아……."

467

장무기의 놀라움은 이루 말할 수 없을 정도로 컸다. 유대암의 말대로라면 그것은 분명 극심한 독에 중독된 증상이었다. 그는 황망히 은리정에게 물었다.

"여섯째 사숙님, 느낌이 어떠십니까?"

그러나 은리정은 아직도 정신을 차리지 못하고 흐리멍덩한 의식 속에서 헛소리를 지껄이기 시작했다.

"빨간색, 자줏빛, 푸른색, 초록색, 노란색, 하얀색, 남색…… 아주 빛깔이 곱고 선명하네……. 저 많은 빛깔로 칠한 구슬들이 하늘에 훨훨 날아다니고 있어……. 오락가락 춤추듯이 굴러다니는 게 정말 보기 좋구나……. 아, 저것 봐라! 저것 좀 보라고!"

"아뿔사!"

장무기의 입에서 외마디 실성이 터져 나왔다. 아찔한 생각에 하마터면 그마저 까무러쳐 쓰러질 뻔했다. 머릿속에 번개같이 떠오른 것은 왕난고가 써서 남긴 〈독경〉 가운데 한 대목이었다.

칠충칠화고七蟲七花膏는 일곱 가지 독벌레와 일곱 가지 독화毒花를 짓이겨서 달여 만든다. 중독된 사람은 제일 먼저 내장이 일곱 종류의 독벌레에게 물린 것처럼 저리고 쑤셔대다가 나중에는 일곱 가지 꽃잎이 흩뿌려져 나부끼듯 눈앞에 아주 곱고 아름다운 얼룩무늬 빛깔이 환영幻影처럼 떠돌아다닌다. 칠충칠화고를 만드는 데 쓰는 일곱 종류 벌레와 일곱 가지 꽃은 제조하는 사람에 따라 다르고 남북 지방에 따라서도 차이가 난다. 가장 영험한 효과를 갖춘 것은 도합 마흔아홉 가지 배합 방법으로 섞어 만든 것인데, 이 또한 예순세 가지 방법으로 변화시킬 수가 있으며, 독을 쓴 자만이 해독시킬 수 있다.

장무기의 이마에서 땀방울이 맺히는 대로 뚝뚝 흘러내렸다. 끝내 조민의 악랄한 수법에 또다시 당하고 만 것이다. 그녀가 검은빛 옥병에 담아놓은 것은 칠충칠화고, 아삼과 아이 두 사람의 상처에 발라놓은 것도 결국은 이 지독스럽기 짝이 없는 약물이었다. 심복으로 아끼는 두 고수의 목숨까지 버릴 셈 치고 중독시키면서까지 자기를 올가미에 끌어넣으려 하다니, 세상에 이런 지독한 사람이 다 있는가!

장무기는 뭐라고 형언하기 어려운 미움과 후회스러운 마음이 들었다. 그러나 다음 행동은 바람처럼 빨랐다. 우선 두 환자의 팔다리에서 붕대와 부목을 뜯어낸 독한 소주로 사지에 바른 극독의 고약을 말끔히 씻어내기 시작했다.

양불회는 그의 얼굴빛이 평소 그답지 않게 신중한 것을 보고 더 이상 남녀지간의 거리낌도 없이 달려들어 은리정의 팔다리를 독한 술로 씻어내는 장무기를 거들어주었다. 그러나 검은빛 독약은 이미 살갗 깊숙이 침투한 뒤라 아무리 씻어내도 마치 염색공이나 옻칠 먹이는 칠장이의 손에 묻은 물감처럼 시커멓게 물들어 하루아침에 지워질 것이 아니었다.

장무기는 중독된 환자들에게 함부로 약을 쓸 수가 없어 그저 진통 안정 효과가 있는 알약만 복용시키고 하릴없이 병실 바깥으로 나왔다. 놀라움과 두려움, 부끄러움과 후회스러움에 정신력과 체력이 한꺼번에 무너져 저도 모르게 두 무릎의 맥이 풀리더니 더는 서 있지도 못하고 땅바닥에 털썩 주저앉고 말았다. 그는 땅바닥에 엎드린 채 대성

통곡하기 시작했다. 아소가 위안해주느라 몸을 굽히고 손수건을 꺼내 하염없이 흘러나오는 눈물을 닦아주었다.

하늘같이 믿었던 그마저 좌절감에 자포자기로 몸부림쳐 우는 모습을 보자, 양불회의 놀라움과 낙망은 이만저만 큰 것이 아니었다. 그렇다고 자기로서도 어떻게 할 길이 없어 그저 외쳐 부르기나 할 따름이었다.

"무기 오라버니……! 무기 오라버니……!"

장무기의 오열은 그칠 줄 몰랐다.

"내가 셋째 사백, 여섯째 사숙을 돌아가시게 만들었어! 아니, 내 손으로 죽인 거나 다를 바 없어!"

울음 속에서도 생각은 오직 하나뿐이었다. '칠충칠화고, 이 극독을 배합해서 조제하는 방법에만 100여 종류가 있다. 그 교활한 계집이 어떤 일곱 가지 독충과 독화를 썼는지 누가 알겠는가? 이 극독을 풀려면 반드시 '이독공독以毒攻毒'으로 그 성분에 상극되는 독물을 써야만 한다. 독벌레와 독화, 이 열네 종류의 독물 가운데 어느 것 한 종류라도 잘못 짚거나 용량에 털끝만 한 착오가 생겼다가는 그 즉시 셋째 사백과 여섯째 사숙의 목숨은 결딴나고 말 것이다.'

돌연 머릿속에 한 장면이 떠올랐다. 아버지 장취산이 칼로 목을 그어 자결하던 광경이었다. 그제야 그는 아버지가 스스로 목숨을 끊었을 때의 심정을 이해할 수 있었다. 큰 잘못은 이미 저질러진 마당에 스스로 목숨 끊어 사죄하는 길밖에 딴 도리가 없었던 것이다. 천천히 몸을 일으키려는데, 곁에서 양불회가 불쑥 한마디 물어왔다.

"정말 구해드릴 약이 없는 거예요? 억지로라도 한번 시험해보면 안 되나요?"

장무기는 말없이 고개를 내저었다.

"오, 그렇군요!"

양불회도 단 한마디로 반응했다. 천연덕스러운 기색, 별로 놀라거나 당황하는 기색이 아니다. 그 표정을 보는 순간, 장무기는 가슴이 철렁했다. 단 한마디 반응이었으나 거기에는 분명 이런 각오가 담겨 있었다.

'그분이 죽는다면 나 역시 살아남지 않으리라.'

장무기의 심사는 또다시 번뇌에 휩싸였다. '그렇다면 결국 사백 사숙 두 분만이 아니라 모두 셋을 죽게 하는구나.'

망연자실하게 서 있으려니, 오경초가 문밖에 걸어와 말했다.

"교주님, 조 낭자가 지금 도관 밖에 찾아와 교주님을 뵙겠다고 청합니다."

이 말을 듣자, 장무기는 비통과 분노로 자신을 억제하지 못하고 버럭 고함을 질렀다.

"오냐, 나도 바로 그 계집을 찾으려던 참이었어!"

그는 양불회에게 장검을 한 자루 빌려 손에 쥐고 큰 대자로 성큼성큼 걸어 나가기 시작했다.

아소가 뒤따라붙더니 귀밑머리에서 진주 꽃 장식을 떼어 장무기에게 넘겨주었다.

"교주님, 이거…… 가져다 조 낭자에게 돌려주세요."

장무기는 물끄러미 바라보았다. '너도 내 뜻을 이해하는구나. 내가 조씨 성을 가진 계집과 바다보다 더 깊은 원한을 맺은 바에야 우리 신

471

25. 호접곡에 높이 들린 횃불, 온 하늘 밝혀 비추니

변에 그 계집의 물건이라면 아무것도 남겨둘 수 없지!'

"착하구나, 내 동생!"

칭찬 한마디 던져놓은 그는 한 손에 장검을, 또 한 손에 진주 꽃 장식을 쥐고서 도관 문턱을 넘어섰다.

조민은 혼자서 웃음 띤 얼굴로 거기에 서 있었다. 핏빛처럼 붉은 석양이 두 뺨에 비스듬히 반사되어 세상에서 다시 보지 못할 요염하고도 고운 모습을 드러내고 있었다. 그녀의 등 뒤, 100여 척쯤 떨어진 곳에 현명이로가 서 있었다. 그들은 준마 세 필의 고삐를 거머쥔 채 딴 데를 보고 있었다.

장무기의 몸놀림이 번갯불처럼 번뜩였는가 싶더니 어느새 조민 앞에 들이닥쳐 왼손을 내뻗기가 무섭게 그녀의 팔목부터 움켜잡았다. 그러고는 오른손에 들린 장검의 칼끝으로 앞가슴을 겨누었다.

"어서 빨리 해독약을 내놓으시오!"

조민이 방그레 웃었다.

"지난번에도 협박하더니 이제 또 날 협박하고 싶은 모양이군요? 내 발로 당신을 만나러 왔는데 이렇듯 흉악하게 굴다니, 이게 손님 접대하는 도리인가요?"

"난 해독약이 필요하오! 당신이 주지 않는다면 나는…… 나는 살고 싶은 생각이 없소. 나도 그렇지만 당신도 살아서 여길 떠날 생각은 말아야 할 거요!"

조민의 얼굴이 살짝 붉어지면서 토라진 목소리로 톡 쏘아붙였다.

"피이! 괜히 잘났다고 우쭐대기는……. 당신이 죽고 싶으면 죽을 것이지, 나하고 무슨 상관이 있다고 나더러 당신과 도매금으로 같이 죽어달라는 거죠?"

이 말에 장무기가 정색을 했다.

"누가 당신하고 농담한댔소? 해독약을 내놓지 않으면 오늘이 바로 당신과 내 목숨이 끝장나는 날인 줄 아시오!"

조민은 오른 손목을 단단히 움켜잡힌 채 그의 온 몸뚱이가 와들와들 떨리는 것을 느낄 수 있었다. 격한 감정이 극에 달한 것이다. 그런데 또 다른 한 가지 느낌이 손목을 타고 찌르르하니 전해왔다. 무엇인가 딱딱한 물체를 손바닥에 쥔 채로 자기 손목을 움켜잡은 것이다.

"당신, 그 손에 뭐가 들었죠?"

그제야 장무기도 제 손에 물건을 든 채로 상대방의 손목을 움켜잡은 짓을 깨닫고 내처 대꾸했다.

"당신이 준 꽃 장식이오. 돌려주겠소!"

왼손이 번쩍 휘둘리더니 진주 꽃 장식은 어느새 그녀의 귀밑머리에 가서 꽂혔다. 그러고는 즉시 늘어뜨린 손아귀가 또 그녀의 손목을 움켰다. 놓았다가 도로 움키는 수법이 번갯불보다 더 빨랐다.

"이건 제가 당신한테 선물한 것인데, 왜 필요 없다는 거죠?"

얄밉게 이죽거리는 조민을 보니, 장무기는 그녀가 잡아먹고 싶을 정도로 미웠다.

"날 농락해서 그토록 죽을 고생을 시켜놓고 무슨 소리요? 난 당신의 선물 따위는 필요 없소!"

"제 선물이 필요 없으시다니, 그게 참말인가요, 거짓말인가요? 그럼 어째서 입을 열기가 무섭게 나더러 해독약을 내놓으라고 야단쳤죠?"

장무기는 또 말문이 막혔다. 이 처녀와 입씨름을 벌일 때마다 번번이 말꼬리를 잡히고 열세에 처하는 것이다. 하지만 유대암과 은리정이 머지않아 이 세상 사람이 아닐 것이라는 생각에, 가슴이 쓰라려 저도 모르게 눈시울이 뜨거워지면서 거의 눈물까지 흘릴 뻔했다. 마음 같아서는 제발 해독약을 내달라고 애걸복걸 빌고 싶었으나, 조민이 저지른 온갖 악독한 처사를 생각하니 그녀의 면전에서 약한 꼴은 절대 보이고 싶지 않았다.

이즈음에서야 양소를 비롯한 명교 일행이 소식을 전해 듣고 도관 정문 앞으로 우르르 쫓아 나왔다. 그러나 조민이 교주의 손에 붙잡혀 있는 데다, 현명이로는 멀찌감치 떨어져 아무 관심도 없는 것처럼, 아니면 뭔가 믿는 구석이 있어 두려울 바 없다는 듯이 천연덕스레 딴전을 부리는 것을 보고 그들 역시 한 곁에 서서 조용히 사태의 추이를 지켜보았다.

조민이 빙그레 미소를 지었다.

"당신은 명교의 지엄하신 교주요, 무공이 천하를 진동시키는 분이 신데, 어쩌자고 조금 어려운 문제에 부닥치면 어린애처럼 울고불고 보채는 거예요? 당신, 조금 전까지 울었죠? 안 그래요? 정말 부끄러운 줄도 모르나 봐. 내가 왜 왔는지 말해드리죠. 난 당신이 현명이로에게 두 군데나 현명신장을 얻어맞았기에 얼마나 다쳤는지 걱정스러워서 보러 왔단 말이에요. 그런데 당신은 남을 보기가 무섭게 다짜고짜 죽 느니 사느니 덤벙대면서 억지떼를 쓸 줄이야 누가 알았어요? 도대체 이 손목을 놓아줄 거예요, 안 놓아줄 거예요?"

장무기는 속셈을 해보았다. 손을 놓아주면 틈을 타서 도망친다? 그 것은 도저히 불가능할 것이다. 한 발짝만 꿈틀해도 즉시 붙잡을 수 있으니까. 그는 너그럽게 팔목을 놓아주었다.

조민이 귀밑머리에 꽂힌 구슬 꽃 장식을 어루만져보더니 화사하게 웃었다. 꽃처럼 아리따운 미소였다.

"그 지독한 장력에 아무런 상처도 입으신 것 같지 않으니, 어쩐 일인지 모르겠네요."

그러나 장무기의 대꾸는 싸느랗기만 했다.

"그까짓 보잘것없는 현명신장 따위로 남을 다치게 할 듯싶소?"

"그럼 대력금강지는요? 칠충칠화고는요?"

조민이 던진 두 마디가 육중한 철퇴로 바뀌어 장무기의 가슴을 호되게 후려쳤다. 그는 이가 갈리도록 한스러웠다.

"과연…… 칠충칠화고였군!"

그제야 조민도 비아냥거리던 태도를 버리고 정색을 했다.

"장 교주님, 당신이 흑옥단속고를 원하신다면 드릴 수 있어요. 칠충칠화고의 해독약을 달라시면 그것도 드릴 수 있어요. 내가 요구하는 세 가지 조건을 당신이 해주겠다고 약속만 하신다면 내 기꺼운 마음으로 자진해서 드리겠어요. 그러나 만약 강제로 날 위협해서 빼앗으려 하신다면 그때는 날 죽이기는 쉬워도 해독약을 얻기는 하늘의 별 따기처럼 어려울 겁니다. 내게 온갖 모진 고문을 가해보세요. 아마도 나는 차라리 가짜 약이나 독약을 주면 주었지, 진짜 약은 절대로 안 드릴 겁니다."

당장에라도 울음을 터뜨릴 것처럼 눈물이 글썽글썽하던 장무기는 이 말을 듣자마자 너무나 기쁜 나머지 참았던 눈물을 왈칵 쏟아내면서 얼굴에 웃음꽃이 활짝 폈다.

"세 가지 조건이라니, 그게 뭐요? 어서어서 빨리 말해보시오!"

참지 못하고 흘리는 눈물에 함박웃음까지 띠어가며 다그쳐 묻자, 조민은 어이가 없어 실소를 터뜨렸다.

"호호, 다 큰 어른이 울다가 웃다가…… 정말 부끄러운 줄도 모르나 봐! 내 미리 말해두죠. 지금은 당장 생각이 나지 않아요. 언제든지 생각날 때 말씀드릴 테니까, 그저 당신은 딱 한마디로 약속하고 절대 어기지만 않으면 되는 겁니다. 물론 내가 당신더러 하늘에 올라가 달을 따오라든가, 의협의 도리에 어긋나는 몹쓸 짓을 저지르라고 시키지는 않을 테니까요. 더구나 당신더러 스스로 목숨을 끊으라고 할 리도 없거니와 물론 개돼지 노릇을 하라고 시키지도 않을 겁니다."

장무기는 대답 대신 잠깐 속셈을 해보았다. '의협의 도리에 어긋나는 일만 아니라면 제아무리 어려운 문제라도 내 힘닿는 데까지 해내면 되겠지! 더구나 내 목숨을 끊으라든가 조정의 개돼지 노릇을 하라는 것도 아닌데 말이다.' 이윽고 장무기의 입에서 시원시원하게 흔쾌한 응답이 나왔다.

"조 낭자께서 영약만 내려주셔서 저희 셋째 사백과 여섯째 사숙을 치유하게 해주신다면 어떤 일을 하라고 하명하든지 이 장무기는 사양치 않고 받들어 시행하리다. 끓는 물, 타는 불 속에 뛰어드는 한이 있더라도 분부하는 대로 따르겠소이다."

조민이 손바닥을 내밀었다.

"좋아요, 우리 손바닥 치기로 맹세해요! 나는 당신에게 해독약을 넘겨드려 당신네 셋째 사백과 여섯째 사숙의 상처를 고칠 수 있도록 하고, 훗날 당신에게 세 가지 일을 해달라고 요구할 겁니다. 의협의 도리에 어긋나지만 않는다면 당신은 전심전력을 다하여 일을 해내시되, 그때 가서 절대로 핑계를 대거나 딴청을 부려선 안 되는 겁니다."

"그 말씀대로 내 삼가 따르리다!"

장무기는 한마디로 쾌락하고 그녀와 손바닥을 가볍게 세 번 맞장구쳤다.

조민이 귀밑머리에서 진주 꽃 장식을 뽑아냈다.

"지금도 내 선물이 필요 없으신가요?"

장무기는 선뜻 그것을 받아 들었다. 혹시나 기분 상한 조민이 변덕을 부려 해독약을 주지 않을까 봐 섣불리 그 뜻을 어길 수 없었다.

꽃 장식을 넘겨주고 나서, 조민은 이상야릇하게 쭈뼛거리면서 작은 목소리로 한마디 조건을 붙였다.

"다시는 그 미천한 계집아이에게 주지 말아요. 내가 허락 못 하겠어요. 알겠죠?"

"아…… 알았소!"

그제야 조민은 상긋 웃더니 세 걸음 물러났다.

"해독약은 곧 보내드리죠. 그럼 이만!"

그녀는 기다란 소맷자락을 휘저으면서 뒤돌아 걷기 시작했다. 현명이로가 말고삐를 끌고 왔다. 그러고는 이 젊은 여주인이 말안장에 오를 때까지 기다렸다가 함께 마상에 올랐다. 이윽고 세 필의 준마가 발굽 소리도 요란하게 산 밑으로 치달려갔다.

조민을 비롯한 세 사람이 막 산비탈을 감돌아 사라졌을 때였다. 왼쪽 커다란 나무 뒤에서 장정 하나가 번뜩 나타났다. 바로 신전팔웅 가운데 한 사람인 전이패였다. 그는 철궁의 활시위에 유별나게 살대가

긴 장전長箭 한 대를 얹으면서 카랑카랑 맑은 목소리로 외쳤다.

"저희 댁 주인어른께서 장 교주님을 뵙고 편지 한 통 올리라 명하셨
으니 삼가 거두어보시기 바랍니다!"

말끝이 떨어지기 무섭게 "씽!" 하는 시위 소리와 더불어 화살을 쏘
아 보냈다. 시위 줄을 당겼다 놓는 깍지 손에 힘을 별로 주지 않았는지
화살이 날아오는 기세가 그리 급박하지 않았다.

장무기는 손으로 그것을 덥석 받았다. 화살의 살촉을 빼고 그 대신
살대에 편지 한 통이 비끄러매어 있었다. 노끈을 끄르고 펼쳐보니 겉
봉에 한 줄이 쓰여 있었다.

장 교주님 친전親展.

겉봉을 뜯었을 때 손끝에 끌려나온 것은 눈처럼 하얀 편지지. 그 위
에 오밀조밀한 잠화해서체簪花楷書體로 몇 줄이 적혀 있었다.

금합은 겹층, 신령한 고약 담긴 지 오래라오.
진주 꽃대는 속이 비어 그 안에 약방문 들어 있네.
두 가지 선물 이미 그대에게 드렸는데, 어찌 근심이 그리도 깊을까?
보잘것없는 선물이라 돌아볼 값어치도 없다 하나,
어찌 미천한 하녀에게 주었을꼬?
소중한 선물 진토塵土에 버렸으니, 천첩賤妾의 소망을 저버리셨네.

장무기는 편지를 연거푸 세 차례나 거듭 읽었다. 그러고는 놀라움

과 기쁨, 부끄러움을 이기지 못한 채 황망히 꽃 장식을 세심하게 들여다보면서 진주를 한 알 한 알씩 돌려보기 시작했다. 과연! 그중 한 알이 뱅글뱅글 돌아갔다. 진주알을 물고 있던 황금 꽃줄기는 속이 텅 비고 그 속에 무엇인가 하얀 물건이 감춰져 있었다. 침놓는 바늘로 조심스레 끄집어내고 보니 도르르 말린 종잇장이 한 개 나왔다. 얇디얇은 종잇장에는 일곱 가지 독벌레와 일곱 가지 독화의 명칭이 적혀 있고, 또 중독된 후에 어떻게 풀어줄 수 있는지 그 해독 방법까지 낱낱이 설명되어 있었다.

사실 그는 독벌레와 독화 일곱 가지 종류만 알면 굳이 남의 지적을 받을 필요도 없이 해독 방법을 알아낼 수 있었다. 독의 성분과 해독 방법 설명을 찬찬히 대조해보았더니, 이번만큼은 조민이 농간을 부리지 않은 게 분명했다. 그는 춤이라도 추고 싶을 만큼 기뻐 휭하니 안채로 뛰어 들어가 해독제를 배합해서 치료하는 일에 착수했다. 과연 한 시진 만에 유대암과 은리정의 중독 증세가 대폭 줄어들고 체내의 가려움증과 마비 증세도 점차 그치기 시작했다. 눈앞에 어른거리던 일곱 가지 환영도 씻은 듯이 사라졌다.

그는 다시 문제의 꽃 장식이 담겼던 황금 합을 가져다 열고 찬찬히 살펴보았다. 그리고 겹으로 된 밑바닥에 검은빛 고약이 가득 담겨 있는 것을 발견했다. 고약 냄새도 먼젓번처럼 시큼하던 것과는 달리 아주 향기롭고 시원한 청량감을 안겨주었다. 이번만큼은 앞서처럼 들떠 덤벙대지 않고 개 한 마리를 끌어다 뒷다리를 하나 부러뜨려놓고 고약을 조금 찍어 발라주었더니, 다음 날 이른 아침이 되자 짐승은 정신이 말짱하고 상처가 아주 호전되었다. 중독 증세 같은 것은 아예 보이

25. 호접곡에 높이 들린 횃불, 온 하늘 밝혀 비추니

지 않았다.

사흘이 지났을 때 유대암과 은리정의 체내에 독성이 말끔히 가셨다. 장무기는 다시 진짜 흑옥단속고를 두 사람의 팔다리뼈에 발라주었다. 이번에는 뜻밖의 사태가 벌어지지 않았다. 흑옥단속고의 효능은 과연 신통하기 이를 데 없어 두 달 후에 은리정은 양손을 움직일 수 있었다. 훗날 수족을 마음대로 쓸 수 있을 뿐 아니라 무공 역시 큰 손상을 입지 않고 원상대로 회복될 가능성이 많아졌다. 다만 유대암은 불구자가 된 지 너무 오래된 터라, 예전 상태로 회복되기를 바랄 수는 없었다. 그러나 회복하는 상태로 보건대 반년쯤 지나면 양 겨드랑이에 협장脇杖을 끼고 두 다리 대신 지팡이를 짚고 천천히 걸어 다닐 수 있을 것 같았다. 비록 불구의 몸이기는 하나 지난 20년 세월처럼 병상에 꼼짝달싹 못 하고 누워 있지 않아도 되는 것이다.

장무기가 무당산에서 이런저런 일로 시간을 보내고 있는 동안, 여러 방면으로 파견되었던 오행기 사람들이 차례차례 돌아와 보고를 했다. 저들이 가져온 소식은 하나같이 놀랍고도 의아스러운 것들이었다. 아미파, 공동파, 화산파, 곤륜파 등 마교의 총단 광명정을 섬멸하러 떠났던 육대 문파 원정대 중에서 자기네 본거지로 돌아간 사람들은 아무도 없었다. 강호에는 온갖 터무니없는 소문이 들끓고 있었다. 마교 세력이 너무나 강해 서역으로 떠난 육대 문파 고수들을 일거에 섬멸해버렸다는 소문이었다. 더구나 마교가 다시 패거리를 나누어 출동해서 강호 모든 문파의 본거지마저 차례차례 공격해 남아 있는 제자들마저 모조리 도륙하고 명문 정파를 멸망시켜버릴 것이라는 끔찍한 헛소문까지 나돌았다. 사실이 그랬다. 소림사 승려들이 돌연 실종된 사건만으로도 강호 무림계는 이미 돌이키지 못할 만큼 일대 파란에 직면했으니 말이다.

다행히도 이번에 파견되었던 오행기 사람들은 무당파 장문 장삼봉이 적어준 신부信符를 소지한 데다 자기네 신분을 밝히지 않았으니 망정이지, 그러지 않았던들 찾아가는 방회 문파 제자들에게 집중 공격을 받아 일패도지당하고 제대로 목숨을 부지해서 돌아올 사람이 거의 없었을지도 몰랐다. 오행기 장기부사들은 분명히 말했다. 현재 강호의 모든 명문 정파, 방회들은 물론 각 지방의 표국, 하다못해 산채에 웅거한 흑도 녹림당 패거리, 하천과 연안 화물 수송을 전담하는 선방船幫 부두 노역자 패거리에 이르기까지 모두 명교의 대거 습격에 대비해 엄밀한 경계 태세를 유지하고, 서로 연락을 주고받으면서 극도로 긴장해 있다고 했다.

며칠이 더 지나서 은천정과 은야왕 부자 역시 무당산으로 돌아왔다. 천웅기를 완전히 뜯어고쳐 모조리 명교에 예속시켰다는 보고였다. 이들은 또 동남부 지역의 군웅들이 원나라 조정에 항거하는 의병을 이곳저곳에서 출동시키고 있다는 소식도 전해줬다. 그중에서 제일 강성한 세력은 한산동韓山童, 장사성張士誠, 방국진方國珍이 거느린 의병들이라고 했다. 그러나 이 무렵 원나라 관군 세력도 여전히 강한 터라 거사한 의병들은 제각기 자기 지역에서 홀로 싸우기만 할 뿐 서로 호응하거나 연계를 맺지 못한 까닭에 봉기하는 즉시 토벌군의 습격을 받아 전멸당하는 사례가 속출했다.

그날 저녁, 장삼봉은 뒷전에서 조촐한 잔치 자리를 마련해 은천정

25. 호접곡에 높이 들린 횃불, 온 하늘 밝혀 비추니

부자의 환영연을 베풀었다. 연회석상에서 은천정은 각 지방의 거사가 실패한 경위를 설명하고, 봉기한 의병 세력 가운데 명교와 천웅교 제자들이 골고루 참여하고 있는 실상을 공개했다. 그리고 이들 참전 신도들 역시 원나라 토벌군에게 사로잡히거나 죽임을 당하는 희생자가 적지 않다고 밝혔다. 군웅은 자기네 신도들이 도륙당한다는 참상을 듣고 모두 의분에 들떠 주먹을 불끈 쥐어가며 개탄해마지않았다.

이윽고 광명좌사 양소가 입을 열었다.

"바야흐로 천하 백성들의 고난이 이처럼 극심하고 사람마다 변란을 일으키려 마음먹고 있으니, 지금이 바로 몽골 오랑캐를 몰아내 우리 강산을 되찾을 좋은 기회라고 생각합니다. 옛날 양 교주가 생존했을 때는 불철주야로 나라를 부흥시킬 생각만 해오셨습니다. 하지만 우리 명교는 무슨 일을 하든 너무 과격한 것이 화근이라, 지난 100여 년이래 중원 무림의 여러 문파와 원수를 맺고 서로 뒤얽혀 싸우기만 했을 뿐 서로 손을 맞잡고 공동의 적에게 대항할 엄두는 내지 못했습니다. 천만다행히도 장 교주님께서 교무를 직접 주재하셔서 여러 문파와의 묵은 원혐을 점차 씻고 계시니, 이제야말로 우리가 마음과 힘을 합쳐 다 같이 오랑캐의 폭정에 항거할 때가 왔다고 봅니다."

뒤미처 주전이 불쑥 끼어들었다.

"양 좌사, 당신 말씀이 딴은 지당하오만 아쉽게도 모두 쓸데없는 헛소리요, 개방귀에 가깝소!"

비아냥대는 소리를 듣고도 양소는 발끈하지 않고 차분히 물었다.

"그렇다면 주형의 고견은 어떠신지 들어봅시다."

"강호에 떠도는 소문을 못 들어보셨소? 모두 우리 명교가 육대 문파를 깡그리 몰살해버렸다고 믿고 있소. '명교'란 소리만 들어도 강호 사람들이 뼈에 사무치도록 원한을 품어 이를 갈아붙이는 판국인데, 무슨 얼어 죽을 놈의 '마음과 힘을 합쳐 다 같이 오랑캐의 폭정에 항거'하느니 마느니 할 건더기가 있겠소? 듣기는 제법 그럴듯하게 좋아 보이지만, 실제로 어떻게 행동에 옮길 수 있단 말이오?"

"우리가 비록 지금은 그런 악명을 쓰고 있다고는 하나, 언젠가는 진상이 다 밝혀질 날이 올 것이오. 하물며 장 진인께서 명백한 증인이 되시지 않겠소?"

"하하, 양 좌사! 헛꿈 깨시구려. 만약 우리가 진짜 송원교 대협, 멸절 비구니, 하태충 같은 사람들을 죽였다고 칩시다. 그럼 장 진인께서 아무것도 모르는 바보 천치가 아닌 바에야 꼭 그렇게 도와주신다고 장담할 수 있겠소?"

철관도인 장정이 듣다 못해 버럭 호통 쳐 꾸짖었다.

"주전! 장 진인 어른과 교주님 계신 앞에서 그게 무슨 터무니없는 소리요?"

동료에게 꾸중을 엄하게 들은 주전이 혀를 날름 내밀더니, 더는 주둥이를 놀리지 못했다.

팽형옥이 신중하게 분위기를 조정했다.

"주 형의 말씀도 전혀 도리가 없는 것은 아니오. 빈승의 의견은 이렇소이다. 우리가 무엇보다 먼저 큰 모임을 열어 전국 각처에 흩어진 명교 수령들을 모두 불러 모아놓고 장 교주님께서 강호 무림의 모든 문파와 우호 친선을 도모하시겠다는 뜻을 분명히 선포할 필요가 있소. 동시에 사람이 많은 만큼 보는 눈도 적지 않을 터이니 도대체 송 대협,

멸절사태 일행이 어디로 갔는지 백방으로 수소문해보면, 모임을 갖는 동안에라도 무슨 실마리가 잡히지 않을까 생각하오."

그러자 주전이 또 근질거리는 입을 못 참고 끼어들었다.

"송 대협 일행의 행방을 알아내려면 그야 아주 쉬운 노릇이지! 손바닥의 먼지 훅 불어버리는 힘도 쓸 것 없어."

이 말에 뭇사람의 귀가 솔깃해졌다.

"어떻게? 그럼 왜 진작 말하지 않았나?"

다시 한번 동료들의 이목이 쏠리자, 주전은 의기양양해서 술 한 잔을 벌컥벌컥 마셔 비우더니 입술을 쓰윽 닦으면서 이렇게 말했다.

"교주님더러 조 낭자한테 가서 딱 한마디만 물어보시게 하면 적어도 십중팔구는 알아낼 수 있을 거야. 내가 말하지 않았던가? 그 사람들은 조 낭자한테 죽임을 당하지 않았으면 사로잡혔을 거라고."

지난 두 달 동안 위일소와 양소, 팽형옥, 설부득 같은 수뇌부는 제자들을 하산시켜 여러 방면으로 조민의 출신 내력과 종적을 탐문해보았다. 그러나 조민은 그날 도관 앞에 나타나 장무기와 손바닥 치기 맹세를 하고 사라진 이후 어디로 갔는지 행방이 묘연했다. 그녀의 부하들마저 하나같이 땅속으로 들어갔는지 하늘 위로 날아갔는지 온데간데없이 사라져 종적이라곤 찾아볼 길이 없었다.

명교의 호걸들은 여러모로 추측해보았으나, 그녀가 필시 원나라 조정과 어떤 연관을 맺고 있으리라고 짐작할 뿐, 그 나머지에 대해선 아무런 실마리도 잡을 수 없었다. 그런데 이제 주전이 떠벌리는 소리를 듣고 보니 일리가 있다고 생각하면서도 장 교주를 걸고 들어간 것이 못마땅해서 한마디씩 핀잔을 주었다.

"또 쓸데없는 소리! 조씨 성을 가진 여자를 찾아내기만 하면 우린들 그 여자에게서 알아내지 못할 줄 아는가?"

"하하, 자네들은 물론 찾아내지 못하겠지! 하지만 우리 교주님 역시 찾으러 나설 필요가 없다네. 저쪽에서 제 발로 찾아올 테니까 말씀이야. 교주님은 현재 그 처녀한테 세 가지 일을 약속해놓고 해주지 않으셨네. 설마 그 지독한 아가씨가 이대로 그만둡시다, 하고 물러날 듯싶은가? 헤헤헤! 고 아가씨, 애교가 뚝뚝 떨어지는 응석받이에 꽃처럼 아리따운 자태에 얼굴이 보름달같이 덩그렇지만 나는 그 처녀가 하는 짓거리만 생각해도 온몸에 소름이 돋고 등줄기에 솜털까지 곤두설 정도로 무서워서 사지 육신이 덜덜 떨릴 지경이네!"

그 말에 좌중은 웃음바다가 되었다. 하나 가만 생각해보면 실정이 그랬다.

장무기의 입에서 한숨이 절로 나왔다.

"난 그저 조 낭자가 어서어서 그 어려운 일 세 가지를 내놓기만 바라고 있습니다. 내 힘닿는 데까지 해내면 그것으로 일은 마무리되니까요. 그러지 않고는 하루 온종일 마음에 걸리는 데다 또 무슨 괴상야릇한 짓을 저지를지 알 수가 없어 생각날 때마다 가슴이 덜컥덜컥 내려앉습니다."

"하하! 제일 좋기로는 조씨 성을 가진 아가씨가 우리 교주님께 시집을 오겠다고 청혼하고, 또 우리 교주님은 즉석에서 허락해 받아들이시고…… 그다음에는 모두가 만사형통이지! 규방 안에서 조 소저가 교주님더러 뭘 해달라는 대로 척척 다 해주시기만 하면, 세 가지 요구가 아니라 300가지라도 겁날 게 없지 않겠습니까?"

주전의 능청 떠는 소리에 동료들이 또 한 차례 폭소를 터뜨렸다.

장무기는 얼굴이 화끈거려 얼른 화제를 딴 데로 이끌어갔다.

"팽 대사님께서 제창하신 말씀이 아주 좋을 듯싶습니다. 본교 각 방면의 수령들을 소집해서 큰 회합을 갖는 일이라면 해볼 만한데, 여러분의 의향은 어떠신가요?"

"참 좋습니다! 무당산에서 하릴없이 빈둥빈둥 기다려봤자 무슨 뾰족한 수가 나오는 것도 아니니까요."

사람들이 찬동하자 양소가 단도직입으로 물었다.

"교주님께서는 어디서 대회를 여는 것이 가장 좋겠습니까?"

장무기는 잠시 생각해보더니 차분하게 자기 생각을 밝혔다.

"본인이 분에 넘치게 교주의 직책을 맡고 있으면서 명교 인물 가운데 늘 생각해온 두 분이 계십니다. 한 분은 상우춘 형님이고, 또 한 분은 호접곡 의선 호청우 선생이십니다. 그 어르신은 벌써 오래전 금화파파의 손에 돌아가셨지요. 저는 이번 대회를 회북 지방 호접곡에서 개최하면 좋겠습니다."

누구보다 주전이 손뼉을 쳐가며 반색을 했다.

"그것참 좋은 말씀입니다, 아주 좋아요! 그놈의 악질 명의 견사불구, 오래전에 내가 그 친구하고 날이면 날마다 입씨름을 얼마나 벌였는지 모르는데……. 하하! 그 친구, 사람은 별로 나쁜 편이 아닌데 그놈의 성미가 까다롭고 괴팍스러운 게 탈이었지. 아마도 별난 점에서는 우리 양 좌사 어른하고 막상막하였을 거야. 그 친구는 자기 집 문턱에서 환자가 죽어가도 구해주지 않았는데, 자기가 죽을 때에도 구해주는 사람이 없었다니 이거야말로 인과응보 아닌가? 아무튼 다른 사람은 몰라도 나 주전만큼은 그 친구 무덤에 가서 큰절 몇 번 올려야겠어!"

교주가 대회 장소까지 밝혔으니 딴사람들이야 이의가 있을 수 없었다. 대회 날짜는 석 달 후 8월 중추절, 전국 각 지방에 산재한 명교 수령들은 그 날짜에 맞춰 회하 북부 호접곡에 집결하기로 의견을 모았다.

이튿날 아침 오행기와 천응기 예하 연락 임무를 맡은 제자들이 패를 갈라서 무당산을 떠났다. 전국 각처에 산재한 명교 수령들에게 교주의 소집령을 전달하기 위해서였다.

내용은 간결하면서도 중대했다. 중원 천하 각 지방의 신도 가운데 적어도 향주香主 이상 우두머리 되는 인물은 8월 중추절 이전까지 회북 땅 호접곡으로 달려와 신임 교주를 알현할 것, 그리고 모인 자리에서 다 함께 앞으로 있을 대사를 놓고 상의할 것, 출발하기 전 해당 각처에는 저마다 차석들을 남겨두어 신도를 규합하고 임시로 교무를 집행하도록 조치할 것 등이었다.

중추절까지는 아직 날짜가 많이 남았다.

장무기는 유대암과 은리정의 상처가 완전히 치유되지 않은 마당에 혹시 증세가 도져서 모든 노력이 수포로 돌아가지나 않을까 걱정스러워 잠정적으로 무당산에 머물러 두 사람을 돌보는 한편, 틈나는 대로 장삼봉에게 청해 태극권법과 태극검법의 무학을 좀 더 깊이 수련했다.

청익복왕 위일소와 팽형옥, 설부득을 비롯한 오산인은 각 지방을 정처 없이 떠돌아다니면서 조민 일당의 행방을 수소문하는 데 주력했다. 양소는 교주의 명을 받들어 무당산에 머물렀다. 하지만 기효부와의 일로 말미암아 은리정에게 깊은 부끄러움을 느껴 진종일 방문을

닫아걸고 책이나 읽으면서 좀처럼 문밖에는 한 발짝도 내디디려 하지
않았다.

이렇듯 두 달 남짓이 지나고 나서, 이날 오후 장무기는 양소의 거처
를 찾아가 이제 곧 닥쳐올 호접곡 대회를 앞두고 신도들에게 밝혀야
할 몇 가지 중대한 일을 상의했다. 그는 나이도 젊은 데다 세상 경험과
식견이 모자란 상태에서 갑작스레 교주의 무거운 책임을 떠맡은 몸이
라, 혹시나 자신이 부담을 이기지 못해 막중한 대사를 그르치지나 않
을까 전전긍긍해왔다. 반면 양소는 명교 실무에 깊이 통달한 인물이
라, 장무기는 그를 신변 가까이 두고 수시로 자문을 받아온 것이다.

한동안 대화를 나눈 끝에 장무기가 무심코 양소의 탁자 위에 놓인
책 한 권을 집어 들었다. 표지 겉장에 《명교 유전 중토기明敎流傳中土記》
라는 제목이 적혀 있고, 아래쪽에 작은 글씨로 '제자 광명좌사 양소 삼
가 엮음'이란 주석 한 줄이 따로 쓰여 있었다. 그러니까 명교가 중원
땅에 흘러 들어온 내력을 기록한 책이었다.

"양 좌사, 그대는 과연 문무를 겸전한 인재군요. 참으로 본교의 대들
보라 하겠습니다."

"교주님의 칭찬 말씀, 고맙습니다."

양소의 치하를 들으면서 책장을 펼쳐보니, 첫 대목부터 모든 사건
이 작은 해서체로 증빙 자료를 널리 인용해가며 꼼꼼히 적혀 있었다.

명교는 그 연원이 페르시아에서 나왔다. 본래 명칭은 마니교摩尼敎, 당나
라 측천무후則天武后 연재延載 원년(694)에 중원으로 전래되었다. 당시 페
르시아인 후도단拂多誕이 명교 《삼종경三宗經》을 가지고 사신으로 입조한

이래 중국인들이 비로소 명교의 경전을 배우게 되었다.

당나라 대종代宗 대력大曆 3년(768) 6월 스무아흐렛날, 장안과 낙양에 명교 사원 '대운광명사大雲光明寺'가 세워졌다. 그 후 태원太原, 형주荊州, 양주揚州, 홍주洪州, 월주越州 등 각 지방의 주요한 고을에도 모두 대운광명사가 세워졌다.

당나라 무종武宗 회창會昌 3년(843)에 이르러 조정이 명교 교도를 주살하라는 명을 내렸다. 그로부터 명교는 국법으로 금지된 비밀 교단이 되었으며, 역대 조정으로부터 관부의 탄압을 받게 되었다.

명교는 생존을 도모하기 위하여 모든 행사가 신비에 싸여 기괴한 모습을 보일 수밖에 없었으며, 끝내는 마니교의 '마摩' 자가 다른 이들의 손에 '마귀 마魔' 자로 개작되어 세상 사람들이 모두 '마교魔敎'라고 일컫기에 이르렀다.


이 대목까지 읽고 났을 때, 장무기는 저도 모르게 장탄식을 했다.

"양 좌사, 본교의 종지宗旨가 악을 제거하고 선행을 베푸는 것으로 애당초 불교와 크게 다를 바 없는데, 어찌하여 당나라 이후 역대 조정에서 본교 신도들을 참혹하게 도륙해왔소?"

교주의 물음에 양소는 침통한 기색으로 이렇게 대답했다.

"불교는 비록 널리 중생을 제도濟度한다지만, 승려들이 모두 속세를 떠나 저마다 조용히 수도할 뿐 세속의 일에는 간여하지 않습니다. 도가道家 역시 그러합니다. 하지만 우리 명교는 시골 사람들이 모여서 누가 어려움을 겪고 난관에 봉착하든 교인들이 일제히 팔을 걷어붙이고 나서서 함께 돕습니다. 조정이든 지방이든 관아에서 양민을 업신여기고 탄압하는 경우가 어느 시대에 좋아지고, 어느 지방에서 뜸해본 적이 있었습니까? 신도들 중 관아로부터 수모를 당하거나 탄압받는 억울한 사람이 생기면, 우리 명교 세력은 관부와 맞서 싸우곤 했습니다. 관아에 대항하다 보니 나중에는 창칼을 휘둘러 유혈 사태가 벌어지는 경우도 어쩔 수 없었지요."

장무기는 이 말을 듣고 저절로 고개가 끄덕여졌다.

"조정에서 양민을 탄압하지 않고 지방의 토호 악패들이 날뛰며 불법을 저지르는 일만 없다면, 그때에는 우리 명교가 진정으로 흥성해지겠군요."

양소가 손바닥으로 탁자를 내리치며 큰 소리로 찬동했다.

"교주님, 그 말씀 한번 잘하셨습니다! 그것이야말로 우리 명교가 추구하는 교리의 관건입니다."

"그런 날이 정말 올 수 있겠습니까?"

양소는 잠시 생각에 잠기더니 신중하게 제 뜻을 밝혔다.

"그런 날이 하루속히 오기를 바랄 따름이지요. 송나라 때 본교 방랍方臘 교주가 거사한 것도 탐관오리들이 양민을 업신여기고 탄압하지 못하게 하기 위해서였을 뿐이지, 결코 딴 의도는 없었습니다."

그는 책장을 들춰 명교 교주 방랍이 절동浙東 지방에서 봉기해 천하를 뒤흔들어놓았던 사적史蹟을 일일이 지적해주었다. 장무기는 의연한 마음으로 그 기록을 다 읽었다. 그러고는 책장을 덮으며 호기롭게 다짐했다.

"남아 대장부라면 세상에 태어나서 당연히 이 정도는 되어야겠지요. 방랍 교주는 비록 순절해 몸은 이 세상에서 없어졌으나, 이렇듯 큰 업적을 남기신 그분의 장렬한 기백은 영원히 사라지지 않을 것입니다."

의기 상통한 두 사람은 가슴속에서 들끓어오르는 뜨거운 피를 억제할 길이 없었다.

"교주님, 우리 명교는 역대로 엄격히 금지되었다고는 하나, 처음부터 끝까지 우뚝 서서 타도당하지 않았습니다. 남송 고종高宗 소흥紹興 4년(1134), 왕거정王居正이란 벼슬아치가 황제에게 상주문을 올려 본교에 관한 일을 아뢴 적이 있습니다. 교주님께서 한번 읽어보시지요."

장무기는 그가 가리키는 대로 책장을 들춰 왕거정의 상주문 대목을 소리 내어 읽기 시작했다.

삼가 엎드려 아뢰옵건대, 양절兩浙 지방 주현州縣 고을에는 채식을 하고 마교를 섬기는 습속이 있나이다. 방랍이 반역을 도모하기 이전에는 금법이 허술했어도 마교를 섬기는 풍속은 그리 치열하지 않았나이다. 하오나 방랍 이후 금법이 엄격해질수록 마교는 그만큼 창궐하여 걷잡을 수 없는 지경에 이르렀나이다.

신이 듣자옵건대, 마교를 믿는 무리는 크고 작은 고을마다 '마두魔頭'라고 일컫는 우두머리가 한둘씩 있어 그 고을 백성들의 성씨와 이름을 모조리 기록해두고 서로 도우며 살고 있나이다. 무릇 마교를 믿는 자는 육식을 하지 않고 일이 있으면 한집안 식구처럼 같은 신도들끼리 모두 힘을 내어 진휼賑恤합니다. 육식을 하지 않으니 살림살이가 절약되고, 절약하면 풍족해지기 쉽습니다. 신도들은 서로서로 일가친척처럼 친근하게 대하고 서로 구제하며 살아가니 모든 일이 순조롭게 풀립니다.

여기까지 읽고 나서 장무기가 한마디 평을 했다.

"이 왕거정이란 벼슬아치는 우리 명교를 원수처럼 보기는 해도, 우리 교인들이 근검절약하고 서로 돕고 사랑하며 소박하게 살아가는 실정만큼은 잘 알고 있었던 모양입니다."

그러고는 뒷부분을 계속 읽어 내렸다.

……신이 생각하옵건대, 이는 무엇보다 먼저 나라를 다스리는 이가 그 백성들이 서로 친근하게 사귀고 우애하며 도와가도록 이끌어주는 도리라 하겠나이다. 백성들이 담박한 생활을 즐기며 절약하고 검소하게 살아갈 수 있도록 가르치는 길이야말로 저 옛날부터 전해 내리는 순박한 풍속이라 하겠나이다. 그러나 오늘날 모든 목민관이 그 도리로써 정사를 하지 않으니, 마두 되는 자들이 그 역할을 도둑질하여 저희 패거리들을 고무하고 현혹시키는 실정입니다. 따라서 모든 공덕이 마두에게 돌아갑니다. 이리하여 마두들은 그 공덕을 빙자하여 사악하고도 올바르지 못한 해로운 교리로써 저들을 설득합니다. 백성들은 어리석고 우매한 터라 마교의 교리를 듣고 마왕을 섬기면 먹고살기 풍족해지고, 모든 일이 순조롭게 풀려나간다 하여 이 마교의 교리를 다투어 믿고 따르며 저들의 세력을 좇는 것입니다. 이것이 국법으로 엄히 금하면 금할수록 더욱 막기 어렵게 되는 까닭이옵니다.

이윽고 장무기는 고개 돌려 양소를 바라보았다.

"양 좌사, '국법으로 엄금하면 엄금할수록 더욱 막기 어렵게 된다'는 이 말이야말로 우리 명교가 민심을 깊이 얻고 있다는 명백한 증거라

하겠습니다. 이 책을 내 잠시 빌려서 볼 수 있겠습니까? 옛날 본교 선현들의 업적과 유훈을 좀 더 자세히 알아야 하니 말입니다."

"저 역시 교주님께 그리하시도록 말씀드릴까 생각하던 참이었습니다."

장무기는 책장을 거두어 넣으면서 화제를 바꾸었다.

"셋째 사백과 여섯째 사숙님의 상세가 아주 좋아졌습니다. 그러니 이제 우리도 내일 한발 앞서 호접곡으로 출발합시다. 그리고 양 좌사에게 따로 한 가지 의논할 일이 있습니다. 다른 게 아니라 불회 동생에 관한 일입니다."

양소는 그가 청혼하려는 것이 아닌가 싶어 속으로 무척 기뻤다.

"불회란 년의 목숨은 온전히 교주님께서 내려주신 것이나 다를 바 없습니다. 저희 부녀가 그 크신 은혜에 감사하고 보답할 마음이 오늘 하루만 있었던 게 아니었습니다. 교주님께서 무슨 명을 내리시든지 기꺼이 따르겠습니다."

얘기가 이렇게 되니 장무기는 마음에 별 거리낌 없이 전날 양불회가 자기에게 털어놓았던 사연을 낱낱이 전해주었다. 얘기를 다 듣고 나자 양소는 너무나 어처구니가 없어 멍한 기색으로 한참 동안 말을 하지 못했다. 그러고는 한참이 지나서야 겨우 입을 떼었다.

"제 딸년이 은 육협에게 사랑을 받았다면 저희 양씨 일문의 행운이라 하겠습니다. 단지 저들 두 사람의 연령이 크게 차이가 나고 항렬 또한 다른 터라, 그게 좀⋯⋯."

양소는 말끝에 "그게 좀⋯⋯"이란 낱말만 두어 번 거듭할 뿐 뒤를 잇지 못했다.

"제 여섯째 사숙은 연세가 고작 마흔밖에 되지 않으셨습니다. 장년으로서 한창 기력이 왕성할 때이지요. 불회 동생이 그분더러 '사숙'이라 부르는 것은 무슨 혈연관계나 사문의 정리가 있어서가 아닙니다. 그저 제가 부르는 대로 따라서 했을 뿐이지요. 저들 두 사람끼리 정분이 나서 의기투합해 연분을 맺는다면 윗대의 원한 관계도 자연스럽게 풀릴 것이니 이보다 더 큰 경사가 어디 있겠습니까?"

양소는 원래 성격이 활달한 사람이었다. 기효부의 일로 은리정을 마주 대할 때마다 그저 미안스럽고 부끄러운 심정뿐이었는데, 이제 불회가 그 사람에게 마음이 기울어져 두 남녀가 혼인하고 은리정과 인척 관계를 맺는다면 지난날 자신의 허물을 속죄함은 물론이려니와 그 일로 해서 앞으로는 명교와 무당파 사이에 더는 아무런 앙금도 남아 있지 않게 될 것이 아닌가? 그는 자리에서 일어나 장무기 앞에 허리를 깊숙이 숙여 읍례를 올렸다.

"교주님께서 이 혼사를 맺어주시다니, 저희 부녀에게 늘 큰 배려를 해주시는군요. 소인이 먼저 감사드리겠습니다."

그날 저녁 장무기가 이 소식을 모든 이에게 알리자, 명교와 무당파 군웅들은 너 나 할 것 없이 앞다투어 은리정을 찾아와 축하 인사를 건넸다. 양불회는 부끄러움에 겨운 나머지 방에 꼭 들어박힌 채 바깥으로 나오려 하지 않았다.

장삼봉과 유대암은 이 소식을 듣자, 처음에는 무척 놀랍고 의아스러웠으나 이내 은리정을 찾아가 축하해주었다. 혼인 날짜에 대한 얘기가 나왔을 때 은리정은 이렇게 말했다.

"대사형 일행이 무사히 돌아와 형제들이 다 모인 다음에 혼사를 의논해도 늦지 않을 것입니다."

이튿날, 장무기는 양소, 은천정, 은야왕, 철관도인, 주전, 아소 일행을 데리고 장삼봉과 그 제자들에게 작별을 고한 다음, 홀가분한 마음으로 앞장서서 회북 지방을 바라고 떠나갔다.

양불회는 무당산에 남아 은리정을 시중들기로 했다. 이 무렵에는 남녀 간의 내외가 엄격했지만, 이들은 강호 무림계 사람들이라 그처럼 사소한 예절이나 관습에는 얽매이지 않았다.

명교 일행은 낮에는 길을 가고 밤에는 쉬며 동북 방향으로 나아갔다. 가는 길 내내 보이는 것은 황폐한 전답, 굶주린 기색에 들뜬 백성들뿐이었다. 강회江淮 일대는 바다를 끼고 있어 애초 생산물이 풍족하고 부유한 지역이었으나, 지금은 굶어 죽은 시체들만이 온 들판에 가득 널린 채 민생의 곤궁함은 이미 극도에 다다르고 있었다.

백성들이 이렇듯 참혹한 겁난에 빠져든 광경을 보고 명교 군웅은 저마다 개탄을 금치 못했다. 그러나 한편으로는 몽골 사람들이 이렇듯 포악하게 한족 백성을 학대하는 이상 폭력으로 중원 천지를 강점하고 다스리는 기일이 그리 오래가지 못할 것이고, 바로 그때야말로 천하 영웅들이 의거의 깃발을 드높여 봉기할 절호의 기회라고 믿어 의심치 않았다.

그날 일행은 계패집界牌集에 도착했다. 호접곡까지의 거리는 이제 얼마 남지 않았다. 한참 길을 재촉하고 있으려니 갑자기 앞쪽에서 살벌한 함성과 병기들끼리 맞부딪는 쇳소리가 요란하게 들려오기 시작했다. 두 패로 갈라진 기병대와 보병들이 바야흐로 접전을 벌이고 있는 기척이었다.

명교 군웅이 앞으로 말을 치달려 삼림 지대를 뚫고 나가보니 1,000여 명이나 되는 몽골군 병력이 좌우로 나뉘어 산채 하나를 공격하고 있었다. 통나무 벽으로 둘러친 산채 위에는 붉은빛 화염을 그린 커다란 깃발 한 폭이 바람결에 나부끼고 있었다. 바로 명교의 기치旗幟였다. 산채 안쪽에는 인원수가 많지 않아 버티기 어려운 형편이었으나, 그래도 굴하지 않고 굳세게 싸우고 있었다.

몽골군 병사들이 화살을 소나기처럼 퍼부으면서 고함을 질렀다.

"마교의 반적들아, 어서 빨리 항복하라!"

주전이 물었다.

"교주님, 우리 쳐들어갈까요?"

장무기는 한마디로 허락했다.

"좋소! 무엇보다 먼저 병사를 지휘하는 군관들부터 해치우시오."

양소와 은천정, 은야왕 부자, 철관도인, 주전 다섯 사람이 교주의 명에 응답하고 나서더니 곧바로 적진에 돌입했다. 번뜩 휘둘러 치는 장검의 서슬 아래 원나라 백부장 두 명이 먼저 낙마하고 뒤미처 공격대 병력을 통솔하던 천부장마저 은야왕이 후려 찍는 칼날 아래 목숨을 날려 보냈다. 지휘관을 잃어버린 원나라 군사들은 한마디로 목 떨어진 용 떼나 마찬가지, 삽시간에 일대 혼란을 일으켜 전열이 흐트러졌다.

산채에서 악전고투를 지속하던 무리는 외부에서 응원대가 들이닥치자 하늘이 떠나가도록 환호성을 질렀다. 산채 문이 활짝 열린 가운데 검은빛 옷차림의 장정 하나가 손에 장모長矛를 바람개비 돌리듯 힘차게 휘두르면서 앞장서 달려 나오더니 우선 눈앞을 가로막는 원나라 군사 하나를 수박 쪼개듯이 두 토막을 내버렸다. 한마디로 기세등등한 예봉 앞에 범접할 자가 없었다. 몸집이 유별나게 우람한 그 장정의 창 끝이 번뜩 스치는 곳마다 원나라 군사들은 가차 없이 몸뚱이가 꿰뚫리고 말안장 위에서 뒤로 벌렁 나자빠져 황천객이 되어버렸다. 삽시간에 몽골군 진영은 놀라움에 찬 아우성으로 가득하고, 병사들은 말고삐를 낚아채 사면팔방으로 뿔뿔이 흩어지기 시작했다.

양소를 비롯한 명교 호걸들은 마치 하늘에서 강림한 신장神將과도 같이 위풍당당하고 늠름한 그 모습을 보고 저마다 찬탄을 아끼지 않았다.

"허어, 실로 멋진 영웅이요, 장수로구나!"

이 무렵, 장무기 역시 그 사내의 얼굴을 이미 알아보았다. 바로 자나 깨나 잊지 못하고 그리워하던 상우춘 형님이었던 것이다. 그러나 격렬한 싸움이 한창 무르익을 때라 선뜻 나아가 만나보지 못하고 한 곁에서 그저 신바람 나게 지켜보기만 할 따름이었다.

명교 신도들까지 뛰어들어 앞뒤에서 협공을 가하자, 우두머리를 잃어버린 몽골군은 잠깐 사이에 500~600명의 사상자가 났다. 나머지 병사들은 전의를 완전히 상실한 채 뿔뿔이 흩어져 큰길을 벗어나 거친 들판으로 도망쳤다.

상우춘이 기다란 창 자루를 가로 번쩍 들더니 껄껄대고 웃으며 물었다.

"하하! 어느 방면에서 오는 형제들이신가? 한창 급할 때 도와주셔서 정말 고맙소이다!"

장무기가 버럭 고함쳐 불렀다.

"상우춘 형님, 접니다! 제가 얼마나 보고 싶었는지 아십니까?"

그러고는 한달음에 쫓아가 두 손을 꽉 잡았다. 상우춘도 그를 알아보았는지 몸을 굽혀 공손히 절했다.

"교주 아우님, 이 몸은 그대의 형이기는 하지만 부하도 되는 셈이오. 정말 기쁘고 반가워서 어찌해야 좋을지 모르겠구려!"

두 사람 모두 생사를 기약하지 못하고 헤어진 지 거의 10년 만에 상봉하는 셈이니 두 눈에서 뜨거운 눈물만 계속해서 흘러내렸다.

상우춘은 오행기 중 거목기에 소속된 몸이라, 장무기가 교주 자리를 이어받았다는 소식을 장기사인 문창송의 통보로 이미 알고 있었다. 그래서 지난 며칠 동안 예하 형제들을 거느리고 장 교주가 올 때까지 주야로 기다리던 중 뜻밖에도 원나라 군사들의 습격을 받은 것이다. 상우춘은 소수 병력으로 중과부적에 몰리자 일부러 약세인 척 위장하고 몽골군을 산채 안으로 끌어들여 일거에 섬멸하려 했다. 그런데 느닷없이 장무기 일행이 때맞춰 도달해 응원하는 바람에, 그 기세를 타고 산채 밖으로 뛰어나와 협공한 끝에 적을 완전히 물리칠 수 있었던 것이다.

그는 명교 안에서 지위가 높지 않았으므로 양소와 은천정을 비롯한 수뇌부 호걸들에게 깍듯이 예를 갖춰 인사를 올렸다. 군웅들은 그가 교주의 결의형제라 모두 존장 노릇을 하기 어려워 상우춘의 손을 잡고 인사를 건네는 등 극진한 예로 대했다.

상우춘은 이들을 산채로 모셔 들였다. 그러고는 소와 양을 잡아 술 잔치를 크게 베풀어놓고 서로 회포를 풀었다. 그는 이 몇 년 동안 회수를 중심으로 남북 지방에 가뭄이 계속되어 백성들이 말로 형언할 수 없을 정도로 심각한 고통을 겪고 있는 실정을 말해주었다. 상우춘 역시 살아갈 길이 막히자 명교 형제들을 규합해 산중으로 들어와 본거지를 만들어놓고 때때로 관아와 토호 세력가를 습격해 노략질하는 녹림 호걸 노릇이나 하며 살아갈 수밖에 없었다. 산채에 식량과 금은보화가 늘어나자, 그는 이것을 풀어 빈민들을 구제하는 데 힘썼다. 원나라 토벌군이 몇 차례나 산채를 공격했지만, 이 산적 패거리를 어떻게 해볼 도리가 없었다.

일행은 산채에서 하룻밤을 쉰 다음, 이튿날 상우춘 패거리와 함께 북행길에 올랐다. 원나라 토벌군은 이번 싸움에서 크게 패한 뒤끝이라 두세 달 안에 다시 쳐들어오지 못할 게 분명했다.


며칠 후 장무기 일행은 호접곡 어귀에 도착했다. 선발대로 와 있던 신도들은 '나비의 골짜기' 입구에서부터 길게 대열을 짓고 늘어서서 교주의 행차를 맞아들였다.

이때쯤 거목기 소속 제자들은 벌써 호접곡 골짜기 안 여러 곳에 나무를 베어다 오두막과 통나무집을 숱하게 지어 신도들의 거처를 마련해놓고 있었다.

위일소와 팽형옥, 설부득 역시 먼저 도착해서 기다리는 중이었다. 그러나 이들은 조민의 소식을 알아내지 못했다고 보고했다.

장무기는 각 지방에서 온 교도들을 접견한 다음, 제물을 갖추어 호청우 부부의 묘와 기효부의 무덤에 가서 제사를 지냈다. 제사를 지내면서 장무기는 뭐라 형언하지 못할 깊은 감회에 젖어들었다. 이 골짜기를 떠나갈 때 자신은 얼마나 처량하고 낭패스러운 몰골이었던가?

그런데 오늘 이처럼 어엿한 명교 교주의 신분으로 수많은 부하를 거느리고 떳떳하게 다시 찾아오게 되었다니, 실로 격세지감을 느끼지 않을 수 없었다.

다시 사흘이 지나 8월 보름 중추절이 되었다. 호접곡에는 돌과 흙으로 높은 단이 세워지고, 단 앞에는 커다란 화톳불이 활활 타올랐다.

이윽고 단상에 오른 교주 장무기는 신도 형제들에게 중원의 모든 문파와 화해하고 지난날 묵은 원혐을 모두 씻어버릴 것이며, 아울러 오늘 이후로는 오랑캐 원나라 조정에 대항해 싸울 것임을 정식으로 선포했다. 그리고 명교 규율을 새롭게 반포해 모든 신도가 악을 제거하고 선행을 베풀 것이며, 포악한 오랑캐 조정을 타도해 선량한 백성들의 생활을 안정시키겠다는 교주의 지시를 하달했다. 교지가 내려질 때마다 신도들은 일제히 응답하고, 저마다 준비해온 향을 피워 교주의 명에 복종할 것임을 맹세했다.

이날 단 앞에는 불빛이 하늘 높이 치솟아오르고 수천수만의 신도가 피운 향내가 온 들판에 자욱하게 퍼져나갔다. 명교가 세워진 이래 그 어느 때보다 융성함이 돋보였다. 나이 지긋한 신도 중에는 지난 수십 년 동안 사분오열해 거의 복멸될 지경에 이르렀던 시절을 새삼스레 떠올리고, 기쁨에 겨워 흐느껴 우는 이마저 있었다.

그날 오후, 신도들의 보고가 올라왔다.

"홍수기 예하 제자 주원장과 서달 일행이 교주님을 뵈러 당도했습니다."

장무기의 기쁨은 이루 말할 수 없이 컸다. 그는 몸소 영채 문밖까지 마중하러 나갔다. 주원장과 서달이 탕화, 등유, 화운, 오량, 오정 형제와 함께 부하들을 거느리고 문밖에 공경스러운 자세로 늘어서 있던 중 신임 교주가 나타나는 것을 보자 일제히 몸을 굽혀 예를 올렸다.

"속하屬下, 삼가 교주님을 뵙사옵니다!"

장무기는 오랜 옛날 서달이 목숨 걸고 자신을 구해주었을 때를 잊지 못하던 터라, 이들의 모습을 보고 기쁨을 이기지 못해 답례를 올리는 둥 마는 둥 한 손으로 주원장을, 또 한 손으로는 서달의 팔뚝을 부여잡고 함께 영채 안으로 들어섰다.

"자, 모두 이리 앉으십시오!"

"감사합니다, 교주님!"

주원장은 벌써 오래전에 환속한 몸이라 이제는 승려 차림새가 아니었다.

"저희들은 교주님의 소집령을 받고 서둘러 호접곡으로 먼저 달려와 교주님께서 도착하시기를 기다리려 했습니다. 그런데 오는 도중 아주 이상야릇한 일과 마주쳤습니다. 그 일을 추적해 뒷조사하느라 소집 날짜를 그르쳐 이렇게 늦었습니다. 부디 교주님께서 지참遲參한 죄를 용서해주십시오."

"무슨 일과 마주쳤습니까?"

"6월 상순, 저희들은 교주님의 분부를 전해 듣고 무척 기뻤습니다. 그래서 형제들끼리 상의한 끝에 뭔가 교주님께 드릴 축하 예물을 준비하기로 결정했습니다. 그런데 회북 지방은 천재지변으로 황폐해져 가난뱅이들 천지라 좋은 물건이 없었습니다. 다행히도 대회가 열리기까지 날짜가 아직 많이 남았기에 저희 모두 산동 지방으로 올라가서 몇 군데 들쑤셔보기로 했지요. 가는 도중에 관아의 검문검색을 피하기

25. 호접곡에 높이 들린 횃불, 온 하늘 밝혀 비추니

위해 저희 일행은 마차꾼으로 변장했습니다. 소인이 마부들의 우두머리 역할을 맡았고요……."

주원장의 사연은 계속되었다.


그날, 주원장 일행은 하남성河南省 귀덕부歸德府에 이르러 운수 좋게도 늙수그레한 손님을 몇 사람 태울 수 있었다. 공교롭게도 행선지가 산동이라, 그들은 손님을 태운 채 하택荷澤을 향해 떠나갔다.

그런데 도중에 갑자기 정체 모를 한 패거리가 뒤쫓아오더니 무시무시하게 창칼을 휘두르면서 마차에 태운 손님들을 모조리 끌어내 쫓아 버린 후, 그들더러 다른 승객을 받아 태우라고 윽박질렀다.

누구보다 먼저 성미가 불같은 화운이 대들어 한판 붙으려 했다. 그러나 서달이 얼른 화운에게 눈짓을 보내 만류했다. 저들이 무슨 까닭으로 터무니없이 억지떼를 써서 승객을 바꿔 태우려는지 자세히 알아보고 손을 써도 늦지 않으리라는 표시였다. 왜냐하면 마차꾼으로 변장한 이들은 떠날 때부터 커다란 마차를 아홉 대씩이나 마련해서 몰고 가던 중인데, 이 마차 아홉 대를 어떤 손님들로 채울 것인지 수상쩍었기 때문이다.

주원장 일행은 마차 아홉 대를 이끌고 저들이 지시하는 대로 따라서 어느 후미진 산골짜기로 들어갔다. 그곳에는 또 다른 마차가 10여 대나 기다리고 있었다. 그리고 마차 곁 땅바닥에는 태우고 갈 '손님'들이 앉아 있었는데 놀랍게도 모두 승려였다.

"모두 스님들이었단 말입니까?"

장무기의 물음에, 주원장은 서슴없이 대답했다.

"예, 그렇습니다. 승려들은 어쩐 일인지 모두 의기소침한 기색으로 머리를 숙인 채 기운 없이 움츠려 앉아 있었습니다. 하지만 그 가운데는 상당히 범상치 않아 보이는 자들도 있었습니다. 어떤 자는 태양혈이 양쪽으로 툭 튀어나오고, 어떤 자는 기골이 장대해 보였으니까요……."

첫눈에 승려들이 모두 비범한 무림인이라는 것을 알아본 서달은 남이 눈치 못 채게 넌지시 주원장에게 귀띔했다.

"주 형, 아무래도 이 스님들은 무예가 아주 뛰어나게 높은 사람들 같소. 그런데 어째서 저토록 사기가 위축되어 맥없이 앉아 있는지 모르겠구려."

둘이서 소곤소곤 의견을 주고받으려는데, 창칼로 무장한 괴한들이 사납게 호통쳐 문제의 승려들을 모조리 마차에 올려 태우더니 주원장 일행더러 마차를 몰게 하여 곧바로 북쪽을 향해 떠나갔다. 괴한들이 얼마나 사납게 포달을 부리는지, 마차에 태운 손님들이나 마차를 모는 마부들이나 모두 죄수처럼 끌려가는 신세가 되고 만 것이다.

주원장은 아무래도 이상하다 싶어 남몰래 형제들에게 절대로 행적을 드러내지 말고 신경 써서 경계하도록 당부해두었다.

스무 대가 넘는 마차 행렬은 곧바로 북쪽만을 바라고 달려갔다. 가는 길 내내 주원장 일행은 정체불명의 괴한들이 주고받는 대화에 유심히 귀를 기울였다. 그러나 이들은 하나같이 신비스럽기 짝이 없어 마부들이 보는 앞에서는 단 한마디도 입을 열지 않았다. 나중에 오량이 배짱 두둑이 먹고 네댓새나 연거푸 한밤중에 저들이 투숙한 객점 창문 밑에 접근해서 엿듣고 나서야 겨우 몇 가닥이나마 실마리를 잡을 수 있었다. 마차에 강제로 올려 태운 손님들은 모두가 숭산 소림사 승려들이었던 것이다.

어느 정도 지레짐작을 하고 있던 장무기도 이 말을 듣고 외마디 실성을 터뜨렸다.

"아, 역시……!"

주원장의 말은 계속되었다.

밤마다 창문 밑에서 찬 이슬을 맞던 오량은 네댓새 만에 처음으로 괴한들이 마음 놓고 주고받는 대화를 엿들을 수 있었다.

"주인님의 신기묘산神機妙算이야말로 감복하지 않을 수 없군. 소림과 무당을 비롯한 육대 문파 고수들이 모조리 우리 손아귀에 들어왔으니 말일세. 자고이래로 누가 첫 단계부터 이런 엄청난 일을 해낼 수 있단 말인가?"

한 사람이 말을 붙이자, 다른 자가 맞장구를 쳤다.

"그 정도 가지고 신기하다고 할 것도 없지. 일석이조로 마교의 우두머리들까지 엮어 넣었으니 그게 더 대단하지 않은가?"

이 말을 전해 들은 주원장 일행은 뒤를 보러 가는 척하고 뒷간에 모여서 앞으로 해야 할 일을 상의했다. 형제들의 의견은 한결같았다. 어차피 '명교'까지 관련된 일이 공교롭게 우리 손에 떨어졌으니 끝까지 뒤따라가서 진상을 캐보자는 것이었다.

"……저희는 시침 뚝 떼고 저들이 시키는 대로 마차를 몰고 달려갔습니다. 반드시 내막을 알아내어 교주님께 분명한 것을 말씀드려야겠다고 생각한 것입니다."

주원장의 말에, 장무기는 힘차게 고개를 끄덕였다.

"여러분의 생각이 아주 옳으셨습니다."

주원장 일행은 괴한들이 가리키는 방향을 따라 계속 북상했다.

가는 길 내내 이들은 신분을 확실히 은폐하기 위해 저들에게 어수룩한 행동거지를 보이고, 심지어 탕화와 등유가 은전 닷 푼짜리 한 닢 놓고 무공이라곤 반 톨도 할 줄 모르는 것처럼 치고받으면서 싸우는 시늉까지 해 보였다. 그럴 때마다 괴한들은 재미있다는 듯이 손뼉까지 쳐가며 웃음보를 터뜨렸고, 다음부터는 주원장 일행에게 관심을 두지 않았다. 주원장을 비롯한 형제들도 저들을 대할 때마다 '나리' '어르신' 하고 꼬박꼬박 존댓말을 써가며 비위를 맞추고 아첨을 떨었다.

오량과 오정 두 형제는 애초 중도에 마취약을 써서 저 흉악한 패거리를 기절시켜놓고 소림사 승려들을 구출할 계획까지 세웠다. 그러나 주원장과 서달 등 몇몇이 그 계획에 반대했다. 사태가 어떻게 진전되어갈지 아무것도 알아내지 못한 상태에서 섣불리 손을 썼다가는 공연히 대사를 망칠 수도 있기 때문이었다. 더구나 이 흉악한 패거리는 하나같이 눈치 빠르고 빈틈이 없는 데다 무공 실력 또한 만만치 않아 자칫 실수라도 하는 날이면 오히려 이쪽이 다칠 승산이 커 시종 손을 써볼 엄두가 나지 않는 것도 사실이었다.

하간부河間府에 이르렀을 때, 이들은 또 규모가 큰 마차 여섯 대와 합

25. 호접곡에 높이 들린 횃불, 온 하늘 밝혀 비추니

류했다. 역시 누군가 사람들을 압송해가는 대열이었다. 이번 손님들은 스님이 아니라 속가 인물이었다.

끼니때가 되어 식사를 할 때 주원장은 소림사 승려 중 하나가 새로 들어온 손님한테 건네는 인사말을 귀담아들었다.

"여어, 송 대협! 당신도 잡혀왔구려."

장무기가 벌떡 일어나 주원장을 다그쳐 물었다.

"뭐라고? 송 대협이라니! 그 사람의 생김새가 어떻습디까?"

"몸집이 다소 뚱뚱한 편인 데다 나이는 50~60세쯤 들어 보이고 수염 세 가닥을 길게 기르고 있었습니다. 얼굴 생김새가 무척 점잖고 우아한 선비 같더군요."

주원장의 설명은 바로 대사백 송원교의 모습을 그린 듯이 표현한 것이었다. 장무기는 놀라움과 기쁨에 어쩔 바를 모르면서 나머지 사람들의 얼굴 모습과 체구까지 따져 물었다. 주원장은 교주 앞에 보고 느낀 대로 숨김없이 얘기했다. 과연 그 마차에는 유연주와 장송계, 막성곡 세 사람도 빠지지 않고 들어 있었다.

"그분들, 보기에 어떻습디까? 상처를 입은 것 같지는 않던가요? 손발에 쇠고랑을 채워두었습니까?"

"쇠고랑은 채우지 않았습니다. 부상을 당한 것처럼 보이지도 않았고요. 말을 하거나 음식을 들거나 보통 사람들과 다른 점이 없었습니다. 그저 정신이 맑지 못해 의기소침한 기색으로 걸음을 내디딜 때 두 다리가 허약하게 휘청거리더군요."

"그래, 무슨 얘기를 나눕디까?"

"송 대협이라 불린 사람은 소림사 승려가 묻는 말에 그저 쓸쓰레하니 웃어 보이기만 할 뿐 아무 대꾸도 하지 않았습니다. 소림승이 무슨 말인가 다시 하려고 입을 열려는데, 이들을 압송해가던 괴한이 다가와 두 사람 사이를 떼어놓았습니다. 그 이후로 우리 마차 대열과 저쪽 마차 대열이 앞뒤로 10여 리 간격을 두고 멀찌감치 떨어졌습니다. 객점에 투숙할 때도, 식사를 할 때에도 다시는 한군데 자리 잡지 않더군요. 그 이후로 저희는 송 대협 일행을 두 번 다시 보지 못했습니다. 그리고 7월 초사흗날, 저희는 소림사 승려들만 신고 대도에 도착했습니다."

"아, 대도에 도착했다면 과연 조정에서 독수를 쓴 것이 분명하군요! 그 뒤에는 어찌 되었습니까?"

"징제 모를 괴한들은 저희 마차 대를 이끌고 소림사 승려들과 함께 서성西城의 어느 큰 사원으로 들어갔습니다. 저희더러도 그 절간에서 잠을 자라고 하더군요."

"무슨 절입니까?"

"저희가 사원에 들어섰을 때 고개를 들어 바라보니, 절간 앞에 '만안사萬安寺'라는 편액이 걸려 있었습니다. 흘낏 한 번 쳐다보기만 했는데도 그 사나운 놈들의 말채찍에 호되게 얻어맞았습니다. 그날 저녁 우리 형제들은 귓속말로 의논했습니다. 저 흉악한 놈들이 우리를 곱게 놓아 보내지 않고 죽여서 입막음할 것이 분명하다고 말입니다. 그래서 저희는 날이 어두워지자 슬그머니 그곳을 빠져나와 도망쳤습니다."

"정말 일이 아주 위험했군요. 저들이 눈치채고 뒤쫓지 않은 게 다행입니다."

장무기의 말에 탕화가 빙그레 웃으면서 한마디 거들었다.

"주 형이 그럴 줄 예상하고 미리 손을 써두었지요. 저희는 때마침 가까운 이웃에 있던 마차꾼 가게로 가서 마부 일곱 명을 붙잡았습니다. 그러고는 그 녀석들의 옷을 벗긴 후 저희 옷으로 갈아입히고 절간으로 끌어다 한 칼에 한 놈씩 죽여서 자빠뜨려놓았습니다. 얼굴에다 칼질을 해서 피투성이로 만들었으니까 그 흉악한 놈들이 누군지 알아볼 수 없었지요. 그뿐만 아니라 마차 10여 대를 끌고 우리와 동행한 마부 녀석들까지 죽여버리고 잠자던 땅바닥에 온통 은화를 흩뿌려두었습니다. 저들끼리 돈 때문에 싸움이 벌어져 살인극을 저지른 것처럼 말입니다. 아마 그 흉악한 놈들이 절간에 돌아와서 발견했어도 전혀 의심하지 않았을 겁니다."

탕화의 말을 듣고 장무기는 속으로 흠칫 놀랐다. 서달 한 사람만 차마 못 할 짓을 저질렀다는 기색이고, 등유가 무척 어정쩡한 표정을 지었을 뿐 탕화는 제 얘기가 재미있는지 의기양양한 기색이었다. 그리고 정작 일을 저지른 주원장은 언제 그런 일이 있었느냐는 듯이 시침 뚝 뗀 채 털끝만큼의 감정도 드러내지 않았다. '애꿎은 인명을 스물씩이나 다쳐놓고 외눈 하나 깜짝하지 않다니, 이 사람들 하는 짓거리가 정말 하나같이 모질고 지독스럽구나. 자, 이 무서운 독종들을 앞으로 어떻게 순화시켜야 한단 말인가?' 그렇다고 앉은자리에서 꾸짖을 수는 없는 노릇이라 장무기는 점잖게 타이르기만 했다.

"주 형의 그 계략이 묘하기는 했소만, 앞으로는 절대로 무고한 인명을 함부로 살상하지 맙시다."

교주가 훈시를 내렸으니 주원장을 비롯한 일곱 사람은 자리에서 벌떡 일어나 몸을 굽혀 공손히 받들 수밖에 없었다.

"삼가 교주님의 영을 받들어 준행하겠습니다."

후일담이지만, 주원장과 서달, 등유, 탕화를 비롯한 일곱 의형제는 훗날 명나라 건국 전쟁에서 과연 교주 장무기의 영을 각별히 지켜 함부로 무고한 인명을 살상하지 않았다. 그리고 그 덕분에 민심을 크게 얻어 끝내 오랑캐 몽골족을 북방 사막지대로 몰아내고 중원 통일의 대업을 이룩할 수 있었다.

"주 형님을 비롯해 일곱 분이 소림, 무당 두 문파 고수들의 행방을 탐문해오신 공로가 실로 적지 않습니다. 여기서 원나라 조정에 대항해 봉기하는 큰일만 안배해놓고 나서 우리 모두 대도로 달려가 두 문파의 고수들을 구해냅시다."

이렇듯 공적인 얘기를 매듭짓고 나서, 다시 서달을 비롯한 일곱 사람과 사사로운 회포를 풀어가며 우의를 다지기 시작했다. 화제가 장원외 댁 밭갈이 황소를 훔쳐다 잡아먹던 대목에 이르자 모두 박장대소를 터뜨리며 통쾌해했다.

이날 밤, 장무기는 명교 신도들이 다 같이 모인 자리에서 거대한 모닥불로 성화를 밝혀놓고 향을 살랐다. 그리고 모두 듣는 앞에서 중원 천지 각처의 명교 세력이 일제히 봉기해 공동으로 원나라 조정에 저항할 것임을 엄숙하게 선포했다. 아울러 모든 방면의 명교 세력이 서로 호응하며 번갈아 의병을 출동시키면 원나라 관군은 필시 동서남북으로 의병을 쫓아다니다가 도중에 지치게 될 것이고, 그러면 의거는 곧 성공할 수 있다는 점을 분명히 밝혔다. 그것은 저 옛날 손무孫武가 초나라를 상대로 치고 빠지는 기동 전술을 써서 결국 패망에 이르게 한 전법이기도 했다.

세부적인 거사 방책은 결정되었다.

교주 장무기는 광명좌사 양소, 청익복왕 위일소를 거느리고 총단을 도맡아 다스리는 명교 의병의 총수總帥가 되었다. 백미응왕 은천정은 천응기 예하의 제자들을 거느리고 장강 남부 지역에서 거사하며, 포대화상 설부득은 유복통劉福通, 두준도杜遵道, 나문소羅文素, 성문욱盛文郁, 왕현충王顯忠, 한교아韓皎兒를 우두머리로 하는 황하黃河 남부 지역 신도들을 이끌고 영천위潁川衛에서 봉기하기로 했다. 팽형옥 화상은 서수휘徐壽輝, 추보왕鄒普旺, 명오明五를 비롯한 강서 지역 신도들을 이끌고 공주로贛州路, 요주로饒州路, 원주로袁州路, 신주로信州路 지역*에서 거사하기로 했다. 설부득이 하남 지역을 떠맡은 이유는 그가 일찍이 여녕汝寧과 신주 일대에서 명교의 기치를 내세워 반란을 일으킨 봉호棒胡를 도와준 경험이 있었고, 팽형옥 대사 역시 원주 일대에서 봉기한 주자왕을 돕다가 모조리 섬멸당하는 참변을 겪었기 때문이다. 이렇게 두 사람 모두 오래전부터 연락을 취하고 있는 봉호와 주자왕의 옛 부하들을 다시 그러모아 거사하도록 지명받은 것이다.

철관도인 장정은 포삼왕布三王, 맹해마孟海馬 등의 예하 신도들을 거느리고 상湘, 초楚, 형荊, 양襄 일대**에서 봉기하기로 했다. 주전은 지마

---

* 영천위는 지금의 허난성河南省 푸양시阜陽市 일대, 공주로는 장시성江西省 간저우시贛州市 일대, 요주로는 장시성 포양호鄱陽湖 동부 지역, 원주로는 장시성 이춘시宜春市 일대, 신주로信州路는 저장성浙江省 상라오시上饒市 일대. 영천위를 제외하고 모두가 중국 동남부 지역에 속한다.

** 모두 지명의 약칭으로, '상'은 지금의 후난성湖南省 일대, '초'는 후난湖南 후베이湖北 지역의 통칭, '형'은 후베이 지역과 둥팅호洞庭湖에서 장강 중·하류 남북 유역, '양'은 후베이 상양襄陽·이청宜城 주변 지역을 일컫는다.

리芝麻李, 조군용趙君用 등의 예하 신도들을 거느리고 서주徐州와 숙주宿 州, 풍豐, 패沛 일대*에서 거사하기로 했다.

주원장, 서달, 탕화, 등유, 화운과 오량, 오정 형제는 상우춘이 거느 린 산채 병력 그리고 손덕애孫德崖 휘하 신도들과 합류해 회수 북방 호 주濠州에서 군사를 일으키되, 한산동韓山童을 수령으로 받들어 그 명에 따르기로 했다. 냉면선생 냉겸은 서역 일대에 산재한 신도들을 규합해 서역 지방에서 중원으로 가는 몽골군 구원병의 통로를 차단하기로 했 다. 끝으로 오행기 제자들은 일절 총단에 귀속되어 그 지시에 따르되, 어느 지역이든 정세가 급박한 지역으로 달려가 지원하기로 했다.**

이렇듯 방책과 지역별 거사 안배는 열 가운데 아홉이 양소와 팽형 옥의 계책에서 나왔다. 장무기가 이를 정식으로 선포하자, 신도들의 환호성이 천둥 벼락같이 호접곡 골짜기와 하늘을 뒤흔들었다.

장무기는 다시 광명정 비밀 통로에서 가져온 서류를 꺼내 들었다. 전임 교주 양정천이 친필로 작성한 교서 '성화령, 삼대령과 오소령'이 었다. 크고 작은 이 여덟 가지 교령敎令을 오래전부터 신도들마다 받들 어 준행했다면, 오늘날 명교가 이렇듯 엄청나게 큰 위기와 난관에 봉 착하지 않았을 터였다. 장무기는 그 점을 통감하고 있던 터라 단상에 높이 올라서서 큰 소리로 낭랑하게 외쳐 알렸다.

---

* 서주는 지금의 안휘성安徽省 쉬저우시徐州市 일대, 숙주는 안휘성 쑤저우시宿州市 일대, '풍'은 지금의 내몽골 허타오河套 동남부와 산시성陝西省 푸구현府谷縣 이북 지역, '패'는 장쑤성江蘇 省 페이현沛縣 일대, 그리고 호주는 안휘성 펑양鳳陽 북부 지역이다.

** 이상 명교 신도들의 거사 계획 중에 장무기, 양소, 은천정, 은야왕, 위일소는 허구 인물이 나, 그 밖의 여러 사람과 봉기 지점은 거의 모두 역사서에 기록된 내용을 근거로 삼은 것이 다.—원저자 주

"우리 교는 온 세상 사람을 두루 구제하는 데 그 주된 뜻을 두어왔습니다. 모름지기 신도가 된 사람은 백성을 학대하지 말고 해치지 말 것이며, 서로 분쟁을 일으켜 다투어서는 안 된다고 가르쳤습니다. 이런 일들은 누구나 쉽사리 해낼 수 있는 것입니다. 그중에서도 성화령의 첫 번째 교령은 가장 중요합니다. 여러 형제분은 귀담아들어주시기 바랍니다."

그는 가슴 가득히 기운을 끌어올린 다음, 호접곡 안의 수천 명 신도들이 누구나 알아들을 수 있게 목청을 드높여 낭독하기 시작했다.

제1령

명교 신도는 누구를 막론하고 벼슬아치나 군주 노릇을 하지 못한다. 우리 교는 교주로부터 그 이하 새로 입교한 제자에 이르기까지 모두 세상 사람을 두루 구제한다는 일념만으로 살아갈 것이며, 결코 사사로운 이익을 도모하지 않는다.

따라서 신도는 과거에 응시하지 못하며, 조정의 초빙을 받아들여 관직에 임용되어서는 안 된다. 또한 장수나 재상이 될 수 없으며, 크든 작든 관부의 어떠한 벼슬도 맡아서는 안 된다. 더구나 스스로 나라를 세워 군주가 되어서도 안 되며, 한 지역에 웅거해 제왕이라 일컬어서는 더욱 안 된다. 이민족의 군주나 제왕을 상대로 저항해야 할 때, 천하 백성들의 호응을 받아야 할 명분으로 '왕후王侯, 장상將相'의 직함을 잠정적으로 쓸 수는 있다. 그러나 일단 외족의 침범을 극복하고 대업이 이루어졌을 때에는 무릇 교주 된 사람에서부터 어떤 직분을 가진 신도라 할지라도 하나같이 즉각 은퇴해 평민이 되며, 궁벽한 초야에 은거해 부지런하고 성실하게 생업에 종사할 것이다.

또한 백성의 어려움을 구하고 세상을 제도하며 선행을 베풀고 악을 제거하는 데 전념할 것이다.

조정에서 내리는 영예로운 직함·작위·책봉을 받아서는 안 되며, 조정이 하사하는 토지나 금품을 받아서도 안 된다. 오로지 초야에 묻힌 사람만이 백성을 위하여 관부에 저항할 수 있을 것이며, 탐관오리를 죽여 백성을 보호할 수 있다. 누구나 일단 벼슬아치가 되거나 군주 노릇을 하게 되면 그 즉시 민초를 도외시하게 되는 법이다.


교주 장무기가 간절한 염원이 담긴 목소리로 '성화령'의 으뜸가는 교령을 낭독하는 동안, 전국 각처에서 모여든 신도들은 너 나 할 것 없이 모두 엄숙한 기색으로 귀담아들었다. 그들 중 이 교령을 어겨온 자는 속으로 두려움을 느껴야 했다.

장무기의 교시가 이어졌다.

"우리는 지금 모두가 초야에 묻혀 살던 보잘것없는 백성들이었으니, 이 성화령을 지켜나가는 데 어려움이 없을 것으로 봅니다. 우리가 일단 기업基業의 터전을 마련하고 오랑캐에게 점령당한 큰 도회지나 성을 빼앗아 차지한다면, 여러분 모두 분명히 기억해두십시오! 절대로 황제를 참칭僭稱해서는 안 됩니다. 평민 백성을 적대시하는 자는 곧 이 장무기를 적대시하는 행위로 간주할 것입니다!"

이어서 양소가 한마디 덧붙였다.

"형제 여러분! 우리는 지금 무엇보다 먼저 올바른 자세부터 확립해놓아야 합니다. 앞으로 공훈과 업적을 이루어 수중에 대권을 장악하거

25. 호접곡에 높이 들린 횃불, 온 하늘 밝혀 비추니

나 성채와 병력을 보유하고 나서, 다시 마음을 크게 먹으려 한다면 그 때에는 무척 힘든 난관에 부닥칠 것이고, 올바른 마음으로 돌아가고 싶어도 이미 때가 늦을 것입니다!"

신도들은 하나같이 격앙된 기색으로 성스러운 불길과 교주 앞에 굳게 맹세했다.

"저희들은 오로지 백성들을 위하여 선행을 베풀고 악을 제거하며, 권세와 사사로운 이익을 도모하지 않기로 결심했습니다!"

이 결의가 있은 후, 전국 각처에서 일제히 봉기한 명교 신도들은 저마다 원나라 관원들이 차지하고 있던 지역과 성채를 공격, 점령해 기반을 착실히 닦아놓는 데 성공했다.

후일담이지만, 주원장과 서달을 비롯한 몇몇 사람은 응천부應天府를 들이쳐 점령하고 그곳에 도성을 세웠다. 주원장은 비로소 '오왕吳王'이라 일컫기에 이르렀으나 감히 황제의 명칭만큼은 쓰지 못했다. 역사 기록을 보면, 어느 선비가 주원장에게 이런 건의를 했다고 한다.

"성벽을 높이 쌓아 올리시고 식량을 충분히 비축해두시되, 왕이라 일컫는 일만큼은 잠시 늦추도록 하십시오."

이 기록의 내막은 사실 주원장이 명교 성화령 가운데 으뜸가는 교령에 제약을 받았다는 증거라고 할 수 있다. 나중에 가서 주원장이 명교를 이탈해 성화령의 규제를 받지 않게 되자, 비로소 명나라를 세우고 황제라 일컬었는가 하면 개국공신들에게 정식으로 벼슬과 작위를 내려주었는데, 이는 모두가 훗날의 얘기다.

장무기의 교시가 이어졌다.

"우리 명교 세력 하나만으로는 100년 동안 터를 닦아놓은 원나라 조정의 기반을 흔들어놓기 어렵습니다. 마땅히 천하의 모든 영웅호걸과 연줄을 맺어 지혜와 힘을 모아야만 큰 공을 이룩할 수 있습니다. 현재 무림계 수뇌 인사들의 태반이 원나라 조정에 사로잡혀 있습니다. 본교 총단은 즉시 방도를 강구해 그들을 구출낼 것입니다. 내일부터 여러 형제는 사방으로 흩어져 본거지에 돌아가시거든 기회가 있는 대로 오랑캐를 쳐 죽이도록 하십시오. 총단 역시 즉각 원나라 도성 대도로 달려가서 그분들을 구출하겠습니다. 앞으로 언제 다시 만날지 기약할 수 없으니, 우리 모두 여기서 마음껏 즐기도록 합시다. 여러 형제는 아무쪼록 의기義氣를 중히 여기셔서 무엇보다 큰일을 먼저 생각하십시오. 절대로 권력이나 사소한 이익을 빼앗기 위해 다투거나 서로 짓밟고 죽여서는 안 됩니다. 명심하십시오! 만에 하나, 이런 의롭지 못한 행위가 발각되었을 때에는 총단이 결코 관용을 베풀지 않을 것입니다."

"교주님의 영을 맹세코 어기지 않겠습니다!"

뭇사람이 이구동성으로 목소리를 맞추어 응답하는 함성이 산골짜기에 쩌렁쩌렁 메아리쳐 울렸다.

그들은 즉석에서 입술에 피를 바르고 향불을 살라 맹세했다. 목숨을 잃는 한이 있더라도 대의를 저버리지 않겠노라고 '삽혈의 맹세'로 다짐한 것이다.

그날 밤 그림같이 밝은 보름달이 덩그러니 떠올랐다. 전국 각처에서 모여든 신도들은 자리를 깔고 앉았다. 총단 일을 맡은 사람들이 야채로 소를 넣은 둥글둥글한 떡을 가져다 여러 사람에게 나눠 먹였다. 사람들은 보름달같이 둥근 떡을 보고 '월병月餠'이라고 불렀다. 후세에 한족 사람들이 8월 중추절에 월병을 먹으며 오랑캐를 죽이기로 약속했다는 전설이 전해 내려오는데, 바로 이날 저녁 명교 신도들이 의병을 일으키기로 계책을 정한 데서 비롯했다고 한다.

장무기는 명교에서 전통적으로 이어온 계율 가운데 한 가지를 폐지한다고 선포했다.

"우리 명교는 대대로 비린 고기 음식과 술을 금하는 계율을 지켜왔습니다. 그러나 현재 도처에 재해가 들어 무엇이든지 먹을 것만 있으면 가리지 않고 먹어야 살 수 있는 실정입니다. 더구나 오늘 우리가 해야 할 막중한 대사는 이 땅에서 오랑캐를 몰아내는 일인데, 여러 형제가 육식을 하지 않으면 정신과 기력이 왕성해지지 못해 힘써 싸울 수 없습니다. 오늘 이후부터 고기 음식과 술을 금하는 계율을 폐지하겠습니다. 우리가 세상을 살아가는 마당에 큰 절개와 대의를 중히 여길 것이지, 음식의 금기 따위는 지엽적이고 사소한 일이라고 봅니다."

이로부터 명교 신도들이 월병을 만들어 먹을 때 돼지고기를 소로 넣기 시작했다.

다음 날 이른 아침, 전국에서 몰려온 신도들은 교주 장무기에게 작별을 고했다. 그들은 비록 하나같이 기백 있는 호걸들이었으나, 작별의 아쉬운 감정을 금치 못했다. 오늘 헤어진 이후 사방 천지는 온통 피투성이 싸움터로 바뀌어 누가 죽고 누가 살아남을지 아무도 모르는 것이다. 훗날 막중한 대사가 성공을 거둔다 하더라도, 오늘 호접곡에 모였던 수천 명의 영웅호걸 가운데 아마 절반은 살아남지 못하리라 생각하니, 처연한 느낌과 비장감에 자신들도 모르게 가슴이 쓰라려오는 것을 어쩔 수가 없었다.

호접곡 제단 앞에는 아직도 성스러운 불꽃이 하늘 높이 타오르고 있는데, 누군지 모를 어떤 이가 목청을 드높여 노래를 부르기 시작했다.

"보잘것없는 이 몸 사르소서, 활활 타오르는 성스러운 성화여! 살아서 어찌 기쁠 것이며, 죽는다 한들 어찌 괴로우랴?"

한 사람이 시작한 노랫가락이 삽시간에 뭇사람에게 옮겨가 목소리를 합쳐 화답하기 시작했다.

보잘것없는 이 몸 사르소서, 활활 타오르는 성화여.
살아서 어찌 기쁠 것이며, 죽는다 한들 어찌 괴로우랴?
선을 위하여 악을 제거하니, 오로지 광명 있을 뿐이라.
기쁨, 즐거움, 슬픔, 걱정 근심 모두 한 줌 흙으로 돌아가네.
모든 일을 백성 위해 바치고 내 사사로움 돌보지 않으리라.
우리 세상 사람 불쌍히 여기려니, 걱정 근심이 실로 많구나!
우리 세상 사람 불쌍히 여기려니, 걱정 근심이 실로 많구나!

"우리 세상 사람 불쌍히 여기려니, 걱정 근심이 실로 많구나! 걱정 근심이 실로 많구나……!"

마지막 노랫가락이 산울림으로 바뀌어 나비의 골짜기에 메아리치더니 허공으로 꽃나비 떼처럼 훨훨 날아올라 여운을 남긴 채 사라졌다.

백설처럼 하얀 소복을 걸친 군웅들이 한 사람 한 사람씩 장 교주 앞에 걸어 나와 몸을 굽혀 예를 올렸다. 그리고 다시는 뒤돌아보지 않고 떳떳이 고개 들고 떠나갔다. 하직 인사를 받으면서 장무기는 뜨거운

25. 호접곡에 높이 들린 횃불, 온 하늘 밝혀 비추니

눈물을 참을 길이 없었다. 이 숱한 호남아들이 오늘 이후 10~20년 안에 중원 천하 대지 위에 선지피를 흩뿌리고 사라져갈 것을 생각하니 벅찬 가슴을 가라앉힐 도리가 없었다.

떠나가는 이들의 노랫가락이 점점 멀어져가고 비분강개한 장사들은 뿔뿔이 흩어졌다. 며칠 동안 시끌벅적 흥청거리던 나비의 골짜기는 또다시 깊은 정적에 잠겨들었다. 남은 이라고는 양소와 위일소, 그리고 주원장을 비롯한 몇몇 형제뿐이었다.

장무기는 주원장을 앉혀놓고 대도 만안사의 소재와 양대 문파 고수들을 끌어간 흉악한 납치범들의 생김새를 꼼꼼히 따져 물었다. 그러고는 마지막에 가서 이렇게 당부했다.

"형님, 지금 이곳 호주와 사수泗水 일대는 대혼란에 휩쓸린 터라, 거사의 기회를 놓쳐서는 안 됩니다. 군이 저와 함께 대도까지 갈 것 없이 여기서 헤어지기로 합시다."

주원장과 서달, 상우춘은 이구동성으로 응답했다.

"아무쪼록 교주님께서 계획하시는 일이 순조롭게 이루어지기를 바랍니다. 저희는 조용히 물러가 희소식을 기다리겠습니다."

그러고는 큰절을 올려 교주에게 작별을 고한 다음, 계곡을 벗어나 어디론가 사라져갔다.

"자, 그럼 우리도 떠나야겠군. 아소, 너는 수족이 쇠사슬에 묶여 행동하기가 불편할 테니, 여기 머무르며 날 기다리고 있으려무나."

"예에……."

아소가 원망스럽다는 듯이 몸을 뒤틀더니 마지못해 응답했다. 그러면서도 미련을 버리지 못하고 골짜기 바깥 3리나 멀리 배웅 나왔다.

그리고 또 3리…… 말은 못 해도 끝내 헤어지지 않겠다는 의사표시
였다.

"아소, 이렇게 멀리 나왔다가는 돌아갈 때 길도 못 찾을 거다."

"교주 오라버니, 대도에 가시면 조 낭자를 만나시겠죠?"

"어쩌면 그럴 수도 있겠지."

"그 아가씨를 보시거든 저 대신에 한 가지만 부탁하면 안 되나요?"

"무슨 부탁? 네가 그 여자한테 뭘 부탁할 게 있다고?"

그러자 아소는 기다렸다는 듯이 양 팔뚝을 장무기 앞에 불쑥 내밀
었다.

"이거요. 조 낭자한테 의천검을 빌려다 이 쇠사슬을 끊어주시면 고
맙겠어요. 그러지 않으면 평생토록 이렇게 묶여서 자유롭지 못하거
든요."

장무기가 아소의 얼굴을 물끄러미 굽어보았다. 사뭇 애처로운 기색
이 보면 볼수록 가련했다. 하지만 조민의 소행을 생각하면 그녀가 순
순히 보검을 빌려줄 리 만무했다. 더구나 진주 꽃 장식이 아소의 머리
에 꽂힌 것을 보고 얼마나 시샘을 했으면 다시는 '미천한 계집아이'에
게 주지 말라고 당부까지 했겠는가?

"그녀가 보검을 나한테 빌려주지 않을 것 같은데, 어쩌지? 더구나
보검을 빌려준다 해도 이 먼 데까지 가져올 수는 없지 않아?"

"그럼…… 그럼, 오라버니가 절 데리고 대도까지 가셔야겠네요. 그
녀한테 보검을 빌려가지고 그 자리에서 단칼에 끊어주시면 되지 않겠
어요?"

장무기는 어이가 없어 웃음보를 터뜨렸다.

"이러니저러니 말해봤자 결국 날 따라서 대도에 가서야겠다, 그 말씀이로군. 양 좌사, 어떻소, 우리가 아소를 데려가도 좋겠소?"

양소는 그가 이렇게까지 얘기하는 것을 보고 그녀를 데려갈 뜻이 있음을 알아차렸다.

"안 될 것도 없지요. 어차피 교주님 옷 갈아입으실 때나 찻물 시중을 들어드려야 할 사람도 필요하니까 말입니다. 한데 그 쇠사슬 끄는 소리가 절그렁절그렁 나서 남의 이목을 끄는 게 곤란하겠군요. 이렇게 하면 어떨까요. 병자로 가장해서 마차에 타고 앉아 평소 때는 바깥으로 나오지 않으면 되지 않겠습니까?"

아니나 다를까, 아소가 팔짝 뛰면서 좋아라 했다.

"고맙습니다, 교주님! 고맙습니다, 양 좌사님!"

그러고는 흘끗 위일소 쪽의 눈치를 살피다가 한마디 더 보탰다.

"위 복왕님도 고맙습니다."

위일소가 끌끌 웃었다.

"나한테 고마워할 게 뭐 있나? 하지만 조심하라고. 내 병이 도지면 네 피를 빨아 마셔야 하니까!"

말을 마치자 일부러 흡혈박쥐의 무서운 형상을 지어 보이면서 입을 찢어지게 벌리고 허연 이빨을 통째로 드러냈다.

아소는 그게 장난인 줄 뻔히 알면서도 막상 무시무시한 형상을 눈앞에 마주 대하니 어딘지 모르게 겁이 나서 슬금슬금 뒷걸음질 쳤다.

"다…… 다신 절 놀라게 하지 마세요."


〈6권에서 계속〉